韩山师范学院学术著作出版基金资助
韩山师范学院中文系汉语言文学特色专业建设经费资助

刘涛 著

南朝散文研究

中国社会科学出版社

图书在版编目(CIP)数据

南朝散文研究 /刘涛著 . —北京：中国社会科学出版社，2012.3
ISBN 978－7－5161－0664－8

Ⅰ.①南… Ⅱ.①刘… Ⅲ.①古典散文—古典文学研究—
中国—南朝时代 Ⅳ.①I207.62

中国版本图书馆 CIP 数据核字(2012)第 053523 号

南朝散文研究　　刘涛著

出 版 人　　赵剑英

责任编辑　　周晓慧
责任校对　　林福国
封面设计　　毛国宣
技术编辑　　李　建

出版发行　　中国社会科学出版社
社　　址　　北京鼓楼西大街甲 158 号　　邮　编　100720
电　　话　　010－64073831(编辑)　64058741(宣传)　64070619(网站)
　　　　　　010－64030272(批发)　64046282(团购)　84029450(零售)
网　　址　　http://www.csspw.cn(中文域名:中国社科网)
经　　销　　新华书店
印　　刷　　北京君升印刷有限公司　　装　订　廊坊市广阳区广增装订厂
版　　次　　2012 年 3 月第 1 版　　印　次　2012 年 3 月第 1 次印刷
开　　本　　710×1000　1/16
印　　张　　27.5
字　　数　　450 千字
定　　价　　69.00 元

目　　录

目　录

引　言

一　范畴界定

　　研究南朝散文，首先需要对"散文"的范畴加以界定。综观此前学术界的观点，历来争议最多的地方集中在赋的归属上，由于不同学者持有不同见解，因此该问题一直没有取得一致意见。概括而言，目前学界存有两种观点：一种观点认为赋不属于散文，郭绍虞、曹聚仁、朱光潜皆持此说。20 世纪 20 年代中后期，郭绍虞先生曾说："中国文学中有一种特殊的体制就是'赋'。中国文学上的分类，一向分为诗、文二体，而赋的体裁则介于诗文二者之间，既不能归入于文，又不能列之于诗。""就总的趋势来讲，赋是越来越接近于文的一类的。"[①] 此说尽管指出赋很接近散文，但并未将其归于散文。曹聚仁也说："赋是中国所独有的中间性的文学体制；诗人之赋近于诗，辞人之赋近于散文；赋的修辞技巧近于诗，其布局谋篇又近于散文，它是文学中的袋鼠。"[②] 该说亦认为赋是介于诗与散文之间的一种文体。与其观点相似者还有朱光潜："赋是介于诗和散文之间的，它有诗的绵密而无诗的含蓄，有散文的流畅而无散文的直接。""赋是韵文演化为散文的过渡期的一种连锁线。"[③] 朱氏认为，赋具有诗和散文的某些特征，但又不同于诗和散文，它在韵文演变为散文的过程中起了过渡作用。陈柱的《中国散文史》

---

　　① 《赋在中国文学史上的位置》，载《照隅室古典文学论集》上编，上海古籍出版社 1983 年版，第 80 页。

　　② 傅东华主编：《赋到底是什么？是诗还是散文？》，《文学百题》，中州古籍出版社 1992 年版，第 361 页。

　　③ 朱光潜：《朱光潜美学文集》第二卷，上海文艺出版社 1982 年版，第 185 页。

即将赋排除在外，其"散文"实取与韵文相对之义，无韵的骈体文和散体文则在其范围之内。当代的一些散文专著，也多有不包括赋在内者，如韩兆琦的《汉代散文史稿》、熊礼汇的《先唐散文艺术论》等。

另一种观点则认为赋应归于散文之列。姚鼐的《古文辞类纂》本是一部散文选，其中分文体为十三大类，除论辨、序跋等外，辞赋一门也赫然在列，可见姚氏即认为赋属于散文。今人谭家健也说："赋之为体，从大范围来讲，应该属于文章，即广义的散文。"① 持这种观点者较为常见，冯其庸的《中国古代散文的发展》、郭预衡的《中国散文史》等都把赋作为散文的一个门类加以论述。如郭氏论及汉代散文时说："汉代最有时代特征的文章是赋。汉赋是个复杂的文学现象。从文章形式说，有的虽名为'赋'，实为赋体之文，有的虽名为'文'，实为文体之赋。""秦汉之赋，② 就作用说，不近于诗，而近于文。虽然命名为赋，其实也是文章。"③ 基于赋与散文存在很多共性，部分学者往往将赋归于散文范围之内。

笔者认为，鉴于赋是一种介于诗与散文之间的文体，尽管它具备了诗和散文的某些特征，但它毕竟不同于诗，也不同于散文，它与散文应是两种独立的文体。散文产生比赋早，即使到汉代辞赋大盛时期，散文也一直在沿着自己的道路向前发展。虽然有些散文因受辞赋的影响而采用了赋的创作手法，但二者之间终究有着明显的界限。两汉以后，大赋隐退，魏晋南朝，写景、抒情小赋居于赋苑主导地位。其间赋虽有骈化、律化的现象，但始终以独立的形态存在，并未融入散文之中。就散文而言，也经历了骈化的过程，并且形成骈体文。尽管骈文受到辞赋的影响而加剧了骈俪程度，但它终究还是由传统散文演变而来的，根本没有脱离散文的范畴。由此可见，赋与散文在中国文学史上一直是两种文体，不存在赋从属于散文之说。有鉴于此，本论题所取"散文"之义，并不包括辞赋在内。

研究南朝散文，其次还要理清骈文、散文与古文三个概念的由来。

---

① 《六朝文章研究之我见》，《六朝文章新论》，北京燕山出版社 2002 年版，第 3 页。

② 汉代赋自不必说，秦代也有少量赋作，但没有流传下来。刘勰《文心雕龙·诠赋》有"秦世不文，颇有杂赋"之语，可为佐证（刘勰著，范文澜注：《文心雕龙注》卷二，上册，人民文学出版社 1958 年版，第 134 页）。

③ 《中国散文史》上册，上海古籍出版社 1986 年版，第 198 页。

骈文作为一种文体，兴盛于南朝，但骈文之名却不见于此时。南朝时期称当时创作为"今文"、"今体"，如萧纲《与湘东王论文书》曰："若以今文为是，则古文为非；若昔贤可称，则今体宜弃。"[①] 此处"今文"、"今体"与"古文"都包括诗、赋、文在内。以"今体"与"古文"相对，专指骈文，则是唐时的用法。[②] 最接近骈文概念的，当数"丽辞"一语。周振甫说："丽辞即骈文。"[③] 确切而言，丽辞只指对偶句，是造句方式而不是一种文体。丽辞是骈文最基本的特征，从字源学角度看，"骈"与"丽"义同。《说文解字·马部》谓："骈，驾二马也。从马，并声。"[④] 段玉裁《说文解字注·鹿部》释"丽"曰："两相附则为丽。"[⑤]《广雅·释诂》曰："俪，谐耦也。"[⑥] "丽"与"俪"为古今字，故后世多用"俪"字。

柳宗元《乞巧文》有"骈四俪六，锦心绣口"[⑦] 之语，以四六与骈俪并称，既体现出骈文的某些特征，又隐含了骈文与四六有着一定关系。李商隐将骈文集命名为"四六"，盖其骈文多有四六之句，因此骈文又有"四六"一名。孙德谦云："四六之名，当自唐始。李义山《樊南甲集序》云：'作二十卷，唤曰樊南四六'。知文以四六为称，乃起于唐，而唐以前则未之有也。且《序》又申言之曰：'四六之名，六博格五、四数六甲之取也'，使古人早名骈文为'四六'，义山亦不必为之解矣。"[⑧] 也有人不赞成称骈文为"四六"，袁枚即为代表，其《胡稚威骈体文序》云："若夫四六者，俗名也。《庚桑楚》及《吕览》所称四六，非此之解。柳子称骈四俪六，樊南称六甲四数，亦偶然语耳。沿此名文，于义何当！"[⑨] 其实，骈文与四六文本不相同。"骈文较自

----

① 姚思廉：《梁书·文学上·庾于陵传附弟肩吾传》，卷四十九，第 3 册，中华书局1973 年版，第 690—691 页。

② 据刘昫《旧唐书·文苑下·李商隐传》所载，"商隐能为古文，不喜偶对。从事令狐楚幕，楚能章奏，遂以其道授商隐，自是始为今体"。其"今体"即专指骈文（卷一百九十下，第 15 册，中华书局 1975 年版，第 5078 页）。

③ 周振甫：《文心雕龙注释》，人民文学出版社 1981 年版，第 389 页。

④ 段玉裁：《说文解字注》，上海古籍出版社 1981 年版，第 465 页。

⑤ 同上书，第 471 页。

⑥ 王念孙：《广雅疏证》卷四下，江苏古籍出版社 1984 年版，第 126 页。

⑦ 柳宗元：《柳宗元全集》，上海古籍出版社 1997 年版，第 151 页。

⑧ 孙德谦：《六朝丽指》，《孙隘堪所著书》本第 5 册，四益宧刊 1923 年版。

⑨ 袁枚：《小仓山房诗文集》，上海古籍出版社 1988 年版，第 1398 页。

由，四六更工整；骈文不必尽为四六句，而四六文实为骈俪之文无疑。"① 显见骈文包括四六文，但四六文却不能涵盖骈文。时至宋代，骈文多被称为"四六"，此时的骈文批评著作就以"四六"命名，如王铚《四六话》、谢伋《四六谈麈》等。"骈文"一名正式提出于清代，这一时期出现的诸多文集多以"骈文"命名，如王先谦的《骈文类纂》、刘开的《孟涂骈体文》、李兆洛的《骈体文钞》等。民国以后，"骈文"之名已经定型，各种著述风起云涌，几无例外沿用此名，如谢无量的《骈文指南》，金钜香的《骈文概论》，钱基博的《骈文通义》，瞿兑之的《中国骈文概论》，刘麟生的《骈文学》、《中国骈文史》等。

　　散文的产生，应始于文字记事。论者多以为甲骨刻辞是最早的散文形式，但据现有资料考察，龙山陶书早于甲骨文八个世纪，所以当之无愧为最早的散文。② "散文这个称号，每是对骈文而称的。论其本体，即是不受一切句调声律之羁束而散行以达意的文章。"③ 此处的散文是指在古代范围之内，与骈文对立的文章，即散句单行的古文，属散体文的别称。陈善曾云："后山居士言曾子固短于韵语，黄鲁直短于散语。"④ 他把韵文与散文区分而言，但未提出散文这一概念。散文一名由宋人罗大经正式提出，《鹤林玉露》丙编卷二谓："山谷诗骚妙天下，而散文颇觉琐碎局促。"⑤ 其说与上述陈善语相合。甲编卷二引周必大语谓："四六特拘对耳，其立意措辞，贵于浑融有味，与散文同。"⑥ 罗氏所说的散文，主要着眼于奇句单行的语言形式，实际上是指一种与骈文相对的文体。它可以包括经传、诸子、史书以及一切叙事、写景、抒情、议论之文在内，并不局限于狭义的纯文学性的散文范围。上述均为古代意义的散文，即古代散体，与南朝骈文完全对立。现代意义的散文，是与诗歌、小说、戏剧并列的一种文体，从这一层意义上来看，散文又应该包括骈文。正因散文存在古代、现代两种意义，近代以来的学

① 刘麟生：《骈文学》，海南出版社 1994 年版，第 2 页。
② 1991 年，山东龙山文化遗址出土陶片，存文字 5 行 11 字。经文物部门鉴定，其年代距今约 4200 年，比甲骨文约早八个世纪。
③ 方孝岳：《中国散文概论》，收入刘麟生主编《中国文学八论》，中国书店 1985 年版，第 1 页。
④ 陈善：《扪虱新话》卷一，长沙商务印书馆 1939 年版，第 5 页。
⑤ 罗大经：《鹤林玉露》，中华书局 1983 年版，第 264 页。
⑥ 同上书，第 27 页。

者对其范畴的界定往往不一致。

论者以为南朝时的散文，是相对于韵文而称的，但这种界定却具有较大的模糊性。一般认为，韵文注重押脚韵，而不是像骈文那样讲究声律。如果把不押脚韵者界定为散文，那么古文中的箴、铭、颂、赞、诔等由于押韵将被排除在散文范畴之外，另外所有不押韵的文类则归入散文，由此一来，散文范畴变得既大又模糊。所以，"散文骈文韵文，是相当的分法，错综变化，神而明之，存乎其人。假使一定要区分显明，有时是不可能的"①。明确区分文体实为不易，盖其分别只就大略而言。金人王若虚亦云："或问文章有体乎？曰：无。又问无体乎？曰：有。然则果何如？曰：定体则无，大体须有。"② 认定有"大体"而无"定体"，此说极当。因为不同人持不同标准，所以对于散文的范畴就有不同的看法。有的取与韵文相对立的散文之义，如陈柱《中国散文史》就把有韵的诗赋词曲、有声律的骈文排除在外，其余的才归于散文。这种界定的前提即承认"散文与韵文之性质是分立的与殊异的，各有各的特点和生命"③。

大略言之，古文指古代意义的散文，即类似于先秦两汉奇句单行风格的文章，但古文作为文体概念，应始于唐。韩愈《题欧阳生哀辞后》从文体的角度提出了"古文"的概念："愈之为古文，岂独取其句读不类于今者邪？思古人而不得见，学古道则欲兼通其辞；通其辞者，本志乎古道者也。"④ 其所谓"古文"，即指具有先秦两汉奇句单行、不讲骈偶声律风格的文章，实为纯正的散体文。唐代古文一名产生于变革六朝骈俪文风的运动中。古文运动对绮靡纤弱的文风予以沉重打击，并取得了很大成就，时人及后人对韩愈倡导的此次运动给予了充分肯定。如李汉《昌黎先生集序》云："先生于文，摧陷廓清之功，比于武事，可谓雄伟不常者矣。"⑤ 苏轼《潮州韩文公庙碑》也称韩愈"文起八代之

① 刘麟生：《中国文学概论》，收录于《中国文学八论》，第18页。
② 王若虚：《滹南遗老集·文辨》，卷三十七，上海商务印书馆1935年版，第236页。
③ ［美］斯宾葛恩撰，李濂、李振东合译：《散文与韵文》，《北新》半月刊第二卷第12号，上海北新书局1928年5月1日发行，第49页。
④ 韩愈著，马其昶校注：《韩昌黎文集校注》，上海古籍出版社1986年版，第304—305页。
⑤ 同上书，第2页。

衰，而道济天下之溺"①。李兆洛《骈体文钞序》云："自唐以来始有古文之目，而目六朝之文为骈俪。"② 包世臣《零都宋月台古文钞序》亦曰："唐以前无古文之名。北宋科举业盛，名曰时文；而文之不以应科举者，乃自目为古文。"③ 所谓"时文"，即当时流行的应举之文。由此可见，"古文"与时文也相互对立。阮元对此也有所阐发，其《书梁昭明太子文选序后》曰："明人号唐宋八家为古文者，为其别于四书文也，为其别于骈偶文也。"④ 四书文即当时作应举之用的八股文，阮元之说印证了"古文"与时文、骈文相互对立的观点。古文之名出现于唐代，并与骈文相对，这已为世所公认，后人论文多提及此事。如吴敏树《与篠岑论文派书》云："盖文体坏而后古文兴，唐之韩、柳，承八代之衰，而力挽之于古，始有此名。"⑤ 蒋湘南《与田叔子论古文第三书》亦云："昌黎矫唐文之弊，而唐之古文兴。"⑥ 初唐仍盛六朝骈俪文风，"古文"之名由变革此风而得，故蒋氏称"矫唐文之弊"。

由上可见，无论骈文、散文还是古文，都是后代才有的称呼。南朝虽有骈文、散文之实，却无其名。

理清了上述三个概念的由来之后，还要注意韵文与骈文、骈文与散文的关系。韵文指押脚韵的体裁，一般来说，它包括诗、词、曲等，如陈钟凡的《中国韵文通论》、龙榆生的《中国韵文史》、王鹤仪的《中国韵文史》等，所论大都不出这一范围。此外，像颂、赞、箴、铭、诔一类的文章却要另当别论。南朝盛行文笔之说，其文指有韵的文类，即韵文，按当时人的理解，应该包括诗、赋及用韵的颂、赞、箴、铭等。需要说明的是，除诗、赋以外，后几种文体的文章也往往押韵，有的呈骈体，也有的呈散体。押韵且呈骈体者即属韵文和骈文，呈散体者则属散文，这样一来，押韵且呈骈体者就成了韵文与骈文的共同部分，就此来说，韵文和骈文有时是重合的。关于骈文与散文的关系，由于对散文范畴的理解不同，长时间以来存在着分歧。大略言之，学术界对散

---

① 苏轼：《苏轼文集》卷十七，第 2 册，中华书局 1986 年版，第 509 页。
② 李兆洛：《骈体文钞》，上海商务印书馆 1937 年版，第 34 页。
③ 包世臣：《艺舟双楫》，上海大陆图书公司 1925 年版，第 104 页。
④ 阮元：《揅经室三集》卷二，上海商务印书馆 1936 年版，第 570 页。
⑤ 简夷之等：《中国近代文论选》上册，人民文学出版社 1959 年版，第 68—69 页。
⑥ 同上书，第 115 页。

文的理解应有两种：其一是取古代意义的散文之义，指奇句单行、不讲对仗与声律的文章，与本文所称散体文同义。依据这种理解，骈文与散文是平行的两种文体，二者不存在相交的部分。严既澄即持此说，其所谓"散文"，实指散体文。陈衍、刘麟生、瞿兑之等人亦皆主此说。其二是取现代意义的散文之义，这就意味着将古代散体文与骈文都归于散文范畴。这是一种广义的散文观念，它不再局限于纯文学性的散文，而且也包括了一些非文学类但有文学性的散文。该观点已为目前许多学者所接受。

王运熙早就提出，骈文"和古文同属于广义的散文范畴"，所以，"古典散文的研究应该包括骈文在内"①。谭家健也认为，散文应该包含骈文，他说："古人所谓'文'原可兼括骈散，一些著名的古文选本如《古文观止》也并不排斥骈文；骈文主要讲究对仗，对声韵格律要求不如诗词严格，句式允许骈散相间，比起诗词，也算散一些。"② 学术界对此观点比较认可，如韩兆琦曾说："散文实际就是文，它包括古代的散文和骈文。"③ 漆绪邦在其主编的《中国散文通史》中亦不囿于传统"古文"观念，而将散行的、偶俪的文章都视为散文。此后的散文史著述大都沿袭这种散文观念。笔者认为，骈文是传统散文骈化后的产物，虽然形体上发生了一些变化，但仍然保留着传统散文的写景、叙事、抒情、说理等方面的功能。就南朝文章而言，骈文数量虽较多，但散体文也还占有一定比例。这一时期，不仅纯文学类的名篇佳作迭出，就是论辨、诔碑、传记等实用性散文也具有较强的文学性。由此可见，研究南朝散文，此类作品应当占有一定的位置。

至此，可以对本课题中"散文"的范畴界定如下：本课题所考察的对象包括南朝宋、齐、梁、陈时期的各体骈文与散体文。

二 研究方法

本课题的研究是在王钟陵先生的精心指导下独立完成的，故书中所

---

① 王运熙：《重视我国古代散文的研究工作》，《文汇报》1961 年 3 月 26 日。

② 谭家健：《关于古典散文研究的若干问题》，《文学评论丛刊》1980 年第 3 辑。

③ 思鲁整理：《关于中国古代散文研究问题》（座谈纪要），《文学遗产》1988 年第 4 期。

用研究方法主要基于他的方法论体系。具体来说，它包括更新文学史研究的两条重要原则和新逻辑学思路。

1988 年，王钟陵先生在《中国中古诗歌史》中提出更新文学史研究的两条原则，出语新颖，立论精深，立即在学术界引起极大反响。他说：

> 改进文学史的研究工作，可以有多种途径，可以提出多种方法。我以为具有特殊意义并且本书所力图贯彻的是这样两个原则：一是史的研究就是理论的创造之原则，二是整体性原则。因为综观文学史的研究存在着两个大的基本关系：首先是研究主体与研究对象之间的关系，其次就研究对象而言，也还存在着部分与整体的关系。在部分和整体的关系中又有着两个方面：从横向上说，存在着作为社会文化活动之一种的文学发展同整个社会生活的关系；从纵向上说，则存在着文学进程的某一环同整个发展链条之间的关系。上述两个原则，正是正确把握这两个大的基本关系的必由之途。①

就本课题来说，笔者意图努力遵循这两条重要原则，通过对南朝各时期散文创作成就及特点的论述，以期比较客观地展现出它的发展概貌。南朝散文作品数量繁多，头绪纷乱，然名家名作频出，誉满文坛并泽被后世。笔者打算以骈文发展脉络为主线，以散体文发展为辅线，对南朝各种体裁散文的特点加以分析。南朝散文的发展主要是沿着骈文的形成并逐步走向成熟的历程展开的，这一历程正是文人不断完善骈文创作技巧的过程。随着文章追求对偶、藻饰、用典、声律的倾向愈演愈烈，文风亦由质朴趋向华丽，句式则由单行变为非对不发。刘宋时骈文正式形成，而至永明声律论正式提出后，文人在讲究对仗、藻绘、用典的基础上又加以声律之求，遂推动骈文进一步发展。至徐陵、庾信时，骈文完全走向成熟。与此同时，散体文的发展则逐渐变缓，以致势头被骈文所淹，从而在南朝文苑中仅居从属地位。笔者在抽绎这一演进规律时，是通过对不同时期的散文作品的分析得出来的。所谓"史的研究就是理

---

① 王钟陵：《中国中古诗歌史·前言》，《中国中古诗歌史》，人民出版社 2005 年版，第 2 页。

论的创造",应该是说在研究客观历史发展的基础上,归纳概括出其中的特点与规律。王钟陵先生又说:

> 任何个人的理论创造都应以说明客观的历史发展为目的,而任何客观的历史发展又必须通过认识主体而被认识。正是在这种主、客体的不可分解的交融中,客观规律的揭示乃同个人的理论创造统一了起来。①

据此可见,这一过程实际上是主(研究主体)、客(研究对象)体共同作用完成的。

前之论者谈及南朝散文时多以骈文一语概之,这种观点不合实情。综观南朝文苑,即使在骈文最盛时,散体文也没有绝迹,故本书在论析时不厚此薄彼,而是骈、散共论。所谓"整体性原则",无疑应包括这层含义。另外,笔者在选取作品加以论述时,不仅注意到对名家名作,而且还注意到对不太有名但在散文发展史上,尤其是在某一文体的演进中有着重要作用的作家作品进行评析。如刘宋时期的傅亮,素以政治名世,其文学名声远逊于谢灵运、鲍照等人,但他长于属笔,在表、教、策文(尤其是九锡文)方面所取得的成就非常突出,萧统《文选》多选其表教之文即为明证。史称其笔体文对齐、梁骈文巨擘任昉产生了深刻的影响,可以说,傅亮在上述几种散文体式的发展中占有重要的地位。以九锡文而言,虽内容侧重于称述功德,无多可取之处,但就此种文体的演进历程来说,傅亮之作应是其中重要的一环。自汉代张竦为王莽撰文称功颂德以来,汉末潘勖为曹操作《册魏公九锡文》,始创九锡之体式,后代莫不沿之。阮籍于司马昭、陆机于司马伦、傅亮于刘裕、王俭于萧道成、任昉于萧衍、徐陵于陈霸先、魏收于高洋等,皆有九锡文传世。若忽略掉傅亮对于九锡文发展所做的贡献,那势必不能准确全面地评价此种文体。唯有从整体上来把握,才能比较客观地揭示各种文体的散文的发展面貌。

1993 年,王钟陵先生的另一部力作《文学史新方法论》问世,该书详细论述了一种研治文学的新逻辑学思路,发人之所未发,可谓精湛

---

① 《中国中古诗歌史·前言》,《中国中古诗歌史》,第 5—6 页。

深邃。其理论核心中的"完整的表象蒸发为抽象的规定，再由抽象的规定在思维的行程中导致具体的再现"和"以一种新发展观为主要基础的原生态式的把握方式"① 两点对笔者产生的影响最深，本书的写作就是在这种新思路的指导下完成的。

在崇文之风大盛的南朝时期，各体散文的数量极多，要从纷纭复杂的文海中理出头绪，揭示出南朝散文发展的规律，展现其内在的逻辑进程，这无疑需要一个从具体到抽象，再由抽象到具体的过程。骈文在西晋陆机时初步形成，刘宋时则正式形成，颜延之之文可为代表。这类文章对藻饰、用典、对偶的追求较为讲究，文风亦稍趋繁缛典丽，但鉴于骈文正式形成的时间还不长，真正称得上骈文的作品数量还很少，因此散体文仍为文苑中的大宗，所以其时总体文风还是质朴无华的。至萧齐声律论提出后，骈文写作追求声律之美，对藻绘、用事、对仗等修辞技巧的讲究则变本加厉，极其谨严，任昉之文可为代表。梁、陈之际，骈文发展到徐陵、庾信阶段，对于各种形式技巧的追求可谓无以复加，文风华艳靡丽，至此达到成熟阶段。

王钟陵先生曾在《中国前期文化心理研究·序言》中提出："试图对历史作出一种原生态式的把握，以求更多地贴近于历史的实际情状。"② 根据"历史真实的两重存在性原理"③，不同人对历史的发展有不同的理解，具体到南朝散文的发展也就会出现不同的观点。为了"尽力减低从历史真实的第一重存在向其第二重存在转化时所必定会发生的简单化以至于歪曲化的程度"④，笔者在撰写过程中着力从原作品出发，并结合时代及文化背景、审美心理、作家经历等多重因素来审视散文作品，力图最大限度地贴近南朝散文的实际发展状况。虽然南朝各时期各体散文的发展并不平衡，但在骈俪习气的影响下由质趋文、由散趋骈的倾向却是不可逆转的。无论"文"还是"笔"，几无例外地呈现出这一走势。与章表、诏策、教令、论说等"笔"类散文相比，诔碑、颂赞、铭箴等"文"类散文似乎更讲究文采，因此审美性也更突出。

尽管本书意在运用王钟陵先生的文学史研究的两条重要原则和新逻

---

① 王钟陵：《文学史新方法论》，苏州大学出版社 1993 年版，第 136 页。
② 王钟陵：《中国前期文化心理研究》，重庆出版社 1991 年版，第 6 页。
③ 《中国中古诗歌史·前言》，《中国中古诗歌史》，第 2 页。
④ 王钟陵：《文学史新方法论》，第 78 页。

辑学思路来研究南朝散文，但由于笔者的认识理解能力及逻辑思维水平方面的局限，故不能很好地领会与从容地驾驭这些精深的理论，因而致使本书会存在不同程度的缺陷。有鉴于此；真诚期待方家不吝赐教。

第一章 南朝散文研究现状及意义综述

中国古代散文发展到南朝，多数趋于骈俪化，形成骈文。历来论者论及南朝散文，大都围绕骈文展开，致使散体文的研究受到冷落。其实这一时期除了骈文之外，还有一些用散体形式写成的史书、山水地记、佛学论文等，作为南朝散文的有机组成部分，它们同样应该引起重视。综观此前的南朝散文研究，对骈文加以研究的成果数量以及探讨问题的广度和深度都超过对散体文的研究。回顾此前的南朝散文研究状况，大致可以分为三个时期：清代至1949年；1949—1990年；20世纪90年代至今。

第一节 清代至 1949 年的南朝散文研究

清代学者研究南朝散文的成果主要体现在一些骈文批评著述和骈、散文选本中。骈文批评著述主要有陈维崧的《四六金针》、孙梅的《四六丛话》等，其中以孙梅所作成就为最高。《四六丛话》共包括三十三卷，前二十八卷分别对与骈文有密切关系的《文选》、骚、赋及制、敕、诏、册、表、章疏、启、颂、书、碑志、判、序、记、论、铭、箴、赞、檄、露布、祭、诔等各体骈文的源流、体制、特点、主要作家作品加以论述，后五卷为文选家、楚辞家、赋家、三国六朝诸家、唐四六诸家、宋四六诸家和元四六诸家的传略。全书近四十万字，线索清晰，资料翔实，论述透辟。该书对楚辞、赋、骈文发展的论述非常精当，如《四六丛话·叙骚》曰："屈子之词，其殆诗之流，赋之祖，古文之极致，俪体之先声乎？""自赋而下，始专为骈体，其列于赋之前者，将以骚启俪也。"[①] 另外，《四六丛话》对南朝具体作品的评价也比

---

① 孙梅：《四六丛话》卷三，上海商务印书馆 1937 年版，第 39、40 页。

较恰当，如评刘峻的《广绝交论》的笔法云："云谲波诡，度越数子。"① 又如评刘令娴的《祭夫文》曰："长于哀怨。"② 有论者称《四六丛话》为"前无古人后无来者的集大成之作"③，由此可见对此书价值的充分肯定。

骈文选本主要有李兆洛的《骈体文钞》、蒋士铨的《评选四六法海》、许梿的《六朝文絜》等，其中李兆洛所编影响最大。《骈体文钞》收录自秦迄隋的文章六百多篇，虽以骈体目之，其中也有部分散体文，可见李氏主张骈散合一。全书共分三编，包括三十一卷，每编为一类内容。上编（卷一至卷十八）属庙堂之制、奏进之篇，共二百七十八篇，所含体类较多，有铭刻、颂、杂飏颂、箴、谥诔哀策、诏书、策命、告祭、教令、策对、奏事、驳议、劝进、贺庆、荐达、陈谢、檄移、弹劾。中编（卷十九至卷二十六）属指事述意之作，共一百九十八篇，所含体类有书、论、序、杂颂赞箴铭、碑记、墓碑、志状、诔祭。下编（卷二十七至卷三十一）属缘情托兴之作，共一百四十四篇，所含体类有设辞、七、连珠、笺牍、杂文。《骈体文钞》的价值不仅体现在编选分类上，而且还体现在李兆洛和谭献的评语上。此书对南朝骈文作品的评点都比较准确，如李兆洛评徐陵的《为贞阳侯重与王太尉书》云："往复数书，此最文质相宜，当于事理。"④ 又如谭献评王巾的《头陀寺碑文》曰："辞不泛滥，汉魏义法未沦。名理之言，出以回薄，纪叙之体，贯以玄远，此为南朝有数名篇，沾溉唐初，何能青胜？"⑤ 诸如此类，不胜枚举。

散文选本主要有姚鼐的《古文辞类纂》、曾国藩的《经史百家杂钞》等，其中姚氏所选更具代表性。清代骈、散之争甚盛，散文方面，桐城派势力强大，姚鼐编选《古文辞类纂》，以古文为文章正宗。姚氏选录自周至清的古文七百余篇，尤以唐、宋古文为重（约占三分之二），选录范围虽广，但选文标准甚严，大抵认为只有符合桐城义法者方能入选，这样就把散文的范围缩小了很多。尽管《古文辞类纂》选文总数颇多，但所选六朝作品数量极少，较著名者仅有鲍照的《芜城赋》。在骈文方面，阮元以骈体为文章正宗，与桐城派展开了针锋相对的斗争。为给骈文张目，阮氏重提六朝文、笔之说，将文、笔与骈、散混为一谈。他认为骈体有韵者为文，散体单行者为笔，即言骈文是文，散文是笔而不是文。时至清末民初，刘师培继轨阮氏之说，仍以骈文为文，散文为笔。虽然阮元、刘师培曲解了六朝文笔论的含义，但不可否认他们对南朝散文研究所作出的贡献。

民国时期，研究南朝散文的成果主要体现在一些专著中。就学术水平而言，居于首位的当数刘师培的两种著述。《中国中古文学史》堪称南朝散文研究的力作，此书原为作者于辛亥革命后在北大教学的讲义，其突出特点是辑录排比有关的文学资料，自己的见解则以案语形式加以表达。此书材料丰富，观点明晰，如把南朝散文的总体得失概括为四点（矜言数典，以富博为长；梁代宫体，别为新变；士崇讲论，而语悉成章；谐隐之文，斯时益甚）；指出张融文章追求新变和裴子野制作多法古；又如总结南朝文风与特点时说："南朝之文，当晋、宋之际，盖多隐秀之词，嗣则渐趋缛丽。齐、梁以降，虽多侈艳之作，然文词雅懿，文体清峻者，正自弗乏。"① 该书对骈文也有新见，如作者提出，骈文作为"禹域所独然，殊方所未有"的我国特有的文体，可以"与外域文学竞长"②。刘氏强调具备偶词俪语才能称为"文（骈文）"，可见其宗骈重骈的倾向。此书在 1928 年就受到鲁迅的称赞，③ 其学术价值自不待言。

《汉魏六朝专家文研究》是刘师培的遗作，由罗常培笔录整理，独立出版社于 1945 年印出。由于作者对各家文章都有深刻体会，故在文章体式流变、篇章句法等方面，颇多独到之语。如第二章论及傅亮与任昉文章的传承关系、特点、师法时说："傅季友与任彦昇实为一派。任

---

① 刘师培：《中国中古文学史·论文杂记》，人民文学出版社 1959 年版，第 92 页。

② 同上书，第 5 页。

③ 鲁迅在致台静农的第四封信（1928 年 2 月 24 日）中说："中国文学史略，大概未必编的了，也说不出大纲来。我看过已刊的书，无一册好。只有刘申叔的《中古文学史》，倒要算好的，可惜错字多。"（《鲁迅全集》第 11 卷，人民文学出版社 1981 年版，第 609—610 页。）

出于傅，《梁书》已有明文。二子之文有韵者甚少。其无韵之文最足取法者，在无不达之辞，无不尽之意，行文固近四六，而词令婉转轻重得宜。""且其文章隐秀，用典入化，故能活而不滞，毫无痕迹；潜气内转，句句贯通：此所谓用典而不用于典者也。""至其词令隽妙，盖得力于《左传》《国语》，宜探其渊源，以究其修辞之术。"[①] 另外，刘氏极赞赏范晔《后汉书》中的传论序赞，认为其夹叙夹议之法和字句声律"导齐、梁之先路，树后世之楷模"[②]；对沈约之文也不吝美词：肯定《宋书》中纪传叙论的文学价值；指出沈氏的辨理之文（如《难神灭论》等）源于嵇康，足以自成一家，可惜失于浮泛；其表启文同于任昉，但不够自然。又如第四章论及谋篇、第五章论及文章转折时，分别以任昉的章表、《后汉书》各传中经范晔润饰改删过的奏议论事文为例，对文章作法予以指示。刘师培二著对南朝散文研究作出了卓越的贡献。

20 世纪 20 年代至 40 年代对南朝散文进行研究的著作较多，约举几例以见大概。1923 年，孙德谦的《六朝丽指》出版，堪称专论六朝骈文的名作，该书以阐述理论为主，偶尔附以例证。其所涉内容甚广：如骈文的兴盛；善用比兴和描绘；能得画理；重气韵自然；四六得名之由及六朝文句式；六朝时称骈文为"今体"；文章有南北之分；骈文贵用虚字；多用代字；多生造词句，近于不能理解；文章体制出于六经；六朝文有四体；主张骈文中应融有散句等。孙氏论述精密而透彻，不亚于对南朝骈文做出的细微解剖。1931 年刘麟生写成《中国文学史》，针对当时贬斥骈文的风气，提出应该客观公正地看待骈文，不应偏于极端。他说："文学是多方面的，以真善美为归；只要文笔自然，能描写事物，能抒发性情，便是真善美的好文学。"正因骈文具备此条件，所以也是好文章。刘氏又说："六朝的文，是骈文的大成时期。东汉以来，文章日趋于整赡。然而句法终嫌板滞。六朝人作文，渐渐于板滞之中，发生变化，夹用些四六句子。但是不像唐宋以后的四六文（即骈体文之变体）刻板的用四六句子，发生单调的现象。所以六朝人的骈

---

①　陈引驰编校：《刘师培中古文学论集》，中国社会科学出版社 1997 年版，第 114 页。
②　同上书，第 113 页。

文是骈文的极轨。"① 此书对南朝骈文所论较多，而于散体文仅有泛泛之语。郑振铎的《插图本中国文学史》原由朴社于 1932 年印行，此书所讲南朝散文，实际上也包括骈文。其最大特点是对南朝四代主要作家的文章特点和风格都有概括，语虽简洁但能切中要害。金秬香的《骈文概论》出版于 1933 年，属于较早的骈文史著作，该书第三章征引《南齐书》、《隋书》对南朝文风加以说明，后有十节涉及南朝骈文，线索虽清晰但欠缺深度。此外，三十年代出版的著作中关涉到南朝散文的还有容肇祖的《中国文学史大纲》（1935）、刘麟生的《中国骈文史》（1937）、陈柱的《中国散文史》（1937）、杨荫深的《中国文学史大纲》（1938）、钱基博的《中国文学史·上册》（1939）。

刘大杰的《中国文学发展史》上卷写成于 1939 年，中华书局 1941 年出版。此书肯定了南朝小品文在描写山水方面的成就，指出文章追求语言技巧和运用声律具有一定进步性，这些都是合于情理的，但将骈文指斥为形式主义文学则又体现出作者的局限性。约与刘著同时出版的施慎之的《中国文学史讲话》认为，骈文并非一无是处，"虽然雕琢字句，格局不大，然而秀逸清新，音调锵锵，可以说是美文的杰作，不能以雕琢一概抹杀"②。在当时贬抑骈文的氛围中，能有这样一种实事求是的态度，实属难能可贵。王瑶于 40 年代后期写出《徐庾与骈体》一文，以大量资料为基础，经过细微深刻的分析论证，得出了诸多颇具创见性的结论，为以后的研究树立了楷模。如通过辑录历代关于徐、庾并称的材料后指出：传统所谓"徐庾体"，主要是指"文"说的，是指他们对于骈文形式的贡献和示范。另外，此文在论及徐、庾骈文的成就时说："徐庾的主要成就，即在将宫体诗所运用的隶事声律和缉裁丽辞的形式特点，完全巧妙地移植在'文'上；使当时的骈文凝固成一种典型的文体，而成了后来唐宋四六和律赋的先导。"③ 出版于 1949 年 9 月的范文澜的《中国通史简编》将南朝骈文分为三派（颜延之派，永明体派，徐庾体派），并概括出各派的特点，对颜派还提及其缺点（"冗长堆砌，意少语多"）。总体来看，范氏从美学的角度对骈文给予了肯

---

① 刘麟生：《中国文学史》，台北中新书局 1977 年版，第 153、159 页。
② 施慎之：《中国文学史讲话》，世界书局 1941 年版，第 32 页。
③ 王瑶：《中古文学史论集》，上海古籍出版社 1982 年版，第 158 页。

定，但也看出了不足，即骈文不宜于叙事。他还说："所以，骈文尽管盛行，并不能排摈散文在史书上的地位，以为东晋、南朝时散文已经绝迹，是不合事实的。不过，东晋、南朝人撰史书，凡论赞都用骈文，惟梁、陈时姚察、姚思廉父子作《梁书》、《陈书》，论赞独用散文，超出一般史家的窠臼。"① 总体说来，范文澜对南朝散文的评价比较公正、客观。

综观这一时期的南朝散文研究，虽然论文较罕见，但专著不算很少，而且能见到几种多有创见的高水准论著。尽管有些专著的论述还缺乏深度，却也从宏观上基本把握住了南朝散文的总体风貌。

第二节　1949—1990 年的南朝散文研究

从新中国成立到六七十年代，阶级性、现实性和人民性成了衡量文学作品的标准，对于作品，一定要分出优劣，而且强调批判地继承。这种掺杂政治因素的倾向势必导致研究观念、思路和方法受到限制。在这股风气笼罩下，南朝散文被斥为形式主义的声音有增无减，其在文学发展史中的作用被彻底忽略，研究工作几乎陷于停顿。这一时期所出的论文和专著大多仅从表面作一点文章，对于重要作家、作品及创作现象往往停留于浅层次的描述与评价上，基本上不作深入的考察和分析。

1957 年启功发表的《散文与骈文的区别》② 一文，属于通俗介绍性的文章，没有展开详细的评议。1963 年，游国恩等主编的《中国文学史》虽为"南北朝的骈文和散文"立专章，但真正涉及南朝散文的部分极少，近于浮光掠影般的描述，且未能避免对其加以形式主义的指责。徐迟于 1978 年发表的《散文与骈文》③ 一文，也只是对散骈两种文体加以简单介绍。当然，也有少数学者对南朝散文表现出足够的重视，王运熙可为代表，其《孔稚珪的〈北山移文〉》④ 针对前人对孔文内容和创作意图的理解提出了三处疑点，通过细密的考证和分析后表明

---

① 范文澜：《中国通史简编·修订本第二编》，人民出版社 1949 年版，第 416 页。
② 《文艺学习》1957 年第 4 期。
③ 《光明日报》1978 年 5 月 21 日。
④ 《文汇报》1961 年 7 月 29 日。

自己的观点。他的另一篇文章《范晔〈后汉书〉的序论》① 通过翔实的材料加以缜密的论证，表达出对《后汉书》中序与论的赞赏。华仲麐的《中国文学史论》出版于 1965 年，作者提出，骈文是相对于散文而言的，其实文章并无骈散二体的严格区分，经籍中两体兼行即为明证。后来文章有了俪词，才有了骈散之分。他还说："此种文风，以南朝最盛，故以六朝文名之；其长处在声采美妙，而短处在意瘠词肥，因其过重形貌之美，故未免叠床架屋，有碍于表情达意。"② 不仅看到南朝散文的优点，而且也看到缺陷，这种评价是比较全面的。

进入 80 年代后，学术研究的禁锢被打破，思想观念的解放带来了方法的多元化，南朝散文研究呈现出来的新气象体现在两方面：一是许多单篇论文和学术专著都能对南朝散文进行科学的评判；二是在研究深度和广度上有了不同程度的拓展。王运熙的《刘勰对汉魏六朝骈体文学的评价》③ 以《文心雕龙》为依托，介绍了刘勰对骈文的形态要素以及汉魏六朝（南朝仅涉宋、齐）的重要作家作品的艺术评析，褒贬兼具，但赞赏多于批评。曹道衡的《关于魏晋南北朝的骈文和散文》考论深刻，多有新见。文章不仅提出南朝散文中虽然骈文占很大比重，但散体文并未绝迹，而且把南朝骈文分为三期，并结合具体作家作品对每期的特点加以说明，指出即便是以骈文驰名者有时也难免用散文写作。另外，作者还提出了骈文四个方面的弊病（刻意雕琢，有时反而使文句欠通；因为强求字句整齐或故意求典雅而改变人物的本名，甚至用一些含混的概念去代替它；不需用典处用了典，使一句简单的话分成好几句，读者反而感到晦涩；有些典故和句法重复使用，形成公式），都非常准确。曹氏认为，骈文由于受到形式的限制，有时会出现以文害义或辞不达义的毛病，但也指出古代的骈文家确实写出了不少名作。"这些文章有的在抒情和铺叙、夸张一些事物时，往往能把一些曲折、复杂的感情或生动的事物形象传神地表达出来。"④ 胡国瑞的《魏晋南北朝骈文的发展及成就》⑤ 以史书的论赞和各时代代表作家的重点作品为纲，

---

① 《文学遗产增刊》第 10 辑，中华书局 1962 年版，第 52—65 页。
② 华仲麐：《中国文学史论》，台湾开明书店 1965 年版，第 171 页。
③ 《文学遗产》1980 年第 1 期。
④ 《文学评论丛刊》第 7 辑，中国社会科学出版社 1980 年版，第 265 页。
⑤ 《武汉大学学报》1980 年第 5 期。

对骈文的发展过程和所取成就进行了详细的阐述。曹道衡的《关于裴子野诗文的几个问题》①针对日本学者林田慎之助的《裴子野〈雕虫论〉考证》（《古代文学理论研究丛刊》第6辑）一文，提出了一些关于裴氏文章的不同看法。作者首先肯定了林氏考证的正确（即《雕虫论》是《宋略》中的文字，作于南齐末），但对于考证的依据却又提出自己的观点。林氏根据《梁书·裴子野传》所载裴氏的生卒年和沈约《宋书》的成书时间推测出《宋略》作于南齐末，而且仅征引《通典》、《文苑英华》、《资治通鉴》诸书来探讨裴氏的思想与文学观。作者认为林氏最大的疏忽在于没有注意到唐许嵩的《建康实录》，此书所载《宋略》佚文不见于林氏所引者有近十条，而且很多能够说明问题。钟优民的《谢灵运论稿》（齐鲁书社1985年版）提出，由于谢氏推崇形式的华美和内容的充实，因此其散文具有很高的艺术造诣，具体体现为感情真挚，耐人寻味；论证谨严，很有说服力；语言清新流畅，辞藻华美；句法骈散结合，错落有致。周建渝的《徐陵骈文初探》②把徐陵的骈文创作分为前、中、后三期，并对每期作品的思想内容与创作特点及风格进行了准确的概括，材料翔实，论述周密。该文认为，徐陵前期骈文主要是闺闱之咏（以《玉台新咏序》为代表），表现出清新艳丽的特点，此时风格可概括为"文艳质寡"（徐陵《答李颙之书》语）；中期主要抒写羁留北方时的家国之思和南归后的济世之志（以《与齐尚书令求还书》和《册陈公九锡文》为代表），表现出典雅庄重而富丽的特点，此时风格可概括为"文质相宣"（《骈体文钞》卷十九李兆洛评语）；后期主要表现出笃信佛教的思想内容，创作特点及风格与中期一致。文末还通过比较提出，徐陵的碑文在刻画人物的鲜明突出和描绘事件的形象具体方面都优于正史。

郭预衡的《中国散文史》出版于1986年，其突出特点是密切结合作品实例，不但大休描述出散文发展的轨迹，而且还基本把握住了后代对前代的继承与革新。该书对南朝部分所论详尽，相较于同类著作，立论的深度和涉及面的广度都胜出一筹。郭氏指出，时至南朝，文学成为独立一科，其地位更突出，更受重视了，而且历代帝王提倡文学并身体

---

① 《文学遗产》1984年第2期。
② 《文学遗产》1988年第4期。

力行，世家豪族也转相追随，多以文学相称。这个时代文章的内容与形式表现出七个特征：对偶日工，出现"四六"之体；更加借助于数典用事；辞赋亦尚俳词，杂以四六，形成律体；书札文出现写景倾向；某些实用文字，如任昉的《奏弹刘整》，质朴无华，甚至杂用口语；产生儒、玄或儒、佛之间的辩难之文；文章走向"四六"极端之时，出现反对的声音，裴子野效法古体即为一例。论及南朝文的演进特点时，作者说：

> 总的看来，南朝之文，是文章由单体向骈体发展的高峰，这是这个阶段的文章的最主要的特点。但骈体文章不便于议论，所以这时的论难之文仍多散体。而且由于骈俪走向极端，物极必反，裴子野之效古体，就是文章复古的一个先兆。唐宋的古文运动，就文体的变迁来看，则是回到另一极端。这是文体发展的自身的规律，质文迭变，不是个人意志所能转移的。①

在论述的广度上，此书也超过先前的著作，如刘宋文部分，不但论到著名的或较有名的作家（如鲍照、颜延之、谢灵运、谢惠连、谢庄），而且还论到多被忽视的一些作家（如何承天、傅亮）。又如梁文部分论及著述繁多的武帝萧衍时，著者丝毫不吝惜笔墨，分门别类地对其序、诏、敕、杂文、书进行了论析。

稍晚于郭著的姜书阁的《骈文史论》，称得上是骈文研究的力作。虽然作者以年近八旬的高龄撰成此近 40 万字的著述，但思路仍很清晰，特色也很鲜明。著者提到书的篇幅较大、引录内容较多时说：

> 吾以为近世治文学史者多薄骈文而不加论述；偶或及之，率皆斥为形式主义而草草带过，或片鳞隻爪，莫明原委。青年学子于骈体之文咸感陌生，或欲略观梗概，而古籍丛残，检阅为难。余故不得不于论述之时，精选少许例文，用便说明。其或可以节取片段章句，佐助体认者，则不录全篇，但求足供参证而已，不敢过为繁

① 郭预衡：《中国散文史》上册，第 373 页。

累也。①

　　此书详细论述了二千年中骈体文学的起源、发展、演变及衰亡的过程，并对历代各家各派的观点、主张及创作实绩加以论评，由史及论、以论证史，通过史论结合的方法表达出观点。书中对骈文的名称、特征及发展历程都有准确精细的考证和论析。如述骈文文体之称时，与散文并言；讲文体特征时，以简洁之语概括为四点（同样结构的词句两两并列；词句讲求对偶；音韵协调；用典使事，雕饰藻采）；论发展历程时，作者提出：其一，兴起于东汉之初，始成于建安之际；其二，变化于南齐永明之世沈约等人的文章声病之论；其三，完成于梁、陈、北齐、北周，而以徐陵、庾信所作为能造其极。后来骈文还出现三次变革（中唐陆贽的奏议；晚唐李商隐的四六；北宋欧阳修、王安石、苏轼等人的"宋四六"）。

　　该书论及南朝骈文时，将宋齐划为一段，梁陈划为一段，此种划分法异于众作，著者解释原因有三：其一，骈文自齐"永明"时盛行音韵之说，始为新变，而其影响则著于梁、陈；其初创四声音韵之学的周颙和沈约，皆先仕于宋，后乃入齐，或更仕梁。其二，文笔之辨，宋、齐始盛，梁、陈益狭而严，这对骈文也有较大影响。其三，"宫体"之名，起于梁，虽主要指诗，而实亦包括了文和辞赋。其风虽已初煽于齐代宫廷之中，但毕竟大兴于梁、陈，这就深深地影响了梁、陈的骈体文和骈赋了。针对一些文学史将南朝文学分为宋（或晋宋）、齐梁和陈三段来讲，作者进一步阐述了自己那样划分的理由：

　　　　故晋与宋接，既可以并晋、宋为一；而齐亦承宋，独不可以连宋以及齐乎？齐、梁既可合一，宁不可并陈于梁耶？实则齐仅二十余年，继宋兴文，作者不多，亦未远过宋初之颜、谢，附而论之，亦何不可？梁则不然，固有上承宋、齐的一面，但运祚较长，作家较多，尤其"宫体"作家徐摛、徐陵父子和庾肩吾、庾信父子，或入陈为骈文作家的典范，或入北朝而为六朝文章的集大成者。是梁之承先者轻而启后者重，不称"齐、梁"而著"梁、陈"，并附

---

① 姜书阁：《骈文史论·序》，《骈文史论》，人民文学出版社 1986 年版，第 2 页。

论北朝与隋，似尤便于说明骈文发展演变之轨迹也。[①]

此书在论述时总能做到详略得当，对重点作家尽情挥毫泼墨，对次要作家也能加以概括描述。

综观本时期的南朝散文研究，80年代以前，由于受到政治形势的限制和约束，再加上"形式主义"之风的影响和有些人视骈文、散文为非文学的偏见，导致研究呈现出寂寥冷落的局面。80年代以后，思想解放，学术研究获得自由，相应地，局面也有了很大改观，不但单篇论文数量有所增多，而且在研究的深度和广度上也有了明显的开拓。

第三节 20世纪90年代至今的南朝散文研究

进入20世纪90年代以后，南朝散文研究出现了新局面，论文、专著纷纷涌现，其中不乏角度新颖、见解精深、学术价值颇高者。概括而言，这一时期的研究集中于骈文、散文的综合研究和专门研究两个方面，研究成果更丰富，探讨的问题也更广泛。

一 关于骈文、散文的综合研究

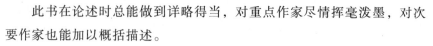

此类研究主要涉及以下问题：第一，对骈文的名称及与其他文体的关系的研究。莫道才的《骈文通论》[②]第一章提及骈文的名称有多种（如连珠，今文与今体，丽辞，四六，骈体、骈体文、俪体文、骈俪文，骈文），并分别举例说明，虽然不尽准确，但也指出了骈文的称呼和修辞方面的常用术语。该章还对骈文与韵文、散文、古文的关系进行了辨析，作者认为，骈文与韵文是交叉关系；与现代意义的散文是内含关系；与古代意义的散文（古文）是对立关系。谭家健的《关于骈文研究的若干问题》[③]提出，骈文与散文的区别一在于偶句数量的多少，二在于对文章风格的不同追求。骈文与辞赋的区别有：从修辞看，骈文以对仗为主，辞赋以铺陈为主；从句法看，骈文以对偶句为主，辞赋以

---

① 《骈文史论》，第353—354页。

② 莫道才：《骈文通论》，广西教育出版社1994年版。

③ 《文学评论》1996年第3期。

排比句为主；从音律看，骈文有时要求平仄而不求押韵，辞赋除平仄外还要求句尾押韵；从题目看，绝大多数的赋以赋命题，骈文则没有固定的文体标志；从功用看，辞赋用于描写与抒情，骈文除此二者外还可议论并充当应用文。虽然八股文也讲究排比，但其句子长短不齐，不用四六，不讲藻饰，不用典故，以段与段相对称为基本规范，而不是以句与句相对偶为特色，其文体属于散文，所以骈文和八股文并不相同。蒋伯潜、蒋祖怡的《骈文与散文》① 指出骈文与散文真正宜于分别之处在于：一是气质的差异，二是功用和态度的辨别，三是性质的不同。于景祥的《骈散三论》② 从骈散的美学形态、功用方面分析了二者的不同，进而提出二者应相辅相成的观点。此文论述时颇具辩证性，如虽然认为散文主要以阳刚之气为长、骈文着重以阴柔之美擅胜，但"个别时候，散而有阴柔之美，骈而有阳刚之气"的现象也存在，不过"皆非主流"。

第二，对骈文的形成、发展、演变及骈文理论著作的研究。莫道才《骈文通论》论证骈文的历史演变时，把整个过程分为发轫期（先秦）、形成期（秦至西汉）、成熟期（东汉至曹魏）、繁盛期（西晋至初唐）、变异期（盛唐至南宋）、衰落期（元明）、复兴期（清）、消亡期（"五四"以后）。这种分法属于一家之言，难免有一些不妥之处。于景祥的《骈文的形成与鼎盛》③ 对骈文的形成过程与鼎盛状态从纵向和横向两方面作了详细的解剖，最后指出："骈文的形成与鼎盛固然有许多外部因素在起作用，但最重要的是文学在发展中逐渐走向独立自觉这一内部原动力。"谭家健的《关于骈文研究的若干问题》④ 提出，骈文的兴衰与上层统治者对待传统文化的态度大致成正比，并按照骈文的发展阶段加以举例分析：指出骈文发轫于东汉末年，与汉灵帝颇有关系；正式形成于魏晋时期，与曹丕、曹植兄弟及出身于贵族的陆机、刘琨等人有关；鼎盛于南朝，与帝王的提倡有关。这种分析阐述无疑有一定的道理。周悦的《齐梁骈文的新变》⑤ 主要从齐梁骈文的语言方面进行分

---

① 蒋伯潜、蒋祖怡：《骈文与散文》，上海书店出版社1997年版。
② 《广西师范大学学报》1997年第2期。
③ 《文学评论》1996年第6期。
④ 《文学评论》1996年第3期。
⑤ 《中国文学研究》1997年第1期。

析，把新变的表现归纳为四点：属对力求工稳，句式趋向四六；用事日趋繁密，典故趋向浓缩；讲求音韵和谐，平仄相间；遣词造句，力求尖新华丽。该文认为，这种新变既源于齐梁人文学观念的指导，又得力于改变刘宋骈文语言艰涩之弊的动因，也是齐梁人生活方式的典型表现。莫道才的《论〈四六丛话〉的学术价值与骈文思想》① 首先对孙梅及《四六丛话》加以概括介绍，继而对《四六丛话》的编撰动机与贡献进行阐述，最后详细分析了《四六丛话》中的骈文思想。此文的贡献在于拓宽了骈文研究的领域，显示出一种新的研究动向。

　　第三，对骈文的形式因素、文化内涵及美学特征的研究。莫道才的《论骈文的形态特征与文化内蕴》② 对骈文的对仗、声韵、典事、藻饰的特征予以详细考察，并提出："这些特征都潜藏着深层的文化内蕴。它们虽然各自包含的文化内蕴互不相同，但往往可以归结为文化材料（如语言文字）和文化心理（如审美观念、时代风尚）两大方面。"钟涛的《骈文与汉语言文字的特殊性》③ 从语言文字这个角度入手，阐述了它和骈文形式的关系。针对汉字单音单字和汉语结构非常灵活的特点，作者认为，单字单音使骈文的整齐对偶成为可能，一义多字为骈文的对偶和藻绘提供了条件；汉语词汇结构上的灵活性使骈文对偶句式变化多端而又整齐；汉语语音的声调组合规则决定骈文的声律情况。此文的价值在于系统论述了语言文字在骈文形成中的作用。谭家健《关于骈文研究的若干问题》④ 强调骈文的文化内涵时提出：首先，骈文既反映了中华民族讲究均衡对称的传统美学心理，也体现了同中求异的创新追求；其次，骈文重视用典，反映了作为古代士大夫的作者和读者，都具有追求古雅，崇尚历史知识的共同文化心态；最后，骈文讲究句调音节之美，充分发挥了汉字汉语的文化特质，具有与古代诗歌不同的韵味追求。莫道才《骈文通论》分析骈文的美学特征与审美效应时，认为骈文的美学特征主要有：骈文是文字型文学（即用书面语写作的文学，更关注具体性的技巧，如用字的简练、对仗的工巧、声韵的谐美、典事的恰当等）的最高典范，均衡和谐美，音乐美，典雅美。莫山洪的

① 《广西师范大学学报》1994 年第 4 期。
② 《江海学刊》1994 年第 2 期。
③ 《汉字文化》1997 年第 2 期。
④ 《文学评论》1996 年第 3 期。

《论骈文的审美形态》① 提出，骈文在美学上表现出含蓄美、对称均衡美、纤秾美、典雅美和意境美的审美形态，并分别作了阐释。冷成金的《试论骈文的美质美态》② 认为，骈文的美的形式主要是汉语的文化意蕴以及某些传统观念的艺术显现。

第四，对南朝文风的研究。曹道衡、沈玉成谈及南朝骈风演进时说："刘宋时期的文章，骈俪的程度超过两晋，但散句还比较多，同时声律论尚未提出，文章中讲究字对，忽略声对。"③ "齐代以后，骈文的使用更加普遍。" "在陈代，连历史和哲学著作，如何之元《梁典总论》、傅縡《明道论》等都用骈体。"④ 罗宗强《魏晋南北朝文学思想史》⑤ 把刘宋元嘉文风的新变归纳为四点：山水题材大量进入诗文，并且追求一种写实倾向；文学创作由哲理化又回到抒情上；追求不同的艺术风格；有意探讨文学的表现手段。永明文风的新变主要体现在声律论的运用上。阮忠的《南朝文化、文学观与散文风格》⑥ 从文化与文学观念的背景来审视南朝散文的风格，作者认为，南朝散文推崇文学现实性、重性情、尚变化，表现出在"性情"贯穿中多重风格相互融合的局面。

二 关于骈文、散文的专门研究

本类研究主要涉及以下问题：首先，南朝山水写景散文研究。王立群的《晋宋地记与山水散文》⑦ 通过摘录《初学记》、《艺文类聚》、《太平御览》诸书中征引刘宋盛弘之《荆州记》及东晋袁山松《宜都山川记》中有关山水片断的描写，将其与郦道元《水经注》的相关部分加以比较，证出晋宋地记中的山水散文对郦书的深刻影响，展现出晋宋地记在山水描写方面的特殊贡献。另外，作者认为，当晋宋山水诗兴起时，晋宋地记中的山水散文已趋成熟，其成熟的标志有四：自然山水被作为独立的审美对象加以审视；创造了一系列鲜明生动的山水形象；创

---

① 《柳州师专学报》1996 年第 3 期。
② 《中国人民大学学报》1999 年第 1 期。
③ 曹道衡、沈玉成：《南北朝文学史》，人民文学出版社 1991 年版，第 22 页。
④ 同上书，第 23 页。
⑤ 《魏晋南北朝文学思想史》，中华书局 1996 年版。
⑥ 《华中师范大学学报》2002 年第 4 期。
⑦ 《文学遗产》1990 年第 1 期。

造出崭新的语言（在一定程度上受到骈文的影响）；展示出多种山水描写手法。此文在山水写景散文探讨方面具有一定的开拓性。莫砺锋的《南朝山水文初探》[1] 指出，晋宋地理著作中的山水文有两个特点：其一，以散体文写成，形式上灵活自如，适宜于随物赋形地刻画山水；其二，出于记述各地山川之异的目的，描写山水时格外注意各处独特的地形地貌，避免了描写的类型化、公式化。文章针对有论者认为北朝山水文成就高于南朝的观点，作出两点解释：其一，除《水经注》外，北朝几无其他典型山水文；其二，《水经注》征引了大量南朝的地理著作，并对北朝山水文成就低和南朝成就高的原因进行阐述，均言之成理。该文对南朝山水文演变轨迹的描述（篇章上从冗长夸饰向短小精悍演变；字句上从密丽新巧向清新疏朗演变；意境上从单纯写景向情景交融演变）尤为精到准确。谭家健的《南朝山水游记初探》[2] 首先对山水游记加以界定（以模山范水的再现型描写为基本内容；有具体的游踪记录或较明显的游览意图；包含作者的主观感觉与体验），继而分时段论述，从所取标题上如"政治斗争阴影下的宋齐游记"、"追求唯美和闲适的梁陈游记"即可看出相关时期游记的特点。王琳的《略论晋宋齐梁文写景功能的强化》[3] 提出，晋宋齐梁文写景功能的强化不仅表现在山水文（山水尺牍、山水铭文、序体山水文、山水记）中，而且还表现在一些写景片断（自注式的写景片断、地记中的写景片断）、某些咏物及抒情性的作品中，该文剔幽抉微，多有新见。

其次，南朝专家文研究。曹道衡、沈玉成对颜延之的文章评价颇高："颜延之的散文和骈文都有相当的成就，是刘宋前期的大手笔。"[4] 并对其《庭诰》加以评述。王运熙、杨明通过列举《世说新语·文学》刘孝标注引刘宋檀道鸾《续晋阳秋》中的一段文学评论，指出了檀氏在文论史上的贡献："檀道鸾这段话对汉魏两晋文学发展历史的概括及分析是值得注意的，它具有开创性的意义，后来沈约《宋书·谢灵运传论》、刘勰《文心雕龙·明诗》、《时序》、钟嵘《诗品序》显然均受

---

① 《中国文学研究》1996 年第 1 期。
② 《辽宁师专学报》1999 年第 1 期。
③ 《山东师范大学学报》2003 年第 5 期。
④ 《南北朝文学史》，第 74 页。

其影响。"① 谭家健的《〈北山移文〉新议》② 针对有论者认为此文所叙与周颙事迹不符而指责孔稚珪失真，并贬低孔文的意义一事，认为"艺术典型不能以历史真实来要求"，该文对后世的影响主要在于讽刺先贞后黩的变节者。王琳认为，任昉的禅代诏策文"夸而较有节，饰而不大诬，堂皇其辞而基本有一定的事实依据，分寸的把握比较适中。行文虽用当时流行的骈体，但气脉通畅而不乏气势"，总体来看，任氏的应用文"善于根据不同的对象，不同的情况而造成不同的行文风格"③，评价较为中肯。阿忠荣的《宫体作家的骈文创作》④ 探讨了梁陈宫体作家（如萧纲、萧绎、庾肩吾、徐陵、庾信等）涉及宫体与非宫体内容的骈文。谭家健的《试论刘峻的骈文》⑤ 通过比较的手法析论刘峻的骈文（如把《广绝交论》与朱穆、蔡邕、曹丕、钟会的同类文章相比；把《辨命论》与李康、萧瑀之作相比等），见解精深，方式新颖，可谓独出心裁。钟涛的《试论徐陵骈文与其政治生活的关系》⑥ 提出，徐陵骈文从写作缘由、使用文体等方面来看，都与政治有相当的关系，而且还常代人立言，因此，其个别作品中的立场和观点并不能代表本人的意愿，有时甚至还出现矛盾。当然，有些与政治有关的骈文，少数篇章虽有政治背景，但作品本身并无政治因素（如《玉台新咏序》），可看作纯粹的艺术品。总体来看，徐陵骈文大多与政治生活有一定的关系。

最后，南朝专体文研究。曹道衡的《从文学角度看〈文选〉所收齐梁应用文》⑦ 以《文选》中所录齐梁诸体应用文（包括诏令、策文、诗序、铭文、碑志、奏议、书笺）为考察对象，通过条分缕析证出这些应用文也具有较强的文学性，其艺术技巧也有诸多可取之处。穆克宏的《文选》研究是该时期专体文研究的重要组成部分。据不完全统计，穆氏有十余篇论文谈及《文选》，兹举要者作一简介。《〈文选〉文体分

---

① 《魏晋南北朝文学批评史》，上海古籍出版社 1996 年版，第 219 页。
② 《齐鲁学刊》2001 年第 6 期。
③ 王琳：《山东分体文学史·散文卷》，齐鲁书社 2005 年版，第 284、285 页。
④ 《青海师范大学学报》1996 年第 2 期。
⑤ 《广西师范大学学报》1999 年第 4 期。
⑥ 《柳州师专学报》1999 年第 2 期。
⑦ 《文学遗产》1993 年第 3 期。

类再议》① 对三十八体说（以黄侃、骆鸿凯为代表）和三十九体说（以褚斌杰、游志诚为代表）加以详细考证，认为三十七体说最恰当。《略论〈文选〉与〈文心雕龙〉之关系》② 针对二书的文体分类、文笔区分、名家名篇、赋的类别几方面的相似性，肯定了《文心雕龙》对《文选》的深刻影响。《〈文选〉对后世的影响》③ 通过梳理隋、唐、五代、宋、金元、明、清诸代对《文选》的研究和学习情况，指出其对后世的广泛影响。《〈文选〉与文学理论批评》④ 通过探讨总集与文学理论批评的关系，全面详细地论述了《文选》所体现的四点文学理论批评思想；体现了编者的文学发展观；提出了文体分类的具体主张；选录作品贯彻了编者提出的选录标准；对所选作家从侧面做出了评价。钟涛的《论六朝骈体书牍文》⑤ 认为六朝书牍类骈文具有诗化特征，不但属应用文，而且也是文学美文。谭家健的《六朝诙谐文述略》⑥ 把南朝诙谐文分为两类：一类为以类似童话或神话的方式，借描写动植物和非生物以影射现实社会之文（如袁淑、孔稚珪、沈约、吴均之作）；另一类为纯粹游戏之文，其讽刺社会或发泄愤懑的用意不太明朗（如陶弘景、卞彬之作），并对诙谐文的特点加以总结。

此前的南朝散文研究状况即如上述。总览这一历程，可以将其特点概括为以下五点：其一，研究成果虽不算少，但多散见于单篇论文或专著的某一部分之中；其二，研究视点比较分散，而且多集中于宏观研究方面；其三，尽管也有具体作家作品研究，但仍局限于重点作家的某一类文章，且深度挖掘不够；其四，即使有关于某一作家文章的专论，但往往也只偏重于名篇，缺乏全面的观照；其五，骈文研究力度较大，散体文研究稍显冷落。就笔者所掌握的资料来看，截至目前，尚没有一部专门、系统的关于南朝散文研究的著述。因此，全面、系统地对南朝散文进行研究就显得很有意义。有鉴于此，笔者不揣浅陋，愿以此为研究对象，希望能比前人有所开拓。

---

① 《江海学刊》1996 年第 1 期。

② 《临沂师专学报》1996 年第 2 期。

③ 《福建论坛》1996 年第 3 期。

④ 《文学遗产》1998 年第 4 期。

⑤ 《广西师范大学学报》1999 年第 4 期。

⑥ 《中国文学研究》2001 年第 3 期。

第二章　中国古代散文中的骈文散体文演进历程

任何事物的出现都不是突然的，它往往有一个缓慢渐进的过程，南朝散文（包含骈文与散体文）也不例外。从骈文萌芽、发展、定型、成熟到变异、衰落、复兴、消亡，辅以散体文的兴衰更替，这一骈、散两体演进的历程贯穿了整个中国古代散文发展的历史。为阐明南朝散文在整个散文发展史上的地位，特立专章以见骈文、散体文兴衰演进的情况。

骈文、散体文的演进是文学史上散文发展的体现，当为文学发展的自然规律使然，它主要表现为骈、散两种文体交互更替、此消彼长。在以文言文为载体的古代散文发展史上，无论哪方占据主流，另一方都没有绝迹。譬如南朝时骈文处于鼎盛阶段，散体文则仍在潜滋暗长；而中唐古文运动时古文（散体文）主宰文坛，同时也有诸多骈文作品出现。由于骈文注重形式，讲究对仗、藻绘、声律、隶事，故被后人诋为形式主义文学，复因其多出自上层贵族或文人之手，又被冠以贵族文学的称号，乃至受到多方指责。而散体文则实用性较强，故多受世人青睐，似乎其地位高于骈文。这些观点无疑都带有一定的片面性。

文章存在骈、散两种体式是客观现实，但两体本身并无优劣高下之分，因此后代对于骈文、散体文的争论毫无意义。鉴于二者本同出一源，而后分流，所以两体应该相互结合，共同促进文章的发展。袁枚说："一奇一偶，天之道也；有散有骈，文之道也。文章体制，如各朝衣冠，不妨互异，其状貌之妍嬚，固别有在也。天尊于地，偶统于奇，此亦自然之理。"[①] 李兆洛也说："阴阳相并俱生，故奇偶不能相离，方

---

① 《书茅氏八家文选》，《小仓山房诗文集》，第 1814 页。

圆必相为用。道奇而物偶，气奇而形偶，神奇而识偶。"① 曾国藩亦主张骈散相并相用："一奇一偶，互为其用。"② 骈文与散体文非但不相抵触，而且还能相互结合，各适其用，可以共存于文坛。章太炎云："头绪纷繁者，当用骈；叙事者，止宜用散；议论者，骈散各有所宜。"③ "今以口说衡之，历举数事，不得不骈；单述一理，非散不可。二者并用，乃达神旨。"④ 黄侃也有类似见解："奇偶之用，变化无方，文质之宜，所施各别。""用奇用偶，初无定律，应偶者不得不偶，犹应奇者不得不奇也。终日迭用奇偶，节以杂佩。"⑤ 足见骈体与散体之用各适所宜，若并而用之，则效果更佳，况且散骈二体之间始终都在相互影响，相互作用。陈柱说："散文虽欲纯乎散，而不能不受骈文之影响。骈文虽欲纯乎骈，而亦不能不受散文之影响。以至乎四六专家，八股时代，凡为散文骈文者，胥不能不受其影响。此文学各体分立之后，不能不各互受其影响者也。"⑥ 此说指出文分骈散是文学发展的自然规律所致，而两体之间相互影响则更有利于合二为一，体现出陈氏骈散合一的主张。

散文一体自古有之，几乎与文字同时产生。据考证，最早的散文出现于约 4200 年前的龙山陶书中，早于甲骨文约 800 年。骈文作为我国特有的文体，其产生、发展至成熟也有一个过程，成熟的骈文往往具备对偶工整精致、用典繁密贴切、声律谨严谐畅、辞藻浓艳华丽的要素。骈文自产生迄成熟实际上是以四个要素来衡量的，即对偶是否有意而为、是否精工；数量多少；用典数量如何以及是否恰当；是否讲究声律和藻绘。骈文并非四者皆备，而对仗却必不可缺，所以其萌芽时的标志就是对句的出现。其实自散文产生之初就已含有骈文的因子，这从其中的一些对句中即可看出。中国古代散文中的骈文、散体文演进经历了骈散合一；骈散分途；骈文初成、定型及兴盛；散体文复兴、骈文变革、四六形成；骈散并衰；骈散复兴及消亡六个阶段。晚清罗惇曧叙骈散演

---

① 《骈体文钞序》，《骈体文钞》，第 34 页。

② 《送周荇农南归序》，李瀚章：《曾文正公全集·文集》卷一，台北文海出版社 1966 年版，第 45 页。

③ 《文学略说》，《国学讲演录》，华东师范大学出版社 1995 年版，第 243 页。

④ 同上书，第 244 页。

⑤ 《文心雕龙札记·丽辞札记》，《文心雕龙札记》，中华书局 1962 年版，第 163 页。

⑥ 《中国散文史·序》，《中国散文史》，东方出版社 1996 年版，第 1 页。

进历程曰："周、秦逮于汉初，骈散不分之代也。西汉衍乎东汉，骈散角出之代也。魏、晋历六朝而迄唐，骈文极盛之代也。古文挺起于中唐，策论靡然于赵宋，散文兴而骈文蹶之代也。宋四六，骈文之余波也。元、明二代，骈散并衰，而散力终胜于骈。明末逮乎国朝，散骈并兴，而骈势差强于散。"① 罗氏借助骈散兴衰对中国两千年的散文发展脉络作出合理而明晰的勾勒。为便于析论，兹以上述梳理为大致线索，对散文史上的骈散演进历程进行较详细的纵向考察，以明南朝散文在这一演进过程中的地位。

第一节　骈散合一时期（上古至汉初）

这一时期为骈散未分阶段，上古文章奇偶合一，不分骈散。"古代文章，无所谓骈，亦无所谓散，奇偶相参，纯任性之所至。"② 陈柱亦云："古人之文，原不能有奇而无偶，亦不能有偶而无奇；不能分其何篇为骈文，何篇为散文也。"③ "或奇或偶，均发乎天籁之自然。"④ 早期文章确如钱基博所述："骈文络乎散文之间，犹之偶数络乎奇数之间也。"⑤ 即骈句多存于散句之中，骈散合为一体。钱氏以《诗经·周南·关雎》证之：开篇"关关雎鸠"四句"意似偶而句法不偶"，属于奇句；以下"参差荇菜"四句为偶；而继之"求之不得"四句又为奇，遂得出上述结论。这种观点恰切地反映出上古文章骈散不分的状况。

如前所述，散文随文字的产生而产生，上古时期人民生活简易，为使文字便于记诵，且能自由表达意志，故文章中多奇偶并用。他们还注意到用韵有助于记诵和流传，所以为文也常讲究用韵。阮元曾论及此事说：

> 古人无笔砚纸墨之便，往往铸金刻石，始传久远。其著之简策者，亦有漆书刀削之劳……

---

① 《文学源流》，《中国近代文论选》下册，第622—623页。
② 刘麟生：《中国骈文史》，东方出版社1996年版，第4页。
③ 《中国散文史》，第3页。
④ 同上书，第4页。
⑤ 《现代中国文学史》，上海书店出版社2004年版，第12页。

古人以简策传事者少，以口舌传事者多；以目治事者少，以口耳治事者多。故同为一言，转相告语，必有愆误，是必寡其词，协其音，以文其言，使人易于记诵，无能增改；且无方言俗语杂于其间，始能达意，始能行远。①

古人传事依靠记诵，为达到易于记诵的目的，则需要对文章"寡其词"、"协其音"、"文其言"，由此而使文章相对于口语来说，便具备了少许文采，而且也开始用韵。这样，文章的发展便经历了由简趋繁、由质趋文的过程。罗惇曧认为这是文学发展的自然规律所致："文学由简而趋繁，由疏而趋密，由朴而趋华，自然之理也。"② 从便于记诵的角度而言，对仗押韵的语句显然比单行无韵的散句更容易记忆。古籍中无论六经、诸子还是历史散文，骈句都占有一定的比例，古代文章是不分骈散的。考察早期文章的骈散状况，可以从具体篇章入手。

上古时期文史不分，骈散合一，文章多注重教化功能。"其文莫非史也，其史莫非治化也。"③ 限于文献资料匮乏或不足征引，故论文者往往自六经开始。章学诚《文史通义·易教上》云："六经皆史也。古人不著书，古人未尝离事而言理，六经皆先王之政典也。"④ 足见早期文章多用于政教治化。李涂云："《易》、《诗》、《书》、《仪礼》、《春秋》……皆圣贤明道经世之书；虽非为作文设，而千万世文章从是出焉。"⑤ 可证六经本虽为治世而生，但也未尝不可把它看作后世文章的源头。六经之中，《尚书》产生时间最早，上古骈散不分、混沌厚重的文风在该书中体现得极其明显。扬雄《法言·问神》曰："虞、夏之书浑浑尔，商书灏灏尔，周书噩噩尔。"⑥ 韩愈亦云："上规姚姒，浑浑无涯；《周诰》《殷盘》，佶屈聱牙。"⑦《尚书》浑朴质重的特点代表了当

---

① 《文言说》，《罨经室三集》卷二，第567页。
② 《文学源流》，《中国近代文论选》下册，第620页。
③ 陈柱：《中国散文史》，第4页。
④ 章学诚著，叶瑛校注：《文史通义校注》上册，中华书局1985年版，第1页。
⑤ 《文章精义》，王利器校点：《文则·文章精义》，人民文学出版社1960年版，第59页。
⑥ 扬雄著，汪荣宝义疏：《法言义疏》上册，中华书局1987年版，第155页。
⑦ 韩愈：《进学解》，《韩昌黎文集校注》，第46页。

时文章的总体风格。就是这部被称作"中国第一部古文"[①]的著作，虽然总体上以散行为主，但《尧典》、《皋陶谟》、《泰誓》、《周官》等篇中已经出现了一定数量的对句。《文心雕龙·丽辞》说："唐虞之世，辞未极文，而皋陶赞云：罪疑惟轻，功疑惟重。益陈谟云：满招损，谦受益。岂营丽辞？率然对尔。"[②]可见，这些篇章中的对句并非有意而为，实乃顺其自然而出。金秬香也看到《尚书》中多有偶句：

> 帝典之文，极有法度，法度之文，必取整齐。《尚书》"钦明文思"，一字为偶也；"允恭克让"，二字为偶也；"分命申命"四节，文法相似，为章法之极整者；"九族既睦，平章百姓，百姓昭明，协和万邦"，虽一气衔接，而句法则已排比矣；"慎徽五典，五典克从，纳于百揆，百揆时叙"，凡数目之字已无不对待整齐矣；"流共工于幽州，放驩兜于崇山"，以人名对人名，地名对地名，对偶之法已工，第平仄之音未叶耳；帝庸作歌曰："股肱喜哉，元首起哉"，"股肱""元首"对待，"喜""起"协韵，实为律诗之远祖。[③]

《尚书》中的对偶句确实较常见，并且有些已经用韵，只是不够严格，而且具体到每一篇中，对句的数量所占的比例还很小。然而，各篇的骈句多融于散句之中，却有散骈相合之妙。清人包世臣对文章中散骈合一的功用有过论断："讨论体势，奇偶为先。凝重多出于偶，流美多出于奇。体虽骈必有奇以振其气，势虽散必有偶以植其骨。仪厥错综，致为微妙。"[④]散骈相合为用，文章体气方显高妙。

除《尚书》外，六经之中的《周易》、《诗经》在对偶和用韵方面相比于《尚书》有过之而无不及。尽管用韵并非骈文的必备要素，但不可否认骈体文的形式因子的数量正在逐渐增多。特别是《诗经》，押韵自不必说，对偶的使用也比比皆是。陈骙说："六经之道，既曰同

---

① 陈衍：《石遗室论文》卷一，无锡国学专修学校 1936 年版，第 1 页。
② 刘勰著，范文澜注：《文心雕龙注》卷七，下册，第 588 页。
③ 金秬香：《骈文概论》，上海商务印书馆 1933 年版，第 10—11 页。
④ 包世臣：《文谱》，《艺舟双楫》，第 1 页。

归，六经之文，容无异体。故《易》文似《诗》，《诗》文似《书》。"①
即言《周易》、《诗经》之文都近似于《尚书》之文，协韵而对仗。
又说：

> 夫乐奏而不和，乐不可闻，文作而不协，文不可诵，文协尚
> 矣；是以古人之文，发于自然，其协也亦自然，后世之文，出于有
> 意，其协也亦有意。……《易》曰："乾刚坤柔，比乐师忧，临观
> 之义，或与或求。"……若此等语，自然协也。《书》曰："无偏无
> 党，王道荡荡，无党无偏，王道平平。"《诗》曰："不明尔德，时
> 无背无侧，尔德不明，以无陪无卿。"二者皆倒上句，又协之
> 一体。②

《周易》与《诗经》在用韵使音节协和上与《尚书》相似，皆是
出于自然，非同后世骈文一样有意而为。

《周易》中被称为"圣人之妙思"③ 的《文言》一篇，阮元誉其为
"千古文章之祖"，它"不但多用韵，抑且多用偶"④。"(《文言》) 一篇
之中，偶句凡四十有八，韵语凡三十有五。"⑤《文言》一文中的用韵相
当突出，数量远远超过《周易》其他篇目。如"见龙在田，天下文明；
终日乾乾，与时偕行；或跃在渊，乾道乃革；飞龙在天，乃位乎天
德"⑥。押"田"字韵且一韵到底而又间以"明"字韵和"革"字韵。
又如"刚健中正，纯粹精也；六爻发挥，旁通情也；时乘六龙，以御
天也；云行雨施，天下平也"⑦ 等，不一而足。阮元对《文言》中的对
偶情况曾加以详细列举：

> 即如乐行、忧违，偶也。长人、合礼，偶也。……存亡、得
> 丧，偶也。余庆、余殃，偶也。直内、方外，偶也。通理、居体，

---

① 《文则》，王利器校注：《文则·文章精义》，第 5 页。

① 《文则》，王利器校注：《文则·文章精义》，第 5 页。
② 同上书，第 6 页。
③ 《文心雕龙·丽辞》，《文心雕龙注》卷七，下册，第 588 页。
④ 《文言说》，《揅经室三集》卷二，第 567 页。
⑤ 阮元：《书梁昭明太子文选序后》，《揅经室三集》卷二，第 570 页。
⑥ 《周易正义》卷一，阮元校刻：《十三经注疏》上册，中华书局 1980 年版，第 16 页。
⑦ 同上书，第 17 页。

偶也。①

至于《文言》中"序乾四德"和"龙虎类感"两节，可谓"句句相衔"，"字字相俪"②。其"序乾四德"一节曰："元者，善之长也，亨者，嘉之会也，利者，义之和也，贞者，事之干也。君子体仁足以长人，嘉会足以合礼，利物足以和义，贞固足以干事。"③ 运用两种不同类型的六字句式构成四个对句。"龙虎类感"一节则曰："同声相应，同气相求。水流湿，火就燥；云从龙，风从虎，圣人作而万物睹。"④ 除最后一句外，分别用四字句和三字句构成三个对句。由于《文言》中的对偶和用韵较多，故有论者提出"不妨以最早之骈文视之"⑤。其实，这些对句都是无意而为，非如后世骈文刻意求对；而且它们多属排比句，不是严格的两两相对之句；再则此文中散句仍然很多。客观地说，《文言》很难算作标准的骈文，但有一点可以肯定，即其中的对句应是后世骈文对句形式的源头。程杲说：

> 在《书》："满招损，谦受益"，在《诗》："觏闵既多，受侮不少"，诸如此类，谓非四六之滥觞耶？《雕龙》所引孔子系易，"四德"句句相衔，"龙虎"字字相俪，"乾坤易简"，宛转相承，"日月往来"，隔行悬合。凡后世骈体对法，莫不悉肇于斯。⑥

《诗经》作为一部诗歌总集，"作韵甚易"⑦，故用韵情况无须赘言。就对偶来说，虽不像后世骈文中那样严格，但类型和数量都不少。如上述程杲所举《邶风·柏舟》中的"觏闵既多，受侮不少"，即为整齐的俪语。又如《小雅·吉日》中的"发彼小豝，殪此大兕"和《大

① 《文言说》，《揅经室三集》卷二，第 568 页。
② 《文心雕龙·丽辞》，《文心雕龙注》卷七，下册，第 588 页。
③ 《周易正义》卷一，《十三经注疏》上册，第 15 页。
④ 同上书，第 16 页。
⑤ 刘麟生：《中国骈文史》，第 10 页。
⑥ 《四六丛话序》，孙梅：《四六丛话》，第 1 页。
⑦ 《文心雕龙·声律》，《文心雕龙注》卷七，下册，第 553 页。

雅·抑》中的"诲尔谆谆，听我藐藐"①，被称为"文有意相属而对偶者"②，不但骈于意，而且骈于字和句，可以说是工整的对句。就类型而言，这些例句中包括了同类对和叠字对。当然，从不同的角度区分，可以得出不同的类别。无论如何分类，相较于散文，诗歌中的对偶数量明显更多则是事实。另外，《诗经》中的《毛诗序》一文，因其中有一些偶句，且颇具抑扬顿挫之美，故被萧统收入《文选》。阮元说："子夏此序，《文选》选之，亦因其中有抑扬咏叹之声音，且多偶句也。"③这种散中夹骈且有声韵美感的语句在《礼记》中也存在，如《礼运》、《儒行》、《哀公问》等篇也有偶句韵词，所以论者称其"敷衍润色，骈偶用韵而成篇"④。上古时期文章中的对偶多是"率然对尔"、"不劳经营"⑤的，可见用骈用散纯是出于自然，并非刻意而求。尽管所用对仗还算不上精巧，但无疑对于后世骈文产生了一定的影响。"汉代以后的骈文实早奠基于殷、周故籍；而两千年来封建王朝的官方文书之始终沿用四六骈体，也正是崇古、尊经、法三王、宗五帝这些传统的儒家思想决定的。"⑥

经传以外，子、史类散文中的对偶也屡见不鲜。如《老子·二章》："有无相生，难易相成，长短相形，高下相倾。"⑦不仅对仗，而且押韵。又如《庄子·逍遥游》："小知不及大知，小年不及大年。"⑧《荀子·劝学》亦有："是故无冥冥之志者无昭昭之明，无惛惛之事者无赫赫之功。行衢道者不至，事两君者不容。"⑨也是韵骈相间。《左传·隐公十一年》："天而既厌周德矣，吾其能与许争乎。"⑩对仗不算工致，却也不见斧凿之痕。金秬香说："七字联语，虚实皆惬，盖妙手

---

① 以上三处所引《诗经》中的偶句，分见高亨《诗经今注》，上海古籍出版社 1980 年版，第 35、252、435 页。

② 陈骙：《文则》，王利器校注：《文则·文章精义》，第 8 页。

③ 《文韵说》，《揅经室续集》卷三，上海商务印书馆 1935 年版，第 128 页。

④ 陈澧：《东塾读书记》卷九，上海商务印书馆 1936 年版，第 138 页。

⑤ 《文心雕龙·丽辞》，《文心雕龙注》卷七，下册，第 588 页。

⑥ 姜书阁《骈文史论》，第 22 页。

⑦ 朱谦之：《老子校释》，中华书局 1963 年版，第 6 页。

⑧ 郭庆藩：《庄子集释》卷一，第一册，中华书局 1961 年版，第 11 页。

⑨ 王先谦：《荀子集解》卷一，上册，中华书局 1988 年版，第 9 页。

⑩ 杨伯峻：《春秋左传注》第一册，中华书局 1990 年版，第 75 页。

偶得之，非有意而为之也。"① 《国语》也是寓骈于散。如《周语上·邵公谏厉王弭谤》曰："民之有口，犹土之有山川也，财用于是乎出；犹其原隰之有衍沃也，衣食于是乎生。口之宣言也，善败于是乎兴，行善而备败，其所以阜财用、衣食者也。"② 《战国策》气势雄厉，实为战国时期纵横家之言数。虽以散行之气为主，抑或有骈俪之风，不过其骈句多融于排比句之中。《秦策一·苏秦始将连横》云："毛羽不丰满者不可以高飞，文章不成者不可以诛罚，道德不厚者不可以使民，政教不顺者不可以烦大臣。"③ 句意相偶但字数不偶，则见其非有意求对。尽管"秦世不文"④，李斯的《谏逐客书》却颇有文采。李兆洛誉其为"骈体初祖"⑤，但其文排比句数量较多，标准的对句倒很少。

综上所述，大略而言，自上古至汉初，为文章的骈散合一时期。其间虽常见对偶用韵现象，但多是出于自然，并非有意为之。具体到一篇文章中，对偶数量也不大，而且大部分对句只是句意相偶，而非字词相偶，所以说与后代骈文中严格意义上的对偶是有区别的。况且，文章中的骈词俪句不是孤立存在的，而是混杂于奇句单行的文句之中，与后世骈文对偶的性质并不相同。虽说对句是骈文的主要形式因素，但有对句并不等于有骈文。因此，早期文章中的对句充其量只是后世骈文对句形式之源，却不能说那时已经有了骈文。

第二节　骈散分途时期（两汉）

汉代散文上承三代余绪，兼有骈散浑融的风格，然而又出现了骈散分途的迹象。具体来说，以司马迁的《史记》为代表的西汉文文风尚古，质朴浑厚，散文气息较浓，即使如此，其中也有少许偶句。曾国藩说："自汉以来，为文者莫善于司马迁。迁之文，其积句也皆奇，而义必相辅，气不孤伸，彼有偶焉者存焉。"⑥《报任少卿书》一文同样散中

---

① 《骈文概论》，第19页。
② 《国语》卷一，上册，上海古籍出版社1978年版，第10页。
③ 刘向集录：《战国策》卷三，上册，上海古籍出版社1978年版，第80页。
④ 《文心雕龙·诠赋》，《文心雕龙注》卷二，上册，第134页。
⑤ 《骈体文钞》卷十一，第155页。
⑥ 《送周荇农南归序》，李瀚章：《曾文正公全集·文集》卷一，第45页。

夹骈。范文澜引朱一新《无邪堂答问》曰：

> 有阳则有阴，有奇则有偶，此自然之理。古文参以排偶，其气
> 乃厚，马、班、韩、柳皆如此。然非骈四俪六之谓。凡文必偶，意
> 虽是而语稍过，若鞏经室诸论则偏矣。①

此说承认古文散中带骈是自然现象，却不能以此认定西汉时已有骈
文，总体看来，西汉文仍属散体文。分析两汉时的骈散情况，可以发现
此时的散文已有骈化倾向，骈散渐渐开始分歧。这种倾向体现在两个方
面：一是赋的骈化，一是赋以外散文的骈化。西汉赋及散文的骈化程度
相对还浅一点，到了东汉，骈化程度明显加剧，特别是赋，几乎全篇骈
化，赋以外的散文，骈化的程度也超过西汉。东汉散文用语造句注重工
丽，逐渐出现骈偶之体，致使文体不同于西汉。《汉书》有意锤炼辞
藻，趋尚骈俪之体，文风亦愈整齐华艳。陈柱说：

> 大抵司马氏尚奇，班氏尚正；司马氏文体近散，班氏文体近
> 骈。习骈文者必宗班，故《昭明文选》选班氏之文独多，选司马
> 氏之文只一篇而已。学古文者宗司马氏，故古文家韩愈数汉代能文
> 者屡称司马而不及班氏也。②

班固的《汉书》与司马迁的《史记》显示出汉代骈散两种不同文
风开始出现分歧，并且对后代的骈文与散文都产生了一定的影响。"班
固则毗于用偶，韩愈则毗于用奇。蔡邕、范蔚宗以下，如潘、陆、沈、
任等比者，皆师班氏者也；茅坤所称八家，皆师韩氏者也。"③ 而韩愈
的古文风格又是师承司马迁的，从而导致散体与骈体形成两种路数。

论及两汉的骈散分歧，不得不提到赋。赋是汉代文学的主要体裁，
按"赋最有助于骈文"④ 一说，若寻汉代的骈文因子，需要从赋入手，
然而汉代辞赋又直接源于战国屈原、宋玉的楚辞体作品。沈约云："屈

---

① 《文心雕龙注》卷七，下册，第 596 页。
② 《中国散文史》，第 121 页。
③ 曾国藩：《送周荇农南归序》，李瀚章：《曾文正公全集·文集》卷一，第 45—46 页。
④ 《中国骈文史》，第 23 页。

平、宋玉，导清源于前，贾谊、相如，振芳尘于后。""原其飚流所始，莫不同祖《风》《骚》。"① 故可说《楚辞》已经是骈散文分歧的先声了。《离骚》是《楚辞》中的名篇，其中对仗相对工整的句子约占全文的三分之一，较为典型者如：

> 朝搴阰之木兰兮，夕揽洲之宿莽。
> 朝饮木兰之坠露兮，夕餐秋菊之落英。
> 制芰荷以为衣兮，集芙蓉以为裳。

《离骚》中的对偶句形式多样，除上举前后两句相对之例以外，还有不太常见的二、三句相对，如："固时俗之工巧兮，偭规矩而改错。背绳墨以追曲兮，竞周容以为度。"也有二、四句相对，如："忽驰骛以追逐兮，非余心之所急。老冉冉其将至兮，恐修名之不立。"更有双声、叠韵相对，如："忳郁邑余侘傺兮。""聊须臾以相羊。"另外，还有当句对，即一句中前半与后半相对，如："杂申椒与菌桂兮。""路幽昧以险隘。""夫惟捷径以窘步。"

《离骚》为《楚辞》中的佳篇巨制，最能代表其高超的写作技法，故后人对其都不吝美词。《文心雕龙·辨骚》曰："自风雅寝声，莫或抽绪，奇文郁起，其《离骚》哉！固已轩翥诗人之后，奋飞辞家之前。""文辞丽雅，为词赋之宗。"② 瞿兑之把《离骚》的格调之美概括为三点：一在于变短句为长句，而以兮字间隔之；一在于文意上的往复缠绵；一在于取材的广博，进而得出结论道："以上三种特点，实是后来骈文家所以奉《离骚》为不祧祖之原因。"瞿氏认为《离骚》的篇章之美，在于"他的汪洋恣肆。似无组织而有组织，似有层次而无层次"③。刘熙载《赋概》亦有相似的看法："《离骚》东一句，西一句，天上一句，地下一句，极开阖抑扬之变，而其中自有不变者存。"④《离骚》充满灵动气息的章法于此可见一斑。

《离骚》以外，《楚辞》中的《九歌》、《九章》对句数量也不少，

---

① 《宋书·谢灵运传论》，卷六十七，第6册，中华书局1974年版，第1778页。
② 《文心雕龙注》卷一，上册，第45、46页。
③ 瞿兑之：《骈文概论》，海南出版社1994年版，第10页。
④ 刘熙载：《艺概》卷三，上海古籍出版社1978年版，第88页。

而且形式灵活多样。《远游》、《卜居》等篇也都有一些骈句，常以排比形式出现，兹不详举。宋玉的《九辩》中的排比句也极常见，但严格意义上的对偶句却不太多。尽管如此，作为汉赋直接源头的《楚辞》在骈文发展史上的重要作用是不可忽视的。孙梅《四六丛话·叙骚》指明了《楚辞》对后世辞赋及骈文的深远影响："屈子之词，其殆诗之流，赋之祖，古文之极致，俪体之先声乎？"① "自赋而下，始专为骈体，其列于赋之前者，将以骚启俪也。"② 为进一步明确《楚辞》各篇与后代赋及骈文的承传关系，孙氏借助具体作品加以说明：《离骚》→《幽通赋》、《思玄赋》；《东皇太一》、《大司命》、《少司命》→《甘泉赋》、《藉田赋》；《湘君》、《湘夫人》→《长门赋》、《洛神赋》；《山鬼》→《感旧赋》、《叹逝赋》；《国殇》、《礼魂》→《马汧督诔》、《祭古冢文》；《涉江》、《远游》→《西征赋》、《北征赋》；《怀沙》→《鵩鸟赋》、《鹦鹉赋》；《哀郢》→《哀江南赋》；《橘颂》→《小园赋》、《枯树赋》；《招魂》、《大招》→《恨赋》、《别赋》；《天问》→《经通天台表》、《追答刘沼书》、《辨命论》、《劳生论》；《九辩》→《七发》；《卜居》→《东方像赞》、《归去来辞》；《渔父》→《解嘲》、《答宾戏》。所列篇目之间相似的风格显示出前者对后者的深刻影响。至于隋以后的作家，如四杰、王维、燕许、柳宗元、李商隐的骈文无一不受楚辞的润泽。关于楚辞与骈文之间的关系，日本学者铃木虎雄所言更为明晰："中国文章中极侈丽者，有四六文，欲知四六文，必解一般骈文，欲知一般骈文，必解汉赋，欲知汉赋，必解楚骚；此其为一贯系统，摘出其一，则不免支离矣。楚骚，汉赋，一般骈文，四六文四者，虽概可以骈文称之，然骚赋者，有韵；骈文四六者，无韵也。"③ 综上可见，骈文实肇始于屈宋骚赋，但与其更近者却是汉赋。

班固《两都赋序》云："或曰：赋者，古诗之流也。"④ "或以抒下情而通讽谕，或以宣上德而尽忠孝，雍容揄扬，著于后嗣，抑亦雅颂之

---

① 《四六丛话》卷三，第 39 页。
② 同上书，第 40 页。
③ 《赋史大要·原序》，[日] 铃木虎雄著，殷石臞译：《赋史大要》，上海正中书局1947 年版，第 1 页。
④ 萧统编，李善注：《文选》第一册，上海古籍出版社 1986 年版，第 1 页。

亚也。"① 此说指明了赋的体裁类属及用途。《汉书·艺文志》也从性质及功用的角度对赋加以解释："传曰：不歌而诵谓之赋，登高能赋，可以为大夫。"② 此言赋可诵而不可歌，似乎与诗又有所不同。《文心雕龙·诠赋》述赋的起源与发展曰：

> 赋也者，受命于诗人，拓宇于楚辞也。于是荀况《礼》《智》，宋玉《风》《钓》，爰锡名号，与诗画境，六义附庸，蔚成大国。述客主以首引，极声貌以穷文，斯盖别诗之原始，命赋之厥初也。③

可见赋本出于诗，由楚辞开拓其领域，荀子、宋玉以赋命名，使其摆脱了附庸于六义的地位而独立，并逐渐发展壮大。阮元之说可与此相互发明："是惟楚国多才，灵均特起，赋继孙卿之后，词开宋玉之先，隐耀深华，惊采绝艳，故圣经贤传、六艺与此分途。文苑词林，万世咸归围范矣。"④ 同样指出赋脱离六艺独立发展一事。赋虽出于诗，但毕竟又不同于诗。刘麟生认为："赋之为物，实介乎诗与文之间。赋大率为韵文。而骈体又为其重要工具者也。"⑤ 持论极为合理。赋是汉代文学的主流，其繁盛之状非后世可比。孙梅曰："赋莫盛于两汉，其时声偶未兴，才人杰思，一寄之于赋。故史著录者，至数百家，千有余篇，虽不尽传，而沈博绝丽之作，至今脍炙，非后世所可及也。"⑥ 班固生于汉世，其《两都赋序》论赋之盛状更具说服力："故孝成之世，论而录之，盖奏御者千有余篇，而后大汉之文章，炳焉与三代同风。" 此以文章专指辞赋，显见赋在文学中的至高地位。汉赋重铺陈排列，雕琢辞藻，最适合于写物摹状，抒发性情。刘熙载说："赋起于情事杂沓，诗不能驭，故为赋以铺陈之。斯于千态万状，层见迭出者，吐无不畅，畅无或竭。"⑦ 正因赋易于铺陈雕饰，恰好符合骈文追求对仗藻绘的特点，

---

① 《文选》第一册，第 3 页。
② 《汉书》卷三十，第 6 册，中华书局 1962 年版，第 1755 页。
③ 《文心雕龙注》卷二，上册，第 134 页。
④ 《四六丛话后序》，孙梅：《四六丛话》，第 1 页。
⑤ 《中国骈文史》，第 23 页。
⑥ 《四六丛话》卷三十，第 521—522 页。
⑦ 《赋概》，《艺概》卷三，第 86 页。

因此探讨汉代的骈文因子，确应从赋入手，况且汉代文章的骈化首先就是从赋开始的。朱光潜曾说："赋侧重横断面的描写，要把空间中纷陈对峙的事物情态都和盘托出，所以最容易走上排偶的路。"① "意义的排偶和声音的对仗都发源于词赋，后来分向诗和散文两方面流灌。散文方面排偶对仗的支流到唐朝为古文运动所挡塞住，而诗方面排偶对仗的支流则到唐朝因律诗运动而大兴波澜，几夺原来词赋正流的浩荡声势。"② 这一论断揭示出辞赋易于骈化的原因及骈化趋势由赋向诗、散文扩展的情况。

姜书阁指出："赋是文学的一体，赋之骈化也就是文章骈化的一个方面，而且是汉代文章的一个主要方面，所以论述骈文的形成和发展不能不探讨汉赋的骈化过程。"③ 汉代辞赋上承屈、宋夸饰之风，"顺流而作"④，极尽铺张扬厉之事。刘勰举出贾谊、枚乘、司马相如、王褒、扬雄、班固、张衡、王延寿八家，各具特色，实为辞赋家表率，故誉其为"辞赋之英杰"⑤。金秬香说："窃以为辞赋之英杰，实骈文之极轨，舒骈俪之言，而有驰骤之势，无形貌之滞，而有准衡之归，名流各尽其长，偶体于焉大备。"⑥ 兹不俱论八家，仅列数端以见汉赋骈化之状。西汉初辞赋多为骚体，往往以排比成章，鉴于骚体样式，虽其偶词俪句不很明显，相对于先秦时的无意为之而言，却已倾向于有意为文。如贾谊《鵩鸟赋》云："且夫天地为鑪兮，造化为工。阴阳为炭兮，万物为铜。合散消息兮，安有常则。千变万化兮，未始有极。忽然为人兮，何足控抟。化为异物兮，又何足患。"不仅上下两句相对而且两排之间相对，这种骈排句式显然是学楚辞而得，尽管字词之间不尽相偶，但无疑已是骈俪的初始形态。又如《吊屈原赋》起首即有："恭承嘉惠兮，俟罪长沙。侧闻屈原兮，自沈汨罗。造托湘流兮，敬吊先生。遭世罔极兮，乃殒厥身。"总体上属于骈对句式，但两句之间对仗不工。刘师培云："西汉之时，虽属韵文（如骚赋之类），而对偶之法未严。"⑦ 此说

---

① 《朱光潜美学文集》第二卷，第185页。
② 同上书，第196页。
③ 《骈文史论》，第198页。
④ 《文心雕龙·诠赋》，《文心雕龙注》卷二，上册，第134页。
⑤ 同上书，第135页。
⑥ 《骈文概论》，第34页。
⑦ 《论文杂记》，《刘师培中古文学论集》，第234页。

指出西汉时的骈句并非严格对仗。

汉代散体大赋正式形成应始于枚乘，其《七发》"腴辞云构，夸丽风骇"①，实为骚体赋向散体大赋过渡时的鸿篇巨制。关于这种文体称"七"的原因，前人曾有论述，范文澜引俞樾《文体通释叙》曰：

> 古人之词，少则曰一，多则曰九，半则曰五，小半曰三，大半曰七。是以枚乘《七发》，至七而止，屈原《九歌》，至九而终。不然，《七发》何以不六，《九歌》何以不八乎？若欲举其实，则管子有《七臣》、《七主》篇，可以释七。②

《七发》一文铺排藻饰、偶对颇工者比比皆是，如："且夫出舆入辇，命曰蹷痿之机；洞房清宫，命曰寒热之媒；皓齿娥眉，命曰伐性之斧；甘脆肥浓，命曰腐肠之药。""将为太子驯骐骥之马，驾飞軨之舆，乘牡骏之乘。右夏服之劲箭，左乌号之彫弓。游涉乎云林，周驰乎兰泽，弭节乎江浔。陶阳气，荡春心。逐狡兽，集轻禽。"排比骈对，可谓自出机杼，修词藻绘，亦称独具匠心，骈化倾向尽显无遗。刘麟生认为："大抵骈字俪句，为骈文之基本原则，至七之演变告成，则文章中之谋篇布局，亦以俪为归宿。"③可见《七发》之文体对后世骈体文的贡献之大。何焯评曰："数千言之赋，读者厌倦，裁而为七，移行换步，处处足以回易耳目，此枚叔所以为文章宗也。"④《七发》对后来文章的影响尤为深远，据明人徐师曾所言，自枚乘《七发》以后，继作有傅毅《七激》，张衡《七辩》，崔骃《七依》，崔瑗《七苏》，马融《七广》，曹植《七启》，王粲《七释》，张协《七命》，陆机《七徵》，桓麟《七说》，左思《七讽》等，至齐梁时已有十余家。《文选》单立"七"为文体一目，但仅有《七发》、《七启》、《七命》三篇入选，徐氏认为此三篇"辞旨闳丽"，故而选入，其余则"递相摹拟，了无新意"⑤。较之骚体赋，"七"体文的骈化程度无疑又加深了一步。

① 《文心雕龙·杂文》，《文心雕龙注》卷三，上册，第254页。
② 同上书，第258页。
③ 《中国骈文史》，第26页。
④ 《义门读书记》卷四十九，下册，中华书局1987年版，第947页。
⑤ 《文体明辨序说》，人民文学出版社1962年版，第138页。

司马相如之赋集贾谊、枚乘之大成，合《战国策》、《楚辞》之奇变，铺采摛文，侈丽浓郁，是骈化倾向最突出的作品。《西京杂记》卷二载司马相如论赋曰：“合綦组以成文，列锦绣而为质，一经一纬，一宫一商，此赋之迹也。”① 此语体现出注重绮丽藻采、声调谐和的特点。《子虚赋》、《上林赋》最能代表汉赋骈化之迹，如《子虚赋》有：“楚王乃驾驯駮之驷，乘彫玉之舆。靡鱼须之桡旃，曳明月之珠旗，建干将之雄戟。左乌号之雕弓，右夏服之劲箭。阳子骖乘，孅阿为御。”或两句为对，或三句为排，骈对方式不一而足。《上林赋》则有：“左苍梧，右西极。丹水更其南，紫渊径其北。终始灞浐，出入泾渭。”“出乎椒丘之阙，行乎洲淤之浦，经乎桂林之中，过乎泱漭之壄。”诸如此类，或骈或排，弥漫充斥，屡见不鲜。吴江吴育评司马相如赋的特征说：“有《书》之昭明，《诗》之讽谏，《礼》之博物，《左》之华腴，故其文典，其音和，盛世之文也。”② 风格的多样化足以使其成为后世骈文的楷模。关于《子虚赋》、《上林赋》在文章发展史上的演变情况，元人祝尧《古赋辨体》云：

> 此赋虽两篇，实则一篇。赋之问答体，其源自《卜居》、《渔父》篇来，厥后宋玉辈述之，至汉而盛，此两赋及《两都》、《二京》、《三都》等作皆然。首尾是文，中间是赋。世传既久，变而又变。其中间之赋，以铺张为靡，而专于词者，则流为齐、梁、唐初之俳体。其首尾之文，以议论为便，而专于理者，则流为唐末及宋之文体。性情益远，六义渐尽，体制遂失矣。③

这一论断不但阐明了问答体辞赋的渊源与发展，更重要的是还指出其演变过程中分化成骈文与散体文两种文体。此种关于骈散合分之迹的描述对于探讨骈散分歧极有意义。罗惇曧认为司马迁与司马相如正代表了散骈两种不同风格：

---

① 葛洪：《西京杂记》，中华书局1985年版，第12页。
② 《骈体文钞序》，《骈体文钞》，第1页。
③ 祝尧：《古赋辨体》，明成化刻本。

西京巨子，溯两司马。子长原出《左》、《国》，俊宕其神；长卿系出《诗》、《骚》，丽密其体。别其外貌，未能强同，要其材力冠绝，通闳相徵，一为散体之宗，一为骈文之祖。譬诸泰、华等峙，众山争朝，东西画疆，冈峦迥亘，语夫轩轾，无乃强词。①

散骈二体只是文章两种体制形式，并无高低优劣之分，罗氏之言是针对当时散骈之争而发的。

扬雄是西汉后期赋家代表，其赋之骈化程度也很大。所谓"枚、贾追风以入丽，马、扬沿波而得奇"②，"相如骋其辩，子云助其波。气则孤行，辞多比合，发古情于腴色，附壮采于清标。骈体肇基，已兆其盛"③，都概括出扬雄之作更趋雕饰辞藻，追求骈俪之风。如《解嘲》一文，通篇骈偶而且多处用韵，音节也很谐畅，不逊于后世骈文。如："今大汉左东海，右渠搜，前番禺，后椒涂。东南一尉，西北一候。徽以纠墨，制以锧铁，散以《礼》、《乐》，风以《诗》、《书》，旷以岁月，结以倚庐。天下之士，雷动云合，鱼鳞杂袭，咸营于八区。家家自以为稷、契，人人自以为皋陶。戴縰垂缨，而谈者皆拟于阿衡；五尺童子，羞比晏婴与夷吾。当途者升青云，失路者委沟渠。旦握权则为卿相，夕失势则为匹夫。"骈对齐整，语颇尚工。又如《长杨赋》几乎全篇运用对偶之辞，其文有曰："其后熏鬻作虐，东夷横畔。羌戎睚眦，闽越相乱。逷昒为之不安，中国蒙被其难。于是圣武勃怒，爰整其旅。乃命骠卫，汾沄沸渭，云合电发。飙腾波流，机骇蜂轶。疾如奔星，击如震霆。碎轊辐，破穹庐。脑沙幕，髓余吾。"主要以四字句为骈，间有三字句、六字句为对。雕琢字词颇具匠心，可谓"复体隐形，读者难晓"④，足见其深厚的文字功力。姜书阁称此文："文似相如而加丽，形同《子虚》而多风，体仍大赋而益骈。"⑤ 即指出扬雄该赋在骈化过程中的推波助澜作用。

---

① 《文学源流》，《中国近代文论选》下册，第 622 页。
② 《文心雕龙·辨骚》，《文心雕龙注》卷一，上册，第 47 页。
③ 刘开：《与王子卿太守论骈体书》，《刘孟涂文集·骈体文》卷二，慈谿大郎山馆童氏光绪十一年（1885）刻本。
④ 金秬香：《骈文概论》，第 46 页。
⑤ 《骈文史论》，第 132 页。

及至东汉，赋之骈化变本加厉，踵事增华，骈俪之形初具。其实，西汉王褒的《洞箫赋》已"开骈赋之先路，奠骈文之基础"①，故可看作骈赋之先声，不过东汉骈化更深。苏轼《潮州韩文公庙碑》称韩愈"文起八代之衰"②，即指从东汉算起，下历魏、晋、宋、齐、梁、陈、隋的骈体文。其所谓"衰"，即指文章趋于骈化。刘熙载称"东汉文浸入排丽"③，刘开则称"东京宏丽，渐骋珠玑"④，皆寓有此时文趋华丽且尚排偶之意。班固是东汉辞赋名家，《文心雕龙·体性》称其"裁密而思靡"⑤，故其作最能代表赋之骈化迹象。此时赋几近于骈赋，赋中骈化文词充满全篇。如《西都赋》曰：

> 汉之西都，在于雍州，寔曰长安。左据函谷、二崤之阻，表以太华、终南之山。右界褒、斜、陇首之险，带以洪河、泾、渭之川。众流之隈，汧涌其西。华实之毛，则九州之上腴焉；防御之阻，则天地之隩区焉。是故横被六合，三成帝畿。周以龙兴，秦以虎视。及至大汉受命而都之也，仰悟东井之精，俯协河图之灵。奉春建策，留侯演成。

分析西都的地理环境适合作为京城，骈章对句，比肩接踵，俯拾皆是。再有结语部分云："于斯之时，都都相望，邑邑相属。国藉十世之基，家承百年之业。士食旧德之名氏，农服先畴之畎亩。商循族世之所鬻，工用高曾之规矩。"骈偶之词整齐贴切，却不露斧凿之痕，足见作者修辞造句之深厚功底。

汉代的骈、散分歧不仅体现在赋的骈化上，而且也体现在散体文的骈化上。相对于赋，散体文不必拘泥于堆砌词汇，可随意施展对偶技巧，因此骈化速度也很快。具体来说，西汉初期散文浑朴自然，不事雕琢，排句、偶句数量相对较少，因此文章仍以散体为主。如贾谊的《过秦论》、邹阳的《狱中上书自明》等均以散体行文，偶尔见到少数

---

① 《骈文史论》，第 124 页。
② 《苏轼文集》卷十七，第 2 册，第 509 页。
③ 《文概》，《艺概》卷一，第 16 页。
④ 《与王子卿太守论骈体书》，《刘孟涂文集·骈体文》卷二。
⑤ 《文心雕龙注》卷六，下册，第 506 页。

骈句、排句。如被姚鼐列于《古文辞类纂》之首的《过秦论》曰："有席卷天下，包举宇内，囊括四海之意，并吞八荒之心。"两个四字句和两个六字句之间彼此相对，四句意义也相合。"振长策而御宇内，吞二周而亡诸侯，履至尊而制六合。"三句并排，句式、字数都相同。但从全文来看，仍以散句为主。姚氏为古文家，摈弃骈文，既选录此文，则可见其仍属散体风格。邹阳《狱中上书自明》亦有"故里名胜母，曾子不入；邑号朝歌，墨子回车"之骈语。自此以后，文风由自然质朴、纵横驰骋趋向典雅古奥，如司马相如的《封禅文》、《喻巴蜀檄》，终军的《白麟奇木对》，王褒的《圣主得贤臣颂》、《四子讲德论》等，虽为散体文，但骈俪倾向也较突出，不仅有对句，而且常见到对句中融有用事，其工整程度明显强于前期。陈柱曰："虽不能即谓为骈文，然而不能不谓为已将成骈文之体势者也。"[1] 如《喻巴蜀檄》有："遗显号于后世，传土地于子孙，行事甚忠敬，居位甚安逸，名声施于无穷，功烈著而不灭。"锤句皆双，整齐划一，自然妥帖，无雕饰之痕，盖为骈俪的原始姿态。

当时还有被孙梅称为"胎息微萌，俪形已具"[2] 的《白麟奇木对》，其文曰："若罚不阿近，举不遗远，设官俟贤，悬赏待功，能者进以保禄，罢者退而劳力。"[3] 属对极工。及至王褒，文中骈化幅度变大，偶对愈趋工整，音节也铿锵有致。《圣主得贤臣颂》云："昔周公躬吐握之劳，故有圄空之隆；齐桓设庭燎之礼，故有匡合之功。"运用周公和齐桓公厚礼待士的典故称誉汉宣帝善待贤臣，属于典型的事对、正对。《四子讲德论》骈化倾向更为突出，文中除有一些普通排比句外，还出现了七排较为整齐的长句。虽彼此之间字数不尽相等，但毕竟是长隔句对的初见。谭献称王褒"风骨学于诸子，华实化于骚赋"[4]，即言其凌厉纵横之气势、铺张扬厉之风格近于先秦诸子散文和楚骚汉赋。张溥谓其"词长于理，声偶渐谐，固西京之一变也"[5]，即认为子

① 《中国散文史》，第 100 页。
② 《四六丛话·叙总论》，卷二十八，第 473 页。
③ 《全汉文》卷二十七，严可均：《全上古三代秦汉三国六朝文》第 1 册，中华书局 1958 年版，第 276 页。
④ 《骈体文钞》卷三，第 41 页。
⑤ 《汉魏六朝百三家集·王谏议集题辞》，殷孟伦：《汉魏六朝百三家集题辞注》，人民文学出版社 1960 年版，第 17 页。

渊散文尚华词偶体、讲音韵谐畅，在西汉散文中别树一帜。另如扬雄创"假物陈义以通讽谕之词"① 的连珠体，其《连珠》一文，骈偶而有韵，亦为骈化之一端。西汉散文虽有骈化倾向，但相对于后世，程度还较浅，而且多排句少严密对句。刘师培之说可为佐证："西汉之文，或此段与彼段互为对偶之词，以成排比之体，或一句之中，以上半句对下半句，皆得谓之偶文，非拘于用同一之句法也，亦非拘于用一定之声律也。"②

　　东汉散文骈化加剧，文人有意追趋骈词俪句，而且注意引经据典。孙梅说："迨乎东汉，更为整赡，岂识其为四六而造福欤？踵事而增华，自然之势耳。"③ 既言注重文辞的整齐华美，又述用事已频繁出现。《文心雕龙·才略》所谓"雄、向以后，颇引书以助文"④，也是说东汉文用事渐多。刘师培云："东京以降，论辩诸作，往往以单行之语，运排偶之词，而奇偶相生，致文体迥殊于西汉。"⑤ 东汉文的骈化倾向已较西汉更加明显，班固的《奏记东平王苍》一文几全为骈词俪句，尤其是涉及卞和、屈原之事一节，更是构成了工整的对偶，对句以四四、六六为主，间以五五、八八式，种类多样，对后世骈文对句形式造成极深远影响。又如《典引》曰："夫图书亮章，天哲也；孔猷先命，圣孚也；体行德本，正性也；逢吉丁辰，景命也。顺命以创制，因定以和神，答三灵之蕃祉，展放唐之明文。"排比铺张，尽显骈化之相，无怪乎李兆洛评其"裁密思靡，遂为骈体科律"⑥。

　　蔡邕被视为东汉"骈文之巨擘"⑦，其碑文骈化最著，《骈体文钞》选录其碑铭之作达十四篇，可见数量之多。李兆洛谓："表墓之文，中郎为正宗，凡可为规范者，皆在所录。"⑧ 蔡邕善作碑诔文已为世所共知，顾炎武曰："蔡伯喈集中为时贵碑诔之作甚多，如胡广、陈寔各三碑，桥玄、杨赐、胡硕各二碑。至于袁满来年十五，胡根年七岁，皆为

---

① 《文体明辨序说》，第 139 页。

② 《论文杂记》，《刘师培中古文学论集》，第 234 页。

③ 《四六丛话·叙总论》，卷二十八，第 473 页。

④ 《文心雕龙注》卷十，下册，第 700 页。

⑤ 《论文杂记》，《刘师培中古文学论集》，第 233 页。

⑥ 《骈体文钞》卷三，第 46 页。

⑦ 金秬香：《骈文概论》，第 54 页。

⑧ 《骈体文钞》卷二十四，第 469 页。

之作碑。自非利其润笔，不至为此。"①《郭有道碑文》为名作之一，亦为东汉散文骈化集大成之作，《文选》、《骈体文钞》皆录，《古文辞类纂》以其多偶而少奇不录。此文主体铭文全是四字句，序文以四字句为主，辅以六字句，杂以三字、八字等其他句式。如云："先生诞膺天衷，聪睿明哲，孝友温恭，仁笃慈惠。夫其器量弘深，姿度广大，浩浩焉，汪汪焉，奥乎不可测已。若乃砥节厉行，直道正辞，贞固足以干事，隐括足以矫时。""於休先生，明德通玄。纯懿淑灵，受之自天。崇壮幽浚，如山如渊。"裁对精工，句式整齐，语词华赡，堪与后世骈文相媲美。刘麟生赞道："蔡伯喈文一出，而后碑板文字，始成为专门绝诣，为骈文造一新纪录。盖东汉文字，已渐趋整齐划一，而非伯喈之金石文字动人，则骈文之发展，尚有待也。"② 一方面肯定了蔡邕对实用性散文在骈化中的推进作用，另一方面也指出东汉时散文大幅度趋于骈化的事实。据《后汉书·郭太传》所载，蔡邕本人对于《郭有道碑文》也极为满意："吾为碑铭多矣，皆有惭德，唯郭有道无愧色耳。"③刘麟生说："王志坚《四六法海》不录魏晋以前之文，故无伯喈之碑文，实则东汉文字，为六朝骈文之先声，而伯喈又为东汉之文豪，吾人于此，不可不三复及之也。"④ 对蔡邕在骈文发展中的地位予以充分肯定。

综上所述，两汉为骈散的分途时期，骈文虽没有正式形成，但句式益趋齐整，骈化幅度逐步增大，已预示着骈文之体式即将形成。

第三节　骈文初成、定型及兴盛时期（魏晋至盛唐）

散文的演进是文学发展的体现，由散体到骈体的转化有一个过程，其原因也是复杂多样的。自东汉时散文骈化愈趋明显，时至魏代，骈化势头有增无减。当然，这一进程并非直线前行，而是存在些许波折。由于文风主宰者的好尚而使文章更多地保留散体文质朴自然的风格的现象

---

① 黄汝成：《日知录集释》"作文润笔"条，卷十九，中册，上海古籍出版社 1985 年版，第 1478 页。

② 《中国骈文史》，第 33 页。

③ 范晔：《后汉书》卷六十八，第 8 册，中华书局 1965 年版，第 2227 页。

④ 《中国骈文史》，第 35 页。

49

偶尔出现，从而导致有些文章甚至不如东汉文尚华词。因此，一方面，散体文一直作为独立文体存在并延续下去，即使骈文最盛时期，散体文也没有消亡。另一方面，随着文章的发展，此时文风加剧骈化并导致骈文最终形成毕竟是大势所趋，非人力所能左右。帝王的提倡与文士的好奇是促使文风演进的重要原因。刘师培论汉魏之际文风变迁云：

> 两汉之世，户习七经，虽及子家，必缘经术。魏武治国，颇杂刑名，文体因之，渐趋清峻。一也。建武以还，士民秉礼，迫及建安，渐尚通侻，侻则侈陈哀乐，通则渐藻玄思。二也。献帝之初，诸方棋峙，乘时之士，颇慕纵横，骋词之风，肇端于此。三也。又汉之灵帝，颇好俳词，下习其风，益尚华靡，虽迄魏初，其风未革。四也。①

建安时期曹操、孔融的文章质朴无华，具备清峻通脱的风格，鲁迅解释"清峻"就是"简约严明"②，"通脱"即"随便"③，这种文风其实受到名、法家政治思想的深刻影响。曹操不赞成浮华文词，加之身体力行清峻通脱的文学主张，导致东汉以来散文的骈化暂时受阻。魏代文坛上遂出现"魏初表章，指事造实，求其靡丽，则未足美矣"④，"魏代子书，纯以推极利弊为主，不尚华词，与东汉异"，"奏疏之文，纯尚真实"，"质直而屏华"⑤ 的现象。散文的发展是文学内部自然规律的体现，散文骈化过程中的暂时停顿也是正常现象，但骈化的正流却不可逆转。自灵帝、献帝时开始的尚华靡、骋辞藻之风延续至魏代，非但没有消歇反有愈演愈烈之势。刘师培曾将魏代自太和至正始的文风归为两派，兹取之以见时文风貌：

> 一为王弼、何晏之文，清峻简约，文质兼备，虽阐发道家之绪，实与名、法家言为近者也。此派之文，盖成于傅嘏，而王、何

① 《中国中古文学史讲义》，《刘师培中古文学论集》，第 8 页。
② 《魏晋风度及文章与药及酒之关系》，《鲁迅全集》第三卷，第 502 页。
③ 同上书，第 503 页。
④ 《文心雕龙·章表》，《文心雕龙注》卷五，下册，第 407 页。
⑤ 《中国中古文学史讲义》，《刘师培中古文学论集》，第 26、28、30 页。

集其大成，夏侯玄、钟会之流，亦属此派。溯其远源，则孔融、王粲实开其基。一为嵇康、阮籍之文，文章壮丽，摅采骋辞，虽阐发道家之绪，实与纵横家言为近者也。此派之文，盛于竹林诸贤。溯其远源，则阮瑀、陈琳已开其始。惟阮、陈不善持论，孔、王虽善持论，而不能藻以玄思，故世之论魏晋文学者，昧厥远源之所出。①

名、法家与纵横家思维敏捷，均长于辞藻，而且王、何善辩能言，嵇、阮渐藻玄思，施于文章，则纵横驰骋，辞采壮丽。何晏的校练名理之作中虽多有骈化文句，但失于文采不足。姜书阁认为何晏作品对骈文发展影响最大的是《景福殿赋》，其贡献即在于"把魏代骈体文章推向更成熟的阶段，而引入两晋、南北朝"②。王弼以骈词俪句注解道玄之理，文赡理丰。《三国志·魏书·王卫二刘傅传》称阮籍"才藻艳逸"③、嵇康"文辞壮丽"④，而《文心雕龙·体性》则称阮籍"响逸而调远"，嵇康"兴高而采烈"⑤。综合二评，意义其实相通，盖嵇康之文丽而有骨，阮籍之文华而有韵，而驰骋文辞、追趋华靡正是文章骈化的集中体现。

建安魏代散文的加剧骈化更得力于曹丕、曹植兄弟及建安诸子的倡导，他们的文风不同于曹操的质朴雄浑，而是沿着东汉骈化之路一直向前推进。鲁迅把魏代文章的"华丽好看"⑥归功于曹丕的提倡不无道理。《文心雕龙·时序》曰："文帝以副君之重，妙善辞赋；陈思以公子之豪，下笔琳琅；并体貌英逸，故俊才云蒸。"⑦文帝、陈思等"驱辞逐貌"⑧、"咸蓄盛藻"⑨于诗、赋、文各种体裁，致使文章"词采华茂"⑩，骈化之相尽现。《三国志·魏书·文帝纪评》谓文

---

① 《中国中古文学史讲义》，《刘师培中古文学论集》，第30页。
② 《骈文史论》，第315—316页。
③ 陈寿：《三国志》卷二十一，第3册，中华书局1982年版，第604页。
④ 同上书，第605页。
⑤ 《文心雕龙注》卷六，下册，第506页。
⑥ 《魏晋风度及文章与药及酒之关系》，《鲁迅全集》第三卷，第506页。
⑦ 《文心雕龙注》卷九，下册，第673页。
⑧ 《文心雕龙·明诗》，《文心雕龙注》卷二，上册，第66页。
⑨ 《宋书·谢灵运传论》，卷六十七，第6册，第1778页。
⑩ 陈延杰：《诗品注》，人民文学出版社1961年版，第20页。

帝"天资文藻，下笔成章"①，同书《任城陈萧王传评》亦谓曹植"文才富艳"②，《王卫二刘傅传评》也称文帝、陈王"博好文采"③，都表现出对华辞丽藻的趋尚。罗宗强认为这种求华美的倾向"是对文学的特质的一种自觉，是对于文学的独特的表现技巧与表现形式的一种追求"，具体表现在"辞采、对偶、声律等方面"④。可以说，魏时骈文的主要形式因素都已基本具备，而且也有一定数量的作品，但由于这种新文体形式尚不够精致，还没有成熟，作品数量也未占压倒之势，因此骈文在魏代是雏形已具，初步定型则在西晋。刘师培论建安魏代文风新变曰：

> 建安之世，七子继兴，偶有撰著，悉以排偶易单行；即非有韵之文，亦用偶文之体，而华靡之作，遂开四六之先，而文体复殊于东汉。
>
> 东汉之文，句法较长，即研炼之词，亦以四字成一语。魏代之文，则合二语成一意。由简趋繁，昭然不爽。
>
> 东汉之文，渐尚对偶。若魏代之体，则又以声色相矜，以藻绘相饰，靡曼纤冶，致失本真。⑤

由上可见，魏代散文的骈化趋势较之东汉进一步加剧，其对偶、藻绘的应用更为广泛。曹道衡指出，魏代文章"骈俪化趋势最显著的是那些冠冕堂皇的公文；其次是朋友间来往的书信；而一些学术论文则几乎很少出现骈体"⑥，实情虽不尽如此，但此语也大体反映出此时文章骈化的分布情况。兹以《文选》所录魏代部分散文为例，从其对句数量看骈化状况：

---

① 《三国志》卷二，第1册，第89页。
② 《三国志》卷十九，第2册，第577页。
③ 《三国志》卷二十一，第3册，第629页。
④ 《魏晋南北朝文学思想史》，第33页
⑤ 《论文杂记》，《刘师培中古文学论集》，第233—234页。
⑥ 《关于魏晋南北朝的骈文和散文》，《中古文学史论文集》，中华书局2002年版，第38页。

作者	篇名	总句数	对句数	对句所占比例（%）
潘勗	册魏公九锡文	267	69	26
孔融	荐祢衡表	77	36	47
曹植	求自试表	214	76	36
吴质	在元城与魏太子笺	71	33	46
孔融	论盛孝章书	61	13	21
曹丕	与吴质书	110	18	16
曹植	与杨德祖书	115	22	10

上表所反映的各体散文的骈化情况并非绝对化，总体而言，册文、章表等公文骈化倾向比书信体散文更显著。当然，有些书牍文骈化倾向也很显著，而有些章表类文章骈句比例却不大，或许由于作家所处的时代前后不同、擅长文体不同，也使得其文骈化程度不同。无论如何，散文中出现如此普遍、大量的对偶情况，确实表明魏代散文与前代已有不同。至于一些学术性及论辩性散文，也有骈化趋向，如曹丕《典论·论文》云："寄身于翰墨，见意于篇籍，不假良史之辞，不托飞驰之势。""西伯幽而演《易》，周旦显而制《礼》，不以隐约而弗务，不以康乐而加思。"五五式、六六式、七七式骈句俱全，而且对仗相对也比较工整。曹冏《六代论》亦有诸多对句，如："躬圣明之资，兼神武之略，耻王纲之废绝，愍汉室之倾覆，龙飞谯沛，凤翔充豫，扫除凶逆，剪灭鲸鲵。"语势由弱至强，气魄恢弘，此文骈语俪句占有相当分量。然而，论者多以为骈体不适合议论说理，如刘麟生说："论事说理，义贵朗畅，骈词芜累，往往丧失真意，故仍以散行为宜。"[1] 即言论辩类散文适宜用散不适于用骈。孙梅《四六丛话·叙论》亦谓："若乃命微言以藻思，责奥意于腴词，以妃青媲白之文，求辨博纵横之用，譬之蚁封奔骋，珮玉走趋，舌本间强，恐类文家之吃。笔端繁拥，终滋腹笥之贫。"[2]《四六丛话·序章疏》则谓："论冀见从，多浮靡而失实，理惟其晓，拘声律而难明。"[3] 言词中流露出不赞成以骈体作论的语气。其实，以骈体发议论亦无不可，而且还常常有极佳的效果。瞿兑之云：

---

① 《中国骈文史》，第31页。

② 《四六丛话》卷二十三，第377页。

③ 《四六丛话》卷十三，第239页。

"以骈文作论说，正可利用他的词藻，供引申譬喻之用，利用他的格律，助精微密栗之观。"① 议论说理使用骈体，文章更见意旨的深奥和构思的精密。《文选》卷五十二录有魏代论说文四篇，除《典论·论文》、《六代论》外，尚有嵇康《养生论》、李康《运命论》，卷五十四、五十五还收有陆机《五等论》，刘峻《辩命论》、《广绝交论》。《文选》所选均为最有文采、骈俪倾向最著之作，可见有些论说文不但可以用骈体，而且骈化倾向还极为显著。

魏代散文的骈化不仅体现在对偶方面，用典和藻绘同样较前代更加突出。孙梅曰："古文至魏氏而始变，变而为矜才侈博，六朝由此增华，然而质韵犹存，沈刻峭拔，是其所长，无襞积饾饤之迹也。"② 尚隶事，重藻绘，但无堆砌冗繁之感。此时的用典不是"引书以助文"③式的简单引用举例，而是构成文章的一部分用于帮助说明内容，这种用典对文章结构的作用与前代明显不同。如陈琳《为曹洪与魏文帝书》论及"敌国虽乱，尚有贤人，则不伐"时云："三仁未去，武王还师；宫奇在虞，晋不加戎；季梁犹在，强楚挫谋。""且夫墨子之守，縈带为垣，高不可登；折箸为械，坚不可入。"运用了三仁（微子、箕子、比干）、宫之奇、季梁、墨子及公输般的故事，构成文章的内容进而表达观点。又阮瑀《为曹公作书与孙权》亦多处用典："昔苏秦说韩，羞以牛后，韩王按剑，作色而怒，虽兵折地割，犹不为悔。""穆生谢病，以免楚难；邹阳北游，不同吴祸。""昔淮南信左吴之策，汉隗嚣纳王元之言，彭宠受亲吏之计。""梁王不受诡、胜，窦融斥逐张玄。"可谓用事繁复但贴切无比，谭献称其"繁而不厌"④，即含此意。嵇康《与山巨源绝交书》中对历史事典运用颇多："尧、舜之君世，许由之岩栖，子房之佐汉，接舆之行歌，其揆一也。""延陵高子臧之风，长卿慕相如之节，志气所托，不可夺也。"典故纷至沓来，目不暇接，《文心雕龙·书记》誉其为"志高而文伟"⑤，即言其典事中寓有壮志高节。总括而言，魏代散文多用事典而少见语典，而且多为明用，不经镕裁转

———————————

①《骈文概论》，第30页。

②《四六丛话》卷三十一，第545页。

③《文心雕龙·才略》，《文心雕龙注》卷十，下册，第700页。

④《骈体文钞》卷十九，第298页。

⑤《文心雕龙注》卷五，下册，第456页。

化。细言之，即直接运用历史人物及事件辅助说明文章的部分内容，不对典故进行提炼、浓缩，与后世成熟骈文的用典实有区别。

注重辞藻雕绘也是散文加剧骈化的一种体现。罗宗强认为魏代散文的华美辞采随感情抒发自然而至："华辞丽藻，络绎间出，情之所至，文亦随之，虽色彩缤纷，而一出自然。"① 持论亦有道理。盖此时文人才思飞扬，骋辞驾轻就熟，故而情采俱兼。刘师培所谓"以藻绘相饰，靡曼纤冶"② 的倾向在魏文中体现极为明显。如曹丕《与钟大理书》写美玉曰："白如截肪，黑譬纯漆，赤拟鸡冠，黄侔蒸栗。"曹植《与吴季重书》抒壮志则云："抑六龙之首，顿羲和之辔，折若木之华，闭濛汜之谷。"诸如此等缛藻丽采融于骈句，实可谓"丽句与深采并流，偶意共逸韵俱发"③。魏代散文雕饰字句，"析句弥密，联字合趣，剖毫析厘"④，但尚未走向生僻晦涩，故所用词句意旨较明，即如《文心雕龙·练字》所谓"魏代缀藻"，但"字有常检"⑤。《文心雕龙·通变》亦谓："魏晋浅而绮。"⑥ 至于刘师培所云魏代文"以声色相矜"⑦ 的特点，需从两方面分析。关于"声"的方面，此时尚未有声律之说，散文中的音韵协谐现象实属自然而成。沈约《宋书·谢灵运传论》所述最为明确："至于高言妙句，音韵天成，皆暗与理合，匪由思至。"⑧ 可见魏代文中的音韵相合并非人为所致。关于"色"的方面，则是雕琢辞藻的结果，此时散文中常见一些具有色泽并且充满轻盈灵动感的词句。如曹植《与吴季重书》曰："晔若春荣，浏若清风。"应璩《与满公琰书》云："高树翳朝云，文禽蔽绿水。"曹丕《与朝歌令吴质书》有："浮甘瓜于清泉，沈朱李于寒水。"由细腻雕饰而产生的这类轻灵语句在前代不曾出现，于此开启了后代重视语言色泽的风气。可以说，魏代散文的骈化趋势非常明显，并且已具备骈文的雏形，但由于对偶所占的比例还不具压倒之势，所以此时尚未有严格意

---

① 《魏晋南北朝文学思想史》，第 33 页。
② 《论文杂记》，《刘师培中古文学论集》，第 234 页。
③ 《文心雕龙·丽辞》，《文心雕龙注》卷七，下册，第 588 页。
④ 同上书，第 588 页。
⑤ 《文心雕龙注》卷八，下册，第 624 页。
⑥ 《文心雕龙注》卷六，下册，第 520 页。
⑦ 《论文杂记》，《刘师培中古文学论集》，第 234 页。
⑧ 《宋书》卷六十七，第 6 册，第 1779 页。

义上的骈文。

诚如《文心雕龙·通变》所述"晋之辞章，瞻望魏采"①，晋代文风承袭魏代，而且愈益重视文章修辞和音韵谐畅，由此体现出华丽绮靡的风格。《宋书·谢灵运传论》云："降及元康，潘、陆特秀，律异班、贾，体变曹、王，缛旨星稠，繁文绮合。缀平台之逸响，采南皮之高韵，遗风余烈，事极江右。"②《文心雕龙·时序》则称此时文章"结藻清英，流韵绮靡"③。《文心雕龙·明诗》亦认为"晋世群才，稍入轻绮"，"或析文以为妙，或流靡以自妍"④，虽属评诗，但亦可移以评文。明人胡应麟曾谓："潘、陆俱词胜者也。"⑤ 同样注意到晋代文人重视辞采的倾向。就文章骈化情况而言，魏文的骈化幅度明显增大，而且已具骈文雏形，晋代则可以说是骈文的初步定型时期，因为此时骈文的主要形式因素都已形成并固定下来。具体来说，对偶、用典的总体数量都已超过前代，而且更趋于雕饰辞采，音韵和谐虽未被严格讲求，但也引起了作家的注意，故而论者多认为骈文于此时形成。明人王志坚谓："魏晋以来，始有四六之文，然其体犹未纯。"⑥ 盖四六文曾为骈文之别名，以见骈文成于魏晋。孙梅亦云："骈俪肇自魏晋。"⑦ 实际上骈文正式定型在晋代。欲明骈文的定型情况，仍需从具体作品入手。

钟嵘称晋代为"文章之中兴"时期，并对太康文学的代表作家"三张二陆两潘一左"大加赞赏，足见其在文坛中的重要地位。兹以被誉为"太康之英"⑧的陆机的作品为例，考察此时文章的骈俪情况。《骈体文钞》共选陆机文七篇，其对偶、用典数量情况如下表所示：

① 《文心雕龙注》卷六，下册，第520页。
② 《宋书》卷六十七，第6册，第1778页。
③ 《文心雕龙注》卷九，下册，第674页。
④ 《文心雕龙注》卷二，上册，第67页。
⑤ 《诗薮·外编》卷二，上海古籍出版社1979年版，第147页。
⑥ 《四六法海原序》，蒋士铨：《评选四六法海》，光绪乙亥年（1875）重刊寄螺斋藏版本。
⑦ 《四六丛话·凡例》。
⑧ 《诗品序》，《诗品注》，第2页。

《骈体文钞》卷数	篇 名	所属类别	总句数	对句数	用典句数
15	与赵王伦荐戴渊启	荐达	30	26	14
16	谢平原内史表	陈谢	117	58	27
20	五等论	论	290	196	117
21	豪士赋序	序	156	108	58
22	汉高祖功臣颂	杂颂赞箴铭	374	167	43
29	演连珠五十首	连珠	392	386	134
31	吊魏武帝文	杂文	196	94	65

由上表可见，陆机部分散文中的对句已接近或超过半数，而《演连珠五十首》几乎全篇骈化，实际已经是一篇典型的骈文。当然这也与连珠文体的特殊性有关，而其他类散文中的对句数量也颇多却是不争的事实。就用典来说，数量上也有明显的增长。而魏代文章中的对句大多数不到三分之一，典事总体数量也相对较少。两相比照之下，可以说陆机的散文已有一些属于典型的骈文。姜书阁所言"骈俪文到陆机，可算是无体不备，集其大成了"①，正是陆机文诸体皆骈的一个明证。晋代骈文初步形成主要体现于陆机的作品中，所以论者对其往往有极高的评价。瞿兑之说："他的文学造诣，也实在超乎许多骈文作家之上。因为他不但有情感，而且以理致融合于情感之中。不但能作文，而且能写出作文的理法。不但擅长于一体，而且众体无不兼长。骈文到了陆氏，方才壁垒完备。骈文家奉他为祖师，也不算太过的。"② 所谓"写出作文的理法"的文章，即是被刘麟生誉为"以绵密著胜"③ 的骈体名作《文赋》。其文藻采纷呈，对偶精工，析理绵密，构思亦极精妙，对创作过程探析细腻入微，堪称骈俪佳构。如言构思过程伴随着情感活动、语言运用而展开时曰："其致也，情曈昽而弥鲜，物昭晰而互进。倾群言之沥液，漱六艺之芳润。浮天渊以安流，濯下泉而潜浸。于是沈辞怫悦，若游鱼衔钩，而出重渊之深；浮藻联翩，若翰鸟缨缴，而坠曾云之峻。"对仗工整，辞藻绮丽，无怪乎陆云《与兄平原书》称此篇

① 《骈文史论》，第333页。
② 《骈文概论》，第22页。
③ 《中国骈文史》，第28页。

"甚有辞，绮语颇多"①。以骈体阐发创作理论，陆机的造诣于此可见一斑。《文赋》所论创作中的各种问题对后世，特别是《文心雕龙》的影响极大。章学诚《文史通义·文德》谓："古人论文，惟论文辞而已矣。刘勰氏出，本陆机氏说而昌论文心。"② 盖言《文心雕龙·神思》关于创作构思问题的阐发曾受陆机的影响。《文心雕龙·总术》所谓"曲尽"、"泛论纤悉"③ 皆体现出刘勰对陆机《文赋》的赞赏。

陆机骈文创作的成功归因于其渊博的才学。《晋书·陆机传》称其"天才秀逸，辞藻宏丽"④，《世说新语·文学》刘孝标注引《文章传》亦云："机善属文，司空张华见其文章，篇篇称善，犹讥其作文大治。谓曰：'人之作文，患于不才；至子为文，乃患太多也。'"所谓"大治"，徐震堮注引李详语曰："案大治谓推阐尽致。"⑤ 就作者主观方面说是"大治"，就读者客观方面看来则体现为"太多"。正因为陆机才多，所以对骈文的写作驾轻就熟，可谓藻采纷纭，用事颇多。《文心雕龙·才略》评陆机"才欲窥深，辞务索广，故思能入巧，而不制繁"⑥。刘熙载称陆机有"练才"，并进一步阐发曰："盖其思既能入微，而才复足以笼鉅，故其所作，皆杰然自树质干。"⑦ 即言陆氏才多且重铸炼词句。

陆机对骈文发展所做的贡献体现于雕藻绮丽、裁对工巧、用典繁密等方面，就藻绘、对偶的倾向来说，前人对其诗的评价同样适用于其文。如钟嵘称陆机"才高词赡，举体华美"⑧，许学夷则称士衡"俳偶雕刻，愈失其体"⑨，胡应麟言诗至陆机，"俳偶愈工，淳朴愈散"⑩。沈德潜则认为陆机"遂开出排偶一家"⑪。诸如此类评论均提及陆机诗文注重藻采与对偶，即使论辩类散文亦莫能外。如《辨亡论》曰："于

① 《陆云集》，中华书局 1988 年版，第 137 页。
② 《文史通义校注》上册，第 278 页。
③ 《文心雕龙注》卷九，下册，第 655 页。
④ 《晋书》卷五十四，第 5 册，中华书局 1974 年版，1480 页。
⑤ 徐震堮：《世说新语校笺》卷上，上册，中华书局 1984 年版，第 143 页。
⑥ 《文心雕龙注》卷十，下册，第 700—701 页。
⑦ 《文概》，《艺概》卷一，第 18 页。
⑧ 《诗品注》，第 24 页。
⑨ 许学夷：《诗源辩体》卷五，人民文学出版社 1987 年版，第 90 页。
⑩ 胡应麟：《诗薮·外编》卷二，上海古籍出版社 1979 年版，第 143 页。
⑪ 沈德潜：《古诗源》，中华书局 1963 年版，第 156 页。

时云兴之将带州，飚起之师跨邑；哮阚之群风驱，熊罴之众务集。"于对仗中尽显雕饰之痕。《文心雕龙·论说》谓："陆机《辨亡》，效《过秦》而不及，然亦其美矣。"[1] 与《过秦论》相比，陆文气势稍逊，但对偶精致、文词工丽却非《过秦论》可比，盖此即刘勰所谓"美"之所在。又如《谢平原内史表》云："猥辱大命，显授符虎，使春枯之条，更与秋兰垂芳；陆沈之羽，复与翔鸿抚翼。虽安国免徒，起纡青组；张敞亡命，坐致朱轩。方臣所荷，未足为泰，岂臣蒙诟含齐，所宜忝窃；非臣毁宗夷族，所能上报。"既有四六隔句相对现象，又有韩安国、张敞的典故，骈文到陆机手中，不但在对句形式上有所创新，而且用典多而恰切。再如《豪士赋序》有："且夫政由宁氏，忠臣所为慷慨；祭则寡人，人主所不久堪。是以君奭鞅鞅，不悦公旦之举；高平师师，侧目博陆之势。而成王不遗嫌斥于怀，宣帝若负芒刺于背，非其然者与？"借用卫献公与宁喜、召公、周公与成王，魏相、霍光与汉宣帝的典事，说明大臣权高震主，而且会招致忠臣不满的道理。此节全由典故构成，"隶事之富，始于士衡"[2]，李兆洛所言不虚。"典故隐喻和象征的内容，就是作者要阐发的内容。这样一来，用典就不完全是一种修辞手法，而成为了内容的直接表述方式。""在陆机以前的文章创作中，是不多见的。"[3] 可见陆机骈文中的用事独出机杼，异于前代。融典事于工整对仗中，一则使析理有依有据，二则也使文章更趋典丽华赡、含蓄深婉，而四六隔句对仗的应用，又对后世骈文的句式产生了深刻影响。骆鸿凯之评最为允当："陆士衡《豪士赋序》裁对之工、隶事之富，为晋文冠，而措语短长相间，竟下开四六之体。"[4] 说西晋是骈文初步定型时期，主要是因为陆机已有一些骈文作品。但总体来看，尽管散文骈化倾向很突出，真正能够称作骈文的却还很少，而且就陆机本人及其他作家的全部作品而言，仍以散体居多。

时至东晋，由于受玄学思潮的影响，诗赋与散文往往注重说理的内容，雕琢之风有所减退，文章的骈化势头有所削弱。历来论及此时文风者都指出玄风盛极一时的情状，如檀道鸾《续晋阳秋》曰："至过江，

① 《文心雕龙注》卷四，上册，第327页。
② 《骈体文钞》卷三，第57页。
③ 钟涛：《六朝骈文形式及其文化意蕴》，东方出版社1997年版，第75、76页。
④ 《文选学》，中华书局1989年版，第311页。

佛理尤盛，故郭璞五言始会合道家之言而韵之，询及太原孙绰转相祖尚。又加以三世之辞，而《诗》、《骚》之体尽矣。询、绰并为一时文宗，自此作者悉体之。"① 《宋书·谢灵运传论》亦曰："有晋中兴，玄风独振，为学穷于柱下，博物止乎七篇，驰骋文辞，义单乎此。自建武暨乎义熙，历载将百，虽缀响联辞，波属云委，莫不寄言上德，托意玄珠，遒丽之辞，无闻焉尔。"② 《文心雕龙·明诗》云："江左篇制，溺乎玄风，嗤笑徇务之志，崇盛忘机之谈。"③ 《文心雕龙·时序》亦云："及成康促龄，穆哀短祚，简文勃兴，渊乎清峻，微言精理，函满玄席，澹思浓采，时洒文囿。""自中朝贵玄，江左称盛，因谈余气，流成文体。是以世极迍邅，而辞意夷泰，诗必柱下之旨归，赋乃漆园之义疏。"④ 钟嵘则谓："永嘉时，贵黄、老，稍尚虚谈，于时篇什，理过其辞，淡乎寡味。爰及江表，微波尚传。孙绰、许询、桓、庾诸公诗，皆平典似《道德论》，建安风力尽矣。"⑤ 陈延杰注曰："诗最重理语，然有别。盖富于理趣者善，若堕入理障，则不可，理过其辞是也。"⑥ 萧子显亦谓："江左风味，盛道家之言，郭璞举其灵变，许询极其名理，仲文玄气，犹不尽除。"⑦

东晋文学理重于辞，文章骈化速度变缓，但也有些作品显示出较重的骈俪气息。如素以玄言诗闻名的孙绰，其赋序、碑诔之文，即多见骈词俪句。《游天台山赋序》曰："涉海则有方丈、蓬莱，登陆则有四明、天台。皆玄圣之所游化，灵仙之所窟宅。夫其峻极之状，嘉祥之美，穷山海之环富，尽人神之壮丽矣。所以不列于五岳，阙载于常典者，岂不以所立冥奥，其路幽迥。或倒景于重溟，或匿峰于千岭。始经魑魅之涂，卒践无人之境。举世罕能登陟，王者莫由禋祀。故事绝于长篇，名标于奇纪。"构思精妙，裁对工整，偶尔用韵，无怪乎《晋书》赞孙绰有"彬彬藻思"。《晋书·孙楚传附绰传》称孙绰："少以文才垂称，于时文士，绰为其冠。温、王、郗、庾诸公之薨，必须绰为碑文，然后刊

① 《世说新语校笺》卷上，上册，第 143 页。
② 《宋书》卷六十七，第 6 册，第 1778 页。
③ 《文心雕龙注》卷二，上册，第 67 页。
④ 《文心雕龙注》卷九，下册，第 674—675 页。
⑤ 《诗品序》，《诗品注》，第 1—2 页。
⑥ 《诗品注》，第 8 页。
⑦ 《南齐书·文学传论》，卷五十二，第 3 册，中华书局 1972 年版，第 908 页。

石焉。"① 《文心雕龙·诔碑》谓："孙绰为文,志在碑诔;温王郗庾,辞多枝杂;桓彝一篇,最为辨裁。"② 《桓彝碑》已佚,严可均《全晋文》卷六十二辑录孙绰碑诔文共十篇,其中不乏藻采工丽、属对工整之作。如《丞相王导碑》曰:"惠、怀之际,运在大过,皇德不建,神器再绝,猃狁孔炽,凶类焱起。公见机而作,超然玄悟,遂扶翼蕃王,室协东岳,弘大顺以一群后之望,仗王道以应天人之会。"姜书阁评孙绰碑文云:"夹叙夹议,寓颂扬于记实,人不以为谀;事为人所共睹,言之而信,则其褒美之辞,亦随而深入读者之心。"③

魏晋时骈文虽已初步形成,但数量极少,所以文章仍以散体为主。南朝以迄盛唐,骈文逐渐走向兴盛,数量大增,势头盖过散体文。文章的发展往往有一个过程,骈文由初成至兴盛也不例外。南朝骈文的这一发展历程是与文章中对其主要形式要素(对仗、藻绘、用典、声律、句式等)的愈益讲究同步的。颜延之作为刘宋骈文名家,其文极力追求对仗、用典、藻绘,代表了南朝前期骈文的最高成就。如《赭白马赋序》全文共32句,对句达18句,用典句有18句;《三月三日曲水诗序》共142句,对句竟有120句,用典句有102句;《阳给事诔》共151句,对句有60句,用典句有60句;《陶徵士诔》共195句,对句有108句,用典句达104句;《宋文皇帝元皇后哀策文》共103句,对句占52句,用典句达32句。以上文章均出自《文选》,其中的对句和用典句在全文中所占比例都很高,几乎接近一半,有的已超过一半,于此可见其骈俪程度的加剧。除对句和用典数量大增以外,对词采的追求也很显著。《祭屈原文》有曰:"兰薰而摧,玉缤则折。物忌坚芳,人讳明洁。曰若先生,逢辰之缺。温风殆时,飞霜急节。"比喻之法的运用外加描写性术语使此文藻采纷纭,李兆洛所称"织词之缛,始于延之"④,于此可见一斑。曹道衡比较刘宋和齐梁以后骈文的区别时说:"刘宋初年人的骈文,从句子的字数比较整齐,文章比较华美和对仗逐步增加等现象来看,基本上可以归入骈文的范畴。然而比起齐梁以后的骈文来,不但散句还较多,对仗也不如后人讲究,更重要的是四声说还

---

① 《晋书》卷五十六,第5册,第1547页。
② 《文心雕龙注》卷三,上册,第214页。
③ 《骈文史论》,第347页。
④ 《骈体文钞》卷三,第57页。

没有被明确地提出来，所以对文章的声律限制，也不像后来人那么严格。"① 曹氏所述是就南朝骈文的整体发展状况而言的，但具体来说也因人而异，如颜延之的部分文章（以《文选》中所收六篇为例），虽然写于声律论正式提出之前，但已是刘宋时典型的骈文。综观整个刘宋文苑，文章中散体文的比例还是比较大的，所以文坛上基本是骈文与散体文并行。随着文章的发展，骈文数量逐渐增多，而且愈益走向成熟。

任昉以笔驰名，是齐梁时期的骈文名家，其骈文创作成就已得到时人的充分肯定，② 因此最能代表这一时期的创作情况。任氏骈文不但对句工整、数量多，而且用典繁密恰切，与此前骈文相比所不同者，在于有意运用声律理论，极其讲究文中的平仄相对相间和音韵谐畅。如《为萧扬州荐士表》云："臣闻求贤暂劳，垂拱永逸，方之疏壤，取类导川。伏惟陛下，道隐旒纩，信充符玺，六飞同尘，五让高世。"除句首发语词和承接句以外，所有对句中偶数位置字节的平仄关系都是相对相间的，完全符合音韵规律的要求。在任昉其他骈文中也存在这种现象，声律论的运用使骈文在形式技巧方面又前进了一步。任昉每种文体的文章都有使用骈体来作的，当然，就具体每篇骈文来说，无可否认其中仍有一些散句存在。"骈文的极致，并非句句求偶，仍着重在变化，求其生动。所以骈中有散并不是骈文的病态，反之，初期的作品专着重于骈，往往失其流利的妙处。"③ 正因如此，任昉骈文文气流畅而不凝滞，明显超越此前作品。无怪乎张溥称任昉虽以"俪体行文"，却能"无伤逸气"④，对其骈文予以高度评价。刘麟生亦称任昉骈文有"散行之妙"⑤，原因也不外此。

任昉虽以骈文闻名，但在涉及叙事和说理的时候，为把事情的来龙去脉讲述清楚，也不得不使用散体文，有时甚至用到口语化的文字。如

① 《关于魏晋南北朝的骈文和散文》，《中古文学史论文集》，第 43 页。
② 刘峻：《广绝交论》称任昉"道文丽藻，方驾曹、王"。王僧孺《太常敬子任府君传》则称其"天才卓尔，动称绝妙。辞赋极其清深，笔记尤尽典实。若问金石，似注河海"（《全梁文》卷五十二，《全上古三代秦汉三国六朝文》第 4 册，第 3250 页）。另据《颜氏家训·文章》所载，当时北方的魏收极其爱慕任昉的文章（王利器《颜氏家训集解》卷四，中华书局 1993 年版，第 273 页）。
③ 《骈文与散文》，第 20 页。
④ 《汉魏六朝百三家集·任彦昇集题辞》，《汉魏六朝百三家集题辞注》，第 230 页。
⑤ 《骈文学》，第 69 页。

《奏弹刘整》一文，首尾两段为骈体，中间主体部分为散体。萧统编《文选》时认为主体部分不符合沉思翰藻的标准，曾将其删掉，李善作注时又加以复原，由此才能使我们看到任氏此文的原貌。此文中间部分叙述刘整殴打、辱骂其寡嫂，表现其贪婪凶狠的性格特征的过程，若用骈体则不易将事件讲述清楚，因此任昉选用散体形式加以表现。另外，与任昉同时的沈约、江淹的骈文同样很有名，但他们也有诸多散体文作品。沈约的《宋书》及佛学论文（如《难范缜神灭论》）、江淹的《自序传》等都是运用散体写成的。可见，在骈文盛行时，散体文在文苑中也占有一席之地。

梁陈时期，骈文达到兴盛阶段，代表作家有徐陵、庾信等。无论对仗、用典，还是声律、藻饰，都已到了无以复加的地步，尤其是对四六隔句对称的推进和完善，为后来骈文的句式结构打下了坚实的基础。徐陵的《玉台新咏序》、庾信的《哀江南赋序》分别代表了徐、庾骈文的最高成就。

时至隋代，由于统治者反对浮靡文风，故而骈文未得提倡，虽有少量骈体作品，但也不尚华采。如薛道衡《隋高祖文皇帝颂并序》云："夏后殷周之国，禹汤文武之主，功济生民，声流雅颂。然陵替于三五，惭德于干戈。秦居闰位，任刑名为政本；汉执灵图，杂霸道而为业。"属对比较工整，虽用典事，但也明白晓畅。唐初，文章"承徐、庾余风"①，所以仍然是六朝骈文的继续。盛唐时，浮靡文风有所消退，崇雅倾向渐显。关于唐代散文的演变情况，《新唐书·文艺传序》谓："唐有天下三百年，文章无虑三变。高祖、太宗，大难始夷，沿江左余风，缀句绘章，揣合低卬，故王、杨为之伯。玄宗好经术，群臣稍厌雕瑑，索理致，崇雅黜浮，气益雄浑，则燕、许擅其宗。……大历、贞元间，美才辈出，擩哜道真，涵泳圣涯，于是韩愈倡之，柳宗元、李翱、皇甫湜等和之，排逐百家，法度森严，抵轹晋、魏，上轧汉、周，唐之文完然为一王法，此其极也。"②此节文字清晰地梳理出唐代骈文与散体文的演进轨迹。

初唐骈文延续了六朝骈俪风习，四杰之作"并驾一时，式江、薛

① 《新唐书·陈子昂传》，卷一百七，第 13 册，中华书局 1975 年版，第 4078 页。
② 《新唐书》卷二百一，第 18 册，第 5725—5726 页。

之靡音，追庾、徐之健笔"①，体现了此时的骈文创作风貌。四子之中，王勃成就最高，《四库全书总目·王子安集提要》评道："勃文为四杰之冠。"② 王氏骈文摈弃当时迂缓、浮夸之习，融以清新之风和疏宕之气，体现出清丽流畅的特点。用典则由繁缛而变简要，虽偶有生僻之例，但总体上呈清晰易懂之势。骈文中的当句对在六朝时已出现，但还比较少，而在王勃文中却很常见。洪迈曾曰："唐人诗文，或于一句中自成对偶，谓之当句对。……自齐、梁以来，江文通、庾子山诸人亦如此。如王勃《宴滕王阁序》一篇皆然。谓若襟三江带五湖，控蛮荆引瓯越，龙光牛斗，徐孺陈蕃，腾蛟起凤，紫电青霜，鹤汀凫渚，桂殿兰宫，钟鸣鼎食之家，青雀黄龙之轴，落霞孤鹜，秋水长天，天高地迥，兴尽悲来，宇宙盈虚，丘墟已矣之辞是也。"③ 这种作对法在王氏《滕王阁序》中运用得非常普遍，其中"落霞与孤鹜齐飞，秋水共长天一色"一联，实出自庾信《三月三日华林园马射赋》"落花与芝盖同飞，杨柳共春旗一色"，至今仍传为名句。虚字对在六朝骈文中极少见到，即使如萧绎《又与武陵王纪书》中有"傥遣使乎，良所迟也"④，句中虚字也不过是造成语势跌宕，并非有意作对。虚字对也是初唐骈文的一个特点，孙德谦对此曾有论断："骆宾王代徐敬业传檄天下，文为当时所传诵，后世亦多称之，其中'良有以也'、'岂徒然哉'以虚字作对，六朝文则无是也。"⑤ 尽管初唐四杰骈文中有明显的创新成分，但由于骈文固有的局限性，故仍然招来时人及后世的非议之词。裴行俭将气度、识量与文才相联系，认为四杰气识与文才不符，不宜享高官爵禄。⑥ 杜甫称四杰"轻薄为文"⑦，蒋士铨称王勃"奢而淫"⑧，亦含贬

---

① 阮元：《四六丛话后序》，《四六丛话》，第 1 页。
② 永瑢等：《四库全书总目》卷一四九，下册，中华书局 1965 年版，第 1277 页。
③ 洪迈：《容斋续笔》卷三"诗文当句对"条，见《容斋随笔》上册，上海古籍出版社 1978 年版，第 248 页。
④ 《全梁文》卷十七，《全上古三代秦汉三国六朝文》第 3 册，第 3048 页。
⑤ 《六朝丽指》。
⑥ 《新唐书·裴行俭传》载裴氏之言曰："士之致远，先器识，后文艺。如勃等，虽有才，而浮躁衔露，岂享爵禄者哉？炯颇沈嘿，可至令长，余皆不得其死。"见《新唐书》卷一百八，第 13 册，第 4088—4089 页。
⑦ 《戏为六绝句·其二》，仇兆鳌：《杜诗详注》第 2 册，中华书局 1979 年版，第 899 页。
⑧ 《评选四六法海凡例》，《评选四六法海》。

抑之意。唯洪迈之语最公允："王勃等四子之文，皆精切有本原。其用骈俪作记序碑碣，盖一时体格如此，而后来颇议之。"① 唐初四杰正是用当时通行的骈俪形式来作文章的，本来就无可厚非。

盛唐时期，素有"燕许大手笔"② 之称的张说、苏颋的骈文在文苑大放异彩。二子之文多为应用文章，不务华辞丽藻，以典雅凝重、浑化自然见长。张说成就高于苏颋，其文气象宏阔，典雅壮丽，散句渐多，典故渐少，预示着骈文形式即将发生变化。如《上官昭容集序》云："天实启之，故毁家而资国；运将兴也，故成德而受任。自则天久视之后，中宗景龙之际，十数年间，六合清谧。内峻图书之府，外辟修文之馆。搜英猎俊，野无遗才。……雅颂之盛，与三代同风。岂惟圣后之好文，亦云奥主之协赞者也。"句法多变而句式较齐整，气韵渊雅而雍容华贵，体现出盛唐博大昌明的气象。孙梅称张说"笔力沉雄，直追东汉"③，显然是说张文颇具东汉文章凝练沉雄的风神。虽属骈体，但又有一些散句夹杂在内，可见盛唐骈文与初唐时相比确有变化。论者所称"张说是运散体之气于骈体之中的，是由骈复散的过渡期的大家"④，无疑有一定道理。苏颋也有极少数骈文较为可读，如被金秬香所称誉的《大唐封东岳朝觐颂》："虽不逮西汉封禅之文，然矩度秩然，已大异于六朝衰世之作。"⑤ 但总体来看，苏文逊于张文。六朝后期，骈文的各种形式技巧已发展到成熟阶段，而且已显露出种种弊端。至初盛唐时，骈文还能够继续流行一百多年，原因就在于它仍然有生存空间，况且也没有人提出变革骈文形式的要求。所谓物极必反，盛极必衰，事物往往有其自身发展的规律，文章的发展也不例外。骈文走向鼎盛的时期，也就是它开始衰变的时期。盛唐骈体作家的作品中散句增多、典事减少的现象便已显示出变革的趋势。正当骈文即将开始进行变革时，文坛上兴起了韩愈、柳宗元倡导的古文运动，骈文势头受到遏制，散文重新崛起。

---

① 《容斋四笔》卷五"王勃文章"条，见《容斋随笔》下册，第 671—672 页。
② 《新唐书·苏环传附颋传》卷一百二十五，第 14 册，第 4402 页。
③ 《四六丛话》卷三十二，第 575 页。
④ 《骈文史论》，第 461 页。
⑤ 《骈文概论》，第 91 页。

第四节　散体文复兴、骈文变革、四六形成时期(中唐至宋)

　　中唐古文运动的领导者针对六朝骈文形式方面的种种束缚，意欲革除骈俪文风，倡导先秦、两汉奇句单行，不讲声律和对仗的散体文，所以说古文是作为骈文的对立面而出现的，但"古文"一名却是后来才有的。刘师培云："之唐，人以笔为文，始于韩、柳。……而韩门弟子有李翱、皇甫湜诸人，偶有所作，咸能易排偶为单行，易平易为奇古，复能务去陈言，辞必己出。当时之士，以其异于韵语偶文之作也，遂群然目之为古文。以笔为文，至此始矣。"① 六朝时称无韵之文为笔，而称有韵之文为文，韩、柳所作本为无韵散行之笔，时人则称其为文。至此，六朝所谓文、笔之义已混淆，故刘氏称唐人以笔为文，自韩、柳始。

　　虽然古文运动正式兴起于中唐，但尊古、好古、反骈倾向由来已久。当然，好古文不一定就反对骈文。《宋书·王微传》称王微"为文古甚"②，即说其文骈俪气息较少，基本为散体，与当时主流文风相悖。又《梁书·文学上·吴均传》称吴均"文体清拔有古气，好事者或效之，谓为'吴均体'"③。王、吴二人文章虽有古气，但都没有反对骈文的倾向和言论。被萧纲誉为"良史之才"的裴子野，因"了无篇什之美"，故"质不宜慕"④。《梁书·裴子野传》曰："子野为文典而速，不尚丽靡之词，其制作多法古，与今文体异，当时或有诋诃者，及其末皆翕然重之。"⑤ 裴子野诗文质朴而不尚华采，或许与他作为史家有关。其曾祖裴松之，为《三国志》作注，祖父裴骃，撰《史记集解》，均为著名史学家。子野本人也长于史学，曾据沈约《宋书》加以更删，撰成《宋略》二十卷，其中的叙事评论还得到沈约的赞赏。然而，他似

---

　　① 《论文杂记》，《刘师培中古文学论集》，第 237 页。
　　② 《宋书》卷六十二，第 6 册，第 1666 页。
　　③ 《梁书》卷四十九，第 3 册，第 698 页。
　　④ 《与湘东王论文书》，《梁书·文学上·庾于陵传附弟肩吾传》，卷四十九，第 3 册，第 691 页。
　　⑤ 《梁书》卷三十，第 2 册，第 443 页。

乎也不反对藻采，其《宋略总论》就曾赞美过刘宋颜延之、谢灵运文章"有藻丽之钜才"①。裴氏的《雕虫论》一文，常常被当作反对骈文的标志，其实未免失之偏颇。其文云：

> 爰及江左，称彼颜、谢，箴绣鞶帨，无取庙堂。宋初迄于元嘉，多为经史。大明之代，实好斯文。高才逸韵，颇谢前哲。波流相尚，滋有笃焉。自是闾阎年少，贵游总角，罔不摈落六艺，吟咏情性。学者以博依为急务，谓章句为专鲁，淫文破典，斐尔为功，无被于管弦，非止乎礼义。深心主卉木，远致极风云。其兴浮，其志弱，巧而不要，隐而不深。讨其宗途，亦有宋之风也。②

若据全文来看，文中所谓"斯文"，当指诗、赋。此段评论主要是从内容上、从文学的社会功能角度指责诗赋（主要是诗）创作脱离政治教化，而不是从艺术形式上加以批评。如果说涉及骈文的话，那也只是从内容的政教功用方面，而不是从形式因素上加以指摘。裴氏此论过于强调文学的政教作用，而忽略了审美愉悦作用。无论如何，裴子野没有反对骈体文学这一形式应是事实，因为这段话的骈俪倾向也很明显，而且《宋略总论》一文中也多有对仗和用典的现象。由此可见，把《雕虫论》看成反对骈文的依据未免有失妥当。

尽管六朝以迄初盛唐骈文方盛，但以散体形式撰文者也不少见，其中尤以史家为特出。清人赵翼《廿二史劄记》卷九"古文自姚察始"条说：

> 《梁书》虽全据国史，而行文则自出炉锤，直欲远追班、马。盖六朝争尚骈俪，即序事之文，亦多四字为句，罕有用散文单行者，《梁书》则多以古文行之。……劲气锐笔，曲折明畅，一洗六朝芜冗之习……至诸传论，亦皆以散文行之。……则姚察父子为不可及也。世但知六朝之后古文自唐韩昌黎始，而岂知姚察父子已振

---

① 《全梁文》卷五十三，严可均：《全上古三代秦汉三国六朝文》第4册，第3263页。
② 同上书，第3262页。

于隋末唐初也哉。①

　　瓯北此语颇有见地。当然，史书以散体行文，自有其道理，因为"史专叙事，叙事的文章贵轻快，最忌板滞，而排偶最易流于板滞"②。可见在骈文风行时，散体文并没有消亡，只是势头暂时被掩盖起来而已。"散文和骈文系不同形式而同一性质的文体，两者并行不悖，原可以相互沟通。自从骈文发达之后，散文自然被压抑了下来，而这种压抑便成为反动的原动力。"③ 散体与骈体只是形式不同的两种文体，文章发展的客观规律决定了二者可以共存。但就整个发展历程来说，各个阶段的具体发展状况不可能是一成不变的，而且不同时代、不同作家往往有不同的文体要求，由此表现出骈散两种文体的此消彼长。当一种文体（如骈文）强盛势头过后，另一种文体（如散体文）则又开始崛起。当然，文章的发展毕竟有一个过程，散体文的重新兴起也不是突然的，在骈文处于鼎盛之时，反对骈俪文风，要求恢复古文的声音一直不绝于耳。

　　骈俪风习不仅流行于江南，而且还影响到当时的北方。西魏后期，宇文泰认为浮靡文风无益于政治教化，意欲革除其弊，于是命令苏绰（时任大行台度支尚书）作《大诰》，用质朴的文词来提倡古文。苏绰所作，完全仿效《尚书》典谟的文体，纯属佶屈聱牙的古文。《周书·苏绰传》曰："自是之后，文笔皆依此体。"④ 刘知几《史通·杂说中》评论此事道："寻宇文初习华风，事由苏绰。至于军国词令，皆准《尚书》。太祖敕朝廷，他文悉准于此。"⑤ 改革文风首先从朝廷各类应用文章开始，然后加以推广，然"绰文虽去彼淫丽，存兹典实，而陷于矫枉过正之失，乖夫适俗随时之义"⑥。宇文泰通过这种方式来进行文体革新，实际上是以复古来革除骈俪文风。据《周书·柳庆传》载，西魏文帝大统十年（544 年），北雍州向朝廷进献白鹿，群臣意欲上表陈

　　① 王树民：《廿二史劄记校证》卷九，上册，中华书局 1984 年版，第 196 页。
　　② 朱光潜：《朱光潜美学文集》第二卷，第 195 页。
　　③ 《骈文与散文》，第 40 页。
　　④ 令狐德棻：《周书》卷二十三，第 2 册，中华书局 1971 年版，第 394 页。
　　⑤ 浦起龙：《史通通释》卷十七，下册，上海古籍出版社 1978 年版，第 500 页。
　　⑥ 同上书，第 501 页。

贺。苏绰对柳庆（时任大行台郎中）说："近代以来，文章华靡，逮于江左，弥复轻薄。洛阳后进，祖述不已。相公柄民轨物，君职典文房，宜制此表，以革前弊。"最后，柳庆"操笔立成，辞兼文质"①。又《周书·柳虬传》云："时人论文体者，有古今之异。虬又以为时有今古，非文有今古，乃为《文质论》。"②无论是柳庆表文的风格，还是柳虬的文质观，无疑都倾向于古文的质朴无华、典重质实，而与当时的骈风形成对立。宇文泰、苏绰最早正式提出反对骈文，并且也落实到创作中，但由于他们的改革出于极强的政治教化目的，带有显著的功利性，不是从文学本身深入地推行散体文，而是通过矫枉过正的复古方式展开，因此无法彻底革除骈俪文风。十余年后的魏末周初，南方文士留北，整个文坛（包括朝廷公文在内）又恢复了骈体。《周书·王褒庾信传论》之评最为准确："绰建言务存质朴，遂糠秕魏、晋，宪章虞、夏。虽属词有师古之美，矫枉非适时之用，故莫能常行焉。"③

时至隋朝，最高统治者步宇文氏之后尘，以加强文学的教化功能为宗旨，再次树起反骈倡散的旗帜。《隋书·文学传序》说："高祖初统万机，每念斫雕为朴，发号施令，咸去浮华。然时俗词藻，犹多淫丽，故宪台执法，屡飞霜简。"④统治者认为带有丽藻缛绘的文章无补于实用，于是借助强制力量革除这种浮艳文风。针对"损本逐末，流偏华壤"的文坛倾向，为"屏黜轻浮，遏止华伪"，朝廷规定："自非怀经抱质，志道依仁，不得引预搢绅，参厕缨冕。"文帝开皇四年（584年），"普诏天下，公私文翰，并宜实录"。若有不从者，即予以政治制裁。时任泗州刺史的司马幼之因文表华丽，被有司治罪。"自是公卿大臣咸知正路，莫不钻仰坟素，弃绝华绮，择先王之令典，行大道于兹世。"⑤主张应用文去掉繁辞丽藻，讲求实用，本无可厚非，但忽略掉文学内部的力量这一关键性因素，反将政治措施引入文风改革中，不免失于极端。李谔为迎合统治者的改革习气，上书朝廷要求革正文体。他强调文章的政治教化作用，重视儒家经典的"褒德序贤，明勋证理"

① 《周书》卷二十二，第2册，第370页。
② 《周书》卷三十八，第3册，第681页。
③ 同上书，第744页。
④ 魏徵：《隋书》卷七十六，第6册，中华书局1973年版，第1730页。
⑤ 李谔：《上隋高祖革文华书》，见《隋书·李谔传》，卷六十六，第5册，第1545页。

功能，极力反对魏、晋以下直至齐、梁的骈俪文风，认为魏之三祖"忽君人之大道，好雕虫之小艺"，"竞骋文华，遂成风俗"；而江左齐、梁，"贵贱贤愚，唯矜吟咏。遂复遗理存异，寻虚逐微。竞一韵之奇，争一字之巧。连篇累牍，不出月露之形；积案盈箱，唯是风云之状。世俗以此相高，朝廷据兹擢士"①。对盛行骈体所带来的弊端揭露得淋漓尽致。不仅如此，他还把政事混乱归因于骈文："文笔日繁，其政日乱，良由弃大圣之轨模，构无用以为用也。"②

毫无疑问，隋文帝、李谔反对浮华文风的态度是非常坚决的，但对骈体形式产生的影响很小。即以李谔的上书来看，本身就是用骈文写成的，所以这次改革也没能从根本上革除浮艳文风，骈文除受到暂时的遏制外，很快又恢复了原来的状态。《北史·文苑传序》云："炀帝初习艺文，有非轻侧，暨乎即位，一变其体。《与越公书》、《建东都诏》、《冬至受朝诗》及《拟饮马长城窟》，并存雅体，归于典制，虽意在骄淫，而词无浮荡。故当时缀文之士，遂得依而取正焉。"③ 隋炀帝早年习于典雅之体，显然受其父文帝反对骈风的影响，即位后却又一变其风，转而倾向于华丽一体，此后骈文又统治了文坛。可见，隋代文风改革同样只是注重文章的政治功用，而对于骈体形式却没有实质性的改变，所以仍然停留于表面，表现出明显的不彻底性。当然，这与改革者本身的文化水平也不无关系。

唐初文坛继续流行骈体。鉴于前代文体改革的不成功，统治者决定首先从思想上加深对浮华文风之弊的认识，意在强调文章的政教作用，故而在官修诸史中都对六朝骈文加以指责。如魏徵论梁陈及北周文风说："梁自大同之后，雅道沦缺，渐乖典则，争驰新巧。简文、湘东，启其淫放，徐陵、庾信，分路扬镳。其意浅而繁，其文匿而彩，词尚轻险，情多哀思。格以延陵之听，盖亦亡国之音乎！周氏吞并梁、荆，此风扇于关右，狂简斐然成俗，流宕忘返，无所取裁。"④ 萧纲兄弟、徐陵、庾信均为绮艳文风的代表，也是当时的文坛名家，他们的骈文创作体现出很高的水平。就此而论，魏氏深刻而尖锐的斥责，足以表现出朝

---

① 李谔：《上隋高祖革文华书》，见《隋书·李谔传》，卷六十六，第5册，第1544页。
② 同上书，第1545页。
③ 李延寿：《北史》卷八十三，第9册，中华书局1974年版，第2782页。
④ 《隋书·文学传序》，卷七十六，第6册，第1730页。

廷反对浮靡文风的坚决立场。令狐德棻论庾信华丽文风更是出语尖刻：

> 然则子山之文，发源于宋末，盛行于梁季。其体以淫放为本，其词以轻险为宗。故能夸目侈于红紫，荡心逾于郑、卫。昔扬子云有言："诗人之赋，丽以则；词人之赋，丽以淫。"若以庾氏方之，斯又词赋之罪人也。①

唐初统治者基于文学的教化功用，反对六朝浮华文风，但并不否定文章创作艺术上的优点。如令狐氏修史时又说：

> 其调也尚远，其旨也在深，其理也贵当，其辞也欲巧。然后莹金璧，播芝兰，文质因其宜，繁约适其变，权衡轻重，斟酌古今，和而能壮，丽而能典，焕乎若五色之成章，纷乎犹八音之繁会。②

对于具备远调、深旨、理当、辞巧的文章，不但不反对，而且更应该提倡。在文质关系上，强调文质相符；在繁简问题上，主张繁约适变。在这个标准下，那些和而能壮、丽而能典的文章也值得肯定。正因骈文有"繁以塞"的弊病，故许多人都主张恢复"约以达"③的古文。

武则天时期，"始变雅正"④文风的陈子昂提出恢复古文传统的要求。他认为"文章道弊五百年矣。汉、魏风骨，晋、宋莫传"，齐梁诗歌则"彩丽竞繁，而兴寄都绝"⑤，指责六朝文学一味追趋华丽，却缺乏风骨兴寄的现象。陈子昂的革新主要偏重于诗歌方面，而且重点是强调内容要有寄托，并未否定文章的骈体形式本身。之所以如此，是因为他本人的一部分文章仍属骈文。《四库全书总目·陈拾遗集提要》曰："今观其集，惟诸表序犹沿排俪之习，若论事书疏之类，实疏朴近古。"⑥陈氏虽有一定数量的骈文，但在骈风盛行的潮流中提出单新文

---

① 《周书·王褒庾信传论》，卷四十一，第3册，第744页。
② 同上书，第745页。
③ 王通：《文中子·事君》，《文中子》卷三，《四部丛刊》本，上海书店出版社1989年版。
④ 《新唐书·陈子昂传》，卷一百七，第13册，第4078页。
⑤ 《修竹篇序》，《陈子昂集》，中华书局1960年版，第15页。
⑥ 《四库全书总目》卷一四九，下册，第1278页。

体的主张，并对后世的复古运动产生一定程度的影响，就此而论，无疑有功于文学，故时人及后人对其功绩多有赞美之词。卢藏用云："宋、齐之末，盖颟顸矣。逶迤陵颓，流靡忘返。至于徐、庾，天之将丧斯文也。后进之士，若上官仪者，继踵而生，于是风雅之道扫地尽矣。""道丧五百岁而得陈君""横制颓波，天下翕然，质文一变"①。对陈子昂在文风革新中的巨大作用予以充分肯定。韩愈所谓"国朝盛文章，子昂始高蹈"②，元好问所谓"论功若准平吴例，合著黄金铸子昂"③，都表现出对陈子昂较高程度的颂扬。

刘知几虽不反对一般的骈文，但不赞成用骈体作史，其《史通·叙事》一篇，多见对史书中骈文的指责。他认为史书之所以受到称赞，就在于叙事精美而简要，文约事丰，是史书写作的标准。早期的史作，如《尚书》、《春秋》、《史记》、《汉书》从总体上看来都可以作为史著的典范。但自司马迁、班固之后，"史道陵夷，作者芜音累句，云蒸泉涌。其为文也，大抵编字不只，捶句皆双，修短取均，奇偶相配。故应以一言蔽之者，辄足为二言；应以三句成文者，必分为四句。弥漫重沓，不知所裁"④。此语反对汉以后的史书多用对偶行文，致使语言繁冗累赘。在史作的叙事用典方面，刘知几反对妄饰、过饰，即不加区分地借古事以比今事。"卢思道称邢邵丧子不恸，自东门吴以来，未之有也；李百药称王琳雅得人心，虽李将军恂恂善诱，无以加也。斯则虚引古事，妄足庸音，苟矜其学，必辨而非当者矣。"⑤ 可见，作史运用典故时，必须仔细斟酌，否则极易出现用事不当的弊病。史书虽然也要求适当讲究文采，但更重视文质相合，所以不宜过度追趋藻饰。刘知几指出，有些史作"其立言也，或虚加练饰，轻事雕彩；或体兼赋颂，词类俳优。文非文，史非史，譬夫乌孙造室，杂以汉仪，而刻鹄不成，反

---

① 《右拾遗陈子昂文集序》，董诰等编：《全唐文》卷二三八，第 3 册，中华书局 1983 年版，第 2402 页。

② 《荐士》，钱仲联：《韩昌黎诗系年集释》上册，上海古籍出版社 1984 年版，第 528 页。

③ 《论诗绝句三十首》，施国祁：《元遗山诗集笺注》卷十一，人民文学出版社 1958 年版，第 526 页。

④ 《史通通释》卷六，上册，第 174 页。

⑤ 同上书，第 179 页。

类于骛者也"①。史书中过于注重丽藻缛绘,往往使得词浮于意,叙事不精。刘知几以史书中用骈体行文所带来的弊端为据,申述了自己不赞成用骈文作史的观点。

正因古文运动为韩、柳所倡导,故后世多将此功归于二人,其实在古文运动正式兴起之前,文坛上已有一批热衷于古文的作者了。萧颖士、李华、元结、独孤及、梁肃、柳冕等都致力于古文创作,可以说是古文运动的先驱。他们所谓的古文,"非真复古,摹拟古人之谓也。去六朝之排偶声律及其秾丽,而一复两汉之淳朴与其奇偶并用之自由而已。"② 古文家所反对的,正是六朝以来讲究对仗、声律和藻绘的骈俪文,在他们看来,这些都属衰文,应该严加鞭挞。独孤及曾云:"自典谟缺,雅颂寝,世道陵夷,文亦下衰。故作者往往先文字后比兴。……乃至有饰其词而遗其意者,则润色愈工,其实愈丧。及其大坏也,俪偶章句,使枝对叶比……"③ 元结作为韩、柳古文运动之前倡古的中坚力量之一,其文风奇古,在文章创作中颇有建树。《四库全书总目·元次山集提要》评论道:"文章戛戛自异,变排偶绮靡之习。杜甫尝和其《春陵行》,称其可为天地万物吐气。晁公武谓其文如古钟磬,不谐俗耳。高似孙谓其文章奇古,不蹈袭。盖唐文在韩愈以前,毅然自为者,自结始。亦可谓耿介拔俗之姿矣。"④ 概括精当而准确,足见次山在古文创作中的贡献。陈衍最欣赏他的《大唐中兴颂序》一文,称其为"最工"、"学《左氏传》而神似"⑤ 的典型。韩、柳古文运动的理论核心是文以载道、文以明道,其所谓"道",实指儒家之道,所以他们作古文的目的是阐明儒家思想。他们认为,古文与古道应是相互关联的,文是道的载体,道是文的实质,故可以由文而及道,亦可以由道而及文,⑥ 实际上是把文与道密切结合起来。

这种文以贯道、文以明道的观点在隋代已有人提出,如王通曾说:

---

① 《史通通释》卷六,上册,第 180 页。

② 陈柱:《中国散文史》,第 198—199 页。

③ 《检校尚书吏部员外郎赵郡李公中集序》,《全唐文》卷三八八,第 4 册,第 3945—3946 页。

④ 《四库全书总目》卷一四九,下册,第 1283 页。

⑤ 《石遗室论文》卷四,第 1 页。

⑥ 如韩愈在《答李秀才书》中也说:"愈之所志于古者,不惟其辞之好,好其道焉尔。"其《答陈生书》则说:"志在古道,又甚好其言辞。"(见《韩昌黎文集校注》,第 176 页。)

"言文而不及理，是天下无文也。"① "学者博诵云乎哉？必也贯乎道。文者苟作云乎哉？必也济乎义。"② 古文家尊崇儒学，故 "非三代两汉之书不敢观，非圣人之志不敢存"③，"三代两汉之书" 无疑承载了儒家学说的诸多内容，而所谓 "圣人之志"，显然亦指儒家之志。韩愈一味强调学古文是为了通古道，明道应是主要目的，但实际上却又极钟情于古文。清人程廷祚评云："退之以道自命，则当直接古圣贤之传，三代可四，而六经可七矣。乃志在于沈浸醲郁，含英咀华，作为文章，戛戛乎去陈言而造新语，以自标置，其所操抑末矣。"④ 程氏一针见血地指出韩愈致力于古文的事实。古文家虽主张学习先秦两汉之文，但不是单纯模仿，着力点还在于创新。他们希望创立一种承载儒家道统、不因袭前人成言、奇句单行的新式文体，所以创作时仅学古人之意，不学古人之辞，要求去掉陈言成句，辞由己出。经过革新后的新体散文具有充实的内容和高超的艺术技巧，不但形成了与骈文相抗衡的局面，而且也广为时人所接受。皇甫湜曾称赞韩愈文章说："抉经之心，执圣之权，尚友作者，跋邪觝异，以扶孔氏，存皇之极。……茹古涵今，无有端涯，浑浑灏灏，不可窥校。及其酣放，豪曲快字，凌纸怪发，鲸铿春丽，惊耀天下。"⑤ 李翱对韩愈创立的新体散文同样赞赏有加："自贞元末以至于兹，后进之士，其有志于古文者，莫不视公以为法。"⑥ 众文士奉韩愈文章为圭臬，可见其新体散文理论对文坛造成的广泛而深刻的影响。

韩、柳古文运动反对骈文，但在创作新体散文的过程中，又不可避免地汲取了骈文的艺术技巧。韩愈叙述其师承文统时提到，自己作文上宗《尚书》、《春秋》、《左传》、《周易》、《诗经》，下法《庄子》、《离骚》、《史记》与司马相如、扬雄的辞赋。柳宗元也曾讲述自己学习古文，本之《尚书》、《诗经》、《礼记》、《春秋》、《周易》、《穀梁传》、《孟子》、《荀子》、《庄子》、《老子》、《国语》、《离骚》、《史记》。方苞指出柳宗元之文还受到魏晋六朝骈文的影响："盖其根源杂出周、

---

① 《文中子·王道》，《文中子》卷一。
② 《文中子·天地》，《文中子》卷二。
③ 韩愈：《答李翊书》，《韩昌黎文集校注》，第 170 页。
④ 程廷祚：《复家鱼门论古文书》，《青溪集》，黄山书社 2004 年版，第 239—240 页。
⑤ 皇甫湜：《韩文公墓志铭》，《全唐文》卷六八七，第 7 册，第 7039—7040 页。
⑥ 李翱：《韩文公行状》，《全唐文》卷六三九，第 7 册，第 6462 页。

秦、汉、魏、六朝诸文家。"① 柳氏早年非常喜欢写作骈文，只是后来受文以明道思想的影响，才转向致力于散文创作。② 韩、柳从所宗尚的作品，尤其是骚、赋中吸收了排比、对仗、用典和藻饰手法，应用于新体散文的创作中。虽然反对多用对偶，追趋华采，但他们的文章中也有一定数量的排句或偶句，有时也运用藻饰加以描写或渲染烘托。究其原因，一方面由于韩、柳本身也都擅长骈文；另一方面，中晚唐时期骈文仍有生存空间，而且难以避免与散文发生影响。在二者的相互影响过程中，彼此之间很可能会出现艺术技巧上的学习与借鉴。如韩愈的《进学解》、《送李愿归盘谷序》等，柳宗元的《答韦中立论师道书》，尤其是他的山水游记散文，都是排对、辞采或用事稍集中的篇章。韩愈对具有较高艺术技法的骈文，往往不吝赞美之词。王勃的《滕王阁序》是初唐时期的骈文名篇，韩作《新修滕王阁记》，称"及得三王所为序赋记等，壮其文辞，益欲往一观而读之，以忘吾忧"③。他还认为己作"词列三王之次，有荣耀焉"④。古文家创作新体散文也讲究声音的宫商交错，抑扬协谐，如提出"引物连类，穷情尽变，宫商相宣，金石谐和"⑤ 的主张，但他们更倾向于声音的自然谐和，不像骈文那样刻意追趋声律谐畅。

　　韩、柳倡导古文运动，努力创造出一种与骈文对立的新式散文，但在此过程中，也借鉴了骈文的有益艺术经验，丰富了散文的创作技法。清人刘开评论说："此一家者，非出于一人之心思才力为之，乃合千古之心思才力变而出之者也。""夫退之起八代之衰，非尽扫八代而去之也，但取其精而汰其粗，化其腐而出其奇。其实八代之美，退之未尝不备有也。"⑥ 蒋湘南也有近似的言论："浅儒但震其起八代之衰，而不知其吸六朝之髓也。"⑦ 古文家以阐明儒道为宗旨，所谓复古，仅是重述

---

① 《书柳文后》，《方苞集》上册，上海古籍出版社 1983 年版，第 112 页。
② 柳宗元在《答韦中立论师道书》中说："始吾幼且少，为文章以辞为工。及长，乃知文者以明道，是固不苟为炳炳烺烺、务采色、夸声音而以为能也。"（《柳宗元全集》，第 277 页。）
③ 《新修滕王阁记》，《韩昌黎文集校注》，第 91 页。所谓"三王"之作，指王勃的《滕王阁序》、王绪的《滕王阁赋》和王仲舒的《修阁记》。
④ 《新修滕王阁记》，《韩昌黎文集校注》，第 93 页。
⑤ 《送权秀才序》，《韩昌黎文集校注》，第 276 页。
⑥ 《与阮芸台宫保论文书》，《刘孟涂文集·骈体文》卷二。
⑦ 《与田叔子论古文第二书》，简夷之等：《中国近代文论选》上册，第 113 页。

儒家思想，而在文章创作上却重在创新。尽管他们吸收骈文的诸多艺术技巧，但创作出的新体散文总是一种与骈文相敌对的文体。中唐古文运动兴起后，散体文处于上升地位，相应地，骈文的势头开始削弱。当然，这主要是由文章发展的必然规律所决定的。骈文走向兴盛时，创作模式已趋僵化，创作技巧已发展到极端，就文体进化本身来说，很难再有提升的空间。然而，经过古文家革新的散文，作为一种新生事物，往往能给文坛注入一些新鲜气息，况且新体散文的叙事、描写，尤其是说理方面的功能都优于骈文。散文也不只是局限于实用性，更重要的是也具有和骈文一样的审美作用。在这种情况下，即使擅长骈文的文士，也转而作散文，古文运动的倡导者韩、柳莫不如此。"文体通行既久，染指遂多，自成陈套。豪杰之士，亦难于中自出新意，故往往遁而作他体，以发表其思想感情。"① 依此而言，骈文渐趋衰落，散体文重新统治文坛，也是必然现象。

古文运动兴盛时，骈文一时失去文坛的统治地位，但作为一种文体，它并未消亡。为扩大骈文的生存空间，必须对其已经僵化的形式进行变革，真正致力于此变革的是中唐时期的陆贽。陆贽的骈文主要是朝廷奏议、制诏之文，变繁缛复杂为平易自然，"切于实用，用白晓畅，纯任自然，一扫用典浮夸之恶习，其气势之盛，与散文相埒。骈文原为美文，至此而骈文可为应用文之真相，始大白于世"②。陆氏之文虽仍属骈体，但用语、气势及功能已大不同于此前的骈文。《奉天改元大赦制》是陆作中之杰出者，此文针对德宗被叛军围困于奉天的危急局势，为皇帝代言，提出大赦天下一事。文章痛切陈词，直言无讳，情理并俱，感人至深。姜书阁认为陆贽的此类文章"言事则周密详尽，说理则深刻精察，而皆达之以情，委婉曲折，细入毫芒，然犹词无所避，意无所隐；彼我上下之心得以由此而沟通，莫或扞格"。"基本上不用典，不征事，全凭'白战'，也就是完全以自己的浅近、平淡、朴实、醇厚的语言，写出内心欲达之事理和情致。"③ 对陆贽骈文的特点概括非常准确。

---

① 王国维：《人间词话》，滕咸惠：《人间词话新注》，齐鲁书社1981年版，第104页。

② 《中国骈文史》，第77页。

③ 《骈文史论》，第470页。

经过陆贽改革后的骈文，骈偶形式虽未改变，但经世致用的功能大大增强，审美功能则明显削弱，散文化因素趋于增多。《四库全书简明目录·翰苑集》评陆贽的骈体奏议、制诏文说："贽文多用骈句，盖当日之体裁。然真意笃挚，反覆曲畅，不复见排偶之迹。《新唐书》不收四六，独录贽文十余篇。司马光《资治通鉴》录其疏至三十九篇，上下千年，所取无多于是者，经世之文，斯之谓矣。"① 诸书多收陆文，即见对其应用文章成就的肯定。因为陆贽骈文风格迥异于六朝骈文，所以后代一些骈文选本，如《四六法海》、《唐骈体文钞》都不把它作为正宗骈文，故而不选。当然，不能因此否定陆贽在骈文改革中所作出的巨大贡献。孙梅对陆贽的章奏等骈文多有称赏之语："古以四六入章奏者有矣，贺谢表而外，惟荐举及进奉，则或用之。品藻比拟，此其长也。若敷陈论列，无往不可，而又纂组辉华，宫商谐协，则前无古，后无今，宣公一人而已。指事如口讲手画，说理则缕析条分，旁延景物，则兴会飞骞，远计边琐，则武库森列。大抵义蕴得自《六经》，而文词则《文选》烂熟也。惟公兼体，是以独擅。"② 此评恰切地指出陆氏骈文在叙事、议论方面的独到之处。陆贽的骈文风貌不同于盛唐骈文，更不同于六朝、初唐骈文，其散文化的气势直接影响到宋代的四六文和清代的骈体章奏。

晚唐时期，古文运动强盛势头已过，但余波尚存，新体散文创作仍有一定的成就。若从文章发展的总体趋势来看，骈文又开始复兴，散体文则受到抑制，这种局面一直持续到北宋的古文运动。晚唐骈文的风格直追六朝骈文，"以繁缛相高"，"骈俪之文，斯称极致"③，在对偶、使事、声律、藻饰方面的讲究极其严格，尤其是徐、庾时已定格的四六句式，到此时已完全僵化。这一时期的骈文名家，如李商隐等人，都追慕齐、梁，宗尚徐、庾。李商隐在《樊南甲集序》中说："后又两为秘省房中官，恣展古集，往往咽噱于任、范、徐、庾之间。"李氏早年本习古文，后随令狐楚学骈俪之法，进而转作骈文。"樊南生十六能著《才论》、《圣论》，以古文出诸公间。后联为郓相国、华太守所怜，居

① 永瑢等著：《四库全书简明目录》卷十五，下册，古典文学出版社1957年版，第593页。

② 《四六丛话》卷三十二，第585页。

③ 阮元：《四六丛话后序》评李商隐、温庭筠骈文语（《四六丛话》，第2页）。

门下时，敕定奏记，始通今体。"① 所谓"今体"，即骈文，多为章、表、奏、启之类的应用文。据《旧唐书》所载，李商隐骈文"与太原温庭筠、南郡段成式齐名，时号'三十六'"②，三子皆为晚唐时的骈体大家，而李又是其中成就最高者。

李商隐在骈文方面的主要贡献在于为四六文命名。骈文中的四六句式产生很早，但真正大量出现则是在梁、陈时。徐陵、庾信对这一句式加以活用，又创造出各种变形句式，遂使其定型。初唐四杰沿袭运用，讲究甚严，由于"刻板的用四六句子"，乃至"发生单调的现象"③，但此时仍未有四六文一名。李商隐将其骈体文编为《樊南四六》甲、乙两集，四六文之名开始提出。此后，宋人论骈文的著述，如谢伋的《四六谈麈》、王铚的《四六话》等都以四六称骈文，于是四六文之名逐渐确立。骈文正式演变为四六文，"全取排偶，遂成四六格调"④。李商隐的四六文声律谨严，属对精工，用典恰当，形式上益趋精致，后代骈文，尤其是章奏，常奉其为典范。"樊南甲乙，则今体之金绳，章奏之玉律也。循讽终篇，其声切无一字之聱屈，其抽对无一语之偏枯，才敛而不肆，体超而不空，学者舍是何从入乎?"⑤ 李商隐所作应用类四六文，在当时看来是极其精巧的，但已趋僵化的格式也表现出更大的局限性，故进一步改革文体在所难免。陈振孙评道："以近世四六观之，当时以为工，今未见其工也。"⑥ 至晚唐时，六朝风格的骈文已接近终结。

宋初骈文沿袭晚唐文风，宗法李商隐，多华丽绮靡之语，缺乏新意且不切实用，代表作家有西昆体一派的杨亿、刘筠、钱惟演等人。晚唐文风本来上承六朝的骈文风习，而这种风气在李商隐时已走到尽头，所以传至宋初的不过是流风余绪。宋代古文运动以后的四六文实际上承接了中唐陆贽改革后的新体骈文，它不再追求精切的属对、繁密的用典及华丽的辞藻，而是散行气势逐渐增强，实用性也更突出。洪迈曾说：

---

① 《全唐文》卷七七九，第 8 册，第 8136 页。

② 因李、温、段三人排行都是第十六，而且文风基本一致，故名（《旧唐书·文苑下·李商隐传》，卷一百九十下，第 15 册，第 5078 页）。

③ 刘麟生：《中国文学史》，第 153 页。

④ 《六朝丽指》。

⑤ 《四六丛话》卷三十二，第 595 页。

⑥ 陈振孙：《直斋书录解题》卷十六，上海古籍出版社 1987 年版，第 483 页。

"四六骈俪，于文章家为至浅，然上自朝廷命令、诏册，下而缙绅之间笺书、祝疏，无所不用。"① 洪氏指出，宋四六在古文运动以后主要流行于诏制表启类的应用文范畴，似乎远离了纯文学领域，所以文章家都认为它是一种"至浅"之文。在文章家看来，这种文章是不能和古文相提并论的。北宋古文运动巩固了韩、柳新体散文在文坛中的统治地位，同时迫使四六文退居次席。但是，鉴于古文运动的领袖，如欧阳修、苏轼等人本身也是四六能手，他们在变革骈文时又借鉴了新体散文的艺术技法，因此四六文仍能存在于文坛而没有消亡。

欧阳修融散文的气势于四六文中，为宋代骈文的散文化革新作出了突出贡献。后人谈及欧阳修变革骈体之功时，往往与宋初四六文加以对比而言：

> 国初士大夫例能四六，然用散语与故事尔。杨文公刀笔豪赡，体亦多变，而不脱唐末与五代之气。又喜用古语，以切对为工，乃进士赋体尔。欧阳少师始以文体为对属，又善叙事，不用故事陈言而文益高。②

欧阳修的四六文不用古语、故事，不求对仗精切，以文体为对，重叙述，与西昆体骈文相比，显然别具一格。孙梅论及欧阳修和宋初诸家骈文的区别时说：

> 宋初诸公骈体，精敏工切，不失唐人矩矱。至欧公倡为古文，而骈体亦一变其格，始以排纂古雅，争胜古人。③

此语同样指出宋初骈文的形式不脱晚唐骈文的窠臼，而欧阳修的骈文则因吸取了散文的笔法，故凭矫健的笔力和散行的气势胜丁前作。苏轼虽是古文名家，但其骈文成就也很高。据《宋史》本传所载，苏轼曾自称："作文如行云流水，初无定质，但常行于所当行，止于所不可

---

① 《容斋三笔》卷八"四六名对"条，《容斋随笔》下册，第505页。
② 陈师道：《后山诗话》，何文焕：《历代诗话》上册，中华书局1981年版，第310页。
③ 《四六丛话》卷三十三，第606页。

不止。"① 苏轼新体散文有如此风格实在难能可贵，但其骈文也不例外。盖其骈体学欧阳修之法，又加以创造，以气运文，笔力矫健，曲折变化，用典不多但务求精当，语虽偶出但必求畅达。子瞻把文章做到这种境界，真可谓初无定质，无论散骈，实无大异。"东坡四六，工丽绝伦中笔力矫变，有意摆落隋唐五季蹊径。以四六观之，则独辟异境；以古文观之，则故是本色，所以奇也。"② 苏轼深得欧阳修以散入骈之法的精髓，经过进一步开拓与完善，创造出与六朝、唐完全不同风貌的骈文。清人刘大櫆说："文贵奇……然有奇在字句者，有奇在意思者，有奇在笔者，有奇在丘壑者，有奇在气者，有奇在神者。字句之奇，不足为奇，气奇则真奇矣。"③ "奇气最难识，大约忽起忽落，其来无端，其去无迹。"④ 苏文之奇，主要在于气奇。

欧阳修、苏轼一改晚唐、宋初骈文的纤弱华丽之风，融以散文的气势，开辟出创作新体骈文的道路，可谓有筚路蓝缕之功。清人程杲赞道："宋自庐陵、眉山，以散行之气运对偶之文，在骈体中另出机杼，而组织经传、陶冶成句，实足跨越前人。"⑤ 一语道出欧、苏骈文形式新颖、用事精当的特点。阮元除强调二人在骈体改革上的创新之外，还指出了不足之处，即宋代骈文因过重实用而缺乏文采，导致审美价值大大降低。阮氏云："（欧、苏骈文）以气行则机杼大变，驱成语则光景一新。然而衣辞锦绣，布帛伤其无华；工谢雕几，簠簋呈其朴凿。"⑥ 经过革新后的宋人骈文的散文化趋势增强，而且主要应用于朝廷公文，与六朝骈文的华辞丽藻、精致对偶相比，自然是远远不及了。由此可见，宋代骈文实与六朝骈文相去甚远。当然，这主要还是由文章发展的必然规律所决定的。南宋四六，前期文风与北宋欧、苏相近，属于散文化倾向明显的骈文；而后期则又追求谨严的格律和精工的对仗，虽归于工整，但气格卑弱，形式凝滞僵化，故无足称道。

骈文史家论宋代四六，多重欧、苏开创的新体文风，因为它代表了

---

① 脱脱等：《宋史·苏轼传》，卷三百三十八，第 31 册，中华书局 1977 年版，第 10817 页。

② 《四六丛话》卷三十三，第 615 页。

③ 刘大櫆：《论文偶记》，人民文学出版社 1959 年版，第 6 页。

④ 同上书，第 7 页。

⑤ 《四六丛话序》，《四六丛话》，第 2 页。

⑥ 《四六丛话后序》，《四六丛话》，第 2 页。

此时骈文的总体风貌。刘麟生论宋四六风格，即以新体四六为据，将其散文化趋势概括为六点：一为散行气势，于骈句中见之；二为用虚字以行气；三为用典而仍重气势；四为用成语以行气势；五为喜用长联；六为多用议论以使气。虽然六朝骈文为使文章稍显灵活跌宕，不致落入"滞相"①，在潜气内转之处也时有散句或虚字，但毕竟是偶或用之。就文章整体来说，仍然是以大量精工的对句为主。宋四六则不同，它把散文流畅的气势引入到骈文创作中，不求切对，尽管总体上以偶体行文，但散行气势极其明显。如欧阳修《谢复龙图阁直学士表》曰："苟临危效命，尚当不顾以奋身；况为善无伤，何惮竭忠而报国？"②苏轼：《乞校正陆贽奏议上进劄子》云："窃谓人臣之纳忠，譬如医者之用药，药虽进于医手，方多传于古人。若已经效于世间，不必皆从于己出。"③这些极具散行气势的骈句不重藻饰，不用典，不求工对，面目已完全不同于六朝骈文。另外，许多骈文中频繁运用长对联，也加强了散文气势，如苏轼《乞常州居住表》曰："臣闻圣人之行法也，如雷霆之震草木，威怒虽盛，而归于欲其生；人主之罪人也，如父母之谴子孙，鞭挞虽严，而不忍致之死。"④这种句子非常接近于散文，有的长对联中每联甚至长达十余句，已经开启了后代八股文的先河。从骈文本身发展的规律来看，六朝骈文的风格，到此时已不复存在了，或者说，骈文在文坛上已趋于衰落了。

宋代新体骈文直接得益于散文，而新体散文又归功于欧、苏等人倡导的古文运动。尽管古文运动之后的骈文以新面貌出现，但在文坛上只能居于次席，根本无法撼动散文的统治地位。宋代古文运动主要针对晚唐以至宋初"穷妍极态，缀风月，弄花草，淫巧侈丽，浮华纂组"⑤的华而不实之风，承继中唐韩、柳以明道的传统，并加以发扬光大，进而提出一系列革新文体的措施。古文家主张不仅要阐明儒家之道，而且还强调其社会功用，因此，他们提出文章要充分发挥明道、致用的功

① 《六朝丽指》。
② 《欧阳修全集》第4册，中华书局2001年版，第1329页。
③ 《苏轼文集》卷三十六，第3册，第1012页。
④ 《苏轼文集》卷二十三，第2册，第657页。
⑤ 石介：《怪说中》，郭绍虞：《中国历代文论选》第2册，上海古籍出版社1979年版，第247页。

能。在文与道的关系上，也应是文道并重，不厚此薄彼。古文运动正式兴起之前，苏舜钦、柳开、穆修、石介、尹洙等人已提出了改革文风的诸多主张。尽管有时由于认识或能力上的因素，难免会有缺陷或不足，但不可否认他们在革新文风方面的理论建树。如有论者认为："（柳开等人）没有全面地继承韩、柳古文的优良传统。理论上浓厚的道学气和创作上成就不高，使他们虽然打击了宋初的骈俪文风，但不能最终战胜它，虽然提倡古文，但不能在文坛上确立起统治地位。"① 这种言论似乎抹杀了古文运动先驱者的理论创新之功。"庐陵欧阳修出，以古文倡，临川王安石、眉山苏轼、南丰曾巩起而和之，宋文日趋于古矣。"② 欧阳修借助自己在政治和文学上的地位，吸取了古文运动先驱者的理论成果，又加以创新完善，从理论和实践两方面倡导新体散文，最终取得了古文运动的胜利。自此以后，散文在文坛上的统治地位再也没有动摇，一直持续到五四运动时期。白话文兴起后，作为散文与骈文载体的文言消亡，相应地，这两种文体也就都退出了历史舞台。

第五节　骈散并衰时期（元明）

自宋以后，骈文非但无新意可言，而且愈趋狭隘。元、明时期，已极度衰落。孙梅述这一时期的骈文发展状况说："四六至南宋之末，菁华已竭。元朝作者寥寥，仅沿余波。至明代经义兴，而声偶不讲，其时所用书启表联，多门面习套，无复作家风韵。"③ 元代俗文学较发达，骈文于是不振，这除与文章发展规律有关之外，异族入主中原，轻视汉族的传统文学也是一个重要因素。时至明代，骈文仅用于科举考试，故习骈文者纯为应试，况且多是根据题目敷衍以成文，毫无生趣，遂使骈体陷入粗陋不堪的境地。近人刘麟生说："元以异族入主中原……曲子最擅胜场……至骈文则阒焉无闻，以四六论，可谓一浩劫也。明代文学称盛，而模仿之作居多，创造之意为少，以言骈文，粗制滥造，庸廓肤浅，虽有作品，难登大雅之堂。"④ 这一概括基本反映出元、明两代包

---

① 吴小林：《唐宋八大家》，安徽人民出版社 1984 年版，第 127 页。

② 《宋史·文苑传序》，卷四百三十九，第 37 册，第 12997 页。

③ 《四六丛话凡例》，《四六丛话》，第 2 页。

④ 《中国骈文史》，第 94 页。

括骈文在内的文学总体状况。相较于骈文的萎靡不振，散体文状况稍好一些。元代稍有名的骈文作者首先是以散体名家的，其散文往往延续宋代余风。明代散体文领域较为活跃，主要表现为复古派与反复古派之间围绕散文理论与创作展开的诸多争执。就文章内在蕴境的纯正和技法的高妙而言，元、明散文与宋代散文显然不能相提并论。从这层意义来说，元、明时期的散文也呈衰落之势。

元代蒙古族统治者囿于自身的文化习俗，对汉族文化实施排斥打压政策。这种特殊的政治环境使汉族文士备受压抑，从而导致骈文创作陷于沉寂。综观有元八十余年，骈文作家少，作品也少，名篇佳制更是无从谈起。稍有名的作家有姚燧、虞集、袁桷等，多以散文起家，他们虽有少量骈文，但限于本身的才力，很难有成就高的作品。姚燧的《刘秉忠赠赵国文正公制》是四六制诰中的较具代表性的篇章。其文云：

> 贯百王之一其道，于圣学以开明；敷五典之三为纲，肇人纪之修叙。身本斯立，政条用张。……赞神武不杀之仁，洽民心好生之德。咸嘉谟之入告，至大业之佐成。[1]

因是为别人代言述功而作，故多有缺乏新意的称颂之语。与才思并富的宋代骈文相比，此文不免显得肤浅粗陋，究其原因，实与当时的风气有关。"那个时代承南宋人的风气，多不读书。于是乐散文之简易，而惮骈文之繁复，号称作者，都只作散文，应用方面，也以散文为多，而骈文只限于一部分的用处。于是骈文成为极狭隘的用途，也就变成极卑陋的风格。"[2] 表面看来，元人似有好散恶骈倾向，但关键还是由才思不足所致，而才思匮乏的直接原因就是不尚读书。元人骈文都有这种倾向，即使素有大家之称的虞集的骈文也不例外，其《奏开奎章阁疏》曰：

> 以言乎涉历，则衡虑困心艰劳之日久；以言乎裁定，则拨乱反正文治之业隆。然而功成不居，位定不有。谦逊有光于尧、舜，优

---

① 李修生：《全元文》卷二九九，第 9 册，江苏古籍出版社 1998 年版，第 337 页。
② 瞿兑之：《骈文概论》，第 117 页。

游方拟于羲、黄。集群玉于道山，植众芳于灵囿。委怀澹泊，造道精微。若稽在昔之传闻，孰比于今之善美。①

　　文章本意在于上疏皇帝，陈述在奎章阁开设书阁的事情，然而作者却将大部分文辞都用于赞颂皇帝恩德，大肆铺排夸饰，因循旧语，遂使文格变得平浅空疏。虞氏虽称一代大家，骈文却也如此平庸无奇。"大抵元人不学，故其为文也显得空疏。虞集还是元代少有的推尊儒术，倡导理学的学者，但从其诗文看，并非如宋人欧、苏、曾、王之博学多识，故亦不长于四六。"② 宋人尚才学，多以才思为文，故所作骈文内蕴深厚。元人骈文之所以远逊于宋人，政治因素固然不可忽视，但更重要的是受不学的时代风气的影响。欧阳玄的《静修先生画像赞》一文骈散兼用，但总体上属于骈文。其文云：

　　　　微点之狂，而有沂上风雩之乐；资由之勇，而无北鄙鼓瑟之声。于裕皇之仁，而见不可留之四皓；以世祖之略，而遇不能致之两生。呜呼！麒麟凤凰，固宇内之不常有也。然一鸣而《六典》作，一出而《春秋》成，则其志不欲遗世而独往也明矣。亦将从周公、孔子之后，为往圣继绝学，为万世开太平者耶！③

　　文章主要表现了好友刘因怀才而不仕的独特品质，虽然运用典故，但也浅显易懂。总体来看，元代骈文确如前人所言，流露出"佻巧"、"体制卑靡"④ 的趋向，体现出其处于衰落期的特点。
　　自宋代古文运动以后，散体文巩固了在文坛上的正宗地位，虽时有骈文出现，但也只居于从属地位。时至元代，文坛仍主要流行散文，极少量的骈文不过是点缀品而已。由于受宋代程、朱理学的影响，元代散文更强调文道合一，重经世致用。尽管散文内部也曾出现过宗唐韩愈（如姚燧等）和宗宋欧阳修（如虞集、苏天爵等）的分歧，但最终都趋向于唐宋并宗。即以姚燧而言，学文虽宗法韩愈，但也并不排斥宋文，

---

① 《全元文》卷八一六，第 26 册，凤凰出版社 2004 年版，第 41 页。
② 《骈文史论》，第 515 页。
③ 《全元文》卷一一〇〇，第 34 册，第 586 页。
④ 金秬香：《骈文概论》，第 124 页。

故其文既有刚劲古奥的特点，又有平易温醇的风格。从文风的整体走向来看，元代散文经历了由雄健古奥到平实纯正的转变。元文虽宗唐宗宋，但始终没有出现近于唐、宋的大家，更没有名篇佳制传于后世，故无法超越唐、宋。不仅如此，自元文宗天历以后，元文愈显委靡衰落之势。时人杨维桢评论说："我朝文章肇变为刘、杨，再变为姚、元，三变为虞、欧、揭、宋，而后文为全盛。以气运言，则全盛之时也，盛极则亦衰之始。自天历来，文章渐趋委靡，不失于搜猎破碎，则沦于剽盗灭裂，能卓然自信，不流于俗者，几希矣。"① 此语指出元代散文将宋文重气势的技法应用于创作中，并已达极盛状态，此后遂不复有新意，进而使文章滞于定式。再者，元人才学远逊于宋人，故以搜猎、剽盗为继。当此之时，文章陷于委靡衰落之境，自是不可避免的了。

明代骈文亦呈衰落凋敝之势，初期作家如宋濂、刘基、解缙等虽偶有骈俪之文，但多与律赋、八股等应试之文密切相连，体例不纯，而且此时制诰已多用散体，遂使骈体近于消歇。此后杨士奇、杨荣、杨溥等人擅台阁之体，文风益趋逶迤缓懦。时至中期，前、后七子树复古旗帜，倡言学秦汉之文。于是，文坛大兴模拟因袭古文之风，而后唐宋派又提倡学唐、宋古文，骈文至此几乎绝迹。晚明时期，张溥、陈子龙"撷东汉之芳华"②，文风似有所改变。无论如何，都不可否认有明一代的骈文已走向衰颓没落。姜书阁对明代文苑的总体状况曾加以分析说：

> 明初间有骈体四六之作，但已染有制艺时文风气，非汉、魏、六朝、三唐旧风，亦非北宋欧、苏新变之体，实为骈俪、试赋、经义之混合物。而至明代中叶，前后七子出，大倡"文必秦、汉，诗必盛唐"，则此种非驴非马之四六骈俪亦绝迹于文人之集了。明代后期，稍矫前后七子之复古、拟古之习。唐宋派王慎中、唐顺之，以至归有光、茅坤基本上步韩、欧古文后尘，不作俪体；公安三袁（宗道、宏道、中道）主张抒写性灵，文笔清逸，虽无拟古之奥涩，亦不作六朝之偶对；"竟陵"钟（惺）、谭（元春）大体

① 《王希赐文集再序》，《全元文》卷一二九九，第41册，第229页。
② 《明史·文苑传序》，卷二百八十五，第24册，中华书局1974年版，第7308页。

亦如"公安"，而矫其轻率浮浅，代之以幽深孤峭，与骈俪为益远。①

论者从文学发展的内部规律和外部环境两个角度出发，高度概括出了骈文在明代的发展趋势，可谓准确而又精当。明代骈文走向没落终究是文章发展的必然规律的体现，当然，衰落是骈文此时的发展大势，但它还没有消亡，因为文坛上仍有一些骈俪作品存在，如张溥、陈子龙等人都有一些骈文。

有明一代散文领域最突出的事件是复古主义与反复古主义之争，复古主义潮流内部又有秦汉派与唐宋派之分。秦汉派主要指前、后七子，代表人物有李梦阳、何景明、李攀龙、王世贞、屠隆等，其复古不同于唐、宋古文运动所谓的复古，韩、柳、欧、苏的古文运动不过是以复古为名，本意却在创新，而秦汉派却是真复古。由于当时文坛盛行雍容有余而气体卑弱的台阁体文风，再加上朝廷以八股文作为取士标准，这无疑助长了此种浅陋空疏的文风，有鉴于此，秦汉派主张学习先秦汉代文风。关于如何学习秦汉文章，李梦阳提出"作文如作字"，即作文章要像写字临帖一样，严守规矩，"尺尺而寸寸之"②，一笔一画都不能放过。针对外界的指责，李氏为自己的观点加以辩解："夫文与字一也，今人模临古帖，即太似不嫌，反曰能书。何独至于文，而欲自立一门户邪？"③ 秦汉派不满于唐、宋古文，故多有指责之语。如何景明曾说："夫文靡于隋，韩力振之，然古文之法亡于韩。"④ 屠隆则称"文至于昌黎氏大坏焉"，而韩愈"仅能摧骈俪为散文耳。妍华虽去，而淡乎无采也；醲腴虽除，而索乎无味也；繁音虽削，而瘠乎无声也。其气弱，其格卑，其情缓，其法疏"。"厥后欧、苏、曾、王之文，大都出于韩子，读之可一气尽也，而玩之则使人意消。余每读诸子之文，盖几不能终篇也。"⑤ 李梦阳也说："宋儒兴而古之文废矣。非宋儒废之也，文者自废

---

① 《骈文史论》，第 525—526 页。
② 《驳何氏论文书》，《空同集》卷六十二，《四库全书》本，上海古籍出版社 1987 年版。
③ 《再与何氏书》，《空同集》卷六十二，《四库全书》本。
④ 《与李空同论诗书》，《大复集》卷三十二，《四库全书》本。
⑤ 《文论》，明刻本《由拳集》卷二十三。

之也。"① 秦汉派鄙视唐、宋古文，号称学秦汉文，实际上也只是着力于对秦汉文章语言的字模句拟，"皆袭貌遗神，不过优孟衣冠而已"②。李攀龙论文推崇李梦阳，不出模拟的窠臼。王世贞亦主张"文必西汉"③，所谓"西京之文实"，"东京之文弱"，"六朝之文浮"，"唐之文庸"，"宋之文陋"，"元无文"④，似乎自西汉以后，文章均不足道，因此他将西汉文章奉为创作典范。秦汉派散文以模秦拟汉为能事，自然不会有太大作为。

唐宋派始于王慎中、唐顺之，而成于茅坤、归有光，虽然茅、归晚出，但成就高于王、唐。该派论文一反秦汉派论调，提出宗尚唐宋八家古文的观念，并以之为创作范式。据《明史》所载，王慎中"初主秦、汉，谓东京下无可取。已悟欧、曾作文之法，乃尽焚旧作，一意师仿，尤得力于曾巩。顺之初不服，久亦变而从之。壮年废弃，益肆力古文，演迤详赡，卓然成家，与顺之齐名，天下称之曰王、唐"⑤。从中可见王氏为文宗宋，尤其是宗法曾巩的倾向。唐顺之对文章之法亦有独到的见解：

> 汉以前之文，未尝无法，而未尝有法，法寓于无法之中，故其为法也，密而不可窥。唐与近代之文，不能无法，而能毫厘不失乎法，以有法为法，故其为法也严而不可犯。密则疑于无所谓法，严则疑于有法而可窥，然而文之必有法，出乎自然而不可易者，则不容异也。⑥

唐氏认为，文章作法无疑是客观存在的，但由于秦、汉年代久远，语言差异较大，故其文法不易学习。秦汉派学古之所以造成因袭陈言，堆砌为文的后果，原因就在于此。唐、宋时代则距今不远，语言差别也不大，因此其文法易懂易学，也容易取得成就。唐顺之的言论最终还是

---

① 《论学》，《空同集》卷六十六，《四库全书》本。
② 陈柱：《中国散文史》，第 280 页。
③ 《明史·文苑三·王世贞传》，卷二百八十七，第 24 册，第 7381 页。
④ 《艺苑卮言》卷三，丁福保辑：《历代诗话续编》中册，中华书局 1983 年版，第 985 页。
⑤ 《明史·文苑三·王慎中传》，卷二百八十七，第 24 册，第 7368 页。
⑥ 《董中峰侍郎文集序》，《四部丛刊》影印明万历本《荆川先生文集》卷十。

落脚于对唐、宋古文的推崇上。与王慎中一样，唐顺之也是先尊秦汉文，后因受王影响，转而尊崇唐宋文。他所编辑的《文编》，其中的唐、宋文全来自八家，当然书中也有一定数量的先秦两汉之文。"所录上自秦汉以来，而大抵从唐宋门庭沿溯以入。故于秦汉之文，不似李梦阳之割剥字句、描摹面貌。于唐宋之文，亦不似茅坤之比拟间架、掉弄机锋。在有明中叶，屹然为一大宗。"①

茅坤编《唐宋八大家文钞》，于唐宋八家之外文章一概不取，并加以评点，以此来昭示文统，宣扬法度。虽然此书产生了较大影响，② 但茅氏所强调的文法完全拘泥于文章的抑扬开阖和起伏照应上，而不像唐顺之虽言法但不拘于法，重在变化，因此他曲解了古人的原意，也招来了非议。吴应箕指责说："茅鹿门之评古文，最能埋没古人精神，而世反效慕恐后，可叹也。彼其一字一句，皆有释评，逐段逐节，皆为圈点。自谓得古人之精髓，开后人之法程，不知所以冤古人，误后生者，正在此。""大抵古人精神，不见于世者，皆评选者之祸也。"③ 茅坤提倡唐宋古文，但把唐宋古文的成就局限于八家，无疑具有了门户之见，此虽影响到后世的桐城派，却又表现出极明显的狭隘性。袁枚对此颇表不满：

> 明代门户之习，始于国事，而终于诗文。故于诗则分唐、宋，……于古文又分为八，皆好事者之为也，不可以为定称也。……鹿门当日，其果取两朝文而博观之乎，抑亦就所见所知者而撮合之乎？④

归有光对散文作法的观点俱见于他对《史记》的五色圈点中。史称归氏"以司马、欧阳自命"⑤，于此可见其论文以《史记》和欧阳修的散文为宗师。归有光评点《史记》，本是探讨散文的作法，但由于当

---

① 《四库全书总目·荆川集提要》，卷一七二，下册，第1505—1506页。
② 关于评点类书籍影响力之大，鲁迅在《集外集·选本》中曾说："评选的本子，影响于后来的文章的力量是不小的，恐怕还远在各家的专集之上。"（《鲁迅全集》第七卷，第505页。）
③ 《答陈定生书》，《粤雅堂丛书》本《楼山堂集》卷十五。
④ 《书茅氏八家文选》，《小仓山房诗文集》，第1813—1814页。
⑤ 《明史·文苑传序》，卷二百八十五，第24册，第7307页。

时制艺之文（时文）与散文体例接近，而归氏制艺文成就也很高，故其所论文法就成为制艺文的创作标准。章学诚云："归氏之于制艺，则犹汉之子长，唐之退之，百世不祧之大宗也。故近代时文家之言古文者，多宗归氏。唐宋八家之选，人几等于《五经》四子所由来矣。"①后世时文家奉归有光为宗师，相应地，其所论文法也为散文家所宗尚了。章氏认为，"文章变化，非一成之文所能限也"，不能"因一己所见，而谓天下之人，皆当范我之心手焉"②，所以他不赞成归有光借评点《史记》以示文法的做法。"所谓疏宕顿挫，其中无物，遂不免于浮滑，而开后人以描摩浅陋之习。"从古人那里学到的，"特其皮毛，而于古人深际，未之有见"。"归氏之所以不能至古人者，正坐此也。"③归有光学文宗主《史记》的弊端被章学诚揭示得淋漓尽致。

反复古主义思潮内部主要有公安派和竟陵派。公安派以三袁（袁宏道、袁宗道、袁中道）为代表，他们针对当时复古派的模拟因袭之风，认为各代有各代的文学，不能亦步亦趋地模仿古人，而应该重视创造，突出个性，主张抒发性灵。袁宏道谈论当时文风说：

> 盖诗文至近代而卑极矣。文则必欲准于秦汉……剽袭模拟，影响步趋。见人有一语不相肖者，则共指以为野狐外道。曾不知文准秦汉矣，秦汉人曷尝字字学六经欤！……秦汉而学六经，岂复有秦汉之文？……唯夫代有升降，而法不相沿，各极其变，各穷其趣，所以可贵。④

时代不同，作法不同，文章风格自然也要发生变化。如果一味因袭模仿古人，则难免陷入平庸浅薄而失去本真，故难言可贵。"大抵物真则贵，真则我面不能同君面，而况古人之面貌乎？"⑤注重创造，强调表现个性，则文章自能做到可贵。公安派力倡文章要独抒性灵，不受外界事物的束缚，追求清新轻快、超脱俊逸的文风。另外，他们还主张散

---

① 《文史通义·文理》，《文史通义校注》上册，第286页。
② 同上书，第289页。
③ 同上书，第287页。
④ 《续小修诗》，《中国历代文论选》第3册，第211页。
⑤ 《与丘长孺》，《中国历代文论选》第3册，第209页。

文口语化、通俗化。在明代反复古潮流中，公安派在散文理论和创作两方面都取得了较突出的成就。以钟惺、谭元春为代表的竟陵派，同样致力于矫复古派模拟之弊，但文风转而趋向于幽深孤峭，不免又偏于一隅。

综观元、明二代，骈文委靡不振，文坛虽主要通行散体，但与宋代散文相比，却显得毫无特色。即使明代复古派与反复古派在散文领域展开激烈的争执，曾经一度使得文坛非常活跃，然就创作实绩来说，也没有取得太大成就。总体看来，散文也呈现衰颓的趋势。

第六节　散骈复兴及消亡时期（清代至五四运动）

清代国势强盛，学术发达，文学创作也出现了繁荣的局面。即以文章而论，散体文与骈文一扫元明时期的颓势，又显示出复兴的趋向。《清史稿·文苑传序》述清前期文坛状况说：

> 明末文衰甚矣！清运既兴，文气亦随之而一振。谦益归命，以诗文雄于时，足负起衰之责；而魏、侯、申、吴，山林遗逸，隐与推移，亦开风气之先。①

钱谦益为清初文坛领袖，其文章成就，自不待言，稍后的侯方域、魏禧、汪琬亦有散文大家之称。三子文章风格各异：大抵魏氏之文虽有纵横之气，但不够纯正；汪氏之文则囿于经术，法度谨严；而侯氏之文才气超逸，纵横驰骋，善于经营而不拘泥于古今，故其成就高于魏、汪。桐城派的出现标志着清代散文的复兴，该派散文具有丰富的理论建树，而且影响力也极大。康熙末年，方苞提倡"义法"说，成为该派散文理论的基石：

> 《春秋》之制义法，自太史公发之，而后之深于文者亦具焉。义即《易》之所谓"言有物"也，法即《易》之所谓"言有序"也。义以为经而法纬之，然后为成体之文。②

---

① 《清史稿》卷四百八十四，第 44 册，中华书局 1976 年版，第 13314—13315 页。
② 《又书货殖传后》，《方苞集》上册，第 58 页。

可见，所谓古文义法，是要求内容充实、条理明晰、结构谨严、体制合理，说到底，是意欲将内容与形式统一起来。但方苞所谓"义"，更多地局限于宋儒理学所强调的封建伦理道德；所谓"法"，也不过是文章的结构、布局、修辞而已。虽然他希望将二者统一起来，但实际上还是偏重于"法"，即文章的形式因素。方苞认为《左传》、《史记》为"义法最精者"，要学此义法，重点须从唐、宋八家之文入手。但他所追求的"清澄无滓"的"古文气体"① 境界，却远非义法二字所能涵盖，因此方氏仅仅以义法论文，难免有空疏肤浅之嫌。刘师培曾称其"以空议相演"，"舍事实而就空文"②，大概即寓有此意。

刘大櫆论文倡导"神气"说，成为继方苞"义法"说之后在桐城派散文理论方面的又一成果。他提出神为主、气为用，作文时要讲究神、气结合："行文之道，神为主，气辅之。……气随神转，神浑则气灏，神远则气逸，神伟则气高，神变则气奇，神深则气静，故神为气之主。"③ 若离开神而谈气，"则气无所坿，荡乎不知其所归也"，往往显得虚而不实、平淡浅易，所以说："神者气之主，气者神之用。"④ 刘大櫆指出可以从文章的字句中求得音节，从音节中求得神气。"音节高则神气必高，音节下则神气必下，故音节为神气之迹。一句之中，或多一字，或少一字；一字之中，或用平声，或用仄声；同一平字仄字，或用阴平、阳平、上声、去声、入声，则音节迥异，故字句为音节之矩。积字成句，积句成章，积章成篇，合而读之，音节见矣；歌而咏之，神气出矣。"⑤ 可见，刘氏极重视从音节入手阐释"神气"说，由此而使抽象的理论变得具体化。刘大櫆虽师承方苞，但在散文作法上却多有新观点。清人方宗诚比较二人的区别说："海峰先生之文，以品藻音节为宗，虽尝受法于望溪，而能变化以自成一体，义理不如望溪之深厚，而藻采过之。"⑥

乾隆年间，汉学正盛，针对汉学家只重考证而忽略义理、鄙视辞章

---

① 《古文约选序例》，《方苞集》下册，第613、614页。
② 《论近世文学之变迁》，《刘师培中古文学论集》，第272页。
③ 《论文偶记》，第3页。
④ 同上书，第4页。
⑤ 同上书，第6页。
⑥ 《桐城文录序》，简夷之等：《中国近代文论选》上册，第95页。

的倾向，姚鼐在承继方苞"义法"说的基础上，标举义理、考据、辞章三者合一，反映出当时理学、经学、文学即将走向合流的趋势。姚氏认为，若能将三者利用得当，彼此之间可以起到相辅相成的作用；反之，若利用不善，三者也可能相互妨害。在考据之风大盛之时提出这种主张，足以体现出他非凡的通识。曾国藩提及此事说：

> 当乾隆中叶，海内魁儒畸士，崇尚鸿博，繁称旁证，考核一字，累数千言不能休，别立帜志，名曰汉学，深摈有宋诸子义理之说，以为不足复存，其为文尤芜杂寡要。姚先生独排众议，以为义理、考据、词章，三者不可偏废，必义理为质，而后文有所附，考据有所归；一编之内，惟此尤兢兢。当时孤立无助，传之五六十年，近世学子，稍稍诵其文，承用其说。①

其时，汉学、宋学正相互对立，姚鼐的论文主张自然不易为时人所接受，后经过较长时间的流播，才在较大范围内得到认可。在文章作法方面，姚氏发展了方苞重义法、刘大櫆重神气和音节的理论，主张把神、理、气、味、格、律、声、色作为文章的八个要素。他说："凡文之体类十三，而所以为文者八：曰神理、气味、格律、声色。神理气味者，文之精也。格律声色者，文之粗也。"各要素中有精有粗，不能舍粗而至精，但往往是最终至精而遗粗。"然苟舍其粗，则精者亦胡以寓焉？学者之于古人，必始而遇其粗，中而遇其精，终则御其精者而遗其粗者。"② 另外，姚鼐还在《复鲁絜非书》一文中提出了散文的阳刚与阴柔两种风格理论。

桐城派散文在清代文坛上一直处于正统地位，但其散文理论的推行也遇到了一些阻力。经学家最重视考据，因此他们认为散文空疏肤浅，根本不值得提倡，只有注经才是最好的文章。骈文家推崇骈文，声称只有骈文才能算文章，散文根本不能算文，由此和散文争夺正宗地位。章学诚重视史学，提出古文（散文）无不出于史，而且认为只有史学才是古文的大宗。虽然这些观点都有一定的片面性，但从侧面也可以看出

---

① 《欧阳生文集序》，李瀚章：《曾文正公全集·文集》卷三，第20页。
② 《古文辞类纂序目》，《古文辞类纂》，北京中国书店1986年版，第26页。

桐城散文理论在当时推行过程中的困难。尽管姚鼐之后桐城派势力绵延不绝，甚至还出现过曾国藩的散文中兴的局面，但毋庸讳言，该派散文理论确实有很多弊端，尤其是谨守义法无疑会带来散文的空疏浅陋。姚鼐的《古文辞类纂》所确立的严格的选文标准，也使得散文范围变得极其狭隘。然而，终有清一代，虽然受到来自各方的批评指责，桐城派散文在文坛中的主流地位却没有动摇过。直到五四时期，文学革命者提倡新文学，废除旧文学，提倡白话文，废除文言文，古代散文至此退出历史舞台。

骈文自宋代以后即趋于全面衰落，偶有少量作品，也乏善可陈，时至清代则出现了复兴的局面。言其复兴，只是与元明骈文的消沉状况相对而言的，作家作品数量增加，甚或有名篇佳制出现。若就创作成就而言，清人骈文基本沿袭六朝或唐宋的艺术技巧，几乎没有独创，因此难以超越前代。梁启超曾说："清人颇自夸其骈文，其实极工者仅一汪中，次则龚自珍、谭嗣同。其最著名之胡天游、邵齐焘、洪亮吉辈，已堆垛柔曼无生气，余子更不足道。"[1] 即便如此，却不能抹杀清代骈文的起衰振弊之功。复兴阶段的骈文创作比较活跃，以致形成了不同的风格流派，大略言之，有所谓汉魏体、晋宋体、齐梁至初唐体之分，也有所谓博丽派、自然派、常州派、六朝派、宋四六派之见，无论如何划分，皆可体现此时骈文的创作盛况。

若以时间先后而论，陈维崧、毛奇龄等可为清代前期的骈文家代表。陈氏骈文雄肆瑰丽，尤工作法，其《四六金针》一书对骈体技法所论甚详。史称"时汪琬于同辈少许可者，独推维崧骈体，谓自唐开、宝后无与抗矣"，"维崧导源庾信，泛滥于初唐四杰，故气脉雄厚"[2]。于此可见其骈文宗尚及所享盛誉。毛氏长于经学，兼擅骈体，其文骈散并用，气势疏宕，颇合六朝矩矱。清代中期，胡天游、袁枚、洪亮吉、汪中等堪称骈文名家。胡氏骈体，"以博丽植其基，以雄奥使其气"，"使典如贯珠，逞才如运气"，"深得汉魏人文字之秘诀"[3]。胡天游在桐城派古文昌盛之时作出迥异其趣的骈文，故而袁枚在《胡稚威骈体文序》中对其大加赞赏。袁枚提出，胡天游的骈文能矫宋四六以来格

① 《清代学术概论》，上海古籍出版社 1998 年版，第 102 页。
② 《清史稿·文苑一·陈维崧传》，卷四百八十四，第 44 册，第 13342 页。
③ 《中国骈文史》，第 105—106 页。

降调卑、襞积词华、堆砌故实的弊端，而且他自己的骈体也难与胡氏相比，故称胡氏为清代以来骈文成就最高者。袁枚对文章的骈、散体的看法比较客观，虽然赞赏骈文，但也不贬抑散文。在他看来，徐、庾与韩、柳在文坛上的地位是一样的，并无高下之分。孔广森也认为，骈文重在达意明事，而就纵横开阖的笔法来说，与散文本无区别，骈、散只是两种体式而已，根本不存在轩轾之分。清代骈文家把六朝骈文作为创作典范，因此有所谓六朝一派。孔广森主张对任昉、徐陵、庾信的骈文要熟读，初唐四杰的骈文则要有选择地读，而李商隐的骈文则不可宗尚，从中可见六朝风格对清人所造成的深刻影响。汪中堪称清代骈文巨擘，虽崇尚六朝，却也有些个性。其《哀盐船文》写仪征江上盐船失火的情景，对于当时惊心动魄场景的描绘，真实而细致，文章体疏气茂，抒情深刻，凄怆感人。最能展示汪中个性的篇章是《述学》中的《自序》一文，汪氏渊博的学识和厚重的气势在该文中表现得淋漓尽致。作者自比于梁代刘孝标，提出四同五异之说，激昂慷慨，悲愤陈辞。其洒脱之笔和雄浑之势显然受到刘峻《自序》的启发，而又多出了几分狂放不羁的气概。其时又有洪亮吉，骈体与汪中齐名，所作骈文用典灵活，炼字清新，语词简洁，文风轻倩清新。《游天台山记》一文，融散于骈，清丽可读。

清代后期的骈文作者有梅曾亮、刘开、李慈铭、王闿运等人，而王氏最受推崇。梅、刘所长主要在古文，但在骈文方面也有建树。梅曾亮是姚鼐之后桐城派的主将之一，初习骈体，后改作古文。据史书所载，"（曾亮）少时工骈文。姚鼐主讲钟山书院，曾亮与邑人管同俱出其门，两人交最笃，同肆力古文，鼐称之不容口，名大起。间以规曾亮，曾亮自喜，不为动也。久之，读周、秦、《太史公书》，乃颇痗，一变旧习。义法本桐城，稍参以异己者之长，选声练色，务究极笔势。"① 显然，梅氏后期致力于古文是受了古文家管同的影响。虽然骈文本身存在形式上固有的缺陷，但与散文相比，也只是形体上的差别，并无内在本质上的优劣之分，实际上骈、散两体各有长短。梅氏曾云："曾亮少好为骈体文。异之（管同）曰：'人有哀乐者，面也。今以玉冠之，虽美，失其面矣。此骈体之失也。'余曰：'诚有是。然《哀江南赋》、《报杨遵

① 《清史稿·文苑三·梅曾亮传》，卷四百八十六，第44册，第13426页。

彦书》，其意固不快耶？而贱之也！'异之曰：'彼其意固有限，使有孟、荀、庄周、司马迁之意，来如云兴，聚如车屯，则虽百徐、庾之词，不足以尽其一意。'"① 管同指出了骈文过于追求形式的局限，但认为骈文的表情达意功能逊于散文，未免失之偏颇。在管同的影响下，梅曾亮对骈文的态度也发生了根本性的变化，遂转向古文创作。

刘开不仅创作骈文，而且还对骈、散两体的关系进行阐发。当时宗散、宗骈两派围绕文章正宗的问题展开了激烈争执，双方大有不能共存之势。"宗散者鄙俪词为俳优，宗骈者以单行为薄弱，是犹恩甲而仇乙，是夏而非冬也。"刘开认为，骈、散二体只是形式上的不同，实无本质上的区别："夫骈散之分，非理有参差，实言殊浓淡，或为绘绣之饰，或为布帛之温，究其要归，终无异致。"况且二者本出于同一源头，不但不能相互争执，反而应该彼此结合，相辅相成。刘氏又云：

> 夫文辞一术，体虽百变，道本同源，经纬错以成文，玄黄合而为采。故骈之与散，并派而争流，殊途而合辙。千枝竞秀乃独木之荣，九子异形本一龙之产。故骈中无散，则气壅而难疏；散中无骈，则辞孤而易瘠。两者但可相成，不能偏废。

刘开的观点代表了当时一部分人的看法，即主张骈、散合一，这种倾向透露出清代骈、散文即将合流的趋势。为进一步强调自己骈、散合一的主张，刘氏又进一步阐发曰：

> 文有骈散，如树之有枝干，草之有花萼，初无彼此之别，所可言者，一以理为宗，一以辞为主耳。夫理未尝不藉乎辞，辞亦未尝能外乎理，而偏胜之弊遂至两歧。始则上石同生，终乃冰炭相格，求其合而一之者，其惟通方之识、绝特之才乎？②

刘开的见解反映出文章的骈、散两体由合而分，又将由分而合的演进历程。

---

① 《管异之文集书后》，简夷之等：《中国近代文论选》上册，第26页。
② 《与王子卿太守论骈体书》，《刘孟涂文集·骈体文》卷二。

李慈铭骈文有汉魏遗风，格调清新，体气素洁，词旨润雅，虽与王闿运同为清末骈文大家，名位却略逊于王。王闿运堪称清代骈文的殿军，为文宗尚六朝颜延之和庾信，但模拟因袭成分过重。其《哀江南赋》一文全用庾信原作之韵，通过繁密的典故和绮艳华丽的辞藻叙写而成。该作站在清政府的立场上，哀叹太平天国之乱，形神毕现，然与庾信抒写乡关之思迥然异趣。另外，他还有一些笺启小文，虽精巧工致，却也不能去除模拟之迹。"至清末王闿运出，遂专以模仿六朝文为能事，而尤侧重于庾子山，作品之多，撰仿之酷似，殆欲前无来者。"①"王氏简直是六朝人的脱胎，六朝人的返魂，而没有一些杂血搀合在内。"② 清人崇尚六朝骈文的成就，故而极其推崇六朝风格。尽管王氏骈体作品很多，但模仿气息过于浓重，创造之处反而极少，就所取成就而言，确难与六朝相比。王闿运认为，文章的骈体、散体是客观存在的，虽然他更倾向于骈文，却也没有否定散文。与阮元把散文排除在文章范围之外相比，王氏的观点显然更客观。

清代骈文复兴时期不仅有大量的骈体作品，而且还出现了一些骈文批评著述和骈文选本。批评著述专论骈文自不必说，就选本而言，也多包含有编选者的评语。前者除陈维崧的《四六金针》外，还有孙梅的《四六丛话》、李渔的《四六初徵》、彭元瑞的《宋四六话》、陈云程的《四六清丽集》等，其中以孙梅所作成就为最高。后者主要有李兆洛的《骈体文钞》、蒋士铨的《评选四六法海》、许梿的《六朝文絜》、王先谦的《骈文类纂》和《十家四六文钞》、陈均的《唐骈体文钞》、彭元瑞的《宋四六选》、曾燠的《国朝骈体正宗》等，其中李兆洛所编影响最大。本书的价值不仅体现在编选分类上，而且几乎每篇中都有李兆洛和谭献颇具真知灼见的评语。谭献曾高度评价李氏之功，并且提及自己对李氏所选文章又加评语一事："因端竟委之言，披文相质之旨，非深于学博乎文者不能及此。""往年评《骈体文钞》，以李氏多精到语。又自童幼讽诵，丹黄杂题散见他所。故辛亥秋棘闱评本识语甚略，阅数年，在安庆读连珠七林有悟，复于此本加墨，篇各下语，大旨不殊李

① 《中国骈文史》，第112页。
② 瞿兑之：《骈文概论》，第123页。

氏，偶有独照，亦匪定论，以俟知者耳。"①《骈体文钞》在清代诸多骈文选本中成就极为突出，因此产生了深远的影响。

伴随着清代散文、骈文的复兴，散骈两体之争也达到了白热化程度。散文方面，桐城派势力强大，姚鼐编选《古文辞类纂》，作为该派学文的典范，成为宗尚散文的标志。姚氏选纂自周至清的古文七百余篇，尤以唐、宋古文（约占三分之二）为重，选录范围虽广，但选文标准甚严，大抵认为只有符合桐城派义法者方能入选，这样就把散文的范畴缩小了很多。《古文辞类纂》不选子、史类，其原因在于："自老、庄以降，道有是非，文有工拙，今悉以子家不录。"②"不载史传，以不可胜录也。"③ 前述姚氏弟子管同、梅曾亮的尊散抑骈之语，也是他们为散文张目的表现。此后有曾国藩的《经史百家杂钞》，亦以古文为文章正宗。此书一反《文选》以来摈弃经、史、子而不录的作法，采撷子、史类文章，上及于经书，较姚氏所纂，选文范围有所拓宽。桐城派宗尚古文，鄙视骈文，拘于一隅，故受到后来学者的讥刺。"近代文学之士，谓天下文章，莫大乎桐城，于方、姚之文，奉为文章之正轨；由斯而上，则以经为文，以子史为文。由斯以降，则枵腹蔑古之徒，亦得以文章自耀，而文章之真源失矣。"④

在桐城派为古文造势之时，骈文方面也不示弱，李兆洛、阮元等人则倡导骈文以与古文相抗衡。李兆洛反对以散体文排斥骈体文，故编选《骈体文钞》，此书收录自秦迄隋的文章六百多篇，虽以骈体目之，其中也有部分散体文，可见李氏实际上主张骈散合一。史称李兆洛"论文欲合骈散为一，病当世治古文者知宗唐、宋不知宗两汉，因辑《骈体文钞》"⑤。李氏重视骈文，但不反对散体文，实际上提倡骈散结合："天地之道，阴阳而已。奇偶也，方圆也，皆是也。阴阳相并俱生，故奇偶不能相离，方圆必相为用。"文章分为骈、散两体属正常现象，二者并无本质区别："夫气有厚薄，天为之也；学有纯驳，人为之也；体格有迁变，人与天参焉者也；义理无殊途，天与人合焉者也。"骈散两

---

① 《骈体文钞》，第 34 页。
② 《古文辞类纂序目》，《古文辞类纂》，第 1 页。
③ 同上书，第 4 页。
④ 《文章源始》，《刘师培中古文学论集》，第 216 页。
⑤ 《清史稿·文苑三·李兆洛传》，卷四百八十六，第 44 册，第 13415 页。

体本是同源而异流，实无必要相互争执："文之体，至六代而其变尽矣。言其流极，而沂之以至乎其源，则其所出者一也。"① 清代反对骈散之争、主骈散合一者尚不占少数，像袁枚、刘开等人都持此见。

真正与古文展开针锋相对的斗争，力主骈文为文章正宗的是阮元等人。阮元认为，孔子的《文言》是"千古文章之祖"，是真正的文，因为它"不但多用韵，抑且多用偶"，所以，只有讲究对偶用韵者才能算文。那些"单行之语，纵横恣肆，动辄千言万字"的作品，只是古人的"直言之言，论难之语"，却"非言之有文者"②，故仅能算笔，绝对不能称其为文。阮氏此说强调只有骈文才是文，从而把散文排除在文章范围之外，显然非常狭隘。在阮元看来，文、笔与骈、散是有密切关系的，他只认定骈体有韵者为文，散体单行者为笔，即言骈文是文，散文是笔而不是文，由此明显歪曲了散文也属于文章这一事实。可见，他将文的范围仅限定在骈文上，实是出于为骈文争取正宗地位的目的。时至清末民初，刘师培继轨阮元之说，提出"非偶词俪语，弗足言文"③，"是偶语韵词谓之文，凡非偶语韵词概谓之笔。盖文以韵词为主，无韵而偶，亦得称文。"④ 仍以骈文为文，散文为笔。刘氏还提出："骈文一体，实为文体之正宗。"⑤ "文章正轨，赖此仅存。"⑥ 从中可见他尊崇骈文、贬低散体文的倾向。清代散骈之争围绕文章正统地位的归属而展开，然而散文、骈文不过是文章的两种体裁，且同出于五经，⑦ 因此二者宜相互结合，相辅相成，根本无须进行争执。许多具有通识的学者早已看到这些，所以他们都主张二体合一。诚然，散文、骈文并无根本性区别，即以六朝极盛时的骈文来看，其内在气韵与散文也无大异，孙德

---

① 《骈体文钞序》，《骈体文钞》，第 34 页。

② 《文言说》，《揅经室三集》卷二，第 567 页。

③ 《中国中古文学史讲义》，《刘师培中古文学论集》，第 3 页。

④ 同上书，第 6 页。

⑤ 《文章源始》，《刘师培中古文学论集》，第 215 页。

⑥ 同上书，第 216 页。

⑦ 《文心雕龙·宗经》曰："故论说辞序，则《易》统其首；诏策章奏，则《书》发其源；赋颂歌赞，则《诗》立其本；铭诔箴祝，则《礼》总其端；纪传铭檄，则《春秋》为根。"（《文心雕龙注》卷一，上册，第 22 页。）《颜氏家训·文章》亦曰："夫文章者，原出《五经》：诏命策檄，生于《书》者也；序述论议，生于《易》者也；歌咏赋颂，生于《诗》者也；祭祀哀诔，生于《礼》者也；书奏箴铭，生于《春秋》者也。"（《颜氏家训集解》卷四，第 237 页。）刘、颜二人都提出文章源出五经之说，而散文、骈文都属文章之一体，则见二体同出一源。

谦说：

> 六朝文之可贵，盖以气韵胜，不必主才气立说也。《齐书·文学传论》曰："放言落纸，气韵天成"，此虽不专指骈文言，而文章之有气韵，则亦出于天成，为可知矣。①

虽然散文文气旺盛，骈文文气超逸，但二者同重内在气韵则是事实，可见散骈二体并无实质性区别。孙氏重视文章气韵，无疑起到泯消散骈之争的作用。

章太炎认为骈散各有长短，各适所宜，因此二者争执毫无意义："骈文、散文各有体要。骈文、散文各有短长。言宜单者，不能使之偶；语合偶者，不能使之单。"② "不知当时何以各执一偏，如此其固也。"③ "骈散之争，实属无谓。"④ 黄侃结合文笔之说阐发自己对骈、散文的观点：

> 与其屏笔于文外，而文域狭隘，曷若合笔于文中，而文囿恢弘？屏笔于文外，则与之对垒而徒启斗争，合笔于文中，则驱于一途而可施鞭策。⑤

他认为，将散文排除在文之外，不仅使文章范畴变得狭隘，而且还导致骈文与散文之间展开不必要的争执，所以，应该把散文、骈文结合起来，这才是一种合适的做法。金粔香提出，鉴于尊散抑骈或崇骈贬散的倾向使得散骈之间常常发生无休止的争吵，因此他反对这种倾向，倡导合骈于散：

> 夫文辞一术，体虽百变，道本同源，尚质尚文，道日衍而日盛，一奇一偶，数相生而相成，盖琴无取乎偏弦之张，锦非倚乎独

---

① 《六朝丽指》。
② 《文学略说》，《国学讲演录》，第241页。
③ 同上书，第243页。
④ 同上书，第244页。
⑤ 《文心雕龙札记·总术札记》，《文心雕龙札记》，第211页。

茧之剥……若必谓散文多适用，骈文多无用，则何解于高文典策用相如，飞书羽檄用枚皋，文固各适其用者乎？①

正因骈散同源而异体，各有所宜，故应不偏不倚，合而为用。比较通达的学者则认为，根本不必去理会那些有关骈散两体相争的言论，因为它毫无意义。如刘麟生说："夫骈散古合而今分，流波所衍，复有会合之趋势，文章以意为主，以气势为辅，本无间乎骈散，至进化观念，本由简以趋繁，由博而返约；则从来骈散之争，吾人固无足介意焉云尔。"② 其说指出，文章的骈散演进经历了由合而分→陷于争执→分而复合的过程，这是文学发展的自然规律，所以无须介意其中的两体相争之事。骈散由分而合是文章发展的大势，故而最终还是重新归于一途。张相曾描述散、骈文由争执到统一这一过程：

> 古文之目，自唐而兴，单行票姚，诩为起衰。而矫之者，遂谓单行为言，用偶为文，深屏世之所谓古文。一挑一剔，无殊小惠。骈散之争，既成闹市。自来选家，亦分途辙，各揭一帜，绝不相容。平心论之，韩欧杰出，时属唐宋，括之以古，则三代秦汉置于何地。必曰用偶为文，转相诋娸，则孔子所作《文言》，未尝悉是偶语，蔑古蔑圣，其失惟钧。李申耆云："天地之道，阴阳而已。阴阳相并俱生，故奇偶不能相离，方圆必相为用。"沟而通之，可称卓识。故所选《文钞》，奇偶并录，特其命名囿于骈体，斯一闲之未达者也。孔子有言，"物相杂故曰文"，兹书择善而从，意主浑圆，为骈为散，不取标揭，但名为文，亦取参伍错综之谊。③

张氏编选《古今文综》，散、骈并录，"爰名为综，事不师古，理惟求是"④，堪称将散、骈文合为一体的典范。

不可否认，清代散文、骈文确实曾一度出现过复兴的局面，但文章的进化规律注定了二者以及它们共同的载体——文言，都已是强弩之

---

① 《骈文概论》，第 139 页。
② 《中国骈文史》，第 121 页。
③ 《古今文综·缀言》，《古今文综》，上海中华书局 1924 年排印本，第 1 页。
④ 同上书，第 1 页。

末。晚清时期，桐城派散文走向衰落。以梁启超为代表的维新派掀起了文界革命，提倡新文体，即在言文一致的原则指导下创作平易通俗的文章。①随着思想的解放，西学开始盛行，严复、林纾翻译了大量的西方作品，这些也成为散文逐渐走向白话化的促动因素。梁启超等人倡导的新文体，实际上是从当时的旧文体，即散文、骈文中解放出来的，它往往通过在报纸上刊登新思想、新知识加以宣传。虽然这种新事物受到诸多老一辈人的指责和攻击，却赢得了大众的青睐。②新文体的文章多用新字、新词，句法灵活，完全摆脱了旧的散文法则的限制。它的出现，使得原来极其拘束的文言文变为解放了的文言文，成为由散文向白话文演变过程中的重要一环。随着新文体文章的进一步发展，白话文逐渐得到提倡。五四时期，陈独秀、胡适等领导的新文化运动以白话文取代文言文，正式确立了白话文的地位。与此同时，以文言作为语言载体的古代散文、骈文都退出了历史舞台。

中国古代散文中的骈文、散体文演进历程即如上述，其中南朝散文处于承前启后的地位。由于此时散文骈化倾向突出，故多以骈文形式出现。人所共知，骈文极其讲究形式技巧，但它并没有失去内容本身的价值。就文学含义来说，南朝时期最为明晰，它摆脱了以前附庸于经学的地位，成为独立的学科，故其含义与近世所用基本一致。文学与经学分离后，重视文章的艺术形式是文学自觉的表现，这完全符合文学发展的自然规律，而唐人却认为这正是文章变衰的标志。唐代文章标举复古，认为文章应该用于承载儒家之道，似乎又恢复到汉代文学、经学不分的状态，由此一度又使得文学含义变得模糊。就文学功能而言，南朝散文的言志、抒情、叙事、状物等功用并不逊于其他时代的文章。就散文体裁来说，后代的各种应用文体在南朝时期也多已出现。就散文的艺术技法而言，南朝文章对后世的影响更明显，其骈文中的声律理论直接影响到唐代的律诗、律赋，而且初唐骈文的艺术特点基本沿袭南朝骈文。相

---

① 王钟陵先生提出，对言文一致的主张加以提倡阐发者，除了梁启超以外，还有黄遵宪和裘廷梁（见王钟陵《论晚清"文界革命"的孳生过程及其走向》，《社会科学辑刊》2003年第4期）。

② 梁启超介绍说："启超夙不喜桐城派古文，幼年为文，学晚汉魏晋，颇尚矜炼，至是自解放，务为平易畅达，时杂以俚语韵语及外国语法，纵笔所至不检束，学者竞效之，号新文体。老辈则痛恨，诋为野狐。然其文条理明晰，笔锋常带情感，对于读者，别有一种魔力焉。"（《清代学术概论》，第85—86页。）

对于其他朝代，南朝散文更重视艺术形式，但也没有忽视文章的内容，很多作品都有充实的内容。可以说，南朝散文是中国古代散文发展史上的重要一环，研究这一课题，必然需要照顾到它作为一个部分与整体之间的关系。按照王钟陵先生的著名理论，即文学史研究中两大基本关系之一的"部分和整体的关系"理论，文学研究必须注意到"文学进程的某一环同整个发展链条之间的关系"①。有鉴于此，笔者在研究南朝散文时，为清晰地梳理散文发展的演进历程，特立此章，以见南朝散文在整个中国古代散文发展史上的地位。文学自汉末脱离经学的束缚，至南朝获得独立的地位后，迅速走向繁荣，创作也趋于兴盛。

① 《中国中古诗歌史·前言》，《中国中古诗歌史》，第2页。

第三章 南朝创作之风兴盛的原因及表现

第一节 南朝创作之风兴盛的原因

一 文学观念的明晰和文学地位的提高

自先秦至南朝，文学观念是由混沌逐渐走向明晰的。欲理清这一演进历程，需要从"文"这一概念入手。古人最早对于"文"的认识，也就是文学观念的萌芽。《说文解字·文部》云："文，错画也，象交文。"① 所谓错画，指笔画交错，形成"文"字，人们后来把色彩相杂也称为"文"。《周易·系辞下》曰："物相杂，故曰文。"②《左传·昭公二十八年》则曰："经纬天地曰文。"杜预注云："经纬相错，故织成文。"③ 概括而言，凡是有纹理和色彩相杂的事物，都可以称为文。刘师培说："三代之时，凡可观可象，秩然有章者，咸谓之文。"④ 钱基博则将"文"的含义解释为"复杂（非单调之谓复杂）"；"组织（有条理之谓组织）"；"美丽（适娱悦之谓美丽）"，并进而提出："所谓文者，盖复杂而有组织，美丽而适娱悦者也。"⑤ 就文章之"文"而言，其本义即文采文饰，实来源于文字之"文"。《释名·释言语》曰："文者，会集众采以成锦绣，会集众字以成词谊，如文绣然也。"⑥ 可见文章之"文"，义多集中于辞采的修饰与润色上。至如"逵彰者，逵之本

---

① 《说文解字注》，第 425 页。
② 《周易正义》卷八，阮元：《十三经注疏》上册，中华书局 1980 年版，第 90 页。
③ 《春秋左传正义》卷五十二，《十三经注疏》下册，第 2119 页。
④ 刘师培：《广阮氏文言说》，《刘师培中古文学论集》，第 183 页。
⑤ 钱基博：《现代中国文学史》，上海书店出版社 2004 年版，第 1 页。
⑥ 王先谦：《释名疏证补》卷四，上海古籍出版社 1984 年版，第 169 页。

义"①，"'彣彰'即'文章'别体……以证文章之必以彣彰为主焉"②
等言论，俱为偏重文采藻饰倾向之体现。

　　按《左传·襄公二十五年》载孔子语云："志有之：言以足志，文
以足言。不言，谁知其志？言之无文，行而不远。"③言以足志，是辞
以达意的初步，即言辞仅仅可以体现意志，而以文采来助成其言辞并使
之产生良好效用，则是达意的进一步。若缺乏文采文饰，言辞则不会流
传久远。章太炎阐释"文"之含义云："以有文字著于竹帛，故谓之
文。论其法式，谓之文学。……或谓文章当作彣彰，则异议自此起。"④
这一解释显然包括两种观点：一是记录言辞之文字为"文"，论其如何
记录则为文学；一是强调文采藻饰者为"文"。由于言辞本身就有文质
之分，对过于质朴者则需要润色修饰，所以阮元主张"寡其词，协其
音，以文其言……始能达意，始能行远"⑤。阮氏之意与上述孔子语义
略同，均为强调文采藻饰之功用。当然也有不主张修饰辞藻的，如司马
光曰："今之所谓文者，古之辞也。……明其足以通意，斯止矣，无事
于华藻宏辩也。"⑥可见他只求言辞能够表达思想，并不主张进行修饰。
"文"、"文学"的含义在不同的时代和语境中解释不同，文学观念处于
混沌时期，多取广义，而文学观念走向明晰时，则多取狭义。

　　"文学"一词，始见《论语》，先看"文"之一词：《学而》篇有
"行有余力，则以学文"⑦之语，此"文"字，是指古代的典籍。再看
"文学"一词：《先进》篇有"文学：子游，子夏"⑧之语，杨伯峻释
"文学"说："指古代文献，即孔子所传的《诗》、《书》、《易》等。"⑨
可见"文学"之义与上述"文"义略同，均取广义，都泛指古代典籍
文化。邢昺云"文章博学则有子游子夏二人也"⑩，即把"文学"解释

　　① 《说文解字注》，第 425 页。
　　② 《广阮氏文言说》，《刘师培中古文学论集》，第 183 页。
　　③ 《春秋左传正义》卷三十六，《十三经注疏》下册，第 1985 页。
　　④ 章太炎：《国故论衡·文学总略》，刘梦溪：《中国现代学术经典·章太炎卷》，河北
教育出版社 1996 年版，第 45 页。
　　⑤ 阮元：《文言说》，《擘经室三集》卷二，第 567 页。
　　⑥ 司马光：《答孔文仲司户书》，郭绍虞：《中国历代文论选》第 1 册，第 23 页。
　　⑦ 《论语注疏》卷一，《十三经注疏》下册，第 2458 页。
　　⑧ 《论语注疏》卷十一，《十三经注疏》下册，第 2498 页。
　　⑨ 杨伯峻：《论语译注》，中华书局 1980 年版，第 110 页。
　　⑩ 《论语注疏》卷十一，《十三经注疏》下册，第 2498 页。

成兼有文章、博学两重意义，也是一种广义的文学观念。综上可见，初期的"文"或"文学"包括所有书籍和学术，文学与学术并不分开，是一种混沌的文学观念。

时至两汉，文学观念上承先秦而又有所变化，正处于由混沌走向明晰的过渡时期。一方面，"文学"仍沿用广义，指各种文化学术；另一方面，由于辞赋、散文的发展，原先广义的文学观念受到冲击，人们对文学的认识发生了变化，文学与学术开始分离。随着文学创作的进一步发展，汉人所用术语，便与前人不同：用单字则有"文"与"学"之分，用双字则有"文章"与"文学"之分。于是，"文"或"文章"常用来指文学，而"学"或"文学"则用于指学术。《史记·儒林列传》中的传主多为深谙儒术的儒生，但不包括著名的文学家，后者多是另立专传。《论衡·超奇》曰："能说一经者为儒生……采掇传书以上书奏记者为文人"①，可见儒生和文人、"文学"和"文章"在汉人看来是有明显区别的。汉代"文学"、"文章"之分，在萧绎的言论中也有体现。《金楼子·立言》谓："古人之学者有二……夫子门徒，转相师受，通圣人之经者谓之儒。屈原、宋玉、枚乘、长卿之徒，止于辞赋，则谓之文。"② 汉时所谓"学"或"文学"多指儒学，而"文"或"文章"则近于现在的文学。汉代的文学观念，相较于先秦，确实显得明晰了。其"文学"、"文章"之分，堪称文学观念演变中至为关键的一环。据《史记》中所用"学"、"文学"一类术语推知，汉代所谓"文学"，就广义言，包括一切学术；就狭义言，仅指儒学。对于学术以外有文采者则称"文章"或"文辞"。《汉书》在用语上与《史记》基本相同，也以"学"或"文学"称学术，以"文"或"文章"称文学。两汉时文学观念趋于明晰，其"文"与"学"、"文章"与"文学"之分，已初显后世文学观念之端倪。

魏晋以迄南朝，文学观念又有进一步发展。先是汉末魏代，儒学相对衰微，与此相应，政教功能开始弱化，文学进入了自觉时期，转向对自身艺术特质的追求，重视抒发个体性情、文词趋尚华美。"文"的方面，骈文逐渐形成，起初与散文并行，而后势头盖过散

---

① 王充：《论衡》，上海人民出版社1974年版，第212页。

② 郁沅、张明高：《魏晋南北朝文论选》，人民文学出版社1996年版，第368页。

文。"学"的方面，内涵由儒学到儒、玄、佛并存，所指范围比汉代更大。此时文学尚未独立，故仍无后世纯文学一科。刘师培说："中国文学，至两汉、魏、晋而大盛，然斯时文学，未尝别为一科，故儒生学士，莫不工文。其以文学特立一科者，自刘宋始。"① 据《南史·宋文帝本纪》所载，元嘉十五年（438），"立儒学馆于北郊，命雷次宗居之"。十六年（439），"又命丹阳尹何尚之立玄学，著作佐郎何承天立史学，司徒参军谢元立文学，各聚门徒，多就业者"②。又据《南史·宋明帝本纪》载，泰始六年（470）九月，"立总明观，徵学士以充之。置东观祭酒、访举各一人，举士二十人，分为儒、道、文、史、阴阳五部学，言阴阳者遂无其人"③。这是有史以来第一次设立专门的文学机构，可见文学的地位确实得到明显提高。此后，文学正式成为独立一科，汉代所谓的文学、文章之分渐泯，二者逐步合为一体，基本与今日所称文学相一致。至此，文学观念已很明晰。时至齐代，王俭撰《七志》，亦别"文翰"为一志，专用于纪诗赋等文学作品。梁代阮孝绪撰《七录》，单列"文集"为一目，作为诗赋等文学作品的总名。这些都是文学独立的标志。

随着文学地位的不断提高，不但作品的数量剧增，而且文人也更加注重探讨文学本身的特征。如南朝文、笔之分的提出和声律论的兴起，便是文人重视文学特质的体现。南朝时期重视文学，导致文风走向兴盛，它不仅体现在创作上，也体现于一些汇集整理前代或本代的目录性书籍中，此时介绍作家及创作情况的"文章志"一类的著述数量不少。自晋代挚虞的《文章志》四卷以后，《隋书·经籍志二》还载有傅亮的《续文章志》二卷、宋明帝刘彧的《晋江左文章志》④ 三卷、沈约的《宋世文章志》二卷。此类著述中的"志"是"文士的小传，亦载有其

---

① 《中国中古文学史讲义》，《刘师培中古文学论集》，第66页。

② 李延寿：《南史》卷二，第1册，中华书局1975年版，第45—46页。此事又见《南史·隐逸上·雷次宗传》。其文曰："宋元嘉十五年，徵（次宗）至都，开馆于鸡笼山，聚徒教授，置生百余人。会稽朱膺之、颍川庾蔚之并以儒学总监诸生。时国子学未立，上留意艺文，使丹阳尹何尚之立玄学，太子率更令何承天立史学，司徒参军谢元立文学，凡四学并建。"（《南史》卷七十五，第6册，第1868页。）

③ 《南史》卷三，第1册，第82页。

④ 《南史·宋明帝本纪》作《江左以来文章志》，《南史》卷三，第1册，第84页。

著述篇目"①，类似于总集的目录。就别集的数量（包含已亡佚者）来看，综南朝四代，刘宋有 167 部，萧齐有 56 部，萧梁有 98 部，陈代有 26 部。② 文风之盛于此可见一斑。

二　审美意识的增强推动南朝创作的新变之风

审美意识的增强无疑与士人的审美心理有关，一种审美心理的形成显然与外部环境因素尤其是与政治、经济、文化因素不可分割。从理论上说，相对安定的政治生活环境在很大程度上有助于士人培养自身的审美情趣，但也不可否认，即使在社会大局混乱之时，同样可能出现某种心理因素激发审美兴趣的情况，无论文学还是心理学的发展都存在这种现象。一般而言，政治局面对某种审美心理的形成所造成的影响更直接，而经济、文化方面所造成的影响也不可忽略。

自晋室永嘉南渡之后，历东晋、宋、齐、梁、陈五代，汉族政权一直偏于江南一隅。其间虽然经历了频繁的政权更替，但与战乱纷呈、动荡剧烈的北方相比，社会局势显然要稳定一些。在这种相对安定的环境中生活，很容易使得刚刚经历过杀伐战乱的南渡士族和文人产生苟安的心态。尽管他们在南渡初期还带有一种失落凄怆的心绪，甚至怀有"克复神州"③ 之志，但随着时间的流逝，这种故国之思的黍离之痛很快就荡然无存了。他们已完全满足于偏安江左的现状，而且也彻底适应了这种生活。谈玄是过江士人闲雅生活中不可缺少的一部分，他们在借山水景观体悟玄理的过程中逐渐增强了审美感受，并固定成一种审美心理模式，这在许多士人的言论中都有体现。④ 之所以说东晋南朝政局比

---

①　王运熙、杨明：《魏晋南北朝文学批评史》，第 120 页。

②　兹据《隋书·经籍志四》所录加以统计。

③　《世说新语·言语》曰："过江诸人，每至美日，辄相邀新亭，藉卉饮宴。周侯中坐而叹曰：'风景不殊，正自有山河之异！'皆相视流泪。唯王丞相愀然变色曰：'当共戮力王室，克复神州，何至作楚囚相对！'"（《世说新语校笺》卷上，上册，第 50 页。）

④　在审美取向上，东晋南朝士人注重精神审美，追求一种潇洒脱俗的风神，因此品藻人物时最欣赏骨气、风貌之美，如《世说新语·赏誉》载，王羲之称支遁"器朗神隽"，《世说新语·品藻》亦有"时人道阮思旷骨气不如右军"之语等。生活中也同样追求精神方面的审美，如《世说新语·任诞》曰："王子猷尝暂寄人空宅住，便令种竹。或问：'暂住何烦尔？'王啸咏良久，直指竹曰：'何可一日无此君！'"除《世说新语》之外，南朝五史中也多见关于人物品评的记载。这些都反映出东晋南朝时士人的审美意识的明显增强（以上三处所引分见《世说新语校笺》卷中，上册，第 257、283 页；卷下，下册，第 408 页）。

较稳定，是与当时动乱剧烈的北方相较而言的。其实，自汉末以迄南北朝末期，其间虽有短暂的统一，但总体来看，社会大局一直处于动荡混乱中。就是在这样的背景下，却也出现了注重审美需求的现象。宗白华说："汉末魏晋六朝是中国政治上最混乱、社会上最苦痛的时代，然而却是精神上极自由、极解放，最富于智慧、最浓于热情的一个时代，因此也就是最富有艺术精神的一个时代。"① 自汉末儒学的正统地位动摇后，玄学、佛学兴起，开始从多方面影响士人的思维，由此士人多表现出追求个性自由和精神解放的倾向。魏晋名士旷达洒脱的人格，就是这种时代精神的反映。就文学创作而言，则转向重视抒发内心的真实性情、努力追求高超的艺术技巧。这些无疑都是士人的审美心理发生变化所致。南朝骈文重视形式技法，更能体现文士强烈的审美意识。② 诸多艺术技巧的广泛运用，则又推动创作走向繁荣，从而导致文风趋于兴盛。

审美心理、审美意识属于上层建筑范畴，它必然离不开经济基础。"任何一个民族的艺术都是由它的心理所决定的，它的心理是由它的境况所造成的，而它的境况归根到底是由它的生产力状况和它的生产关系所制约着的。"③ 可见，审美心理的形成、审美意识的强化也要受到经济因素的制约，良好的经济条件有助于文学的发展，也能推动审美意识逐步增强。西晋末年，黄河流域的汉族人民为躲避战乱，纷纷南迁到长江流域，他们不仅带来了劳动力，而且还带来了北方较为先进的生产技术。经过一段时间的开发，南方经济呈现出前所未有的繁荣局面。自东晋历南朝二百七十余年，除东晋末桓玄之乱和梁末侯景之乱两次祸患以外，江南没有发生大的战事，因此对于经济也没有造成太大的破坏，这是南朝经济持续发展的一个重要原因。关于江南经济发达、国势强盛的

---

① 《论〈世说新语〉和晋人的美》，《美学散步》，上海人民出版社 1981 年版，第 177 页。

② 关于审美意识与形式技法的关系，美国学者刘若愚曾作过分析。他认为，审美概念与技巧概念有着密切的关系，"甚至可以说这两者是一枚钱币的两面"。不过，"审美概念主要着重于文学作品对读者的直接影响，而技巧概念着重于作家与其作品的关系。"（［美］刘若愚著，杜国清译：《中国文学理论》，江苏教育出版社 2006 年版，第 150 页。）诚然，审美意识与形式技法有一些细微的区别，但作家同样也具有自己的审美需求，他在创作时就是按照这一审美标准进行的，所以说形式技巧可以体现作家的审美意识。

③ ［俄］普列汉诺夫著，曹葆华译：《没有地址的信》，人民文学出版社 1962 年版，第 53 页。

状况，史书中不乏记载，如《宋书·孔季恭等传论》曰：

> 江南之为国盛矣，虽南包象浦，西括邛山，至于外奉贡赋，内充府实，止于荆、扬二州。……地广野丰，民勤本业，一岁或稔，则数郡忘饥。会土带海傍湖，良畴亦数十万顷，膏腴上地，亩直一金，鄠、杜之间，不能比也。荆城跨南楚之富，扬部有全吴之沃，鱼盐杞梓之利，充仞八方，丝绵布帛之饶，覆衣天下。①

会稽等沿海临江地区土质肥沃，农业产量颇高，荆州、扬州更是富甲天下。荆、扬二州自西晋太康时期，人口数量就居于江南首位，至刘宋孝武帝时，虽从原荆、扬二州中又划出江州，但荆、扬二州的人口数仍占到江南人口总数的一半，人数的增多自然也是经济繁荣的体现。荆州、扬州可算是南朝经济发展的重心："江左以来，树根本于扬越，任推毂于荆楚。扬土自庐、蠡以北，临海而极大江；荆部则包括湘、沅，跨巫山而掩邓塞。民户境域，过半于天下。"② 荆、扬的富庶推动了整个南方经济的进步，沿着这种良好的态势前进，经过二百七十年左右的发展，到陈代时，境内呈现出"良畴美柘，畦畎相望，连宇高甍，阡陌如绣"③ 的景象。

南朝经济的持续发展与当时的士族庄园经济模式也有关系。庄园经济自给自足，日常生活所需物品皆可自行生产，可谓"闭门而为生之具以足"④。这种经济模式带有封闭性和自足性，而且相对比较稳定，因此能够推动整个社会经济的发展。东汉时已有士族庄园，延及南朝，北来士族和当地土著地主为保证优裕的物质享受，纷纷占林拓田，营建庄园，发展庄园经济。据史籍所载，孔灵符在永兴所建的庄园，"周回三十三里，水陆地二百六十五顷，含带二山，又有果园九处。"⑤ 谢混也有"田业十余处"⑥、"园宅十余所"⑦。谢氏庄园规模巨大，包含南、

---

① 沈约：《宋书》卷五十四，第 5 册，中华书局 1974 年版，第 1540 页。
② 《宋书·王敬弘何尚之传论》，卷六十六，第 6 册，第 1739 页。
③ 姚思廉：《陈书·宣帝本纪》，卷五，第 1 册，中华书局 1972 年版，第 82 页。
④ 《颜氏家训·治家》，《颜氏家训集解》卷一，第 43 页。
⑤ 《宋书·孔季恭传附灵符传》，卷五十四，第 5 册，第 1533 页。
⑥ 《南史·谢弘微传》，卷二十，第 2 册，第 551 页。
⑦ 同上书，第 552 页。

北两山，"北山二园，南山三苑"①。孔稚珪也是"不乐世务，居宅盛营山水，凭机独酌，傍无杂事"②。此外，张孝秀的庄园"有田数十顷"③，韦载的庄园"有田十余顷"④。南朝时期的士族庄园数量多，规模大，而且产品丰富，相应地，庄园经济模式就成为当时的主要经济形式。庄园经济的发展，为士族文人提供了充足的物质生活保障，这也使得他们有条件全身心地投入到文学活动中去。在这种情况下进行文学创作与欣赏，更容易削减文学的政治功利性，增加审美愉悦性。正是在优越的经济环境的基础上，文学创作、文学批评趋于兴盛，文人的审美意识也得以增强。尽管经济状况的好坏不能决定文学作品的质量，却可以影响文学发展的情况。刘宋元嘉、萧齐永明、萧梁天监三个时期文学比较发达，无疑与经济状况有着密切的联系。

　　南朝的士族庄园不但促进了经济的发展，而且还引发了士人审美兴趣的提高。一方面，精心规划、营建庄园体现出他们较强的审美能力；另一方面，庄园中的山水胜景又进一步强化了他们的审美意识。早在东晋时期，士人借山水感悟玄理，即已经表现出对于山水的极强的审美意趣。会稽是当时荟萃山水佳景之地，诸多文士的言谈中都表现出对其美景的由衷的赞许，如《世说新语·言语》第88条曰："顾长康从会稽还，人问山川之美，顾云：'千岩竞秀，万壑争流，草木蒙笼其上，若云兴霞蔚。'"⑤ 第91条曰："王子敬云：'从山阴道上行，山川自相映发，使人应接不暇。若秋冬之际，尤难为怀。'"⑥ 可见士人已完全陶醉于山水景致的神韵中。他们往往寓玄理于山水，从对山水的欣赏中发抒玄意，如《世说新语·容止》刘孝标注引孙绰《庾亮碑文》曰："公雅好所托，常在尘垢之外，虽柔心应世，蝼屈其迹，而方寸湛然，固以玄对山水。"⑦ 或由山水感发而悟玄理，或阐发玄意时借山水以譬喻，在这一过程中，士人的审美观念得到强化。可以说，江南的佳山秀水不仅使士人的审美意识得以增强，而且还使他们的审美能力得以显著提高。

---

① 谢灵运：《山居赋》，《宋书·谢灵运传》，卷六十七，第6册，第1768页。
② 《南齐书·孔稚珪传》，卷四十八，第3册，第840页。
③ 《梁书·处士·张孝秀传》，卷五十一，第3册，第752页。
④ 《陈书·韦载传》，卷十八，第2册，第250页。
⑤ 《世说新语校笺》卷上，上册，第81页。
⑥ 同上书，第82页。
⑦ 《世说新语校笺》卷下，下册，第339页。

南朝隐士尤喜山水美景，游山赏水常常成为他们生活中非常重要的一部分。宗少文"每游山水，往辄忘归"①，"好山水，爱远游，西陟荆、巫，南登衡岳，因结宇衡山，欲怀尚平之志。有疾还江陵，叹曰：'老疾俱至，名山恐难遍睹，唯澄怀观道，卧以游之。'凡所游履，皆图之于室，谓之'抚琴动操，欲令众山皆响。'"②沈麟士"闻郡后堂有好山水，即戴安道游吴兴，因古墓为山池也。欲一观之，乃往停数月"③。陶弘景"性爱山水，每经涧谷，必坐卧其间，吟咏盘桓，不能已已"④。可见陶氏对山水的喜好几乎达到了痴迷的程度。文士好山乐水的情趣不但强化了其审美意识，而且促发了其创作欲望，众多以山水为题材的诗文纷纷涌现便是明证。

文学是创作主体对社会生活的反映，所以它离不开其生存的土壤，即离不开相应的社会生活环境。"文学是历史进程的一部分，因此那个进程作为一个整体组成真正的文学语境。"⑤由于自然山水是整个社会生活环境的一部分，也是文学语境的一个组成部分，相应地，山水文学创作便成为南朝文士表露他们酷爱南方自然山水景观的心迹的一种方式。他们通过这种方式所展现出来的不仅仅是一幅幅栩栩如生的山水画面，而且还有对于自然山水的审美感悟和体验。正是山水胜景的魅力使士人的审美心态发生了变化，并由此引发了审美意识的增强和审美素养的提高。就此而言，南朝文士审美能力的逐步提升无疑与江南的自然山水有着密不可分的关系。这一逻辑过程应该是：客观事物（山水景观）→主观感受（审美心理）→客观事物（山水景观），即由于山水景物的熏陶感染作用，文人的审美心理发生变化，审美感受明显加强，它反过来又进一步加深了对于山水景观的体察和感悟。这样实际上就形成了一个循环过程，即由客观到主观再到客观的往复过程。在这种审美风气的带动下，文章创作益趋繁荣，文风愈趋兴盛。

审美意识的增强还与文化因素有一定的关系。南朝四代虽然偏于江南一隅，但在经济和文化方面却取得了极大的成就。经济上的成就已如

---

① 《南史·隐逸上·宗少文传》，卷七十五，第6册，第1860页。
② 同上书，第1861页。
③ 《南史·隐逸下·沈麟士传》，卷七十六，第6册，第1891页。
④ 《南史·隐逸下·陶弘景传》，卷七十六，第6册，第1897—1898页。
⑤ ［加拿大］诺思洛普·弗莱：《批评之路》，北京大学出版社1998年版，第5页。

前述，文化上的成就同样卓著。除文学以外，哲学、史学、书法、绘画、科学、医学、雕塑、建筑等方面也颇多建树。史学家对这一时期的文化成就有过恰当的评价："东晋南朝在文化上的成就是划时代的。"①"中国古文化极盛时期，首推汉、唐两朝，南朝却是继汉开唐的转化时期。唐朝文化上的成就，大体是南朝文化的更高发展。"② 这一评价非常符合南朝文化的实际情况。在上述诸文化因素中，哲学、书法、绘画、雕塑、建筑艺术等都直接影响到士人的审美心理，往往能促使审美意识得以强化。其中，属于哲学范畴的玄学思潮对文人审美心态的影响最显著。前已提及，偏安的政治局面和良好的经济条件很容易使得过江士人重又沉迷于玄虚清谈之中，不过东晋所谈玄理的内容与西晋已有区别："东晋人士，承西晋清谈之绪，并精名理，善论难……其与西晋不同者，放诞之风，至斯尽革。……至于东晋，则支遁、法深、道安、惠远之流，并精佛理，故殷浩、郗超诸人，并承其风，旁及孙绰、谢尚……亦均以佛理为主，息以儒玄。"③ 东晋时玄、佛已经合流，思想领域中出现了儒、玄、佛多元并存的局面。时至南朝，玄风影响仍在，但已不再居于主要地位。东晋士人沉溺于谈玄时，多追求一种洒脱闲逸、淡雅高洁的风神，并逐渐形成一种审美范式，它不仅影响了东晋一代，而且还延续到南朝。这种倾向表现在人物品评上便是追求内在风骨、神韵之美，并且极其重视精神方面的审美需求。

南朝诸史中常见的对于人物仪容、风神的描述即是此种审美取向的体现，如刘义真"美仪貌，神情秀彻"④，张畅"少与从兄敷、演、敬齐名，为后进之秀"⑤，徐孝嗣"幼而挺立，风仪端简"⑥，王峻"少美风姿，善举止"⑦，陈昌"容貌伟丽，神情秀朗"⑧ 等。其中所用"美"、"秀"、"挺立"、"端简"、"伟丽"诸术语都体现出南朝士人的审美取向。这些术语除用于称誉人物或其风姿仪容以外，有时还可以用

---

① 《中国通史简编·修订本第二编》，第 447 页。
② 同上书，第 409 页。
③ 《中国中古文学史讲义》，《刘师培中古文学论集》，第 52 页。
④ 《宋书·庐陵孝献王义真传》，卷六十一，第 6 册，第 1633 页。
⑤ 《宋书·张畅传》，卷五十九，第 6 册，第 1598 页。
⑥ 《南齐书·徐孝嗣传》，卷四十四，第 3 册，第 771 页。
⑦ 《梁书·王峻传》，卷二十一，第 2 册，第 320 页。
⑧ 《陈书·衡阳献王昌传》，卷十四，第 1 册，第 207 页。

于称赏文学作品，如谢灵运"文章之美，与颜延之为江左第一"①，周兴嗣的《休平赋》"其文甚美"② 等，即是以"美"称誉文学作品。刘勰在《文心雕龙》中提出了"隐秀"的审美标准，可以说是对相关术语的概括与提升，从而使得这一审美取向正式形成并固定下来。王钟陵先生分析说："'隐秀'这一审美理想，既是当时现实风气中所含蕴的一种感受方式之理论概括，又是我们民族巨大而多方面思想探索的成果。在历史发展的过程中，'隐秀'所概括的思想已经沉积为我们民族特有的文化——心理素质。"③ "隐秀"一词"不仅更加明确地兼顾了内蕴与外貌的两个方面，而且还表达了这内外两个方面之间的有机联系，因而是一个更为完美的概念"④。阐述极其精到而透彻。一种新的审美理念在士人的头脑中正式形成了，并成为此后文学创作的度量标尺。

南朝文士审美意识增强、审美观念发生显著变化，表现在文学创作上便是重视抒发自身的性情和有意追求文学的表现技巧。⑤ 汉末魏初，文学本身的特质被发掘出来，文学作品中抒情倾向突出、创作技巧备受重视，此后基本沿着这个方向发展。其间虽受玄学的影响而有过短暂的偏离，但很快又复原，重新走向正常发展的道路。论者认为南朝文学"重新重视抒情特质，乃是对于玄理化的反拨"⑥，无疑有一定的道理。由于南朝时文学摆脱了附庸于学术的地位，成为一个独立的学科，所以其自身的特征相应地更受重视，这完全符合文学发展的自然规律。文学的政治社会功能减弱，而审美功能则明显增强。无论是对性情的强调还是对文章表现技巧的探讨都体现出这一时期的文士追求美学价值的倾向。重视抒发内心的真实情感，一直都是南朝文学的一个重要特点。如王微的《以书告弟僧谦灵》抒情性极强，通过回忆与其弟平日的共同生活细节，表达出深沉的伤悼之情。文曰："寻念平生，裁十年中耳，然非公事，无不相对，一字之书，必共咏读，一句之文，无不研赏，浊

---

① 《南史·谢灵运传》，卷十九，第2册，第538页。
② 《南史·文学·周兴嗣传》，卷七十二，第6册，第1780页。
③ 《中国中古诗歌史》，第106页。
④ 同上书，第110页。
⑤ 曹道衡、沈玉成即把南朝文学的特色概括为"文学作品中'情性'的空前强调和语言技巧的刻意追求"两个方面（《南北朝文学史》，第13—14页）。
⑥ 《魏晋南北朝文学思想史》，第200页。

酒忘愁，图籍相慰，吾所以穷而不忧，实赖此耳。奈何罪酷，茕然独坐。忆往年散发，极目流涕，吾不舍日夜，又恒虑吾羸病，岂图奄忽，先归冥冥。反覆万虑，无复一期，音颜仿佛，触事历然，弟今安在，令吾悲穷。"读之如在眼前，忆事怀人，感慨颇深，令人凄怆。清人李慈铭评曰："沈折曲至，无意于文而文尤佳，令人不忍卒读也。"① 又如谢朓的《齐敬皇后哀策文》也是一篇抒情之作，文末写到齐明帝的皇后刘惠端虽有崇高德行，但人已逝去，留给生者的唯有对她的深切哀悼之情。王筠的《昭明太子哀册文》不仅提出"吟咏性灵"、"缘情绮靡"的文学主张，而且还通过萧瑟凄凉的外界环境渲染萧统逝去后悲哀的氛围："混哀音于箫籁，变愁容于天日。虽夏木之森阴，返寒林之萧瑟。既将反而复疑，如有求而遂失。"② 此中悲情不可谓不深。凡此种种，皆为南朝文人重抒情的表现。

对文学作品艺术技巧的有意探索，也体现出南朝文人的审美理念和审美取向。南朝文学力图求新求变，这在文士的言论中多有体现。刘勰虽主通变，但也不否定新变，只是强调在变化创新时，要考虑到继承传统，把继承与革新结合起来。他说："文律运周，日新其业。变则其久，通则不乏。"③ 萧子显亦云："习玩为理，事久则渎，在乎文章，弥患凡旧。若无新变，不能代雄。"④ 张融也称其"文体英绝，变而屡奇"⑤。徐摛亦"属文好为新变，不拘旧体"⑥。魏徵也称齐梁文学"雅道沦缺，渐乖典则，争驰新巧"⑦。为达到新变的目标，他们必须在文学作品的形式技巧上进行开拓创新。美国学者刘若愚认为："根据文学的技巧概念，文学是一种技艺。" "它是以语言，而不是以物质为材料。"在这一概念指导下，"写作过程不是自然表现的过程，而是精心构成的过程。"⑧ 此说强调了文学表现技巧在创作中的重要性。南朝文

---

① 李慈铭著，由云龙辑：《越缦堂读书记》，上海书店出版社 2000 年版，第 281 页；《宋书·王微传》，卷六十二，第 6 册，第 1670—1671 页。

② 严可均：《全梁文》卷六十五，《全上古三代秦汉三国六朝文》，第 4 册，第 3338 页。

③ 刘勰：《文心雕龙·通变》，范文澜：《文心雕龙注》卷六，下册，第 521 页。

④ 《南齐书·文学传论》，卷五十二，第 3 册，第 908 页。

⑤ 《南齐书·张融传》，卷四十一，第 3 册，第 729 页。

⑥ 《梁书·徐摛传》，卷三十，第 2 册，第 446 页。

⑦ 《隋书·文学传序》，卷七十六，第 6 册，第 1730 页。

⑧ ［美］刘若愚著，杜国清译：《中国文学理论》，第 133 页。

士通过技巧创新来求得新变，具体来说，就是要在对仗、藻饰、用典、声律及语言风格等方面下工夫。其中，对声律理论的阐发和自觉运用即是追求新变的表现之一。"齐永明中，文士王融、谢朓、沈约文章始用四声，以为新变。"① 对四声的探讨经历了由齐到梁、陈较长的一段时间，方固定下来。顾炎武说："四声之论，起于永明，而定于梁、陈之间也。"② 沈约提倡声律说，不仅有理论主张，而且还付诸实践。他在《宋书·谢灵运传论》中梳理了从汉魏到刘宋的文学发展历程，并对声律理论作了详细的阐述。这不但为后来的诗文创作提供了理论依据，而且也预示了此后的文学必须进行一些变化。周颙也赞成声律，史称其"音辞辩丽，出言不穷，宫商朱紫，发口成句"③。在他们的有力倡导下，文学作品中开始注意运用声律理论，一直到初唐沈佺期、宋之问才宣告成熟。

文学语言风格的变化也显示出新变的迹象。刘宋元嘉文学的语言典雅密丽，而萧齐永明文学的语言则变得平易晓畅，其间无疑经历了文士的精雕细琢之功。谢朓诗歌的清丽流畅、声韵谐美的风格成为永明文学语言风格的代表。谢朓认为具备"圆美流转如弹丸"特点的诗歌才能算"好诗"④。与此同时，沈约也提出文章务求"三易"⑤ 的主张，即在用事、炼字、声韵方面都要做到明白晓畅。南朝文章以骈文居多，而骈文本身又特别注重绮丽辞藻、繁复用典、工整对偶、严密声律诸形式特点，这恰好为文人提供了展示才华的机会。他们不遗余力地在文章的艺术技巧方面执着探寻，努力追求文学的美学价值。在此过程中，文士的审美意识不断得到强化，审美素养也不断得到提高。他们在实践中逐步掌握了诸多表现技巧，而对于这些技巧的实践或更进一步向精致化的追求则须落实到文学创作中。就此而言，南朝文风走向兴盛也不是偶然的。

---

① 《梁书·文学上·庾于陵传附弟肩吾传》，卷四十九，第 3 册，第 690 页。
② 顾炎武：《音学五书》，中华书局 1982 年版，第 39 页。
③ 《南齐书·周颙传》，卷四十一，第 3 册，第 730 页。
④ 《南史·王昙首传附王筠传》，卷二十二，第 2 册，第 609 页。
⑤ 沈约说："文章当从三易：易见事，一也；易识字，二也；易读诵，三也。"（《颜氏家训·文章》，《颜氏家训集解》卷四，第 272 页。）

三　帝王皇族重视、提倡文学，文士纷纷效慕，掀起创作热潮

文学作为一门独立的学科出现以后，其自身的价值进一步得到肯定，地位也迅速得以提高。在这种有利的条件下，上至帝王臣子、下到普通文士都纷纷投身于文学创作中。继汉末建安和西晋太康之后，文学发展至南朝又迎来了一次创作高潮。南朝文学的繁荣与帝王的重视和提倡有密切的关系，宋、齐、梁、陈四代的皇帝和王侯爱好文学者颇多，其中有些人还有文集传世。据《隋书·经籍志四》所载，宋武帝、宋文帝、宋孝武帝、齐文帝（文惠太子）、梁武帝、梁简文帝、梁元帝、陈后主都有文集流传。另如齐高帝、齐武帝虽无文集但也有诗篇流传。南朝四代的藩王热衷于文学者更是大有人在。

关于刘宋帝王喜爱文学的情况，刘勰叙曰："自宋武爱文，文帝彬雅，秉文之德，孝武多才，英采云构。自明帝以下，文理替矣。"①佐以史籍，可见大略。宋武帝于永初二年（421）"车驾幸延贤堂策试诸州郡秀才、孝廉"②，三年（422）诏建国学，而且他本人也"颇慕风流"③。《宋书·临川烈武王道规传附鲍照传》曰："上（孝武帝）好为文章，自谓物莫能及，照悟其旨，为文多鄙言累句，当时咸谓照才尽，实不然也。"④孝武帝刘骏"读书七行俱下，才藻甚美"⑤。《南史·王昙首传附王俭传》也称："宋孝武好文章，天下悉以文采相尚，莫以专经为业。"⑥前废帝刘子业亦"少好读书，颇识古事，自造《世祖诔》及杂篇章，往往有辞采"⑦。据《宋书·明帝本纪》载，明帝"好读书，爱文义，在藩时，撰《江左以来文章志》，又续卫瓘所注《论语》二卷，行于世。及即大位……才学之士，多蒙引进，参侍文籍，应对左右"⑧。凡此数例，均见刘宋诸帝爱慕文学，并致力于创作的事实。

皇帝爱好并提倡文学，诸藩王自然不免受其熏陶和影响，也多以文

---

① 《文心雕龙·时序》，《文心雕龙注》卷九，下册，第675页。
② 《宋书·武帝本纪下》，卷三，第1册，第56页。
③ 《宋书·郑鲜之传》，卷六十四，第6册，第1696页。
④ 《宋书》卷五十一，第5册，第1480页。
⑤ 《南史·宋孝武帝本纪》，卷二，第1册，第55页。
⑥ 《南史》卷二十二，第2册，第595页。
⑦ 《宋书·前废帝本纪》，卷七，第1册，第148页。
⑧ 《宋书·明帝本纪》，卷八，第1册，第170页。

学相尚。如武帝之子江夏王刘义恭常常涉猎文义；文帝之子南平王刘铄颇有文才，时人以为可与陆机相媲美；建平王刘宏极好文籍并留心于文章。因为诸王对文学有着共同的兴趣，所以他们与当时文士多有密切交往。如临川王义庆"爱好文义，才词虽不多，然足为宗室之表。……招聚文学之士，近远必至。太尉袁淑，文冠当时，义庆在江州，请为卫军咨议参军；其余吴郡陆展、东海何长瑜、鲍照等，并为辞章之美，引为佐史国臣"①。刘义庆在与诸文士的交往中也留下了一些著述，如《世说新语》等，此类著作的产生无疑亦应归功于众文士，这已为世人所公认。② 又如庐陵王刘义真"聪敏，爱文义，而轻动无德业，与陈郡谢灵运、琅邪颜延之、慧琳道人并周旋异常，云：'得志日，以灵运、延之为宰相，慧琳道人为西豫州刺史'"③。始兴王刘濬"人才既美，母又至爱，文帝甚所留心。与建平王宏、侍中王僧绰、中书郎蔡兴宗等，并以文义往复"④。建平王刘景素"好文章书籍，招集才义之士，倾身礼接，以收名誉，由是朝野翕然，莫不属意焉"⑤。藩王与文士之间频繁的文学交往无疑在一定程度上促进了文学的发展。

"统治阶级的思想在每一时代都是占统治地位的思想。这就是说，一个阶级是社会上占统治地位的物质力量，同时也是社会上占统治地位的精神力量。"⑥ 帝王皇族不但在物质上占据统治地位，而且在精神上也占据统治地位。上有所好，下必追趋，普通文士也不甘居后，纷纷投身于文学创作。《文心雕龙·时序》描述刘宋文学盛况云："尔其缙绅之林，霞蔚而飚起：王、袁联宗以龙章，颜、谢重叶以凤采，何、范、张、沈之徒，亦不可胜也。"⑦ 这一时期，以文学垂名者颇多，王、袁两姓中有王诞、王僧达、王微、王韶之、王准之、袁淑、袁湛、袁颙、袁粲、袁炳等；颜、谢两姓中有颜延之、颜竣、颜测、谢灵运、谢瞻、

① 《宋书·临川烈武王道规传附义庆传》，卷五十一，第 5 册，第 1477 页。
② 鲁迅在《中国小说史略》中说："(《世说新语》等书) 乃纂缉旧文，非由自造：《宋书》言义庆才词不多，而招聚文学之士，远近必至，则诸书或成于众手，未可知也。"(《鲁迅全集》第九卷，第 61—62 页。) 此说即认为这些著述非出自刘义庆一人之手，应是其与众门客共同努力的结果。这一观点已得到学术界的普遍认可。
③ 《南史·宋庐陵孝献王义真传》，卷十三，第 2 册，第 365 页。
④ 《南史·宋始兴王濬传》，卷十四，第 2 册，第 392 页。
⑤ 《宋书·建平宣简王宏传附景素传》，卷七十二，第 6 册，第 1861 页。
⑥ 《马克思恩格斯选集》第一卷，人民出版社 1972 年版，第 52 页。
⑦ 《文心雕龙注》卷九，下册，第 675 页。

谢惠连、谢庄、谢晦等。另如鲍照、傅亮、陆展等也以文名世。此外，还有何承天、何尚之、何长瑜、范泰、范晔、张敷、沈怀文、沈怀远等。文学之盛于此可见一斑，所谓"宋代逸才，辞翰鳞萃"①，即是对这一状况的恰当概括。

统治阶级重视、提倡文学固然是促进文风兴盛的直接动因，但这一举措是统治者出于巩固统治的目的，而主动在文化或是文学上向世家士族靠拢。"士大夫家族——士族，是中国中古社会上一股最有力量的社会势力。政治统治者为了要稳定其政权，设若无法摧毁这股势力，以自己所建立的社会势力代之，则必须觅取这股社会势力的合作，获得他们对政权的支持，也就是引用社会领袖参与统治阶层，分享政治地位与政策。"② 从上举各文学名家来看，王、谢等家族成员的文学成就较为突出。实际上自东晋以来，他们不但在政治上地位显赫，而且在文学上也多有高名。时至刘宋，虽然士族对于政治的控制已大大减弱，但在经济文化上所享有的特权使他们的影响依然很大。王钟陵先生说："在家族势力根深蒂固的中国封建社会中，文名与家声紧紧地结合着，文名广延则易于得仕。"③ 士族成员的文化修养在文学方面体现得很突出，文学创作成为他们获取声誉和仕进的一种方式，并且也成为衡量社会价值的标尺，这是士族成员在文坛上占据重要地位的原因。南朝四代的开国皇帝均出身于素族，④ 文化修养自然不能和士族名门相提并论。他们在政治上、军事上可以凌驾于士族之上，但在文化和社会观念方面却不得不屈从于士族。如宋文帝刘义隆信佛，他认为佛经教义可以洗涤人的心灵，减少犯罪，因此积极向佛。其实，他笃佛也是由于当时的名士如范泰、谢灵运、颜延之等人都信仰佛教，在这一点上文帝明显是追趋上述诸人。他曾对何尚之说："不敢立异者，正以卿辈时秀，率所敬信故也。"⑤ 可谓一语道出其信佛的真正动因。出于巩固统治的考虑，封建

---

① 《文心雕龙·才略》，《文心雕龙注》卷十，下册，第701页。

② 毛汉光：《中国中古社会史论》，上海书店出版社2002年版，第9页。

③ 《文学史新方法论》，第169页。

④ 赵翼：《廿二史劄记》说："宋武本丹徒京口里人，少时伐荻新洲，又尝负刁逵社钱被执，其寒贱可知也。齐高既称素族，则非高门可知也。梁武与齐高同族，亦非高门也。陈武初馆于义兴许氏，始仕为里司，再仕为油库吏，其寒微亦可知也。"（王树民：《廿二史劄记校证》卷十二，上册，中华书局1984年版，第254页。）

⑤ 《高僧传·惠严传》，释慧皎：《高僧传》卷七，中华书局1992年版，第261页。

帝王必须提高文学素养，以改变自身的劣势，从而以此与士族相抗衡。在这种思想支配下，他们不仅爱好、重视文学，礼待文士，而且还身体力行、积极从事文学创作。

萧齐一代文学既承刘宋之余绪，又加帝王皇室之倡导，亦呈繁荣兴盛之态势。"暨皇齐驭宝，运集休明：太祖以圣武膺箓，世祖（原作"高祖"，疑误，据范注改）以睿文纂业，文帝以贰离含章，高宗（原作"中宗"，疑误）以上哲兴运，并文明自天，缉熙景祚。今圣历方兴，文思光被，海岳降神，才英秀发，驭飞龙于天衢，驾骐骥于万里，经典礼章，跨周轹汉，唐虞之文，其鼎盛乎！"① 此语概括齐代文学发达情况稍显笼统。若稽之于史，则具体明晰。与刘宋相类，萧齐自上而下亦热衷于文学。齐高帝萧道成"博涉经史，善属文"②，《南史·齐高帝本纪》也称其"所著文，诏中书侍郎江淹撰次之。又诏东观学士撰《史林》三十篇，魏文帝《皇览》之流也"③。史籍中虽没有明确的关于齐武帝萧赜爱好、崇尚文学的记录，但讲究声律的永明体文学的出现应该与他不无关系。另据清人严可均所辑《全齐文》和今人逯钦立所辑《先秦汉魏晋南北朝诗·齐诗》统计，萧赜尚有文四十七篇和诗一首存世。④《文选》所录王融《三月三日曲水诗序》记有武帝萧赜和群臣四十五人举行曲水宴，并下诏说"今日嘉会，咸可赋诗"，还令王融作序，此举无疑属于武帝的文学活动。文惠太子萧长懋爱慕文学，有文集一卷传世。据《南齐书》载："太祖好《左氏春秋》，太子承旨讽诵，以为口实。既正位东储，善立名尚，礼接文士……（永明）五年（487）冬，太子临国学，亲临策试诸生。"⑤ 又据《梁书·范岫传》载："文惠太子之在东宫，沈约之徒以文才见引，岫亦预焉。岫文虽不逮约，而名行为时辈所与，博涉多通，尤悉魏晋以来吉凶故事。"⑥

萧齐诸藩王喜好文学者不在少数。李慈铭说："自来宗藩之祸，无

---

① 《文心雕龙·时序》，《文心雕龙注》卷九，下册，第675页。
② 《南齐书·高帝本纪下》，卷二，第1册，第38页。
③ 《南史》卷四，第1册，第113页。
④ 严可均所辑诸文多为诏敕类，应由当时文臣代作，但逯钦立所辑《估客乐》一诗当属萧赜本人所作无疑。
⑤ 《南齐书·文惠太子传》，卷二十一，第2册，第399页。
⑥ 《梁书》卷二十六，第2册，第391页。

过于萧齐，而贤王之多，亦无过于萧齐，天道瞢昧，殊不可解。"① 此语前半句含有对高帝、武帝子孙遭明帝屠戮的痛惜，后半句则包含对诸王文才的赞赏。如高帝之子武陵昭王萧晔、鄱阳王萧锵、江夏王萧锋，武帝之子竟陵王萧子良、随郡王萧子隆等都崇尚文学。萧晔"与诸王共作短句，诗学谢灵运体"②，萧锵"好文章"③，萧子良"礼才好士，居不疑之地，倾意宾客，天下才学皆游集焉。……士子文章及朝贵辞翰，皆发教撰录"④。子良素喜招集文士，并常与他们在一起进行文学活动。《梁书·武帝本纪上》曰："竟陵王子良开西邸，招文学，高祖（指萧衍）与沈约、谢朓、王融、萧琛、范云、任昉、陆倕等并游焉，号曰八友。"⑤ 萧子良在西邸结交的文士很多，所以此事散见于多人的传记中，如"司徒竟陵王子良开西邸招文学，僧孺亦游焉"⑥。"永明末，京邑人士盛为文章谈义，皆凑竟陵王西邸。绘为后进领袖，机悟多能。"⑦ 萧子隆"有文才"，"上以子隆能属文，谓俭曰：'我家东阿也。'"⑧ 萧赜将其子比作曹植，即见子隆文才非同一般。与子良一样，子隆也善结识、招集才士，共同切磋文学。"子隆在荆州，好辞赋，数集僚友，朓以文才，尤被赏爱，流连晤对，不舍日夕。"⑨ 谢朓凭借自身的文学才华深得子隆的器重，于此也可看出随王对文学的爱好。另外，在高帝诸孙中，豫章王萧嶷之子萧子范、萧子显、萧子云也颇具文才。萧子范入梁后为南平王萧伟从事，"王爱文学士，子范偏被恩遇，尝曰：'此宗室奇才也。'使制《千字文》，其辞甚美，王命记室蔡薳注释之。自是府中文笔，皆使草之。"⑩ 子范所作哀策文极善，曾得萧纲赏识。萧子显"好学，工属文。尝著《鸿序赋》，尚书令沈约见而称

① 李慈铭著，由云龙辑：《越缦堂读书记》，第301—302页。
② 《南齐书·武陵昭王晔传》，卷三十五，第2册，第624—625页。
③ 《南齐书·桂阳王铄传》，卷三十五，第2册，第628页。
④ 《南齐书·竟陵文宣王子良传》，卷四十，第3册，第694页。
⑤ 《梁书》卷一，第1册，第2页。
⑥ 《梁书·王僧孺传》，卷三十三，第2册，第469页。
⑦ 《南齐书·刘绘传》，卷四十八，第3册，第841页。据罗宗强考证，除"竟陵八友"外，游于西邸的还有王僧孺、刘绘、张融、周颙、范缜、孔休源、江革、谢璟、陆慧晓、谢颢、柳恽、王亮、宗夬、何昌寓等人（罗宗强《魏晋南北朝文学思想史》，第215页）。
⑧ 《南齐书·随郡王子隆传》，卷四十，第3册，第710页。
⑨ 《南齐书·谢朓传》，卷四十七，第3册，第825页。
⑩ 《梁书·萧子范传》，卷三十五，第2册，第510页。

曰：'可谓得明道之高致，盖《幽通》之流也。'又采众家《后汉》，考正同异，为一家之书。又启撰《齐史》，书成，表奏之，诏付祕阁"①。《齐史》即今传《南齐书》，子显另有《普通北伐记》五卷、《贵俭传》三十卷、文集二十卷。萧子云"年十二，齐建武四年，封新浦县侯，自制拜章，便有文采"，"既长勤学，以晋代竟无全书，弱冠便留心撰著，至年二十六，书成"，"所著《晋书》一百一十卷，《东宫新记》二十卷"②。

　　帝王皇室以外，崇文之风不减。刘师培云："宋、齐之际，亦中古文学兴盛之时。齐初，臣僚如褚渊、王僧虔之流，虽精文学，然集其大成者，惟王俭。自嗣而降，文士辈出，其兼工诗文者，厥唯王融、谢朓。"又云："宋、齐之际，有丘灵鞠、檀超、丘巨源、张融、谢超宗、孔珪、卞彬、顾欢，均以文学擅名。若虞愿、苏侃、江敩、袁彖、刘祥、谢颢、谢瀹、王僧佑、王摛、檀道鸾，亦其次也。齐则陆厥、虞炎、王智深、虞羲，并以文著。若孔广、孔逭、诸葛勖、袁嘏、高爽、庾铣、孔颙、王斌、丘国宾、丘令楷、萧文琰、江洪，亦其次也。"③刘氏据《南齐书》、《南史》、《梁书》及《文选注》所引史籍辑录上述诸人好文、为文之语句，勾勒出自宋、齐之际至齐代的文学发展概况。从这一庞大的创作队伍可以看出萧齐文学的彬彬之盛状。文学兴盛时，才华较高的文士往往受到器重，甚至可能成为众人师法的对象。前举谢朓即为一例。另如谢灵运之孙谢超宗，"好学有文辞，盛得名誉。选补新安王子鸾国常侍。王母殷淑仪卒，超宗作诔奏之，帝大嗟赏，谓谢庄曰：'超宗殊有凤毛，灵运复出'"④。"及齐受禅，为黄门郎。有司奏撰郊庙歌，上敕司徒褚彦回、侍中谢朓、散骑侍郎孔珪……作者凡十人，超宗辞独见用。"⑤超宗文有乃祖之风，其才之高常得时人称誉。高帝萧道成为领军时，"数与超宗共属文，爱其才翰"⑥。不仅如此，甚至有人直接以之为师，学习创作，如王智深即"少从陈郡谢超宗

　　① 《梁书·萧子显传》，卷三十五，第 2 册，第 511 页。
　　② 《梁书·萧子云传》，卷三十五，第 2 册，第 513、515 页。
　　③ 《中国中古文学史讲义》，《刘师培中古文学论集》，第 75—76、77—79 页。
　　④ 《南史·谢灵运传附孙超宗传》，卷十九，第 2 册，第 542 页。
　　⑤ 同上书，第 543 页。
　　⑥ 《南齐书·谢超宗传》，卷三十六，第 2 册，第 636 页。

学属文"①。

"自中原沸腾，五马南度，缀文之士，无乏于时。降及梁朝，其流弥盛。盖由时主儒雅，笃好文章，故才秀之士，焕乎俱集。"② 李延寿此语道出自司马氏渡江建立东晋以来，文学逐渐趋于兴盛繁荣之况。时至萧梁，主上重文之习不改，除亲身从事创作外，还重用文士、奖励文学。"于时武帝每所临幸，辄命群臣赋诗，其文之善者赐以金帛。是以缙绅之士，咸知自励。"③ 这种奖赏之举显然能够促进文学的发展，因此一些文士多投帝王所好，常把写出佳作当成获取赏赐或仕进的手段。《梁书·文学上·袁峻传》曰："高祖雅好辞赋，时献文于南阙者相望焉，其藻丽可观，或见赏擢。（天监）六年（507），峻乃拟扬雄《官箴》奏之。高祖嘉焉，赐束帛。除员外散骑侍郎，直文德学士省。"④ 奖赏文士只是帝王重视文学的表现，当然这要基于他们本身也都喜爱并擅长文学。武帝萧衍"少而笃学，能事毕究。虽万机多务，犹卷不辍手，然烛侧光，常至戊夜"⑤，"及登宝位，躬制赞、序、诏诰、铭、诔、说、箴、颂、牋、奏诸文，又百二十卷"⑥。武帝萧衍不仅工文学，而且精通经学、史学、佛学、玄学、阴阳、纬候、卜筮、草隶、尺牍等，可谓博学多才。赵翼称赞说："创业之君，兼擅才学，曹魏父子，固已旷绝百代，其次则齐、梁二朝，亦不可及也。"⑦ "历观古帝王，艺能博学，罕或有焉。"⑧ 武帝重文学、爱才人，对文士的不幸去世示以极深的痛惜之情。如"勤学，善属文"、"其文甚美"的到沆三十岁而卒，"高祖甚伤惜焉，诏赐钱二万，布三十匹"⑨。萧衍钟情于文学，平日常与文士们进行宴集，共同研赏文学，在这种文学交往中，许多文士凭借才学得到赏识与奖掖。据《梁书·文学上·刘苞传》载："自高祖即位，引后进文学之士，苞及从兄孝绰、从弟孺、同郡到溉、溉弟洽、

---

① 《南齐书·文学·王智深传》，卷五十二，第 3 册，第 896 页。
② 《南史·文学传序》，卷七十二，第 6 册，第 1762 页。
③ 同上书，第 1762 页。
④ 《梁书》卷四十九，第 3 册，第 689 页。
⑤ 《南史·梁武帝本纪下》，卷七，第 1 册，第 222 页。
⑥ 同上书，第 223 页。
⑦ 《廿二史劄记校证》卷十二，上册，第 245 页。
⑧ 同上书，第 247 页。
⑨ 《梁书·文学上·到沆传》，卷四十九，第 3 册，第 686 页。

南朝散文研究

从弟沆、吴郡陆倕、张率并以文藻见知，多预讌坐，虽仕进有前后，其赏赐不殊。"①《梁书·文学下·刘峻传》亦曰："高祖招文学之士，有高才者，多被引进，擢以不次。"② 终武帝朝，以文学才华致仕者颇多。

昭明太子萧统生性聪敏，极擅文学，"读书数行并下，过目皆忆。每游宴祖道，赋诗至十数韵。或命作剧韵赋之，皆属思便成，无所点易"③。"所著文集二十卷；……五言诗之善者，为《文章英华》二十卷；《文选》三十卷。"④ 著述之多于此可见。其中《文选》的编纂，对当时及后世都造成了深刻的影响。它汇集了此前众多精美的文章，范文澜说："《文选》取文，上起周代，下迄梁朝。七八百年间各种重要文体和它们的变化，大致具备，固然好的文章未必全得入选，但入选的文章却都经过严格的衡量，可以说，萧统以前，文章的英华，基本上总结在《文选》一书里。"⑤ 这一评价是很恰当的。与其父好文学之习尚相似，昭明亦喜招纳文士，研讨文义，对才高者尤其欣赏："太子爱文学士，常与筠及刘孝绰、陆倕、到洽、殷均等游宴玄圃，太子独执筠袖，抚孝绰肩曰：'所谓左把浮丘袖，右拍洪崖肩。'其见重如此。"⑥ 琅邪王筠文采斐然，连一代辞宗沈约都深为佩服，难怪萧统对其如此器重。当时的著名文学批评家刘勰因颇具才华也"深被昭明太子爱接"⑦。萧统爱文、重文的风尚使得其时"文学之盛，晋、宋以来未之有也"⑧。可见与宋、齐相比，梁时文风更盛，此与李延寿之说甚合。简文帝萧纲"六岁便属文"，"读书十行俱下。九流百氏，经目必记；篇章辞赋，操笔立成"。"雅好题诗，其序云：'余七岁有诗癖，长而不倦。'然伤于轻艳，当时号曰'宫体'。"所著文集一百卷传世。萧纲亦重文士，多有文学雅集之举："引纳文学之士，赏接无倦，恒讨论篇籍，继以文章。"⑨《梁书·文学上·庾于陵传附弟肩吾传》则云："初，太宗在

---

① 《梁书》卷四十九，第 3 册，第 688 页。
② 《梁书》卷五十，第 3 册，第 702 页。
③ 《梁书·昭明太子统传》，卷八，第 1 册，第 166 页。
④ 同上书，第 171 页。
⑤ 《中国通史简编·修订本第二编》，第 417 页。
⑥ 《南史·王昙首传附王筠传》，卷二十二，第 2 册，第 610 页。
⑦ 《南史·文学·刘勰传》，卷七十二，第 6 册，第 1781 页。
⑧ 《梁书·昭明太子统传》，卷八，第 1 册，第 167 页。
⑨ 《梁书·简文帝本纪》，卷四，第 1 册，第 109 页。

藩，雅好文章士，时肩吾与东海徐摛、吴郡陆杲、彭城刘遵、刘孝仪、仪弟孝威，同被赏接。及居东宫，又开文德省，置学士，肩吾子信、摛子陵、吴郡张长公、北地傅弘、东海鲍至等充其选。"① 有较高才学者方得入选，以便于文学集会时能多有收获。帝王与文士之间的文学交流活动，在一定程度上推动了文学的发展。元帝萧绎"天才英发，出言为论"②，"军书羽檄，文章诏诰，点毫便就，殆不游手"③。著有文集五十卷行于世。元帝早年曾"与裴子野、刘显、萧子云、张缵及当时才秀为布衣之交，著述辞章"④，但后来却忌贤妒能，致使有才之士多遭其害。⑤ 综观有梁一代，诸帝博学多才，在他们的倡导之下，文学臻于鼎盛。李延寿对此时的文化、文学充满了感慨与赞赏："自江左以来，年逾二百，文物之盛，独美于兹。"⑥

诸藩王中也多见有文才者，如武帝之子豫章王萧综、南康王萧绩、邵陵王萧纶、武陵王萧纪，简文帝之子寻阳王萧大心、南郡王萧大连，南康王萧绩之子萧会理、萧义理，武陵王萧纪之子萧圆正，元帝之子萧方等。翻检史籍中各传，便可发现"善属文"、"工尺牍"、"有文才"、"能属文"、"好文史"、"制文甚美"、"有俊才"一类评语，此皆诸人好文、能文之例。另外，萧梁宗室中好为文学者还有武帝长兄长沙王萧懿之子萧业、萧藻，萧业之子萧孝俨，萧业之弟萧猷之子萧骏，武帝七弟安成王萧秀及其子萧机、萧推，八弟南平王萧伟及其孙萧静，九弟鄱阳王萧恢之子萧范、萧谘，十一弟始兴王萧憺之子萧暎、萧晔。萧衍诸兄弟及其子嗣中不乏文学成就特别突出者，如萧孝俨"聪慧有文才"，"从幸华林园，于座献《相风乌》、《华光殿》、《景阳山》等颂，其文甚美，高祖深赏异之"⑦。萧藻"善属文辞，尤好古体，自非公讌，未尝妄有所为，纵有小文，成辄弃本"⑧。萧静"有美名，号为宗室后进。

---

① 《梁书》卷四十九，第 3 册，第 690 页。

② 《南史·梁元帝本纪》，卷八，第 1 册，第 242 页。

③ 同上书，第 243 页。

④ 《梁书·元帝本纪》，卷五，第 1 册，第 136 页。

⑤ 《南史·梁元帝本纪》中载曰："微有胜己者，必加毁害。……忌刘之遴学，使人鸩之。如此者甚众，虽骨肉亦偏被其祸。"（《南史》卷八，第 1 册，第 243 页。）

⑥ 《南史·梁武帝本纪论》，卷七，第 1 册，第 226 页。

⑦ 《梁书·长沙嗣王业传附子孝俨传》，卷二十三，第 2 册，第 361 页。

⑧ 《梁书·长沙嗣王业传附弟藻传》，卷二十三，第 2 册，第 362 页。

有文才，而笃志好学，既内足于财，多聚经史，散书满席，手自雠校"①。萧范"招集文才，率意题章，亦时有奇致"②。萧秀喜好赏接文人，"招学士平原刘孝标，使撰《类苑》，书未及毕，而已行于世。""当世高才游王门者，东海王僧孺、吴郡陆倕、彭城刘孝绰、河东裴子野，各制其文，古未之有也。"③ 萧伟也是"趋贤重士，常如不及。由是四方游士，当世知名者，莫不毕至"④。藩王喜爱文学，重视文士，加以与文人的交流切磋，自然推动文风走向兴盛。

关于萧梁文坛的繁荣之状，前人已从这一时期所涌现出来的作家情况上加以描述。魏徵将此时南、北方文士并提云："暨永明、天监之际，太和、天保之间，洛阳、江左，文雅尤盛。于时作者，济阳江淹、吴郡沈约、乐安任昉、济阴温子昇、河间邢子才、钜鹿魏伯起等，并学穷书圃，思极人文，缛采郁于云霞，逸响振于金石。英华秀发，波澜浩荡，笔有余力，词无竭源。方诸张、蔡、曹、王，亦各一时之选也。"⑤刘师培则专述南方文士说："齐、梁之际，则沈约、范云、江淹、丘迟并工诗文，任昉尤长载笔。嗣则刘孝绰、刘峻、裴子野、王筠、陆倕，其诗文均为当时所法。其尤以诗名者，则柳恽、吴均、何逊是也。"⑥又说："齐、梁之际，则王僧孺、萧子恪、萧子范、萧子显、萧子云、陶弘景、江革、徐勉、范缜、周捨、王巾、柳恢、袁峻、钟嵘、刘绲、谢朓、刘苞、刘孺、刘遵、刘昭、周兴嗣、王籍，并工文章。若范岫、裴邃、袁昂、谢几卿、王泰、孔休源、王彬、顾宪之、沈顗、诸葛璩、范述曾之流，亦其次也。梁则刘潜、伏挺、谢蔺、萧洽、刘之遴、刘杳、张率、陆云公、谢微、萧琛、谢览、谢举、王规、到沆、到溉、到洽、张缅、张缵、徐摛、徐悱、徐绲、何思澄、任孝恭、纪少瑜、庾肩吾、刘毅、颜协、鲍泉、蔡大宝，并擅文词。若萧子晖、萧滂、萧确、萧序恺、萧贲、萧介、臧严、谢侨、王承、王训、庾仲容、江蒨、江禄、刘毂、刘沿、刘霁、刘歊、陆罩、何佣、虞骞、孔翁归、江避、罗

① 《梁书·南平王伟传附孙静传》，卷二十二，第2册，第350页。
② 《梁书·鄱阳王恢传附子范传》，卷二十二，第2册，第352页。
③ 《梁书·安成王秀传》，卷二十二，第2册，第345页。
④ 《梁书·南平王伟传》，卷二十二，第2册，第348页。
⑤ 《隋书·文学传序》，卷七十六，第6册，第1729—1730页。
⑥ 《中国中古文学史讲义》，《刘师培中古文学论集》，第76—77页。

研、李膺、吴规、王子云、费昶、江子一、刘慧斐、庾曼倩、傅准、江从简、谢侨、鲍行卿、甄玄成、岑善方、萧欣、柳信言、范迪、沈君游，亦其次也。"① 申叔借助《梁书》、《南史》，剔幽抉微，将自齐、梁之际至梁的专事文学者（另有诸家虽亦有文名，但兼综儒玄，故不计于内）一百一十五人辑录出来，以见梁代文学之盛况。

从刘师培叙及的作家可见，家族文学气息仍然很浓厚，诸如萧氏、刘氏、谢氏、王氏、到氏、徐氏、江氏等家族的成员好文、能文、著文者较多，这在很大程度上要归因于家族的深厚文化积累和优良的教育传统。王钟陵先生曾说："中国文人，尤其是士族文人，因其历世多有文化，又复相互帮衬扶掖之，往往正是以家族块团的形式浮沉于文苑之中的。王、谢子弟自有一种风神者，正在于一种文化精神氛围的长期熏育。"② "文才相继，是中国封建社会家族势力笼罩下的必然现象。"③ 这一论述触及了家族文化、文学得以绵延的深层原因。由于文才是仕进的重要条件之一，所谓"观夫二汉求贤，率先经术；近世取人，多由文史"④，因此历代家族的长者无不重视对家庭成员文学才能的培养。颜之推曰："士大夫子弟，数岁已上，莫不被教，多者或至《礼》、《传》，少者不失《诗》、《论》。"⑤ 南朝时期门阀观念甚严，为使家族的高名得以延续，已致仕者往往通过提携帮扶的手段，鼓励后代子孙在文学方面取得更多更高的成就。文学才华突出，自然为仕进铺平了道路，而一旦取得政治地位，则既可加强其家族的势力，又可提携后辈进入上层社会。"拥有社会势力者一旦参与政治统治阶层，既可以保持其现有的社会地位与利益，由于政治地位之获得，还可以增强其原有的社会地位与利益。"⑥ 前代帮扶后代，后代提携下一代，代代相传，由此绵绵不绝，只要该家族不衰落，此种现象将一直持续下去。在这种风气影响之下，家族成员中多出文士也就不足为怪了。

梁末侯景之乱和江陵陷落使原本昌盛的萧梁文学急剧衰落，"至有

---

① 《中国中古文学史讲义》，《刘师培中古文学论集》，第79—84页。
② 《文学史新方法论》，第169页。
③ 同上书，第170页。
④ 《梁书·江淹任昉传论》，卷十四，第1册，第258页。
⑤ 《颜氏家训·勉学》，王利器：《颜氏家训集解》卷三，第143页。
⑥ 《中国中古社会史论》，第9页。

陈受命，运接乱离"①，文坛上呈现出一片萧瑟荒凉之状。后经文帝、宣帝，尤其是后主的提倡，文学又趋于复兴。文帝陈蒨喜好文学，"爱悦文义"②。宣帝陈顼太建（569—582）年间，文学渐显复苏之迹，其时又有文学雅集活动出现："太建初，中记室李爽、记室张正见、左民郎贺彻、学士阮卓、黄门郎萧诠、三公郎王由礼、处士马枢、记室祖孙登、比部贺循、长史刘删等为文会之友，后有蔡凝、刘助、陈暄、孔范亦预焉，皆一时之士也。游宴赋诗，勒成卷轴，伯阳为其集序，盛传于世。"③ 至后主陈叔宝时，文学复显兴盛之态。叔宝爱慕文学，素喜招引文士，自居东宫为太子时，便多有诗文欢宴之举。《陈书·姚察传》谓："（察）补东宫学士。于时济阳江总、吴国顾野王、陆琼、从弟瑜、河南褚玠、北地傅縡等，皆以才学之美，晨夕娱侍。"④ 后主登基以后，更尚文章，且常以奖励的方式激励文士，由是朝野上下崇文之风弥盛。《陈书·文学传序》曰："后主嗣业，雅尚文词，傍求学艺，焕乎俱集。每臣下表疏及献上赋颂者，躬自省览，其有辞工，则神笔赏激，加其爵位，是以搢绅之徒，咸知自励矣。若名位文学显著者，别以功绩论。"⑤ 在后主的影响和倡导下，不仅朝臣习于文学，甚至藩王、后妃也都喜好文学，如宣帝之子新蔡王陈叔齐、岳阳王陈叔慎，后主之子吴兴王陈胤，后主皇后沈婺华等都长于文学。其中，沈皇后文才尤为出众，后主薨后，她曾自制哀辞，文极酸楚。

陈叔宝溺于酣歌游宴，终日与文士、妃嫔、女学士等诗酒唱和，制作艳词丽曲。"后主常使张贵妃、孔贵人等八人夹坐，江总、孔范、姚察等十人预宴，号曰'狎客'。先令八妇人襞彩牋，制五言诗，十客一时继和，迟则罚酒。君臣酣饮，从夕达旦，以此为常。"⑥ "使诸贵人及女学士与诸狎客共赋新诗，互相赠答。采其尤艳丽者，以为曲词，被以新声。选宫女有容色者以千百数，令习而歌之，分部迭进，持以相乐。"⑦ 后主此举虽致宫体诗风又趋兴盛，但也使政事荒疏，终不免于

---

① 《南史·文学传序》，卷七十二，第6册，第1762页。
② 《南史·陈文帝本纪》，卷九，第1册，第286页。
③ 《陈书·文学·徐伯阳传》，卷三十四，第2册，第468—469页。
④ 《陈书》卷二十七，第2册，第349页。
⑤ 《陈书》卷三十四，第2册，第453页。
⑥ 许嵩：《建康实录》卷二十，上海古籍出版社1987年版，第567页。
⑦ 《建康实录》卷二十，第571页。

亡国。刘永济评曰："降及陈世，运极屯难，情尤颓放。声色之娱，惟日不足。于是君臣赓唱，莫非哀思之音。而金陵王气，亦黯然销矣。"① 有陈一代文学，虽不及萧梁为盛，但经历梁乱后仍能复兴至此程度，亦不失为文学之幸也。《四库全书总目·陈文纪提要》曰："文章至陈而极敝。其时能自成家者，诗惟阴铿、张正见，文则徐陵、沈炯以外，惟江总所传稍多。"② 兹仍以刘师培所辑文士资料为据，以见陈代文学之概貌："然斯时文士，首推徐陵、沈炯，次则顾野王、江总、傅缚、姚察、陆琼、陆琰、陆瑜，并以文著。若沈不害、孔奂、徐伯阳、毛喜、赵知礼、蔡景历、刘师知、杜之伟、颜晃、江德藻、庾持、许亨、褚玠、岑之敬、蔡凝、何之元、章华之流，或工诗文，或精笔翰，亦其选也。又梁代士大夫，多仕陈廷，以文学著，如萧允、周弘正、萧引、张种、王劢、沈众、袁枢、谢嘏、虞荔、虞寄是也。其有尤工诗什者，自徐、沈外，则有阴铿、张正见、阮卓、谢贞诸人。若夫孔范、刘暄之流，惟工藻艳，亦又不足数矣。"③ 刘氏为研治中国中古文学的大家，且精熟于此时文章，故其说最具代表性。

四　士族钟情于文学，多把能文作为立身之本

如上所述，帝王多好文学，即使文才修养不是很高者也往往喜欢附庸风雅。如被沈约称为"颇慕风流"④ 的宋武帝刘裕，文才并不出众，但他在北伐取胜后，于彭城举行庆祝之会时，也要"纸笔赋诗"。谢晦担心武帝"有失"⑤，故谏止并提出代作，帝允之，群臣亦并作，从这件事可以看出刘裕对士族文臣的倚重。当时傅亮凭借文才也极受武帝器重，"时中书令傅亮任寄隆重，学冠当时，朝廷仪典，皆取定于亮"⑥。孝武帝刘骏爱文，不仅自己亲自撰作，而且还命武人赋诗。据《宋书·沈庆之传》载，沈庆之为一介武夫，"手不知书，眼不识字"，尽管如此，孝武帝仍逼其作诗。无奈之下，只好由庆之口授，颜师伯执笔

①　刘永济：《十四朝文学要略》，黑龙江人民出版社 1984 年版，第 167 页。
②　永瑢：《四库全书总目》卷一八九，下册，中华书局 1965 年版，第 1721 页。
③　《中国中古文学史讲义》，《刘师培中古文学论集》，第 85—88 页。
④　《宋书·郑鲜之传》，卷六十四，第 6 册，第 1696 页。
⑤　《南史·谢晦传》，卷十九，第 2 册，第 522 页。
⑥　《宋书·蔡廓传》，卷五十七，第 5 册，第 1570 页。

而作诗一首。诗成，"上甚悦，众坐称其辞意之美"①。武人不识字却能作诗，这显然是受当时普遍而浓烈的作诗风气的影响所致。② 也有武人主动要求赋诗之例，如梁武帝时期，武将曹景宗所作的诗"确是南朝唯一有气魄的一首好诗，比所有文士作的靡丽诗都要好得多"③。帝王重视文学，出身于士族高门且极具才学的文士更是以文学为尚。在这种崇文之风影响之下，帝王与士族文臣之间常常有文学交往，有时甚至出现彼此争胜的现象。梁武帝颇富文才，在文学方面绝对不向士人示弱："约尝侍讌，值豫州献栗，径寸半，帝奇之，问曰：'栗事多少？'与约各疏所忆，少帝三事。出谓人曰：'此公护前，不让即羞死。'帝以其言不逊，欲抵其罪，徐勉固谏乃止。"④ 当时，隶事是炫耀博学的一种方式，在熟记关于栗的故事这一点上，萧衍与沈约为显才学，各不相让，终致反目，而沈约也差点因此受罚。又武帝曾敕使张率"撰妇人事二十余条，勒成百卷"⑤，亦见张氏颇悉典事，由此可见文学在帝王与士族文臣心目中的重要性。

南朝时期，高门士族凭借世代相传的文化积累而在文学上占有突出地位，他们要仕进、立身、显亲扬名，必须依靠自身的文学才华。实际上，"自从东晋门阀政治构筑起来之后，江东士族在政治上的世袭特权已经得到确认。他们只要保持文化上的优势，子弟在政治上即可平流进取"⑥。这一时期诸如琅邪王氏、陈郡谢氏、彭城刘氏、兰陵萧氏等家族文学尤盛，他们不仅社会地位高，而且能文之人多，甚至还有著名文学家出现。当然，诸家族的政治地位高下互异，文学成就也不相同。萧氏属于皇族，政治地位自然高不可攀。刘氏虽也出现过宋武帝刘裕一支，但延续时间并不长久，在南朝活动时间较长的刘氏主要是刘宋大将

① 《宋书》卷七十七，第7册，第2003页。

② 钟嵘叙南朝诗风的兴盛时说："今之士俗，斯风炽矣。才能胜衣，甫就小学，必甘心而驰骛焉。于是庸音杂休，人各为容。全使膏腴子弟，耻文不逮，终朝点缀，分夜呻吟，独观谓为警策，众睹终沦平钝。"（《诗品序》，《诗品注》，第3页。）

③ 诗曰："去时儿女悲，归来笳鼓竞；借问行路人，何如霍去病。"（《中国通史简编·修订本第二编》，第410页。）

④ 《梁书·沈约传》，卷十三，第1册，第243页。

⑤ 《梁书·张率传》，卷三十三，第2册，第475页。同书第488页校勘记曰："'二十'，疑有误。二十余条不能'勒成百卷'。"若依此说，张率所撰有关妇人的典故数量还要多。

⑥ 方北辰：《魏晋南朝江东世家大族述论》，台北文津出版社1991年版，第185页。

刘勔及其子刘绘、孙刘孝绰一支。萧氏与刘氏家族成员中虽没有文学大家出现，但从事文学创作者不少。相对于萧、刘两家，作为南渡士族的王氏和谢氏家族在文学方面的声名更著。时至南朝，虽然他们在政治上的地位有所降低，但在文化，尤其是文学上仍然有着极大的影响力。王、谢两家在南朝文坛上都出现过文学名家，如王融、王筠、谢灵运、谢惠连、谢庄、谢朓。

诸高门士族都钟情于文学，家族成员中能文之士颇多，有些甚至还凭文才取得了较高的官位。如王僧虔之孙王筠初入仕时就做到尚书殿中郎，这是王氏自过江以来还没有人做过的官职，可见王筠的才华之高。据其《与诸儿书论家世集》所述，王氏家族七代之中"人人有集"①，文才之盛可见一斑。"大抵高门得志，无不贵其才地。"② "豪门子弟，莫不以才地相许。何则？仕途坦而捷，名位高而贵也。"③ 谢氏家族成员中的文士，除上述之外，还有谢混、谢瞻、谢晦、谢朏、谢超宗、谢几卿等。据统计，琅邪王氏有文集者达三十五人，共四百七十五部，无文集但有文章传世者还有三十四人。陈郡谢氏有文集者达二十四人，共三百四十四部，有单篇文章但未成集者还有五人。苏绍兴诠释这一现象说："由两汉之累世经学至两晋以后之人人有集，数百年来，学术风气由经学转向文史，士族亦随此转变，不仅在于进仕，亦以此维持其门第之不坠。典籍文义，百世传美，高门风范，实系于此。"④ 萧、刘二族中亦多见能文之人，据《梁书·萧子恪传》载："子恪兄弟十六人，并仕梁。有文学者，子恪、子范、子显、子云、子晖五人。"⑤ 刘宋大将刘勔之孙、齐竟陵王西府文士刘绘之子刘孝绰："兄弟及群从诸子姪，当时有七十人，并能属文，近古未之有也。其三妹适琅邪王叔英、吴郡张嵊、东海徐悱，并有才学。悱妻文尤清拔。悱，仆射徐勉子，为晋安郡，卒，丧还京师，妻为祭文，辞甚凄怆。勉本欲为哀文，既睹此文，于是阁笔。"⑥

---

① 《南史·王昙首传附王筠传》，卷二十二，第2册，第611页。
② 王伊同：《五朝门第》上册，香港中文大学出版社1978年版，第37页。
③ 同上书，第39页。
④ 苏绍兴：《两晋南朝的士族》，台北联经出版事业公司1987年版，第12页。
⑤ 《梁书》卷三十五，第2册，第509页。
⑥ 《梁书·刘孝绰传》，卷三十三，第2册，第484页。

士族爱好、重视文学，常常通过集会的方式进行文学交流或切磋。这种活动多由家族中的长辈加以组织，不仅可以借此研习文义，而且还可以加强对后辈的文学教育。东晋时期，谢安就非常注重此类文学活动，由此在他周围形成了一个家族文学群体。《世说新语·文学》云："谢公因子弟集聚，问：'《毛诗》何句最佳?'遏称曰：'昔我往矣，杨柳依依；今我来思，雨雪霏霏。'公曰：'訏谟定命，远犹辰告。'谓此句偏有雅人深致。"① 《世说新语·言语》亦云："谢太傅寒雪日内集，与儿女讲论文义，俄而雪骤，公欣然曰：'白雪纷纷何所似?'兄子胡儿曰：'撒盐空中差可拟。'兄女曰：'未若柳絮因风起。'公大笑乐。即公大兄无奕女，左将军王凝之妻也。"② 从后一则可以看出，谢据之子谢朗（胡儿）的文才要逊于谢奕之女谢道蕴。道蕴才华颇高，嫁给王羲之次子凝之，尽管王氏家族成员也较有文才，但她仍然认为与谢家相比还差得远。"王凝之谢夫人既往王氏，大薄凝之。既还谢家，意大不说。太傅慰释之曰：'王郎，逸少之子，人身亦不恶，汝何以恨乃尔?'答曰：'一门叔父，则有阿大、中郎；群从兄弟，则有封、胡、遏、末。不意天壤之中，乃有王郎!'"或许谢氏家族成员的文学才华确实高于王氏，谢安、谢万到王家拜访时，王羲之"倾筐倒庋"③，热情款待，可见对其家族的尊崇。按照谢道蕴的话推断，谢安所组织的这一家族文学群体的成员除谢安和道蕴以外，还有谢尚（阿大）、谢万（中郎）、谢韶（封）、谢朗（胡）、谢玄（遏，《晋书》卷七十九、九十六均作"羯"）、谢渊（末，唐人修《晋书》为避高祖讳，改"渊"为"川"）诸人。通过这种文学集会的形式，士族家庭中的子孙后辈都受到了很好的文学教育，其创作和鉴赏水平也得以显著提高。

　　士族家庭一般都有较好的文学教育条件，如家族成员的文学修养普遍较高，文化积淀深厚。长辈们利用各种机会，不遗余力地对后代进行言传身教、努力培养，以期子孙们在文学素养上能有飞跃，并且脱颖而出。东晋时已有的文义集会到南朝时仍然是士族长者用来教育子嗣的常见形式，不过集聚的范围有所扩大。不但某一士族家庭内部有此类文学

---

① 《世说新语校笺》卷上，上册，第128页。
② 同上书，第72页。
③ 《世说新语·贤媛》，《世说新语校笺》卷下，下册，第377页。

交游和教育活动，而且还延及其他士族，也就是说，有时会出现来自不同士族的文人彼此集中在一起共同交流文学的情况。南朝士族家庭内部的文学交游现象，最有名者当数以谢混为中心的家族文学群体之间的活动。《宋书·谢弘微传》云："混风格高峻，少所交纳，唯与族子灵运、瞻、曜、弘微并以文义赏会。尝共宴处，居在乌衣巷，故谓之乌衣之游，混五言诗所云'昔为乌衣游，戚戚皆亲姪'者也。其外虽复高流时誉，莫敢造门。"① 谢混乃谢安之孙，"风华为江左第一"，与谢晦被刘裕并称为"两玉人"②。他在诸族姪面前既是长辈，又是文学首领，通过这种"共宴处"、"以文义赏会"的形式对后代进行文学教育。在这一过程中，后辈的批评观念、审美意趣、创作倾向无疑都受到了长辈的影响。谢混与族姪集聚时，曾对他们的文才及品性加以批评："阿远（谢瞻）刚躁负气；阿客（谢灵运）博而无检；曜（谢曜）恃才而持操不笃；晦（谢晦）自知而纳善不周，设复功济三才，终亦以此为恨；至如微子（谢弘微），吾无间然。"谢混站在长辈的立场上指出了侄子们在才性上的缺陷，这些显然对众人的为人为文都会产生很大的鉴戒作用。对于谢弘微，他极尽赞赏之词："瞻等才辞辩富，弘微每以约言服之，混特所敬贵，号曰微子。谓瞻等曰：'汝诸人虽才义丰辩，未必皆惬众心，至于领会机赏，言约理要，故当与我共推微子。'……又云：'微子异不伤物，同不害正，若年迨六十，必至公辅。'"③ 诸族姪确实也没有辜负谢混的期望，如谢灵运、谢瞻、谢弘微在文学上都取得了颇高的成就，且都有文集传世。作为长辈的谢混，对后辈的文才也引以为豪，并与之以文学共赏。据《南史·谢晦传附兄瞻传》载，谢瞻"文章之美，与从叔混、族弟灵运相抗"，"尝作《喜霁诗》，灵运写之，混咏之。王弘在坐，以为三绝"④。

士族家庭内部的这种"亲承音旨"⑤ 的文学教育活动，对后代的成长的确起到了较大的促进作用。在创作风格上，家族成员也表现出受前

① 《宋书》卷五十八，第 5 册，第 1590—1591 页。

② 《南史·谢晦传》，卷十九，第 2 册，第 522 页。

③ 《宋书·谢弘微传》，卷五十八，第 5 册，第 1591 页。

④ 《南史》卷十九，第 2 册，第 526、525 页。

⑤ 《世说新语·赞誉》载晋东海王司马越语云："夫学之所益者浅，体之所安者深。闲习礼度，不如式瞻仪形；讽味遗言，不如亲承音旨。"（《世说新语校笺》卷中，上册，第 241 页。）

辈影响的痕迹。以谢灵运而论，其山水诗就明显受到"大变太元之气"①的谢混诗的影响，他不但继承并发展了谢混在山水诗写作方面的传统，而且在具体诗歌的意象选取和意境营造上都体现出对前人的学习。例如《登池上楼》一诗中的名句"池塘生春草，园柳变鸣禽"，即是从被王夫之誉为"文密意新，已全乎其为康乐法曹"、"浮腐之习初洗"②的谢混诗《游西池》中的"景昃鸣禽集，水木湛清华"一句而来。③ 又如《入彭蠡湖口》一诗中的"岩高白云屯"句，也来自谢混诗中的"白云屯曾阿"句。尽管谢灵运在文学上的声名及成就都要超过其"得名未盛"④的族叔谢混，但不可因此否认他在家族内部所接受的文学教育的重要作用。谢灵运与谢惠连存有运用顶针格式所作的相互赠答的诗歌，这一现象也应该是受家族文学集会的影响而形成的相同审美兴趣所致。除家庭内部的文学交游活动外，还有来自不同士族的文士集中在一起共同研习文学的情况。《宋书·谢灵运传》曰："灵运既东还，与族弟惠连、东海何长瑜、颍川荀雍、泰山羊璿之，以文章赏会，共为山泽之游，时人谓之四友。"⑤ 这实际上是一个以谢灵运为中心，由不同的士族成员组成的文学群体。另外，士族与帝王皇室成员之间所结成的文学群体还有很多，有些前已提及，兹不赘述。士族子弟通过这种文学群体的交流无疑提升了自身的文学水平。

士族钟爱文学，重视对后代的文学教育，子孙们不负厚望，文学才华早熟者比比皆是。如王导曾孙王弘"少好学，以清悟知名"⑥，弘少子僧达"少好学，善属文"，"太祖闻僧达蚤慧，召见于德阳殿，问其书学及家事，应对闲敏"⑦。弘侄微"少好学，善属文，工书，兼解音

---

① 《宋书·谢灵运传论》，卷六十七，第 6 册，第 1778 页。

② 《古诗评选》卷四，文化艺术出版社 1997 年版，第 199 页。

③ 钟嵘引《谢氏家录》云："康乐每对惠连，辄得佳语。后在永嘉西堂，思诗竟日不就，寤寐间、忽见惠连，即成'池塘生春草'。故尝云：'此语有神助，非我语也。'"（《诗品注》，第 46 页。）该说可以体现灵运与惠连之间亲密无间的关系和真挚的情意，但若将写出名句简单地归于梦见惠连，显然不合情理。宋释惠洪曰："谢公平生喜见惠连，梦中得之，盖当论其情意，不当泥其句也。"持论颇为得理（《冷斋夜话》卷三，《四库全书》本）。谢灵运此名句应受谢混《游西池》一诗的影响。程章灿即主此说（《世族与六朝文学》，黑龙江教育出版社 1998 年版，第 28 页）。

④ 《南齐书·文学传论》，卷五十二，第 3 册，第 908 页。

⑤ 《宋书》卷六十七，第 6 册，第 1774 页。

⑥ 《南史·王弘传》，卷二十一，第 2 册，第 569 页。

⑦ 《宋书·王僧达传》，卷七十五，第 7 册，第 1951 页。

律及医方卜筮阴阳术数之事"①。王僧达之孙王融"少而神明警惠，博涉有文才"②。王僧绰"幼有大成之度，弱年众以国器许之。好学有理思，练悉朝典"③。其子俭"幼有神彩，专心笃学，手不释卷"④。俭子暕"年数岁，而风神警拔，有成人之度。时文宪作宰，宾客盈门，见暕相谓曰：'公才公望，复在此矣'"⑤。暕子训"幼聪警，有识量"，"十六召见文德殿，应对爽彻，上目送久之，谓朱异曰：'可谓相门有相'"。"文章为后进领袖。"⑥ 王弘曾侄孙王籍"七岁能属文，及长好学，博涉有才气，乐安任昉见而称之"⑦。僧虔孙筠"幼而警悟，七岁能属文。年十六，为《芍药赋》，其辞甚美"⑧。王俭曾孙王褒"七岁能属文。外祖梁司空袁昂爱之，谓宾客曰：'此儿当成吾宅相'"⑨。王筠孙王胄"少有逸才"⑩，胄兄眘"博学多通，少有盛名于江左"⑪。琅邪王氏一门子孙才华高逸，驰骋南北，其早慧如此，实得力于家族的悉心栽培与教导。

与王氏相似，陈郡谢氏家族中亦不乏文才早熟之例。如有"元嘉之雄"⑫之称的谢灵运"少好学，博览群书，文章之美，江左莫逮。从叔混特知爱之"⑬。灵运曾孙几卿"幼清辩，当世号曰神童"⑭。灵运从弟惠连"幼而聪敏，年十岁，能属文"⑮。谢瞻"六岁能属文，为《紫石英赞》、《果然诗》，为当时才士叹异"⑯。谢庄"年七岁，能属文，通《论语》"⑰。其子朏"幼聪慧，庄器之，常置左右。年十岁，能属

① 《南史·王弘传附弟子微传》，卷二十一，第2册，第578页。
② 《南齐书·王融传》，卷四十七，第3册，第817页。
③ 《宋书·王僧绰传》，卷七十一，第6册，第1850页。
④ 《南齐书·王俭传》，卷二十三，第2册，第433页。
⑤ 《梁书·王暕传》，卷二十一，第2册，第321页。
⑥ 《南史·王昙首传附王训传》，卷二十二，第2册，第600页。
⑦ 《梁书·文学下·王籍传》，卷五十，第3册，第713页。
⑧ 《南史·王昙首传附王筠传》，卷二十二，第2册，第609页。
⑨ 《北史·文苑·王褒传》，卷八十三，第9册，第2791页。
⑩ 《北史·文苑·王胄传》，卷八十三，第9册，第2813页。
⑪ 《北史·文苑·王胄传附兄王眘传》，卷八十三，第9册，第2813页。
⑫ 《诗品序》，陈延杰：《诗品注》，人民文学出版社1961年版，第2页。
⑬ 《宋书·谢灵运传》，卷六十七，第6册，第1743页。
⑭ 《梁书·文学下·谢几卿传》，卷五十，第3册，第708页。
⑮ 《宋书·谢方明传附子惠连传》，卷五十三，第5册，第1524页。
⑯ 《南史·谢晦传附兄瞻传》，卷十九，第2册，第525页。
⑰ 《宋书·谢庄传》，卷八十五，第8册，第2167页。

文。庄游土山赋诗，使朏命篇，朏揽笔便就。琅邪王景文谓庄曰：‘贤子足称神童，复为后来特达’。”① 朏侄举“幼好学，能清言”，“年十四，尝赠沈约五言诗，为约称赏”②。颇受刘孝绰赏服的永明体诗人谢朓③也是“少好学，有美名，文章清丽”④。又有阮孝绪的外甥谢蔺之子谢贞，乃谢安九世孙，“幼聪敏，有至性”，“八岁，尝为《春日闲居》五言诗”⑤，受到从舅王筠的称赏。

王、谢以外，南朝其他士族成员也多见早慧的现象。如袁淑“少有风气，年数岁，伯父湛谓家人曰：‘此非凡儿。’至十余岁，为姑父王弘所赏。不为章句之学，而博涉多通，好属文，辞采遒艳，纵横有才辩”⑥。颜延之“少孤贫，居负郭，室巷甚陋。好读书，无所不览，文章之美，冠绝当时”⑦。史学家范晔“少好学，博涉经史，善为文章，能隶书，晓音律”⑧。沈怀文“少好玄理，善为文章，为《楚昭王二妃诗》，见称于世”⑨。张率“年十二，能属文，常日限为诗一篇，稍进作赋颂，至年十六，向两千许首”⑩。刘孝绰“幼聪敏，七岁能属文。舅齐中书郎王融深赏异之，常与同载适亲友，号曰神童”⑪。丘灵鞠“少好学，善属文”⑫，其子丘迟“八岁便属文，灵鞠常谓‘气骨似我’。黄门郎谢超宗、征士何点并见而异之”⑬。陆厥“少有风概，好属文，五言诗体甚新变”⑭。陆倕从孙陆云公“五岁诵《论语》、《毛诗》，九岁读《汉书》，略能记忆。从祖倕、沛国刘显质问十事，云公对无所失，显叹异之”⑮。何思澄“少勤学工文，为《游庐山》诗，沈约见

---

① 《梁书·谢朏传》，卷十五，第1册，第261页。
② 《梁书·谢举传》，卷三十七，第2册，第529页。
③ 《颜氏家训·文章》曰："刘孝绰当时既有重名，无所与让；唯服谢朓，常以谢诗置几案间，动静辄讽味。"（《颜氏家训集解》卷四，第298页。）
④ 《南齐书·谢朓传》，卷四十七，第3册，第825页。
⑤ 《陈书·孝行·谢贞传》，卷三十二，第2册，第426页。
⑥ 《宋书·袁淑传》，卷七十，第6册，第1835页。
⑦ 《宋书·颜延之传》，卷七十三，第7册，第1891页。
⑧ 《宋书·范晔传》，卷六十九，第6册，第1819页。
⑨ 《南史·沈怀文传》，卷三十四，第3册，第888页。
⑩ 《梁书·张率传》，卷三十三，第2册，第475页。
⑪ 《梁书·刘孝绰传》，卷三十三，第2册，第479页。
⑫ 《南齐书·文学·丘灵鞠传》，卷五十二，第3册，第889页。
⑬ 《梁书·文学上·丘迟传》，卷四十九，第3册，第687页。
⑭ 《南齐书·文学·陆厥传》，卷五十二，第3册，第897页。
⑮ 《梁书·文学下·陆云公传》，卷五十，第3册，第724页。

之，大相称赏，自以为弗逮"①。何逊"八岁能赋诗，弱冠州举秀才，南乡范云见其对策，大相称赏，因结忘年交好"②。韦载"少聪惠，笃志好学。年十二，随叔父稜见沛国刘显，显问《汉书》十事，载随问应答，曾无凝滞"③。徐陵"八岁，能属文。十二，通《庄》《老》义"④。姚察"幼有至性，六岁诵书万余言"，"十二能属文"⑤。杜之伟"幼精敏，有逸才。年十五，遍观文史及仪礼故事，时辈称其早成"⑥。

稽之南朝五史，可以发现诸如此类文学才华早熟的实例特多。世家大族在后辈子孙身上投入了太多精力，他们的目标非常明确，那便是必须将子孙培养成才，以便日后能撑起门户。当然，尽管不同士族的原有名望、势力有着高低的区别，但他们希望本家族在社会上影响更大、地位更高的思想却是相同的。士族矜尚门第、才学，标格很高，而且在社会交往中又区分流品，这自然使得他们具有一定的保守性和封闭性。考虑到子孙后代的成长有助于维护家族的地位和门庭的声誉，所以在文学教育方面又表现出一定的灵活性。前举不同士族间的文学交流即是这种灵活性的体现，当然，前提条件是对方也必须出自高门。像谢玄所说的那种"芝兰玉树生阶庭"⑦ 的情况是每一个士族长辈都怀有的奢望，因此在对后代的教育上往往就形成了一种尖锐而激烈的竞争。王钟陵先生曾说："虽然士族制度有其凝固的一面，但大族间激烈的竞争，又使其具有变动的一面，无论得势或失势的族团，都必然要在后代子孙身上寄托兴宗麒麟的理想。早秀之才童，往往被视为门户之所寄。"⑧ 这是对当时高门士族心态的真实写照。从实际情况来看，自东晋以迄陈末，士族能够维持近三百年而不衰，重视对后代的文化教育应是一个重要原因。方北辰说："对于世家大族而言，保持家族自身高度的文化修养，在任何阶段都是必要的。这不是一种无关紧要的点缀，而是他们保持和

---

① 《南史·文学·何思澄传》，卷七十二，第6册，第1782页。

② 《梁书·文学上·何逊传》，卷四十九，第3册，第693页。

③ 《陈书·韦载传》，卷十八，第2册，第249页。

④ 《陈书·徐陵传》，卷二十六，第2册，第325页。

⑤ 《南史·姚察传》，卷六十九，第6册，第1689页。

⑥ 《南史·文学·杜之伟传》，卷七十二，第6册，第1786页。

⑦ 《世说新语·言语》曰："谢太傅问诸子姪：'子弟亦何预人事，而正欲使其佳?'诸人莫有言者，车骑（谢玄）答曰：'譬如芝兰玉树，欲使其生于阶庭耳。'"（《世说新语校笺》卷上，上册，第82页。）

⑧ 《中国中古诗歌史》，第72页。

延续政治优势的重要手段。江东世家大族之所以能在魏晋南北朝一直跻身于政治上层，正和他们在文化方面的长期保有优势密切相关。"① 在竞争激烈的社会现实中，士族担心落伍，更惧怕门户坠落，因此想方设法巩固本家族的名望与地位。重家教、为后辈延誉、与其他士族通婚都是当时常见的现象。

对子孙的家庭教育主要表现在品行和文学方面。首先，士族子弟在品行方面受到良好教育的事例颇多。如王僧绰沈深有局度，不以才能高人。二十九岁做到侍中时，始兴王刘濬曾问其年龄，他自嫌早达，逡巡良久才答，其谦虚的品格于此可见。谢弘微家素贫俭，而所继丰泰，但他只取数千卷书、几个仆吏，其他财富，一概不要，受到从叔谢混的赏叹。刘瓛有至性，祖母患疳病多年，由于常手持膏药为其医治，乃至手指都被浸烂，母亲为其孝行所感，称其为今世曾子。萧叡明少有至性，奉亲谨笃，其母病重，他日夜守候，母亲去世，他因哀痛过度而死。范云性笃睦，对寡嫂极有礼数，每有家事，一定要先咨询其嫂然后才做。孔休源年十一丧父，居丧尽礼，每见父亲生前所写诸书，必定哀恸流涕，见者莫不为之垂泣。殷不害性至孝，父亲去世后，生活贫困，事奉老母和幼弟无所不至，士大夫皆称其有笃行。以上俱为世族子弟在品行方面所接受的家教之体现。其次，士族对自家门第的保全之道也体现在对后代的文学教育上。所谓"地高者危，处盛者招忌。名家豪宗，咸有保全之道"②，对后代子孙加强文学教育无疑也是世家大族维持其门风的重要方式，从后代对学问的孜孜以求上即可看出他们确实教育有方。如王彪之博闻多识，练悉朝仪，并熟谙江左旧事，自是家世相传，形成一门学问，因缄之于青箱，故世谓之王氏青箱学。徐广家世好学，至其尤精，百家数术，无不研览。沈驎士少好学，家贫，织帘诵书，口书不息，乡里号为织帘先生。袁峻早孤，笃志好学，家贫无书，常借书抄写，自己限定每天抄五十张纸，若完不成则不休息。庾仲容幼孤，既长，杜绝人事，专精笃学，昼夜手不辍卷。江总笃学有辞采，家传赐书数千卷，常昼夜寻读，未尝辍手。陆从典笃好学业，博涉群书，尤好《班史》。名门子孙多专心致志于学业的精神于此可见一斑。

---

① 《魏晋南朝江东世家大族述论》，第 184 页。
② 《五朝门第》上册，第 181 页。

高门士族重视培养后代的文学才华，他们认为如果缺乏文才，即使出身于名门望族，也会受到轻视和贬抑，进而影响到政治前途。如王景文之兄王楷"人才凡劣"，故其子王蕴"不为群从所礼，常怀耻慨"，王蕴带兵出征平叛时，景文怕其因才学匮乏而失利，导致辱没家风，曾当面斥责他"必破我门户"①。可见，拥有较高的文才，已成为士族维持门风的一个重要条件。当时出身于寒族的文士凭借才华得到赏识的情况已不少见，这无疑对高门贵胄重视文才又起到了一定的促进作用。"世族高门之间激烈的相互竞争和寒门期望脱颖而出的咄咄逼人的态势，使世族面临着生存的危机感和发展的紧迫感。督促后辈努力，激励子弟成才，指点人生迷途，教导立身处世之道，最终希望家族人才兴旺，后继有人。"② 这一观点在当时极具代表性。与此相适应，便出现了一些长辈对后辈的训诫类篇章，它反映出诸多士族长辈的殷切期望和共同心声。如王僧虔的《诫子书》曰："于时王家门中，优者则龙凤，劣者犹虎豹，失荫之后，岂龙虎之议？况吾不能为汝荫，政应各自努力耳。或有身经三公，蔑尔无闻；布衣寒素，卿相屈体。或父子贵贱殊，兄弟声名异。何也？体尽读数百卷书耳。"③ 此语指出，不能依靠长辈的庇护，即使有良好的家学渊源和浓厚的文化积淀，士族子弟也要加倍努力。虽然出身高贵，但若失去了才学，则失去了立身之本，那就只能平庸无闻，唯有精意于读书治学才是显亲扬名、维系门望的最佳途径。从寥寥数语的谆谆教导中可以看出士族长辈渴望后代子孙成才的苦心。

　　一旦士族子弟的文才开始崭露头角，长辈们就不失时机地进行揄扬、扶掖，为后辈延誉，这样不仅可以使其早日成名，还可以尽早光大门楣。东晋庾阐初出道时，文名未著，时作《扬都赋》成，呈给庾亮看，庾亮"以亲族之怀，大为其名价，云可三《二京》、四《三都》"，结果，"人人竞写，都下纸为之贵"，而谢安却客观地指出此赋有"屋下架屋"、"事事拟学"、"俭狭"④ 之弊，就此评价来看，庾亮的褒美之词显然不尽副实。由此可见，士族长辈对后代的褒扬有时不免有夸张之嫌。颜之推解释这种现象说："学为文章，先谋亲友，得其评裁，知

---

① 《宋书·王景文传附王蕴传》，卷八十五，第 8 册，第 2184 页。
② 《世族与六朝文学》，第 18 页。
③ 《南齐书·王僧虔传》，卷三十三，第 2 册，第 599 页。
④ 《世说新语·文学》，《世说新语校笺》卷上，上册，第 141 页。

可施行，然后出手；慎勿师心自任，取笑旁人也。自古执笔为文者，何可胜言。然至于宏丽精华，不过数十篇耳。但使不失体裁，辞意可观，便称才士；要须动俗盖世，亦俟河之清乎！"[①] 出佳作固难，然亦不可虚美。南朝史书中多载长辈提携后辈之事：如谢混称其从子弘微为"佳器"[②]，谢庄称其子朏为"吾家千金"[③]，王诞誉其从弟惠为"鄙宗之美"[④]。另有王俭赞赏从子融，王微称赏侄僧祐，王僧达赏誉从子瞻，王僧虔赞誉侄俭，袁湛夸奖其侄淑，袁觊称赏其子彖，顾欢奖掖外孙朱异等，都体现出长辈对小辈的褒扬。他们因家族文才得以继承而高兴，因家族名望得以延续而自豪。徐份九岁作《梦赋》，其父徐陵见后，对亲族说："吾幼属文，亦不加此。"[⑤] 王融为当时文坛名家，但对其外甥刘孝绰的文才极其赞赏："天下文章，若无我当归阿士（孝绰）。"[⑥] 谢贞八岁时写出《春日闲居》五言诗，其从舅王筠"奇其有佳致"，赞赏说："此儿方可大成，至如'风定花犹落'，乃追步惠连矣。"自此以后，"名辈知之"[⑦]。诸如此类，不胜枚举。通过有影响和地位的长辈的提携、扶掖，士族子弟无疑能更快更易地获取声誉，进入仕途，从而达到维系门第的目的。所谓"藉家门人才济济，簪缨相继，同族相互援引，贵势彼此结纳，各以家族为主，共保门阀利益"[⑧]，即含此意。

除亲属间长辈为晚辈延誉的情况外，文坛中的前辈对后辈加以奖掖的实例也不少。沈约、任昉素好交结，奖誉后进，尤其是沈约，官位显达，又为一代辞宗，受其赞誉者往往文学声名大增。谢朓长于五言诗，沈约推崇说："二百年来无此诗也。"[⑨] 刘显"尝为《上朝诗》，沈约见而美之，时约郊居宅新成，因命工书人题之于壁"[⑩]。"尚书令沈约，当世辞宗，每见（王）筠文，咨嗟吟咏，以为不逮也。"[⑪] 刘勰的《文心

① 《颜氏家训·文章》，《颜氏家训集解》卷四，第 257 页。
② 《南史·谢弘微传》，卷二十，第 2 册，第 549 页。
③ 《梁书·谢朏传》，卷十五，第 1 册，第 261 页。
④ 《宋书·王惠传》，卷五十八，第 5 册，第 1589 页。
⑤ 《陈书·徐陵传附徐份传》，卷二十六，第 2 册，第 336 页。
⑥ 《梁书·刘孝绰传》，卷三十三，第 2 册，第 479 页。
⑦ 《陈书·谢贞传》，卷三十二，第 2 册，第 426 页。
⑧ 《两晋南朝的士族》，第 33 页。
⑨ 《南齐书·谢朓传》，卷四十七，第 3 册，第 826 页。
⑩ 《梁书·刘显传》，卷四十，第 2 册，第 570 页。
⑪ 《梁书·王筠传》，卷三十三，第 2 册，第 484 页。

雕龙》也曾受到沈约的大力称赞："（文心雕龙）既成，未为时流所称。勰欲取定于沈约，无由自达，乃负书候约于车前，状若货鬻者。约取读，大重之，谓深得文理，常陈诸几案。"① 顾协善作策文，沈约极为称赏说："江左以来，未有此作。"② 此外，因文学才华出众而受到沈约奖誉的还有裴子野、张率、陆倕、萧子显、何思澄、何逊、吴均、萧几、谢举、刘杳、范岫、刘之遴、乐法才等。受到任昉赞赏的有刘峻、刘孝绰、到溉、到洽、王籍、臧严、殷均、司马褧、刘显、刘之遴等。王达津称"奖励人才，表扬后进"是沈约为人"最突出的表现"③，此说不虚。文学前辈奖掖、提拔后辈，不仅有助于为后起之秀延誉，而且还可以使其家族受益，即可延续家学家风，提高门第声誉。政治影响和社会声望突出的文学大家的褒奖之词最有权威，即使其中含有夸张和溢美的成分，世人对其也深信不疑。沈约曾赞张率为"后进才秀"、"南金"，率善作诗赋，而且数量颇多。"有虞讷者见而诋之，率乃一旦焚毁，更为诗示焉，托云沈约。讷便句句嗟称，无字不善。率曰：'此吾作也。'讷惭而退。"④ 此事从侧面表现出文学前辈的高名及对后辈的赏誉对世人所造成的影响。

士族为维持本家族的地位与名望，还与其他高门贵族通婚，这种情况对于后辈子孙的文学教育也不无裨益。由于高门之间的婚姻讲究门当户对，所以士族子弟的母系一族也往往有相似的文化背景。这样一来，承担后辈教育职责的就不仅有直系祖、父辈，而且还有母系的外祖、舅父、母亲等人。如前举袁昂对于外孙王褒，顾欢对于外孙朱异，王融对于外甥刘孝绰，王筠对于从甥谢贞等都负有一定的教诲职责。谢蔺的经史之学即由其舅父阮孝绪所传授，谢贞之母王氏亦授贞《论语》、《孝经》等学问，沈文阿的祖舅太史叔明、舅父王慧兴皆教授他经学。士族与士族之间通婚的现象在南朝很普遍，如王弘妻为袁淑之姑母，颜延之之妹适刘宪之，庾楷为裴松之之舅，王融母为谢惠宣之女，张融为孔稚珪的外兄，同时又是陆杲之舅，颜师伯之弟师仲娶臧质之女，刘之遴

① 《南史·文学·刘勰传》，卷七十二，第 6 册，第 1782 页。
② 《梁书·顾协传》，卷三十，第 2 册，第 445 页。
③ 王达津：《沈约评传》，吕慧鹃等编：《中国历代著名文学家评传》第一卷，山东教育出版社 1983 年版，第 492 页。
④ 《南史·张裕传附张率传》，卷三十一，第 3 册，第 815 页。

为乐蔼之甥，范缜为萧琛的外兄，王融为刘孝绰之舅，萧励为江总之舅等。正如王伊同所说："名门叠婚，举朝姻娅，而通家至亲，亦几乎遍国焉。荣誉相关，休戚与共，正所以系维门第于不坠，屏绝寒微于无闻者矣。"① 不同高门士族之间纷繁错杂的通婚，既巩固了各大门第的名望与社会地位，又杜绝了寒门庶族对其带来的威胁。在这种情况下，士族子弟接受文学教育的途径无疑会增多。与此相应，他们的文学素养也会得以加强。

第二节　南朝创作之风兴盛的表现

一　骈文发展，文体辨析导致文、笔之分

（一）六朝文笔之分的酝酿、提出及演变

文笔问题是六朝文学批评史上的一个重要问题，文笔之分的出现并不是突然的，而是渐进的，究其原因，应该与骈文的发展和文体的辨析有一定的关系。文体的辨析引发文笔之分较易理解，而骈文的发展也促成了文笔之分，这一现象绝非偶然。骈文自西晋时初步形成，至刘宋时已正式形成，骈文渐盛而骈、散体文之分也就更明显。由于骈文追求对仗、藻绘、用典、声律，审美性突出，于是多以骈文为文，而以重实用性的散文为笔，所以说文笔之分与骈文的发展有一定的关系。

自东汉始，各体文章撰作纷繁。《后汉书》诸传末多列传主著述：如《后汉书》称桓谭"所著赋、诔、书、奏，凡二十六篇"②，冯衍"所著赋、诔、铭、说、《问交》、《德诰》、《慎情》、书记说、自序、官录说、策五十篇"③，班固"所著《典引》、《宾戏》、《应讥》、诗、赋、铭、诔、颂、书、文、记、论、议、六言，在者凡四十一篇"④，张衡"所著诗、赋、铭、七言、《灵宪》、《应间》、《七辩》、《巡诰》、《悬图》凡三十二篇"⑤，蔡邕"所著诗、赋、碑、诔、铭、赞、连珠、箴、弔、论议、《独断》、《劝学》、《释诲》、《叙乐》、《女训》、《篆

① 《五朝门第》上册，第 195 页。
② 《后汉书·桓谭传》，卷二十八上，第 4 册，第 961 页。
③ 《后汉书·冯衍传》，卷二十八下，第 4 册，第 1003 页。
④ 《后汉书·班固传》，卷四十下，第 5 册，第 1386 页。
⑤ 《后汉书·张衡传》，卷五十九，第 7 册，第 1940 页。

执》、祝文、章表、书记、凡百四篇，传于世"①。从上述诸例可见，《后汉书》辑录某一作家著述时多采取类列法，但此法较繁琐，故已隐含后世文笔区分之需要。东汉以降，文体仍繁，其辨析与分类尤有必要，文学批评家对不同文体的特点作出了概括。曹丕《典论·论文》云："盖奏议宜雅，书论宜理，铭诔尚实，诗赋欲丽。"② 其中奏议、书论是无韵之文，而铭诔、诗赋为有韵之文，可见诸种文体似可分为两大类。陆机《文赋》曰："诗缘情而绮靡，赋体物而浏亮。碑披文以相质，诔缠绵而凄怆。铭博约以温润，箴顿挫而清壮。颂优游以彬蔚，论精微而朗畅。奏平彻以闲雅，说炜晔而谲诳。"③ 其中诗、赋、碑、诔、铭、箴、颂为有韵者，而论、奏、说为无韵者。魏、晋史籍称述文士著作同于东汉，即无形中把各种文体归为有韵、无韵两类。如《三国志·魏书·陈思王植传》曰："撰录植前后所著赋颂诗铭杂论凡百余篇，副藏内外。"④《三国志·魏书·王粲传》云："著诗、赋、论、议垂六十篇。"⑤《晋书·皇甫谧传》云："所著诗赋诔颂论难甚多。"⑥《晋书·虞预传》曰："所著诗赋碑诔论难数十篇。"⑦ 葛洪把有韵和无韵的著作，彼此分为两集，使其类别区分更明显。《抱朴子·外篇·自叙》云："凡著内篇二十卷，外篇五十卷，碑、颂、诗、赋百卷，军书、檄移、章表、笺记三十卷。"⑧ 此虽未标文笔之名，其实即以文笔分类。

《文心雕龙·总术》云："今之常言，有文有笔，以为无韵者笔也，有韵者文也。"⑨ 把有韵、无韵作为区分文、笔的标准，但未明说哪些属文，哪些属笔。刘师培说："更即《雕龙》篇次言之，由第六迄于第十五，以《明诗》、《乐府》、《诠赋》、《颂赞》、《祝盟》、《铭箴》、《诔碑》、《哀弔》、《杂文》、《谐隐》诸篇相次，是均有韵之文也；由第十六迄于第二十五，以《史传》、《诸子》、《论说》、《诏策》、《檄

① 《后汉书·蔡邕传》，卷六十下，第 7 册，第 2007 页。
② 《文选》卷五十二，第 6 册，第 2271 页。
③ 《文选》卷十七，第 2 册，第 766 页。
④ 《三国志》卷十九，第 2 册，第 576 页。
⑤ 《三国志》卷二十一，第 3 册，第 599 页。
⑥ 《晋书》卷五十一，第 5 册，第 1418 页。
⑦ 《晋书》卷八十二，第 7 册，第 2147 页。
⑧ 杨明照：《抱朴子外篇校笺》下册，中华书局 1997 年版，第 698 页。
⑨ 《文心雕龙注》卷九，下册，第 655 页。

南朝散文研究

移》、《封禅》、《章表》、《奏启》、《议对》、《书记》诸篇相次，是均无韵之笔也：此非《雕龙》隐区文笔二体之验乎？"① 按申叔之言，可谓独具慧眼，若得其他资料以证之，更可看出刘勰将诸文体归为有韵、无韵两类的合理性。日本学者遍照金刚《文镜秘府论·西卷·文笔十病得失》引《文笔式》曰："制作之道，唯笔与文：文者，诗、赋、铭、颂、箴、赞、弔、诔等是也；笔者，诏、策、移、檄、章、奏、书、启等也。即而言之，韵者为文，非韵者为笔。"② 明确提出了文笔所包括的各种文体，并指出文笔以韵与非韵为区分。据罗根泽和王利器考证，③《文笔式》一书出自隋人之手，若依此说，其时代与刘勰相距较近，也能反映出南朝人的观点。此外，《太平御览》文部立目亦基本以文笔分类：卷五八六，诗；卷五八七，赋；卷五八八，颂、赞、箴；卷五八九，碑；卷五九零，铭（附铭志）、七辞、连珠；卷五九一、五九二，御制上、下；卷五九三，诏、策、诰、教、诫；卷五九四，章表、奏、劾奏、驳奏；卷五九五，论、议、笺、启、书记；卷五九六，诔、弔文、哀辞、哀策；卷五九七，檄、移、露布；卷五九八，符、契券、铁券、过所、零丁。御制文之前的文体属文，之后的文体则多数属笔。《太平御览》虽为宋人所纂，但文部分类准则，明显带有前人倾向。若移诔弔四体于御制之前，以零丁附连珠，过所附书记，便与六朝的用法近似了。

文笔之分，正是在有韵无韵的基础上提出来的，"文"指有韵者，"笔"指无韵者。文笔并称之例，早在东汉即已有之，《论衡·超奇》曰："周长生者，文士之雄也……长生死后，州郡遭忧，无举奏之吏，以故事结不解，征诣相属，文轨不尊，笔疏不续也。岂无忧上之吏哉？乃其中文笔不足类也。"④ 此文笔泛指一切著作。文笔区分为两类著作，最早应始于晋，如《晋书·文苑·李充传》云："诗赋表颂等杂文二百四十首，行于世。"⑤《袁宏传》曰："诗赋诔表等杂文凡三百首，传于世。"⑥ 这是

---

① 《中国中古文学史讲义》，《刘师培中古文学论集》，第 102 页。
② 王利器：《文镜秘府论校注》，中国社会科学出版社 1983 年版，第 474 页。
③ 罗根泽：《文笔式甄微》，载《中山大学文史学研究所月刊》1935 年第 3 期；王利器：《文镜秘府论校注》，第 475 页。
④ 《论衡》，第 214 页。
⑤ 《晋书》卷九十二，第 8 册，第 2391 页。
⑥ 同上书，第 2398—2399 页。

诗赋等文体专称为文的证据。《成公绥传》曰："所著诗赋杂笔十余卷行于世。"① 这是诗赋与笔有别的证据。诗赋与笔不同，诗赋又专称为文，则文与笔有别，可见晋人所谓文笔，已经分指两类著作，文指诗赋类，笔指表奏书议类。晋代虽有文笔之分，对于区分依据，却仍未明言。

正式对文笔进行明确区分，始于刘宋。《宋书·范晔传》载范氏《狱中与诸甥姪书》云："手笔差易，文不拘韵故也。"② 范晔单列笔为一类，并指出笔与文之区别即在于不拘泥于押脚韵，因此写作较容易，似有轻笔重文之倾向。《南史·颜延之传》云："帝尝问以诸子才能，延之曰：'竣得臣笔，测得臣文。'"③ 这是文、笔明确分指两类文章的最早记载。又云："长子竣为孝武南中郎咨议参军。及义师入讨，竣定密谋，兼造书檄。勑召延之示以檄文，问曰：'此笔谁造？'延之曰：'竣之笔也。'又问：'何以知之？'曰：'竣笔体，臣不容不识。'"④ 此说明确以笔指檄文，可见刘宋时已习于用"文"、"笔"分指有韵之文和无韵之实用性文章了。《文心雕龙·总术》云："别目两名，自近代耳。"⑤ 所谓"近代"，应指刘宋，可知文笔正式区分即在此时。又《才略》云："孔融气盛于为笔，祢衡思锐于为文。"⑥《时序》曰："庾以笔才逾亲，温以文思益厚。"⑦ 皆文、笔分言之例。《金楼子·立言》曰："至如不便为诗如阎纂，善为章奏如伯松，若此之流，泛谓之笔。吟咏风谣，流连哀思者，谓之文。"以不便为诗、善为章奏为笔，以吟咏风谣、流连哀思为文，依旧不外乎有韵、无韵之区别。此篇又曰："古之文笔，今之文笔，其源又异。"⑧ 盖"古之文笔"约与刘勰所言有韵无韵者相一致，而"今之文笔"则以是否符合声律论为依据。黄侃解释说："今谓就永明以前而论，则文笔本世俗所分之名，初无严界，徒以施用于世俗与否为断，而亦难于晰言。就永明以后而论，但以合声律者为文，不合声律为笔，则古今文章称笔不称文者太众，欲以尊

① 《晋书》卷九十二，第 8 册，第 2375 页。
② 《宋书》卷六十九，第 6 册，第 1830 页。
③ 《南史》卷三十四，第 3 册，第 879 页。
④ 同上书，第 880 页。
⑤ 《文心雕龙注》卷九，下册，第 655 页。
⑥ 《文心雕龙注》卷十，下册，第 699 页。
⑦ 《文心雕龙注》卷九，下册，第 674 页。
⑧ 《魏晋南北朝文论选》，第 368 页。

文，而反令文体狭隘，至使苏绰韩愈之流起而为之改更，矫枉过直，而文体转趋于枯槁。"① 这也说明了文笔之分只兴盛于六朝而不会久传于后世的原因。

六朝以降，时至初唐，文笔说还为人所知。《史通·自叙》云："余初好文笔，颇获誉于当时。晚谈史传，遂减价于知己。"② 随着诗歌创作的兴盛和复古风气的高涨，诗文之分逐渐代替了文笔之分，文笔说渐趋湮没。古文运动兴盛以后，就宗经角度言之，古文家以"言"为文；就兼学子史角度言之，则以"笔"为文，文笔界域至此混淆。唐时又有诗笔之称，如赵璘云："韩文公与孟东野友善，韩公文至高，孟长于五言，时号孟诗韩笔。"③ 可见，文、笔都指韩愈的散文，足见文也可指无韵之作。刘师培说："盖诗有藻韵，其类亦可称文；笔无藻韵，唐人散体概属此类。故昌黎之作，在唐称笔；后世文家，奉为正宗；是均误笔为文者也。"④ 又《老学庵笔记》卷九引杜牧诗"杜诗韩笔愁来读，似倩麻姑痒处抓"⑤，但《樊川集》却作"杜诗韩集"，不作"杜诗韩笔"，可见诗笔并称也不为时人所用了。从中唐到北宋，由于古文运动的盛行，无韵之作不再称笔而称文，于是，诗文并称代替了诗笔、文笔并称。如《老学庵笔记》引宋白《玉津杂诗》曰："坐卧将何物，陶诗与柳文。"⑥ 清人冯班云："南北朝以有韵为文，无韵为笔。至于唐季，凡文章皆谓文，与诗对言。今人不知古称笔语是何物矣。"⑦ 可见自唐末至清阮元以前，六朝笔语之义已消亡。直到阮元，才重新把文笔问题提出来，并进行考证和研究。阮元开学海堂，以文笔策问课士，令其子阮福作《文笔对》，当时诸生刘天惠、梁国珍、侯康、梁光钊都作有《文笔考》。阮元本人也有《文韵说》，作为他们提倡骈文、反对古文的根据。阮元本意在于为骈文争取正统地位，抨击桐城古文派，所以其文笔论不免失当。清末民初，刘师培、黄侃等人对文笔问题也都有所阐发，而刘氏之言论更是步阮元之后尘。由于阮元对文笔的论

---

① 《文心雕龙札记·总术札记》，《文心雕龙札记》，第 213 页。
② 《史通通释》卷十，上册，第 293 页。
③ 赵璘：《因话录》，长沙商务印书馆 1939 年版，第 13 页。
④ 《中国中古文学史讲义》，《刘师培中古文学论集》，第 7 页。
⑤ 陆游：《老学庵笔记》，中华书局 1979 年版，第 118 页。
⑥ 同上书，第 120 页。
⑦ 冯班：《钝吟杂录》，上海商务印书馆 1937 年版，第 36 页。

述存有偏见，得出的结论也不尽合理，所以章太炎对其进行了纠正。此后经过诸多人的考证论定，六朝文笔说才有了较准确的理解。

（二）六朝文笔的区分依据及时人对文笔的看法

晋、宋人分文、笔为两类著作，实以有韵、无韵为准，此"韵"指韵脚之韵。范晔《狱中与诸甥姪书》云："至于《循吏》以下及《六夷》诸序论，笔势纵放，实天下之奇作。……赞自是吾文之杰思，殆无一字空设，奇变不穷，同合异体，乃自不知所以称之。"① 序、论为笔，赞为文，显然以是否押脚韵为区分。又颜竣所作的檄文，刘劭、颜延之都称作笔，可见当时把檄叫作笔，也因其为不押脚韵之作。刘勰所谓有韵、无韵之"韵"，也指押脚韵。《文心雕龙·声律》所谓"同声相应谓之韵"②，即云押相同脚韵者为有韵。永明声律论兴起后，所谓"韵"则不再局限于韵脚之韵，也兼指句中声律，所以当时文笔之分就以句中声律是否和谐为断。阮元首先注意到这一点，其《文韵说》云："梁时恒言所谓韵者，固指押脚韵，亦兼谓章句中之音韵，即古人所言之宫羽，今人所言之平仄也。"③ 阮氏从广义的角度解释"韵"，认为不仅指押脚韵，而且也指声律，这无疑具有一定的开拓性。时人用"韵"指声律，而刘勰则把声律称为"和"，故《文心雕龙·声律》谓"异音相从谓之和"，"和体抑扬，故遗响难契"④。沈约提倡声律说，其《宋书·谢灵运传论》曰："夫五色相宣，八音协畅，由乎玄黄律吕，各适物宜。欲使宫羽相变，低昂互节，若前有浮声，则后须切响。"⑤ 其中"八音协畅"是声律问题，亦即刘勰所谓"和"的问题，即使"浮声"、"切响"可指押脚韵，但也不尽如此。黄侃认为，声律论出现后，才有了以有韵无韵区分文笔的说法，有韵就是合声律，而不是押脚韵。他说："文笔以有韵无韵为分，盖始于声律论既兴之后，滥觞于范晔、谢庄，而王融、谢朓、沈约扬其波。以公家之言，不须安排声韵，而当时又通谓公家之言为笔，因立无韵为笔之说，其实笔之名非从无韵得也。然则属辞为笔，自汉以来之通言，无韵为笔，自宋以后之

① 《宋书·范晔传》，卷六十九，第 6 册，第 1830—1831 页。
② 《文心雕龙注》卷七，下册，第 553 页。
③ 《揅经室续集》卷三，第 126 页。
④ 《文心雕龙注》卷七，下册，第 553 页。
⑤ 《宋书》卷六十七，第 6 册，第 1779 页。

新说。要之声律之说不起，文笔之别不明。"① 又说："所谓文者，即指句中声律而言。……然则以有韵为押脚韵者隘矣。"② 黄氏所论声律说始于范晔、谢庄，这与沈约所称声律说为其独得之秘的说法不同。范晔曾云："性别宫商，识清浊，斯自然也。……年少中，谢庄最有其分。"③ 此语表明范晔颇以辨识语音自负，但未指出如何运用宫商理论。他提到谢庄在这方面有天分，但谢庄论音韵语不传，约略可推断他能分别汉字的宫商清浊。

《文心雕龙·总术》曰："颜延年以为笔之为体，言之文也；经典则言而非笔，传记则笔而非言。……《易》之《文言》，岂非言文？若笔为言文，不得云经典非笔矣。"④ 这段话体现了颜延之、刘勰对文笔的看法。颜延之认为"笔之为体，言之文也"，其中"文"是有文采之义，于文、笔之外，又提出了"言"这一术语，把言、笔、文分成具有等级的三类。范文澜谓："直言事理，不加彩饰者为言，如《礼经》《尚书》之类是；言之有文饰者为笔，如《左传》《礼记》之类是；其有文饰而又有韵者为文。"⑤ 此解甚明，颜氏言外之意有"文之为体，笔之文也"之说。言、笔并称之例，史籍中有载。《世说新语·文学》，第七十三则"太叔广甚辩给"条刘孝标注引王隐《晋书》云："（挚）虞与广名位略同，广长口才，虞长笔才。"⑥ 刘勰所谓"发口为言，属笔曰翰"，即口头说的是"言"，书面写的是"翰"（笔），如此区分，可以说是对的。言与笔的关系，是内容与形式的关系，形式是根据内容的需要而定的，所以说："笔为言使，可强可弱。"⑦ 范文澜注曰："强弱犹言质文。"⑧ 此说极当，质则近于"言"，加以辞藻声律便近于"文"，即说笔也可质可文。刘勰虽以有韵无韵区分文笔，但没有重此轻彼，所以《文心雕龙》一书兼赅众体，书中文笔并重之例较多见：

---

① 《宋书》卷六十七，第6册，第212页。
② 《文心雕龙札记·总术札记》，《文心雕龙札记》，第212—213页。
③ 《狱中与诸甥姪书》，《宋书·范晔传》，卷六十九，第6册，第1830页。
④ 《文心雕龙注》卷九，下册，第655页。
⑤ 同上书，第658页。
⑥ 《世说新语校笺》卷上，上册，第138页。
⑦ 《文心雕龙注》卷九，下册，第655页。
⑧ 同上书，第658页。

如《体性》谓："是以笔区云谲，文苑波诡者矣。"① 《章句》谓："裁章贵于顺序……文笔之同致也。"② 皆论文与论笔并重，并无轩轾之分。有时文笔合一，如《镕裁》称"草创鸿笔，先标三准"③，此所谓"笔"，即兼及文；而"万趣会文，不离辞情"④，其所谓"文"，也兼指笔。有时文笔互换，如《颂赞》称"相如属笔，始赞荆轲"⑤，即以笔代文。黄侃说："（文笔）盖散言有别，通言则文可兼笔，笔亦可兼文。"⑥ "散言"即如六朝人对文笔的看法，文与笔不同；而"通言"则如六朝以前人对文笔的看法，即文笔合一，可以互换。

关于经典和传记的归属，颜延之认为"经典则言而非笔，传记则笔而非言"，即说儒家经典质朴如口语，应属言；传记稍有文饰，应属笔。一方面，刘勰主张宗经徵圣，自然不同意"经典则言而非笔"的观点。他以《周易》中多偶语韵辞的《文言》为证据反驳颜氏，认为经典也可以有文采，可见颜说确有以偏赅全之弊。范文澜曰："约举经典传记，则似嫌笼统。盖《文言》，经典也，而实有文饰，是经典不必皆言矣；况《诗》三百篇，又为韵文之祖耶。"⑦ 可见经典也有文有质，只看质而略其文，难怪范氏责其"笼统"。刘勰认为口语为言，形于文字便成了笔，经典正同于此。经书虽主言，但经过文饰，则不再属言，所以说"经传之体，出言入笔"⑧。《情采》谓："圣贤书辞，总称文章，非采而何？"⑨ 显然亦云经典有文采。另一方面，刘勰又继承了颜延之关于笔的观点，即扩大了晋代以来笔的范围。颜说"传记则笔而非言"，即把述经的记（如《礼记》）和传（如《左传》）等子、史类均称作笔。《文心雕龙》中也有《诸子》、《史传》，并属笔类，可见是接受了颜说。然而，自晋以来，经典、子、史本不在文笔之列。《晋书·杨方传》曰："著《五经钩沈》，更撰《吴越春秋》，并杂文笔，

---

① 《文心雕龙注》卷六，下册，第505页。
② 《文心雕龙注》卷七，下册，第571页。
③ 同上书，第543页。
④ 同上书，第544页。
⑤ 《文心雕龙注》卷二，上册，第158页。
⑥ 《文心雕龙札记·总术札记》，《文心雕龙札记》，第210页。
⑦ 《文心雕龙注》卷九，下册，第658页。
⑧ 同上书，第655页。
⑨ 《文心雕龙注》卷七，下册，第537页。

皆行于世。"① 可知经、史之作与文笔并不相混。又《晋书·袁乔传》云："注《论语》及《诗》，并诸文笔皆行于世。"② 显然经、子注疏类亦不在文笔之列。其实，经、史、子并非全都没有文采，黄侃之说比较中肯："经、史、子亦有文有质，其文者安得不谓之文哉？"③ 至于阮元坚持认为《文选》所选全是文而没有笔，④ 根本原因就在于没有理清六朝文笔的真正含义。

（三）六朝文笔的内涵与阮元的文笔观

六朝文笔之分，本承于两汉文学文章之分。先秦时期，"文学"兼指文章、博学二义，汉代称博学为文学（实指儒学），与文章分为两类。六朝时期，文学独立于学术之外，称文学为"文章之事"，而称文学的作品为"文章"。《北史·李昶传》云："昶常曰：'文章之事，不足流于后世……'故所作文笔，了无稿草。"⑤ "文章之事"，即指文学。《梁书·简文帝本纪》谓："恒讨论篇籍，继以文章。"⑥ "文章"，即指文学的作品。文学成为独立一科后，不但"文章"可以分出文和笔两种类型，⑦ 而且"文学"也可以分出文和笔两类。⑧ 概言之，六朝所谓文笔，有"文学"中的文笔和"文章"中的文笔两种含义。⑨

"文学"中的文笔，重在文学性质之分别，与纯文学杂文学之分相近；而"文章"中的文笔，所表示的则只是文章形式之差异，与韵文散文之分相近。据实而言，文可有韵、骈、散三体，笔只有骈、散二体。就文学性质而言，纯文学与杂文学均为文学中的一种，故时人以"文学"为其共名，以文、笔为其分名。就文章形式而言，韵文与散文均为文章之一体，故又以"文"或"文章"为其共名，以文、笔为其分名。"文学"中包含文、笔两类较常见。《三国志·魏书·王粲传》

---

① 《晋书》卷六十八，第 6 册，第 1831 页。

② 《晋书》卷八十三，第 7 册，第 2169 页。

③ 《文心雕龙札记·原道札记》，《文心雕龙札记》，第 7 页。

④ 阮元《书梁昭明太子文选序后》曰："昭明所选，名之曰文，盖必文而后选也，非文则不选也。"（《揅经室三集》卷二，第 569 页。）

⑤ 《北史》卷四十，第 5 册，第 1467 页。

⑥ 《梁书》卷四，第 1 册，第 109 页。

⑦ 如上述《北史·李昶传》中"文章"一词即包括文和笔，此就文章形式而言。

⑧ 就文学性质而言，"文学"也包括文和笔。

⑨ 此从郭绍虞先生之说（参见其《文笔说考辨》一文，《照隅室古典文学论集》下编，上海古籍出版社 1983 年版，第 335 页）。

谓："（文帝）及平原侯植皆好文学。粲与北海徐幹字伟长……东平刘桢字公幹并见友善。"① 曹丕《典论·论文》称"王粲长于辞赋；徐幹……然粲之匹也"②，《与吴质书》又称"（公幹）五言诗之善者，妙绝时人"③，可见王、徐、刘三人所擅在"文"。《典论·论文》还称"琳、瑀之章表书记，今之隽也"④，可知陈、阮二人所擅在"笔"。尽管建安诸子对文、笔各有所长，但《三国志》对其都称"文学"。也有以笔称文学之例，《魏书·祖莹传》曰："莹以文学见重……而莹之笔札，亦无乏天才。"⑤ "文章"也可包括文、笔两类，"文"指有韵者，"笔"指无韵者。《南齐书·晋安王子懋传》曰："文章诗笔，乃是佳事。"⑥ 按有韵为文说，诗亦属文，"诗笔"同于"文笔"，所以"文"、"笔"或"诗"、"笔"都是"文"或"文章"的分名。《北史·萧圆肃传》谓："撰时人诗笔为《文海》四十卷。"⑦ 此为文兼诗笔之例。《南史·沈约传》称"谢玄晖善为诗，任彦昇工于笔"⑧，而《梁书·沈约传》却作"谢玄晖善为诗，任彦昇工于文章"⑨，句式相同，但一称笔，一称文章，也许因为文章可兼笔，故称笔为文章。

正因文可兼诗，所以可用诗笔代替文笔分指有韵无韵两类制作，诗笔并称遂通行。如《梁书·刘潜传》云："（潜）字孝仪……孝绰常曰'三笔六诗'，三即孝仪，六孝威也。"⑩《诗品》亦云："彦昇少年为诗不工，故世称沈诗任笔，昉深恨之。"⑪ 诗笔之分只是就文章形式而言，而辞笔之称则又似兼就文学性质而言。《南史·孔稚珪传》谓："（珪）与江淹对掌辞笔。"⑫《陈书·文学·岑之敬传》谓："雅有词笔。"⑬ 辞笔实亦同于文笔，阮福《文笔对》云："按：辞亦文类。《周易·系

① 《三国志》卷二十一，第3册，第599页。
② 《文选》卷五十二，第6册，第2270页。
③ 《文选》卷四十二，第5册，第1897页。
④ 《文选》卷五十二，第6册，第2271页。
⑤ 魏收：《魏书》卷八十二，第5册，中华书局1974年版，第1800页。
⑥ 《南齐书》卷四十，第3册，第710页。
⑦ 《北史》卷二十九，第4册，第1063页。
⑧ 《南史》卷五十七，第5册，第1413页。
⑨ 《梁书》卷十三，第1册，第242页。
⑩ 《梁书》卷四十一，第3册，第594页。
⑪ 《诗品注》，第52页。
⑫ 《南史》卷四十九，第4册，第1215页。
⑬ 《陈书》卷三十四，第2册，第462页。

辞》……其谓之系辞者，系，属也；系辞即属辞，犹世所称属文焉尔。……系辞虽是传体，而韵亦非少。……楚国之辞称楚辞，皆有韵。"① 此说显然认为辞亦有韵，归辞于文，则辞笔同于文笔。关于"辞"、"词"之分，刘师培说："近世以来，正名之义久湮。……'辞'字本义，训为'狱讼'。……凡古籍'言辞'、'文辞'诸字，古字莫不作'词'，特秦、汉以降，误'词'为'辞'耳。"② 由此可见，"辞笔"本应为"词笔"，与文笔义同。

六朝文笔论至中唐渐趋湮没，到清代又得以重新提出，实得力于阮元诸人。阮元等人的文笔论主要体现于《揅经室集》和《学海堂初集》中。阮门的文笔论调基本一致，大体以对偶用韵者为文，以直言散行者为笔，其中有诸多曲解之处。就实际情况而言，所谓"文"，并不仅限于韵体，而所谓"笔"，也不专属于散体。阮元等人文笔论失之偏颇的根本原因在于，不清楚当时文笔之分有两种含义，也不了解当时文笔之外还有诗笔辞笔之称。综合言之，阮元论文笔主要有以下观点：

其一，认为文笔之分始于孔子或西汉时。梁光钊《文笔考》曰："孔子赞《易》有《文言》。其为言也，比偶而有韵，错杂而成章，灿然有文，故文之。孔子作《春秋》，笔则笔。其为书也，以纪事为褒贬，振笔直书，故笔之。文笔之分，当自此始。"③ 此说认为孔子时对于文、笔的观念已与六朝人相同，明显有失妥当。阮元也有类似看法，《文言说》云："孔子于乾坤之言，自名曰文，此千古文章之祖也。""孔子以用韵比偶之法，错综其言，而自名曰文。"④ 该说指出孔子《文言》有偶语韵辞，应是"文"的始祖，此亦未当。由上可见，认为文笔之分始于孔子时的观点是错误的。也有人认为文笔之分始于西汉，刘天惠《文笔考》谓："《汉书·贾生传》云：'以能诵诗书属文闻于郡中。'《终军传》云：'以博辩能属文闻于郡中。'……至若董子工于对策，而《叙传》但称其属书。马迁长于叙事，而《传赞》但称其史才，皆不能混能文之誉焉。"⑤ 此说认为文笔区分始于西汉，以辞赋为文，

---

① 阮元：《学海堂文笔策问》，《揅经室三集》卷五，第660—661页。
② 《论文杂记》，《刘师培中古文学论集》，第256—257页。
③ 《中国历代文论选》第1册，第349页。
④ 《揅经室三集》卷二，第567、568页。
⑤ 《中国历代文论选》第1册，第345页。

以对策、史传为笔，也不合事实。刘勰认为文笔之分在刘宋时，即使稍前，至早只能约略溯至晋代。

其二，以对偶有韵者为文，以直言散行者为笔。阮元强调文须讲究对偶有韵，凡不讲对偶有韵者就是笔。他认为《文选》所选文章都是文而不是笔，即因所选之作都有偶语韵辞，但此种说法遇到了矛盾：按《文心雕龙》"有韵为文"之说，而《文选》中却多有不押韵之作，如何解释这种现象呢？阮元于是把音韵声律也当成有韵，其《文韵说》云："八代不押韵之文，其中奇偶相生，顿挫抑扬，咏叹声情，皆有合乎音韵宫羽者。诗骚而后，莫不皆然。……昭明所选不押韵脚之文，本皆奇偶相生有声音者，所谓韵也。"阮元还根据《宋书·谢灵运传论》所谓"宫羽相变，低昂互节"进而提出："休文此说乃指各文章句之内有音韵宫羽而言，非谓句末之押脚韵也。是以声韵流变而成四六，亦只论章句中之平仄，不复有押脚韵也。"于是断言："四六乃有韵文之极致，不得谓之为无韵之文。"[1] 可见阮氏把《文选》所载的不押脚韵之文，也看成有韵之文了。阮元把笔排斥于"文"的范围之外，而且将文笔与骈散混为一谈，曲解了六朝文笔之说，可见他根本不理会文笔原本以有无韵脚为分，而且"文"或"文章"本可兼有诗、笔或文、笔两种形式。章太炎《国故论衡·文学总略》批评说："近世阮元以为孔子赞《易》，始著《文言》，故文以耦俪为主，又牵引文笔之说以成之。夫有韵为文，无韵为笔，是则骈散诸体，一切是笔非文，借此证成，适足自陷。"[2] 骈文本不讲究押韵，昭明所选本也有文有笔，但阮元硬将骈文中奇偶相生、顿挫抑扬、咏叹声情、合乎音韵宫羽者，强指为有韵之文，实可谓牵强附会。阮门文笔论的另一缺陷在于以直言散行者为笔，这一点可以从两方面进行分析：第一，以直言者为笔。刘天惠《文笔考》谓："凡兹称笔，皆为直言序述之辞。"[3] 阮福《文笔对》亦云："笔，从聿，亦名不聿。聿，述也，故直言无文采者为笔。"[4] 阮元《文言说》亦曰："许氏《说文》'直言曰言，论难曰语。'……为文章者……而惟以单行之语，纵横恣肆，动辄千言万字，不知此乃古人所谓

① 《揅经室续集》卷三，第126—127页。
② 《中国现代学术经典·章太炎卷》，第47页。
③ 《中国历代文论选》，第1册，第347页。
④ 《学海堂文笔策问》，《揅经室三集》卷五，第660页。

直言之言，论难之语……"① 阮元以散体为直言，进而以直言为笔，与比偶有韵的文形成对比，可见刘天惠、阮福以直言为笔无非也是追尊阮元之意。然而自刘宋明确区分文笔以来，笔与言本不相同。颜延之称"笔之为体，言之文也"，认定笔应是对言加以文饰而成，亦即范文澜所谓"言之有文饰者为笔"之意。据《晋书·乐广传》所载，"广善清言而不长于笔"，乐广"作二百句语述己之志"，潘岳"因取次比，便成名笔"②。"语"为"言"之同义词，所谓"因取次比"，即对乐广之"语"（"言"）加以修饰，由"语"（"言"）到"笔"，也经过了文饰，因此可见笔与言实不可等同。又《世说新语·文学》第五十六则"殷中军、孙安国、王、谢能言诸贤"云："刘（真长）便作二百许语，辞难简切，孙理遂屈。"③ 其中"语"即"言"，盖"言"（"语"）与"笔"确有分别。综上可见，阮元及其门生以直言为笔未免失当。第二，以散行者为笔。阮元《文韵说》云："今人所便单行之文，极其奥折奔放者，乃古之笔，非古之文也。"④ 章太炎批评阮氏之说曰："《南史·任昉传》：'既以文才见知，时人云任笔沈诗。'《徐陵传》：'国家有大手笔，必命陵草之。'详此诸证，则文即诗赋，笔即杂文，乃当时恒语。阮元之徒狠谓俪语为文，单语为笔。任昉、徐陵所作，可云非俪语邪？"⑤ 按任昉、徐陵均以笔驰名，而且其作也正多偶语，可见阮元以散体者为笔，以偶体者为文，实为偏颇。考时人之所谓"笔"，本与骈散无关，可以兼有骈散二体。阮元所谓"单行之文"、"奥折奔放者"，只能指散体的"笔"，而不包括如章奏等骈体的"笔"。阮元之后，刘师培也提出了一些关于文笔的观点，目的仍是尊崇骈文，论调与阮元基本一致，如云："是偶语韵词谓之文，凡非偶语韵词概谓之笔。"⑥ 显然拘于一隅。其实，骈体的笔也运用对偶，而且散体文本不用韵，也不讲对偶，就此而言，刘师培的文笔观亦非公允之见。

① 《擘经室三集》卷二，第567页。
② 《晋书》卷四十三，第4册，第1244页。
③ 《世说新语校笺》卷上，上册，第130页。
④ 《擘经室续集》卷三，第128页。
⑤ 《国故论衡·文学总略》，《中国现代学术经典·章太炎卷》，第47页。
⑥ 《中国中古文学史讲义》，《刘师培中古文学论集》，第6页。

二 各体文学的发达引发批评风气的昌盛

南朝各体文学都很发达，诗、赋作为传统的文学样式依然占据文坛的重要地位，而散文的地位也不亚于诗、赋。诗歌方面，"居文词之要"的五言诗作为"众作之有滋味者"①，仍然是当时主要的诗体。辞赋方面，以短小精美的抒情小赋为主，虽偶有鸿篇巨制，如谢灵运的《山居赋》等，却已不占主流。散文方面，以骈文为主，散体文为辅，体裁丰富，数量繁多。就各体文学的繁荣程度来看，首先是诗歌，其次是骈文，再次是辞赋。作家作品众多显示出文学的繁荣与文风的兴盛，究其原因，应与文学地位得以独立有密切的关系。与文学独立地位的确立相适应，史书中专门列出文苑或文学一类，即为文学家专门立传。范晔在《后汉书》中始列《文苑传》，将专事文学创作者归为一类，可谓开风气之先。章学诚所称"古学源流，至此为一变"②，所指即为由重经学向尚文学的转变。此后，萧子显著《南齐书》遂沿此例，姚察、姚思廉父子撰《梁书》、《陈书》均专设文学一门。《宋书》虽无此举，但《谢灵运传论》一文对自先秦迄刘宋的重要文学家和文学现象都加以评论。尽管有些文名较著者，如沈约、江淹、徐陵等，没有被收入相关史书的《文学传》内，但史学家在各自的传记中对其文学成就都有相当分量的叙述。另外，在史书的《文学传》前、后往往附有序或论，对各时期的文学发展状况加以概括性描述或评论。这些都体现出南朝时期文学的繁荣和文风的兴盛。

作品数量繁多，而且又都散见于各处，为便于阅读、学习和鉴赏，有必要对各家创作加以归纳集中，如此一来，总集的编纂就显得极有必要。骆鸿凯述总集编纂的原因和功用说："文籍日兴，散无友纪，于是总集作焉。或以防放佚，使零篇残什，并有所归；或以存鉴别，使莠稗咸除，菁华毕出；斯固文章之品藻，著作之渊薮矣。"③ 萧统所编的诗

---

① 《诗品序》，《诗品注》，第2页。
② 章学诚：《文史通义·文集》，叶瑛：《文史通义校注》上册，第297页。
③ 《文选学》，第1页。

文总集《文选》① 和徐陵所编的诗歌总集《玉台新咏》正是这一需求下的产物。"采摘孔翠，芟剪繁芜"的总集的出现虽然可以减轻读者的"劳倦"②，又可为作者创作提供学习的范本，但是在编选的过程中却有很大的困难：一则作品数量宏大，二则体裁众多。在这种情况下，必须先分门别类，而按文体划分又是最简便的方法，所以今天我们看到的总集，多是依文体而编排的。如《文选》的编纂即按照赋、诗、骚、七、诏、册、令、教、策文、表、上书、启、弹事、笺、奏记、书、移、檄、难、对问、设论、辞、序、颂、赞、符命、史论、史述赞、论、连珠、箴、铭、诔、哀、碑文、墓志、行状、吊文、祭文的顺序进行的。大类中又据题材分出小目，如赋又分为十五目，诗则分为二十三目。即使单一文体的总集，其内部具体体式的区分也很细致，如《玉台新咏》作为一部诗歌总集，它所收录的诗歌既有五言，也有七言和杂言。与《文选》只录已死者的作品不同，《玉台新咏》既录已死者之诗，又录在世者之诗，而且在编选过程中，还照顾到官位的高低。③ 可见《玉台新咏》的分类编选之复杂。它不仅注意到诗歌的体裁，而且还照顾到作者的官位和存亡情况。可以说，文体分类与辨析是总集编纂的前提条件，同时又是文学批评的组成部分，其重要性不言而喻。郭绍虞先生说："现在觉得提倡一些文体分类学，在学术研究上也有它的重要性。""文体分类学，不仅与修辞学有密切关系，即对中国文学批评史的研究，也同样是个主要环节。"④

---

① 关于《文选》的编纂者，学术界存有不同的观点。日本学者清水凯夫否定了萧统撰述《文选》的可能性，他认为《文选》的实际编纂者是刘孝绰。其《〈文选〉的编辑周围》、《〈文选〉撰（选）者考》二文中皆有说明（清水凯夫著，韩基国译：《六朝文学论文集》，重庆出版社1989年版）。清水氏的观点曾遭到中国学者顾农、屈守元的极力反对。曹道衡、沈玉成没有否定萧统的主持工作，另提出刘勰和刘孝绰有参与编纂《文选》的可能（《南北朝文学史》，第224—225页）。事实上，刘孝绰参与《文选》的编纂一事，史料中确有记载。《文镜秘府论·南卷·集论》引唐人元兢《古今诗人秀句序》曰："梁昭明太子萧统与刘孝绰等，撰集《文选》。"（《文镜秘府论校注》，第354页。）笔者认为，《文选》的编纂应是在萧统的主持和指导之下，由他与朝中文士共同进行的，所以本文论述中在《文选》的撰者位置仍主标萧统。

② 《隋书·经籍志四》，卷三十五，第4册，第1089页。

③ 日本学者兴膳宏提出，《玉台新咏》第七、八卷所录都是在世者的诗歌，按照先君后臣的顺序排列，在诸臣子中，又按官位的高低确定先后顺序（《玉台新咏成书考》，载兴膳宏著，彭恩华译《六朝文学论稿》，岳麓书社1986年版）。

④ 《提倡一些文体分类学》，《照隅室古典文学论集》下编，第547页。

南朝各体文学的繁荣发展，在一定程度上促进了文学批评风气的昌盛。尽管文学批评产生很早，但随着文学创作的兴盛，批评之风也愈演愈烈。综观南朝时期，文学批评领域可谓硕果累累，既有诗评，又有文评，还有总集或别集中的序文、文士之间交往的书信、子书或史传中的篇章或片言只语，往往都含有极其珍贵的批评理论。其中，成就显著的批评著述主要有檀道鸾的《续晋阳秋》、谢灵运的《拟魏太子邺中集诗序》、沈约的《宋书·谢灵运传论》、萧子显的《南齐书·文学传论》、江淹的《杂体诗序》、萧统的《文选序》、萧纲的《与湘东王论文书》、钟嵘的《诗品》、刘勰的《文心雕龙》等。刘宋檀道鸾著有《续晋阳秋》二十卷，已佚，其中有一节附于介绍东晋作家许询之后的精彩的论文片断，历来为治文学者所重视。文曰："询有才藻，善属文。自司马相如、王褒、扬雄诸贤世尚赋颂，皆体则《诗》、《骚》，傍综百家之言。及至建安，而诗章大盛。逮乎西朝之末，潘、陆之徒虽时有质文，而宗归不异也。正始中，王弼、何晏好《庄》、《老》玄胜之谈，而世遂贵焉。至过江，佛理尤盛，故郭璞五言始会合道家之言而韵之，询及太原孙绰转相祖尚。又加以三世之辞，而《诗》、《骚》之体尽矣。询、绰并为一时文宗，自此作者悉体之。至义熙中，谢混始改。"① 这段话论及汉魏两晋文坛的部分代表作家，其中对玄言诗兴衰过程的梳理非常明晰，它直接影响到后来沈约、萧子显、刘勰、钟嵘等人对东晋文学的论述。其不足之处在于对建安文学所论较为笼统，这可能与作者重在评述玄言诗有关。另外，如习凿齿虽博学才秀，但因忤旨遭贬，后著《汉晋春秋》以斥责桓温觊觎皇位；袁宏才华超逸，反应迅捷，诗赋俱佳，曾受谢尚、桓温的赏识等，这在《续晋阳秋》中都有所涉及。

《宋书》没有专门的文学传，沈约的文学批评观主要体现在《宋书·谢灵运传论》中。李善为此文作注时说："沈休文修《宋书》百卷，见灵运是文士，遂于传下作此书，说文之利害，辞之是非。"② 作为倡导永明声律论的主将之一，沈约极其重视诗文的音韵调谐之美，他在评价前代作家作品时，多从这一角度入手，提倡作品中讲究声律，强调音律谐畅所带来的美感。如论及屈原、宋玉、贾谊、司马相如时提出

---

① 《世说新语·文学》，《世说新语校笺》卷上，上册，第143页。
② 《文选》卷五十，第5册，第2217页。

"英辞润金石";谈及王褒、刘向、扬雄、班固、崔骃、蔡邕时提出"清辞丽曲";言及张衡时提出"绝唱高踪,久无嗣响";提及潘岳、陆机时称其"缀平台之逸响,采南皮之高韵"①。诸如此类用语,都表现出他对音韵的重视。在他看来,只有真正掌握声律的运用规律,才能谈论文章。曹植、王粲、孙楚、王瓒的诗章名句,正因做到了"音律调韵",所以能"直举胸情,非傍诗史",即言其诗讲究声律,才能更好地抒发真实感情。沈约认为,前人的"高言妙句",都属"音韵天成"、"暗与理合",而"匪由思至",然而他说前人对于音韵"曾无先觉",这显然与事实不尽相符。实际上,在沈约正式提出声律论之前,不但陆机在《文赋》中提到过,而且一些诗文中也注意到了音韵的问题,如被他称为"去之弥远"②的谢灵运,诗歌中已有双声叠韵的现象。宋人吴聿《观林诗话》曰:"谢灵运有'蘋苹泛沈深,菰蒲冒清浅',上句双声叠韵,下句叠韵双声。后人如杜少陵'卑枝低结子,接叶暗巢莺',杜荀鹤'胡庐杓酌春浓酒,舴艋舟流夜涨滩'……皆出于叠韵,不若灵运之工也。"③ 由此可见,音韵问题并非如沈约所说为其独得之秘。

声律论是南朝诗文创作的重要法则,曾产生过深刻的影响,并为当时诸多文士或文学批评家所接受。刘勰对声律论赞赏有加,在《文心雕龙》中专列《声律》一篇,详细阐述了平、仄声调的特点,并提出如果运用不当,则容易出现声病:"凡声有飞沈,响有双叠;双声隔字而每舛,叠韵杂句而必睽;沈则响发而断,飞则声飏不还。并辘轳交往,逆鳞相比。迂其际会,则往蹇来连,其为疾病,亦文家之吃也。"④黄侃云:"飞谓平清,沈谓仄浊。"⑤ 按刘勰之意,一句中不能纯用平清,也不能纯用仄浊,即主张不同声调的字要交错相间使用。若稍有疏忽,则引起诸多失误。萧子显论文强调"俱五声之音响"⑥、"吐石含金"、"轻唇利吻"⑦,盖受沈约声律说影响所致。《宋书·谢灵运传论》

① 《宋书·谢灵运传论》,卷六十七,第6册,第1778页。
② 同上书,第1779页。
③ 《历代诗话续编》上册,第114页。
④ 《文心雕龙注》卷七,下册,第552—553页。
⑤ 《文心雕龙札记·声律札记》,《文心雕龙札记》,第118页。
⑥ 《南齐书·文学传论》,卷五十二,第3册,第907页。
⑦ 同上书,第908—909页。

还论及自先秦迄刘宋文学的发展概况，其中对各时期文学特点的概括都比较准确：如称司马相如善作"形似之言"，班固长于"情理之说"，以曹植、王粲为代表的建安文学"以情纬文，以文被质"，"以气质为体"，以潘岳、陆机为代表的太康诗风"缛旨星稠，繁文绮合"①。

南朝文学批评家对此前的文学发展情况，如各个时代的代表作家、创作特点等，往往有基本一致的看法。兹以上文所引檀道鸾《续晋阳秋》中的一段、沈约的《宋书·谢灵运传论》和萧子显的《南齐书·文学传论》所论作家为例，展现南朝文学批评家相近的文学批评观念。请看下表：

作者	篇名	篇中所选作家所处的时代	所选各时代代表作家
檀道鸾	《续晋阳秋》（以上文所引一节为本）	汉代	司马相如、王褒、扬雄
		魏代	王弼、何晏
		晋代	潘岳、陆机、郭璞、许询、孙绰、谢混
沈约	《宋书·谢灵运传论》	先秦	屈原、宋玉
		汉代	贾谊、司马相如、王褒、刘向、扬雄、班固、崔骃、蔡邕、张衡
		魏代	曹操、曹丕、曹植、王粲
		晋代	潘岳、陆机、王讚、孙楚、孙绰、许询、殷仲文、谢混
		刘宋	颜延之、谢灵运
萧子显	《南齐书·文学传论》	汉代	司马相如、李陵、王褒、扬雄、张衡、蔡邕、傅毅
		魏代	曹丕、曹植、王粲、应璩
		晋代	潘岳、陆机、左思、郭璞、挚虞、束皙、傅咸、李充、袁宏、孙绰、许询、殷仲文、谢混
		刘宋	颜延之、谢灵运、鲍照、谢庄

关于汉代主要辞赋家、西晋著名诗人、东晋玄言诗代表作家，檀道鸾、沈约、萧子显的观点基本是一致的。他们认为，所选作家的创作成就几乎代表了相关文体的最高成就，如司马相如、王褒、扬雄之于辞赋，潘岳、陆机之于诗歌，可以说，他们是各自所擅长的体裁领域内的

① 《宋书》卷六十七，第6册，第1778页。

佼佼者。即使是历来受到批判的玄言诗，其主要创作者也无非是许询、孙绰等人。关于改革玄言诗风的作家，檀道鸾提到谢混，沈约于谢混之外，又加上了殷仲文，萧子显基本承袭沈约的观点。综上可见，在对前代文学的总体情况的把握上，南朝文学批评家的观念大体上是相同的。

刘勰的《文心雕龙》和钟嵘的《诗品》是南朝文学批评史上两部不可多得的佳作。《文心雕龙》论文叙笔，精湛详尽，举凡文体论、创作论、文学发展论、批评鉴赏论无不涉及，不仅体现出作者精深的理论素养，而且体现出雄厚的创作实力。该书以骈体撰成，显示出刘氏驾驭骈文的高超技巧。与此前"各有所见，偏而不全"的批评论著相比，它能"系统地全面地深入地讨论文学"①，因此对后代造成了深远的影响，后人对其多不吝美词。"刘舍人《文心雕龙》一书，盖艺苑之秘宝也。"② "探幽索隐，穷形尽状，五十篇之内，百代之精华备矣。"③ 瞿兑之说"他（《文心雕龙》）的包罗万象，是古今任何论文者所不及的"，"这部书始终是不可磨灭之作"④。"思深而意远"⑤ 的《诗品》专评自汉至梁的五言诗作者一百二十二人，分为上、中、下三品，正文前面的《诗品序》一文，体现出钟嵘的品评原则和好恶倾向，也是历来治文学批评史者所密切关注的对象。尽管后世诗评家指责钟嵘对有些诗人的品级评定不当，⑥ 但总体来看，他对各时期诗人的评价基本上还是恰当的。《诗品》中所评诗人，与《文心雕龙》中所提及、《文选》中所选的诗人有相同之处，也就是说，三书在对此前各时期代表诗人的选取上有一定的一致性。考虑到《文心雕龙》成书于齐梁时期，⑦ 而《文选》、《诗品》都成书于梁代，可见三者在时间上相距不远，况且《文

---

① 《中国通史简编·修订本第二编》，第 419 页。

② 黄叔琳：《文心雕龙校注·序》，《文心雕龙注》上册，第 2 页。

③ 《四六丛话》卷三十一，第 561 页。

④ 《骈文概论》，第 89 页。

⑤ 《文史通义·诗话》，《文史通义校注》上册，第 559 页。

⑥ 如王世贞认为，顾迈、戴凯、任昉、沈约本应居于下品，但钟嵘却将其置于中品；曹丕、曹操本应居于上品，而钟氏又置其于中、下品。这些都属品评失当之处（《艺苑卮言》卷三，丁福保辑：《历代诗话续编》中册，第 1001 页）。王士祯则提出，徐幹、陆机、潘岳、谢庄、王融等应置于中品；曹操、刘琨、郭璞、陶潜、鲍照、谢朓、江淹应置于上品（《渔洋诗话》卷下，丁福保辑：《清诗话》，上海古籍出版社 1999 年版，第 203 页）。其实，不同时代、不同评者有不同的批评标准和规范，故不必以一己之见去强求别人。

⑦ 此从罗宗强之说（《魏晋南北朝文学思想史》，第 255 页）。

选》还明显受到《文心雕龙》的影响，① 因此可以推断，三书所体现的文学观应该能代表南朝重要文学批评家相似的审美观。兹以《文心雕龙·明诗》、《文选·诗》、《诗品·卷上》所录西晋诗人为例，以见三书对西晋诗坛代表作家的看法。

作者	作品	所录西晋代表诗人
刘勰	《文心雕龙·明诗》	张载、张协、张亢、潘岳、潘尼、左思、陆机、陆云
萧统	《文选·诗》	束皙、张华、潘岳、陆机、陆云、左思、张协、卢谌、何劭、王康琚、欧阳建、张载、潘尼、傅咸、郭泰机、刘琨、石崇、傅玄、曹摅、王讚、枣据、张翰
钟嵘	《诗品·卷上》	陆机、潘岳、张协、左思

在上表所列的西晋诗人中，陆机、潘岳、张协、左思四人是三书所共同提到的，他们正是西晋诗坛成就最突出的作家。可见，刘勰、萧统、钟嵘的观点是基本一致的。与檀道鸾、沈约、萧子显作为史家兼批评家不同，刘、萧、钟三人可以说是南朝文学批评史上的重要批评家，所以他们的观点更能代表时人的总体文学观念。

文学批评理论著述是文学创作实践经验的总结，一经产生，它又可以指导创作。"文学的准则、范畴和技巧都不能'凭空'产生。可是，反过来说，没有一套问题、一系列概念、一些可资参考的论点和一些抽象的概括，文学批评和文学史的编写也是无法进行的。"② 也就是说，批评理论来自于实际作品，且能指导进一步的创作。若离开这些理论的指导，文学创作必然混乱无序。相应地，若缺乏系统的理论总结，文学研究也无本可依。正因如此，在探讨南朝文学批评风气时，我们往往要从这些批评理论著述入手。如前所述，文体分类与辨析是文学批评中的一个组成部分，《文选》、《文心雕龙》对文体的分类都很重视，而且区

---

① 关于《文心雕龙》对《文选》的影响，可参看清水凯夫《〈文心雕龙〉对〈文选〉的影响》一文，收入清水凯夫著，韩基国译《六朝文学论文集》（傅刚：《〈昭明文选〉研究》一书中也有较详论述，中国社会科学出版社 2000 年版，第 208—212 页）。

② ［美］勒内·韦勒克、奥斯汀·沃伦著，刘象愚等译：《文学理论》，江苏教育出版社 2005 年版，第 33 页。

分详赡。尽管《文选》因文体分类名目繁多，① 而遭到后人如姚鼐、章学诚等人的指责，但不可否认它在文体分类中的贡献。《文心雕龙》一书以有韵、无韵为标准分文体为三十三类，这种分类法对当时盛行的文笔说起到了推波助澜的作用。此外，任昉的《文章缘起》也是南朝文体辨析的代表著述，《隋书·经籍志四》著录此书，名为《文章始》，已佚。《旧唐书·经籍志》、《新唐书·艺文志》子部杂家类均著录此书一卷，题为张绩所补。宋人著作中又提到此书，② 足见其时又发现该书。《四库全书总目》推断此应为张绩所补之书，但所补必有据，因此与原书相比，应不至于有太大差别，况且今本《文章缘起》前面的序，严可均、姚振宗都认为是任昉所作。就正文所列文体来说，五臣之一的吕向注《文选序》时，所引《文始》（即《文章始》的简称），其文字与今本完全相同。综诸证据可得，现存该书应与原书基本相同。任昉该书共列秦、汉以来的八十四种文体，并在每一种文体下，标出一篇他认为是该体起源的文章。如"上书"，他列秦丞相李斯上始皇书为其始；又如"表"，则列汉淮南王刘安《谏伐闽表》为其始等。此书分体虽过于琐碎，但文体溯源却很有价值。另外，其序文中体现出的诸种文体源出六经的文学观念也极有代表性，刘勰的《文心雕龙》、颜之推的《颜氏家训》都持相同的看法。

南朝批评风气的昌盛不仅体现在批评专著上，而且也体现于文人之间片言只语的交流中。这种风气的形成自然与文学的繁荣不无关系。文人崇尚并擅长文学，彼此之间围绕共同的兴趣展开批评，也是常见的事，正因如此，他们在批评鉴赏的时候，往往直接而坦率，丝毫没有隐晦的成分。各体文学如诗、赋、文等，都是当时文人品评谈论的对象，这种互相评议的现象较多，其中以鲍照评价颜延之和谢灵运诗歌的优劣最有代表性。《南史·颜延之传》曰："延之尝问鲍照己与灵运优劣，

---

① 关于《文选》中的文体分类，骆鸿凯认为分三十八类。他曾说："《文选》分体凡三十有八，七代文体，甄录略备。"（《文选学》，第 124 页。）褚斌杰则主三十九类之说，即从《文选》原分三十七大类的"书"中再分出"移"，"檄"中再分出"难"（《中国古代文体概论》，北京大学出版社 1990 年版，第 499 页）。

② 北宋王得臣《麈史》曰："梁任昉集秦、汉以来文章名之始，目曰《文章缘起》；自诗赋《离骚》至于契约，凡八十五题，可谓博矣。"（《魏晋南北朝文论选》，第 318 页。）关于其中的文体种类，据任昉序文及正文，都记八十四题，可见应以八十四题为准。

照曰：'谢五言如初发芙蓉，自然可爱。君诗若铺锦列绣，亦雕缋满眼。'"① 与谢诗的清新秀丽相比，颜诗则过重雕饰，反失真美。大约同时的汤惠休也称"谢诗如芙蓉出水，颜如错采镂金"，同样指出颜诗重雕琢的倾向。颜延之对鲍照、汤惠休关于自己诗歌的评议极不满意，乃至"终身病之"②。后来，颜氏还曾指责汤惠休的诗全属民歌一类，不仅难登大雅之堂，甚至还会误导后人。另外，如孝武帝刘骏叹赏丘灵鞠的《挽歌诗》、欣赏谢庄的哀策文，萧衍、沈约、刘孝绰赏服谢朓的五言诗，谢朓嗟赏虞羲诗的清拔奇句，王俭赞赏谢朓、江淹善作五言诗，王融赏誉柳恽的《捣衣诗》，刘孺称赏王籍的《入若耶溪诗》等，都属文人之间的激评赏议现象。综上可见，当时的批评风气很盛行，而且形式也比较自由。

文士之间进行文学评鉴活动时亦有互相推崇之习，袁淑与谢庄文才相埒，一时之间难以分出高下。"时南平王铄献赤鹦鹉，普诏群臣为赋。太子左卫率袁淑文冠当时，作赋毕示庄。及见庄赋，叹曰：'江东无我，卿当独秀，我若无卿，亦一时之杰。'遂隐其赋。"③ 南朝批评风尚的形成有一个基础，即不同文士对彼此的作品都十分熟悉。在崇文之风的影响下，其时文士多以文才相矜，既然能对他人作品加以指摘评析，熟练掌握更是不在话下。颜延之与谢庄二人对彼此的作品与文风都了如指掌，他们在批评对方创作时往往能寓嘲笑语气于轻松氛围之中。《南史·谢弘微传附庄传》云："孝武尝问颜延之曰：'谢希逸《月赋》何如？'答曰：'美则美矣；但庄始知"隔千里兮共明月"。'帝召庄以延之答语语之，庄应声曰：'延之作《秋胡诗》，始知"生为久离别，没为长不归"。'帝抚掌竟日。"④ 从该例可以看出，较高的文才和敏捷的应对能力正是当时文人的基本素质，鉴于他们对于彼此的作品极为熟悉，所以在批评中能够做到准确精当。南朝批评风气的盛行与文士的好尚密切相关，"江南文制，欲人弹射，知有病累，随即改之，陈王得之于丁廙也"⑤。按颜之推此说，这种批评之风应该溯源到曹植，可见由

① 《南史》卷三十四，第3册，第881页。
② 《诗品注》，第43页。
③ 《南史·谢弘微传附庄传》，卷二十，第2册，第553—554页。
④ 《南史》卷二十，第2册，第554页。
⑤ 《颜氏家训·文章》，《颜氏家训集解》卷四，第279页。

来已久。南宋洪迈对文人之间互有批评持赞赏的态度："曹子建《与杨德祖书》云：'世人著述，不能无病，仆常好人讥弹其文，有不善，应时改定。昔丁敬礼常作小文，使仆润饰之，仆自以才不过若人，辞不为也。敬礼谓仆："卿何所疑难，文之佳丽，吾自得之，后世谁相知定吾文者邪？"吾常叹此达言，以为美谈。'子建之论善矣。"① 及至南朝，这种风气更加普及。士人喜好指摘、批评别人的文章，而对方也能主动接受其指导和建议。据史书载，张融曾将所著《海赋》呈与顾觊之看，"觊之曰：'卿此赋实超玄虚，但恨不道盐耳。'融即求笔注之曰：'漉沙构白，熬波出素。积雪中春，飞霜暑路。'此四句，后所足也。"② 通过别人的评价，可以找出作品的不足，从而有针对性地加以修改。这样做一则可以提高创作质量，二则也可以积累创作经验。即使是文才卓异者有时也会遇到创作困难的情况，故而亦需要别人的指点或帮助。"诞少有才藻，晋孝武帝崩，从叔尚书令珣为哀策文，久而未就，谓诞曰：'犹少序节物一句。'因出本示诞。诞揽笔便益之，接其秋冬代变后云，'霜繁广除，风回高殿'。珣嗟叹清拔，因而用之。"③ 王珣虽笔力出众，但在思路中断时也要向从子王诞求助，由此亦见文士之间相互交流的重要性。

有些佳作自问世以来不仅受到当时人的称赏，而且其美名还延续到后世，孙绰的《游天台山赋》即属其一。《世说新语·文学》谓："孙兴公作《天台赋》成，以示范荣期，云：'卿试掷地，要作金石声。'范曰：'恐子之金石，非宫商中声。'然每至佳句，辄云：'应是我辈语。'"④ 刘孝标认为"此赋之佳处"正在于"赤城霞起而建标，瀑布飞流而界道"一句。该赋至萧齐时仍受重视，"永明六年（488），赤城山云雾开朗，见石桥瀑布，从来所罕睹也。山道士朱僧标以闻，上遣主书董仲民案视，以为神瑞。太乐令郑义泰案孙兴公赋造天台山伎，作莓苔石桥道士扪翠屏之状，寻又省焉"⑤。可见孙绰此赋所写赤城山的美景，对后世造成的影响之深。又如王融因《三月三日曲水诗序》一文

---

① 《容斋续笔》卷十三"曹子建论文"条，《容斋随笔》上册，第 377 页。
② 《南齐书·张融传》，卷四十一，第 3 册，第 725—726 页。
③ 《宋书·王诞传》，卷五十二，第 5 册，第 1491 页。
④ 《世说新语校笺》卷上，上册，第 144 页。
⑤ 《南齐书·乐志》，卷十一，第 1 册，第 195 页。

非但获誉于江南，甚至远播其名于北朝。诸如此类文章无须批评家的评鉴即可显名。

批评之风的昌盛是南朝文风兴盛的表现，它在很大程度上反映出此时文学的繁荣状况。

南朝散文研究

第四章　南朝骈文发展分期探析

　　南朝四代散文承汉、晋之余绪，体类繁杂，数量众多。① 与前代相比，其最明显之区别在于散体文骈化加剧，并形成骈文。自骈文正式形成迄于成熟，这一过程正值由刘宋向陈代演变之际。按照散文发展演进的历程，骈文至陆机时已具雏形，② 此后则发展迅速，及至南朝，臻于极盛。当然，散文发展自有其过程，即就骈体而言，也非一朝一夕而至成熟。刘宋散文承西晋余绪，愈重雕饰刻镂，与此同时，骈对增多，使事变繁，齐、梁以后，又加以声律之求，体式益趋精美，及至徐、庾，骈文完全成熟。此就南朝散文的总体发展趋势而言，若寻具体发展脉络，则可见骈文逐步统治文坛之时，散体文势头渐弱，但从未在文坛上消亡。

　　鉴于本文意在阐明宋、齐、梁、陈四代散文的发展演变与创作特点，故为使思路清晰，且便于论述，兹以骈文发展历程为主线，以散体文发展历程为辅线展开。南朝骈文的发展，可以划分为三个时期：其一，刘宋时期，此为骈文正式形成时期。骈文初步形成于西晋陆机，尽管士衡骈文已比较注重裁对、用典与藻绘，而且其中也有一些四六隔句对，但综观整个西晋文坛，真正称得上骈文的作品还很少。世易时移，随着骈文创作数量的增多，文家愈益讲究辞采、对仗等形式特征，及至刘宋，骈文正式形成。由于声律说尚未提出，故在对偶中仅注重字对和义对，忽略声对，对仗并不精工。颜延之、鲍照堪称此时的骈文大家，范晔、王僧达等也有骈体作品传世。由于骈文正式形成的时间不长，因

---

　　① 宋文帝刘义隆《录长沙景王等诏》曰："自汉迄晋，世崇其文。"（《全宋文》卷二，《全上古三代秦汉三国六朝文》，第3册，第2454页。）自汉至晋，士人崇文致使文风趋盛，文体众多，篇章甚繁。

　　② 骆鸿凯云："骈偶之体，至陆渐备。"（《文选学》，第330页。）

此散文领域多是骈、散兼具，散多骈少。傅亮、谢灵运、谢惠连、谢庄等人之文往往介于骈、散之间，部分文章已属骈文。刘宋文坛上散体文创作成就较高者当数王微，另外，有些史书传记正文（如范晔的《后汉书》）、山水地记（如谢灵运的《游名山志》）也以散体撰成。关于此时的总体文风，《四库全书总目·宋文纪提要》中有一段恰当的概括："宋之文，上承魏晋，清俊之体犹存；下启齐梁，篆组之风渐盛。于八代之内，居文质升降之关，虽涉雕华，未全绮靡。"① 其二，齐梁时期，此为骈文进一步发展时期。这一时期，永明声律论兴起，不仅对诗歌创作造成影响，这一影响还延续到骈文的创作中。随着散体文的加剧骈化，骈、散两体的数量发生了变化，由刘宋时的散多骈少转变为齐梁时的散少骈多。就创作技巧来说，对仗更求精工，用事趋于巧妙，而且注重声韵调谐。任昉、沈约、江淹、刘峻等可称一时骈体名手，而裴子野、吴均虽好古体，但并不反对骈文。此时骈文作家往往兼擅散体，除任、沈、江等人外，萧统、陶弘景之文也是体兼骈、散。在骈文逐步统治文坛之时，一些家诫家训文（如王僧虔、徐勉等人的诫子书）、儒佛之争的文章（如沈约、范缜之作）仍以散体撰成。其中，范缜宣扬神灭论的文章即属散体文中之杰出者。其三，梁陈时期，此为骈文臻于成熟时期。《隋书·文学传序》评梁陈文风特点云："缛采郁于云霞，逸响振于金石。"② 此语堪为成熟期骈文特征的恰当概括。以徐陵、庾信骈文衡之，实为公允之言。庾信的骈文多作于北周，已超出本文的考察范围。徐陵不以赋名世，然其骈文创作成就卓著，可称骈文之极致，其序、书及章表之类属对精工，辞采富艳，用典繁密，声律谐美，对四六句式的运用也极其娴熟。如有徐集压卷之作之称的《玉台新咏序》一文，对骈体艺术技巧的驾驭可谓从容自如，得心应手，识者对其多有美词。如齐召南曰："云中彩凤，天上石麟，即此一序，惊才绝艳，妙绝人寰。序言'倾国倾城，无双无对'，可谓自评其文。"③ 从语言风格上看，与刘宋颜延之骈文的典重繁缛相比，徐陵骈文的语言明显趋于平易晓畅，这或许与齐梁诗风以平易变革刘宋诗风之典重的趋向相一致。

---

① 《四库全书总目》卷一八九，下册，第 1721 页。
② 《隋书》卷七十六，第 6 册，第 1729—1730 页。
③ 吴兆宜：《徐孝穆集笺注》卷四引，清吴江吴氏原本，善化经济书堂刻本。

徐陵以外，沈炯之章表也为此时骈文的代表作。骈文发展到成熟时期，几乎无体不骈，可以说，此时骈文已完全统治了文坛。当然，散体文也并未消失，而是在骈文的夹缝中继续发展。

第一节　虽涉雕华，未全绮靡

——骈文正式形成的刘宋时期

刘宋时以骈文擅名者主要有颜延之、鲍照、范晔、王僧达等人，傅亮、谢灵运、谢惠连、谢庄等人之文亦骈亦散，部分文章已属于骈文。

一　骈体大手笔——颜延之、鲍照等人之文

南朝骈文从正式形成到成熟这一发展历程是与文章中对其主要形式要素（对仗、藻绘、用典、声律、句式等）的愈益讲究同步的。《文心雕龙·明诗》称刘宋诗"俪采百字之偶，争价一句之奇，情必极貌以写物，辞必穷力而追新"[①]，其实文亦如此。《文心雕龙·时序》所云"王、袁联宗以龙章，颜、谢重叶以凤采"[②]，皆指出刘宋诗文注重对偶和藻采的特点。所谓颜延之之"雕缋满眼"[③]、鲍照之"雕藻淫艳"[④]、谢灵运之"富艳难踪"[⑤]诸称，更是给这些特点以有力的佐证。尽管注重藻绘，但刘宋文还不像后期齐梁文那样刻意追求，而且仍然袭有魏晋文的清俊之风。用典方面，诗歌中的频繁使事也延续到骈文中。钟嵘认为，颜延之"喜用古事、弥见拘束"[⑥]，到大明泰始时，"文章殆同书钞"，直至任昉、王融，仍然"竞须新事"，导致"句无虚语，语无虚字"[⑦]。诗文中这种"缉事比类，非对不发"，"全借古语，用申今情"[⑧]的现象极为普遍，而且还常常得到赞赏，如萧纲即称赞用典繁密的

---

① 《文心雕龙注》卷二，上册，第 67 页。
② 《文心雕龙注》卷九，下册，第 675 页。
③ 《南史·颜延之传》，卷三十四，第 3 册，第 881 页。
④ 《南齐书·文学传论》，卷五十二，第 3 册，第 908 页。
⑤ 《诗品序》，《诗品注》，第 2 页。
⑥ 《诗品注》，第 43 页。
⑦ 《诗品序》，《诗品注》，第 4 页。
⑧ 《南齐书·文学传论》，卷五十二，第 3 册，第 908 页。

"任昉、陆倕之笔"为"文章之冠冕，述作之楷模"①。颜延之、鲍照等人之文体现出刘宋骈文的突出特点。

（一）长于镂刻，繁缛典重的颜延之之文

刘熙载称颜延之（384—456）诗"长于廊庙之体"②，其实颜文也有这种倾向，充溢着典雅雍容之气。颜文注重雕琢③，极力追求对仗、用典、藻绘，代表了南朝前期骈文的最高成就，颜延之在南朝骈文发展史上占有比较重要的位置。

今存颜氏之文声名最著者当数《文选》所录数篇，概括而言，大致包括序、诔、祭文、哀策等几种文体，多属庙堂侍奉之篇。"序"作为一种文体，应始于《诗经》中的《诗大序》一文。刘勰《文心雕龙》多论文体，于"序"却未作详细阐释，以致招来后人的不满。如孙梅曾云："尝考《文心》，论列诸体，独不及序。惟《论说》篇有'序者次事'一语，岂以序为议论之流乎？夫序之与论，故属悬殊。序譬之衣裳之有冠冕，而论则绘象之九章也；序比于网罟之有纲维，而论则鸟罗之一目也。"④ 关于序的功用及特点，宋、明人都有相关的阐发，王应麟《辞学指南》云："序者，序典籍之所以作也。"⑤ 徐师曾则曰："按《尔雅》云：'序，绪也。'字亦作'叙'，言其善叙事理次第有序若丝之绪也。"⑥ 王氏之说指明了序的用途，相当一部分诗序、赋序、文序、文集序皆属此类，它不但可以说明相应作品的写作缘起，有些还对作品内容加以概括，也有的表达出作者的文学观点。尽管其具体功能不尽相同，但无疑对作品正文都起到了一定的指示作用。徐氏之说则突出了序的言之成理和有条不紊的特征。序在南朝文苑中数量不少，是此时一种较为重要的文体。《三月三日曲水诗序》是一篇歌功颂德之作。据《文选》李善注引裴子野《宋略》云，此文作于宋文帝元嘉十一年

---

① 萧纲：《与湘东王论文书》，《梁书·文学上·庾于陵传附弟肩吾传》，卷四十九，第3册，第691页。

② 《诗概》，《艺概》卷二，第56页。

③ 陆时雍《诗镜总论》称颜延之诗"代大匠斫而伤其手"（《历代诗话续编》下册，第1406页）。沈德潜评颜延之诗曰："镂刻太甚，填缀求工，转伤真气。"（《古诗源》，第224页。）此皆指出颜诗重雕琢的语言特点，虽为评诗之语，但移以评其文，同样很恰当。

④ 《四六丛话·叙序》，《四六丛话》卷二十，第353页。

⑤ 《四六丛话》引，卷二十，第354页。

⑥ 《文体明辨序说》，第135页。

（434），"（文帝）禊饮于乐游苑，且祖道江夏王义恭、衡阳王义季，有诏会者咸作诗，诏太子中庶子颜延之作序"①。由此可知，该文属受诏而作，故文中歌颂圣上之功德在所难免。文云：

> 有宋函夏，帝图弘远。高祖以圣武定鼎，规同造物；皇上以叡文承历，景属宸居。……选贤建戚，则宅之于茂典；施命发号，必酌之于故实。……赪茎素毳，并柯共穗之瑞，史不绝书；栈山航海，逾沙轶漠之贡，府无虚月。烈燧千城，通驿万里。

作者在记游赏乐趣之前，先对武帝、文帝建立基业，巩固社稷之功加以颂扬。文词对仗颇工，藻采缛丽，文情并美。李兆洛所述"织词之缛，始于延之"②，于此可见一斑。谭献所称"文字上乘"，"开阖动宕，情文相生，俪体之上驷"③，当非虚美。此序语言典雅华赡，"气质古健"④，尤喜运用同义代字，以迎合当时逐新好奇之文风。《文心雕龙·通变》所谓"宋初讹而新"⑤，即是对此种文风的描述。"文而专求新奇，为识者嗤鄙，在所不免。然而论乎骈文，自当宗法六朝。"⑥这种避陈趋新的风尚贯穿整个南朝文坛，使用代字即其表现之一。骆鸿凯说："六代好用代语，触手纷纶。举'日'义言之，曰曜灵，曰灵晖，曰悬景，曰飞辔，曰阳乌，皆替代之词也；……颜、谢继作，缀缉尤繁。而溯其缘起，大抵由文人厌黩旧语，欲避陈而趋新，故课虚以成实抑或嫌文辞之坦率，故用替代之词，以期化直为曲，易迳成迂。虽非文章之常轨，然亦修辞之妙诀也，安可轻议乎？"⑦延之此序中"赪茎素毳，并柯共穗之瑞"之语，即使用代字，李善注云："赪茎，朱草也。素毳，白虎也。并柯，连理也。共穗，嘉禾也。"⑧骆氏说："宋颜延年《三月三日曲水诗序》用字避陈翻新，开骈文雕绘之习。李申耆

---

① 《文选》卷四十六，第 5 册，第 2049 页。
② 《骈体文钞》卷三，第 57 页。
③ 同上书，第 57 页。
④ 《评选四六法海》卷六。
⑤ 《文心雕龙注》卷六，下册，第 520 页。
⑥ 同上书，第 525 页。
⑦ 《文选学》，第 356 页。
⑧ 《文选》卷四十六，第 5 册，第 2051 页。

谓'织词之缛，始于延之。'即以此篇为例。"① 颜延之不仅"创对偶诗"②，而且也很擅长骈文。

关于"诔"，《文心雕龙·诔碑》曰："诔者，累也；累其德行，旌之不朽也。……读诔定谥，其节文大矣。"③ 诔以颂德为主，又兼有述哀的功能，是由周代丧葬礼仪中的谥诔演化而来的，因此常常与谥联系在一起。换言之，诔文起初多用于通过颂述死者的功德以为其定谥，由于所封谥号出自朝廷，而且生前无爵者死后亦不得封谥，所以早期的诔文都是上诔下、贵诔贱，一般在朝廷与有爵位的大臣之间进行，而无逆向之例。刘师培说："诔之初兴，下不诔上，爵秩相当不得互诔，诸侯大夫皆由天子诔之，士无爵，死无谥，因亦不得有诔也。"④ 现存较早的诔文是《礼记·檀弓上》所载的鲁庄公诔县贲父和《左传·哀公十六年》中所载的鲁哀公诔孔子，但前者不可考，后者文词简略，有诔而无谥。自汉代始，情况发生了显著变化，扬雄有《元后诔》、傅毅亦有《明帝诔》等，此等皆违贱不诔贵之礼，而且同辈互诔及门生故吏之诔其师友者也极为常见，另外还出现了私诔私谥的现象。此后的诔文便不再拘执于初期的定谥职能，而是转向寄寓哀情。明人徐师曾云："盖古之诔本为定谥，而今之诔惟以寓哀，则不必问其谥之有无，而皆可为之。至于贵贱长幼之节，亦不复论矣。"⑤ 不言而喻，这是诔文在发展演变过程中所发生的最引人注目的变化。

诔文与碑文均勃兴于汉代，在内容与功用上也有一定的相似性，大略而言，二者都是通过颂扬死者德勋以寄托哀悼之思。由于诔文与西周丧葬礼仪制度有密切的关系，而且在周代已经出现，汉人继承了西周时期的重丧礼制，再加以崇儒思想的影响，终于导致作为丧葬礼文的诔文走向兴盛。无论从内容表达，还是从具体写作方式而言，诔的形式体制都要受到丧葬礼文的影响。如前所述，诔文本来就是由丧礼中的谥诔演变而来。黄金明说："诔文作为一种饰终礼文，其形制也就受礼文的制约。一方面，从内容而言，它与特定的丧葬对象密不可分，它主要以死

① 《文选学》，第311页。
② 《中国通史简编·修订本第二编》，第412页。
③ 《文心雕龙注》卷三，上册，第212页。
④ 《〈文心雕龙〉讲录二种》，《刘师培中古文学论集》，第157页。
⑤ 《文体明辨序说》，第154页。

者生前行迹为表述内容……而且它还要受丧葬情境的规定，死者已矣，它给活着的人带来伤痛，而存者在伤悼中总希望对象美好的品行能够永远活着……另一方面，从表述方式而言，诔文也必须服从礼仪、礼容的要求，不仅要押韵，且以形容美饰为主。"① 诔既属礼文，又是借以定谥的方式，于是自然通过颂扬死者的生平行止以述其德勋。《文心雕龙·诔碑》论诔的形式体制云："详夫诔之为制，盖选言录行，传体而颂文，荣始而哀终。论其人也，暧乎若可觌；道其哀也，凄焉如可伤。"② 诔文在汉代的勃兴要早于碑文，汉代诔作除强调实用功能以外，还颇为重视语言形式技巧，不但用韵，而且讲求文采藻饰。刘勰论汉代名诔，列举扬雄、杜笃、傅毅、苏顺（孝山）、崔瑗、崔骃、刘陶七家，除扬雄为西汉人外，其余皆为东汉人，于此足见后汉诔文之盛。杜笃之作，今存《大司马吴汉诔》一篇。傅毅之作，除《明帝诔》外，尚有《北海王诔》，二作分见《艺文类聚》卷十二和卷四十五，对句工整，"调多转折，音节甚高"③，音律调谐，婉转悦耳。另外，傅毅、苏顺诔文中借阴暗荒凉之景以抒哀情的写法对后世造成了深远的影响。汉代诔作多四言行文，语气紧凑，并押脚韵，扬雄等人之文，莫不皆然。诚如刘师培所说："汉代之诔，皆四言有韵，魏晋以后调类《楚词》，与辞赋哀文为近：盖变体也。"④ 四言应是诔文通用之体，魏晋而后，体式繁杂，实属变体。如果说汉代诔作更侧重于为死者颂述功德的话，那么魏晋诔作的重心则转向抒发作者本人的伤悼之情。

自汉末蔡邕开始，诔文中述哀的比重明显增大。时至魏晋，"哀情成为这一文体的主导因素，叙哀也渐演为个体哀思的抒发，诔文由对生命的礼赞演变为对生命的伤悼"⑤。由颂述亡者德勋转向抒发作者自身哀情，诔文在自汉迄晋演变过程中所发生的这一变化，使得诔作客体（被诔者）和诔作主体（作诔者）的创作观念往往具有多样性。或许这就是挚虞《文章流别论》中所说的"诔无定制"、"作者多异"⑥ 的缘

---

① 《汉魏晋南北朝诔碑文研究》，人民文学出版社 2005 年版，第 28 页。
② 《文心雕龙注》卷三，上册，第 213—214 页。
③ 《〈文心雕龙〉讲录二种》，《刘师培中古文学论集》，第 158 页。
④ 同上书，第 157 页。
⑤ 《汉魏晋南北朝诔碑文研究》，第 145 页。
⑥ 《魏晋南北朝文论选》，第 181 页。

故。另外，由于哀辞、哀策类文体的扩展，诔文的存在空间实际上在逐渐缩小。从这个角度来说，魏晋诔文不但功用发生了变化，而且逐步走向衰微。这一时期的著名诔作家有曹植、潘岳等，其中曹植的《王仲宣诔》、《文帝诔》皆为名篇。前者诔及王粲，文尾插入作者与仲宣平时论生死之语，"文甚警策，且有无限之哀情寓于言外"[1]，可谓情文并茂，已被萧统录入《文选》。后者所诔虽是其兄曹丕，却又身居帝王之尊，而且此诔须上奏给魏明帝曹叡，就此而言，该作更多地带有宫廷饰终礼文的性质，故文末的陈述自身哀情一节，似乎有悖朝廷典章礼仪。《文心雕龙·诔碑》指责曰："陈思叨名而体实繁缓，文皇诔末，旨言自陈，其乖甚矣！"[2] 近人林纾亦云："凡诔体，入己之事实，当缘情而抒哀。陈思王之诔文帝，数语以外，即自陈己事，斯失体矣。"[3] 刘师培对此则持有异议，他说："彦和因篇末自述哀思，遂讥其'体实烦缓'。然继陈思此作，诔文述及自身哀思者不可胜计，衡诸诔以述哀之旨，何'烦秽'之有？惟碑铭以表扬死者之功德为主，若涉及作者自身未免乖体耳。"[4] 此说认为碑铭之作中加有自诉之词即为乖体，而诔文中若有此现象，则非为乖体。结合《文帝诔》一文的实际情况来看，刘勰、林纾之言似较公允。

潘岳为晋代哀诔大家，此已久为世所公认，兹录几段资料以为佐证：

> 潘岳善属文，哀诔之妙，古今莫比，一时所推。（王隐《晋书》）
>
> 潘岳构意，专师孝山，巧于序悲，易入新切，所以隔代相望，能徵厥声者也。（《文心雕龙·诔碑》）
>
> 潘岳之祭庾妇，莫祭之恭哀也。（《文心雕龙·祝盟》）
>
> 及潘岳继作，实踵其美。观其虑善辞变，情洞悲苦，叙事如传；结言摹诗，促节四言，鲜有缓句，故能义直而文婉，体旧而趣新，《金鹿》、《泽兰》，莫之或继也。（《文心雕龙·哀弔》）

① 《〈文心雕龙〉讲录二种》，《刘师培中古文学论集》，第161页。
② 《文心雕龙注》卷三，上册，第213页。
③ 《春觉斋论文》，人民文学出版社1959年版，第55页。
④ 《〈文心雕龙〉讲录二种》，《刘师培中古文学论集》，第159页。

潘岳为才，善于哀文。（《文心雕龙·指瑕》）

潘岳敏给，辞自和畅，钟美于《西征》，贾余于哀诔，非自外也。（《文心雕龙·才略》）

岳美姿仪，辞藻绝丽，尤善为哀诔之文。（《晋书·潘岳传》）

予读安仁《马汧督诔》，恻然思古义士，犹班孟坚之传苏子卿也。及悼亡诗赋，《哀永逝文》，则又伤其闺房辛苦，有古落叶哀蝉之叹。史云："善为哀诔"，诚然哉！（《汉魏六朝百三家集·潘黄门集题辞》）

尔前读《马汧督诔》，谓其沈郁似《史记》，极是。余往年亦笃好斯篇。尔若于斯篇及《芜城赋》、《哀江南赋》、《九辩》、《祭张署文》等篇，吟玩不已，则声情并茂，文思汩故矣。（曾国藩《示子纪泽书》）

潘岳今存哀诔类散文共二十一篇（包括诔十三篇，哀辞六篇，哀策二篇），其中《杨荆州诔》、《杨仲武诔》、《夏侯常侍诔》、《马汧督诔》、《哀永逝文》悉数被收入《文选》，皆传世佳制，"以深情为人述哀，自能动听"[1]。潘岳哀诔对南朝此类文章产生了深刻的影响。刘师培说："夫诔主述哀，贵乎情文相生。而情文相生之作法，或以缠绵传神，轻描淡写，哀思自寓其中；或以侧艳丧哀，情愈哀则词愈艳，词愈艳音节亦愈悲。古乐府之悲调，齐梁间之哀文，率皆类此。安仁诔文以后者胜，故彦和谓其'巧于序悲，易入新切'也。"[2]刘宋谢庄的《宋孝武宣贵妃诔》、南齐谢朓的《齐敬皇后哀策文》等俱受潘文的沾溉。

南朝诔文上承魏晋诔文的流风余韵，并与魏晋一脉相承，仍呈衰落之势。南朝诔文愈趋衰落有一个明显的过程，自刘宋至陈，诔作数量骤减。稽考南朝史书与严可均所辑《全上古三代秦汉三国六朝文》可以发现，《宋书》、《全宋文》中所载刘宋时期作诔之事及诔文较多，而齐、梁、陈相关史籍与《全齐文》、《全梁文》、《全陈文》中所载则甚少。考究其因，黄金明说："一是朝廷不把诔作为典制，使诔作为典礼之文的功能丧失了。二是佛教的兴盛，个体生命的伤悼之情在很大程度

---

① 《春觉斋论文》，第55页。
② 《〈文心雕龙〉讲录二种》，《刘师培中古文学论集》，第158页。

被寄托在宗教上，诔作为抒发个体伤悼之情的职能也已式微。三是诔文文体的局限性及哀祭文体的拓展，也使得这一文体存在空间渐趋萎缩。"① 可以说，这种分析比较全面，也比较到位，基本符合诔文在南朝发展的实际状况。总体而言，与碑制相比，诔作显然更趋衰颓，并渐被祭文、哀策文等所取代。李兆洛《骈体文钞》将诔文分为两种：一种为卷五的"谥诔哀策"类，属于"庙堂之制，奏进之篇"，据此推断，此类诔文应是朝廷典制之诔，与谥密切相关。另一种为卷二十六的"诔祭"类，属于"指事述意之作"，此类诔文应是私诔，所诔对象为亲属或好友，主要表达作者的伤逝之情。综观南朝诔文，李兆洛所分两种并存，不过朝廷典制之诔重在褒扬德勋，旁及抒发哀思，而私诔则重在述哀，兼及赞德。

颜延之为南朝诔文名家，《文选·诔》择取南朝两家三篇，延之一人独占两篇，涵盖定谥之诔与私诔两种类型。《阳给事诔》为奉诏定谥之作。宋武帝永初三年（422），索虏入侵北部边郡，阳瓒率军抵抗，最终英勇殉节。延之仿效潘岳《马汧督诔》的笔法，为阳瓒称述德勋，发抒哀思。诔文重在述德定谥。阳瓒在强寇肆虐、城池坍塌、守将弃城逃逸之时，却坚守不退，英勇抗敌，最终为国捐躯，这种高尚的气节无疑最值得称颂。延之恰恰抓住这一不同寻常之处加以述评，从写法上说，明显承袭了潘岳的作诔技法。序文在略述诔主事迹后出以感慨赞赏之语："非夫贞壮之气，勇烈之志，岂能临敌引义，以死殉节者哉！"② 此语先为全文定下了基调。延之此诔借鉴潘岳的诔文形制，主体部分以"贞不常祐，义有必甄"③ 二句总絜殉节纲领，继之略叙阳处父（阳瓒先人）事，重在称扬其志节。外族入侵，边关大乱，当此之时，阳瓒临危受命，戍守滑台，阻击索虏的侵犯。文章写到在边疆恶劣的天气环境下敌兵的侵扰及阳瓒带兵坚守地形险峻的滑台时，可谓惊心动魄，生动感人。文曰：

凉冬气劲，塞外草衰。遏矣獯虏，乘障犯威。鸣骥横厉，霜镝

---

① 《汉魏晋南北朝诔碑文研究》，第236页。
② 《文选》卷五十七，第6册，第2465页。
③ 同上书，第2466页。

高罩。轶我河县，俘我洛畿。攒锋成林，投鞍为围。翳翳穷垒，嗷
嗷群悲。师老变形，地孤援阔。卒无半菽，马实拑秣。守未焚冲，
攻以濡褐。烈烈阳子，在困弥达。勉慰瘝伤，拊巡饥渴。力虽可
穷，气不可夺。义立边疆，身终锋栝。①

  索虏侵犯刘宋边境，有备而来，军械精良，供给充足，势头极盛。
阳瓒守军虽气势有余，但供给严重缺乏，加之守将王景度临阵脱逃，终
因寡难敌众，城陷身殉。方伯海评云："一面写强寇，一面写孤城，极
表其守御之难，遂至城陷而死，绝大笔力。"颜延之诗重雕饰对偶，文
亦如此。以此篇观之，可见大概。孙月峰有曰："属词甚工，然大约以
取对见致。"② 就用语及篇章营构而言，可谓字字落到实处，毫无虚浮
之言，结构极其紧炼。该文风格苍雄古健，沉实质重，语淡而意浓。

  萧子显称"颜延《杨③瓒》，自比《马督》"④，可见颜文效仿了潘
文。后世学者论及此文时多与潘岳《马汧督诔》进行比较，如谭献谓：
"去汧督篇已远，然有深湛之思，澹雅之用，夫亦可谓暖暖矣。"⑤ 近人
刘师培亦认为此文不及潘作："以此篇与《马汧督诔》比较，可知潘、
颜用笔之不同。《马汧督诔》精彩甚多，有非颜延年所可及者：（一）
安仁用古书如己出，延年则有迹象。（二）安仁文气疏朗，笔姿淡雅，
而愈淡愈悲，无意为文而自得天然之美。虽累数百言而意思贯串如出一
句，与说话无异。延年之文虽亦生动而用笔甚重，如'朔马东骛，胡
风南埃'等句甚不自然，逊安仁远矣。"⑥ 潘岳为西晋，乃至中国文学
史上的哀诔文大家，其文无论从表情达意，还是写作技法上看，都首屈
一指，后之诔文几乎无出其右。以颜文而论，师潘者有之，自创者亦有
之，然就灵活自然言之，却难至潘文之境。

  《陶征士诔》是颜延之的另一名作，该篇属士私诔。延之与渊明相
交甚契，情谊深笃，及陶卒后，颜为其撰作此诔，以表哀思。与前诔相

---

① 《文选》卷五十七，第 6 册，第 2467—2468 页。
② 于光华：《重订文选集评》卷十四引，乾隆四十三年（1778）锡山启秀堂刻本。
③ 当为"阳"之误。
④ 《南齐书·文学传论》，卷五十二，第 3 册，第 908 页。
⑤ 《骈体文钞》卷二十六，第 536 页。
⑥ 刘师培：《〈文心雕龙〉讲录二种》，《刘师培中古文学论集》，第 165 页。

似，作者亦专就特异处着笔。渊明为一介隐士，崇尚自然，弃官归隐，颇多特立独行之举，这些都是作者要重点表现的地方。序云：

> 夫璿玉致美，不为池隍之宝；桂椒信芳，而非园林之实。岂其深而好远哉？盖云殊性而已。故无足而至者，物之藉也；随踵而立者，人之薄也。若乃巢、高之抗行，夷、皓之峻节，故已父老尧、禹，锱铢周汉，而緜世浸远，光灵不属，至使菁华隐没，芳流歇绝，不其惜乎！虽今之作者，人自为量，而首路同尘，辍途殊轨者多矣。岂所以昭末景，汎余波！①

由上可见，文中的词藻、对偶、典故、句式等的运用都极其讲究。就辞藻言，如"璿玉"、"桂椒"等不可谓不华美，明显可见雕饰之痕。就对句类型言，可谓灵活多样，不仅有四六对，而且还有五四对、五五对、四四对，尽管对句种类还不能与后世徐、庾的骈文相比，但在南朝前期骈文中也算较有特色了。四六隔句对出现较早，虽然傅亮的《为宋公修张良庙教》中已有之，而且何焯也称傅亮为"四六之祖"②，实际上该句式最早出现于陆机的笔下，如其《豪士赋序》等文中已偶或用之。就用事言，此段运用了古代四位著名隐士（尧时的巢父、禹时的伯成子高、商周时的伯夷、秦汉时的四皓）遁世隐居的典故，赞扬了他们自怀其志、善始善终的真隐士风格。许梿评此序曰："引古立案，恰得渊明身分，而句法亦宕逸可观。"③与古代隐士形成鲜明对比的是，后来一些所谓的隐士，标榜隐居，实则"始同后异"，"隐居而不终"④，多数半途而废，徒致虚名。

序文至此暗示古之高隐风尚即将消歇，下文却又笔锋一转，以反衬法推出所要颂扬的对象。文谓：

> 有晋征士寻阳陶渊明，南岳之幽居者也。弱不好弄，长实素心。学非称师，文取指达。在众不失其寡，处言愈见其默。少而贫

---

① 《文选》卷五十七，第6册，第2469—2470页。
② 《重订文选集评》卷八引。
③ 黎经诰：《六朝文絜笺注》卷十二，中华书局1962年版，第170页。
④ 高步瀛：《南北朝文举要》上册，中华书局1998年版，第24页。

病，居无仆妾。井臼弗任，藜菽不给。母老子幼，就养勤匮。远惟田生致亲之议，追悟毛子捧檄之怀。初辞州府三命，后为彭泽令。道不偶物，弃官从好。遂乃解体世纷，结志区外，定迹深栖，于是乎远。灌畦鬻蔬，为供鱼菽之祭；织絇纬萧，以充粮粒之费。心好异书，性乐酒德，简弃烦促，就成省旷。殆所谓国爵屏贵，家人忘贫者与？有诏征为著作郎，称疾不到。春秋若干，元嘉四年月日，卒于寻阳县之某里。近识悲悼，远士伤情。冥默福应，呜呼淑贞！①

此节主要叙写陶渊明生平行事及志趣好尚：谦虚博学，修养颇深，虽可为人师，但不以此自居；崇尚自然，遇事宠辱不惊，可谓素心慧质；鄙弃黑暗官场，生活虽极贫困但依然辞官归隐向道，此皆显示出其隐士之高风。文章谈及渊明勤心侍奉老母时，运用田过、毛义的典故加以映衬，足见其孝心之笃诚。田过，战国时人，曾有事父重于事君之高论。毛义，东汉时人，以孝闻名，曾为奉养母亲而入仕，后来其母去世，遂辞官去职。作者借二子之孝行以衬渊明之孝思。关于渊明的文风，颜氏称"文取指达"，刘良曰："文章但取指适为达，不以浮华为务也。"② 盖言其文明事切理，质朴畅达，不尚浮词。全文用大半篇幅旌表陶氏志节，即是从侧面表达对其的哀思，作者在序作末尾又以直抒胸臆之式进一步强化了这种痛悼之情。颜延之与陶渊明交往颇深，"两人性格出处虽有不同，但平生志趣颇有一致之处"③。这正是本文抒情真挚而透彻的原因所在。

此诔序文较长，内容多与正文相重复，刘师培指出这一现象说："魏晋以上之诔，序甚简当，无一句与诔文重复。宋齐而后，序文增长，而多与诔犯。（颜延年之《陶征士诔》即属此例。）然后代骈文家师颜之体者较多，欲正文体，固当以魏晋为式。盖序文所以陈明原委，以为作诔之根据，不宜将诔所欲言者先于序中言之，而使前后相犯也。"④

---

① 《文选》卷五十七，第6册，第2470—2472页。
② 《六臣注文选》卷五十七，下册，中华书局1987年版，第1060页。
③ 郭预衡：《中国散文史》上册，第464页。
④ 《〈文心雕龙〉讲录二种》，《刘师培中古文学论集》，第160页。

虽然诔序中已谈及渊明的特异之行，但正文中又一次重复写到，此为刘师培所说的"相犯"之弊。作者一方面叙述陶渊明的高洁德行，另一方面抒发伤悼之情。正文开始又从诔主的特异处立言："物尚孤生，人固介立。岂伊时遭，曷云世及？嗟乎若士，望古遥集。韬此洪族，蔑彼名级。"① 一介特立独行、清高卓绝的隐士形象跃入读者视野。孙月峰曾云："此起数语，盖不欲平铺，冀以奇峭发意。"② 文章继之则总叙渊明之德节及出处行止，又言及其得疾而终与身后之事。作品写渊明的生活习惯与经历时多从其独特品行入手：

> 赋诗归来，高蹈独善。亦既超旷，无适非心。汲流旧巘，葺宇家林。晨烟暮霭，春煦秋阴。陈书辍卷，置酒弦琴。居备勤俭，躬兼贫病。人否其忧，子然其命。……年在中身，疢维痁疾。视死如归，临凶若吉。药剂弗尝，祷祀非恤。③

此文笔力超逸，洒脱豪迈，颇受后人好评。许梿赞其"气格高迈，纯是临摹东京人手笔"④，蒋士铨称该文"妙在笔外有闲致"⑤。与《阳给事诔》重笔叙写相比，此文笔法轻盈，别具一格。申叔曾评云："此篇虽与《阳给事诔》同出延年之手，而用笔轻重不同。在延年文中此篇为最轻。诔文既与铭颂等庄严之体不同，故用笔宜轻，轻则能淡，淡则尽哀，自然之理也。此篇如'晨烟暮霭，春煦秋阴。陈书辍卷，置酒弦琴'四句，用笔甚轻；而'人否其忧，子然其命'二句亦善学安仁用书之法。"⑥

诔文追忆作者与渊明之间的深情厚谊，无疑从侧面加深了对逝者的哀悼之情。其文谓：

> 深心追往，远情逐化。自尔介居，及我多暇。伊好之洽，接阎

① 《文选》卷五十七，第 6 册，第 2472 页。
② 《重订文选集评》卷十四引。
③ 《文选》卷五十七，第 6 册，第 2473—2474 页。
④ 《六朝文絜笺注》卷十二，第 174 页。
⑤ 《评选四六法海》卷八。
⑥ 《〈文心雕龙〉讲录二种》，《刘师培中古文学论集》，第 166 页。

南朝散文研究

邻舍。宵盘昼憩，非舟非驾。念昔宴私，举觞相诲。独正者危，至方则碍。哲人卷舒，布在前载。取鉴不远，吾规子佩。尔实愀然，中言而发。违众速尤，迕风先蹶。身才非实，荣声有歇。叡音永矣，谁箴余阙？①

　　该节忆及渊明生前与自己的密切交往，尤其是插入二人之间的彼此问答之语，无疑更令作者倍感悲怆。许梿曰："追往念昔，知己情深，而一种幽闲贞静之致宣露行间，尤堪讽咏。"② 颜氏此法显然是模仿曹植《王仲宣诔》和潘岳《夏侯常侍诔》二文，孙月峰称"有此段情事自是味长"。这一内容为序文所不备，恰好起到补叙的作用，故方伯海云："从死后念及生前情好之笃，补序文所未及。"补入一节，作者对诔主的哀伤怀念之情不言自明。如前所言，私诔重抒发哀情，并兼及述德，彰显称赞德勋则应选取诔主的与众不同之处，因此诔文作者多从这一角度入手搜撷材料。一般而言，像为阳瓒等有丰功伟业的一类人作诔相对更容易作好，而为陶渊明一类的恬淡隐居者作诔，想作好则很难。然而，颜延之作为诔文名手，恰能捕捉住陶氏最具特色，也最能彰显其品行的事迹落笔，故可轻松运笔，水到渠成。方氏又云："作忠烈人诔文出色易，作恬退人诔文出色难。英气故易，静气故难也。陶靖节胸怀高迈，性情潇洒，作者能以静气传之。"作者以静气运笔，稍事沾染，即可将渊明之行迹刻画无遗，当然，铸词造意也颇显工力。清人浦起龙曰："以雕文篆组之工，写熨贴清真之旨，最难措笔者，就命辞征也，妙于浑举倾叹。"③

　　该文语言雅洁，笔力劲健，感情真挚，韵味深永，为刘宋诔文情词俱善之佳制。后世学者多有美言称赏，如许梿云："诔文骨劲色苍，不特为渊明写照，而其品概，亦因之翛然远矣。"④ 谭献谓："文章之事，味如醇醪，色若球璧。有道之士，知者之言。"又谓："予尝言文辞不外事理，而运动之者，情也，似此情事理交至，六经九流而外，此类文

① 《文选》卷五十七，第 6 册，第 2474—2475 页。
② 《六朝文絜笺注》卷十二，第 175 页。
③ 孙月峰、方伯海、浦起龙之语俱见《重订文选集评》卷十四。
④ 《六朝文絜笺注》卷十二，第 169 页。

事，古今数不盈百。"① 江山渊则评云："序文一句一字，俱极斟酌。诔词前幅将渊明生平一一写出，入后追念往昔，知己情深，叡音永矣！谁箴余阙，有子期已死，伯牙绝弦之感。"②

序、诔以外，颜延之的祭文与哀策文也可以体现其较高的骈文创作成就。祭文是为祭奠死者而作，本源于古之祭祀。《文心雕龙·祝盟》云："若乃礼之祭祀，事止告飨，而中代祭文，兼赞言行，祭而兼赞，盖引伸而作也。"③ 古代祭祀制作祝词（一般称祝文、祭文或礼文）的目的是向天地鬼神祈福或免灾，并无颂赞言行的功用，此即为"事止告飨"。大约自汉始，后世所谓哀悼逝者的祭文正式出现，④ 而其功用也发生了变化，不仅有祝祷祭奠之意，而且兼赞死者言行，抒发哀悼之情。由上可见，祭文实滥觞于祭祀之祝词。明人徐师曾曰："按祭文者，祭奠亲友之辞也。古之祭祀，止于告飨而已。中世以还，兼赞言行，以寓哀伤之意，盖祝文之变也。"⑤ 此语基本沿袭刘勰之说，指出祭文是由祝文演变而来这一事理。民国张相对此亦有阐发："《孝经》疏云：祭者，际也，人神相接，故曰际也。《周礼》：太祝掌六祝之辞，以事鬼神，告飨有文，此其嚆矢。迄乎后世，体寝孳乳。"⑥ 综合诸说可见，祭文衍生于祝词当是不可否认的事实。祭文体式不定，有散体，有韵体，有骈体，韵体之中又分出散体、四言、六言、杂言、骚体、骈体的不同。其实，早期正体祭文均为韵语，而至齐、梁时期，骈文昌盛，"祭文不为韵语"，但取俪体，因此多见变体祭文，如王僧孺的《武帝祭禹庙文》、任孝恭的《祭杂坟文》等，此即南朝文章中"文体舛讹，异于前作者"⑦。颜延之祭文在继承早期祭文韵语行文的基础上，又取俪体，呈现出既韵且骈的状态。《祭屈原文》为南朝祭文名篇之一，与颜诗相类，此文也是"铺锦列绣"、"雕缋满眼"⑧，可谓藻采纷

①《骈体文钞》卷二十六，第 537、538 页。
② 王文濡编：《南北朝文评注读本》第 2 册，上海文明书局 1920 年排印本，第 67 页。
③《文心雕龙注》卷二，上册，第 177 页。
④ 任昉《文章缘起·祭文类》云："后汉车骑杜笃作《祭延钟文》。"（《魏晋南北朝文论选》，第 316 页。）此文已佚，现存最早的祭文是曹操的《祀故太尉桥玄文》。
⑤《文体明辨序说》，第 154 页。
⑥《古今文综》第六部第一编第四章"祭吊哀诔"类释祭文语。
⑦《中国中古文学史讲义》，《刘师培中古文学论集》，第 104 页。
⑧ 鲍照评颜延之诗语。《南史·颜延之传》，卷三十四，第 3 册，第 881 页。

呈。作者对屈原忠贞刚烈、不随俗为伍的人格予以高度称赏。颜延之文章之美，冠绝一时，虽因文辞藻丽受到傅亮的称赏，却又因性格耿介而遭到傅亮的忌恨。颜氏长于辞令，玩世不恭，嗜酒不护细行，曾被明人张溥称为"玩世如阮籍，善对如乐广"①，终因数忤权贵而屡遭贬黜。少帝义符即位，出延年为始平太守，赴郡，道经屈原所投之汨罗潭，为湘州刺史张邵作此文以祭之。篇中数语不仅襃扬屈原，实亦含有自况之意。文谓：

> 兰薰而摧，玉缜则折。物忌坚芳，人讳明洁。曰若先生，逢辰之缺。温风怠时，飞霜急节。嬴芈遘纷，昭、怀不端；谋折仪、尚，贞蔑椒、兰。身绝郢阙，迹遍湘干。比物荃荪，连类龙鸾。声溢金石，志华日月。如彼树芳，实颖实发。望汨心欷，瞻罗思越。藉用可尘，昭忠难阙。②

开头四句警策工绝，思致绵邈，含蕴极深。江山渊云："物忌坚芳，人讳明洁，于古来文士之遭厄，道尽无遗。每读一过，为凄咽者久之。"③ 前人称其"文采高丽，工于发端"④，确非虚语。屈原心念楚国安危，屡谏怀王，非但不为用，却遭佞臣构陷，实属生不逢时。虽有忠诚救国之志，但在张仪、上官靳尚、子椒、子兰等人的阻挠下无从施展。"声溢金石，志华日月"二句是对屈原的品行与志向所作出的极高评价，许梿曰："文词之美，行谊之絜，二语尽之矣。"⑤ 该文语词华赡，颇重雕饰，取对工巧，思致缜密，文风凄怆沉郁，典重质实。孙执升评云："工雅之章，亦简重，亦沉郁。"⑥ 作者运词独具匠心，以简练之语述评屈子之行止，而能做到"辞与事称，各肖其人之生平"⑦，于此不难看出延之驾驭语言的工力。

除了祭文，颜延之尚有哀策文传世。哀策文由诔文衍生出来，"今

---

① 《汉魏六朝百三家集·颜光禄集题辞》，《汉魏六朝百三家集题辞注》，第 173 页。
② 《文选》卷六十，第 6 册，第 2606—2607 页。
③ 《南北朝文评注读本》第 2 册，第 65 页。
④ 钱基博：《中国文学史》上册，第 180 页。
⑤ 《六朝文絜笺注》卷十二，第 182 页。
⑥ 《重订文选集评》卷十五引。
⑦ 钱基博：《中国文学史》上册，中华书局 1993 年版，第 179 页。

所谓哀策者，古诔之义"①，可见哀策文是诔文的变体，故二者有着密切的联系。《文心雕龙·祝盟》曰："然则策本书赠，因哀而为文也。是以义同于诔，而文实告神，诔首而哀末，颂体而祝仪，太史所作之赞，因周之祝文也。"② 此说亦认为哀策与诔同义，无疑承袭了挚虞的观点。任昉《文章缘起》提出，最早的哀策文是汉代乐安相李尤所作的《和帝哀策》。清人赵翼谓："周制，饰终之典以谥诔为重。汉景帝始增哀策。《汉书》本纪，中二年，令诸侯王薨，大鸿胪奏谥诔策。列侯薨，大行奏谥诔策。应劭注谓赐谥及诔文哀策也。沿及晋、宋，犹以谥诔为重。"由上足见哀策文形成于汉代，此后因之。关于南朝时的哀策文创作情况，赵氏又谓："宋文帝袁皇后薨，诏颜延之为哀策文，甚丽，帝自增'抚存悼亡，感今怀昔'八字。孝武殷贵嫔薨，命谢庄为诔文，都下传写，纸为之贵。至齐则专重哀策文，齐武裴后薨，群臣议立石誌，王俭曰：'石誌不出礼经，今既有哀策，不烦石誌。'乃止。可见齐以后专以哀策为重也。今见于《齐》、《梁书》各列传者，梁武丁贵嫔薨，张缵为哀策文；昭明太子薨，王筠为哀策文；简文为侯景所制，其后薨，萧子范为哀策文，简文读之曰，'今葬礼虽缺，此文犹不减于旧'是也。"③ 南朝哀策文情韵俱胜，多有佳制，林纾解释此类文章的用韵说："韵非故作悠扬语也，情赡于中，发为音吐，读者不觉其縣亘有余悲焉，斯则所谓韵也。"④ 实际上，诸文基本韵骈兼用，情韵皆佳。就使用对象来说，哀策文与朝廷典制之诔最相似，然典制之诔的使用范围大一些，而哀策文却主要用于帝王、后妃、太子，语言形式也以诔文的四言体式为主，偶及六言。刘宋时期，典礼之诔与哀策并存，实际上二者已无分别。据《南史》所载，宋孝武帝宣贵妃薨逝，"谢庄作哀策文奏之，帝卧览读，起坐流涕曰：'不谓当今复有此才。'都下传写，纸墨为之贵。"⑤ 史籍称该文为哀策，而《文选》则题为《宋孝武宣贵妃诔》，文同而名异，可见二者在内容表达和形式体制上已趋一致。萧齐以后，诔文作为典礼的功能逐渐消退，哀策文则走向兴盛，至

---

① 挚虞：《文章流别论》，《魏晋南北朝文论选》，第 181 页。

② 《文心雕龙注》卷二，上册，第 177 页。

③ 《廿二史劄记校证》卷十二，上册，第 258 页。

④ 《春觉斋论文》，第 57—58 页。

⑤ 《南史·后妃上·宣贵妃传》，卷十一，第 2 册，第 324 页。

此，南朝典制诔文基本为哀策文所取代。由于祭文的使用范围比诔文大，表述个体哀情的私诔也逐渐与祭文、哀辞融为一体。南朝哀策文与魏晋以来的朝廷典礼之诔形制基本一致，内容上述德与叙哀相结合，述德细致明晰，叙哀深切真挚，形式上以四言为主，兼有少量六言、七言。因为哀策文能够很好地执行诔文所承担的职能，所以南齐以后哀策文逐步取代了诔文，这也从侧面展现出诔文自刘宋以后愈趋衰落的现实。

颜延之的《宋文皇帝元皇后哀策文》收录于《文选·哀下》，华词丽藻，为骈俪之佳制。该文是为哀悼宋文帝袁皇后而作。《文选》李善注引《宋书》曰："文帝袁皇后讳齐妫，陈郡人，左光禄大夫敬公湛之庶女也。适太祖，生太子劭。上待后礼甚笃。及崩于显阳殿，诏前永嘉太守颜延年为哀策文。"[①] 延之在文中以奇特之语叙及世间万事万物皆有依凭，其中包括夫妇伉俪之道，并且赞誉皇后出身名门望族，习礼奉文，及适太祖，不仅荣其门庭，而且誉满朝野。文曰：

> 伦昭俪昇，有物有凭。圆精初铄，方祇始凝。昭哉士族，祥发庆膺。秘仪景胄，图光玉绳。昌晖在阴，柔明将进。率礼蹈和，称诗纳顺。爰自待年，金声凤振。亦既有行，素章增绚。[②]

袁皇后德才兼备，美名远播，可嘉可颂。文章以四言韵语娓娓叙出，述德中寓有称扬之意。起首二句落笔新奇，语词渊雅，但不够圆转。孙月峰云："起二语煞奇崛，然未快，大约延年手笔浓郁有余，圆澈不足。"[③] 此说较具识见。

作者叙皇后辞世及丧葬一节，悲情浓郁，悱恻动人。词云：

> 太和既融，收华委世。兰殿长阴，椒涂驰卫。呜呼哀哉！……霜夜流唱，晓月升魄。八神警引，五辂迁迹。嗷嗷储嗣，哀哀列辟。洒零玉墀，雨泗丹掖。抚存悼亡，感今怀昔。呜呼哀哉！……

① 《文选》卷五十八，第 6 册，第 2487 页。
② 同上书，第 2488—2489 页。
③ 《重订文选集评》卷十四引。

南背国门，北首山园。仆人按节，服马顾辕。遥酸紫盖，眇泣素轩。①

正值太平盛世之时，袁皇后却撒手人寰。作者借助一系列凄凉之景衬托悲悼之情：弥漫兰草香气的殿堂因长时间关闭而幽深昏暗；平日所住的以椒所涂的居室也已没有了侍卫的看守；深秋夜色中，霜露飘零，似乎在唱着挽歌；拂晓时月色渐淡渐隐，似乎伴随着皇后的神灵升入天际。丧葬仪式开始时，上至皇室子嗣，下到朝臣仆从，无不潸然泪下，哀痛万分。"抚存悼亡，感今怀昔"八字，本是文帝亲笔所增，语虽无奇，然悲情绵邈，溢于言表。谭献曾谓："帝增八字，淡语弥悲。"② 何焯则认为"八字故自一篇体要"。此文颇尚雕饰，词雅义丰，语短而情长，前人称"无繁长语"③、"雅腴"④，均属有见地之言。延之诗重雕藻、对偶与用典，其文亦然。该文对句虽不尽精工却也多见巧构之例，用事则寻绎经史子集，《诗经》、《淮南子》、《左传》及扬雄、班固、蔡邕等文中之典事，随手而至。至于藻采，颜氏喜雕琢亦善雕琢，但过于注重则易使语词典质，气脉滞塞。方伯海曾云："颜光禄文，思沉意刻，在宋、齐间应推巨手，但造作过而质伤，添饰胜而气滞。"⑤

除上述以外，颜延之还有家诫类文章。家诫家训类文章在中国文学史上屡见不鲜，均是长辈对晚辈进行谆谆教导一类的文字，如话家常，语言平易自然，意蕴深刻丰厚。其内容包罗万象，可以谈论读书治学，可以讲述自己的立身处世经验，可以涉及社会文化、思想状况、志趣好尚等方面的问题。据谭家健考证，此类文章最早出现于战国时的秦国。当时久役于外的戍卒往往写有家书，这应该是后代家诫类文章的前身。⑥ 东汉魏晋时期，该类文章逐渐增多，较有名者如马援的《诫兄子严敦书》、虞翻的《与弟书》、张奂的《诫兄子书》、郑玄的《诫子益恩书》、诸葛亮的《诫子书》、王昶的《家诫》、李秉的《家诫》、羊祜

---

① 《文选》卷五十八，第 6 册，第 2491—2492 页。
② 《骈体文钞》卷五，第 92 页。
③ 《义门读书记》卷四十九，下册，第 973 页。
④ 《重订文选集评》卷十四引孙月峰语。
⑤ 《重订文选集评》卷十四引。
⑥ 可参看《六朝文章新论》，第 389 页。

的《诫子书》等。南北朝时期，此类文章仍不断涌现，如颜延之的《庭诰》、雷次宗的《与子侄书》、王僧虔的《诫子书》、张融的《戒子》、徐勉的《诫子崧书》、萧衍的《戒昭明太子书》、萧纲的《诫当阳公大心书》、王筠的《与诸儿书论家世集》、陈暄的《与兄子秀书》、王褒的《幼训》、甄琛的《家诲》、刁雍的《家诫》、魏收的《枕中篇》、颜之推的《颜氏家训》等。

颜延之之文中篇幅最长者是家诫类文章《庭诰》，张溥谓："延年文莫长于《庭诰》，诗莫长于《五君》。嵇中散任诞魏朝，独《家戒》恭谨，教子以礼。颜诰立言，意亦类是。"① 与前述诸骈文重雕饰用典不同，此文不尚雕琢，不事典实，句式虽较齐整，对语却不工。从语体风格上看，与其他骈文的典雅质重相比，此文似稍显平易明畅。郑振铎说："（该文）文繁意密，不复有澹荡之姿。其中也充满了由经验与学问给他的许多的儒家的教训。"② 其内容所涉面非常广泛，举凡情理之分、立身树德、保持家和、行为谨重、流言谤议、宽厚待人、诚心交友、饮馔适度、服饰得体、勤劳持家、宽容平和等，都逐一加以交代。钱基博评曰："雅意深笃，善贻厥谋，可谓有德之言。"③ 文中也有涉及与治学、文学有关者，如告诫子孙读书时要注意"贵要"、"贵博"，意思是说读书要广、要多，但还得把握住要点，不能无的放矢，以致杂乱无章。颜氏还指出《诗经》为歌咏之书之祖，它可以畅达"民志"；至于美刺褒贬之书，如《春秋》，因其具有"正言晦义"，故应予以推重；而《周易》因有微言精理，故可"极人心之数"。此说似乎隐含有文章出于儒家经典之意。该文又云：

　　诗者，古之乐章。……及秦勒望岱，汉祀郊宫，辞著前史者，文变之高制也。虽雅声未至，弘丽难追矣。逮李陵众作，总杂不类，元是假托，非尽陵制。至其善写，有足悲者。……至于五言流靡，则刘桢、张华；四言侧密，则张衡、王粲。若夫陈思王，可谓兼之矣。④

① 《汉魏六朝百三家集·颜光禄集题辞》，《汉魏六朝百三家集题辞注》，第173页。
② 郑振铎：《插图本中国文学史》第2册，人民文学出版社1959年版，第241页。
③ 《中国文学史》上册，第179页。
④ 《全宋文》卷三十六，《全上古三代秦汉三国六朝文》，第3册，第2637页。

作者以诗可合乐歌唱为据，不仅将汉代的郊庙歌辞归于诗，而且还将李斯代秦始皇所作的泰山刻石文也归于诗类，并称其为"文变之高制"。对于旧称为李陵所作的五言诗，颜延之已看出其"总杂不类"，实属伪托，但其中也有极富悲情者，可见他颇具鉴赏才力。关于四言、五言两种诗体，作者认为它们有不同的风格特点：五言诗华美流转，四言诗缜密雅赡。这种观点对刘勰有较深的影响，但刘氏出于宗经的目的，故称四言为"正体"，且以"雅润为本"；称五言为"流调"，且以"清丽居宗"①。此文虽属家训文字，但述事广博，论理精微，显示出作者富博的学识。钟嵘称延之有"经纶文雅才"②，于此可略见。郭预衡也称颜延之"善于持论，仍有魏晋风尚"③。

（二）贵尚巧似，不避危仄的鲍照之文

如果说颜延之之文代表了门阀士族文学，那么鲍照（？—466）之文则代表了寒士文学。钟嵘评鲍照曰："嗟其才秀人微，故取湮当代。"④ 王钟陵先生曾说："'才秀人微'这四个字，蕴含着才能与身世、个人与社会之间的深刻的悲剧性矛盾。""鲍照诗文中所反映的思想矛盾及其诗文的艺术特色，都可以从这四个字所反映的矛盾上来加以认识。"⑤

鲍照长于骈体，今存文二十余篇，多为骈文，大体来说，主要包括书、颂、铭、杂文等文体。张溥为鲍集题辞云："鲍文最有名者，《芜城赋》、《河清颂》及《登大雷书》。《南齐书·文学传论》所谓'发唱惊挺，操调险急，雕藻淫艳，倾炫心魂'，殆指是邪？"⑥

书牍文是南朝散文中的一大类，不仅数量多，而且文学价值也较高。具体而言，这类文章可以包括书、笺、启、上书等，其行文方向不拘一格：书、笺、启均可上可下，亦可平行，而上书则只能是上行。根

---

① 《文心雕龙·明诗》，《文心雕龙注》卷二，下册，第67页。
② 《诗品注》，第43页。
③ 《中国散文史》上册，第463页。
④ 《诗品注》，第47页。
⑤ 《中国中古诗歌史》，第400页。
⑥ 《汉魏六朝百三家集·鲍参军集题辞》，《汉魏六朝百三家集题辞注》，第176页。

据姚鼐之说，书作为一种文体应始于《尚书》中的《君奭》一文①，但标准的书信文却产生于春秋时期，如《左传》中的《郑子家与赵宣子书》、《巫臣遗子反书》、《子产与范宣子书》等。早期的书信文多强调政治功用，即围绕国事而写，到汉代则逐渐转向抒发个人情志。时至南朝，书牍文的审美功能得以强化，甚至有超过实用功能的趋势，这样一来，此类文章由注重实用性转向注重审美性，这无疑与文学，尤其是与骈文的独立发展有密切的关系。关于"书"的性质及功用，《文心雕龙·书记》曰："书者，舒也；舒布其言，陈之简牍，取象于夬，贵在明决而已。"② 此说指出书的作用在于表达思想，昭明事理，其实，它不仅可以阐发道理，评价事物，而且可以谈论文学，交流思想等。就表达方式而言，它可以叙述，亦可以议论或抒情，篇幅可长可短，非常灵活。孙梅云："抑书之为说，直达胸臆，不拘绳墨。纵而纵之，数千言不见其多；敛而敛之，一二语不见其少。破长风于天际，缩九华于壶中。或放笔而不休，或藏锋而不露。"③ 书信文用于阐明事理，常常能够畅所欲言，尽情发抒，一吐为快。《文心雕龙·书记》又曰："详总书体，本在尽言，言以散郁陶，托风采，故宜条畅以任气，优柔以怿怀。文明从容，亦心声之献酬也。"④ 古代"书"文章，原本包括公牍文和书牍文两类，公牍类指奏疏，属上行公文；书牍类则指书信，用于友朋之间交往。明人吴讷曰："昔臣僚敷奏，朋旧往复，皆总曰书。近世臣僚上言，名为表奏；惟朋旧之间，则曰书而已。"⑤ 早期的"书"类文章多包含此两种，后来臣子给皇帝上奏之文多用章表或奏疏，而"书"则专用于臣下之间的交往。无论是哪一种，都能够做到表意明晰，情达理畅，故高步瀛说："书之义如此，而其用不同，其体亦异。告于君上，曰'上书'；行于臣下，曰'敕书'；友朋往来致信，亦谓之书。虽有上行下行平行之异，而舒布其言，如其事物，以箸其意，则罔不同也。"⑥

---

① 《古文辞类纂序目》曰："书说类者，昔周公之告召公，有《君奭》之篇。"据此推断，这应是最早的书牍类散文（《古文辞类纂》，第8页）。
② 《文心雕龙注》卷五，下册，第455页。
③ 《四六丛话·叙书》，《四六丛话》卷十七，第305—306页。
④ 《文心雕龙注》卷五，下册，第456页。
⑤ 《文章辨体序说》，中华书局1962年版，第41页。
⑥ 《南北朝文举要》上册，第50页。

前人论及书信文，多强调真实性，即言其能抒真情，表真意。尽管在特定的社会背景下，有些书信表面看上去比较含蓄隐晦，但就熟谙内情的写、读两方来说，它仍然能够传达真实信息。鲁迅在《且介亭杂文二集·孔另境编〈当代文人尺牍钞〉序》中曾说："这一回可究竟较近于真实。所以从作家的日记或尺牍上，往往能得到比看他的作品更其明晰的意见，也就是他自己的简洁的注释。"① 这一表述无疑有助于理解书牍文在表情达意上的真实性。所谓"尺牍书疏，千里面目"②，虽然本来针对书法而言，但也从侧面极其形象地展示出书牍文的作用。南朝书牍文体兼骈、散，"多视所言内容性质、告语对象特点以及写作兴致而定"③，内容广泛，名作纷出，尤其是骈体书牍，无论写景还是抒情，都讲究辞采，崇尚美学价值，以致出现辞浮于意的倾向。论者言及此时的书信文时，都意识到了这一特点，如褚斌杰指出书牍文作者创作时，"极大地加强了艺术色彩，仿佛写信不仅是交流思想，传递信息，还要骋才华，托风采，叫读信者欣赏一篇美文，于是书信也就不单纯是一种社会必需的应用文体，而成为一种文学创作，成为文学之林的一种具有独立地位的文学样式。因此，当时的书信，许多都是情文相生、趣味隽永、词藻明丽的佳制，堪称为文学史上的名篇"④。

涉及山水景观的书牍文在南朝以前已经出现，不过篇幅较小，而且多附属于其他内容中。据《文选》所录，曹魏时期繁钦的《与魏文帝笺》，吴质的《在元城与魏太子笺》，曹丕的《与朝歌令吴质书》，应璩的《与满公琰书》、《与从弟君苗君胄书》等文中都有一些描写山水景致的语句，但多是作为陪衬，并非专门写景。此后赵至的《与嵇茂齐书》中亦有少量此类片断。"自近代以来，文贵形似，窥情风景之上，钻貌草木之中。""山沓水匝，树杂云合。目既往还，心亦吐纳。"⑤ 刘勰此语体现出刘宋以来山水文学的发达状况。"山水尺牍盛于南朝"⑥，书信中真正专力写山水美景始于刘宋，这一倾向的出现并非偶然。南朝

---

① 《鲁迅全集》第六卷，第 415 页。
② 《颜氏家训·杂艺》引江南谣谚语（《颜氏家训集解》卷七，第 567 页）。
③ 熊礼汇：《先唐散文艺术论》下册，学苑出版社 1999 年版，第 898 页。
④ 《中国古代文体概论》，第 404 页。
⑤ 《文心雕龙·物色》，《文心雕龙注》卷十，下册，第 694、695 页。
⑥ 赵树功：《中国尺牍文学史》，河北人民出版社 1999 年版，第 32 页。

文士摆脱了儒家政教观念的束缚，可以自由抒发内心的真实感受，他们往往喜好山水，因此笔下多有关于山水景观的真实细腻的刻画。王钟陵先生曾说："形似地、细微地刻画外物，在南朝是一个历时弥久的十分普遍的风尚。"此处的"外物"，无疑包括山水在内。谈及南朝诗歌时他还曾提出"自然美的欣赏和表现之成为热潮，以及民族审美心理由此而带来的新建构"①的观点，这一观点应是把握此时文学特征的一个非常重要的方面。所谓新的审美心理，自然也应该包括对山水景观的钟情。

鲍照骈文中最有名者首推《登大雷岸与妹书》，真正大幅度描写山水美景的书信文应从此篇开始，此后则逐渐增多。该文是明远于元嘉十六年（439）赴江州任职途中写给其妹鲍令晖的，辞采、情致俱美。文章采用赋的铺陈手法分别从南、东、北、西、西南方向，对长江、庐山一带的山水胜景加以描绘，不亚于一幅山水美景图画。文曰：

> 南则积山万状，争气负高，含霞饮景，参差代雄。东则砥原远隰，亡端靡际……北则陂池潜演，湖脉通连……西则迥江水指，长波天合……思尽波涛，悲满潭壑。……西南望庐山，又特惊异。基压江潮，峰与辰汉相接。……左右青霭，表里紫霄。……仰视大火，俯听波声，愁魄胁息，心惊慄矣。……夕景欲沈，晓雾将合，孤鹤寒啸，游鸿远吟，樵苏一叹，舟子再泣。诚足悲忧，不可说也。②

作者将写景与抒情融为一体，"以情观物，叙写中遂亦情与景俱"，自"夕景欲沈"至"不可说也"一节，寓羁旅之悲愁于凄怆苍凉之哀景，尤为典型，写景则形态逼真，栩栩如生；抒情深沉真挚，感人肺腑。"此一段著名描写，与其说是写所见，不如说是借所见写旅途的飘零寂寞心绪，孤鹤与游鸿，仿佛旅人之跋涉，樵苏未必真一叹，舟子亦未必真再泣，一叹与再泣者，实为游子之心境。《登大雷岸与妹书》可

---

①　《中国中古诗歌史》，第 67、371 页。
②　《全宋文》卷四十七，《全上古三代秦汉三国六朝文》第 3 册，第 2693 页。

以说是一篇非常情绪化的佳作。"① 此文语言刻意雕琢，"矫厉奇工"②，极富古奥奇崛之气。其中对庐山姿态万千、烟雾缥缈，长江水势汹涌澎湃、巨浪冲天的描写极尽笔势纵横之能事，可谓"跌宕遒逸"③，生机盎然。许梿评曰："烟云变灭，尽态极妍，即使李思训数月之功，亦恐画所难到。""句句锤炼无渣滓，真是精绝。"④ "明远骈体高际六代，文通稍后出，差足颉颃，而奇峭幽洁不逮也。"⑤ 钟嵘称鲍诗"善制形状写物之词"⑥，黄子云《野鸿诗的》则称鲍诗"沉雄笃挚，节亮句遒，又善能写难写之景"⑦，若移评此文，亦极恰当。《登大雷岸与妹书》一文因其高超的创作技巧受到后代的推重，如钱基博称此文"运意深婉，融情于景，无句不锤炼，无句不俊逸，颇喜巧琢"⑧，钱锺书则赞赏说："按鲍文第一，即标为宋文第一，亦无不可也。"⑨

辞赋发展到南朝，已高度骈化，形成骈赋。由于骈赋与骈文对辞采、对偶、用典等形式技巧的追求基本一致，而且赋的骈化比散体文的骈化更充分、更突出，因此，许多骈文往往受到骈赋的影响，从而体现出文体的赋化倾向。"南朝文体的赋化，实质上就是赋体辐射性的明显表现。"⑩ 鲍照此文即非常明显地运用了赋的笔法，从而使其呈现出与骈赋相同或相近的风貌，与此文相类的还有孔稚珪的《北山移文》，刘峻的《广绝交论》、《东阳金华山栖志》等。

除书以外，鲍照之颂也很有名。颂之为名，本出于《诗》，《诗》有六义，颂为其一。《诗大序》曰："颂者，美盛德之形容，以其成功告于神明者也。"⑪ 颂有正体与变体之分。《诗经·商颂》、《诗经·周颂》中的部分篇章为颂德告神之作，属颂之正体；而《鲁颂·駉》、《鲁颂·閟宫》等篇章称颂僖公，则属颂之变体。后代颂文，如屈原的

① 《魏晋南北朝文学思想史》，第 206 页。
② 谭献评语（《骈体文钞》卷三十，第 616 页）。
③ 《评选四六法海》卷四。
④ 《六朝文絜笺注》卷七，第 102 页。
⑤ 同上书，第 104 页。
⑥ 《诗品注》，第 47 页。
⑦ 《清诗话》，第 862 页。
⑧ 《中国文学史》上册，第 182 页。
⑨ 钱锺书：《管锥编》第 4 册，中华书局 1979 年版，第 1313 页。
⑩ 程章灿：《魏晋南北朝赋史》，江苏古籍出版社 1992 年版，第 259 页。
⑪ 《文选》卷四十五，第 5 册，第 2030 页。

《橘颂》，王褒的《圣主得贤臣颂》，扬雄的《赵充国颂》，班固的《安丰戴侯颂》，史岑的《出师颂》、《和熹邓后颂》（已佚），傅毅的《显宗颂》，陆机的《汉高祖功臣颂》等，皆为变体。挚虞、刘勰基本尊崇《诗大序》之说，也对颂体作以阐发，如《文章流别论》云："颂，诗之美者也。古者圣帝明王，功成治定而颂声兴。于是史録其篇，工歌其章，以奏于宗庙，告于鬼神。故颂之所美者，圣王之德也。"[1]《文心雕龙·颂赞》则云："四始之至，颂居其极。颂者，容也，所以美盛德而述形容也。"此亦言正体颂文之本义。颂虽讲究铺叙藻饰，但以典雅丰缛为宗，与赋的极力铺采摛藻并不相同。《文心雕龙·颂赞》又云："原夫颂惟典雅，辞必清铄，敷写似赋，而不入华侈之区；敬慎如铭，而异乎规戒之域。揄扬以发藻，汪洋以树义，唯纤曲巧致，与情而变，其大体所底，如斯而已。"[2] 由此可见，颂文虽有藻采但又树典雅之义，这使得它既不同于赋的华艳绮丽，也不同于铭的蕴含规戒。正体颂文本为祭神告神之作，自战国以后，颂多称美盛德，兼及托物寓意或专事品物，颂之本义尽失，渐渐衍生为变体。南朝颂文均属变体之颂。鲍照的《河清颂》着力于颂扬圣上之德勋政绩，典丽雅致，凝重肃穆，实为特出之作。据《宋书·符瑞志》载，宋文帝元嘉二十四年（447）二月，河济俱清，众皆以为祥瑞，于是朝野欢然，皆感叹盛世之来临。鲍文正产生于此时，故颇为时人所重，颂前有序，其词"甚工"[3]，有曰：

夫四皇六帝，树声长世，大宝也。泽浸群生，国富刑清，鸿德也。制礼裁乐，惇风迁俗，文教也。诔筵逋羯，束颡绛阙，武功也。鸣鸟跃鱼，涤秽河渠，至祥也。大宝鸿德，文教武功，其崇如此；幽明协赞，民祇与能，厥应如彼。唯天为大，尧实则之，皇哉唐哉，畴与为让。[4]

宋文帝即位圣明，治理有方，赏罚有度，文教武功，一应俱全，而且河清也已昭示出祥瑞之迹，作者歌颂圣德实可谓不遗余力。该段基本

---

① 《魏晋南北朝文论选》，第179页。
② 《文心雕龙注》卷二，上册，第156、158页。
③ 《宋书·临川烈武王道规传附鲍照传》，卷五十一，第5册，第1478页。
④ 《全宋文》卷四十七，《全上古三代秦汉三国六朝文》第3册，第2694页。

由四字句为主的排偶句组成，其中所涉及的典故采自《尚书》、《周易》、《诗经》、《周礼》、《左传》、《战国策》、《汉书》、《后汉书》、《论语》等经籍、史书和子书。序中用事多属明用，即直接征引其事或其言，还没有后世骈文中的暗用或借用之例，或许这应该与骈文尚处于早期有关。如"树声"一语，即直接取自《左传·文公六年》中的"树之风声"。此序颇具藻采，今人高步瀛说："序语瑰丽，犹有扬、马余风，铭词亦矜创，在六朝文中自当首出。"①

又如叙及文帝统治下的刘宋王朝政治清明、人乐其业、国富民强、社会祥和的景象曰：

> 故不劳仗斧之使，号令不肃而自严；无辱凤举之事，灵怪不召而自彰。万里神行，飙尘不起。农商野庐，边城偃柝。冀马南金，填委内府；训象栖爵，充罗外苑。阿纨纂组之饶，衣覆宗国；渔盐杞梓之利，傍赡荒遐。士民殷富，繁轶五陵。宫宇宏丽，崇冠三川。闾闬有盈，歌吹无绝。朱轮叠辙，华冕重肩。②

此节言君主之德行治绩尽出以赞誉之语：民众勤劳，安居乐业，远投近附，战事消弭，社会安定太平。与此环境相应，国家富强，民众家给人足。"凡百户之乡，有市之邑，歌谣舞蹈，触处成群，盖宋世之极盛也。"③ 文中虽稍有夸饰的成分，但大体上还是符合实情的。除了序中大旌盛德之外，正文中再次铺叙文帝治化之隆：凡仁德君恩、重农务本、礼乐教化、武功修备，靡不毕陈。作者在文中还描绘出一幅近似桃花源的理想画图，借此对文帝之治大加赞赏。

鲍照为南朝前期骈文名家，其文极尚雕藻，然气骨劲健，故无纤弱之失。李兆洛评云："大抵华腴害骨，然明远采壮，简文思清，固一时之杰也。"将鲍照、萧纲颂文并举，似未尽当。萧纲的《大法颂》、《马宝颂》、《南郊颂》取佛法、祥瑞、祭典等正大题材，叙写过于华丽，矜尚藻采，篇幅宏大，风格趋向于阴柔华靡，不可与明远相提并论。谭

---

① 《南北朝文举要》上册，第 83 页。
② 《全宋文》卷四十七，《全上古三代秦汉三国六朝文》第 3 册，第 2693 页。
③ 《南史·循吏传序》，卷七十，第 6 册，第 1696 页。

献之说较有理："（鲍文）开张工健，无一间冗之句。序亦有顿挫节奏，未可与简文并论。"① 鲍照该颂雕琢有度，精练顿挫，瑰丽典雅，且具遒健之气，自当超过他作。蒋士铨评曰："炼语奇丽，每苦有生涩处不可学，然其俊逸遒迈之气动宕行间，固自雄视百代。"② 刘熙载称明远诗"遒警绝人，然练不伤气"③，此文亦然。自沈约以降，后世学者如吴汝纶、孙德谦等更赏识《河清颂》的序文，认为它有汉文气体恢弘的风格，或许因为鲍照生于宋初，其时骈文发展尚未至成熟阶段，故仍有汉魏古朴浑厚之风。

　　如果说鲍照的颂文着力于歌颂的话，那么其铭文则于歌颂之外，又融有一定的诫世之意。关于铭文，具体来说有三种：其一为古代铸金刻石的文字，多用于勒功记事，称颂威德，如班固的《封燕然山铭》等；其二为刻在钟鼎器物上的文字，可诫世，亦可歌功颂德，如《大学》中所载商汤时的《盘铭》等，进一步发展便出现后世的碑铭、墓志铭；其三为带有警戒或称颂作用的铭文，根据其载体的不同可以区分为器物铭、座右铭、山川铭。关于铭文的功用，《四六丛话·叙铭箴赞》曾论道："夫铭之为道，有二也，一以勒勋，一以垂戒。……若乃诵芬先世，归美前勋，则昭之碑版，系以铭词，即其遗也。至于景钟刻漏、豪洒如椽、座右室隅、文传不朽，比之嘉量，志其允臻三缄，昭其敬慎，无不同耳。"④ 就风格及写作特点而言，陆机曰："铭博约而温润。"⑤《文心雕龙·铭箴》云："铭兼褒赞，故体贵弘润。其取事也必覈以辨，其摛文也必简而深。"⑥ 铭文为四言韵语，且多属颂扬褒赞之词，取事精审，意蕴深厚，出语简约圆润。近人林纾说："弘润非圆滑之谓也，辞高而识远，故弘，文简而句泽，故润。"⑦《文心雕龙·铭箴》又云："铭者，名也，观器必也正名，审用贵乎盛德。盖臧武仲之论铭也，曰：天子令德，诸侯计功，大夫称伐。"⑧ 起初，铭文题写并勒刻于铜

---

① 《骈体文钞》卷二，第 23 页。
② 《评选四六法海》卷五。
③ 《诗概》，《艺概》卷二，第 53 页。
④ 《四六丛话》卷二十三，第 385 页。
⑤ 《文赋》，《文选》卷十七，第 2 册，第 766 页。
⑥ 《文心雕龙注》卷三，上册，第 195 页。
⑦ 《春觉斋论文》，第 53 页。
⑧ 《文心雕龙注》卷三，上册，第 193 页。

器或石头上用于记功颂德，此后则逐渐演变发展为兼有警戒劝勉与颂扬称赞之功能，其使用范围也相应地不断增大。徐师曾曰："是以其后作者寖繁，凡山川、宫室、门、井之类皆有铭词，盖不但施之器物而已。"① 在各种铭文中，以山川铭、器物铭最为常见，前者多写景兼有诫世，而后者则多咏物兼有称颂。鲍照之铭的代表作主要有山川类《石帆铭》、器物类《飞白书势铭》等。

宋孝武帝大明七年（463），鲍照随临海王刘子顼赴荆州，为前军参军，掌书记之任，《石帆铭》一文盖作于此间。石帆，当指石帆山，钱振伦《鲍参军集注》引盛弘之《荆州记》云："武陵舞阳县有石帆山，若数百幅帆。"② 该文以韵语写石帆山奇特险峻之景观，造境雄奇瑰丽，笔法近似《登大雷岸与妹书》。其词曰：

> 应风剖流，息石横波，下溹地轴，上猎星罗。吐湘引汉，歃蠡吞沱，西历岷、冢，北泻淮河。眇森宏蔼，积广连深，沧天测际，亘海穷阴。云旌未起，风柯不吟，崩涛山坠，郁浪雷沈。③

作者以劲健笔力描绘石帆山所处地势之险要高峻，气局壮阔，境界奇崛，措词朴质典雅，稍显艰涩，笔法有似赋之铺采摘文，描摹尽相。孙德谦云："骈文与赋之别已论辨于前矣，观于六朝文又不尽然。……刘彦和《诠赋》云：'六义附庸，蔚成大国'，是殆风骚而后，汉之文人胥工于赋，而猎其材华者，不能不取赋为规范，故六朝大家宜其文有赋心也。即鲍明远《大雷与妹书》，此乃纪游之作，篇中'南则积山万状'云云，与'则有江鹅海鸭，鱼鲛水虎'之类，此等句法，岂不尽从京都诸赋而来？即《河清颂》亦复如是。余向谓鲍深于赋，至此益信。"④ 除《登大雷岸与妹书》、《河清颂》以外，此篇笔法亦受赋之沾溉。鲍照诗歌造境奇谲，钟嵘称其得自张协，然其文亦有此种倾向。许梿评此文曰："奇突古兀，锤炼异常。昔人论鲍诗谓得景阳之俶诡，含

---

① 《文体明辨序说》，第 142 页。
② 钱仲联增补集说校，《鲍参军集注》，上海古籍出版社 1980 年版，第 127 页。
③ 《鲍参军集注》，第 126 页。
④ 《六朝丽指》。

茂先之靡嫚，吾于斯铭亦云。"① 此节四言韵语行文，八句一更韵，不仅节奏明快，而且极具音节之美。

《石帆铭》状物写景之后，似乎又寄寓了一定的诫世之意。文云：

> 涉川之利，谓易则难；临渊之戒，曰危乃安。泊潜轻济，冥表勤言。穆戎遂留，昭御不还。徒悲猿鹤，空驾沧烟。君子彼想，祇心载惕。……②

作者以充满哲思之语予人以劝勉：涉渡川流，以为容易其实隐藏着危险；面临深渊，如有戒备，说来危险，其实却也安全。文章以《左传》中所载周穆王南征而全军覆没、昭王南征而不返的典故寄托警示之意。"君子彼想"一语，本应为"想彼君子"，显然是故意颠倒词句以求新意，这恰恰迎合了刘宋初期文学逐新好奇的作风，虽有"逐奇而失正"之嫌，却也获得"新色"③，其时文人多尚此术。曹道衡、沈玉成既指出鲍氏此举有追求新奇之用意，又认为"这种句法的出现可能受佛经翻译的影响"④，或亦有理。鲍文喜雕琢，但不刻意求工求巧，正因如此，故不显拘束。谭献云："不尽巧，故为大方。"⑤ 总体来看，《石帆铭》语词颇事琢削，造语精工，"无鄙言累句"⑥，善用典事，颇为可读。

鲍照不仅长于文学，而且还精于书法，《飞白书势铭》即是一篇专写书法艺术的铭文。飞白书是一种书体名称，据张怀瓘《书断》所载，飞白书始创于东汉蔡邕。汉灵帝曾诏蔡邕作《圣皇篇》，文成，复诣朝廷。至鸿都门，匠人正修饰门庭，以垩帚成字，邕心有所感，归而创飞白之书。汉末魏初，并以题署宫阁。钱振伦《鲍参军集注》引王隐、王愔语曰："飞白，变楷制也。本是宫殿题署，势既劲，文字宜轻微不满，名为飞白。"又引王僧虔语云："飞白，八分之轻者。邕在鸿都门，

---

① 《六朝文絜笺注》卷十，第 154 页。
② 《鲍参军集注》，第 126—127 页。
③ 《文心雕龙·定势》，《文心雕龙注》卷六，下册，第 531 页。
④ 《南北朝文学史》，第 95 页。
⑤ 《骈体文钞》卷二十二，第 443 页。
⑥ 《汉魏六朝百三家集·鲍参军集题辞》，《汉魏六朝百三家集题辞注》，第 176 页。

见匠人施垩帚，遂创意焉。"① 八分，汉字书体名，即八分书，也称分书，笔画向左右分开，像八字分背，字体似隶而体势多波磔，相传为秦时上谷人王次仲所造。书势也是一种文体，后汉崔瑗有《草书势》，蔡邕有《篆势》、《隶势》，刘劭有《飞白书势》，晋卫恒有《书势》等。李兆洛《骈体文钞》卷二十二收录鲍照此文即题为《飞白书势》，其他各选本则作《飞白书势铭》。铭文叙飞白书之笔法体势，生动传神，有如在眼前之感。词云：

> 秋毫精劲，霜素凝鲜。霈此瑶波，染彼松烟。超工八法，尽奇六文。鸟企龙跃，珠解泉分。轻如游雾，重似崩云。绝锋剑摧，惊势箭飞。差池燕起，振迅鸿归。临危制节，中险腾机。圭角星芒，明丽烂逸。丝萦发垂，平理端密。盈尺锦两，片字金溢。故仙芝烦弱，既匪足双；虫虎琐碎，又安能匹？君子品之，是最神笔。②

起首总叙飞白书之形成，继之则言及以八法之体势，撰写出精绝奇异之六文。八法，即王羲之习书时工于"永"字之法，"永"字八法，可通一切字，其意是说写好"永"字诸笔，其他字无难写之处。六文，则指古文、奇字、篆书、隶书、缪书与鸟虫书。文章最为精彩处是叙飞白书书体之奇与笔势之妙数句：飞白书体势如鸟之举踵，如龙之腾跃，如珠串之解，如泉流之分，轻如游雾萦空，重似崩云委地，绝锋如剑之摧折，惊势如箭之飞扬，运笔长短参差，收放自如，似燕飞振羽，前后追随；如鸿鹄高翔，转而复归。其笔法之妙于此可见一斑。谭献称"其体遂绝"③，非为溢美。江山渊则曰："圭角嶙峋，笔墨飞舞，有剑摧箭飞之势，鸿归燕起之妙，与蔡邕之《篆势》、卫瓘之《隶势》，可称鼎足。"④ 作者运用一系列修辞手法描神绘势，既增强了所述对象的形象生动性，又使得文章富于典丽之气。至若笔之轻微，有若发丝稍垂，笔画之锋芒棱角，更为撰书者所重视。作者还提出，飞白书一旦撰成，像仙人篆、芝英书、雕虫篆、虎爪书皆难与其匹敌，于此可见其体

① 《鲍参军集注》，第122页。
② 同上。
③ 《骈体文钞》卷二十二，第449页。
④ 《南北朝文评注读本》第2册，第32页。

之珍贵。该文重在赞扬飞白书体势之奇绝精妙，因此属于咏物、赞物之铭。后世学者多有称颂之语，如许梿云："博奥苍坚，声沈旨郁。"① 高步瀛则曰："锤声炼色，字字精研。"②

晋宋以来，门阀士族风气益趋兴盛，士、庶区分极严。鲍照出身寒门，虽有高才，却不为世所容。钟嵘叹其"才秀人微"、"取湮当代"③，甚为得理。鲍照因献诗受到临川王刘义庆的赏识，遂入府为国侍郎。孝武帝时任中书舍人，世祖雅好文章，高自标置，照为尊者讳，"为文多鄙言累句"④，以致招来才尽之讥。张溥对鲍照、江淹顾及主上情面而蒙耻之事有过评议："（鲍照）集中文章，实无鄙言累句，不知当时何以相加？江文通遭逢梁武，年华望暮，不敢以文陵主，意同明远，而蒙讥才尽，史臣无表而出之者，沈休文窃笑后人矣。"⑤ 鲍照有感于当时门阀士族制度以门第高低选才取士的不合理现象，将内心的愤激之情极力倾吐而出，其《瓜步山揭文》便产生于这一背景之下。

此文作于宋文帝元嘉二十九年（452），当时鲍照离开始兴王刘濬幕府羁留江北。作者通过写瓜步山景观以抨击当时腐朽的门阀制度，意在讽喻诫世。据《名胜志》载，瓜步山在今江苏六合县东南二十里，东临大江，其实它不过是一座小山，只是因为峙立在江边，倚仗地势，所以才显得雄伟高峻。文章从瓜步山的地势入手大发感慨，讥刺无真才实学却窃居高位的名门贵胄，寄托愤世嫉俗之情。其词曰：

> 信哉，古人有数寸之篇，持千钧之关，非有其才施，处势要也。瓜步山者，亦江中眇小山也。徒以因迥为高，据绝作雄，而凌清瞰远，擅奇含秀，是亦居势使之然也。故才之多少，不如势之多少远矣。仰望穹垂，俯视地域，涕洟江河，疣赘丘岳。虽奋风漂石，惊电剖山，地纮维陷，川斗毁官，豪盈发虚，曾未注言。⑥

① 《六朝文絜笺注》卷十，第 156 页。
② 《南北朝文举要》上册，第 84 页。
③ 《诗品注》，第 47 页。
④ 《宋书·临川烈武王道规传附鲍照传》，卷五十一，第 5 册，第 1480 页。
⑤ 《汉魏六朝百三家集·鲍参军集题辞》，《汉魏六朝百三家集题辞注》，第 176 页。
⑥ 《全宋文》卷四十七，《全上古三代秦汉三国六朝文》第 3 册，第 2695 页。

瓜步山以地理位置好而出名，登上此山，上可望苍穹，下可视地面，一切江河山岳在其辉映下皆邃然失色，即使自然界发生任何灾难祸患，于己也不会有丝毫损害。钱锺书说："居高临下之放眼，而亦越世凌云之旷怀，情景双关。盖此际觉人间得失奚啻'豪盈发虚'，亦犹视江河丘岳直似'涕洟'、'疣赘'等归于'卑安足议'尔。"① 作者借山倚仗地势高峻而闻名，影射士族凭门第窃据要津、排挤欺压寒门才学之士，实际上是对门阀制度的无情鞭挞与猛烈抨击，这一手法与西晋左思在《咏史诗》中批判门阀士族制时所言极为相似。刘熙载论文曾谓："揭全文之指，或在篇首，或在篇中，或在篇末。在篇首则后必顾之，在篇末则前必注之，在篇中则前注之，后顾之。顾注，抑所谓文眼者也。"② 就此文而言，"居势使之然"一句为全篇主旨，它出现在文章的末尾部分，前已有"处势要"一语作为注脚。作为文眼，主旨句在文章中的作用不言而喻，尤其是像《瓜步山揭文》这样的影射讽喻性杂文，它的价值就更为突出，看似轻笔拈出，实则承担着维系全文命意的重任，故刘氏又谓："一语为千万语所托命，是为笔头上担得千钧。然此一语正不在大声以色，盖往往有以轻运重者。"③

（三）见解精深，颇重文采的范晔之文

除颜延之、鲍照外，刘宋骈体文苑中可卓然成家者尚有范晔。今存范氏之文文学价值较突出者当数《后汉书》中的序、论、赞文，诸文对句虽不求精工，但数量颇多，基本应算骈文。

范晔（398—445）对其《后汉书》的序、论评价很高，他在《狱中与诸甥侄书》中说："既造《后汉》，转得统绪，详观古今著述及评论，殆少可意者。""吾杂传论，皆有精意深旨。""至于《循吏》以下及《六夷》诸序论，笔势纵放，实天下之奇作。"④ 尽管后人讥其"高自夸诩"，文章"了无可取"⑤ 之处，但观其序、论，皆构思细密，见解精深，音韵铿锵，文采斐然，确实很有特点。这些文章往往能表现出作者对某个历史事件或历史人物的评判，其中多包含有广阔的视阈和深

---

① 《管锥编》第 4 册，第 1316 页。
② 《文概》，《艺概》卷一，第 40 页。
③ 同上书，第 41 页。
④ 《宋书·范晔传》，卷六十九，第 6 册，第 1830 页。
⑤ 《容斋随笔》卷十五"范晔作史"条，上册，第 191 页。

邃的洞察力。诸文多融叙述与议论为一体，先点出事件或人物，然后展开评论。范晔评述历史事件时常常因端竟委，眼界非常开阔，如《党锢传序》叙及政治及风俗沿革时即上溯到先秦两汉，其论战国至汉代的风俗演变曰：

> 霸德既衰，狙诈萌起。彊者以决胜为雄，弱者以诈劣受屈。至有画半策而绾万金，开一说而锡瑸瑞。或起徒步而仕执珪，解草衣以升卿相。士之饰巧驰辩，以要能钓利者，不期而景从矣。自是爱尚相夺，与时回变，其风不可留，其弊不能反。……①

> 逮桓、灵之间，主荒政谬，国命委于阉寺，士子羞于为伍，故匹夫抗愤，处士横议，遂乃激扬名声，互相题拂，品覈公卿，裁量执政，婞直之风，于斯行矣。

> 夫上好则下必甚，矫枉故直必过，其理然矣。若范滂、张俭之徒，清心忌恶，终陷党议，不其然乎？②

作者对各时期的社会风气的分析评述都很精到准确，显示出渊博的学识和高超的驾驭语言的能力。王鸣盛曾赞道："《党锢传》首总叙，说两汉风俗之变，上下四百年间，了如指掌。下之风俗，成于上之好尚，此可为百世之龟镜。蔚宗言之切至如此，读之能激发人。"③ 范晔尊崇儒学，因此评价历史事件时往往强调仁义气节和正直忠诚的品行，像范滂、张俭、李膺等人都是重点歌颂的对象。此文夹叙夹议，叙事简洁，议论深刻，骈散相间，以骈为主，笔势纵横，文气清朗，音节圆转可诵。李慈铭称该序"剖别贤否，指陈得失，皆有特见，远过马、班、陈寿"④，"推明儒术气节之足以维持天下，反复唱叹，可歌可泣，令人百读不厌"⑤，评价不可谓不高。刘师培则赞赏此文"夹叙夹议，叙事即在议论之中，议论又即在叙事之中，且能'抽其芬芳，振其金石'，

① 《后汉书·党锢列传》，卷六十七，第 8 册，第 2184 页。
② 同上书，第 2185 页。
③ 王鸣盛：《十七史商榷》卷三十八，上册，"党锢传总叙"条，中国书店 1987 年版。
④ 《越缦堂读书记》，第 234 页。
⑤ 同上书，第 235 页。

字句声律，并臻佳妙。导齐、梁之先路，树后世之楷模"①。

《皇后纪序》是范晔的另一名序，因讲究辞藻和声韵，而且构思精妙，故被萧统录入《文选》。此序所论东汉外戚专权的现实，尤为发人深思。序文开篇即叙后妃之制的渊源所始，夏、商时期无资料可考，故从周代叙起。正如有的论者所评："（范晔）说一事，多言其由来，道其原委。近则从东汉开国说起，远则从尧时道来。作者目光四射，纵观上下，于同类史事无不洞察，然后加以提炼，以其见识为纲统率其事，次第叙议，以成完篇。故此类传序往往就一事叙议其沿革得失，直如其事之史纲。"②《皇后纪序》由周代而下又叙及春秋、战国、秦、西汉后妃制度之沿革，一线叙来，有详有略，脉络清晰。作者指出，外姓擅权之例始于战国秦昭襄王时，西汉继之，时至东汉，变本加厉，乃至朝政极度混乱。序云：

> 东京皇统屡绝，权归女主，外立者四帝，临朝者六后，莫不定策帷扆，委事父兄，贪孩童以久其政，抑明贤以专其威。任重道悠，利深祸速，身犯雾露于云台之上，家婴缧绁于图圄之下。湮灭连踵，倾辀继路。而赴蹈不息，燋烂为期，终于陵夷大运，沦亡神宝。③

东汉时外戚纷纷谋权擅位，拥戴幼主，垂帘听政，控大权于己手。据赵翼所说，当时的皇帝中由外姓所立者除安帝、质帝、桓帝、灵帝以外，还有阎太后所立北乡侯刘懿，时称少帝，未逾年即殂，"是四帝之外尚有一帝……其实外立者共五帝也"④。可见外戚专权现象非常突出，他们虽屡取灾祸而灭亡，但始终不思前车之鉴，可谓贪愚至极，作者的嘲讽之意溢于言表。此序出语工致，语言简练优美，讲究抑扬顿挫，文气疏宕朗畅，音节协谐，持论精辟，耐人寻味。近人刘师培说："范蔚宗文甚疏朗，且解音律。其自序云：'性别宫商，识清浊。'沈约诸人多祖述其说。故其文之音节尤可研究。例如《后汉书·六夷传序》、

---

① 《汉魏六朝专家文研究》，《刘师培中古文学论集》，第113页。
② 《先唐散文艺术论》下册，第856页。
③ 《文选》卷四十九，第5册，第2197—2198页。
④ 《廿二史劄记校证》卷四，上册，第94页。

《党锢传序》……诸篇，几无一句音节不谐，而其诸赞，诵之于口适与四言诗无异。"① 今读《后汉书》诸序、论、赞可以发现，范晔很注重音节上的美感。当然，这些音韵和谐的情况都属自然相合，非如齐、梁以后刻意求工。

范晔崇尚士人的志节高行，因此在各传中总能不遗余力地加以称颂，如陈蕃、李固、左雄、周举、黄琼等人皆体现出东汉时期正义之士的高风亮节。他们为维护社稷江山，赴汤蹈火，舍生忘死，靠一己之力与黑暗势力进行英勇不屈的斗争，正是因为有这些人的存在，"故国家缓急之际，尚有可恃，以揖柱倾危"②，在东汉最为黑暗的时期，他们对社会作出了巨大的贡献。除此以外，范晔在《后汉书》中还表彰了一些具有奇特品行的狂狷之士：他们中有身处乱世而志节不改者，如谯玄、李业；有面对强敌而英勇不屈者，如温序、彭脩；有极重气节，为人排难，代主受刑者，如刘茂、索庐放、周嘉；有笃于友情与孝义者，如范式、陆续。所有这些人的事迹，范晔统统将其归于《独行传》，并附有序文，即《独行传序》。序文曰："或志刚金石，而剋扦于强御。或意严冬霜，而甘心于小谅。亦有结朋协好，幽明共心；蹈义陵险，死生等节。虽事非通圆，良其风轨有足怀者。"③ 正是由于他们的行为有益于培养社会正直风气，能够激励时人及后人，确实值得表彰，所以作者对其气节高行予以极力颂扬。

东汉后期社会异常黑暗，政局岌岌可危，因此出现了一批不满现实而任性纵行的逸士，如向长、逢萌、周党、王霸、严光、梁鸿等。他们往往身怀刚直之志，鄙视富贵利禄，厌弃虚名无实，故而亦颇受赞赏。范晔将他们归于《逸民传》，并为之作《逸民传序》。序文云："或隐居以求其志，或回避以全其道，或静己以镇其躁，或去危以图其安，或垢俗以动其概，或疵物以激其清。""彼虽硜硜有类沽名者，然而蝉蜕嚣埃之中，自致寰区之外，异夫饰智巧以逐浮利者乎！荀卿有言曰：'志意修则骄富贵，道义重则轻王公'也。"④ 这些隐士看透了当时社会的

---

① 《汉魏六朝专家文研究》，《刘师培中古文学论集》，第 123 页。
② 《廿二史劄记校证》卷五，上册，第 104 页。
③ 《后汉书·独行列传》，卷八十一，第 9 册，第 2665 页。
④ 《后汉书·逸民列传》，卷八十三，第 10 册，第 2755 页。

真相，"抗愤而不顾"①，因无力挽救时弊而自求解脱，故隐世避俗，保真全性。作者认为，身处乱世却能坚守高洁之志，不受世俗熏染，实属难能可贵。此外，《宦者传序》论及宦官专权的原因，《循吏传序》叙述精于吏治的良吏等，皆文采勃发，叙议结合，具有较高的文学价值。

除《后汉书》诸传序以外，其传论笔法灵活多变，驰骋纵横，同样很有特色。《后汉书二十八将传论》属于传论中名篇之一，言词虽简约，含蕴却深邃，颇具"精意深旨"②。此文立意高远，词采斐然，亦被萧统收入《文选》，可见其文学价值早受赏识，并非只靠自诩而得。范晔非常推重此类史论作品，不仅认为可与贾谊的《过秦论》相媲美，而且还提出其文超过班固的诸赞文。被鲁迅称为"沾溉后人，其泽甚远"，且有"西汉鸿文"③之誉的贾谊之论，颇为后世所称赏，并被奉为史论文的圭臬。《文心雕龙·论说》称陆机著《辨亡论》，虽"效《过秦》而不及"，"然亦其美矣"④。干宝的《晋纪总论》也学贾氏笔法，黄侃称干宝文虽"摹拟过杂过多，未能熔炼"，却也"大体骏健"，终究属受《过秦》所"孳乳"⑤者。范晔之论的风格与班固之作不同，刘熙载曰："《史通》称孟坚'辞惟温雅，理多惬当，其尤美者有《典》、《诰》之风'。范史自谓《循吏》以下诸序论，'笔势纵放，往往不减《过秦》篇'；《史通》亦言'蔚宗参踪于贾谊'。班、范两家宗派，于此别矣。"⑥大概班固文风温和闲雅，裁密思靡，质朴平实，故与范晔感慨飞扬、情绪激越、明畅俊朗、稍事藻采之风格树以藩篱。

《后汉书二十八将传论》先述刘秀不以功臣任职，而后论及西汉高祖和东汉光武对待功臣的不同态度及其原因，分析透辟，不乏真知灼见。文曰：

　　降自秦、汉，世资战力，至于翼扶王室，皆武人屈起。亦有鬻缯盗狗轻猾之徒，或崇以连城之赏，或任以阿衡之地，故势疑则隙

　① 《义门读书记》卷二十四，上册，第407页。
　② 《宋书·范晔传》，卷六十九，第6册，第1830页。
　③ 鲁迅：《汉文学史纲要》，《鲁迅全集》第九卷，第391页。
　④ 《文心雕龙注》卷四，上册，第327页。
　⑤ 黄侃：《文选平点》，上海古籍出版社1985年版，第283页。
　⑥ 《文概》，《艺概》卷一，第18页。

生，力侔则乱起。萧、樊且犹缧绁，信、越终见菹戮，不其然乎！①

刘邦定汉之后，大封功臣良将，终致其人权高震主，于是隙生乱起。与刘邦举义兴汉者多为武夫，如灌婴、樊哙本贩缯、屠狗之徒，皆有勇而无谋，一朝得势，终会滋生异心。有虑于此，高祖遂对功臣采取剿灭屠戮政策：萧何、樊哙被囚入狱；韩信、彭越则刑于菹醢。作者从容运词，却一针见血，切中肯綮。与高祖不同，光武对功臣则采取另一种策略："鉴前事之违，存矫枉之志，虽寇、邓之高勋，耿、贾之鸿烈，分土不过大县数四，所加特进朝请而已。"② 刘秀吸取前代教训，虽封功臣但控制适度，优待功臣但不假以权势，终不至于重蹈覆辙。文云：

> 故高秩厚礼，允答元功，峻文深宪，责成吏职。建武之世，侯者百数，若夫数公者，则与参国议，分均休咎，其余并优以宽科，完其封禄，莫不终以功名，延庆于后。③

光武以高禄重礼酬答臣僚之大功，同时又立峻法责成吏人之职，有功则赏，有罪则罚。此举既可弭其怨言、安抚其心，又能杜绝混乱、独控重权。与高祖相比，实高出许多。方伯海曾比较二帝行事之区别曰："光武坦白同高祖，而细密过之。光武知学，高祖不知学也。高祖于人多谩骂，光武于人多嬉笑。光武事事鉴高祖之弊。高祖疑功臣，光武不疑功臣。高祖任外戚，光武不任外戚，和厚宽平，无刻薄寡恩之事，由处置得其道也。不任功臣，有所以不任之故，论得推阐无微。"④ 范晔此论能抓住问题的本质立言、持论平正，由于以排体行文，故稍显平稳，跌宕之势有所不足。钱基博评道："平平叙去，腴畅有之，而排体乏跌宕之致，比班氏稍加典缛，而苍劲不及。"⑤ 相较于班固，范晔之

---

① 《文选》卷五十，第 5 册，第 2202 页。
② 同上。
③ 同上书，第 2203 页。
④ 《重订文选集评》卷十二引。
⑤ 《中国文学史》上册，第 186 页。

文确实更加注意遣词造语。

所谓二十八将，是指东汉时期挽救社会于濒亡中的邓禹、寇恂、耿弇、贾复、吴汉、马武、岑彭、冯异、刘隆、陈俊等二十八个人。他们在国家动荡的关键时刻挺身而出，努力冲锋陷阵，置生死于度外，以一己之力与黑暗势力相抗衡，一次次地为国家赢得了喘息的机会。正是由于有了这些智勇之士，危机四伏的东汉王朝才能维持长达二百年的时间。鉴于他们为国家中兴做出过的巨大贡献，史家称之为中兴二十八将。范晔出自对这些人物的感佩，更出自激励本朝士人的强烈愿望，于是记下了这些志士仁人的生平事迹。此文为附在传记之后的评论，因传中已详述其事迹，故文中基本以议论为主。作者在评述光武帝对待功臣的态度时，是把二十八将与其他功臣合在一起加以分析的。文章主要为表现光武帝与汉高祖的不同，故于二十八将的具体行止落墨不多。

《宦者传论》也是范晔诸传论中写得较出色的一篇。与前篇相比，此篇叙议结合，有时融议于叙，故看上去是叙述性的文字，也往往含有作者的倾向或观点。文章叙述汉代宦官制度发展历程时，层次极为明晰：先叙汉初宦官制度，继叙中兴之初宦官制度，再叙明帝以后宦者之盛。东汉中后期，当是宦者最为猖獗之时，张伯起曰："宦官之祸始于和帝，极于献帝。"① 可见延续时间之长。作者论及宦者之盛，总与外戚密切相联系，此见外戚与宦官互相勾结，沆瀣一气，图谋篡政。何焯云："宦官之祸，与女主临朝相表里。"② 女主掌权，外戚得势，宦官遂有可乘之机。和帝即位，窦宪兄弟把持朝政，独揽大权，"所与居者，惟阉官而已"③。安帝以下直至献帝，宦官专权，结党立援，陷害忠良，朝纲大乱。"虽时有忠公，而竟见排斥。举动回山海，呼吸变霜露。阿旨曲求，则宠光三族；直情忤意，则参夷五宗。汉之纲纪大乱矣。"④ 可谓顺宦者昌，逆宦者亡。此文述及宦官穷奢极侈以及构陷贤臣一节，出以铺陈之笔，文曰：

府署第馆，基列于都鄙；子弟支附，过半于州国。南金、和

---

① 《重订文选集评》卷十二引。
② 同上。
③ 《文选》卷五十，第 5 册，第 2207 页。
④ 同上书，第 2208 页。

宝、冰纨、雾縠之积，盈牣珍藏；嫱媛、侍儿、歌童、舞女之玩，充备绮室。狗马饰彫文，土木被缇绣。皆剥割萌黎，竞恣奢欲。构害明贤，专树党类。其有更相援引，希附权彊者，皆俯身薰子，以自街达。同弊相济，故其徒有繁，败国蠹政之事，不可殚书。所以海内嗟毒，志士穷栖，寇剧缘间，摇乱区夏。①

此节夹叙夹议，句兼骈、散，以骈为主。叙及宦者奢侈无度的生活时，以长句加以罗列，内容充实，气势充沛，于酣畅淋漓中表达出作者的某种情感倾向。黄侃称"此种长句皆袭《过秦》，宜有以变"②，盖言范氏此论句法亦学贾谊而得。宦官结党援引，为祸忠良，实乃同弊相济，"古今邪党之所以成党，无非同恶相济耳"③。该文整句较多，但不工对，颇重藻采，故遣词必琢，此皆受骈文风气影响所致。陆生生称其"笔老而华"④，即赞其文意并佳。

除传序、传论外，范晔《后汉书》中的史赞也有较高的文学价值。赞正式作为一种文体出现，应始于西汉司马相如。《文心雕龙·颂赞》曰："讚者，明也，助也。……至相如属笔，始讚荆轲。及迁史固书，托讚褒贬。约文以总录，颂体以论辞，又纪传后评，亦同其名。"⑤ 所谓"约文以总录"，即言赞文注重语词简约，具有较强的概括性。徐师曾亦曰："按字书云：'赞，称美也，字本作讚。'昔汉司马相如初赞荆轲，其词虽亡，而后人祖之，著作甚众。"⑥ 此说基本上遵从了刘勰的观点。关于司马相如的文章，刘勰称赞，而史书中则称论，刘师培分析说："《汉书·艺文志·杂家》有《荆轲论》五篇。班固原注曰：'轲为燕刺秦王，不成而死；司马相如等论之。'彦和之言，当本于此。惟究为论为赞，今不可考，或即如《后汉书》之论，而在司马相如时，尚称为赞耶？"⑦ 赞体文包括四类：其一为杂赞，着意褒美，可用于人，亦可用于文，如司马相如的《荆轲赞》、蔡邕的《焦君赞》、《太尉陈公

① 《文选》卷五十，第5册，第2209页。
② 《文选平点》，第287页。
③ 同上。
④ 《重订文选集评》卷十二引。
⑤ 《文心雕龙注》卷二，上册，第158页。
⑥ 《文体明辨序说》，第143页。
⑦ 《〈文心雕龙〉讲录二种》，《刘师培中古文学论集》，第154页。

赞》、袁宏的《三国名臣序赞》等。其二为哀赞，哀悼逝者，故述德以赞，如蔡邕的《议郎胡公夫人哀赞》等。其三为像赞，就有德行者之画像而赞之，如夏侯湛的《东方朔画赞》等。李充《翰林论》曰："容象图而赞立，宜使辞简而义正。"① 无论像赞还是其他赞文，都讲究语词简洁，韵味雅致。又有图赞一种，亦可归入此类，如郭璞的《尔雅图赞》、《山海经图赞》等。其四为史赞，内容有褒有贬，自《史记》、《汉书》至《后汉书》、《南齐书》、《北齐书》、《晋书》皆有赞。《史记》于纪传之后，有"太史公曰"之语；《汉书》于纪传之后，则题"赞曰"；《后汉书》纪传之后有"论"有"赞"。名称虽不尽相同，其实质却无差异，均为评论性文字。刘师培说："古文序、赞不分，《后汉书》之论即为《前汉书》之赞，论、赞之用，并与序同。"②

《汉书》之赞，实同《后汉书》之论，句兼骈、散，以骈为主，而《后汉书》之赞则出之以韵语。按刘勰之说，赞本取明（彰明）、助（辅助）之义，盖源于孔子作《十翼》以赞《周易》，指将一书之旨为文，融会贯通以明之。东汉以前，赞与颂完全不同：从形式上来看，颂必有韵，而赞可有韵亦可无韵，如《汉书》之赞即无韵，此时有韵之文称赞者极少。时至东汉，四言有韵、其体近颂而称赞者逐渐增多，而且在明、助③二义外又加上了后世所谓的赞美之义，此后则非有韵者不能称为赞。《文心雕龙·颂赞》论赞曰："古来篇体，促而不广，必结言于四字之句，盘桓乎数韵之辞。约举以尽情，昭灼以送文，此其体也。"④ 这样一来，从用韵、句式及用途等方面看，赞与颂似有相合之趋势，乃至界限渐泯。其实，从具体撰写方式上看，二者也还有一些细微的区别，即赞重概括，用语精练，不事华词丽藻，而颂多铺陈，言辞繁复。刘师培论道："推赞之本源，既别于颂体，虽后世已混淆无分，然实不能尽同。盖颂放而赞敛；颂可略事铺张，赞则不贵华词。观汉人之赞，篇皆短促，质富于文；朴茂之中，自然曲雅。既不伤于华侈，亦

---

① 《魏晋南北朝文论选》，第 200 页。
② 《汉魏六朝专家文研究》，《刘师培中古文学论集》，第 111 页。
③ 刘勰释"赞"之含义为明、助，其意是说未尽之褒贬义可于赞中明之，未备之纪传事可于赞中备之。
④ 《文心雕龙注》卷二，上册，第 159 页。

不失之轻率。"① 近人林纾论颂赞文撰写要求说："颂讚之词，非泽于子书，精于小学者，万不能佳。二体均结言于四字之句，不能自镇则近佻；不能自敛则近纤；累句相同，不自变换，则近沓；前后隔阂，不相照应，则近蹇；过艰恶涩，过险恶怪，过深恶晦，过易恶俚。必运以散文之枢轴，就中变化，文既古雅，体不板滞；自非发源于葩经，则选词不韵，赋色于子书，则取材不精；下字必严，讔言必巧，近之矣。"② 所论周到详尽而又合于事理。

范晔的《后汉书》改《汉书》之赞为论，而以其述为赞，且以韵语行文，于此可见南朝与汉代文家对于文体的不同态度。刘知几《史通·论赞》对以《后汉书》为首的史书论、赞同出颇为不满，认为此举有悖于撰史的简约精要之旨："及后来赞语之作，多录纪传之言，其有所异，唯加文饰而已。至于甚者，则天子操行，具诸纪末，继以论曰，接武前修，纪论不殊，徒为再列。……蔚宗《后书》，实同班氏，乃各附本事，书于卷末，篇目相离，断绝失次。而后生作者不悟其非，如萧（子显）、李（百药）《南》、《北齐史》，大唐新修《晋史》，皆依范书误本，篇终有赞。夫每卷立论，其烦已多，而嗣论以赞，为黩弥甚。"③ 其意是说纪、传中本有的内容又被移植到论赞之中，实有重出繁冗之嫌，这种现象与南朝诔文序、诔相犯之弊不谋而合。钱锺书也称《后汉书》之赞为"余食赘行"④，盖亦含有此意。上述前人之言或多或少都带有一定的个人偏私，实事求是地说，《后汉书》中的史赞还是比较有特色的，刘师培论文提及史赞时，即称赏范晔《后汉书》纪传后的赞文为最佳。范晔对《后汉书》的史赞甚为自矜，其《狱中与诸甥姪书》曾云："赞自是吾文之杰思，殆无一字空设，奇变不穷，同合异体，乃自不知所以称之。"⑤ 沈约对此也毫无异议，故称赏蔚宗之言"并实"⑥。《文选》专立"史述赞"一目，收录有《汉书》中的三篇史述和《后汉书》中的一篇史赞，可见对此体的重视。萧统选录此类文

① 《〈文心雕龙〉讲录二种》，《刘师培中古文学论集》，第156页。
② 《春觉斋论文》，第51页。
③ 《史通通释》卷四，上册，第82—83页。
④ 《管锥编》第4册，第1279页。
⑤ 《宋书·范晔传》，卷六十九，第6册，第1831页。
⑥ 同上。

章时严格遵循"综缉辞采"、"错比文华"、"沈思"、"翰藻"① 的标准，可见史赞之文既有文采，又重精心构思。据《隋书·经籍志》载，《后汉书》中的赞论之文曾出过四卷单行本，这无疑也是该类文章受青睐的表现。《后汉书·光武纪赞》作为《文选》"史赞类"的代表性篇章，最能反映范晔撰作史赞的高超技巧。唐人张铣云："光武皇帝名秀，晔修汉书，作此赞以美之。"② 其文云：

> 炎政中微，大盗移国。九县飚回，三精雾塞。民厌淫诈，神思反德。世祖诞命，灵贶自甄。沈机先物，深略纬文。寻、邑百万，貔虎为群。长毂雷野，高旗彗云。英威既振，新都自焚。虔刘庸、代，纷纭梁、赵。三河未澄，四关重扰。神旌乃顾，递行天讨。金汤失险，车书共道。灵庆既启，人谋咸赞。明明庙谋，赳赳雄断。于赫有命，系我皇汉。③

此文短短百余字即将光武帝刘秀的重要政绩囊括于内，语言简洁精练，内蕴深厚丰实。汉室自平帝时已渐显衰微之势，其后王莽篡位建新，多行谲诈欺世之事，士民不堪其劣行，常常思虑兴复汉室。恰逢其时，光武皇帝以经天纬地之才顺命而出，神灵赐以福祚，最终成就光复大业。范晔在文中叙及昆阳之战的整个过程以及影响，出语皆简省有度，内容却极其充实，足为后世史家所取法。是役之后，王莽败亡，又经更始（指更始帝刘玄）、赤眉之乱，光武威信大增，为兴复大业奠定了坚实的基础。《文心雕龙·颂赞》论赞体文特点谓："必结言于四字之句，盘桓乎数韵之辞，约举以尽情，昭灼以送文。"④ 今观此篇，基本以四言骈语成文，时有押韵，不拘一格，文气疏宕有致，音节谐畅可诵，这自然与作者通晓音律不无关系。该文语词精当谨严，华美雅洁，琢削适度，实为赞文之佳构。黄侃曾评曰："蔚宗自言赞无一字虚设，由今观之，信为不夸。"⑤

---

① 《文选序》，《文选》，第1册，第3页。
② 《六臣注文选》卷五十，下册，第950页。
③ 《文选》卷五十，第5册，第2229—2230页。
④ 《文心雕龙注》卷二，上册，第159页。
⑤ 《文选平点》，第293页。

范晔《后汉书》的序、论、赞文运思细密精巧，骈散相间，辞藻华美，音节谐畅，气势疏宕有致，堪称文中之佳品。钱锺书称范晔"于文矜心刻意"①，盖指出蔚宗过于注重文章的审美特征的倾向。孙德谦对范晔的序、论亦极为推崇，誉其"叙事则简净，造句则妍炼，而其行气则曲折以达，疏荡有致"②。孙氏于骈文理论造诣颇深，尤重气韵，故所述观点对骈文创作有很明显的指示作用。此后，史书中的序、论、赞文"华多于实，理少于文，鼓其雄辞，夸其俪事"③，不仅骈化程度加剧，而且文胜其理，辞过其质，与范作相比，终究略逊一筹。

（四）语词简净，抒情真挚的王僧达之文与骨力劲健，意在诫世的袁淑之文

相较于颜延之、鲍照等人，王僧达（423—458）文名稍逊，虽创作数量与形式技巧难与大家比肩，然亦偶有骈体名作传世。颜延之才华横溢，性格孤傲，素不与权贵相交。王僧达出身名门望族，为贵公子孙，睥睨一切，亦清高之士，但唯独倾心延之，或许正是因为青睐其居身清约之处世原则。颜、王二人为忘年交，曾有诗歌相互唱和，沈德潜称王僧达"答颜诗与颜体相似"④，可见二人诗风相似。宋孝武帝孝建三年（456）九月，延之辞世，僧达撰《祭颜光禄文》以致祭悼之意。祭文始曰："夫德以道树，礼以仁清。惟君之懿，早岁飞声。"点出颂赞之意，而后叙延之才学、性情、志趣、气度云：

> 义穷机象，文蔽班、扬。性婞刚洁，志度渊英。登朝光国，实宋之华。才通汉、魏，誉浃龟、沙。服爵帝典，栖志云阿。清交素友，比景共波。气高叔夜，严方仲举。逸翮独翔，孤风绝侣。流连酒德，啸歌琴绪。⑤

此节语词简洁精练，所叙皆从颜延之实处落笔，娓娓道来，如见其

---

① 《管锥编》第 4 册，第 1275 页。
② 《六朝丽指》。
③ 《史通·论赞》，《史通通释》卷四，上册，第 82 页。
④ 《古诗源》，中华书局 1963 年版，第 268 页。
⑤ 《文选》卷六十，第 6 册，第 2608—2609 页。

人，如闻其声。四言韵语行文，节奏明快，较具气势。齐、梁以前的祭文，多以韵语作成，属祭文之正体，僧达此文亦莫能外，然骈俪倾向又甚于前。以此节论，对句极其工整，且颇多用事之处，如"性婵刚洁"一句，似是化用《离骚》中的"鲧婞直以亡身兮"①之语。按钟涛之说，此应属截取旧典只言片语的用事方式，且为正用典故。②作者叙延之气度风节时以魏之嵇康、汉之陈蕃作比，亦见颜氏之孤特独绝之处，其语虽淡，其味却浓。许梿称"冲淡有真味"③，实为至言。

祭文表述哀情一节，词艳而情怆，其文谓：

> 游顾移年，契阔燕处。春风首时，爰谈爰赋。秋露未凝，归神太素。明发晨驾，瞻庐望路。心凄目泫，情条云互。凉阴掩轩，娥月寝耀。微灯动光，几筵谁炤？衾衽长尘，丝竹罢调。揽悲兰宇，屑涕松崎。④

颜延之生前，作者与其交往甚欢，倾心相接，谈笑风生，纵论文义，亡逝之后，无尽凄凉萦绕心头。王僧达倾诉哀情时辅以悲凉之景加以烘托，更令人倍增凄怆。许梿对此推崇有加："追感怆凄，错落有致，绝无支蔓之笔，故佳。"⑤此文句式整炼有度，藻饰纷繁，词极艳丽，抒情颇真挚。今人高步瀛所言"真语挚词藻所掩，是为善于言情"⑥，堪为识者之见。谭献称该文"以句胜"⑦，当亦针对精练文句而言。方伯海则不仅认为此文字句劲洁，而且还指出音韵铿锵的特点："文既四言，自当以坚洁为主，虚字多则句芜，陈字多则句俗。去其芜句则坚，去其俗句则洁，是之谓炼，所以读之铿然有声也。"⑧僧达该篇既无多虚字，亦无陈字，故简洁凝炼，音节和谐。江山渊评曰："其

---

① 《文选》卷三十二，第 4 册，第 1494 页。
② 《六朝骈文形式及其文化意蕴》，第 143 页。
③ 《六朝文絜笺注》卷十二，第 184 页。
④ 《文选》卷六十，第 6 册，第 2609 页。
⑤ 《六朝文絜笺注》卷十二，第 184 页。
⑥ 《南北朝文举要》上册，第 89 页。
⑦ 《骈体文钞》卷二十六，第 539 页。
⑧ 《重订文选集评》卷十五。

词简净，其味冲淡，其声清越。"①

　　袁淑（408—453）的《弔古文》吊祭前贤，隐含有警示、告诫世人谨慎立身之意。元凶刘劭欲行篡逆之事，淑劝谏之，反被陷害，其正直刚烈之志可见。张溥曰："史载袁氏世多忠烈，若阳源死于元凶，名为风霜松筠，不虚也。"② 史称袁氏"辞采遒艳，纵横有才辩"③，以阳源此文衡量，遒劲、辩才皆有之，藻采却不艳丽。孙德谦曾云："此一遒字，六朝人评诗文皆取裁于此。遒之为言，健也，劲也，文而不能遒炼，必失之弱。为骈文者即取其说，以玩索当时之文，庶不敢病其卑弱矣。"④ 与其他吊祭之作不同，该篇并无明确具体的祭悼对象，其本意在诫世。文曰：

> 贾谊发愤于湘江，长卿愁悉于园邑。彦真因文以悲出，伯喈衔史而求人。文举疏诞以殃速，德祖精密而祸及。夫然，不患思之贫，无苦识之浅。士以伐能见斥，女以骄色贻遣。以往古为镜鉴，以未来为针艾。书余言于子绅，亦何劳乎著蔡。⑤

　　作者列举贾谊、司马相如、张升、蔡邕、孔融、杨修的遭遇为镜鉴，委婉地指出谨小慎微以处世的命意。此文以骈语写成，言词朴实，不尚艳采，骨力劲健，气势充溢。《文心雕龙·哀弔》谓："夫弔虽古义，而华辞未造，华过韵缓，则化而为赋。固宜正义以绳理，昭德而塞违，割析褒贬，哀而有正，则无夺伦矣。"⑥ 按刘勰之说，吊文过重华采则易流为赋体，此言极精当。观贾谊吊屈之作，其名为赋，虽吊文之祖，然亦不能列之于文。其后，司马相如又撰哀秦二世文，仍名为赋，亦属其流。阳源该文出语自然，不事琢削而亦工，旨意鲜明，实异诸作。

---

① 《南北朝文评注读本》第 2 册，第 69 页。
② 《汉魏六朝百三家集·袁忠宪集题辞》，《汉魏六朝百三家集题辞注》，第 179 页。
③ 《宋书·袁淑传》，卷七十，第 6 册，第 1835 页。
④ 《六朝丽指》。
⑤ 《全宋文》卷四十四，《全上古三代秦汉三国六朝文》第 3 册，第 2681 页。
⑥ 《文心雕龙注》卷三，上册，第 241 页。

二　亦骈亦散——傅亮、谢灵运等人之文

刘宋时期，散体文加速骈化，一部分骈文正式形成，然而，从总体数量上来看，标准的骈文还比较少。除少数作家如颜延之专攻骈文外，大多数作者如傅亮、谢灵运等往往散中夹骈，部分文章已属于骈文。当然，也有作家如谢庄二体并兼，骈文、散体文皆撰。

（一）善制代言之词的刘宋笔体文巨子傅亮之文

傅亮（374—426），身仕晋、宋两朝，史称其"博涉经史，尤善文词"①，为刘宋初著名文臣。与颜延之兼擅文、笔类应制文不同，傅亮所长主要在笔体类公文，其表、教、诏策文名重一时。傅氏年长于延之十岁，其创作之时，散体文正进一步骈化，骈文逐步趋向正式形成，故其文章一方面仍含质朴之气，另一方面也稍事藻采，但总体上不尚华丽。具体到句式上来说，傅亮之文骈句较多，散、骈杂糅。

现存傅亮之文近三十篇，多属侍奉应制之作，可以说是其仕宦生涯的产物。其中文学成就较高者应数表、教与策文，这三种文体也是傅文中骈化倾向最显著者。关于"表"，徐师曾曰："按字书：'表者，标也，明也，标著事绪使之明白以告乎上也。'古者献言于君，皆称上书。汉定礼仪，乃有四品，其三曰表，然但用以陈请而已。后世因之，其用寖广。"②表文有多种功能，可以用于陈事，也可以用于辞让、推荐或谢恩等。孙梅云："以之陈谢，则句随寸草偕春；以之请乞，则字与倾葵共转；以之荐达，则好贤如缁衣，不啻口出；以之进奉，则宫廷绘无逸，曲牖渊衷，义等格心，功同造膝矣。"③表虽属朝廷公文，但以之陈达情事，无不清晰明了，辞尽理显。由于它比较注重于向朝廷表达个人的见解或情事，因此在辞采和气骨方面与一般的上奏之文有所不同。《文心雕龙·章表》云："原夫章表之为用也，所以对扬王庭，昭明心曲。既其身文，且亦国华。""表以致禁，骨采宜耀。""表体多包，情伪屡迁，必雅义以扇其风，清文以驰其丽。然恳恻者辞为心使，浮侈者情为文屈，繁约得正，华实相胜，唇吻不滞，则中律矣。"④ 刘勰从

---

① 《宋书·傅亮传》，卷四十三，第 5 册，第 1336 页。
② 《文体明辨序说》，第 122 页。
③ 《四六丛话·叙表》，《四六丛话》卷十，第 183 页。
④ 《文心雕龙注》卷五，下册，第 408 页。

功用出发，对表文的写作技巧进行了概括，其中，"雅义"和"清文"创作标准的提出，应该说是对表的写作要求所作出的准确归纳。鉴于表奏用于上呈皇帝，故须典雅庄重，即如曹丕《典论·论文》所言"奏议宜雅"[1]；但它同时又要阐述个人的观点，故可适当讲求清丽辞采和情感抒发。章、奏类文章公文性更强，所以通常不重情采，就此而言，表文的抒情性一般要稍强于其他上奏文类。从语言风格上看，表文语言简练明畅，析理透彻，用事浅显。吴讷引真德秀语曰："大抵表文以简洁精致为先，用事忌深僻，造语忌纤巧，铺叙忌繁冗。"[2] 南朝之表，虽有藻饰、用典倾向，但大体以晓畅简练为上。从体式上看，晋代以前之表皆尚散体，而至南朝则受骈风熏染，遂有骈化倾向出现。《四六丛话·序章疏》述及此时表疏类文章的演变曰："魏晋以来，渐趋排偶，而臣工言事之文剀切，尚遵古式，未尝不直抒胸臆，刊落陈言，丹陛陈情，研华足尚。……至于辨析天人，极言得失，犹循正鹄，罔饰雕虫。盖奏疏一类，下系民瘼，上关政本，必反覆以伸其说，切磋以究其端。论冀见从，多浮靡而失实；理惟共晓，拘声律而难明。此任、沈所以栖毫，徐、庾因之避席也。"[3]

傅亮之表共存四篇，属陈事、辞让之类，其中《文选》所收《为宋公至洛阳谒五陵表》、《为宋公求加赠刘前军表》两篇成就最突出。傅氏长于属笔，"自以文义之美，一时莫及"[4]，《南史·任昉传》亦称以笔驰名的任昉"颇慕傅亮才思无穷"[5]。《为宋公至洛阳谒五陵表》一文写得"悱恻忼慨"[6]，深情洋溢。据《晋书·安帝纪》载，义熙十二年（416）秋八月，刘裕及琅琊王德文率众讨伐姚泓，冬十月，姚泓将姚光以洛阳降。遣兼司空、高密王恢之修谒五陵。五陵，指晋文帝崇阳陵、晋武帝峻阳陵、晋宣帝高原陵、晋景帝峻平陵、晋惠帝太阳陵。表文开篇即叙大军向洛阳进发途中遇到艰难险阻，以致行军极为迟缓。文曰：

---

① 《文选》卷五十二，第6册，第2271页。
② 《文章辨体序说》，第37—38页。
③ 《四六丛话》卷十三，第239页。
④ 《宋书·颜延之传》，卷七十三，第7册，第1892页。
⑤ 《南史》卷五十九，第5册，第1453页。
⑥ 谭献评语（《骈体文钞》卷十一，第182页）。

河流遄疾，道阻且长，加以伊、洛榛芜，津涂久废，伐木通迳，淹引时月。

久历战乱后的洛阳呈现出一片满目疮痍、萧索荒凉的景象，联想到昔日作为帝都时的繁华盛况，不禁使人顿生悲慨：

山川无改，城阙为墟，宫庙隳顿，钟簴空列，观宇之余，鞠为禾黍，廛里萧条，鸡犬罕音，感旧永怀，痛心在目。①

作者选取典型意象表现洛阳遭受战乱破坏后的凄惨状况，可谓令人触目惊心，难怪目睹此景者感慨万端。许梿评此文曰："以深婉之思写悲凉之态，低徊百折，直令人一读一击节也。"② 文章写拜谒五陵时的情景最为感人：面对"坟茔幽沦，百年荒翳"的五陵，"故老掩涕，三军凄感"，"愤慨交集"③。张溥曰："入洛阳谒五陵，宋公百世一日也。表文无痛哭之谈，识者先知其非心王室矣。"④ 表文格调凄凉，作者心绪的低沉悲怆可推想而知。文章表意曲折，笔力劲健，情感充沛，为六朝佳制。何焯评云："叙致曲折，复日遒紧。季友章表，故有专长，犹有东汉风味。若使宋不代晋，则读此文者有不感激涕下者乎？"⑤

《为宋公求加赠刘前军表》是傅亮的另一名作，此文体现出刘裕对刘穆之功绩的肯定及对他的器重。李善注引《宋书·刘穆之传》曰："刘穆之，字道冲⑥，东莞人，为前将军，卒，追赠仪同三司。高祖又表于天子，于是重赠侍中、司徒，封南昌县侯。"表文是为刘裕向晋安帝为穆之请赠所作，故先铺叙穆之经历、事迹：

爰自布衣，协佐义始，内竭谋猷，外勤庶政，密勿军国，心力俱尽。及登庸朝右，尹司京畿，敷赞百揆，翼新大猷。顷戎车远

---

① 《文选》卷三十八，第4册，第1726页。
② 《六朝文絜笺注》卷五，第73页。
③ 《文选》卷三十八，第4册，第1726页。
④ 《汉魏六朝百三家集·傅光禄集题辞》，《汉魏六朝百三家集题辞注》，第166页。
⑤ 《义门读书记》卷四十九，下册，第952页。

⑥ "冲"，《宋书》作"和"，疑李善误。

役，居中作捍，抚宁之勋，实洽朝野，识量局致，栋幹之器也。①

　　据李善引裴子野《宋略》载，刘裕图谋匡复大业，以穆之为主簿，委以重任，穆之确实也没辜负刘裕的厚望。所谓"内竭谋猷，外勤庶政，密勿军国，心力俱尽"，刘良曰："言内尽谋策之道，外勤军旅之事"，"于军旅之中心尽谋虑，力尽行阵"②。刘裕出征时，穆之居中以为捍御，有护卫之功，可见穆之对刘裕鞠躬尽瘁，难怪刘裕述其功绩时称凭其识量与气魄，堪为栋梁之材。表文回顾国家处于内忧外患之时，穆之辅佐刘裕靖难平乱一节，论者称曰"惊心动魄，不啻口出"③。文云：

　　　　自义熙草创，艰患未弭，外虞既殷，内难亦荐，时屯世故，靡
　　有宁岁。臣以寡劣，负荷国重，实赖穆之匡翼之勋。
　　　　微夫人之左右，未有宁济其事者矣。④

　　于史事叙述中流露出深刻的感激之情。张铣注曰："虞，度。殷，众。荐，重也。外度谓慕容超数为边患，言屯难多故，无有安宁之年。"⑤何焯释云："内难谓刘毅、刘藩、诸葛长民、司马楚之也。"⑥穆之对刘裕事业的作用很大，而且事实也证明了这一点。陆雨侯评曰："穆之辅裕，不亚彧之与操。第穆之早卒，异同不形耳。至其义安内外之功，原自足录。"⑦穆之虽立下汗马之功，但朝廷议及为其封爵时，都被他婉言谢绝，其谦逊忠直之品性深得后人敬仰。

　　傅亮二表语词朴实，颇多对句，表现出明显的骈化倾向，这与骈文的发展进程是一致的。早期的骈文虽讲对仗，却不求精工，而且对句中多融以虚字，以使文气畅达。孙德谦之说最为有理："作骈文而全用排偶，文气易致滞塞，即对句之中亦当少加虚字使之动荡。六朝文如傅季

---

　　① 《文选》卷三十八，第4册，第1727—1728页。
　　② 《六臣注文选》卷三十八，中册，第711页。
　　③ 谭献评语。《骈体文钞》卷十一，第181页。
　　④ 《文选》卷三十八，第4册，第1728页。
　　⑤ 《六臣注文选》卷三十八，中册，第711页。
　　⑥ 《义门读书记》卷四十九，下册，第952页。
　　⑦ 《重订文选集评》卷九引。

友《为宋公求加赠刘前军表》'俾忠贞之烈，不泯于身后；大赍所及，永秩于善人。'……用'于'字……其句法乃栩栩欲活。……是知文章贵有虚字旋转其间，不可落入滞相也。"① 其实不仅初期骈文如此，即使徐陵、庾信骈文也往往用虚字和散句以使气势疏宕，由此可见，此乃骈文的创作方法，似乎与骈化程度并无必然关系。傅亮之表虽有骈化趋势，不过辞藻并不华丽，而且也没有声律之求，所以往往能够直抒性情。齐、梁以后的表奏则丽藻缛绘，音韵铿锵，致使真情被掩盖。

除表以外，傅亮之教亦颇具文采，曾名重一时。《文选》所录《为宋公修张良庙教》、《为宋公修楚元王墓教》二文，堪称傅氏传世佳作。就行文方向而言，表属上行文，而教为下行文。教，即教文，属君王示臣下之文。秦时，只有王侯下文可称为教，至汉则亦可用于大臣告众之文。降及后世，遂沿用之。《文心雕龙·诏策》曰："教者，效也，出言而民效也。"②《太平御览》文部九引《春秋元命苞》云："天垂文，象人行其事，谓之教。教，效也，言上为而下效也。"③ 其意是说上有所言，下必效法。《为宋公修张良庙教》作于晋安帝义熙十三年（417）正月，《文选》李善注引裴子野《宋略》曰："义熙十三年，高祖北伐，大军次留城，令修张良庙。"教文高度精练地概括了张良的一生经历：与刘邦相遇并尽职尽责辅佐其击败项羽，成就汉室帝业。张氏功绩之著、声望之显、度量之深、胸怀之广、德行之高远非常人可比，只有古之贤者如伊尹、吕望、管仲可与之相提并论。词云：

> 张子房道亚黄中，照邻殆庶，风云玄感，蔚为帝师，夷项定汉，大拯横流，固已参轨伊、望，冠德如仁。若乃交神圯上，道契商洛，显默之际，窅然难究，渊流浩瀁，莫测其端矣。④

《宋书·武帝本纪中》所收此文在个别字词与句序上与《文选》所载稍异。许巽行《文选笔记》卷六认为，从文章节奏来看，《宋书》所录更佳。高步瀛说："《宋书》异文，疑是休文修改。休文固最重音节

---

① 《六朝丽指》。
② 《文心雕龙注》卷四，上册，第360页。
③ 李昉《太平御览》卷五九三，第3册，中华书局1960年版，第2672页。
④ 《文选》卷三十六，第4册，第1640—1641页。

者也。"① 分析极合事理。上引一节于寥寥数语中见出张良的行止与风神，音韵谐畅，言词铿锵，刚健有力，于光华称其有"绝大笔力"②，所言不虚。谭献评之有"金玉之声，风云之气"③，亦非溢美之词。此文追叙往事、称赏张良功德，愈益敬佩其为人，作者将其比作管仲，足见其在国家中的重要地位。

教文中有"微管之叹"、"照邻殆庶"、"冠德如仁"诸语，表现出作者对张良贤德的由衷赞叹，这种句法是在刘宋诡巧新奇文风的影响下，割裂词句而形成。《文心雕龙·定势》论及"近代辞人"为追求"诡巧"，语言布局上多用"反正"之法，割裂、颠倒语句，以"穿凿取新"。上述三个短语，即以割裂词句来求得"新色"④，如"微管之叹"一语，本源于《论语·宪问》："微管仲，吾其被发左衽矣。"张铣注曰："微，无也。被发左衽，夷狄之服。言无管仲为相，则礼乐大坏，吾其夷狄也。此孔子叹美其功也。"⑤ 以管仲比张良，比物连类，意蕴深远。教文叙目睹遗庙破败之状，缅怀前贤，感慨万端。文曰：

> 涂次旧沛，伫驾留城，灵庙荒顿，遗像陈昧，抚事怀人，永叹寔深。过大梁者，或伫想于夷门；游九京者，亦流连于随会。⑥

《史记·魏公子列传》中载有战国时魏国隐士侯嬴曾看守过大梁城门一事，《国语·晋语八》中载有文子称赏范会之语。作者以过大梁念及侯嬴、游九京想及范会作比，寄寓对张良的深刻怀念。此文虽名为修庙，但真正修葺之语仅有"改构栋宇，脩饰丹青，蘋蘩行潦"三句，可见主要目的还是为表达缅怀前贤之情。文末"抒怀古之情"语本于班固《西都赋》"抒怀旧之蓄念，发思古之幽情"⑦，为点题之句。江山渊评此文说："铺陈直叙，不著藻采，而奇气旁薄，有昂首天外，旁

---

① 《南北朝文举要》上册，第3页。
② 《重订文选集评》卷八。
③ 《骈体文钞》卷九，第132页。
④ 《文心雕龙注》卷六，下册，第531页。
⑤ 《六臣注文选》卷三十六，中册，第672页。
⑥ 《文选》卷三十六，第4册，第1641页。
⑦ 《文选》卷一，第1册，第5页。

若无人之概。"①

《为宋公修楚元王墓教》一文旨意与前篇略同。李善注曰："宋公，楚元王后，故修治其墓。"楚元王，名交，字游，汉高祖刘邦异母弟，其墓在彭城，刘裕为其后人。文章以尊贤敬祖引起，继之述及楚元王的高节德行，足令后世感佩。词曰：

> 夫褒贤崇德，千载弥光，尊本敬始，义隆自远。楚元王积仁基德，启藩斯境；素风道业，作范后昆。本支之祚，实隆鄙宗；遗芳余烈，奋乎百世。而丘封翳然，坟茔莫翦。感远存往，慨然永怀。夫爱人怀树，甘棠且犹勿翦；追甄墟墓，信陵尚或不泯。况瓜瓞所兴，开元自本者乎！②

先人功德昭著，泽被后嗣，实堪为子孙所效法。由于年代久远，导致其坟墓被荒草遮蔽，望之满目凄凉萧瑟，遂令人生出无限感慨。所谓"感远存往"，远，即言宋公与楚元王的关系；往，则言先人的非凡功德。文中情感最至者当数末尾几句："夫爱人怀树，甘棠且犹勿翦；追甄墟墓，信陵尚或不泯。况瓜瓞所兴，开元自本者乎！"作者出以四六间隔对句，运用召公、魏无忌的典故表达出对先人的深切怀念之情。据应劭《风俗通义》所载，召公曾在甘棠树下听讼断狱，后人思其美德，爱其树而不伐。《汉书·高祖本纪》载魏公子无忌曾守冢五家，亦见怀念先人之心。方伯海云："按篇中将甘棠、信陵一为比例，文字便疏宕有情。"陆雨侯称此文"著理表情，匪私吾私"③，即言所抒之情实发自内心，并非徇私矫饰之类。该文语言简练流畅，风格淳正，颇具东汉文章的笔意。

《文心雕龙·丽辞》将对仗分为言对、事对、正对、反对四种，上举四六对应属事对、正对，但语词上却是以物对人（"甘棠"对"信陵"），并非如后世骈文所讲求的严格意义上的对偶。民国孙德谦曾指出这一点说："刘勰云：'事对者，并举人验者也'，盖言事对之法，上

① 《南北朝文评注读本》第 2 册，第 22 页。
② 《文选》卷三十六，第 4 册，第 1642—1643 页。
③ 《重订文选集评》卷八。

下当取古人姓名以作对偶耳。……彦和人验之说，亦可不拘矣。至傅季友《为宋公修楚元王墓教》'甘棠且犹未翦，信陵尚或不泯'，则且以人物作对，何在必举人验哉？然而对切求工，彦和要为正论也。夫骈文之难，往往有一事可举而贫于作对者，于是上为古人或借地名、物名强为之对，此则庄子所谓无可如何耳。"① 可见，骈文求工切之对难度甚大。

表、教之外，傅亮的策文也呈现出明显的骈化趋向。策有两种，其一为制策，又称策问，是朝廷选拔贤才时所出的试题，其内容较宽泛，但多涉及治国之方略，此类文章需要士子作答，答文即为对策。这种以策问来选拔人才的方式始于西汉文帝时期，徐师曾曰："夫策士之制，始于汉文，晁错所对，蔚为举首。自是而后，天子往往临轩策士，而有司亦以策举人，其制迄今用之。"因为文章围绕治国之策略发问，所以士子首先必须通达古今，明于治道，其次还要工于属文，通过这一程序最终入选者，确实称得上治世之良才，然其中难度亦可想而知。徐氏又曰："夫策之体，练治为上，工文次之。然人才不同，或练治而寡文，或工文而疏治，故入选者，刘勰称为通才。呜呼，可谓难也已矣！"② 在南朝文苑中，王融的《永明九年策秀才文五首》、《永明十一年策秀才文五首》、任昉的《天监三年策秀才文三首》，均以骈体撰成，堪称此类策文中的名作。其二为策书，又称策命，是天子用于策封诸侯或功臣的公文。此类策文最初是写在木简上的，故名为"策"，唐宋以后则写在金玉上，故又名为"册"，现在看来，"策"、"册"二字可以通用。该类散文主要用于皇帝为功臣加官进爵，其中以九锡文最具代表性，它多产生于朝代更替之际，往往由身仕两朝的文笔重臣所作。

关于九锡文的产生背景及发展情况，清人赵翼曰："每朝禅代之前，必先有九锡文，总叙其人之功绩，进爵封国，赐以殊礼，亦自曹操始，其后晋、宋、齐、梁、北齐、陈、隋皆用之。其文皆铺张典丽，为一时大著作，故各朝正史及南、北史俱全载之。"③ 至于"九锡"一语，《后汉书·孝献帝纪》李贤注引《礼含文嘉》云："九锡谓一曰车马，

① 《六朝丽指》。
② 《文体明辨序说》，第 130 页。
③ 《廿二史劄记校证》卷七，上册，第 148 页。

二曰衣服，三曰乐器，四曰朱户，五曰纳陛，六曰虎贲士百人，七曰斧钺，八曰弓矢，九曰秬鬯。"① 九锡文的格式凝滞，往往先述功绩后言赐物，内容繁复，了无生趣，后代因袭前代，致使文体一成不变。李兆洛云："九锡禅诏，类相重袭，逾袭逾滥。"② 金秬香称此类文章为"乱世贰臣献媚新主之谀辞"，"重重叠叠，实类骈拇枝指之无所用已"③，语虽尖刻，却一针见血地指出了九锡文的缺陷。溯其渊源，上自汉代，《汉书·王莽传》载张竦为陈崇草奏，称莽功德，列举多条，但其文不过五百余字。汉末潘勖为曹操作有《册魏公九锡文》，洋洋洒洒，长达一千二百余字。《文心雕龙·才略》称潘勖"凭经以骋才，故绝群于锡命"④，可见对其九锡文的重视。范文澜认为潘作"近拟竦文，远学《尚书》，自后大盗移国，莫不作九锡文，如涂附涂，而典赡雅伤，则无有及此者"⑤，此后各朝九锡文，皆以该篇为范式，所以说潘勖之文应是后代九锡文的正式源头。时至南朝，朝代更迭频繁，因此九锡文较为常见，傅亮、王俭、任昉、徐陵俱为身仕两朝的著名文臣，他们笔下都有这类文章。

刘宋时期的九锡文当以傅亮的《策加宋公九锡文》为代表，此作铺采摛文，饶有气势。张溥云："晋宋禅受，成于傅季友，表策文诰，诵言满堂，潘元茂册魏公，不如其多也。"⑥ 该篇即属典型的颂圣之文。傅氏生当晋、宋易代之际，倾向于新朝，是刘裕的重要文臣，故而在文中不遗余力地歌颂宋公的功绩。如述刘裕勤王平定桓玄、卢循之功云：

> 乃者桓玄肆僭，滔天泯夏，拔本塞源，颠倒六位，庶僚佥眉，四方莫恤。公精贯朝日，气凌霄汉，奋其灵武，大歼群慝，剋复皇邑，奉帝歆神。此公之大节，始于勤王者也。授律群后，泝流长骛，薄伐峥嵘，献捷南郢，大憨折首，群逆毕夷，三光旋采，旧物反正。此又公之功也。……卢循妖凶，伺隙五岭，乘虚肆逆，侵覆

① 《后汉书》卷九，第 2 册，第 387 页。
② 《骈体文钞》卷七，第 116 页。
③ 《骈文概论》，第 55 页。
④ 《文心雕龙注》卷十，下册，第 699 页。
⑤ 《文心雕龙注》卷四，上册，第 368 页。
⑥ 《汉魏六朝百三家集·傅光禄集题辞》，《汉魏六朝百三家集题辞注》，第 166 页。

江、豫，旆拂寰内，矢及王城，朝野丧沮，莫有固志，家献徙卜之计，国议迁都之规。公乘辕南济，义形于色，巍然内湛，视崄若夷，摅略运奇，英谟不世……拯于将坠。此又公之功也。①

东晋末年，桓玄、卢循作乱，朝野上下一片恐慌，群臣束手无策。刘裕挺身而出，击败叛军，克复王室，扶大厦于将倾，可谓居功至伟。宋公先破桓玄，再胜卢循，一鼓作气，乘胜进发，肃清余敌，稳定局势。晋室江山遭此大乱而不灭，刘裕之功不可抹杀。大凡朝代更替之时，常常有大拯横流的人物出现，而此人往往又是新朝的缔造者。汉末有曹操，晋末有刘裕，宋末有萧道成，齐末有萧衍，梁末有陈霸先等，一旦大权在握，即将建立新朝之时，他们往往通过九锡禅让的形式除旧布新。傅亮此文只是众多制作中的一例，其文语势流畅，一气呵成，笔力劲健，气魄宏阔。张溥称其为"丹书带砺"② 之作，可见傅亮此文的重要性。

傅亮的散文风格代表了晋宋之际文章的总体风格，散体文正经历骈化的进程，故整句、对句逐渐增多但不工巧，遣词虽稍有雕饰之倾向，却未显示出华丽之气，而且用典相对亦较少，且多为直用或明用。比之表、教文，策文则大肆铺张，有同于赋，在散文骈化过程中起到了推波助澜的作用。

（二）散骈杂糅，趋尚雕藻的谢灵运之文

谢灵运（385—433）小傅亮十余岁，生活时代大致与傅氏相同，散文总体风格与傅文既有一致性，又有自己的特点。细言之，谢文与傅文最大的不同体现在灵运遣词造句更尚雕琢，语言更流畅，词藻亦稍趋华美。从散体文骈化这一角度来看，灵运之文多是骈散杂糅，呈现出亦骈亦散的状态。就骈化程度强弱来说，谢灵运各体散文并不相同，大致而言，表、谏骈化程度最强，书笺次之，而多数诗序、赋序、佛论、史论及山水地记类则基本为散体文。

与傅亮之表相似，谢灵运的表文骈化倾向亦较显著，其《诣阙自理表》一文倾诉冤屈，言辞恳切，情绪激昂。此文作于元嘉八年

① 《宋书·武帝本纪中》，卷二，第1册，第38—39页。
② 《汉魏六朝百三家集·傅光禄集题辞》，《汉魏六朝百三家集题辞注》，第166页。

（431），即灵运第二次隐居故乡始宁期间，当时灵运向朝廷请求掘开回踵湖以辟为良田，太祖已应允，但会稽太守孟顗以百姓靠湖中水产生存为借口，坚决不同意。灵运又求始宁岯崲湖为田，孟顗仍加拒绝，于是灵运谓顗"非存利民"，"言论毁伤之，与顗遂构雠隙"，结果孟顗因"灵运横恣，百姓惊扰"，遂上书"表其异志"。灵运遭此诬陷，内心愤慨不已，立即给文帝上表陈词辩解。文曰：

> 若其罪迹炳明，文字有证，非但显戮司败，以正国典，普天之下，自无容身之地。今虚声为罪，何酷如之！夫自古谗谤，圣贤不免，然致谤之来，要有由趣。或轻死重气，结党聚群；或勇冠乡邦，剑客驰逐。未闻俎豆之学，欲为逆节之罪；山栖之士，而构陵上之衅。今影迹无端，假谤空设，终古之酷，未之或有。匪吝其生，实悲其痛。①

文章稍事雕琢，随意倾泻，主要以四言短句行文，偶夹四六对句，节奏急促，铿锵有力，作者内心的怨愤之情通过酣畅淋漓、激昂慷慨的陈词得以尽情展示，读后大有真实具体、形象生动之感。此文虽多骈句，但不使事用典，因此情随词至，平易畅达，实为一篇情词并茂之作。张溥称该文"言最明痛"②，盖感于灵运诉屈之词所致。郑振铎评道："情辞甚为悲恻，然竟无救于他的死。"③ 灵运上表之后，文帝知其被诬，故未加罪，亦未使之东归，又任其为临川内史，后因游放无度，为有司所纠，后抗拒逃逸遂生逆志，终致被擒弃市。

除表以外，谢灵运诔文亦表现出明显的骈俪倾向，《庐陵王诔》为哀悼好友庐陵王刘义真而作，抒情真挚深刻，属于典型的私诔。序曰：

> 事非淮南，而痛深于中雾；迹非任城，而暴甚于仰毒。托体皇极，衔怨至尽。岂惟有识伤慨，故亦率土凄心。盖出罔己之悲，以陈酸切之事云尔。④

---

① 《宋书·谢灵运传》，卷六十七，第 6 册，第 1776 页。
② 《汉魏六朝百三家集·谢康乐集题辞》，《汉魏六朝百三家集题辞注》，第 169 页。
③ 《插图本中国文学史》第 2 册，第 241 页。
④ 《全宋文》卷三十三，《全上古三代秦汉三国六朝文》第 3 册，第 2619 页。

庐陵王刘义真为武帝刘裕次子，与灵运"情款异常"①，曾豪言若有得志之日，必以其为宰相。义真与灵运交往密切，可谓对其有知遇之恩，此举立刻招来权臣徐羡之、傅亮等人的忌恨，先是遭到排挤，而后被废为庶人，最终被徐羡之等遣使杀害于新安郡。灵运此文运用刘安和曹彰的典故，以此表达对庐陵王被害的怨愤、哀悼之情。文中"淮南"，指西汉淮南王刘安，因反叛朝廷被徙身死；"任城"，指任城王曹彰，因不满曹丕的行为被设计毒死，曹植《赠白马王彪诗》中即寓有对曹丕卑劣之举的痛斥与愤恨。谢氏认为，庐陵王蒙冤遭害，其情超过刘安、曹彰，言辞中流露出对施害者的无比痛恨。此文所表达出的悲悯伤悼之情在灵运的《庐陵王墓下作诗》和《伤己赋》中也有体现。另外，由于受骈文的影响，文中涉及用事的两句对仗虽称不上精致，但也较为工整。

另外，《庐山慧远法师诔并序》写慧远继承道安之志，研习佛法，广布教化，功德卓著。灵运对自己未能从其学佛深感遗憾，表达出对法师的景仰、悼念之情。《昙隆法师诔并序》以传体的形式写出昙隆法师摈弃世俗生活、一心向道的过程，作者对其执着追求佛法经义的毅力予以高度赞扬。文中所忆与法师共研佛义的经历，无疑使作者的伤悼之情更趋深沉。谢灵运崇奉佛教，故常与僧人交往，汤用彤说："康乐一生常与佛徒发生因缘。"② 除慧远、昙隆以外，与谢交往者还有慧琳、法流、慧严、慧观等，这种交游取向自然使他与佛经结下了不解之缘。一旦精通佛学的僧人辞世而去，留给他的唯有无尽的感伤。这些诔文都表现出程度不同的骈化倾向。

相较于表、诔，谢灵运的书笺文骈化程度较弱，骈句相对较少，基本上是散、骈并用，但也可以看出南朝书笺文由散趋骈的大体趋势。关于"笺"，《文心雕龙·书记》曰："迄至后汉，稍有名品，公府奏记，而郡将奏笺，记之言志，进己志也。笺者，表也，表识其情也。……原笺记之为式，既上窥乎表，亦下睨乎书，使敬而不慑，简而无傲，清美

---

① 《宋书·谢灵运传》，卷六十七，第6册，第1753页。

② 汤用彤：《汉魏两晋南北朝佛教史》下册，中华书局1983年版，第313页。

以惠其才,彪蔚以文其响,盖笺记之分也。"① 可见,笺一类文章往往用来言志抒情,严格说来,笺与书本有区别,但因其功用基本相似,故亦可将书与笺并置。谢灵运性好山水,善游逸,任永嘉太守时,"郡有名山水,灵运素所爱好,出守既不得志,遂肆意游遨,遍历诸县,动逾旬朔",颇具隐士之风。宋少帝景平元年(423)秋,灵运离开永嘉回故乡始宁隐居,"与隐士王弘之、孔淳之等纵放为娱,有终焉之志"②。《与庐陵王义真笺》一文即表现出对归隐的向往,文曰:

> 会境既丰山水,是以江左嘉遁,并多居之。但季世慕荣,幽栖者寡,或复才为时求,弗获从志。至若王弘之拂衣归耕,逾历三纪;孔淳之隐约穷岫,自始迄今;阮万龄辞事就闲,篡成先业;浙河之外,栖迟山泽,如斯而已。……真可谓千载盛美也。③

晋、宋时期隐逸之风甚盛,而隐士多慕山水,适逢会稽郡"山水之美,使人应接不暇"④,故招致隐者纷至沓来。作者认为,江左名士虽标榜隐居,但他们往往慕荣趋利,所以真正能够领略隐逸之趣者极少。像王弘之、孔淳之、阮万龄等少数人则抛却世俗名利之念,甘于幽栖,可以说是真正的隐者,作者言外之意透露出自己志同王、孔等人,诚心归隐山泽的意愿。虽然灵运以真隐相标榜,但他的建功立业之志并未彻底消退,如其所述,"才为时求",文帝即位后,他又一次步入了仕途。综观全篇,此笺中已有一定数量的骈对句式,尽管不甚工致,然亦不可否认此类散文有走向骈化的趋势。

(三)简而有意,文美情深的谢惠连之文与绝奇悲丽,颇显才学的谢庄之文

大约与骈文的发展同步,赋也在经历着骈化的进程,由于一些作家兼擅赋与骈文,他们在创作时往往将赋的技巧移植到骈文创作中,从而推动了骈文的发展。如以赋见长的谢惠连与谢庄,在骈文方面也较有成

---

① 《文心雕龙注》卷五,下册,第456—457页。
② 《宋书·谢灵运传》,卷六十七,第6册,第1753—1754页。
③ 《宋书·隐逸·王弘之传》,卷九十三,第8册,第2282页。
④ 《世说新语·言语》注引《会稽郡记》中王子敬语(《世说新语校笺》卷上,上册,第82页)。

就，谢惠连不仅有名赋《雪赋》，而且还有被孙月峰称为"妙作"① 的骈体名篇《祭古冢文》；以《月赋》闻名的谢庄在骈文方面也取得了不俗的成就，如《文选》所收录的《宋孝武宣贵妃诔》以及未入《文选》的《上搜才表》都属名篇佳制。

与颜延之的《祭屈原文》、王僧达的《祭颜光禄文》哀悼前贤或友人不同，谢惠连（407—433）的《祭古冢文》别出一路。史称惠连"其文甚美"②，张溥则云："《谢法曹集》，文字颇少，惟《祭古冢文》简而有意。曹子建伏轼而问髑髅，辞不逮也。"③ 该文写为一不知名的古冢改葬并致以悼祭之意，李善注引沈约《宋书》曰："元嘉七年，惠连为司徒彭城王义康法曹参军。义康修东府城，城堑中得古冢，为之改葬，使惠连为祭文，留信待成也。"文章起首先叙挖掘出古冢及改葬的经过，以散体行文，刻画极其细致。文曰：

> 东府掘城北堑，入丈余，得古冢，上无封域，不用砖甓。以木为椁，中有二棺，正方，两头无和。明器之属，材瓦铜漆，有数十种，多异形，不可尽识。刻木为人，长三尺，可有二十余头，初开见，悉是人形，以物柷拨之，应手灰灭。棺上有五铢钱百余枚，水中有甘蔗节及梅李核瓜瓣，皆浮出不甚烂坏。铭志不存，世代不可得而知也。公命城者改埋于东冈，祭之以豚酒。既不知其名字远近，故假为之号曰冥漠君云尔。④

无名古冢本是无意挖掘出的，因出于怜悯之心，故为其改葬。"追惟夫子，生自何代？曜质几年？潜灵几载？为寿为夭？宁显宁晦？铭志湮灭，姓字不传。今谁子后？曩谁子先？功名美恶，如何蔑然？"由于冢中铭志皆失，无从得知冢主姓名、家世、寿命及生前履历等事项，故假为名号以祭奠。一连串的四言问句提出了一系列的问题，祭文中常见的追述德勋一事在该文中很难得以体现，但作者凭借高超的驾驭语言的工力仍将此文写得凄婉动人。其词曰：

---

① 《重订文选集评》卷十五引。
② 《宋书·谢方明传附惠连传》，卷五十三，第 5 册，第 1525 页。
③ 《汉魏六朝百三家集·谢法曹集题辞》，《汉魏六朝百三家集题辞注》，第 181 页。
④ 《文选》卷六十，第 6 册，第 2603 页。

墉不可转，堑不可迴。黄肠既毁，便房已颓。循题兴念，抚俑增哀。射声垂仁，广汉流渥。祠骸府阿，掩骼城曲。仰羡古风，为君改下。轮移北隍，窀穸东麓。圹即新营，棺仍旧木。合葬非古，周公所存。敬遵昔义，还祔双魂。酒以两壶，牲以特豚。幽灵髣髴，歆我牲樽。①

作者仍从挖掘城堙，不幸毁坏古冢落笔，表达内心的哀伤之感，继之援引汉代射声校尉曹褒买地埋葬无主之棺和广汉太守陈宠重葬骸骨的典事，寄托改葬无名古冢之心意，而后转向为古冢双棺合葬并致祭悼之事。合葬之制，自周公以来，方为盛行，故文云"合葬非古"。何焯云："'合葬非古'四句，他人意所不到处，所谓波澜老成也。"② 此文前散后骈，散为叙事，骈为凭吊，叙事细致，抒情凄婉。就后半部分改葬及祭悼一节言，句法整炼，用字准确而恰当，且有音韵协谐之美。清人林云铭评道："前段叙事处，逐一摹写，逼肖人神。祭文中将世代名字不可考处痛为洗发，凭吊欷歔，余音动人且行文整雅工练，字字作金石声。"③ 孙月峰则云："即事写来，调响而语俊，句句醒快，真是妙作。"④ 江山渊说："铭志湮灭，姓氏不传，而锡以假号，为之改葬，是特古人掩骼埋胔之事。苟欲哀之，情无所丽，文乃极有思致，凄恻动人，所谓良金美玉，殆无施而不可也。"⑤

谢庄的《宋孝武宣贵妃诔》是一篇典制诔文。宣贵妃名殷淑仪，本为南郡王刘义宣之女，义宣事败后，其女被孝武纳为贵妃，并假姓殷氏。后薨逝，帝诏谢庄诔之，文极悲丽。与颜延之之诔相似，谢庄此诔前有序文，序文与诔作正文所述亦大体相当，重在抒发对逝者的悲悼之情。如其序曰：

惟大明六年夏四月壬子，宣贵妃薨。律谷罢煖，龙乡辍晓。照

① 《文选》卷六十，第 6 册，第 2604—2605 页。
② 《义门读书记》卷四十九，下册，第 975 页。
③ 《古文析义》卷十，乾隆三十二年（1767）重刻本，三乐堂藏版。
④ 《重订文选集评》卷十五引。
⑤ 《南北朝文评注读本》第 2 册，第 64 页。

车去魏，联城辞赵。皇帝痛拔殿之既阒，悼泉途之已宫。巡步檐而临蕙路，集重阳而望椒凤。呜呼哀哉！①

　　文章首先交代宣贵妃辞世的具体时间，以下连用四个比喻说明贵妃去世对孝武帝所造成的影响之大。律谷，即黍谷，靠吹律使其温暖才能生出新黍，故称。龙乡，地名，盛产鸣鸡。照车，战国时魏惠王曾说，其宝珠可以照亮十二乘马车的前前后后。联城，指赵国的和氏璧，秦国曾提出用十五个城交换此璧。宣贵妃辞世，显然意味着已与孝武帝永诀，唐人吕向曰："'罢'、'辍'、'去'、'辞'，皆喻贵妃薨而离于帝也。"② 此节出句新异，可谓"陡起绝奇"③。宣贵妃去世后，所居宫室寂静冷落，凄清荒凉，孝武帝哀痛万分，几于不能自已。谢庄此文抒情诚挚，感人至深，史载该序及诔文主体曾引起极大轰动，都下人纷纷传写，以致纸墨迅速变贵，于此亦见谢庄写作诔文的高超技巧。萧子显称"谢庄之诔，起安仁之尘"④，即把谢庄与晋代哀诔文大家潘岳相提并论，足见对谢氏诔文的评价之高。

　　谢庄才学超群，因刘劭弑帝自立一事而与刘骏相交密切，骏即位为孝武帝，选风貌门第俱佳者四人为侍中，庄即其一，在任屡有陈建，用世之心极强。"于时搜才路狭"，谢庄乃作《上搜才表》，针对孝武帝欲从全国招贤纳才的主张，文章首先肯定此举合宜："治乱之由，何尝不兴资得才，替因失士。故楚书以善人为宝，《虞典》以则哲为难。"继而又提出英才众多，仅凭推荐不足取，这样只能使真正的才士不一定能得到任用，而且还可能误纳庸士。"一人之鉴易限，而天下之才难原，以易限之鉴，镜难原之才，使国罔遗授，野无滞器，其可得乎？"作者认为选拔贤士，应不分地位尊卑、出身高下，如有真才实学，不管远近亲疏皆可纳用。谢庄进一步阐述自己的建议说：

　　　　如臣愚见，宜普命大臣，各举所知，以付尚书，依分铨用。若任得其才，举主延赏；有不称职，宜及其坐。重者免黜，轻者左

---

①《文选》卷五十七，第 6 册，第 2477—2478 页。
②《六臣注文选》卷五十七，下册，第 1063 页。
③《六朝文絜笺注》卷十二，第 176 页。
④《南齐书·文学传论》，卷五十二，第 3 册，第 908 页。

迁，被举之身，加以禁锢，年数多少，随愆议制。若犯大辟，则任者刑论。①

作者所述搜才之举甚为严格，若举贤得当则有赏赐，否则要负连带之责，这无疑给举荐者增加了困难。不仅如此，若有误纳，举主要受免职或贬谪，而被举之人则被禁锢或处以大刑。谢庄此言可显其对朝廷的忠诚之心，但真正履行却有很大难度，所以只能落得难以执行的结局。张溥赞此表为"雅人之章，无忝国器"②，结合谢庄对政事的热衷来看，此语极恰当。文章中的对句达到全文总句数的半数以上，而且时有用典，故应以骈文论之。

（四）兴学重教，朴雅淳正的刘裕之文

以文学成就而论，宋武帝刘裕显然无法与其他大家同日而语，但他即位前后撰写的诏、敕之文较有特色，体现出较强的实用性与文学性。

诏、敕之名，古所未有，上古三代之时，同称为命，降及七国，又称为令，秦并天下，遂改命曰制，改令为诏。近人林纾引刘勰之语说："诏策一门，'汉初定仪，命有四品：一曰策书，二曰制书，三曰诏书，四曰戒敕。敕戒州郡，诏诰百官，制施赦命，策封王侯。策者，简也。制者，裁也。诏者，告也。敕者，正也。'自汉讫今，沿用勿改。"③诏，又称诏书，是皇帝向臣民宣其旨意之文，汉代诏书以散体行文，多淳厚渊雅之篇，而文帝刘恒之诏辞，尤为感动人心。刘熙载曾云："西京文之最不可及者，文帝之诏书也。《周书》、《吕刑》，论者以为哀矜恻怛，犹可以想见三代忠厚之遗意。然彼文至而实不至，孰若文帝之情至而文生耶？"④今观其《封赐周勃等诏》、《答有司请建太子诏》、《养老诏》等，确实为情文并茂之作。晋世以前，诏敕之文皆为散体，且多丰厚之意蕴，而至于六朝，骈文兴起，诸体文章日趋骈化，诏敕亦莫能外。孙梅《四六丛话·叙制敕诏册》述其特点曰："宁朴而无华，宁简而无浮，选言于训诰之区，探赜乎皇唐之域。授官命职，备著激扬；闵雨忧农，如传唁息。使闻者有一见决圣之思，诵之动扶杖往观之

---

① 《宋书·谢庄传》，卷八十五，第 8 册，第 2169—2170 页。

② 《汉魏六朝百三家集·谢光禄集题辞》，《汉魏六朝百三家集题辞注》，第 184 页。

③ 《春觉斋论文》，第 62 页。

④ 《文概》，《艺概》卷一，第 10 页。

慕。”“魏晋而下，华缛递增，然琢句弥新，而遒文间发。下及陈隋，益事排偶矣。”① 南朝诏文虽尚偶俪，“以藻缋胜”②，却也不乏词意兼善之作。

刘宋初诏、敕之文，虽多有骈句，却极富古朴质实之气。《立国学诏》一文为立学兴学之类文章，作于武帝永初三年（422）正月，收录于《宋书·武帝本纪下》及《艺文类聚》卷三十八。其作者尚存争议，唐人欧阳询、明人张溥、清人严可均皆视之为傅亮所作，而且后世诸选本也多将其归于傅亮名下，这种说法不无道理。③ 明代梅鼎祚的《宋文纪》卷一则将其列于武帝刘裕名下。笔者认为，既为诏书，自然应由帝王制作，即使出自傅亮之手，也无非是为刘裕代笔而作，故今从梅氏之说。其文曰：

> 古之建国，教学为先，弘风训世，莫尚于此，发蒙启滞，咸必由之。故爰自盛王，迄于近代，莫不敦崇学艺，修建庠序。自昔多故，戎马在郊，旄旗卷舒，日不暇给。遂令学校荒废，讲诵蔑闻，军旅日陈，俎豆藏器，训诱之风，将坠于地。后生大惧于墙面，故老窃叹于《子衿》。今王略远届，华域载清，仰风之士，日月以冀。④

诏文言及设立学校、施予教育的重要性、必要性及学校荒废的弊端，具有较强的实用价值。立学施教可以弘扬淳良民风，可以敦促世人勤于治学，其重要性不言而喻，自古以来的统治者都认识到了这一点，故而把立学作为治国的第一要务。作者认为，由于先前忙于战事而忽略并荒废了学校教育，结果导致礼仪废弃，淳风沦丧。刘宋立国后，帝王怀有远见卓识，好学之人殷切期盼，设立学校、弘扬儒学便顺理成章。武帝虽提倡兴建国学，但诏书下达四个月后，帝以疾崩殂，故事未成

---

① 《四六丛话》卷六，第 115 页。

② 《春觉斋论文》，第 62 页。

③ 据《宋书·傅亮传》载，“高祖登庸之始，文笔皆是记室参军滕演；北征广固，悉委长史王诞；自此后至于受命，表策文告，皆亮辞也。”（卷四十三，第 5 册，第 1337 页。）就此而言，该文为傅氏所作颇有可能。

④ 《宋书·武帝本纪下》，卷三，第 1 册，第 58 页。

行。《宋书·臧焘徐广傅隆传论》云："高祖受命，议创国学，宫车早晏，道未及行。迄于元嘉，甫获克就，雅风盛烈，未及曩时，而济济焉，颇有前王之遗典。……后生所不尝闻，黄发未之前睹，亦一代之盛也。"[1] 文帝元嘉年间，朝廷设立四学，儒学、玄学、史学、文学并建，一时出现彬彬之盛的局面。此文风格质朴雅赡，内容充实，并具有极强的社会功用。就句式而言，亦以骈句为多，这显然与骈文的发展有密切的关系。骈文自魏晋时初步形成，至刘宋则进一步发展，各种文体都表现出骈俪的倾向。徐师曾论诏文体式的演变云："古之诏词，皆用散文，故能深厚尔雅，感动乎人。六朝而下，文尚偶俪，而诏亦用之，然非独用于诏也。"[2] 此说可以作为南朝诏策类文章趋于骈化的佐证。

敕，又称戒敕，戒，警敕之辞，取示之以谨慎义。徐师曾曰："按字书云：'敕，戒敕也，亦作勅。'刘熙云：'敕，饬也，使之警饬不敢废慢也。'刘勰云：'戒敕为文，实诏之切者，周穆命郊父受敕宪，此其事也。'"[3] 按刘勰之说，敕取正之义，而字书又释敕为戒敕，释戒为警敕之辞，合而言之，则敕即为警诫以正之之义。敕文多用于上对下，含有谆谆告诫之意，亦属诏书的一种，故《文心雕龙·诏策》有"戒敕为文，实诏之切者"[4] 之语。

大凡立国之主，多存雄心壮志，述其政事，亦以图谋兴国为要，若寻实绩，则多有劝学兴儒之举。宋武开国，虑及自晋世以来勤于军旅之事，致使学业久废、淳风湮尽，故制敕颁诏，以复弘国学。除《立国学诏》以外，刘裕的《与臧焘敕》亦表现出欲兴复儒学的愿望，此文作于作者即位以前，当时刘裕镇守京口。臧焘为武帝敬皇后之兄，擅长《三礼》之学，时为太学博士，参与右将军何无忌军事，并随其转镇南参军。文云：

> 顷学尚废驰，后进颓业，衡门之内，清风辍响。良由戎车屡警，礼乐中息，浮夫恣志，情与事染，岂可不敷崇坟籍，敦厉风尚。此境人士，子侄如林，明发搜访，想闻令轨。然荆玉含宝，要

---

① 《宋书》卷五十五，第5册，第1553页。
② 《文体明辨序说》，第112页。
③ 同上书，第113页。
④ 《文心雕龙注》卷四，上册，第360页。

俟开莹，幽兰怀馨，事资扇发，独习寡悟，义著周典。今经师不远，而赴业无闻，非唯志学者鲜，或是劝诱未至邪。想复弘之。①

臧焘为一代大儒，作者希望他能辅佐自己共振儒学，匡风正俗，其意义至为深远。两汉之世，经学昌盛，士人"崇本务学，不尚浮诡"，"厉从师之志，竞专门之术，艺重当时"，故往往"仕以学成，身由义立"。彼时民风淳良，学风弥盛，朝廷选贤任能，即以熟谙经学为据，经术为治国之宗已是当时不争的事实。自汉末曹魏开始，经学衰退，"主爱雕虫，家弃章句。人重异术"。朝廷选士则全由台阁之臣掌握，"以一人之耳目，究山川之险情，贤否臆断，万不值一"，由此出现"仕凭借誉，学非为己"②的现象。"自黄初至于晋末，百余年中，儒教尽矣。"③ 东晋末年，战乱频仍，礼崩乐坏，学风殆尽，世风颓丧，有志之士深有所感，故希望恢复儒教，以敦风劝俗。鉴于儒学衰落已久，而治世又不可或缺，刘裕在即将践祚之时提出复弘儒学，可谓适逢其时。

此文写于晋、宋之交，受当时骈文风习的影响，对句较多但不工巧，遣词亦无华丽之迹，而且用事极少，总体上呈现出汉、魏文章的朴雅淳正之风，后人所议六朝之文绮丽华靡的特点不见于该文。清人许梿曰："丽语能朴，隽语能淳，忘其骈偶诰敕之文如此，奈何轻议六朝？"④ 民国江山渊亦评道："古质渊雅，浑然大璞，寥寥百言，而气凌九霄，响振千载。此种文词，六朝中惟宋有之，齐梁后不复觏矣。"⑤ 骈文至齐、梁，藻采纷呈，对仗精工，声律谐畅，用典繁密，文风与刘宋大异。尽管诏策类文章在形式方面的各种追求不如其他文体更明显，但无疑也有这种趋向。

刘宋文家如傅亮、谢灵运等人的创作，足以显示出散体文由晋至宋逐渐趋于骈化的迹象，散中夹骈，骈句渐增使得诸多文章呈现出亦骈亦散的风貌，此时大多数作家的文章在篇章体式上基本如此。

① 《宋书·臧焘传》，卷五十五，第 5 册，第 1544 页。
② 《宋书·臧焘徐广傅隆传论》，卷五十五，第 5 册，第 1552 页。
③ 同上书，第 1553 页。
④ 《六朝文絜笺注》卷二，第 55 页。
⑤ 《南北朝文评注读本》第 2 册，第 22 页。

第二节　声律肇开,妙于用事
——骈文进一步发展的齐梁时期

曹道衡比较刘宋和齐梁以后骈文的区别时曾说:"刘宋初年人的骈文,从句子的字数比较整齐,文章比较华美和对仗逐步增加等现象来看,基本上可以归入骈文的范畴。然而比起齐梁以后的骈文来,不但散句还较多,对仗也不如后人讲究,更重要的是四声说还没有被明确地提出来,所以对文章的声律限制,也不像后来人那么严格。"① 虽然骈文于刘宋时已正式形成,但就大多数骈文来说,对各种形式要素的讲究却不严格。以对仗而言,不仅数量少,而且仅仅追求字词意义、结构大致相对,尚未强调声音之对。用典方面,技巧相对比较粗浅,多为明用或直用,略显生涩,数量也很少。就词采雕绘来说,刘宋多数骈文稍事雕炼,基本不尚华艳。

齐永明以降,声律说兴起,始于诗,后延及赋、文。骈赋、骈文于丽辞、藻采、典事之外,又加以声韵之求。所谓"竞一韵之奇,争一字之巧"②,"议大政,考大礼,亦每缀以排比之句,间以婀娜之声"③,"矜属对之奇,审声律之细"④ 等评论,都指出齐梁以后的骈文在声律和对仗方面更加讲究。与刘宋时相比,本时段骈文对形式技巧的追求有过之而无不及,尤其是声律论的提倡,对骈文形式的最终确立产生了重大影响。准确地说,声律论正式提出于齐永明年间,但对音韵的研究更早一些。据《封氏闻见记》所载,三国魏人李登已撰有《声类》十卷,开始以五声命字。《魏书·术艺·江式传》也载有晋人吕静作《韵集》五卷,分宫、商、角、徵、羽五篇。真正在诗文创作中注意应用声韵是在齐代,据《南史·周颙传》载,周颙最早提出了四声说,《南齐书·文学·陆厥传》曰:"永明末,盛为文章。吴兴沈约、陈郡谢朓、琅邪王融以气类相推毂。汝南周颙善识声韵。约等文皆用宫商,以平上去入

---

① 《关于魏晋南北朝的骈文和散文》,《中古文学史论文集》,第43页。
② 李谔:《上隋高祖革文华书》,《隋书·李谔传》,卷六十六,第5册,第1544页。
③ 曾国藩:《湖南文徵序》,李瀚章:《曾文正公全集·文集》,卷四,第12960页。
④ 容肇祖:《中国文学史大纲》,上海开明书店1948年版,第133页。

为四声，以此制韵，不可增减，世呼为'永明体'。"① 《南史·庾易传附肩吾传》亦曰："齐永明中，王融、谢朓、沈约文章，始用四声，以为新变。至是转拘声韵，弥为丽靡。"②

一般认为，声律论成于沈约、谢朓、王融三人，黄侃《文心雕龙札记·总术札记》又提出该理论应滥觞于范晔、谢庄："文笔以有韵无韵为分，盖始于声律论既兴之后，滥觞于范晔、谢庄。"③ 范、谢被认为能识别宫商清浊，这在史籍中有记载。范晔《狱中与诸甥姪书》曾称自己"性别宫商，识清浊"，并认为"年少中，谢庄最有其分"④，即说谢庄在这方面也有天分。另据《南史》载，"王玄谟问庄何者为双声，何者为叠韵。答曰：'玄护为双声，碻磝为叠韵。'其捷速如此。"⑤ 虽然谢庄在音韵方面的具体贡献已不可考，但可以推断他的确能辨识语音。钟嵘《诗品序》也载王融之言云："宫商与二仪俱生，自古词人不知之。……唯见范晔、谢庄，颇识之耳。"⑥ 此说可作为范晔之言的注脚。有鉴于此，故论者提出"范晔、谢庄可说是永明声律论的先驱人物"⑦。声律论出现后，由于作家有意识地将其应用到创作实践中去，因此追求平仄相间相对、声韵协畅成为诗文创作的风尚，这一创作倾向使骈文发生了新变化。阮元《四六丛话后序》曰："彦升、休文，肇开声韵，轻重之和，拟诸金石，短长之节，杂以咸韶。盖时会使然，故元音尽泄也。"⑧ 虽然骈文在韵律方面讲究更为谨严，但文章原有的浓郁风味却不复存在了。《四六丛话·叙总论》曰："六朝以来，风格相承，妍华务益，其间刻镂之精，昔疏而今密，声韵之功，旧涩而新谐，非不共欣于斧藻之工，而亦微伤于酒醴之薄矣。"⑨

声律论的兴起无疑对骈文的发展起到了推波助澜的作用。在声律论提出之前，诗文创作中也出现过一些基本符合声韵规律的作品。按沈约

---

① 《南齐书》卷五十二，第 3 册，第 898 页。

② 《南史》卷五十，第 4 册，第 1247 页。

③ 《文心雕龙札记》，第 212 页。

④ 《宋书·范晔传》，卷六十九，第 6 册，第 1830 页。

⑤ 《南史·谢弘微传附庄传》，卷二十，第 2 册，第 554 页。

⑥ 《诗品注》，第 5 页。

⑦ 《魏晋南北朝文学批评史》，第 225 页。

⑧ 《四六丛话》，第 1 页。

⑨ 《四六丛话》卷二十八，第 473 页。

之说，这些"高言妙句"，不过是"暗与理合"①，属于创作中注意到声韵问题的自然结果，而非刻意追求声韵协谐。声律论出现后，诗文"转拘声韵，弥为丽靡"②，"多拘忌，伤其真美"③，极力讲究声韵所带来的弊端显露无遗。实际上，在创作实践中，声律论很难得到严格的贯彻，即使该理论的主要倡导者沈约，其诗文声律也并非全都合乎平仄规律。《南齐书·文学·陆厥传》引沈约《答陆厥书》曰："宫商之声有五，文字之别累万，以累万之繁，配五声之约，高下低昂，非思力所举，又非止若斯而已也。""韵与不韵，复有精粗，轮扁不能言，老夫亦不尽辨此。"④ 可见将声律论严格应用于诗文创作中的难度之大。刘师培之言至为中肯："然四声八病，虽近纤微，当时之人，亦未必悉相遵守。惟音律由疏而密，实本自然，非由强制。"⑤ 盖言声韵调谐本是诗文中的自然规律，若强力追趋，则不免失当。

声律论的正式提出对骈文创作产生了很大影响，它在一定程度上推动骈文形式要素走向定型。永明以后的骈文对形式特征的追求更加严格：对偶更工整精致，用典更繁密贴切，词藻更华美，声律更谨严。文人日益追求形式技巧的精湛化，从而推动骈文逐步走向成熟。从文章总体数量上来看，也由刘宋时的散多骈少转变为齐梁时的骈多散少。这一时期出现了不少骈体大家，如任昉、沈约、江淹等。此外，谢朓、王融、孔稚珪、丘迟、吴均、陶弘景等人也偶有骈体名作传世。裴子野标榜法古，然而似乎也不反对骈文。

一 偶文之巨擘——任昉、沈约、江淹、刘峻等人之文

（一）用事不显，造语颇工，逸气未足的任昉之文

任昉（460—508）"天才卓尔，动称绝妙。辞赋极其清深，笔记尤尽典实。若问金石，似注河海"⑥，这是时人王僧孺对任氏所作的评价。

---

① 《宋书·谢灵运传论》，卷六十七，第6册，第1779页。
② 《南史·庾易传附肩吾传》，卷五十，第4册，第1247页。
③ 《诗品序》，《诗品注》，第5页。
④ 《南齐书》卷五十二，第3册，第899、900页。
⑤ 《中国中古文学史讲义》，《刘师培中古文学论集》，第98页。
⑥ 《太常敬子任府君传》，《全梁文》卷五十二，《全上古三代秦汉三国六朝文》，第4册，第3250页。

史称任昉"雅善属文，尤长载笔，才思无穷"①，《文选》收录其文十七篇，皆属骈体笔类，体裁涵盖表、启、弹事、序、策文、令、笺、墓志、行状诸种。彦昇对各体骈文艺术技巧的运用出神入化，在齐梁乃至整个南朝文坛堪称骈体巨匠。

如果说刘宋表文还处在骈文的初级阶段的话，那么齐梁以后的表文则属于比较成熟的骈文。任昉为齐梁骈体文巨子，王僧孺作《太常敬子任府君传》曾大力称扬其文章，以为前世名贤均有不逮。沈约撰《太常卿任昉墓志铭》称其"天才俊逸，文雅弘备。心为学府，辞同锦肆。含华振藻，郁焉高致"②。刘峻《广绝交论》亦称任昉遣文丽藻可与曹植、王粲媲美。由上可见，任昉之文词藻俊丽已得时人公认。《南史·任昉传》载王俭以为昉文当时无辈，王融见之则怅然自失。萧纲《与湘东王论文书》亦曾专门称誉过任氏笔体文。任昉"尤长为笔，颇慕傅亮才思无穷。当时王公表奏无不请焉。昉起草即成，不加点窜。沈约一代辞宗，深所推挹"，时人有"任笔沈诗"③之称。《文选》多收昉文，数量冠于全书，即可证明其作具有较高的成就。任文于当世即传入北朝，并被魏收奉为圭臬。

刘师培称任昉与傅亮实为一派，并提出"任出于傅"④，今以表文观之，所言不虚。傅亮之表多为代刘裕而作，任昉之表亦多为代言之作，《为齐明帝让宣城郡公第一表》是代齐明帝萧鸾辞让而作。当时萧鸾已废黜郁林王萧昭业，另立海陵王，海陵王萧昭文封其为宣城郡公，鸾命任昉作表虚让，结果任氏写得情词婉巧，大有诚心辞封之意。"帝恶其辞斥，甚愠，昉由是终建武中，位不过列校。"⑤ 文章叙郁林王失德被废、萧鸾佐命朝廷一节，虽"言不由衷"，但"词甚悲切"⑥。文曰：

> 虽嗣君弃常，获罪宣德，王室不造，职臣之由。何者？亲则东

---

① 《梁书·任昉传》，卷十四，第 1 册，第 253 页。
② 《全梁文》卷三十，《全上古三代秦汉三国六朝文》第 3 册，第 3129 页。
③ 《南史》卷五十九，第 5 册，第 1453、1455 页。
④ 《汉魏六朝专家文研究》，《刘师培中古文学论集》，第 114 页。
⑤ 《梁书·任昉传》，卷十四，第 1 册，第 253 页。
⑥ 《重订文选集评》卷九引邵子湘语。

牟，任惟博陆，徒怀子孟社稷之对，何救昌邑争臣之讥？四海之
议，于何逃责？且陵土未乾，训誓在耳，家国之事，一至于斯，非
臣之尤，谁任其咎？将何以肃拜高寝，虔奉武园？悼心失图，泣血
待旦。宁容复徼荣于家耻，宴安于国危？①

　　既为代言，作者自然站在被代者的立场上叙事说理，故任昉之言即
萧鸾之言。正因如此，任氏多遭后世诟议。谭献评此段云："绝似血诚
喷薄，而出自代言，反以获咎。颠危之世，不合以文事人，君子慎
之。"② 方伯海曰："废帝自立，皆已不言而喻，落得虚让一番。任昉后
为宣德皇后作令，而梁遂以篡齐，此为萧鸾作表，而兄遂以篡弟，然则
昉诚叛国之奸贼哉？"萧鸾以王室忠臣自居，谴责郁林王废常道且得罪
宣德太后，此乃大逆失德之举，自己辅佐天子不成功，理应承担其责。
表文援引汉代霍光（子孟）与刘贺（昌邑王）的典故，借刘贺无道被
废以证郁林也应遭废。文章一方面陈述郁林王应受废黜，另一方面又对
此事深表愧疚，认为无法面对高帝、武帝的在天之灵，似有痛心疾首之
感。陆雨侯称此处如"喷丹写赤，似抒至情"③，然颇讥其言不符实。
文章后半部分力陈诚心辞让宣城郡公一职，或许是作者写得过实，所以
导致萧鸾大为恼怒，以致即位后始终不曾重用任昉。此文气势较盛，笔
力劲健，但不乏思致。何焯评云："彦昇表章，此篇颇健，不减傅季
友也。"④

　　与上表相比，《为萧扬州荐士表》一文更能体现任昉讲求骈文形式
技巧的倾向。萧扬州，即齐明帝萧鸾之侄萧遥光，袭爵始安王，建武元
年（479）任扬州刺史。李善注引刘璠《梁典》曰："齐建武初，有诏
举士，始安王表荐琅邪王暕及王僧孺。"文首即叙皇帝圣明，役于求
贤，虽大道潜隐而誉满天下，并对明帝多次辞让封公深表敬重。此文意
在上表举荐贤士，故先对圣上予以称颂。文曰：

　　　臣闻求贤暂劳，垂拱永逸，方之疏壤，取类导川。伏惟陛下，

---

① 《文选》卷三十八，第 4 册，第 1730—1731 页。
② 《骈体文钞》卷十六，第 253 页。
③ 《重订文选集评》卷九引。
④ 《义门读书记》卷四十九，下册，第 952 页。

道隐旒纩，信充符玺，六飞同尘，五让高世。白驹空谷，振鹭在庭，犹惧隐鳞卜祝，藏器屠保。①

　　文章将帝王求贤比作掘地通河、疏导川流，虽暂时劳作，一旦贤士得以任用，君主自可垂衣拱手而治，可谓一劳永逸。吕向云："通壤引川，则溺者安；任贤用能，则乱者理。"② 足见有才之士对治理国家极为重要。因此，对明帝来说，最担心的是贤人隐藏治国之才而不出仕，最希望的是白驹出谷、白鹭在庭（按白驹、白鹭皆喻贤者），鼎力辅助自己，以成王事。

　　此节对仗颇工，声韵极谐，用事虽繁而不显，语词简洁精练，俱见任昉驾驭骈文之高超技艺。就声律而言，该节极讲究平仄协调，每联的出句和对句的偶数位字皆能做到平仄相对，音韵铿锵，抑扬顿挫，尽显声韵之美。如上举"贤"、"劳"为平声，"拱"、"逸"则为仄声；"之"、"壤"为平、仄，"类"、"川"又成了仄、平；"飞"、"尘"为平，"让"、"世"则为仄等。就句式而言，骈句之中亦融有散句（如"伏惟陛下"一句），以使文气不至于凝滞不畅。张溥曰："俪体行文，无伤逸气。"③ 刘麟生亦称任昉骈文有"散行之妙"④，正因如此，任昉骈文明显超越此前之作。就用典而言，所谓"用事采言，尤关能事"⑤，作者亦注意到了其中的妙处。用典而不滞于典，熔铸锤炼，化繁为简，平易而不使人觉察。本节典事数量多，所涉范围广，不仅取自经书，而且得于子史集与杂家类著述。据李善注引书目可知，《毛诗》、《周易》、《大戴礼记》、《老子》、《孟子》、《庄子》、《国语》、《吕氏春秋》、《汉书》、《荐谯元彦表》、《鹖冠子》等都是任昉用事取材的对象。如"疏壤"一语本由《孟子》"舜使禹疏九河，禹掘地而注之海"铸炼而来；"导川"亦出自《国语》"伯禹疏川导滞"一句。作者运思巧妙，用事能活能化，无迹可求。蒋士铨称任昉"专以隶事见长"，即指出任氏骈文善于使事的突出特点。蒋氏又曰："愚谓用事不显是彦昇长处，专以

---

① 《文选》卷三十八，第4册，第1742页。

② 《六臣注文选》卷三十八，中册，第717页。

③ 《汉魏六朝百三家集·任彦昇集题辞》，《汉魏六朝百三家集题辞注》，第230页。

④ 《骈文学》，第69页。

⑤ 《文心雕龙札记·事类札记》，《文心雕龙札记》，第188页。

用事见长是其短处，得使事之妙而不得不使事妙，方之诗家，如李玉谿。"① 或许任昉撰文长于用典，若不用典则难窥其文之妙。

表文的主体部分是向圣上推荐王暕及王僧孺两节。琅邪王暕，文宪公王俭次子，出身名门望族，"辞赋清新，属言玄远"，"庠序公朝，万夫倾望"，王僧孺"理尚栖约，思致恬敏。既笔耕为养，亦佣书成学"②，于才于德，二人均理应入选。任昉此文很能代表其骈体公文的创作成就，虽然内容不见得有深刻意蕴，但其艺术技法颇受后人赞赏。孙月峰、何焯都曾高度评价过其造语精工、用事自然之妙。方伯海亦有公允的评判："表中先后层次极分明，而引用故实略加点窜剪裁，如出己手。富丽之文，以流为贵，方无堆砌壅遏之病。大抵六朝文，初阅绘眩目，似难骤解。若就其引用求其归趣，意尽于言，又不难一目可辨，言尽而意不尽，其惟周秦两汉乎？若其雕琢工致，词句清新，殆犹古乐之有郑卫，五色之有红紫乎？虽非昔所珍，亦为今所宝。"③

《为卞彬谢修卞忠贞墓启》也是任昉的一篇代言之作，属陈言谢恩类文章。《文心雕龙·奏启》云："启者，开也。"④ "陈政言事，既奏之异条；让爵谢恩，亦表之别干。"⑤ 此言启属表、奏之类，可用于陈事或谢恩。卞忠贞，名壶，为卞彬高祖，西晋怀帝永嘉年间与其子卞眕、卞盱皆死于抗敌阵营中，后追赠侍中、开府，谥忠贞公。其墓至梁已毁损不堪，武帝又加以修治。作者先写卞壶之墓年久失修，后又转入因墓得修而向圣上谢恩曰：

> 臣门绪不昌，天道所昧，忠遘身危，孝积家祸，名教同悲，隐沦惆怅。而年世贸迁，孤裔沦塞，遂使碑表芜灭，丘树荒毁，狐兔成穴，童牧哀歌。感慨自哀，日月缠迫。陛下弘宣教义，非求效于方今；壶余烈不泯，固陈力于异世。但加等之渥，近阙于晋典；樵苏之刑，远流于皇代。臣亦何人，敢谢斯幸？不任悲荷之至！⑥

---

① 《评选四六法海》卷一。
② 《文选》卷三十八，第 4 册，第 1744 页。
③ 《重订文选集评》卷九引。
④ 《文心雕龙注》卷五，下册，第 423 页。
⑤ 同上书，第 424 页。
⑥ 《文选》卷三十九，第 4 册，第 1795—1796 页。

此文意蕴不深，但出语自然简净，不事雕琢，音节谐畅。方伯海评曰："字字凝炼，截截周到。是有意摹拟东汉文字，故一路俱渊然作金石声。"[①] 许梿则云："彦昇文简炼入韵，绝无畦町可窥。所谓秀采外扬，深衷内朗，其体格当在休文之上。"[②]

弹事又称为奏弹、弹文，本属于奏疏一类，多用于上奏弹劾有罪者。明人吴讷曰："按《汉书》注云：'群臣上奏，若罪法按劾，公府送御史台，卿校送谒者台。'是则按劾之名，其来久矣。梁昭明辑《文选》，特立其目，名曰弹事。若《唐文粹》、《宋文鉴》，则载奏疏之中而已。迨后王尚书应麟有曰：'奏以明允诚笃为本。若弹文，则必理有典宪，辞有风轨，使气流墨中，声动简外，斯称绝席之雄也。'"[③]"'奏弹'之文，盛于沈约、任昉。"[④] 弹事文在南朝文苑中数量不多，成就较高者应推沈、任之作，任昉所作有两篇，二者行文、语体风格不同，《奏弹刘整》骈、散并兼，主体部分为散体，留待下文论述；《奏弹曹景宗》为骈体，针对梁朝大将曹景宗贪婪自私、屯兵不进、见死不救、违命误国、丧城失土的一系列罪行进行严厉弹劾，表现出作者深明大义、疾恶如仇的高尚品质。天监二年（503）十月，"魏寇司州，围刺史蔡道恭。时魏攻日苦，城中负板而汲，景宗望门不出，但耀军游猎而已。及司州城陷，为御史中丞任昉所奏，高祖以功臣寝而不治，征为护军。"[⑤] 当时蔡道恭任司州刺史，"率厉义勇，奋不顾命，全城守死，自冬徂秋，犹有转战无穷，亟摧丑虏"。作者以居延、疏勒比司州，以李陵、耿恭比蔡道恭，但"陵降而恭守"，"耿存而蔡亡"[⑥]。李陵投降匈奴、耿恭坚守疏勒成功，他们的结局都不同于蔡道恭。文章一方面称颂道恭固守城池之功，另一方面则对郢州刺史曹景宗观望逗留、"缓救资敌"的罪行予以斥责。文曰：

（景宗）受命致讨，不时言迈，故使蜗结蚁聚，水草有依；方

---

① 《重订文选集评》卷九引。
② 《六朝文絜笺注》卷六，第85—86页。
③ 《文章辨体序说》，第40页。
④ 郭预衡：《中国散文史》上册，第501页。
⑤ 《梁书·曹景宗传》，卷九，第1册，第179页。
⑥ 《文选》卷四十，第4册，第1802页。

复按甲盘桓，缓救资敌，遂令孤城穷守，力屈凶威。虽然，犹应固守三关，更谋进取，而退师延颈，自贻亏衄，疆场侵骇，职是之由。不有严刑，诛赏安寘？……且道恭云逝，城守累旬；景宗之存，一朝弃甲。生曹死蔡，优劣若是，惟此人斯，有觍面目。①

曹景宗无功而得爵禄，身为军队统帅受命征讨，大敌当前本应身先士卒，冲锋陷阵，然而他却退缩不进，贻误战机，终致城陷关失，同道殒难，罪不可赦。有鉴于此，作者认为应该"免景宗所居官，下太常削爵土，收付廷尉法狱治罪"②。尽管罪状明确，但梁武帝姑息迁就，刑罚遂失。此文义正词严，析理透辟，笔锋犀利，气势豪壮，绝无浮靡之弊。孙月峰赞曰："叙事明核，议论精笃，排体中绝不易得。"③ 谭献则云："可谓笔挟风霜，骏迈曲折，气举其辞。"④

《王文宪集序》是任昉为王俭文集所作的序言，既重文辞，又富理致，可谓辞义并重，文理兼美。序文先概括介绍王俭的籍贯与生平，而后转向其仕宦履历的铺叙，藻采富丽，笔力稍劲。如叙王俭勤于治学与撰作时云：

> 宏览载籍，博游才艺。若乃金版玉匮之书，海上名山之旨；沈郁淡雅之思，离坚合异之谈，莫不总制清衷，递为心极。斯固通人之所包，非虚明之绝境，不可穷者，其为神用者乎？⑤

> 公自幼及长，述作不倦。固以理穷言行，事该军国，岂直雕章缛采而已哉？若乃统体必善，缀赏无地，虽楚、赵群才，汉、魏众作，曾何足云！曾何足云！⑥

此文虽为集序，实以传体写成，颂赞之语不绝于口，孙梅即称其"大类颂文"⑦，谭献则认为该作"虽甚敷腴，语必傅质。行以传状之

---

① 《文选》卷四十，第 4 册，第 1803—1804 页。
② 同上书，第 1805 页。
③ 《重订文选集评》卷九引。
④ 《骈体文钞》卷十八，第 281 页。
⑤ 《文选》卷四十六，第 5 册，第 2073 页。
⑥ 同上书，第 2083 页。
⑦ 《四六丛话》卷二十，第 353 页。

体，名言辐辏，清英品目"①，尽管语言华赡，却仍能与内容相副，以传体作序，实不同于前人。任昉生活于骈体盛行之时，其笔也完全骈化，虽符合当时文风，但也自有特点。张溥曰："居今之世，为今之言，违时抗往，则声华不立，投俗取妍，则尔雅中绝。"与前人相比，任氏骈文明显高出一筹，行文虽用流行骈体，但因偶尔夹以散句，所以非但无凝滞之感，反而气韵畅通且颇具气势。"求其俪体行文，无伤逸气者，江文通、任彦昇，庶几近之。"② 王僧孺认为陈琳之文伤于健，王粲之文病于弱，而任昉文章却恰得其中，可谓文质兼美。细观其作可以发现，"虽不能离去俗格"，但亦"稍为质健"③，盖因其能"用今之文体而运之以汉、魏风骨"④ 使然。

如前所述，策文包含两种，即策问类和策命类，任昉之作涵盖此两类，策问类以《天监三年策秀才文三首》为代表。其文与王融的《永明九年策秀才文五首》、《永明十一年策秀才文五首》如出一辙，但工力却稍逊于王，故何焯称任文"又在元长之下"⑤。任氏此文是代梁武帝策试秀才而作，部分篇章的遣词造语与王作相近，三首分别围绕足民、劝学、求言三方面内容展开，如劝学一首从武帝自身经历出发，说明读书治学颇有益于治世。文云：

> 问：朕本自诸生，弱龄有志，闭户自精，开卷独得。九流《七略》，颇常观览；六艺百家，庶非墙面。虽一日万机，早朝晏罢，听览之暇，三余靡失。上之化下，草偃风从，惟此虚寡，弗能动俗。昔紫衣贱服，犹化齐风；长缨鄙好，且变邹俗。虽德惭往贤，业优前事。且夫搢绅道行，禄利然也。朕倾心骏骨，非惧真龙……⑥

清人许梿认为任昉有夸饰之嫌，⑦ 似乎失于偏颇。作者所述武帝勤

---

① 《骈体文钞》卷二十一，第381页。
② 《汉魏六朝百三家集·任彦昇集题辞》，《汉魏六朝百三家集题辞注》，第230页。
③ 《义门读书记》卷四十九，下册，第963页。
④ 《骈文史论》，第387页。
⑤ 《义门读书记》卷四十九，下册，第948页。
⑥ 《文选》卷三十六，第4册，第1661—1662页。
⑦ 许梿云："萧老公喜事铺张，故其臣亦每为夸饰。"（《六朝文絜笺注》卷四，第69页。）

于治学之事绝非虚语，萧衍身为有梁开国之君，"虽万机多务，犹卷不辍手，燃烛侧光，常至戊夜"①，上有所行，下必效之，统治者提倡读书治学，臣民自当倾心事学，社会上的一部分惰游废业之士亦应感上行而返正途。此文虽用于朝廷策试，却带有很强的讽喻性质，谭献曰："非独代言，实寓讽谏。亦阖闾动宕，工力宁逊元长，且有主文谲谏之意。"② 任氏为齐梁骈文大家，该文亦以骈体撰成，故多有雕章琢句之事，然而，过重雕饰则难免会有语意含混之处。近人骆鸿凯就曾指出此文由于省略而致语意不明之例："六朝文琢句最工。然如此文'朕本自诸生，弱龄有志'，谓弱龄有志于学也。省略于学二字，文义未明，读者若不就其上下语气细为推绎，几于索解不得矣。"③ 总体说来，无论从语言运用还是对形式技法的追求上看，该文皆可体现作者撰作骈文的高超技巧。王融、任昉三作性质基本相同，内容、艺术技巧也颇为相似，孙月峰曾评云："十三首格调大略相同，并以佳事为骨，缛句为貌。然构思元妙，寓意微婉，实有散语所不尽者，真是排体妙境。唐碑序，宋表启，皆由此出。"④

任昉自齐末即入萧衍幕，任骠骑记室参军，专主文翰，"梁台建，禅让文诰，多昉所具"⑤。萧衍代齐称帝，昉拜黄门侍郎，迁吏部郎中，寻以本官掌著作。《封梁公诏》、《进梁公爵为王诏》、《禅位诏》等一系列与萧衍有关的朝廷公文皆出自任氏之手。彦昇博综群书，长于载笔，早年与萧衍同为"竟陵八友"之一，二人交往甚深，而后萧氏践祚，昉得重用，并为衍专掌禅让文书，亦为情理中事，此即张溥所谓"居今之世，为今之言"⑥。《策梁公九锡文》为任昉策命类散文的代表作，其旨与傅亮之作相近，颂赞之词不绝于口。如述萧衍辅佐齐明帝治内定外之功云：

在昔隆昌，洪基已谢，高宗虑深社稷，将行权道。公定策帷

---

① 《梁书·武帝本纪下》，卷三，第 1 册，第 96 页。
② 《骈体文钞》卷十，第 169 页。
③ 《文选学》，第 561 页。
④ 《重订文选集评》卷八引。
⑤ 《梁书·任昉传》，卷十四，第 1 册，第 253 页。
⑥ 《汉魏六朝百三家集·任彦昇集题辞》，《汉魏六朝百三家集题辞注》，第 230 页。

南朝散文研究

帐，激扬大节，废帝立王，谋猷深著。此又公之功也。建武阐业，厥猷虽远，戎狄内侵，凭陵关塞，司部危逼，沦陷指期。公治兵外讨，卷甲长骛，接距交绥，电激风扫，摧坚覆锐，咽水涂原……此又公之功也。①

　　齐明帝时期，国家处于内忧外患之中，梁公神武俊发，壮气豪迈，运筹帷幄，不仅内竭谋猷，治理朝政，而且恪尽职守，外抗来侵。此文气势充沛，四言行文，节奏紧凑，凌厉纵横。前人论及九锡文时多以为夸多于实，任昉之文则不然，虽有夸饰，但大体符合实情。王琳先生评价任氏此类文章说："夸而较有节，饰而不大诬，堂皇其辞而基本有一定的事实依据，分寸的把握比较适中。"②

　　令作为一种文体，产生时间较早。徐师曾谓："按刘良云：'令，即命也。七国之时并称曰令；秦法，皇后太子称令。'……意其文与制诏无大异，特避天子而别其名耳。然考《文选》有梁任昉《宣德皇后令》一首，而其词华靡，不可法式。"③ 其实，令与诏本无大异。秦代将皇帝的文告改为诏书，却把皇后、太子下达的文告称为令，汉时王侯下文亦可称令，自此而后，大略因之。与其他文体相比，以令命名的文章数量较少。

　　任昉博学多识，长于属笔，与沈约齐名，同为齐、梁文坛巨匠。今存任氏之文多属为上层统治者代笔而作的朝廷公文，彦昇之所以受到青睐并承担撰写台阁文告的重任，主要是因为具有广博的学识，而这又与他博览群书有着密切的关系。据《梁书》载："昉坟籍无所不见，家虽贫，聚书至万余卷，率多异本。昉卒后，高祖使学士贺纵共沈约勘其书目，官所无者，就昉家取之。"④ 任昉与沈约、王僧孺合称当时三大藏书家，正是有了广览诸书作为基础，任氏才能有博富的学识。

　　除上述诸体外，任昉之令也很有特色。《宣德皇后令》一文是彦昇代文惠太子妃王宝明所作，郁林王即位，尊其母为皇太后，称宣德宫。李善注引《南齐书》曰："梁王萧衍定京邑，迎后入宫称制，至禅位。

①　《梁书·武帝本纪上》，卷一，第1册，第18页。
②　《山东分体文学史（散文卷）》，第284页。
③　《文体明辨序说》，第120页。
④　《梁书·任昉传》，卷十四，第1册，第254页。

梁王于荆州立萧颖胄为帝。进梁王为相国，封十郡为梁公。表让不受，诏断表。宣德皇后劝令受封。"[1] 宣德皇后之令极具权威，故常被假托以行大事。[2] 当时，萧衍已控制南齐朝政大权，此令下达未久，即禅位代齐，建立梁朝。正如清人何焯所言，此文不过是"侈陈乃考功烈"[3]之作。文中对萧衍居高功但不受赏之高行称誉过甚，却丝毫不涉及萧氏欲篡权之野心，更有甚者还劝其接受朝廷重封，直令人难以相信竟授自齐代皇后之意。其文述及萧衍辅佐明帝及举兵内伐曰：

> 建武惟新，缔构斯在。功隆赏薄，嘉庸莫畴。一马之田，介山之志愈厉；六百之秩，大树之号斯存。及拥旄司部，代马不敢南牧；推毂樊、邓，胡尘罕尝夕起。惟彼狡僮，穷凶极虐，衣冠泯绝，礼乐崩丧。既而鞠旅誓众，言谋王室，白羽一麾，黄鸟底定。甲既鳞下，车亦瓦裂。致天之届，拱揖群后，丰功厚利，无德而称。[4]

齐明帝践祚后，萧衍位高权重，似已凌驾帝上。"建武惟新"四句，即一味彰显其功德，故何焯称"四语难掩其为齐明帝佐命矣"[5]。萧衍虽有功于朝廷，却也不乏劣迹，萧鸾诛戮高帝、武帝子孙逾三十人，衍亦预谋划。作者运用《左传》、《汉书》、《后汉书》中有关介之推辞禄不受、邴曼容为官不肯过六百石、冯异功成不受赏的典故来类比萧衍功高辞封之事，文章还提及萧氏据守司州、樊城等地，北魏慑于其威势而不敢进犯的功绩。凡此种种，都是为劝萧衍受封增加砝码。陆雨侯云："俱属小节，乐安（任昉）亦有赧于言者欤？"其意是说萧氏身为辅国之重臣，这些均属本分所至，自不值夸大事态。及至东昏侯凶暴

---

① 《文选》卷三十六，第4册，第1635页。
② 王鸣盛曾说："萧鸾废郁林王而弑之，假立海陵王昭文，又废弑之而自立，皆托宣德太后令以行篡逆是为。明帝崩，子东昏立，无道被弑，萧衍迎后入宫称制，又假宣德皇后令以行篡事焉。一妇人也，而两朝篡夺皆托其名以欺人，真如儿戏。《文选》，第三十六卷任彦升《宣德皇后令》一篇，即是进衍为相国，封十郡为梁公，伪让不受而假为后令，劝令受之也。"（《十七史商榷》卷五十五，上册，"宣德太后令"条。）
③ 《义门读书记》卷四十九，下册，第948页。
④ 《文选》卷三十六，第4册，第1637—1638页。
⑤ 《义门读书记》卷四十九，下册，第948页。

无道，萧衍自雍州率兵东下，入据建康，靖难平乱，使朝政暂趋稳定。任昉代替齐宣德皇后撰作此令，其时梁台未建，故政仍属齐，但文中用语如"鳞下"、"瓦裂"皆似就敌寇战败、溃不成军而言，完全不像出自同朝皇后之口的话语。作者通过这种方式歌颂萧衍功德，实令后人赧颜。清世学者对此多有非议，如方伯海曰："东昏虽恶同桀纣，萧衍未必心如汤武，且当日所云'鳞下'、'瓦裂'，何人哉？以此奖衍之功，齐之臣子病狂丧心亦甚矣。"①

任昉身仕齐、梁二朝，为朝廷口舌之重臣，其实用文告虽属代言之作，但也因此招致诸多诉议。笔者认为，南齐东昏侯残暴失道，民怨沸腾，况且大势已去，萧衍乘时而起，禅位建梁，顺理成章。兴废更替，改朝换代，实是历史发展的自然规律，至于任昉顺应时事，撰作文告，更是无可厚非，就此而言，上述方氏之语确实过于偏颇。此文属词颇工，但过于纤巧，典质有余，却乏宕逸之致。蒋士铨评曰："彦昇渐开俗派，义门曩亦云尔，再四规其病源，总由质重无飘逸之气耳。"② 鉴于任氏台阁类骈体应用文多属奉敕代言之作，因此很难表现自己的思想感情。谭家健说："这类文章，要根据别人的身份和口气，适应某种特殊的目的和需要，采用一定的程式和套语，一般说来，很难见出作者本人的思想感情。尤其是其中有二十篇是替皇帝（或皇后）起草的文告，属于政府公文，更不容易有自己的观点。"③ 从这个角度来看，此类文章作起来实有很大的难度，它不仅需要文才，还需要周密的考虑。任昉对于此类文字驾轻就熟，即从侧面展现出其非凡的工力。

任昉的墓志也很有名。自晋末至南朝时期，朝廷禁立私碑，墓志的数量则逐渐增多。墓志，又称墓志铭，其实是墓碑文的另一种形式，不过，墓碑立于地上，而墓志则埋于地下，这是二者的区别。与诔碑相似，此时的墓志也是用骈体写成的，往往能够做到用事精当，辞采华美，颇富情致。关于墓志的产生，徐师曾云："按誌者，记也；铭者，名也。古之人有德善功烈可名于世，殁则后人为之铸器以铭，而俾传于无穷，若《蔡中郎（名邕）集》所载《朱公叔（名穆）鼎铭》是已。

---

① 《重订文选集评》卷八引。
② 《评选四六法海》卷一。
③ 《六朝文章新论》，第 236 页。

至汉，杜子夏始勒文埋墓侧，遂有墓誌，后人因之。"① 此说指出墓志似始于汉，但这仅仅是一种推测，目前学术界比较认可近人刘师培所提出的墓志作为一种文体应始于六朝一说。刘氏说："自裴松之奏禁私立墓碑，而后有墓志一体。观汉魏刻石之出土者并无墓志，亦足证此体之始于六朝也。墓志一体原为不能立碑者而设，而风尚所趋，即本可立碑或帝王后妃之已有哀策者亦并兼之。"② 确切地说，墓志作为一种文体始于刘宋颜延之，萧子显曰："有司奏：'大明故事，太子妃玄宫中有石誌。参议墓铭不出礼典。近宋元嘉中，颜延作王球石誌。素族无碑策，故以纪德。自尔以来，王公以下，咸共遵用。储妃之重，礼殊恒列，既有哀策，谓不须石誌。'从之。"③ 正因"素族无碑策"，而颂德记功则有赖于墓志，从职责和功用来看，墓志一体可以代替碑文。至墓志风行时，即使储妃已有哀策，然亦可有墓志。墓志与碑文有同有异，黄金明曾对二者作过比较，其说可资参阅："墓志与碑文有许多相通的地方。从形制而言，二者都铭刻于石，且铭石有固定的形制。从文体形式而言，一般都有序、铭，序为韵散结合，铭为四言韵文。从文体功能来说，也都是叙颂亡者德勋以传不朽。然而墓志作为一种新的文体形式，又必然有区别于碑文。首先就对象而言，碑文主要面对帝王及个别贵戚大臣，而墓志起于'素族'，起于不能立碑的人。就形制而言，墓碑为长方形石块，直立于坟墓前；墓志为方形石质，有盝顶盖，大多平放在墓室中。就文体功能而言，碑文更注重铭颂德勋；墓志虽也记德铭勋，又很注重记事，所谓志者，记也……就文体形式而言，碑文序韵散结合趋于骈俪，铭为四言韵文。墓志则志以散为主，铭以四言为主，又有杂五言、六言、七言。碑文于序中更见辞彩，墓志于铭中更显文丽，故古代文章选集如《艺文类聚》碑文主要选其序，墓志则多选其铭。"④ 墓志后起于碑文，二者的功用有重合之处，但也有明显的不同。

自颜延之的《王球墓志》产生以后，宋、齐以降，臣僚多有墓志，有些还出自皇室诸王之手，史籍中不乏此类记载。如《南史·裴子野

① 《文体明辨序说》，第148页。
② 《〈文心雕龙〉讲录二种》，《刘师培中古文学论集》，第179页。
③ 《南齐书·礼志下》，卷十，第1册，第158—159页。
④ 《汉魏晋南北朝诔碑文研究》，第285—286页。

南朝散文研究

传》载子野卒后，"及葬，湘东王为之墓志铭，陈于藏内。邵陵王又立墓志，埋于羡道。"① 墓志的题目不一，大致有墓志铭（有志有铭者）、墓志铭并序（有志有铭有序者）、志铭（实有志而无铭或有铭而无志者）、墓志（有志而无铭或有铭而无志者）、墓铭（有铭而无志者）、志（有志有铭者或无志有铭者）、铭（有铭有志者或无铭有志者）七类。墓志有正、变二体之分，正体全篇叙述事实，变体则由叙事而至议论，叙议相合。就功能而言，墓志除述德记功外，还可以记事，墓志的记事功能主要体现在"志"中。"盖于葬时述其人世系、名字、爵里、行治、寿年、卒葬年月，与其子孙之大略，勒石加盖，埋于圹前三尺之地，以为异时陵谷变迁之防，而谓之誌铭。"② 将与死者有关的诸项事迹记下并刻于石，埋在墓中，以防日久地形变迁，不易寻找墓穴，这也应该是撰写墓志的一个原因。

任昉的《刘先生夫人墓志》堪称众作中的佼佼者，萧统《文选》"墓志"类单录此篇，足见该文很受重视。其文不重琢削，用典自然，颇富雅致庄重之趣。该作有铭无志，叙中有议，是一篇变体墓志。刘先生，即刘瓛，宋、齐间学者、文士，东晋名士丹阳尹刘惔六世孙。少笃学，博通五经，无意荣进，故几无宦情。其妻王氏是晋丞相王遵之后，亦出身名门，知书达理，德行涵养并佳。夫妇二人情投意合，伉俪情深。唐人吕向云："瓛平生与其妻道义相得，终身不改志也。"③ 文章叙二人之德行事迹曰：

> 既称莱妇，亦曰鸿妻。复有令德，一与之齐。实佐君子，簪蒿杖藜；欣欣负载，在冀之畦。居室有行，亟闻义让。禀训丹阳，弘风承相。籍甚二门，风流远尚。肇允才淑，闻德斯谅。芜没郑乡，寂寞杨冢。参差孔树，毫末成拱。暂启荒埏，长扃幽陇。夫贵妻尊，匪爵而重。④

任昉骈文最重用事，而且所用皆贴切自然，毫无生搬硬套之弊。文

① 《南史》卷三十三，第3册，第867页。
② 《文体明辨序说》，第148页。
③ 《六臣注文选》卷五十九，下册，第1106页。
④ 《文选》卷五十九，第6册，第2568—2569页。

章先借用《列女传》中的古之贤妇老莱子妻和梁鸿妻孟光来比拟刘瓛妻王氏，并称赞王氏的贤淑之德，所用典故比较妥当，其事其情也符合刘瓛与妻王氏之事。下文又以《后汉书》、《七略》、《皇览》中所载的郑玄、扬雄、孔子之事来比附刘瓛的德行以及逝去后的凄凉，同样非常恰当自然。全文共二十四句，均由四言句式构成，每八句更换一韵，音节谐和，语调响亮。该文造语简练，用事妥帖，词尚雅致且具古意，读之有庄重之感。林纾曾说："大抵碑版文字，造语必纯古，结响必坚骞，赋色必雅朴。往往宜长句者，必节为短句，不多用虚字，则句句落纸，始见凝重。"① 彦昇此文不尚华藻，语语精到，稍加熔铸便点窜成篇，于此可见作者驾驭语言的高超技艺。谭献称"入昭明《选》者，都无鄙词"②，实非溢美之言。

　　如前所述，《文选》所收任昉之文体裁颇多，除上述外，行状类还收录了他的《齐竟陵文宣王行状》。行状作为一种文体，内容类似于传记，但又不同于传记。关于行状不同于传记之处，褚斌杰曾概括为两点："一是它叙述人物的生平事迹，比较详尽，篇幅较长；二是传记文可以有褒有贬，而行状文则有褒无贬。"③《文心雕龙·书记》曰："状者，貌也。体貌本原，取其事实，先贤表谥，并有行状，状之大者也。"④ 按行状本用于上奏朝廷以为逝者请求赐谥或立传，故所叙皆取其高节德行予以褒扬，并力求忠实于状主事迹之原貌。范文澜引清人王兆芳《文体通释》云："行事而趋于正道，既死而亲旧门人表其事状，供谏谥也。初状之于朝，后亦状诸戚友。主于追叙行事，得其形貌。"⑤ 如前所述，诔文用于定谥，而行状则用于表谥，就此而言，行状与诔实有一些相似之处，故有学者亦将行状归于诔之行列。骆鸿凯引江藩《炳烛室杂文行状说》曾说："三代时诔而谥，于遣之日读之。后世诔文伤寒暑之退袭，悲霜露之飘零，巧于序悲，易入新切而已。交游之诔，实同哀辞，后妃之诔，无异哀策，诔之本意尽失，而读诔赐谥之典亦废矣。至典午之时，始有行状，综述生平行迹，上之于朝，以请谥。

<hr>

① 《春觉斋论文》，第 56 页。
② 《骈体文钞》卷二十五，第 506 页。
③ 《中国古代文体概论》，第 438 页。
④ 《文心雕龙注》卷五，下册，第 459—460 页。
⑤ 同上书，第 489—490 页。

任彦昇《齐竟陵文宣王行状》所谓'易名之典，请遵前烈'，故《文心》以状为表谥，则状亦诔之流也。状者上之朝廷，赐谥以为饰终之典，亦付之史官立传，以扬前烈之休。"① 正因读诔赐谥之典仪废弃，而后行状之文体的出现恰好补此缺失。行状产生初期主要用于请赐谥或备立传，而后又用作撰写碑文墓志的材料，所以王兆芳称"初状之于朝，后亦状诸戚友"。无论行状施之于何用，皆求真实详尽，故此类文章非熟知者难为。徐师曾云："盖具死者世系、名字、爵里、行治、寿年之详，或牒考功太常使议谥，或牒史馆请编录，或上作者乞墓志碑表之类皆用之。而其文多出于门生故吏亲旧之手，以谓非此辈不能知也。"② 以任昉的《齐竟陵文宣王行状》为例，可证此说非虚。竟陵王萧子良开西邸，任昉亦预其中，与沈约、谢朓、王融、范云等人并称"竟陵八友"，而且任氏还曾做竟陵王记室参军，所以对萧子良的行迹知之甚详，这些足以为其提供便利的撰写条件。据任昉的《文章缘起》载，最早的行状是汉丞相仓曹傅胡幹所作的《杨元伯行状》，然此文无考，或已早佚，另外还有无名氏的《裴瑜行状》。裴松之的《三国志注》，《世说新语·德行》刘孝标注言及荀淑、钟皓、陈纪事，《后汉书·史弼传》李贤注，皆引用《先贤行状》，根据其书所记人事推知，行状一体至迟在汉末已出现。

南朝行状一改此前沿用散体的风格，"易为偶文"③，但叙事详尽，褒扬有加的特点一如既往。《齐竟陵文宣王行状》堪称此类文章中的佳制，无论构思，还是造语，无疑都很符合"沈思"、"翰藻"之标准。《文选》列有"行状"一目，且仅收此篇以为代表，可见对其文学价值的重视。该文是任昉为南齐竟陵王萧子良所作的行状，主要称述其德行及仕宦功绩。文首即言竟陵王高才厚德、博学多识及文章之美，即使素以文学名世的沛献王刘辅、东平献王刘苍、淮南王刘安、陈思王曹植，皆不足与其并论。继之叙子良于刘宋时历仕诸官，齐初受封为闻喜县开国公、居母丧之孝、迁丹阳尹，武帝时任南徐州刺史、南兖州刺史、进司徒侍中、辞国子祭酒、补八座尚书、迁扬州刺史，郁林王时进督南徐

① 《文选学》，第 152 页。
② 《文体明辨序说》，第 148 页。
③ 《中国中古文学史讲义》，《刘师培中古文学论集》，第 104 页。

州诸军事。凡所历官职及政绩，逐一胪陈，不嫌词费，每叙一事，皆多出以骈词俪句，藻饰纷繁，颇显冗余。方伯海曾指责任昉云："行状体用列传，只看龙门及前、后汉书，或据其一事，或据其数事，事果可传，只一节便足千古，何必广为胪列，妄加附益耶？故叙述处必肖各人面目性情，生气所以勃勃也。自叙述变为骈体，虽征引繁复而失之浮，虽颂美盈幅而失之诬，盖事迹既无，则形貌俱丧，华而不实，率而无味。"① 作者叙及竟陵王每迁一官，则润其词笔，沾染以颂扬之，事多则平，语多则繁，虽有广博征引，却不免失于浮泛。任昉才高识广，属文好用典事，非仅此篇，他文亦莫能外。至于全篇以颂美为基调，这是由行状文的功能所决定的。文中所述有意与事乖之处，即有美词而无具体事例以附之，此盖为虚美。吴讷所谓该文"辞多矫诞"②，应有是意。行状本属应用文，但作者过于注重审美意趣，有时往往出现词浮于理、文掩其意的弊端。何焯云："碑版行状之文，自蔡中郎以来，皆华而无实，唐梁肃、李华、独孤及、权德舆辈欲变而未能。至昌黎而始一洗其习。"③ 自东汉蔡邕撰碑重文采始开其端，这种倾向一直持续到中唐。

状文先以顺叙法道出萧子良生平事迹之大略，而后又用补叙法写其德行度量、敬贤礼士及文章著作之事。如言其德行气量曰：

> 公道识虚远，表里融通，渊然万顷，直上千仞。仆妾不睹其喜愠，近侍莫见其倾弛。他人之善，若己有之。民之不臧，公实贻耻。诱接恂恂，降以颜色，方于事上，好下规己，而廉于殖财，施人不倦。④

竟陵王萧子良涵养渊深，性格温和，气量非凡，为官清廉，乐善好施。不仅如此，他还心系社稷邦国，体察民情并为其排忧解难。子良礼贤好士，即使隐士何点、刘虬也多与其交往，共商理国大计。就著述言之，竟陵曾撰《净住子》、《四部要略》等内外文笔数十卷，不尚文采，皆质朴劝诫之作。综观全文，任昉此作骈散兼行，以骈为主，融颂扬之

---

① 《重订文选集评》卷十五引。
② 《文章辨体序说》，第50页。
③ 《义门读书记》卷四十九，下册，第974页。
④ 《文选》卷六十，第6册，第2580页。

意于叙述之语，虽偶有虚美成分，但大体符合实情。清人李申耆云："以俪词述实事，于斯体尚称。"谭献则更看重文中语句单行之处："须识其单行叙事处，皆骈俪之滋旨，任、沈而后，此风渐坠。"[①] 盖骈文中加以散句，易使文气疏宕有致，从而避免凝滞壅塞的弊病。任氏为骈文大家，善于以俪体行文，但又融以汉、魏风气，故文风异于寻常文家。

（二）声韵协畅，曲折顿挫，腴而不俗的沈约之文

与任昉齐名，并蜚声于齐梁文坛的沈约（441—513）在骈文创作方面也取得了不俗的成就。与彦昇仅长于属笔不同，休文"高才博洽"[②]，文、笔俱工，具体来说，举凡诗、赋、诔、碑、铭、赞、制、诏、敕、章、表、书、论、启、弹事、序、行状均有撰作，可谓兼备众体。另外，他还擅长史学，曾著《晋书》、《宋书》、《齐纪》、《高祖纪》共达二百四十余卷。其中，《宋书》至今流传，王达津先生对此书推崇有加，称其叙事详尽，材料丰赡。[③] 张溥亦云："休文大手，史书居长。"[④] 兹以碑、史论、弹事、敕、序、行状诸体文为考察对象，探讨沈约在骈文发展中所作的贡献。

碑文本有三种，分别为记功碑文、宫室宗庙碑文和墓碑文，三者之中，以墓碑数量居多，故本文所论碑文，主要指墓碑文。《文心雕龙·诔碑》曰："碑者，埤也。上古帝皇，纪号封禅，树石埤岳，故曰碑也。周穆纪迹于弇山之石，亦古碑之意也。又宗庙有碑，树之两楹，事止丽牲，未勒勋绩，而庸器渐缺，故后代用碑，以石代金，同乎不朽，自庙徂坟，犹封墓也。"[⑤] 刘勰此语涉及上述三种碑文，即由古碑文至宗庙碑文，再到墓碑文。据郑玄注《仪礼·聘礼》载，宫室宗庙之碑本来用于辨识日影以判断时间或拴系牲畜，后来发展到在其上刻字记事，遂出现墓碑文。刘勰又论碑文的写作要求及风格云："夫属碑之体，资乎史才。其序则传，其文则铭，标序盛德，必见清风之华；昭纪鸿懿，必见峻伟之烈。此碑之制也。夫碑实铭器，铭实碑文，因器立

---

① 《骈体文钞》卷二十五，第 519、523 页。
② 《梁书·范云沈约传论》，卷十三，第 1 册，第 244 页。
③ 《沈约评传》，《中国历代著名文学家评传》第一卷，第 499 页。
④ 《汉魏六朝百三家集·沈隐侯集题辞》，《汉魏六朝百三家集题辞注》，第 221 页。
⑤ 《文心雕龙注》卷三，上册，第 214 页。

名，事先于诔。是以勒石赞勋者，入铭之域；树碑述亡者，同诔之区焉。"① 碑实为铭之器具，所铭之内容则为碑文，碑文因铭器而得名，其所记之事已先见于诔。"勒石赞勋"为铭，"树碑述亡"则为碑文，此见碑与铭有区别。一般而言，碑文由碑序和铭文组成，碑序多采用类似传体的形式叙写碑主的姓氏、籍贯、世系、生平履历、官职升迁、卒年及德行，铭文则以韵文的形式颂述德行功绩。如沈约为萧缅所作的《齐故安陆昭王碑文》等，皆属此类。今人褚斌杰对碑文曾作过进一步阐发，他说："碑文，又有碑志、碑铭的称谓，志（或写作'誌'），是记识、记载的意思。碑誌，就是以碑记事的意思。铭，则是铭刻的意思，……故碑上的文字也沿袭而称碑铭。……后来刻文于碑时，文体有了变化，一般是前有散文记事，后有韵语颂赞。这样，按照习惯又把碑文后面的韵语部分称为'铭'，前面的散文部分则称誌、称序。实际上它们都是碑文的组成部分，故我们可以统称之为碑文。"② 这一阐释更加明确了碑文的名称、性质、组成及与铭之联系。

东汉尤盛树碑之风，其碑之具体类型多样。从体制上看，有碑（直立中央四无依据者）、阙（在门上者）、墓志（埋于土中者，亦称墓志铭）、碣（在土中或出土甚低者）四类。从功用上看，则有墓碑、祠堂碑、神庙碑、杂碑、记功碑五类。从文体上看，有铭、颂、叙、记、诔、诗等。即此而言，碑本非文章之一体，但由于墓碑文数量居各类碑文之首，故后世论者所论碑文，主要指墓碑文。蔡邕为东汉碑文的集大成者，又颇具史才，故马日磾称其为"旷世逸才"③。《文选》"碑文"类收名碑四家五篇，蔡邕一家独得两篇，《郭有道碑文》、《陈太丘碑文》，文趋骈俪，藻采纷呈，广为传诵。李兆洛《骈体文钞》"墓碑"类收墓碑文五家二十一篇，蔡邕一家即占十四篇，其碑最受称赏者是《郭有道碑文》，蔡邕本人对此文亦极得意。④ 其所颂述郭泰才情与德行，虽稍有虚美，却大体符实。近人骆鸿凯对此则颇有微词："中郎

---

① 《文心雕龙注》卷三，上册，第214—215页。
② 《中国古代文体概论》，第439—440页。
③ 《后汉书》卷六十下，第7册，第2006页。
④ 《后汉书·郭太（范晔为避父讳，改"泰"为"太"）传》云："蔡邕为其文，既而谓涿郡卢植曰：'吾为碑铭多矣，皆有惭德，唯郭有道无愧色耳。'"（卷六十八，第8册，第2227页。）

《郭有道碑》自谓无愧辞，然观稚川《正郭》之篇，则有道之人品可知。然文虽失实，于体无害也。"① 碑文毕竟不同于史传，史传力主实录，而碑文的颂扬性质决定了其难免有溢美之词。刘师培推崇汉文，尤赏誉蔡邕碑制之作，他说："汉文气味，最为难学，只能浸润自得，未可模拟而致。至于蔡中郎所为碑铭，序文以气举词，变调多方；铭词气韵光彩，音节和雅（如《杨公碑》等音节均甚和雅）。在东汉文人中尤为杰出，固不仅文字渊懿，融铸经诰已也。且如《杨公碑》、《陈太丘碑》等，各有数篇，而体裁结构，各不相同，于此可悟一题数作之法。"除此之外，刘师培还指出碑文与史传有别："碑铭叙事与记传殊，若以《后汉书》杨秉、杨赐、郭泰、陈实等本传与蔡中郎所作碑铭相较，则传实碑虚，作法迥异。于此可悟作碑与修史不同。"② 今观蔡邕碑作，"其叙事也该而要，其缀采也雅而泽。清词转而不穷，巧义出而卓立。察其为才，自然而至。"③ 可谓文采飞扬，独秀众品。能将碑文作到辞采勃发的程度，于此足证蔡邕"好辞章"④ 的习性及驾驭语言的高深造诣。

魏晋统治者实行禁碑政策，因此碑文受到抑制，一度呈现衰落的趋势。这一时期的作碑者以孙绰最为有名，《南齐书·文学传论》曰："孙绰之碑，嗣伯喈之后。"⑤ 其说认定孙绰是继蔡邕之后撰作碑文之最佳者。孙氏之碑亦藻采特出，颇见才思，《文心雕龙·诔碑》也称"孙绰为文，志在碑诔"⑥。刘师培称"东晋以碑铭擅长者，当推孙绰、袁宏为最"，并且进一步指出孙绰与蔡邕碑文的异同说："（孙绰）文笔之雅虽逊伯喈，而辞句清新，叙事简括，转折直接，皆得力于伯喈者为多。"⑦《艺文类聚》卷四十五至四十七辑有孙氏《丞相王导碑》、《太尉庾亮碑》等制作，皆得蔡邕碑文之长而又自有其个体才性。姜书阁评孙绰碑文说："夹叙夹议，寓颂扬于记实，人不以为谀；事为人所共

---

① 《文选学》，第 327 页。
② 《汉魏六朝专家文研究》，《刘师培中古文学论集》，第 113 页。
③ 《文心雕龙·诔碑》，《文心雕龙注》卷三，上册，第 214 页。
④ 《后汉书·蔡邕传》，卷六十下，第 7 册，第 1980 页。
⑤ 《南齐书》卷五十二，第 3 册，第 908 页。
⑥ 《文心雕龙注》卷三，上册，第 214 页。
⑦ 《〈文心雕龙〉讲录二种》，《刘师培中古文学论集》，第 168 页。

睹，言之而信，则其褒美之辞，亦随而深入读者之心。"① 晋末义熙年间，裴松之上奏朝廷请求禁立私碑，私家碑制数量顿减。《宋书·裴松之传》曰："松之以世立私碑，有乖事实，上表陈之曰……以为'诸欲立碑者，宜悉令言上，为朝议所许，然后听之。庶可以防遏无征，显彰茂实，使百世之下，知其不虚，则义信于仰止，道孚于来叶'。由是并断。"② 尽管敕撰碑文仍然存在，但从总体上看，此后碑文基本呈衰落之势。

南朝碑文上承魏晋之碑的流风余韵，并与魏晋一脉相承，仍呈衰落之势。考究其因，黄金明说："一方面，统治者禁立私碑，碑文的发展仍受到限制。另一方面，受玄学及佛教影响，南朝士子文人生命价值观念、生命的意识非常淡薄。与生命价值观念、生命意识结合在一起的诔碑文也渐不为士子文人所关注。"③ 南朝碑文上承东汉蔡邕之习，对句行文，颇事丽藻缛绘。刘师培说："碑铭之体应以蔡中郎为正宗，然自齐梁以迄唐五代，碑文虽较逊于伯喈，而其体式则无殊于两汉，盖惟辞采增华，篇幅增长而已。"④

沈约撰文数量颇多，惜存者甚少，张溥称其"文集百卷，亦仅存十三"⑤，可见多已亡佚。综观沈文，最能体现其骈体技巧者首推碑文。今存沈约之碑中名声较显者有《桐柏山金庭馆碑》，文中寄寓欲隐居桐柏山学仙求道之心志，造语清丽，颇见藻思。如写桐柏山及金庭馆一节，极为清新，大异于谈仙说道之内容。词曰：

> 遂远出天台，定居兹岭，所憩之山，实惟桐柏。灵圣之下都，五县之余地。仰出星河，上参倒景，高崖万杳，邃涧千回。因高建坛，凭岩考室，饰降神之宇，置朝礼之地。桐柏所在，厥号金庭，事昺灵图，因以名馆。⑥

① 《骈文史论》，第 347 页。
② 《宋书》卷六十四，第 6 册，第 1699 页。
③ 《汉魏晋南北朝诔碑文研究》，第 7 页。
④ 《〈文心雕龙〉讲录二种》，《刘师培中古文学论集》，第 172 页。
⑤ 《汉魏六朝百三家集·沈隐侯集题辞》，《汉魏六朝百三家集题辞注》，第 221 页。
⑥ 《全梁文》卷三十一，《全上古三代秦汉三国六朝文》第 3 册，第 3130 页。

作者极言山之高峻、多涧水，可谓摹态尽妍，行文中赋予桐柏山以仙灵之意，骈句俪词中蕴含丰厚思致，谭献称其有"清词丽句"①，高步瀛评云："靡丽中自具风骨，终非唐贤所及。"②

《齐故安陆昭王碑文》名超前篇，安陆昭王萧缅，齐高帝次兄萧道生之子，齐明帝萧鸾之弟。明帝对其甚相友爱，及缅逝后，"每临缅灵，辄恸哭不成声"③，兄弟情同手足，难以割舍。该文由碑序和铭文两部分构成，序文很长，而铭文所记诸事基本与序文重复，这与南朝诔文形制相似，中唐韩愈以前的碑文皆属此类。碑序极似传体，先后铺叙萧缅的先世功业、萧缅的气度风仪、仕宦经历及仕绩、薨逝、才德勋绩以及朝廷为其立碑作铭等，极详尽周到。尤其是述及仕宦经历时，每迁一官，即不嫌词费，广为铺排，唯恐遗漏。能把零碎的材料融会整合为一体，且不是简单的事迹介绍，这不能不归功于撰碑者高超的组织能力。黄金明曾说："一般来说，文章细而易繁，繁而气失。而南朝碑文却能力求细而周，繁而不缓。碑文没有成为生平事迹的介绍，一个很重要的原因是善于组织，善于融贯。同汉代碑文相比，南朝碑文官职升迁的直接介绍少了，而大多碑文把生平事迹融入于铺叙中，并自然而巧妙地加以衔接，虽然逐节铺叙，又能浑然一体，碑文显得更为漂亮。"④以沈约此文而言，即做到了以巧妙之笔将萧缅不同仕宦阶段的事迹融化无间地组织在一起，造语虽繁而不乱，旨意鲜明而突出。按碑序所记，萧缅年十五始仕为刘宋邵陵王文学，中书郎；齐受禅，封安陆侯，后转太子中庶子；又做到侍中、吴郡太守、郢州刺史、侍中詹事；后迁中领军、太子詹事、会稽太守、雍州刺史数职。每任一职，作者所叙都非常全面，其详尽程度超过了史书的记载。《南史·萧缅传》所言甚略，其所历官职多无载。论者以为碑铭可补史传之缺，于此可见。

碑序点出碑主的名称籍贯之后，为了下文颂扬萧缅辅佐高帝创立帝业之功，先列举出古代的贤臣名相以为佐证。文曰：

> 稷、契身佐唐、虞，有大功于天地。商武、姬文，所以膺图受

① 《骈体文钞》卷二十三，第460页。
② 《南北朝文举要》上册，第339页。
③ 《南齐书·安陆昭王缅传》，卷四十五，第3册，第795页。
④ 《汉魏晋南北朝诔碑文研究》，第276—277页。

籙。萧、曹扶翼汉祖，灭秦、项以宁乱。魏氏乘时于前，皇齐握符于后。灵源与积石争流，神基与极天比峻。祖宣皇帝，雄才盛烈，名盖当时。考景皇帝，含道居贞，卷怀前代。①

后稷为周之始祖，契为殷之始祖，二人分别为尧、舜立下汗马之功，以致广布德泽于后世。时至商、周，成汤、文王顺利据有天下。萧何、曹参鼎力辅助刘邦成就汉室大业，亦因此遍施恩德于后人，曹魏、萧齐遂顺应天命而出。"灵源"、"神基"皆喻指萧何为后代带来的福气，堪与积石争流、可与极天比高。作者述萧缅先世，上追至汉代萧何，其间跨越七百年，难怪清人何焯称其"规模宏远"②。宣皇帝，指萧缅之祖萧承之，齐高帝萧道成即位后所追尊，其人胸怀大志，才力过人。景皇帝，指萧缅之父萧道生，明帝即位后所追尊。

该序最令人心伤处集中于写萧缅病重至薨逝一节，文云：

> 方欲振策燕、赵，席卷秦、代，陪龙驾于伊、洛，侍紫盖于咸阳。而遘疾弥留，歘焉大渐。耕夫释耒，桑妇下机。参请门衢，并走群望。维永明九年夏五月三十日辛酉薨，春秋三十有七。城府飒然，庶寮如霣。男女老幼，大临街衢，接响传声，不逾时而达于四境。夷群戎落，幽远必至，望城拊膺，震动郛邑，并求入奉灵榇，藩司抑而不许。虽邓训致劈面之哀，羊公深罢市之慕，对而为言，远有惭德。神驾东还，号送逾境。奉觞奠以望灵，仰苍天而自诉。震响成雷，盈途咽水。③

正当萧缅欲陪同高帝伐北魏、大展宏图之时，却身患重疾，一时之间，耕夫、桑妇感其恩德，纷纷登门问候并为其祈祷。永明九年（491），萧缅病逝，作者对其逝后的悲凉场面叙写极为细致：城中萧索空旷，官僚恍然若失；男女老幼，痛哭失声；夷戎部族，痛不欲生。文章运用邓训、羊祜的典故加以比附，认为世人对于邓、羊的哀痛程度远

① 《文选》卷五十九，第6册，第2545—2546页。
② 《义门读书记》卷四十九，下册，第974页。
③ 《文选》卷五十九，第6册，第2557—2558页。

不如对萧缅的伤悼之深。邓训，东汉人，病卒于乌桓校尉任职期内，初逝之时，羌戎人曾因悲伤过度而以刀自割。羊祜，西晋人，时人于市日闻其卒，即号哭罢市，其后，襄阳百姓于岘山为其建庙立碑，望碑者多流涕，杜预曾名之为"堕泪碑"。萧缅的去世给当时人带来极大的心灵震撼，他们的悲痛之情可以说达到了无以复加的地步。吕向描述当时的场面说："人吏申祭，号哭满道，悲泣之声，哽咽如水之不通流也。"①萧缅的葬礼结束后，百姓"缘沔水悲泣设祭，于岘山为立祠"②，以此表达内心无尽的哀思。

此碑正文以骈体行文，对仗、藻绘、用典、声律及骈文常用的句式皆有体现，如叙萧缅的德行风神及气度容止云：

> 公含辰象之秀德，体河岳之上灵，气蕴风云，身负日月。立行可模，置言成范。英华外发，清明内昭。天经地义之德，因心必尽；简久远大之方，率由斯至。挹其源者游泳而莫测，怀其道者日用而不知。昭昭若三辰之丽于天，滔滔犹四渎之纪于地。六幽允洽，一德无爽。万物仰之而弥高，千里不言而斯应。③

此节对句极工，不仅出句和对句的句义相偶，而且字数、词性也逐一相应。六六对、四四对、六四对、九九对、七七对，句式灵活多样，毫无板滞生涩之感。用事亦能做到贴切自然，融化无迹，绝无堆积之嫌。上引一段虽短，但所用典事很多，如《周易》、《礼记》、《诗经》、《尚书》、《孝经》、《礼记》、《论语》、《庄子》、《论衡》、《昌言》、《典引》等，皆为典事所出之处。其中既有事典，也有语典，事典即概括化用整个故事，而语典则是截取语汇以用。此文也很注意声律，音韵铿锵有力，调响而音美。孙月峰曾将该文与任昉的《王文宪集序》、《齐竟陵文宣王行状》，王俭的《褚渊碑文》并列，指出四者"格局一同"，而此篇"调特响，语亦多疏俊，当为特胜"④。颂德扬勋是碑铭之作的重要组成部分，自其产生以来即如此。《四六丛话·叙碑志》论碑铭类

---

① 《六臣注文选》卷五十九，下册，第 1102 页。
② 《南齐书·安陆昭王缅传》，卷四十五，第 3 册，第 795 页。
③ 《文选》卷五十九，第 6 册，第 2546 页。
④ 《重订文选集评》卷十五引。

文章的功用时曰："盖勒勋庸器，古有镂金；镌德穹碑，今归伐石。朝廷懿美，录在史官；家世音徽，式之神道。碑版之用远矣。"① 但是，有些碑铭所叙并不完全符合实情，而是多有溢美之词，孙氏所谓"事难征实"②，即含此意。就此文来说，也难免此弊。萧缅出身皇族，又是齐高帝之侄，而且无论从德行还是从风度仪止来说，都可作为后世人立身行事的典范，沈约作为朝中重臣，笔下自然会有褒扬过甚之语。谭献称此文"似健于仲宝，前后谀颂过甚。叙历仕措注有势，铭词複述，则昌黎以前通病"③，健，即言有骨力，当指该作风格稍遒劲，此正合孙梅所谓齐梁碑铭"词雄而意古，体峻而骨坚"④ 之说。

沈约所处的时期正是齐梁骈文大盛之时，而且他亦擅长骈体，即以此文而言，其中就不乏工整的对句和贴切的用典，而且有些语句还很讲究声律之美。"到了梁朝，由于沈约一派的文人提倡声律，用事对偶以外再加上声律这个重要因素，因此诗和其它文笔形体上都由俳体逐渐向律体转化。"⑤ 永明声律论兴起后，诗、赋和骈文中都出现了有意追求声韵协畅的现象，沈约作为推行此理论的中坚力量之一，其诗文注重声律的运用自是不可避免的。

沈约的《宋书·恩幸传论》承受范晔史论笔法之德泽，然其骈化程度超过范氏之文，往往体现出华多于实、辞胜于理的倾向。相较而言，此文亦属史论中之佼佼者。《史通·论赞》曾认为汉魏以下较好的史论应以"干宝、范晔、裴子野"为最，"沈约、臧荣绪、萧子显抑其次"⑥，可见对沈约之作较为器重。刘师培曾赞道："《宋书》为《三国志》以下最古之史，叙事论断，并有可观。其纪传叙论亦能夹叙夹议，各有警策。蔚宗而后，此实称最。"⑦ 关于此文的创作缘起，李善注云："约言当时遇幸会者，即得好官。又以晋、宋之间，皆取门户，不任才能，故作此论。"以此推之，沈氏内心似有怨怼之情。文章起始先对商周时期"明敭幽仄，唯才是与"的用人制度予以称美，时至两汉，朝

---

① 《四六丛话》卷十八，第 329 页。
② 同上。
③ 《骈体文钞》卷二十四，第 486 页。
④ 《四六丛话·叙碑志》，《四六丛话》卷十八，第 329 页。
⑤ 《中国通史简编·修订本第二编》，第 413 页。
⑥ 《史通通释》卷四，上册，第 82 页。
⑦ 《汉魏六朝专家文研究》，《刘师培中古文学论集》，第 115 页。

中官职高低仍不分出身贵贱。"胡广累世农夫，伯始致位卿相；黄宪牛医之子，叔度名动京师。"① 胡广字伯始，农民出身却居卿相之职；黄宪字叔度，牛医之子亦名动京师，于此可见汉代崇贤之举。该句对仗看似工整，实属"重出"，有"对句之骈枝"② 之弊，因此招致后人非议。黄侃曰："胡广黄宪兼举名字，分嵌二句中，虽有所本，不可为式。"自曹魏确立九品中正制开始，朝廷用人出现弊端，士族永居高位，寒族有才不达。"沈沦不进，正使人不能不有感涸松之篇。"③ "岁月迁讹，斯风渐笃，凡厥衣冠，莫非二品，自此以还，遂成卑庶。"士、庶之分变得严格，高门贵胄"凭藉世资，用相陵驾"④，虽无高才，亦致显位，世风遂颓敝不堪，终致出现"以贵役贱"的现象。

文章述及佞倖得势、盗窃权柄、作威作福之状，可谓淋漓尽致。有曰：

> 赏罚之要，是谓国权，出纳王命，由其掌握，于是方途结轨，辐凑同奔。人主谓其身卑位薄，以为权不得重。曾不知鼠凭社贵，狐藉虎威，外无逼主之嫌，内有专用之功，势倾天下，未之或悟，挟朋树党，政以贿成。⑤

倖臣得宠窃权，结党营私，而人主不悟，仍然委以重用，遂使其人一朝"势倾天下"，构扇异同，兴祸树隙，国政日趋衰敝。此节词锋锐利，语势流畅，颇具文采。论者多以为文家不宜作史，但沈约既长于文，又擅长于史，因此能够很好地将史识与文才合而为一。或许是因为有感于朝中小人得势，贤良遭受排挤，故出语愤激，言辞刻薄，郁勃不平之气溢于言表。后人赞赏沈约的刚正不阿之品行，故对此作加以美词。孙执升云："从用人流弊说到恩倖，盖庙廊失职，则恩倖易于窃柄也，此是探源之论。后幅透发专权情状，更淋漓尽致，言者快心，读者

---

① 《文选》卷五十，第 5 册，第 2222 页。
② 《文心雕龙·丽辞》，《文心雕龙注》卷七，下册，第 589 页。
③ 《文选平点》，第 291 页。
④ 《文选》卷五十，第 5 册，第 2223 页。
⑤ 同上书，第 2224 页。

痛心矣。"① 佞倖得宠，祸乱朝政，帝王无明鉴之识，自当担其重责。此说基本指出问题的病源所在，足可作为鉴诫之资。

与任昉之作相似，沈约的弹事文也很有特色，其《奏弹王源》反映出齐梁门阀士族制度的痼疾。士族自恃出身高贵门第，坚决不与寒门庶族联姻，这已成为当时不成文的规定。沈约站在士族的立场上极力维护这一陋习，明确划分士、庶界限，一旦遇有越轨行事者，便视为大逆不道，并且严加挞伐。刘宋时期鼓励士族之间互相联姻，虽规定士族不能与工商杂户通婚，但并未明确限制高门与寒门结合。降至齐梁，门阀观念则日益严格且走向僵化，沈文"以俪语道俗情"，却也"跌宕昭彰"②。时有东海人王源，本出身士族，其曾祖、祖、父皆为官清显，而源"托姻结好，唯利是求，玷辱流辈"③，竟然嫁女于富阳满璋之之子满鸾，而且收取聘钱五万。满璋之伪称是满宠、满奋之后，其实出身庶族，王源羡慕满氏"家计温足"，而自己"见告穷尽"④，遂同意联姻。为了各自利益，士、庶通婚本属正常现象，曹道衡说："这情况本是难免的，因为没落士族需要富足的庶族资助；而富足的庶族也想攀结士族以提高其社会地位。"⑤ 这种情况在当时却为世所不容。沈约即认为此实为违世抗俗之举，"王满连姻，寔骇物听"，况且王源"以所聘余直纳妾"⑥，更为世所不齿，遂进一步指责曰："岂有六卿之胄，纳女于管库之人；宋子河鲂，同穴于舆台之鬼。高门降衡，虽自己作；蔑祖辱亲，于事为甚。"作者提出，若照此下去，不仅败坏门风，而且会导致世风沦丧，社会混乱，因此应该"免源所居官，禁锢终身"⑦，以示惩戒。

沈约此文在当时即产生过广泛反响，清代学者对其也是议论纷纷，各持己见。孙执升云："托姻求利，与纳聘置妾，皆市井无赖之为，出之世胄，诚属可骇。当时以门第高，故纠弹不遗余力，后世廉耻道丧，滔滔皆是，阅此能无汗下乎？"此说与沈约基本为同一语气。方伯海则

① 《重订文选集评》卷十二引。
② 钱基博：《中国文学史》上册，第 197 页。
③ 《文选》卷四十，第 4 册，第 1814 页。
④ 同上书，第 1815 页。
⑤ 《南朝文学与北朝文学研究》，江苏古籍出版社 1998 年版，第 130 页。
⑥ 《文选》卷四十，第 4 册，第 1815 页。
⑦ 同上书，第 1816 页。

曰："按满璋之之子果贤耶，虽寒门何损？不贤耶，虽高门何益？且父子同仕王朝，何不可与高门为配？"① 即使出身寒门，若人品优秀，与高门结合亦无不可，这种看法较为通达，不再拘泥于士、庶之别。该文属于弹劾类，句式上骈、散并行，表达方式上虽叙议相合，但更重推阐事理。谭献云："曲勘尽致，笔端甚锋锐。"② 沈约虽倡声律，此文却不讲究，大概与其论事析理有关。江山渊曰："齐梁之时，沈约首倡声病之律，天下风靡，文体日流于浮艳，浸成风俗，兹篇独免之。"③

与《奏弹王源》不同，《修竹弹甘蕉文》则是沈约通过诙谐的方式虚拟植物之间的对话，委婉曲折地表达对当权者嫉贤妒能的不满。由于表达方式的与众不同，论者多将其归于游戏或俳谐文。江山渊、郑振铎称其为游戏文，曹道衡、沈玉成、郭预衡、谭家健则称其为俳谐或诙谐文。如曹道衡、沈玉成说："《修竹弹甘蕉文》把甘蕉比作蔽塞贤路的人，俳谐之作而意存讥刺，寓有牢骚。"④ 文章开头即假托修竹之语指出甘蕉位高权重、好大喜功：

> 阶缘宠渥，铨衡百卉，而予夺乖爽，高下在心。每叨天功，以为己力。风闻籍听，非复一途。

本以为传言未足为信，不曾想泽兰、萱草却来诉讼甘蕉。其言曰：

> 虽惭杞梓，颇异蒿蓬，阳景所临，由来无隔。今月某日，巫岫敛云，秦楼开照。乾光弘普，无幽不瞩。而甘蕉攒茎布影，独见鄣蔽。虽处台隅，遂同幽谷。

修竹以为"偏辞难信，敢察以情"，于是向生活在甘蕉附近的杜若、江篱进行调查，结果证实前诉非虚。文中修竹对甘蕉加以弹劾一节，生动形象，寓有作者的讥讽之意。词云：

---

① 《重订文选集评》卷九引。
② 《骈体文钞》卷十八，第285页。
③ 《南北朝文评注读本》第1册，第40页。
④ 《南北朝文学史》，第178页。

切寻甘蕉出自药草，本无芬馥之香，柯条之任，非有松柏后彫之心，盖阙葵藿倾阳之识。冯籍庆会，稽绝伦等，而得人之誉靡即，称平之声寂寞，遂使言树之草，忘忧之用莫施；无绝之芳，当门之弊斯在。妨贤败政，孰过于此！而不除翦，宪章安用？①

作者认为，甘蕉虽长得高大，占据显位，却无香无德，而且恃强凌弱，害贤妒能，为祸不浅，对待此等害群之马，必须"徙根翦叶，斥出台外"②，这样才能大快人心。文章借助拟人化的手法影射并抨击了当朝权贵障贤蔽能的现象，隐含有才能不得施展的愤慨，讽刺之意溢于言表。谭献评曰："寓意甚显，权要所不乐闻，然亦望而知为趋世之士，非有道者言。"③ 彭兆荪提出，此文的诙谐风格对后代如韩愈的《毛颖传》等作品都产生了深远的影响。

萧衍即位之前很推重沈约与范云，曾提出助其成帝业者唯此二人，及受禅后，更以之为左膀右臂。沈约为一代文宗，梁台文告，多出其手，《为武帝与谢朓敕》为其中之一。天监初年（502），梁武帝征谢朓、何胤，不出。二年（503），高祖遣领军司马王果宣旨敦譬谢朓，遂出。诏封侍中、司徒、尚书令，朓虽受命却以脚疾辞谒，因此颇招后人非议。许梿即直言不讳，语带讥讽："然则朓盖守节不终者，既拜新命，且不称职，亦何足当此敕邪？"④ 谢朓虽有才华，却又自命清高，反反复复，最终还是应诏出山，后世鄙其行止自是情理中事。此文作于谢朓出仕之前，敕文落笔直入求贤正题，可谓开门见山。文曰：

吾以菲德，属当期运。鉴与吾言，思隆治道。而明不远烛，所蔽者多。实寄贤能，匡其寡暗。

世间多有治世贤才，只是主上尚未发现，若一旦得知，便会征其入朝，以佐帝业。他们往往标榜幽栖隐居，致使才华无从施展，实属"寡暗"之见。若能除其弊见，入朝仕进，不仅能够"镇风静俗，变教

① 《全梁文》卷二十七，《全上古三代秦汉三国六朝文》第 3 册，第 3111—3112 页。
② 同上书，第 3112 页。
③ 《骈体文钞》卷三十一，第 654 页。
④ 《六朝文絜笺注》卷二，第 56 页。

论道"，而且还可成其大功。作者认为多数贤士并非真心栖隐，甘于淡泊，只是未遇明君而已。当今圣主贤明，虚心求士，所以他们应该排除一切顾虑，积极出仕，效忠朝廷。词云：

> 自非箕、颍高人，莫膺兹寄。是用虚心侧席，属想清尘，不得不屈兹独往，同此濡足。便望释萝袭衮，出野登朝。必不以汤有惭德，武未尽善，不降其身，不屈其志，使璧帛虚往，蒲轮空归，倾首东路，望兼立表。羲、轩邈矣！古今殊事。不获总驾崆峒，依风问道。今方复引领云台，虚己宣室。纤贤之愧，载结寝兴。①

此节用典较多，却很贴切，尽管许由常被誉以高隐之士，但巢父则认为其属虚隐，所谓隐居，不过是为赚取名誉。作者以此来影射谢朓故作清高，其实却无真隐之志。帝王唯恐贤者不得任用致使埋没其才，因此求贤实出以诚心，否则也不至于"虚心侧席，属想清尘"，"屈兹独往，同此濡足"。朝廷既然不计前嫌，虚心纳士，那么贤者更不该推三阻四，使圣上失望，而应积极出山，辅佐明君以成大业。除化用《高士传》中的巢父、许由之典外，《诗经》、《尚书》、《左传》、《史记》、《汉书》、《后汉书》等书中的典事亦络绎不绝，如"虚己宣室"一语，即取于《史记》中汉文帝在宣室内向贾谊问事之典故。

该文叙议结合，情理并茂，颇有跌宕之致。写求贤，却又怕贤人不至，故除正面突出帝王之诚心外，又援古证今，以增强说服力。蒋士铨称其"夹叙夹议"，"曲折顿挫，生气盘旋"，"许多意思以数行尽之，便觉遒宕可喜"②。江山渊则说："虚心静气，矜躁悉平，跌宕生姿，栩栩如活。末幅尤音存贤外，余响无穷。"③

《武帝集序》是沈约为梁武帝萧衍的文集所作的序义，此文对武帝的学风及作品都有所论。文云：

> 爰始贵游，笃志经术；究淹中之雅旨，尽曲台之奥义。莫不因

① 《全梁文》卷二十六，《全上古三代秦汉三国六朝文》，第 3 册，第 3105—3106 页。
② 《评选四六法海》卷一。
③ 《南北朝文评注读本》第 2 册，第 24 页。

流极源，披条振藻。……善发谈端，精于持论；置垒难逾，推锋莫拟。有同成诵，无假含毫，兴绝节于高唱，振清词于兰畹。……及登庸历试，辞翰繁蔚，笺记风动，表议云飞。雕虫小艺，无累大道。①

萧衍博学能文，长于辩论，政务之暇，多有撰作。其文兼括众体，辞藻清丽，音节流畅，意蕴深刻，身为帝王而如此致力于文章，确实为人所叹服。作者为主上作序虽难免有溢美的成分，但观武帝具体作品，却大体近实。此文对仗工整，音韵协谐，"属词有体"，"一意滔滔，运辞如有不尽"②，言雅义深，文风严谨庄重。后人对其往往不吝美词，如江山渊说："庄而亦韵，腴而不俗，劲笔风动，逸兴云飞，披条振藻，精于持论，殆即此文所谓'兴绝节于高唱，振清辞于兰畹'者。"③

除上述诸文外，沈约的《齐司空柳世隆行状》也是骈文中的代表作。文叙柳世隆风度仪容谓："风质洞远，仪止祥华，动容合矩，吐言被律。"此由言行举止及外在气质容态以显示柳氏之高深涵养。刘宋末期，沈攸之举兵造反，萧道成率军抗击，其时柳世隆配合萧道成，一举击溃叛军，靖难平乱，可谓居功至伟。作者选取此事作为称颂世隆德行功绩的证据，确实有较强的说服力。文云：

> 时沈攸之狼据陕西，气陵物上，而太祖登庸作宰，天历在躬。攸之播封豕之情，总全荆之力，兕甲十万，铁马千群，水陆长鹜，志窥皇邑。公抗威川涘，勇略纷纭，显晦有方，出没无绪。攸之乃反旆互围，亲受矢石，增橹乘埤……公乃绥众以武，应敌以奇，灵锋电曜……残寇外老，逆党内摧，焚舟委甲，掬指宵遁。④

刘熙载曰："叙事要有尺寸，有斤两，有剪裁，有位置，有精神。"⑤ 作者在文中对于叙事分寸的把握非常到位，精选材料，不夸大，

① 《全梁文》卷三十，《全上古三代秦汉三国六朝文》第3册，第3123页。
② 此处二引文分别为李兆洛、谭献评语（《骈体文钞》卷三，第60页）。
③ 《南北朝文评注读本》第1册，第25页。
④ 《全梁文》卷三十一，《全上古三代秦汉三国六朝文》第3册，第3133页。
⑤ 《文概》，《艺概》卷一，第42页。

不缩小，如实而叙。沈攸之叛军兵强马壮，气势汹汹，俨然不可一世。当时太祖已位至宰辅，于是身先士卒，率军迎击。柳世隆有勇有谋，指挥有方，出奇制胜，给予叛军以致命打击，戡平宋乱。文章一改汉末以来行状散体行文的风格，而主要由四言骈句结体而成，虽为骈体，但不重雕琢藻采，气脉通畅，毫无滞塞之弊。就此而言，后世学者以"其文冶"①来评价沈约的文章，于理也未当。此状将柳世隆的生平事迹浓缩在数百字的短小篇幅中，于此可见作者驾驭语言的高超工力。明人王志坚云："柳世隆传事迹尚多，休文为状，寥寥数语，古人纪事体约乃尔。"状文重炼字炼句，若与庾信骈文相较，似乎更见痕迹，不如庾氏雕饰轻盈，不露迹象，蒋士铨曰："能炼而不能轻，令人思开府之妙。"②按骈文至徐陵、庾信时已趋成熟，故琢句炼字、用典使事、声律谐协等已达灵活巧妙之佳境，比之徐、庾骈文，此作尚略逊一筹。

（三）辞藻壮丽，抒情深挚，古气尚存的江淹之文

江淹（444—505）曾在《自序传》中称自己"博览群书，不事章句之学，颇留精于文章"③，其文"辞藻壮丽"④，"辞该众体"⑤，很有特点。今存江文，呈骈、散二体，骈多于散，在各体文章中，诔、教、书、上书更重文采，基本以骈体撰成。

与颜延之、谢灵运等人之诔相比，江淹的《齐太祖高皇帝诔》篇制较长，洋洋洒洒达二千余字。齐太祖高皇帝，即齐高帝萧道成，卒于建元四年（482）三月，此诔约作于同年四月。江淹历仕宋、齐、梁三朝，宋顺帝昇明元年（477），萧道成辅政时，就曾被召为参军。后道成事成，淹深受宠信，并掌书记文翰。齐台建后，江淹一直受到高帝重用。建元末年，高帝薨，淹作诔以悼之。诔文开篇以萧瑟阴冷之景营造出浓郁的哀伤氛围，文云："日月郁华，风云黯色。伤动紫微，悲迎璇极。"下文基本依照时间顺序，对高帝自宋至齐所经历的大事一一胪陈，从中展示出其德行与功绩。如叙宋明帝太始年间，萧道成率军平定薛安都叛乱一节，文采飞扬，藻思无穷。文曰：

---

① 《文中子·事君》，《文中子》卷三。
② 《评选四六法海》卷八。
③ 《全梁文》卷三十九，《全上古三代秦汉三国六朝文》第 3 册，第 3177 页。
④ 《梁书·江淹任昉传论》，卷十四，第 1 册，第 258 页。
⑤ 《汉魏六朝百三家集·江醴陵集题辞》，《汉魏六朝百三家集题辞注》，第 218 页。

北楚倔强，曾未屈膝。云屯被野，鱼丽亘日。庙勇既消，国图方匮。神册天开，雄略世出。凶剑鳞沈，丑戈羽逸。只骑不返，踦轮无匹。

明帝太始二年（466），徐州刺史薛安都在彭城反叛，叛军兵多将广，人多势众，屡挫朝廷军队，刘宋王朝一筹莫展，讨伐叛军的勇气几乎消尽。当此之时，高帝以雄才大略挺身而出，率众迎击，叛军一败涂地，如鱼沉鸟飞般溃散逃逸。高帝居功至伟，受到朝廷重赏，并因此名声大振，且屡获重用。文云：

厥庸庆止，杂珮委他。荣郁闾阎，宠重山河。皇彝有文，朝采方蔼。频烦金纽，左右缇盖。毗戎肃禁，参辇侍旂。誉馥区中，道蒻氓外。河济国险，淮泗邦尘。要藩重设，匪贤则亲。亦既推毂，拥土庇民。①

南朝骈文重华词丽藻，因此常通过运用代字来加强藻饰，即以上引一节而论，便有使用代字增加词采的现象。孙德谦曾说："夫文之有假借，即代字诀也，吾试取江文通文言之。其《齐太祖诔》云：'誉馥区中，道蒻氓外'。《为萧拜太尉扬州牧表》云：'礼蔼前英，宠华昔典'，馥、蒻、蔼、华，皆代字也。使非代字，而曰：'誉播区中，道高氓外'，有能如是之研炼乎？蔼之训为茂，华之训为盛，如谓：'礼茂前英，宠盛昔典'，即用其字本义，未尝不善，究不若蔼、华代字之艳丽也。……凡文用代字诀，均是避陈取新之道。六朝文中类此者至多，吾亦不能殚述。从事骈文而不识代字之诀，则遣辞造句何能古雅？此六朝作者所以多通小学也。然亦须全体相称，不可仅施之一二字，庶为完美，若故求生僻亦失之。"② 南朝骈文中代语的运用很常见，如前文所述"开骈文雕绘之习"③ 的颜延之的《三月三日曲水诗序》中已有之。

---

① 《全梁文》卷三十九，《全上古三代秦汉三国六朝文》第 3 册，第 3175 页。

② 《六朝丽指》。

③ 《文选学》，第 311 页。

另外，孔稚珪的《北山移文》、丘迟的《永嘉郡教》等篇中也有。代字的使用，一则可增加语词的丽藻，这是南朝骈文的风尚所趋，当然也与其时避陈求新的作风有密切的关系；二则可使遣词造语更趋典雅，这无疑也符合当时文人的创作心态。其实，代字的运用在一篇中只是偶或为之，运用得当，显然可加强表达效果，运用不当，反使文句生僻艰涩甚或出现歧义，就此而言，绝对不可强力为之。若全篇使用，似又偏于一端，况且驾驭难度之大也可想而知。

江淹此文虽属典制之诔，重在颂德扬勋，但在表述哀情的深度上并不亚于私诔。诔作对高帝逝后丧葬场面的铺陈渲染使得伤悼之情得以深化。词云：

> 帷宫低景，辇路戢光。恻柏门之黯黯，泣松帐之茫茫。上宫擗而诏御咽，群后慕而侍卫伤。攒灵既俨，远日以筮。郁鬯既奠，龙酹已撤。素月夜横，翠烟晓结。搅虚金而下歊，吟空箫而增绝。呜呼哀哉！于是飒天驾而从绮舆，涩神行而抚文辇。傍建春而南眄，径宣阳而东践。尚荌莒而未散，乍眇默而不转。睇千乘之共啜，盼万骑之相沱。……风奇响而驻轩，烟异色而低斾。怨街邑之彩骖，吊原野之缟盖。挽夫怆而征马凝，痛萦盈其如带。呜呼哀哉！①

高帝薨逝，上至皇室亲族，下到诸侯文武，举国沉浸于哀恸之中。作者有意选取由特有景物衬托的殡葬场面来表达悲情：帷宫、辇路在灯光映照下显得阴冷凄凉，有柏门、松帐点缀的墓地呈现出暗淡苍茫的景象；宫中皇室成员、顾命大臣、诸侯王以及高帝生前的侍卫都悲不自胜；庄重恭谨的祭祀神灵仪式结束后，天子的灵车在送葬车舆的陪侍下赶往墓地；素月、翠烟、虚金、空箫都沾染上了人为的悲哀情调。从出殡到葬时、葬后在场者的心情，江淹对整个丧葬过程的描写非常细致，情、景、事完美地融为一体，极富感染力。此诔语词华丽，藻采纷纭，对仗极工，情深景实，真切感人。李兆洛评曰："华缛已极，而叙次严整，唐人递相掇袭，富或过之，鲜彩终不及也。"② 谭献云："哀诔诸

---

① 《全梁文》卷三十九，《全上古三代秦汉三国六朝文》第 3 册，第 3176 页。
② 《骈体文钞》卷五，第 93 页。

篇，未有如此之详尽。丽词相续，绮绘自喜，李评鲜采，最当。"① 该文也有缺陷。诔文述德应取诔主与众不同之处略加阐发，然后经提炼、概括或总结，以显其特异，此文却累列多事，似嫌繁琐，而且文末以景叙哀收束，并未挽回到作诔之事上来，这显然与正体之诔颇有不合。谭氏又云："直以碑版之体行之，所谓累列其行也。然天子称天以诔，似此辞繁不杀，究为失裁。"② "结语甚率而俗，又不收合作诔之意，皆非体也。"③ 尽管如此，但瑕不掩瑜，该文仍不失为一篇佳作。

相较于傅亮的教文，江淹之作对句较工，用事亦繁而贴切，故骈俪倾向更加明显。《为宋建平王聘隐逸教》是为刘宋建平王景素代笔而作，景素为文帝第七子刘宏之子，袭父爵为建平王，历官吴兴太守、湘州、荆州、南徐州刺史，江淹均随任。此文作于景素任荆州刺史之时，江淹为其主簿，府中表教之文，多出淹手。当时后废帝刘昱狂凶失道，朝野之间，怨言纷出。景素"好文章书籍，招集才义之士，倾身礼接，以收名誉，由是朝野翕然，莫不属意焉"。朝廷"内外皆谓景素宜当神器"，但"废帝所生陈氏亲戚疾忌之，而杨运长、阮佃夫并太宗（明帝）旧隶，贪幼少以久其权，虑景素立，不见容于长主，深相忌惮"④。后废帝元徽三年（475），大将王季符因忤景素之旨心生怨恨，遂诬告景素欲反，后景素遣子诣京申理乃脱。后废帝日趋狂悖，朝野之士属心景素，而陈氏及杨运长等更相猜疑。在这种情况下，景素不得不思自防之策，于是以荆州为据点，多次与亲近密谋起兵，以图大事。建平王虽有篡位自立之心，但毕竟多有忧虑，因为朝中敌对势力还很强大。有鉴于此，景素内心往往充满矛盾，并生隐逸之念，江淹此文便反映出刘景素当时的心态。

文章有感于废帝失德，世道沦敝，由古之隐者的超逸高行引出自己的隐居之思。景素希企归隐实非出自真心，虽迫于现实深感无奈，但似乎又寓有等待朝廷招纳之意。教文曰：

夫妫、夏已没，大道不行。虽周惠之富，犹有渔潭之士；汉教

---

① 《骈体文钞》卷五，第 93 页。

② 同上。

③ 同上书，第 96 页。

④ 《宋书·建平宣简王宏传附子景素传》，卷七十二，第 6 册，第 1861 页。

之隆，亦见栖山之夫。迹绝云气，意负青天，皆待绛螭骧首，翠虬来仪。是以清风扇百代，余烈激后生。斯乃王教之助，古人之意焉。吾税驾旧楚，憩乘汀潭，挹于陵之操，想汉阴之高。而山川邈久，流风无沫。养志数人，并未征采，善操将弃，良用慨然。宜速详旧礼，各遣纁招。庶畅此幽襟，以旌蓬荜。①

文章起初即感叹上古舜、禹贤君以德治天下的行迹已经一去不复返了，如今世道衰落，凶顽无道之君正使得朝纲废弛，臣民怨声载道。此言后废帝无德，朝中礼崩乐坏，纯属有感而发。作者由此很自然地引出古代朝治隆盛之时，尚不乏高隐之士，更不要说现在这混乱之时了，此为下文抒写建平王的隐逸之思做好了铺垫。该文用典较多，但都非常恰当，如述周、汉盛世之时，运用《史记》所载姜尚闲钓渭水河边、《后汉书》所载光武中兴，而严光顺志归隐之事，以言贤才尚隐。其中"渔潭"一语，本于屈原《卜居》"横江潭而渔"，扬雄《解嘲》引之，今本《楚辞·卜居》已无此语。"迹绝云气，意负青天，皆待绛螭骧首，翠虬来仪"四句，则出自《庄子》及扬雄的《解难》，多属直接引用语典或事典。作者表面上似乎是说古代隐士的归隐有益于政教王化，但建平王希企隐逸，实际上却是不得已而为，文末似含有希望朝廷能够招纳隐居贤士之意。"挹于陵之操，想汉阴之高"两句则是化用《孟子》、《高士传》中陈仲子（因居于于陵，故自谓于陵仲子）的高隐之行以及《庄子》中汉阴高士的隐逸之事。就具体用事方式来说，江淹此作的用事虽有极少数经过熔铸提炼，即化事典为词汇之例，但总体看来，更多的还是直用古语或前事前言。或许是由于骈文还不够成熟，故此文用事尚不能与后世徐、庾的用典方式相提并论。该篇以骈体行文，语词简净，不尚华艳，情词俱善。许梿评云："处处矜炼窅邈，绝非肥艳浓香，故妙。"②

江淹的书信文骈化倾向也很突出，基本属于骈文。大凡文人有志难伸，仕途坎坷，或遭遇不幸，往往想到隐世遁俗，凡此种种，皆形于笔端，发而为文，以寄心志。江淹的书信文常常谈及隐居思想，其《与

① 《全梁文》卷三十五，《全上古三代秦汉三国六朝文》第3册，第3155页。
② 《六朝文絜笺注》卷三，第63页。

交友论隐书》对自己的归隐之志、归隐之因、归隐之计均有详细的叙述。文曰：

> 自度非奇力异才，不足闻见于诸侯。每承梁伯鸾卧于会稽之墅，高伯达坐于华阴之山，心常慕之，而未能及也。……性有所短，不可韦絃者有五：一则体本疲缓，卧不可起；二则人间应修，酷懒作书；三则宾客相对，口不能言；四则性甚畏动，事绝不行；五则愚婞妄发，辄被口语。有五短而无一长，岂可处人间耶？……今但愿拾薇藋，诵《诗》《书》，乐天理性，敛骨折步，不践过失之地矣。犹以妻孥未夺，桃李须阴，望在五亩之宅，半顷之田，鸟赴檐上，水匝阶下，则请从此隐，长谢故人。①

江氏诗歌善于模拟古人已为人所共知，其文也有模拟之例，此篇对自己性格当中不合时俗的五个短处的概括似乎受到嵇康的影响，谭献云："'五短'颇规叔夜文体。"今考嵇康《与山巨源绝交书》中的七不堪、二不可之说，实包括此"五短"，可见谭氏所言不虚。文通此书中的"妻孥"一节，则影响到清人洪亮吉的《与孙季述书》中的相关语句，但洪文思致更佳，描写更细。对于这一点，谭氏也已指出："'妻孥'两行，近人洪稚存学之，遂欲出蓝。"② 江淹此文既受当时骈风的影响，又有汉魏文章的古朴气息，正处于由古质淳厚向绮丽华靡转变的过渡阶段。江山渊评曰："内秀而外严，意腴而词朴，光采不露，简古独绝，是为文通之别体。"③

另外，江淹的《报袁叔明书》中也有论隐之语，如述隐者行止曰："其奇者则以紫天为宇，环海为池，保身大笑，被发行歌。其次则坚坐崩岸，僵卧深窟，朝澄松屑，夜诵仙经。其下则辞荣城市，退耕岩谷，塞迳绝宾，杜墙不出。"④ 文通将隐士分为三个档次，其举止皆不相同，叙写生动形象。该书尽情倾吐，畅所欲言，虽不无时文风习，但终又有异，略显质朴浑重之气。综观全文，亦不脱模拟之窠臼。钱锺书评道：

---

① 《全梁文》卷三十八，《全上古三代秦汉三国六朝文》第3册，第3171页。
② 《骈体文钞》卷三十，第618页。
③ 《南北朝文评注读本》第2册，第1页。
④ 《全梁文》卷三十八，《全上古三代秦汉三国六朝文》第3册，第3170页。

"《报袁叔明书》又杨恽与孙会宗之亚，虽于时习刮磨未净，要皆气骨权奇，绝类离伦。"①

《诣建平王上书》是文通陈词为自己辩白之作，据史传载，"宋建平王景素好士，淹随景素在南兖州。广陵令郭彦文得罪，辞连淹，系州狱。淹狱中上书曰：……景素览书，即日出之。"其书慷慨陈词，语势凌厉，情理俱佳，文章诉说自己被诬含冤一节，尤为感动人心，文曰：

> 然下官闻积毁销金，积谗糜骨。古则直生取疑于盗金，近则伯鱼被名于不义。彼之二才，犹或如此；况在下官，焉能自免。昔上将之耻，绛侯幽狱；名臣之羞，史迁下室，如下官尚何言哉。夫鲁连之智，辞禄而不反；接舆之贤，行歌而忘归。子陵闭关于东越，仲蔚杜门于西秦，亦良可知也。若使下官事非其虚，罪得其实，亦当钳口吞舌，伏匕首以殒身，何以见齐、鲁奇节之人，燕、赵悲歌之士乎？②

作者借用古代直不疑、第五伦之典事比附自己被诬陷之事，又援引周勃、司马迁因正直而遭难之例衬托自己的忠诚，言辞恳切，运思委婉，情调哀怨，真实感人。此文语势跌宕起伏，行文轻清爽利，有藻采但不华靡。钱锺书说："按齐梁文士，取青妃白，骈四俪六，淹独见汉魏人风格而悦之，时时心摹手追。此书出入邹阳上梁孝王、马迁报任少卿两篇间。"③ 今观全文驱词立意，实近邹、马二文，谭献评云："无意摹邹，而神理自合。写仿司马子长处，则蹊径存焉。"④ 此语又从文气神理上加以研析，以证该上书确实有模拟之倾向。如同上述江氏二书，本篇也以骈语成文，所不同于时文风尚者，在于其中的纵横凌厉之气，即张溥所谓"纵横骈偶，不受羁靮"⑤ 者。

① 《管锥编》第4册，第1414页。
② 《梁书·江淹传》，卷十四，第1册，第247—248页。
③ 《管锥编》第4册，第1414页。
④ 《骈体文钞》卷十六，第254页。
⑤ 《汉魏六朝百三家集·江醴陵集题辞》，《汉魏六朝百三家集题辞注》，第218页。

（四）寓情于景，辞采冗缛的王僧孺之文

与江淹、任昉并称"一时之杰"①的王僧孺（465—522）也因被汤道愍谮言所谮而免官，久之未调，内心多有郁勃不平之气。他曾致书于时任王府记室的友人何炯，以抒心志，其《与何炯书》曰："昔李叟入秦，梁生适越，犹怀怅恨，且或吟谣；况歧路之日，将离严网，辞无可怜，罪有不测。盖画地刻木，昔人所恶，丛棘既累，于何可闻。"② 言辞之中流露出无限怨愤与伤感。文中借萧瑟荒凉之景写内心悲愁意绪一节，尤为凄怆悱恻，感人肺腑。文云：

> 盖先贵后贱，古富今贫，季伦所以发此哀音，雍门所以和其悲曲。又迫以严秋杀气，具物多悲，长夜展转，百忧俱至。况复霜销草色，风摇树影。寒虫夕叫，合轻重而同悲；秋叶晚伤，杂黄紫而俱坠。蜘蛛络幕，熠耀争飞，故无车辙马声，何闻鸡鸣犬吠。……傥不以垢累，时存寸札，则虽先犬马，犹松乔焉。……裁书代面，笔泪俱下。③

作者将受谗遭免的悲苦心情融注于寥落凄凉的景观描摹中，情与景融，景现情生，其怀才被谤的愤世嫉俗之感溢于言表。僧孺冤屈满腹，发而为文，悲愁盈心，寄于此书。文章出语尽骈，辞采繁丽，"颇伤冗缛"④、不及江淹之"俊利"⑤，但尚能做到情词相副，故李兆洛评曰："亦是词胜，然无不副意之词。"⑥

《从子永宁令谦诔》为王僧孺哀悼其从子王谦之作。据文中所述"启足闽隅"、"轻棺反蜀"等数语推断，此诔当作于王谦卒于闽地后，僧孺携棺椁返归蜀地的途中。文章先总叙王谦的品性与才学，继之点明作诔述哀之意，其文云：

---

① 《汉魏六朝百三家集·江醴陵集题辞》，《汉魏六朝百三家集题辞注》，第218页。
② 《梁书·王僧孺传》，卷三十三，第2册，第471页。
③ 同上书，第473—474页。
④ 《管锥编》第4册，第1414页。
⑤ 同上书，第1436页。
⑥ 《骈体文钞》卷十九，第313页。

而恒化非常，人所不免，况风云万里，间此山川。客思故乡，次房之念何极；轻棺反蜀，允南之思可知。而魂兮眇眇，扁舟靡靡，生人之望已冥，死归之期又阻，痛心伤目，岂伊一事？无以少寄辛伤，故复诔之云尔。

作者有感于从子王谦卒于异乡，尽管路途遥远，困难重重，但落叶归根，终须将其灵柩送回故乡。文中无限哀伤之情溢于言表，寥寥数语，作诔之意顿明。与其他诔文体制相近，此文称述诔主之节操、才华、德勋也是不可缺少的一部分。词曰：

义高松竹，价重璠玙。元昆世父，重规垒矩。容与学丘，徘徊词府。青紫已拾，大夫斯取。盛藩往相，名畿来抚。晖光不已，惊生之子。稷稷万寻，昂昂千里。……德有润身，学斯为己。逸羽难集，孤峰易峙。南迈瑶琨，西逾杞梓。人亦有言，名为实使。誉倾邦国，价骞州里。崇兰自芳，珏玉自光。

僧孺称颂从子才德，并无私夸或溢美的成分，而是从实落笔，所谓"人亦有言，名为实使"，也能说明这一切。作者在文中所述哀思皆发自肺腑，故真实自然，感人至深，如叙返乡途中内心的悲悼之情云：

眇眇轻舻，悠漫长途。风生阊阖，日去崑吾。空归故国，宁识旧都。水鸣秋鹤，岸集寒乌。寒不夜哭，惟独呱呱。茫茫大瑰，杳杳玄虚。①

借途中所见之晚秋景物渲染深沉的悲伤意绪，"秋鹤"、"寒乌"意象的使用，实寓悲情于凄凉之景，景愈凄则情愈悲。

下文以追忆之笔叙写作者的感受及与诔主生前时的交往，淡语之中渗透着浓情。其词谓：

---

① 以上三处引文均见《全梁文》卷五十二，《全上古三代秦汉三国六朝文》第 4 册，第 3250 页。

　　义虽子道，思实友生。欢忧共日，险泰均情。如菊如芬，如兰如薰。别唯慕类，居实有群。尽日持论，遥夜披文。……人道实难，譬彼徂湍。驱车崝嵤，执手河干。三川蒙薄，七岭悠漫。自兹不见，心譬回澜。岁伫会面，日望音翰。欢无一绪，悲有万端。……山足难晓，垄首易寒。秋虫相叫，暮羽来抟。宿草行没，宰树方攒。昭途长已，大夜斯安。①

　　僧孺所诔虽为其从子，但二人的交往却有似密友，同甘共苦，习文论义，别后相思等生活细节的叙写，都给人以如在眼前之感。作者追昔抚今，人已永诀，缠绵悱恻的伤感之情难以自抑。文末融情于景手法的运用更使得哀思流连，苍凉凄怆，蕴味深永。昔人称"诔缠绵而凄怆"②，今以此文衡之，实为精当。

　　王僧孺好聚书，多至万余卷，与沈约、任昉并称梁代三大藏书家，素与任昉友善，曾为任作传称扬其为人为文。《太常敬子任府君传》一文是今存任昉研究资料中除《梁书》、《南史》本传以外的重要参考文献，敬子是任昉卒后的谥号，传文赞任昉文才一节，尤为精彩：

　　若夫天才卓尔，动称绝妙，辞赋极其清深，笔记尤尽典实，若问金石，似注河海。少孺速而未工，长卿工而未速，孟坚辞不逮理，平子意不及文，孔璋伤于健，仲宣病于弱。其有集论尚书，穷文质之敏，驻马停信，极葺葺之功，莫尚于斯焉。③

　　任昉为齐梁文坛巨擘，才高词赡，尤长属笔，作者誉其笔、记之文"尽典实"，且富音韵铿锵之美，盖非虚语。按任昉骈笔受永明声律论的影响而讲究声韵谐畅，故有"金石"之音。僧孺以前人作比，认为枚皋、司马相如、班固、张衡、陈琳、王粲之文皆逊于任作，其意是说任昉文章既速又工，文词与理义相副，不伤于健，也不病于弱，可谓取其中和之道，实为难得之境界。这一评价与时人陆倕所言相仿，陆氏

　　① 《全梁文》卷五十二，《全上古三代秦汉三国六朝文》第4册，第3250—3251页。
　　② 《文赋》，《文选》卷十七，第2册，第766页。
　　③ 《全梁文》卷五十二，《全上古三代秦汉三国六朝文》第4册，第3250页。

《感知己赋赠任昉》曰："（彦昇）学穷书府，文究辞林，既耳闻而存口，又目见而登心。似临淄之借书，类东武之飞翰。轸工迟于长卿，逾巧速于王粲。固乃度平子而越孟坚，何论孔璋而与公幹？"① 对任昉评价亦高。刘孝绰的《昭明太子集序》中也有论枚皋、相如之语，意皆与僧孺相近。张溥称王僧孺"贬前修而昂任君"，或存"溢美"之意，然观任昉之文，既不"违时抗往"，也不"投俗取妍"，且能以"俪体行文"而"无伤逸气"，故僧孺所言，亦"非尽谬"②。实事求是地说，任昉之文颇有特色，"写骈文而有逸气，用今之文体而运之以汉、魏风骨"③，除江淹之作可与其并驾齐驱外，余则罕见。然而，传文作者贬抑前贤而过扬任氏，似亦非公允之言。今人郭预衡则说："现在看来，历贬前代诸家而抬高任昉，确实不免溢美之嫌。但僧孺此文，虽名为传，实同志铭，溢美之辞，自不能免。而且任昉之笔，名重一时，僧孺所言，也非全同谀墓。"④

（五）气盛辞壮，笔力遒劲的刘峻之文

在骈文大盛的齐梁文坛中，以骈体擅名者除任昉、沈约、江淹等人之外，刘峻、陆倕之作亦不容小视。刘峻的骈文成就主要体现在论、书及山水志文方面，而陆倕的骈体技法则主要在铭文上得以展示。

刘峻（462—521），字孝标，性格高傲，率性而动，不能随俗为伍。其人虽有高才，而不被任用，故常怀愤恨，不平之鸣，发而为论，往往能抒其心怀。关于"论"，《典论·论文》有"书论宜理"⑤ 之语，即言书信文和论说文都讲究说理。《文心雕龙·论说》称"述经叙理曰论"，则见刘勰将论体分为述经和叙理两类，在两大类别之下，他又分出四品八名："陈政，则与议说合契；释经，则与传注参体；辨史，则与赞评齐行；铨文，则与叙引共纪。"所谓四品，即指陈政、释经、辨史、铨文；所谓八名，则指议、说、传、注、赞、评、叙、引。实际上，在上述两类中，刘勰更侧重于叙理一类。关于"论"的性质及写

① 《全梁文》卷五十三，《全上古三代秦汉三国六朝文》第 4 册，第 3255 页。
② 《汉魏六朝百三家集·任彦昇集题辞》，《汉魏六朝百三家集题辞注》，第 230 页。
③ 《骈文史论》，第 387 页。
④ 《中国散文史》上册，第 499 页。
⑤ 《文选》卷五十二，第 6 册，第 2271 页。

作要求，刘勰解释说："论也者，弥纶群言，而研精一理者也。"① "原夫论之为体，所以辨正然否；穷于有数，追于无形，迹坚求通，钩深取极；乃百虑之筌蹄，万事之权衡也。故其义贵圆通，辞忌枝碎，必使心与理合，弥缝莫见其隙；辞共心密，敌人不知所乘。"② 由上可见，论这种文体就是要通过对有限的客观事物进行分析鉴别，精密地推究出抽象而又唯一的道理来。论作为一种文体名称应始于《论语》，此后逐渐沿用开来。刘熙载曰："刘彦和谓群论立名，始于《论语》，不引《周官》'论道经邦'一语，后世诮之，其实过矣。《周官》虽有论道之文，然其所论者未详。《论语》之言，则原委具在。然则论非《论语》奚法乎？"③

南朝时期，由于受骈俪风气的影响，论体散文亦呈现出骈化趋势。前代学者认为，有些文体（如论说文，本重在说理）的内容不适合用骈文表达，故不主张以骈体作论。《四六丛话·叙论》云："夫文采葩流，枝叶横生，此骈体之长也。师其意不师其辞，为时似不为恒似，此古文所尚也。若乃命微言以藻思，责奥意于腴词，以妃青媲白之文，求辨博纵横之用，譬之蚁封奔骕，珮玉走趋，舌本间强，恐类文家之吃，笔端繁拥，终滋腹笥之贫，固难以作致其情，工用所短也已。"④ 然而，刘峻不但擅长以骈体作论，而且能够做到析理精深透彻，丝毫不亚于散体文，其论数量不多，但质量颇高。钱锺书曾高度评价刘峻之文说："梁文之有江淹、刘峻，犹宋文之有鲍照，皆俯视一代。"⑤ 今存孝标论文主要有《辨命论》、《广绝交论》两篇，皆为愤世嫉俗之作，言词激切，情多慷慨，广为传诵。

梁武帝天监十一年（512），刘峻撰成《辨命论》，借论性命穷通之理以寄托自己对现实的不满。"孝标植根淄右，流寓魏庭，冒履艰危，仅至江左。负材矜地，自谓坐致云霄。岂图逡巡十稔，而荣惭一命。因兹著论，故辞多愤激，虽义越典谟，而足杜浮竞也。"⑥ 孝标自以为才

---

① 《文心雕龙注》卷四，上册，第 326 页。
② 同上书，第 328 页。
③ 《文概》，《艺概》卷一，第 42—43 页。
④ 《四六丛话》卷二十三，第 377 页。
⑤ 《管锥编》第 4 册，第 1406 页。
⑥ 《文选》卷五十四，第 6 册，第 2344 页。

华过人，仕途理应一帆风顺，无奈事与愿违，遂发愤以抒慨，此文"才情溃溢，一切归之天命，似为有激而言"①。文章由萧衍与群臣谈论管辂（字公明）怀才不遇引发感慨，作者认为"高才而无贵仕，饕餮而居大位"②的现象非常普遍，究其原因，皆应归之于命。"命也者，自天之命也。定于冥兆，终然不变。鬼神莫能预，圣哲不能谋。触山之力无以抗，倒日之诚弗能感。……至德未能逾，上智所不免。"命乃冥冥中注定，非人力可左右，因此刘璠、刘瓛兄弟虽德才兼备也只能"韫奇才而莫用"③。作者虽言命定于天，却又提出非命六蔽之论，即承认命与人力也有关系。文云：

> 夫虎啸风驰，龙兴云属。故重华立而元、凯升，辛受生而飞廉进。然则天下善人少，恶人多；暗主众，明君寡。而薰犹不同器，枭鸾不接翼。……横谓废兴在我，无系于天……人面兽心，宴安鸩毒。以诛杀为道德，以蒸报为仁义。虽大风立于青丘，凿齿奋于华野，比其狠戾，曾何足逾。……福善祸淫，徒虚言耳。岂非否泰相倾，盈缩递运，而汩之以人？④

全文言词愤激，笔力遒劲，气脉畅达，气势凌厉，一腔不满之情皆书之于纸，其憎世恶俗之貌如在目前。谭献曰："奇才不达，兴感之由，因以自命，故激昂愤厉，语无余蕴"⑤，何焯亦称"全篇多有激之谈"⑥，均指出此文情绪昂扬的特点。刘峻此论对句（多为事对）极工，引事甚繁，但已不再作为普通修辞之用，而是以之为设词立论之据。本篇虽以骈体行文，却毫无凝重滞塞之感，蒋士铨之评最为有理："作四六能参用此种，安有隔塞不通之病？"⑦

《广绝交论》是刘峻因感于当时社会的世态炎凉而奋笔疾书撰成，故亦写得慷慨激昂。任昉生平素好交接文士，"得其延誉者，率多升

① 《插图本中国文学史》第 2 册，第 246 页。
② 《梁书·文学下·刘峻传》，卷五十，第 3 册，第 702 页。
③ 同上书，第 703 页。
④ 同上书，第 705 页。
⑤ 《骈体文钞》卷二十，第 359 页。
⑥ 《义门读书记》卷四十九，下册，第 971 页。
⑦ 《评选四六法海》卷六。

擢，故衣冠贵游，莫不争与交好，坐上宾客，恒有数十。"天监七年（508），任昉辞世，因生前为官清廉而无所积蓄，身后其诸子则贫困不堪，此前受过任昉汲引的人皆"罕赡恤之"①，刘峻愤然而作此文以讥忘恩负义之徒。此论一出，到溉之流"抵几于地，终身恨之"②。文章以增广东汉朱穆的《绝交论》为题，故以主客问答形式首先由朱文引起。作者先假客人之口提出不赞成朱穆之说，认为世间实有至诚之交的例子，然后又站在主人的立场上深入分析各种交游。作者指出，"风雨急而不辍其音，霜雪零而不渝其色"的"贤达之素交"已十分难得，当今之交都是因"狙诈飚起"而带来的"利交"③。继之则详细分析了利交所包含的五类：攀附权贵的势交、追趋财富的贿交、喜好吹捧的谈交、可共患难而不能同富贵的穷交、权衡利弊而后动的量交。如论贿交云：

> 富埒陶、白，赀巨程、罗，山擅铜陵，家藏金穴，出平原而联骑，居里闬而鸣锺。则有穷巷之宾，绳枢之士，冀宵烛之末光，邀润屋之微泽，鱼贯凫跃，飒沓鳞萃，分雁鹜之稻粱，霑玉斚之余沥。衔恩遇，进款诚，援青松以示心，指白水而旌信。④

陶朱公范蠡、白圭、程郑、罗褒都是当时巨富，与其相交游者不过是慕其财货而已。其他四交，亦写得生动形象，耐人寻味。此五交之论，将社会中势利之徒的交游心理刻画得淋漓尽致，可谓无以复加。于光华曰："五交总不脱一利字，所以利尽而交疏也。"邵子湘云："说尽末世交情，令人痛哭，令人失笑。对偶之工已居胜场，与散体判为二矣。"通观全篇，除首尾和承接处以外，全为整齐骈句，用典虽多，亦恰当得体。从铺陈手法来看，文章似乎受到辞赋的影响，若从语词观之，则又异于辞赋。孙月峰评曰："议论纵横，不及《辨命》，而工细过之。撰语绝工妙，不慌不忙，逐节描写，皆得其神，盖议论中之赋。

---

① 《梁书·任昉传》，卷十四，第 1 册，第 254 页。
② 李善《文选》注引刘璠《梁典》（卷五十五，第 6 册，第 2365 页）。
③ 《文选》卷五十五，第 6 册，第 2369 页。
④ 同上书，第 2370—2371 页。

亦只是平常语，但锻炼力到，便觉态浓而味腴。"① 此文雕饰有度，骨
力遒劲，层次清晰，结构谨严，论理精深。蒋士铨云："研炼之中自极
遒宕，由其风骨高骞，故华而不靡。"② 刘峻之论出以骈体，且能将抒
情与议论密切结合，这不能不归功于其驾驭语言的精深造诣。昔人云：
"有俊杰之论，有儒生、俗士之论。利弊明而是非审，其斯为俊杰也
与！"③ 今观此文，可当俊杰之论而无愧。无论就内容还是形式来说，
此作都对后世产生了深刻影响。清人李兆洛指出，隋代卢思道的《劳
生论》、唐代韩愈的《送穷文》、柳宗元的《乞巧文》都属其支流余裔。

　　刘峻自视甚高，"不能引短推长，见恶武帝，沦抑冗散"④，虽有才
却无从施展，故常愤世嫉俗。曾著《辨命论》以抒怀抱，"论成，中山
刘沼致书以难之，凡再反，峻并为申析以答之。会沼卒，不见峻后报
者，峻乃为书以序之。"⑤ 刘沼、刘峻围绕《辨命论》曾展开多次论难
和答复，后来，刘沼作书未寄而卒，有人自其家得书以示峻，峻作
《重答刘秣陵沼书》寄以伤悼。词曰：

　　　　刘侯既重有斯难，值余有天伦之戚，竟未之致也。寻而此君长
　　逝，化为异物，绪言余论，蕴而莫传。或有自其家得而示余者，余
　　悲其音徽未沫，而其人已亡，青简尚新，而宿草将列，泫然不知涕
　　之无从也。虽隙驷不留，尺波电谢，而秋菊春兰，英华靡绝，故存
　　其梗概，更酬其旨。若使墨翟之言无爽，宣室之谈有徵，冀东平之
　　树，望咸阳而西靡；盖山之泉，闻絃歌而赴节。但悬剑空垅，有恨
　　如何！⑥

　　《文选》李善注引刘璠《梁典》云："刘沼，字明信，为秣陵
令。"⑦ 综观全文，作者只围绕刘沼逝去抒发伤悼之情，却不言所答之
事，因此后人多有所疑。张云璈《选学胶言》卷十七谓："书中止言得

---

　　① 《重订文选集评》卷十三引。
　　② 《评选四六法海》卷六。
　　③ 《文概》，《艺概》卷一，第43页。
　　④ 《义门读书记》卷四十九，下册，第958页。
　　⑤ 《梁书·文学下·刘峻传》，卷五十，第3册，第706页。
　　⑥ 《文选》卷四十三，第5册，第1950—1951页。
　　⑦ 同上书，第1950页。

书之由，不言所答之事，则是别有答书，盖昭明节去，惟存此以备一故实耳。"① 李慈铭据《梁书·文学下·刘峻传》中"乃为书以序之"一语推断，此文应是答书之序，并非答书正文。何焯、高步瀛、钱锺书皆持此说。兹不辨其然否，仍从《文选》，以书论之。文章主要使用骈体写成，对句以事对、正对为主，其用典尤为贴切精当。蒋士铨云："须观其隶事之法。"② 此文用事繁多，几乎句句有来历。据李善所注，文中典事主要取自《与吴质书》、《庄子》、《子虚赋》、《楚辞》、《风俗通》、《礼记》、《墨子》、陆机诗、《东京赋》、《汉书》、《聚贤冢墓记》、《无盐人传》、《宣城记》、《文赋》、《新序》。如"东平之树"一典，据《聚贤冢墓记》和《无盐人传》所载，汉东平思王死后葬东平，结果其冢上松柏皆西靡，表示思念京师。又如"悬剑空垅"一典，据刘向《新序》载，徐君爱慕延陵季子所佩的宝剑，季子许诺以后赠与他。但当季子从晋国返回时，徐君却已死去，于是季子将剑悬挂在徐君墓前的树上，以示二人生死不渝的友情。作者借用此典以表达对刘沼的悼念之情。

此文篇幅虽短，内蕴却很丰富，故后世学者对其往往有很高的评价。方伯海曰："不言所答之事，全从书未至而人已亡处生出感慨。""用典处亦切而流。"孙月峰曰："就淡中写出浓致，所以妙。"③ 许梿云："答死者书甚是创格，属词特凄楚缠绵，俯仰裴回，无限痛切。"④ 江山渊曰："痛故人之沦亡，悲净友之长逝，哀情自写，凄韵欲流。末幅尤音节苍凉，九原有知，当亦流涕。"⑤ 高步瀛云："情词悱恻，使人味之不尽。"⑥ 上述诸评语都指出了本文凄婉苍凉的抒情风格。答死者书之例在南朝以前已经出现，东晋孔坦临终前曾致书庾亮，庾氏亦有《追答孔坦书》，情势与刘峻此书相类，但所写内容不同。

另外，刘峻的《与宋玉山元思书》标举"进有三难，退有三乐"之说，表现出崇尚归隐的思想。孝标奉劝宋元思抛却世俗的宴饮游乐、

---

① 《南北朝文举要》引，上册，第447页。
② 《评选四六法海》卷四。
③ 《重订文选集评》卷十引。
④ 《六朝文絜笺注》卷七，第109页。
⑤ 《南北朝文评注读本》第1册，第73页。
⑥ 《南北朝文举要》上册，第448页。

声色犬马之生活，应该"纂两仲之微迹，袭二疏之风流"，追随前人的步伐归隐山野。如果达到"生与渔父同儔，死葬要离墓侧"①的程度，那么人世间一切磨难便不复存在。刘峻对隐者甚为崇拜，他在《与何炯书称刘訏刘歊》中对其侄孙刘訏、刘歊大加赞赏："訏超超越俗，如天半朱霞；歊矫矫出尘，如云中白鹤。皆俭岁之梁稷，寒年之纤纩。"②按刘峻仕路多塞，故归隐之心益切。

刘峻性格孤傲不能随俗，虽怀才却终受梁武帝冷落，自此宦途不达，内心常存愤激之情。天监七年（508），为安成王萧秀所汲引，任户曹参军。后以疾告归，隐居扬州东阳金华山（今属浙江金华），筑室授徒，撰《东阳金华山栖志》，述其归隐山林之乐。张溥曰："栖学东阳，享年六十，玄靖先生，宁云夭折。"③按孝标笃志好学，隐居后以讲学为业，卒年六十，门人谥其为玄靖先生。《东阳金华山栖志》体现出刘峻对于山水田园生活的钟爱。文章所叙事物范围宽广，但结构紧凑，布局合理，层次井然，眉目清晰，行文自然流畅，读来毫无繁冗晦涩之感。史称"其文甚美"④，当就其文情词俱佳而言。作者在文中先叙自己生于草野之间，性好山水，乐于闲逸，故笃志隐居东阳郡金华山。继之介绍东阳郡的地理状况及相关人文传说（神仙、高士皆曾寓居于此）、金华山得名及山中景观、所居之处的环境及风物、宅东的招提佛寺及寺东南道观、观前修竹等、富有浓郁田园气息的农庄生活场景、与农夫集聚高谈等。文末则归于对隐居田园之间生活的赞美。此文篇幅较长，叙事详尽，骈俪行文却不刻意雕饰，如写所居之地的环境风物云：

> 所居三面，皆回山周绕，有象郛郭。南则平野萧条，目极通望。东西带二涧，四时飞流。泉清澜微霤，滴沥生响。白波跳沫，汹涌成音。并漕渫通引，交渠绮错。悬溜泻于轩甍，激湍回于阶砌。……至于青春缓谢，萍生泉动，则有都梁含馥，怀香送芬。……芙蕖红蓇照水，枲苏缥叶从风，凭轩永眺，蠲忧亡疾。丘

---

① 《全梁文》卷五十七，《全上古三代秦汉三国六朝文》，第4册，第3286页。

② 同上书，第3286页。

③ 《汉魏六朝百三家集·刘户曹集题辞》，《汉魏六朝百三家集题辞注》，第239页。

④ 《梁书·文学下·刘峻传》，卷五十，第3册，第702页。

阿陵曲，众药灌丛。地髓抗茎，山筋抽节。……可以养性消病，还年驻色。①

作者在文中描写出一方静谧安闲之所：三面环山，一面平原，东西两条溪涧，一年四季水流无息。泉水清澈激石，泠泠作响；白色水波漂动，激荡成音；沟漕河渠交错纷呈，悬溜激湍飞奔而下。与泉水相伴生的浮萍、芙蕖芬芳馥郁，沁人心脾。此情此景此境，无异于世外仙域，足令人心旷神怡。笃志于山野，感受其中特有景致的熏沐，不仅可以除忧去疾，而且还能修身养性，益寿延年，其用可谓大矣。孝标仕宦不达，寄情于山水之趣，因此对隐居生活充满了极其浓厚的兴致。以简约明净之词写闲适恬淡的心境，这一倾向在此文中体现得比较明显。

文章写作者与农夫亲密交往，聚谈欢饮，载歌载舞，共话桑麻一节，真实生动，有如在眼前之感。词曰：

岁始年季，农隙时间，浊醪初酯，醲清新熟，则田家野老，提壶共至。班荆林下，陈罇置酌，酒酣耳热，屡舞諠咻。盛论箱庾，高谈穀稼，喣噳讴歌，举杯相抗。人生乐耳，此欢岂訾？②

每当岁初年末闲暇之时，孝标总与山居附近的农民聚集共饮，叙谈农事家常。值酒酣兴浓之际，并有歌舞相加，其关系之融洽，其乐趣之浓厚，实令人羡慕。此节所用的笔法与传达出的意趣实同于陶渊明的《饮酒》诗，应该说，刘峻受陶渊明的影响是非常明显的。就归隐后与山野农民的热情交往来说，二人实无区别。但若分析陶、刘辞官不仕的原因，则又有所不同。陶渊明为生计所迫，于是出仕为官，后又因憎恨官场的污浊不堪，愤而归隐；刘峻则是空怀高才而不得重用，一怒之下隐居山林，高尚其志。按孝标所说，他生性喜好岩穴，乐于山水，此文确实也写出了隐居之趣。除了大篇幅叙写所居之处的山水风物以外，文章末尾则进一步阐明了自己的理想与志趣。他非常欣赏那种"蚕而衣，耕而食，日出而作，日入而息，晚食当肉，无事为贵，不求于世，不忤

---

① 《全梁文》卷五十七，《全上古三代秦汉三国六朝文》第4册，第3290页。
② 同上。

于物，莫辨荣辱，匪知毁誉"①的清静生活，认为人生之乐趣莫过于此。与《辨命论》、《广绝交论》相比，此文语气平和轻盈，虽以骈体为文，却不用典故，亦不重华词丽藻，读来清新疏朗，平易流畅。就句式而言，以四字句为主，间以杂言，灵活而不板滞，对仗也较工整。钱锺书赞刘峻之文"俯视一代"②，评价颇高。

（六）辞义典雅，逸气云浮的陆倕之文

南齐武帝永明年间，竟陵王萧子良开西邸，招纳文士，陆倕（470—526）亦为所延，与萧衍、任昉等并列为"竟陵八友"，常以文义赏会。后倕与昉相交尤善，及昉任御史中丞，文人争与交好，然参与游宴者仅有殷芸、到溉、刘孝绰兄弟及陆倕少数几人，一时有"龙门之游"之美称。诸人以讲文论义为事，极为惬意，虽名公贵子亦不得与。陆倕才学富赡，长于撰笔，颇受时人称赏，其奉敕所撰《新刻漏铭》与《石阙铭》被刘璠《梁典》誉为"冠绝当世"③。高祖雅爱其才，曾赞二作"其文甚美"，"辞义典雅"④，并"赐以束帛"，一时"朝野荣之"⑤。二铭皆入《文选》，其文学价值之高不言而喻。陆倕之文不仅受到武帝的赞扬，而且还得到昭明太子、简文帝、梁元帝的褒奖。梁元帝《太常卿陆倕墓志铭》曾誉倕"词峰飙竖，逸气云浮"⑥。《文选·铭》共收文章四家五篇，陆倕一家独占两篇，可见萧统对其作品的欣赏。另外，昭明太子在《与晋安王纲令》中赞陆倕"资忠履贞，冰清玉洁。文该四始，学遍九流。高情胜气，贞然直上"⑦，高度评价了他的文才学识及品行风神。简文帝《与湘东王论文书》以"谢朓、沈约之诗"与"任昉、陆倕之笔"⑧并举，即言任、陆之笔体文可与谢、沈之诗并驾齐驱。张溥曰："《漏刻》《石阙》二铭，见美高祖，敕称佳作。昭明《宴兰思旧诗》云：'佐公持文介，才学罕为俦。'既没，元帝为其墓铭曰：'词峰飚竖，逸气云浮。'一人之身，荣知三祖，亦

---

① 《全梁文》卷五十七，《全上古三代秦汉三国六朝文》第 4 册，第 3290 页。
② 《管锥编》第 4 册，第 1406 页。
③ 《文选》注引（卷五十六，第 6 册，第 2412 页）。
④ 《梁书·陆倕传》，卷二十七，第 2 册，第 402 页。
⑤ 《文选》注引刘璠《梁典》语（卷五十六，第 6 册，第 2412 页）。
⑥ 《全梁文》卷十八，《全上古三代秦汉三国六朝文》，第 3 册，第 3055 页。
⑦ 《全梁文》卷十九，《全上古三代秦汉三国六朝文》，第 3 册，第 3060 页。
⑧ 《全梁文》卷十一，《全上古三代秦汉三国六朝文》，第 3 册，第 3011 页。

云通矣。"① 今传陆氏之文，当以《新刻漏铭》、《石阙铭》为最佳。

《新刻漏铭》有序有铭，作于梁武帝天监六年（507）。《文选》李善注引刘璠《梁典》曰："天监六年，帝以旧漏乖舛，乃敕员外郎祖暅治之。漏刻成，太子中舍人陆倕为文。"李善又引司马彪《续汉书》曰："孔壶为漏，浮箭为刻。下漏数刻，以考中星昏明星焉。"② 序文主要述及刻漏缘起（君王治绩显著，政兴民和，而旧漏失准，需制新漏刻）、制作程序及作铭之事，铭文除叙漏刻的功用以外，还提及旧漏刻之失，至梁方得以修治，而新漏刻则精良无比，足可为后世所效法沿用。全文用语精审严谨，思致细密，辨正然否亦准确无误，李兆洛称该文"贵覈而肃"③。作者叙述新漏刻的制作及使用的同时，也从侧面颂扬了武帝的功德。就此而言，此铭不仅叙事咏物，而且歌功颂德，文章举体皆美，表现出作者较高的文才。词曰：

> 夫自天观象，昏旦之刻未分；治历明时，盈缩之度无准。挈壶命士，远哉义用，揆景测辰，微宫戒井，守以水火，分兹日夜。而司历亡官，畴人废业，孟陬殄灭，摄提无纪。卫宏载传呼之节，较而未详；霍融叙分至之差，详而不密。陆机之赋，虚握灵珠；孙绰之铭，空擅昆玉。弘度遗篇，承天垂旨。布在方册，无彰器用。譬彼春华，同夫海枣。宁可以轨物字民，作范垂训者乎？且今之官漏，出自会稽，积水违方，导流乖则，六日无辨，五夜不分，岁躔阉茂，月次姑洗。④

为说明旧漏刻已失准，不再适用，陆氏从历法丧失、无以测时入手大肆铺叙，进而指出漏刻计时之法未善的弊端。该作以骈体行文，文中所展现出的骈文创作技巧非常突出。以用事言之，作者驾轻就熟，随意点染，却能恰当准确地传达己意。上古之时，历法未出，昏旦变迁与时之长短皆无从得知，此后又以壶为漏，以测昼夜时辰，极其不便。至如卫宏的《汉旧仪》所记、司马彪的《续汉书》所载霍融以漏刻计时之

① 《汉魏六朝百三家集·陆太常集题辞》，《汉魏六朝百三家集题辞注》，第 236 页。
② 《文选》卷五十六，第 6 册，第 2425 页。
③ 《骈体文钞》卷一，第 10 页。
④ 《文选》卷五十六，第 6 册，第 2425—2427 页。

法，或言未详备，或详而不严，均未称善。此后又有陆机的《漏刻赋》、孙绰的《漏刻铭》、李充的《漏刻铭》、何承天的《奏改漏刻箭》等篇章，虽有关于测时之法的阐述，但无非是骈词虚言之作，华而不实。文章历叙与漏刻使用相关的典事，抬笔即至，皆妥帖尽意。从对仗与句式来看，对偶工整，句式灵活，毫无凝重滞塞之感。除四四对句占较大比例外，四六间隔对、七四间隔对也偶有出现，对句形式的灵活多变，显示出骈文发展的轨迹。此文研炼琢磨，选词造句，精到渊雅，虽未尚华，却也藻采可观。谭献评曰："整栗有度，辞尚体要，渊规淑灵。"①

正因朝廷所用漏刻基本沿袭旧时制作，难以准确测时，所以武帝当机立断，下诏重制新漏刻。铭文述新制漏刻的功能云："一暑一寒，有明有晦。神道无迹，天工罕代。乃置挈壶，是惟熙载。气均衡石，晷正权概。"② 寥寥数句，对偶工整，语言简练而不失朴质典雅之风。孙月峰曰："属对甚工，是细巧文字。"③ 蒋士铨则云："古质中自饶丰致，故佳。"④ 旧漏刻舛讹失正，而新刻漏盘准确精致，寒暑昏旦，交替更迭，以之测量，分明无误。作者赞誉新漏刻的同时也表达了对梁武帝德政的颂扬，文中提到"皇帝"、"昭德记功"、"时惟我皇"诸术语，即寓有对高祖的褒扬之意。郭预衡称此文"善歌善颂"，并认为"假铭新器，称颂功德，其为武帝赞赏，不仅因为'其文甚美'，恐亦以其善于'逢时'之故"⑤。此铭由叙事咏物引发歌颂功德，一意写去，词无繁枝，流畅自然，属铭文中之佳构。

与《新刻漏铭》由叙事赞物而旁及歌功颂德不同，《石阙铭》则以咏石阙为名，实重在颂述梁武帝的德勋功业。石阙，当指皇宫门前的楼宇，刘良云："此石阙在端门外，夹道而置之，其上隐起奇兽异禽之状。"⑥ 此文前有长序，铺陈武帝政事行迹，盛赞其卅功伟绩。作者轻舒俊笔，驰骋文采，首先援引古代圣王重用贤臣以得天下之例，为颂扬

① 《骈体文钞》卷一，第 10 页。
② 《文选》卷五十六，第 6 册，第 2429 页。
③ 《重订文选集评》卷十四引。
④ 《评选四六法海》卷八。
⑤ 《中国散文史》上册，第 507 页。
⑥ 《六臣注文选》卷五十六，下册，第 1033 页。

武帝作好铺垫，然后不嫌词费地历叙高祖诸事：能征善战，声威大振；戡平齐乱，稳定政局；朝野归心，士民景慕；登基即位，威及四方；振兴文教，修明祀礼，推行教化。所述武帝行止极详尽，体现出陆倕尚词采之倾向，如叙武帝在齐末之政绩曰：

> 在齐之季，昏虐君临，威侮五行，怠弃三正，刑酷然炭，暴逾膏柱，民怨神怒，众叛亲离，踳地无归，瞻乌靡托。于是我皇帝拯之，乃操斗极，把钩陈，翼百神，褆万福。龙飞黑水，虎步西河，雷动风驱，天行地止。命旅致屯云之应，登坛有降火之祥，龟筮协从，人祇响附。穿胸露顶之豪，箕坐椎髻之长，莫不援旗请奋，执锐争先。……帝赫斯怒，秣马训兵，严鼓未通，凶渠泥首。弘舸连轴，巨槛接舻，铁马千群，朱旗万里。折简而禽庐、九，传檄以下湘、罗。兵不血刃，士无遗镞，而樊、邓威怀，巴、黔底定。①

齐明帝萧鸾崩殂后，太子萧宝卷即位，然新帝昏聩无能，狂凶失德，严刑酷法，天怒人怨，终致众叛亲离，朝政大乱。当此危急关头，高祖以雄武之才，力挽狂澜，拯齐廷于将溺。武皇帝上承天命，下顺民意，大兴正义之师，远近士民闻声而归附，叛逆之人慕名而降服，至此，齐乱遂平，武帝功绩之高不言自明。作者融赞颂于叙事之语，虽无直言，亦极明显，于光华曾云："叙述功德，不见题影，乃俪体文陋习相沿。"② 此节叙述语工对仗，极尚藻采，文脉畅达，气势磅礴，有激流狂澜急速而下之势。以丽藻缛绘言，该文颇似王融的《三月三日曲水诗序》，孙月峰曰："（此文）纯以藻绘为工，大约与王元长《曲水序》同调。"③ 何焯则称该文"规抚元长，前颂武功，故而辞费，铭非极工，能构形似"④。孙、何所叙陆文与王融之作的相似应包括颂德之内容与藻饰之形式两个方面。何义门所谓"能构形似"，指铭词中所述的石阙之形貌数语。文云：

---

① 《文选》卷五十六，第 6 册，第 2413—2415 页。
② 《重订文选集评》卷十四引。
③ 同上。
④ 《义门读书记》卷四十九，下册，第 972 页。

伟哉偃蹇，壮矣巍巍！旁映重叠，上连翠微。郁嵂重轩，穹隆反宇。形耸飞栋，势超浮柱。色法上圆，制模下矩。周望原隰，俯临烟雨。前宾四会，却背九房。北通二辙，南凑五方。暑来寒往，地久天长。神哉华观！①

作者以形象生动的笔触描摹物态，将石阙的高峻壮观之外形呈现于读者面前，其铸词命意颇似王融之描绘齐武帝的芳林园。该文风格典重质实，雅彻圆净，有遒劲之气，但稍显庄重肃穆，或许这与作者的才气有一定的关系。清人蒋士铨即称此文"气体渊雅，故而遒上。若使开府为之，更饶倜傥风流之致，此才气之不同也"②。庾信为骈文巨擘，对骈文诸种技巧的运用达到了出神入化的程度，其文遒逸兼之，灵活多变，独有千古。陆倕才华虽高，但过于拘执法则体制，因此运笔使势难以突破局限，藻采有余而灵气不足。若将该篇与《新刻漏铭》作一对比，则可发现此文结构不及前文紧凑，思致亦疏。李兆洛云："以典章法度之所系，而绝无尊严阔钜之思，词靡裁疏，不及《刻漏铭》远矣。"谭献则曰："宽缓是当时文体，难尽责以尊严，惟组练含容，功力自逊《刻漏》。"③

二　俪体之沾溉——谢朓、王融、丘迟、吴均等人之文

按照骈文的发展进程，齐梁时期是其各种形式要素趋于定型之时，不但裁对、隶事、敷藻、调声的讲求愈趋严格，而且从句式上看，也多以四字句和六字句为基本句型，相较于刘宋骈文，四六隔句对也逐渐增多。创作队伍增大，作品数量增多，体现出这一时期骈文的盛势，种种迹象表明，骈文即将走向成熟。除上述骈文巨擘外，活跃在文苑中且有骈体佳作传世者还有不少，以下择取数家之作以见其在南朝骈文发展中所取得的成就。

（一）情深言工，华实并茂的谢朓之文

谢朓（464—499）为永明体诗歌的创始者之一，其诗"今古独

---

① 《文选》卷五十六，第6册，第2422页。
② 《评选四六法海》卷八。
③ 《骈体文钞》卷一，第11页。

步"①，素有重名，故文名几为诗名所掩。今观其集可见，玄晖骈体应用文字尚有十余篇，其中不乏颇具藻采之属。张溥最为称赏谢朓诗文中的情词俱佳之作，其语曰："集中文字，亦惟文学辞笺，西府赠诗，两篇独绝，盖中情深者为言益工也。"② 综观玄晖骈体诸作，名声较著者有《拜中军记室辞随王笺》、《齐敬皇后哀策文》两篇，皆入《文选》。

《拜中军记室辞随王笺》是为辞别随王萧子隆而作，文中表达出对随郡王的感恩戴德之情。此笺文情并茂，即如张溥所言："盖中情深者为言益工也。"谢朓本任随王萧子隆的西府文学一职，后遭长史王秀之的诋毁，被武帝征召还都，另迁新安王中军记室，本文即作于此时。文章先叙离别时的伤感，次述子隆对自己的恩遇，最后言及别后相思和希望日后能再相见，线索非常明晰，抒情亦极深刻。作者述及在荆州所受的礼遇云：

> 朓实庸流，行能无算，属天地休明，山川受纳，褒采一介，搜扬小善，捨耒场圃，奉笔兔园。东乱三江，西浮七泽，契阔戎旃，从容讌语。长裾日曳，后乘载脂，荣立府廷，恩加颜色。沐发晞阳，未测涯涘；抚臆论报，早誓肌骨。③

玄晖认为自己才能平庸，难堪大任，而随王萧子隆却如此礼遇并施以大恩，实有愧于心。此恩此德，没齿难忘，当图后报，感恩戴德之情形于笔端。下文写到别后相思时，仍然对此念念不忘。虽然自己即将离开，"去德滋永，思德滋深"④，随王之德永记于心。郭预衡评此文说："这已具六朝时文的本色，尤有侍从之臣的词章特点。只因发于真情，故虽对偶隶事，仍似出于自然。在同类文字中可称上品。"⑤ 按该文属谢朓的骈体代表作，用典很有特色，作者往往能将事典融铸成语汇，句与句配合恰当，因此读来毫无堆砌之痕。如"天地休明，山川受纳"两句，"休明"一词本出自《左传》中的"德之休明"一语，用来称

---

① 《诗品序》，《诗品注》，第 3 页。

② 《汉魏六朝百三家集·谢宣城集题辞》，《汉魏六朝百三家集题辞注》，第 196 页。

③ 《南齐书·谢朓传》，卷四十七，第 3 册，第 825 页。

④ 同上书，第 826 页。

⑤ 《中国散文史》上册，第 482 页。

扬随王之德；"山川受纳"亦是融铸《左传》中的"川泽纳污，山薮藏疾"一语而成，意在说明自己才学浅薄，而随王却热情接纳。因为锤炼精工，融化无迹，所以读后丝毫感觉不到是在用典。当然，早期骈文中的用事能达到这种境界的很少，而大多数都能看出原典的痕迹。谢朓此文虽为应用文，但因"妙于语言"，"情辞相副"，"婉转悱恻"①，故能独拔于众品。孙执升称其"文情委折，姿采秀妙"②，当亦寓有此意。许梿所谓"情思宛妙，绝去粉饰浮艳之习，便觉浓古有余味"③，又指出此笺文词不尚华艳、质朴平实的特点。江山渊评此文说："齐梁以后，文尚浮嚣。玄晖特起，独标风骨。此文华实并茂，悠然神往，洁比白云在天，清比青江可望，是齐梁体之矫矫者。"④

史家称谢朓"文章清丽"⑤，不仅指其诗，当亦兼指其文。《齐敬皇后哀策文》是为哀悼齐明帝萧鸾的皇后刘惠端而作，该文庄重肃穆，文情俱佳，"齐世莫有及者"⑥。《南齐书·皇后·明敬刘皇后传》曰："永明七年（489），（刘皇后）卒，葬江乘县张山。延兴元年（494），赠宣城王妃。高宗即位，追尊为敬皇后。……永泰元年（498），高宗崩，改葬，祔于兴安陵。"⑦ 明帝敬刘皇后讳惠端，彭城人，光禄大夫刘道弘之女，太祖高皇帝为高宗纳之。刘皇后早卒，葬于江乘县张山，其时明帝尚未即位，至即位，追封为皇后，谥曰敬。永泰元年，明帝薨，遂合葬于兴安陵。哀策文有序，其序曰：

> 惟永泰元年。秋九月朔日，敬皇后梓宫启自先茔，将祔于某陵。其日，至尊亲奉奠某皇帝，乃使兼太尉某设祖于行宫，礼也。翠帟舒旐，玄堂启扉。俎徹三献，筵卷六衣。哀子嗣皇帝，怀蓼莪卫而延首，想鹭轕而抚心。痛椒途之先廓，哀长信之莫临。身隔两赴，时无二展。旋诏左言，光敷圣善。⑧

---

① 谭献评语（《骈体文钞》卷十六，第252页）。
② 《重订文选集评》卷十引。
③ 《六朝文絜笺注》卷六，第95页。
④ 《南北朝文评注读本》第1册，第62页。
⑤ 《南齐书·谢朓传》，卷四十七，第3册，第825页。
⑥ 同上书，826页。
⑦ 《南齐书》卷二十，第2册，第393页。
⑧ 《文选》卷五十八，第6册，第2494—2495页。

　　序文写出东昏侯萧宝卷与众臣将其母敬皇后与其父明帝的灵柩合葬一处的事情。文首点出明帝薨逝的具体时间，继之言及萧宝卷先设立行宫祭奠亡灵，而后开启灵柩进行合葬，整个过程基本上一笔带过。作者选取了萧宝卷运送母亲的灵柩到合葬地（兴安陵）途中的感受一节，以此突出深刻的伤悼之情。序中"哀"、"怀"、"想"、"痛"诸词的运用，明显加强了抒情力度。

　　先前，高宗做西昌侯时，韬光养晦，在刘氏的协助下，其仁厚之德方施及群下。正文曰：

　　　　先德韬光，君道方被。于佐求贤，在谒无诐。顾史弘式，陈诗展义。厚下曰仁，藏往伊智。……思媚诸姑，贻我嫔则。化自公宫，远被南国。轩曜怀光，素舒伫德。

　　刘氏宅心仁厚，德泽布施，远近无不受其沾溉。下文以凝练之语叙及刘皇后早逝及明帝初即位时的悲凉凄恻，伤悼之情跃然纸上。其词有云：

　　　　闵予不祐，慈训早违。方年冲邈，怀袖靡依。家臻宝业，身嗣昌晖。寿宫寂远，清庙虚归。呜呼哀哉！帝迁明命，民神胥悦。乾景外临，阴仪内缺。空悲故剑，徒嗟金穴。璋瓒奠献，祎褕罔设。呜呼哀哉！①

　　作者站在皇后之子东昏侯萧宝卷的立场上抒发哀悼之情："闵予不祐，慈训早违"两句，即为东昏侯自伤之词，其意是说上天不祐助，在他年龄很小的时候，母后便早早弃之而去，读之倍感凄恻悲怆。明帝顺应天命，登基即位，但皇后早逝的悲伤却始终难以排遣。"空悲故剑，徒嗟金穴。璋瓒奠献，祎褕罔设"四句，皆为渲染哀悼之情而发，属词比事，寄托深情。谢朓虽以诗名世，然该文亦较出色，萧子显赞

---

　　① 《文选》卷五十八，第 6 册，第 2496—2497 页。

曰:"敬皇后迁祔山陵,朓撰哀策文,齐世莫有及者。"① 诚如谭献所评:"雅赡不缛。"② 其作虽尚藻采,但不华缛,语词雅洁精练,抒情深刻透辟。

(二)藻采富丽,意蕴丰厚的王融之文

与谢朓之文相比,王融(467—493)之文无疑更负盛名。史称元长"文辞辩捷,尤善仓卒属缀,有所造作,援笔可待"③,其文涵盖序、启、疏、策文等体类,基本属于骈文。《三月三日曲水诗序》作于齐武帝永明九年(491),"文藻富丽,当世称之"④,与颜延之的同题文相似,亦属歌颂功德之作。该文对偶精工,声韵谐协,用事繁密,风格典丽凝重。史载北魏使者房景高、宋弁阅后评价此文胜过颜作,并称赞它写出了齐武帝时期的盛况。张溥云:"齐世祖禊饮芳林,使王元长为《曲水诗序》,有名当世,北使钦瞩,拟于相如《封禅》。梁昭明登之《文选》,玄黄金石,斐然盈篇,即词涉比偶,而壮气不没。其焜耀一时,亦有由也。"⑤ 文章开篇即以四六对句叙述古代帝王独自游宴,不与臣民共赏,属于"独适",其中所涉及《周易》、《史记》、《庄子》、《穆天子传》等经、史、子部的典故纷至沓来。下文转向歌颂武帝、文惠太子、宗室大臣之盛德及描写芳林园景观。词曰:

> 本枝之盛如此,稽古之政如彼,用能免群生于汤火,纳百姓于休和,草莱乐业,守屏称事。引镜皆明目,临池无洗耳。……兴廉举孝,岁时于外府;署行议年,日夕于中旬。⑥
>
> 飞观神行,虚檐云构。离房乍设,曾楼间起,负朝阳而抗殿,跨灵沼而浮荣,镜文虹于绮疏,浸兰泉于玉砌。……⑦

无论颂德还是写景,皆铺张扬厉,藻采肥浓,颇具气势,"以意运

---

① 《南齐书·谢朓传》,卷四十七,第 3 册,第 826 页。
② 《骈体文钞》卷五,第 96 页。
③ 《南齐书·王融传》,卷四十七,第 3 册,第 823 页。
④ 同上书,第 821 页。
⑤ 《汉魏六朝百三家集·王宁朔集题辞》,《汉魏六朝百三家集题辞注》,第 193 页。
⑥ 《文选》卷四十六,第 5 册,第 2060 页。
⑦ 同上书,第 2065 页。

辞"①，极似汉代大赋。何焯评云："序记杂文，遂与辞赋混为一途，自此作俑。其藻愈肥，其味愈瘠，使人思颜之妙。"② 蒋士铨亦称该序"奢丽侈靡至斯而极，细玩之犹存古意"③。与颜文缺乏活泼顿宕之感相比，此序似乎多出一些灵动气息。综观全篇，就藻采缛绘而言，它也比颜作有过之而无不及。何焯又曰："颜、王二序皆出班、张，颜犹有制，王则夸以丽，欲以掩颜而转见卑冗。宋、齐文格不止判若商、周也。"④ 就句式及对仗而言，颜、王二作全取排偶，四四对最多，六六对次之，四六对再次之，另外还有三三对、五五对、七七对。综合言之，王序对句的比例超过颜序，可见到齐梁时期，骈文的基本句式已经确立。在所有对句类型中，四六隔句对数量相对还较少，而到徐陵骈文中明显大增，此可见骈文句式的发展趋势。

序文以外，王融还有启、疏类上奏文。关于"启"，《文心雕龙·奏启》曰："陈政言事，既奏之异条"⑤，可见就陈述政事而言，它也是奏的一个分支。疏，亦称奏疏或上疏，由汉代所分四品中的第二品（奏）分化而来。奏本用于按劾，而奏疏或上疏则不专用来按劾，也可用于奏陈一切政事。至于按劾之奏，则又另分出弹事一类，如前文所论任昉、沈约之作。启、疏、弹事都是奏的不同门类，它们可以统称为奏或奏疏，故徐师曾云："按奏疏者，群臣论谏之总名也。奏御之文，其名不一，故以奏疏括之也。"⑥ 元长博涉有文才，用世之心极强，以父宦不达，弱年便思重振家声。齐武帝永明年间，曾上书以求自试，书奏，寻获升迁。融自恃才地，性格极为狂放，颇汲汲于功名，曾望三十之内至于公辅。正因如此，屡得时人及后人的诟病，孔稚珪《奏劾王融》称融"姿性刚险，立身浮竞，动迹惊群，抗言异类"⑦，清人王鸣盛亦责融"轻躁急功名"⑧。《求自试启》一文体现出王融强烈的建功立业之心，词曰：

---

① 谭献评语（《骈体文钞》卷三，第58页）。
② 《义门读书记》卷四十九，下册，第963页。
③ 《评选四六法海》卷六。
④ 《义门读书记》卷四十九，下册，第963页。
⑤ 《文心雕龙注》卷五，下册，第424页。
⑥ 《文体明辨序说》，第123页。
⑦ 《全齐文》卷十九，《全上古三代秦汉三国六朝文》，第3册，第2899页。
⑧ 《十七史商榷》卷五十九，下册，"王融屡陈北伐"条。

臣自奉望公阙，沐浴恩私，拔迹庸虚，参名盛列……然无勋而官，昔贤曾议；不任而禄，有识必讥。……诚以深恩鲜报，圣主难逢，蒲柳先秋，光阴不待，贪及明时，展悉愚效，以酬陛下不世之仁。若微诚获信，短才见序，文武吏法，唯所施用。……以冒不媒之鄙，式馨奉公之诚。①

在王融看来，自己身居朝职，食君禄自当担君忧，积极用世、图谋立功应是本分之所在，况且时遇明主，若不抓住有利时机施展才华、报效国家，恐怕就要平庸且终老一生。文章注重遣词造语，"词美英净"②，虽用骈体，而"抑扬爽朗，未为拘挛"③。由于陈述己志时发自内心，故有真实诚挚之感。王融之文极具文采，尽管此文藻采不如《三月三日曲水诗序》富丽，但也颇见其雕饰之功。谭献认为，此篇的遣辞体势"不独为徐庾前导，且已为王卢开山"④，其意是说该文的遣辞体势不仅影响到徐陵、庾信的骈文，还影响到初唐王勃、卢照邻的骈文。江山渊则从正、反两面对此文加以评价："寥寥短简，清辞犇赴，譬若飞蓬自振，风木孤鸣，掩抑纡回，足动人听。惜乎不媒而自荐，有识所必讥耳。"⑤与沈约、谢朓一样，王融也是永明声律论的倡导者之一。此文颇讲究声韵规律，上举引文中的对句偶数位字即很注意平仄相对所带来的声音之美，如"恩"、"报"为平、仄，"主"、"逢"则为仄、平；"柳"、"秋"为仄、平，"阴"、"待"又成了平、仄等。音调的平、仄相对使得文章抑扬顿挫，跌宕起伏，读来极有音韵铿锵之美感。

与上文性质相近，《上北伐图疏》亦属王融渴求成就功名之作。据史传所载，永明末年，齐武帝意欲北伐，遂命毛惠秀画《汉武北伐图》，使融掌其事。图成，融上疏自陈建功立业之志。文章叙融自请从军出征、克敌制胜、恢复中原一节极为精彩，有曰：

---

① 《南齐书·王融传》，卷四十七，第 3 册，第 817—818 页。
② 《诗品注》，第 71 页。
③ 钱基博：《中国文学史》上册，第 190 页。
④ 《骈体文钞》卷十六，第 251 页。
⑤ 《南北朝文评注读本》第 1 册，第 39 页。

臣乞以执殳先迈，式道中原，澄瀚渚之恒流，扫狼山之积雾，系单于之颈，屈左贤之膝，习呼韩之旧仪，拜銮舆之巡幸。然后天移云动，勒封岱宗，咸五登三，追踪七十，百神肃警，万国具僚，璿弁星离，玉帛云聚，集三烛于兰席，聆万岁之祯声，岂不盛哉！岂不韪哉！①

作者志气高迈，报国之心迫切，因此文章运思细密，属词有体。元长以想象之笔将自己从军征讨、大获全胜、异族归降、登山祭奠、刻石记功、群臣祝颂的过程描摹得淋漓尽致，栩栩如生。此节用事繁密，却恰当得体，举凡《诗经》、《尚书》、《史记》、《汉书》、《左传》、《管子》、《喻巴蜀檄》、《难蜀父老》、《西都赋》、《东都赋》等经、史、子、集类著述或文章中的语典或事典，都是被化用或吸收的对象。该上疏"词涉比偶"，但"壮气不没"②，寓激昂情绪于豪迈气势之中，语言流畅，意境宏阔磅礴，堪称一篇难得的言志抒情佳品。王融此疏还具有重大的历史意义。南朝偏安江左，地域狭小，而统治者往往安于现状，不思进取，更无统一天下之念。元长作为一介文士，却有如此阔大胸襟，难怪时人及后人多有称誉之词。《南齐书·王融传论》曰："晋世迁宅江表，人无北归之计，英霸作辅，芟定中原，弥见金德之不竞也。元嘉再略河南，师旅倾覆，自此以来，攻伐寝议。虽有战争，事存保境。王融生遇永明，军国宁息，以文敏才华，不足进取，经略心旨，殷懃表奏。若使宫车未晏，有事边关，融之报效，或不易限。夫经国体远，许久为难，而立功立事，信居物右，其贾谊、终军之流亚乎！"③清人彭兆荪亦有所论："举世偷安江左，宁朔此表，尚有封狼居胥意。虽其言未必克践，固足振元嘉以来丧师颓废之风矣。史臣以终军、贾谊比之，非过奖也。"④

除启、疏外，王融的策文也体现出强烈的用世之心。元长之策包含哀策与策问两类，《皇太子哀策文》属于哀策类，是为哀悼齐文惠太子

---

① 《南齐书·王融传》，卷四十七，第 3 册，第 821 页。
② 《汉魏六朝百三家集·王宁朔集题辞》，《汉魏六朝百三家集题辞注》，第 193 页。
③ 《南齐书》卷四十七，第 3 册，第 828 页。
④ 彭兆荪：《南北朝文钞》卷上，第 21 页，上海商务印书馆 1936 年版。

萧长懋而作。长懋为武帝萧赜长子，且早已立为太子，久参朝中政事。及至薨逝，"朝野惊惋"，武帝"临哭尽哀"[1]，悲痛异常。序中所谓"痛粢盛之阙奉，哀匕鬯之有亡。悯含嗟乎崇正，顾掩欷于承光"[2]，正是当时朝野上下悲伤之状的体现。

策问类则以《永明九年策秀才文五首》、《永明十一年策秀才文五首》为代表。《永明九年策秀才文五首》是代齐武帝萧赜策试秀才而作，这是当时朝廷选拔才士的重要方式，因此所出问题全部围绕治国方略展开。古代以策问取士始自西汉文帝，但秀才之称则始于武帝时。何焯谓："秀才之科，始自汉武帝元封五年（前106），时名臣文武欲尽，乃诏令州郡，察吏民有茂才异等，可为将相及使绝国者，与明经各殊，此连类及之。"[3] 全文共有五首，分别涉及求贤、农政、刑罚、财货、历法五个方面，每个方面都直接关系到国家的发展和长治久安问题，所以具有很强的针对性和深刻的社会意义。策试题目覆盖面广，设问精巧，立意高远，非博古通今者不能为之。王融才高学富，目光长远，极具用世之心，撰作此类文章可谓驾轻就熟。兹举文中问农政一首为例，以见全文的铸词命意，文曰：

> 又问：昔周宣堕千亩之礼，虢公纳谏；汉文缺三推之义，贾生置言。良以食为民天，农为政本。金汤非粟而不守，水旱有待而无迁。朕式照前经，宝兹稼穑。祥正而青旗肃事，土膏而朱纮戒典。将使杏花菖叶，耕穫不愆；清圳泠风，述遵无废。而释耒佩牛，相沿莫反。兼贫擅富，浸以为俗。若爰井开制，惧惊扰愚民，乌卤可腴，恐时无史、白。兴废之术，矢陈厥谋。[4]

文章以重农劝农为主要内容，欲"以田制使国无惰，农野无旷，土绝兼并之害，收耕获之利"[5]，作者援引《国语》中虢公劝谏周宣王、《汉书》中贾谊劝谏汉文帝之典，以证农事之重要。帝王以臣民为子，

---

① 《南齐书·文惠太子传》，卷二十一，第 2 册，第 402 页。
② 《全齐文》卷十三，《全上古三代秦汉三国六朝文》第 3 册，第 2863 页。
③ 《义门读书记》卷四十九，下册，第 948 页。
④ 《文选》卷三十六，第 4 册，第 1646—1647 页。
⑤ 《重订文选集评》卷八引于光华语。

而臣民又靠粮食生存，因此重视农业确实为政务之本。自古以来的帝王都把发展农事作为立国、治国之要务，齐武帝也不例外。由于社会中存在轻农废耕和土地兼并的现象，在这种情况下，如果改革土地制度，则可能会惊扰民心；如果兴修水利，变盐碱地（舄卤）为沃土，却又没有史起、白公这样的擅长水利之才。如何解决诸如此类的问题，不同人有不同的看法，可以说是仁者见仁，智者见智。此首策文正是据此而出，希望有才之士直陈"兴废之术"。此策为代朝廷取士所作，故笔随意至，立意精深，属词有体，结构谨严，逻辑思辨性强。谭献称此文"纯以意运，傅任之正则"①，其意是说王融此文与傅亮、任昉的应制公文有异曲同工之妙。许梿评云："此专以劝农为主，援古证今，立言不苟，开唐宋人表启碑序法门。"②

《永明十一年策秀才文五首》是王融的另一组策问类文章，亦为藻采纷呈、用事繁密之作。就用事来说，举凡《尚书》、《周易》、《诗经》、《周礼》、《礼记》、《汉书》、《后汉书》、《左传》、《公羊传》、《东观汉记》、《吕氏春秋》、《论语》、《孟子》、《淮南子注》、《夏侯湛诔》等经、史、子、集类中的典事络绎而至，信手拈来却恰到好处，绝无饾饤堆积之俗弊。该文与前篇大旨相近，亦是围绕治国方略发问，希望有志之士能阐释其详。此五首分别涉及足民、建官、选吏、修文、遣使五个方面的问题，言浅意深，语势流畅，析理剀切，见解透辟，骈体至此，可谓已入佳境。足民一首主要讲述齐武帝恤贫薄赋、减役慎刑、劝民耕种以致富强之事；选吏一首则言及选取贤良循吏治理郡县，不仅可使民众无饥寒之苦，而且能够使世风淳正、社会安定；修文一首主要强调文治的重要作用，作者以上古时期三皇五帝以德行治理天下为例，说明农战不可废、文德亦不可少，忽视制礼作乐与文学之事皆不可取；遣使一首针对晋、宋以来国土分崩离析、人民流离失所的状况，朝廷欲遣使开边通好，希企达到分离者得以团聚、反叛者咸来归附的目的。此五首策问类文章词采斐然，意蕴深婉，但气骨稍逊。"通体排偶，然寓意委婉，实有散语所不能尽者；不仅以隶事见巧，缛句为工

① 《骈体文钞》卷十，第147页。
② 《六朝文絜笺注》卷四，第67页。

也。"① 又如建官一首论及朝中官员冗芜、须精简以整顿吏治，文曰：

> 又问：惟王建国，惟典命官。上叶星象，下符川岳。必待天爵
> 具俦，人纪咸事，然后沿才受职，揆务分司。是以五正置于朱宣，
> 下民不忒；九工开于黄序，庶绩其凝。周官三百，汉位兼倍，历兹
> 以降，游惰寔繁。若闲冗毕弃，则横议无已；冕笏不澄，则坐谈弥
> 绩。何则可俦？善详其对。②

建官命职是任何一个朝代治理天下不可或缺的组成部分，统治者依
才授官，吏员各司其职，整个国家就会被治理得井井有条。然自周、汉
以来，朝中官吏队伍过于庞大，"游惰"、"闲冗"人士增多，所以整顿
吏治势在必行。方伯海曰："多一官则多一费，沙汰冗员自是国家善
政。"③ 关于具体如何执行，既能解决问题，又不招惹非议，这是需要
参与策试的士子必须详述的重要内容。由于作者具有渊博的学识和深邃
的洞察力，因此所提问题极具代表性，这些都是帝王治国过程中无法摆
脱的首要问题，故后世学者多有赞美之词，如谭献即称此文"意胜，
精深骏快，洞见症结"④，蒋士铨则曰："浓语以澹致出之，丽语以清机
行之，斯为逸品。王作未极其美，以此为先路之导，不患于迷途也。"⑤
此说认为该文虽未尽美，但语短意长，且具导先路之功，应是众作中之
佼佼者。

（三）铸辞工巧，意取优柔的孔稚珪之文

年长于谢朓、王融的孔稚珪（447—501）也以骈体名作《北山移
文》蜚声文坛。《文选》、《骈体文钞》、《六朝文絜》等诸多选本无不
选录此篇，足见该文很受重视。

关于"移"，《文选》中有"移"之一曰，并录有汉代刘歆的《移
书让太常博士》和南齐孔稚珪的《北山移文》两篇，昭明虽列其于
"书"下，实应自成一体。刘勰论文体，将"移"与"檄"合论，盖

---

① 钱基博：《中国文学史》上册，第190页。
② 《文选》卷三十六，第4册，第1653—1654页。
③ 《重订文选集评》卷八引。
④ 《骈体文钞》卷十，第148页。
⑤ 《评选四六法海》卷一。

二者性质有相似之处。《文心雕龙·檄移》曰："移者，易也，移风易俗，令往而民随者也。"① 正体移文可以涉及文、武两方面。据《汉书·刘歆传》载，刘歆欲将《左氏春秋》、《毛诗逸礼》、《古文尚书》皆列于学官，哀帝令歆与五经博士讲论其义。诸博士不肯置对，刘歆于是移书于太常博士予以责让。据任昉《文章缘起》所载，最早的移文应是西汉刘歆的《移书让太常博士》，《文心雕龙·檄移》称此文"辞刚而义辨"，为"文移之首"②。西晋时期，羊玄之、皇甫商祸乱朝政，成都王司马颖曾上表请诛二人，陆机的《移百官文》（已佚）亦有此意。大略言之，檄文多用于违逆而不肯归附之人（如陈琳的《为袁绍檄豫州》），移文则用于政见初异而终同之人（如上举刘歆之文）。《文心雕龙·檄移》又曰："檄移为用，事兼文武，其在金革，则逆党用檄，顺命资移，所以洗濯民心，坚同符契，意用小异而体义大同。"③由上可见，檄文作为一种文告，多用于军事方面；而移文除用作军书外，还可用于朝臣围绕国事而展开的讨论，重在阐明自身旨意，以达到晓谕对方的目的。檄、移二体适用对象稍异，但本质略同。尽管孔稚珪的《北山移文》属于变体移文，但文词"蒨秀"，"意取优柔"④，故广为流播。近人林纾亦曾评论说："而脍炙人口者，则孔稚珪之《北山移文》为最瑰迈奇古，巧不伤纤，谑不伤正，虽非文移之正体，而文已足传。"⑤

早期学者认为，《北山移文》以拟人化的笔法，假托山灵的口吻，对先隐后仕的假隐士周颙的虚伪丑恶行径予以讥讽嘲笑，具有很高的思想性与艺术性。然自 20 世纪 60 年代始，学术界对此文重新解读和审视，于是又提出了诸多不同的观点。大致来说，这些观点主要集中于所写对象所指及其经历、作者的笔法及创作意图方面。唐人吕向诠释此文的创作缘起云："钟山在都（建康，南齐国都）北。其先周彦伦（周颙字）隐于此山，后应诏出为海盐县令，欲却过此山。孔生乃假山灵之

---

① 《文心雕龙注》卷四，上册，第 379 页。
② 同上。
③ 同上。
④ 《文选学》，第 306 页。
⑤ 《春觉斋论文》，第 65 页。

意移之，使不许得至，故云北山移文。"① 稽考《南齐书》、《南史》本传，俱不载周颙任海盐令事。清人张云璈《选学胶言》卷十八已证出周颙未有隐而复出之经历，故吕向之说实不足信。周颙虽尚隐，但从未离开仕途，即使曾筑隐舍，最多也不过在闲暇时偶或居之，而且孔文中多称"周子"，却未明言就指周颙。这样一来，早期学者的观点便无法立足。

王运熙撰文没有否认周子即周颙，还对此文的创作动机作出了合理的解释。他据周、孔相似的生平志趣以及共同的交游对象推断，二人应有比较密切的交往，然后下结论说："《北山移文》只是文人故弄笔墨、发挥风趣、对朋友开开玩笑、谑而不虐的文章。""这篇文章内容固然对南朝士大夫知识分子表面崇尚隐居，实际企羡爵禄的生活状态和精神面貌有所反映，但对它的思想性不宜作过高的、不切实际的评价。"② 王氏将孔文视为调笑戏谑之类，有俳谐意味，其说已得到当代学者如郭预衡、曹道衡等人的赞同。实际上，明人张溥之言已含此意："汝南周颙结舍钟岭，后出为山阴令，秩满入京，复经此山，珪代山移文绝之。昭明取入选中。比考孔、周二传，俱不载此事，岂调笑之言，无关纪录，如嵇康于山涛，徒有其书，交未尝绝也。"③ 按此移文应为周颙在任山阴令期满后返归都城建康时，经过钟山，孔稚珪代山移文以相戏谑。隋末王通称孔文"怪以怒"④，当就此类文章而言。

理解了文章带有调笑性质的创作动机，那就不必再拘泥于是否完全符合主人公的真实经历，在这种情况下解读全文，方可对其作出公正的评价。《北山移文》其实是借周颙的大略事迹来讽刺标榜隐居、内心却企慕仕宦的虚伪之徒，作者以对比、拟人之法对周颙出仕前后的心态、举动以及山灵的反应进行淋漓尽致的描绘，可谓穷形尽态，妙笔生花。钱锺书曾说："按此文传诵，以风物刻画之工，佐人事讥嘲之切，山水之清音与滑稽之雅谑，相得而益彰。"⑤ 出仕前，周子笃志隐居，钟情释、道："风情张日，霜气横秋"，"谈空空于释部，核玄玄于道流。务

---

① 《六臣注文选》卷四十三，下册，第 817 页。

② 《孔稚珪的〈北山移文〉》，《文汇报》1961 年 7 月 29 日。

③ 《汉魏六朝百三家集·孔詹事集题辞》，《汉魏六朝百三家集题辞注》，第 203 页。

④ 《文中子·事君》，《文中子》卷三。

⑤ 《管锥编》第 4 册，第 1346 页。

光何足比，涓子不能俦。"① 其气格何等高迈！然而，当接到朝廷征召令时，他却立刻"形驰魄散，志变神动"，"焚芰制而裂荷衣，抗尘容而走俗状"。前后举止判若两人，其虚伪之行昭然若揭。作者出语极精练，描摹亦逼真，周颙出仕为官，虽奔忙于政务，但其先贞后黩之行径实令人不齿。文曰："风云凄其带愤，石泉咽而下怆。望林峦而有失，顾草木而如丧。"② 即使本来无生命的风云、石泉、林峦、草木也被赋予人格，目睹周子出山皆茫然若失。山中美景亦因无人欣赏而显得寂寥凄凉，心生愤懑，作者又借山灵之口埋怨说："使我高霞孤映，明月独举，青松落阴，白云谁侣？涧石摧绝无与归，石径荒凉徒延伫。"③ 景语融情，将山中景物蒙耻怨愤的心理生动地展现出来。传说宋代王安石非常欣赏高霞、明月、青松、白云四句，"以为奇绝，谓先得我心"④。

《北山移文》作为南朝骈文名篇之一，其骈体质素已全具备，讲究雕琢藻绘，对仗工整，用事恰当，有声韵谐和之美，以骈对为主，偶见单行辅助之句。后世学者多从不同角度出发，对其作出评点。有的重视此文的骈体创作技巧，如孙月峰曰："六朝虽尚雕刻，然属对尚未尽工，下字尚未尽险，至此篇则无不入髓，句必净，字必巧，真可谓精绝之甚，此唐文所祖。铸辞最工，极藻绘，极精切，若精神唤应，全在虚字旋转上。"⑤ 许梿亦曰："此六朝中极雕绘之作，炼格炼词，语语精辟，其妙处尤在数虚字旋转得法，当与徐孝穆《玉台新咏序》并为唐人轨范。"⑥ 有的推崇其虚拟讽喻之笔法，如江山渊云："借物讽人，古有此法，此文益广其体，尤称妙绝。语语切北山，语语切周子，足令山林生色，俗士汗颜。"⑦ 也有的赞赏其结构布局之妙，如林云铭曰："（此文）看来层层段落，却是一气呵成，但因其词华过于典赡，读者只赏心其语句，反不得篇中照应安顿之妙。"⑧ 当然，该文也非毫无瑕疵，由于过分注重雕琢，趋新求奇，于是随意更改古人姓名（如称墨

① 《文选》卷四十三，第 5 册，第 1958 页。
② 同上书，第 1959 页。
③ 同上书，第 1960 页。
④ 许梿引（《六朝文絜笺注》卷八，第 140 页）。
⑤ 《重订文选集评》卷十一引。
⑥ 《六朝文絜笺注》卷八，第 137—138 页。
⑦ 《南北朝文评注读本》第 1 册，第 64 页。
⑧ 《古文析义》卷十。

翟为翟子），结果导致文义晦涩。尽管这种现象在骈文中较常见，但终究不可取法。

（四）典雅丽密，托情颂圣的王俭之文

王俭（452—489），字仲宝，为南齐骈文家、朝廷重臣，曾自比为江左风流宰相谢安。俭幼有神采，专心笃学，手不释卷。早年曾依仿汉代刘歆《七略》撰成《七志》四十卷，又撰《元徽元年秘阁四部书目录》，凡著录书籍达一万六千卷，对后世治目录学者造成深远的影响。王俭诗文兼工，骈体文以碑文、策文成就为最高，而碑文尤美。

仲宝长于骈体，《褚渊碑文》是为当时与其齐名的朝中重臣褚渊所制的碑铭之作，文采富赡，典雅丽密。《梁书》曾载此碑创作缘起曰："时褚渊为尚书令，与季直素善，频以为司空司徒主簿，委以府事。渊卒……季直又请俭为立碑……"① 与汉魏晋碑文起首即叙碑主姓氏、籍贯、家族世系、事迹履历等不同，此文开端即发议论，碑主各方面的介绍则置于议论之后，这是南朝碑文的一个新变化。文云：

> 夫太上有立德，其次有立功，此之谓不朽。所以子产云亡，宣尼泣其遗爱；随武既没，赵文怀其余风。于文简公见之矣。公讳渊，字彦回，河南阳翟人也。……②

以立世不朽之凭借入手发论，表达出作碑的旨意，运笔轻盈，引事立意，行文亦短。文章以《左传》中的穆叔与范宣子，子产与仲尼，《礼记》中的赵文子与叔誉之典，说明褚渊之德行人品值得称颂。文简为褚渊之谥，《梁书·止足·陶季直传》曾曰："尚书令王俭以渊有至行，欲谥为文孝公，季直请曰：'文孝是司马道子谥，恐其人非具美，不如文简。'俭从之。"③ 关于此文开端异于前之众作一事，刘师培说："案碑之体例，起首应记死者姓名，亦有变体起法开始即作'某年某日某人死'者。六朝碑文起首或少作空论，如王俭《褚渊碑》是，但不可过长。作碑全用散文固为乖体，空论太多亦品之下者。"④ 下文以一

---

① 《梁书·止足·陶季直传》，卷五十二，第 3 册，第 761 页。
② 《文选》卷五十八，第 6 册，第 2508—2509 页。
③ 《梁书》卷五十二，第 3 册，第 761 页。
④ 《〈文心雕龙〉讲录二种》，《刘师培中古文学论集》，第 169 页。

句姓名籍贯介绍总绾全篇，继之则叙及褚渊家族世系、品德行止及气度涵养、选尚公主、宦途仕绩等，皆丽藻缛绘，华词纷纭。如赞褚渊品行素养一节曰：

> 公禀川岳之灵晖，含珪璋而挺曜。和顺内凝，英华外发。神茂初学，业隆弱冠。是以仁经义纬，敦穆于闺庭；金声玉振，寥亮于区宇。孝敬淳深，率由斯至；尽欢朝夕，人无间言。逍遥乎文雅之囿，翱翔乎礼乐之场。风仪与秋月齐明，音徽与春云等润。韵宇弘深，喜愠莫见其际；心明通亮，用人言必由于己。汪汪焉，洋洋焉，可谓澄之不清，挠之不浊。袁阳源才气高奇，综覈精裁；宋文帝端明临朝，鉴赏无昧。袁既延誉于遐迩，文亦订婚于皇家。选尚余姚公主，拜驸马都尉。汉结叔高，晋姻武子，方斯蔑如也。①

作者叙写褚渊德行品质，大肆铺陈，描摹细腻，对句精工，用事纷繁，极重藻采，其华丽程度远超汉魏晋诸碑。刘师培曾说："增两汉之藻彩即成六朝，删六朝之华词仍返两汉。"② 黄金明也曾指出南朝碑文重铺陈藻饰的特点："南朝碑文着意铺采这一特征至为明显，一语可尽，而衍为数语，两句可明，而罗列数行。或其意已明，仍广推其意；或其文可收，而仍铺辞采，对仗工致，用典广博，几乎全为骈俪之语。"③ 此节基本由对句构成，用事亦颇为典雅清新，为引出褚渊尚公主为驸马一事，作者先以袁淑与文帝的事迹作铺垫，而后又以汉之叔高与晋之王武子尚公主作为衬托。该节用典的方式包括了造语和用事两种情况，"在造语或用事中，又可具体分为截取旧典只言片语和概括整个故事的主题两种方法。前者是从语句、辞句等方面从外形上对旧典加以运用，后者则从内容方面对故事加以概括运用。"④ 如"袁阳源才气高奇，综覈精裁"中的"才气高奇"一语直用古语，取自臧荣绪《晋书》称吕安语，而"综覈"一语则直取臧书中称荀顗语。"汉结叔高，晋姻武子"则是概括两个故事的主要内容而成。据《三辅决录》载，平陵

---

① 《文选》卷五十八，第 6 册，第 2509—2510 页。
② 《〈文心雕龙〉讲录二种》，《刘师培中古文学论集》，第 173 页。
③ 《汉魏晋南北朝谏碑文研究》，第 277 页。
④ 《六朝骈文形式及其文化意蕴》，第 143 页。

窦叔高以经术闻名，以明经为郡上计吏。与数百人同去朝会时，叔高仪状绝众，天子异其貌，以公主妻之。出朝时，同辈皆嘲笑之。叔高时已有妻，不敢以闻，方欲迎妻与决，未发，而诏叔高就第成婚。另据王隐《晋书》载，王武子少有名，素有俊才，尚武帝姊常山公主。无论直用古语还是概括故事，该文用事自然贴切，雅致新颖，如出己手。近人刘师培以典雅与否作为区分用事优劣的评判标准，并认为此文用事典雅清新，"看来似平而无一句累辞，则文气自清新矣"①。

此碑累列褚渊仕绩，每事必叙，至为细密，但词显繁冗。诸如下文所及靖难以安王室、表其居丧之孝、表其仕齐恩礼之厚、言其在齐托孤辅政、死后见思于人以及述德陈立碑作铭之意，皆语焉必详，铺采摛文，俱见南朝碑制有意为文的倾向。刘师培论及齐梁碑文异于汉魏诸作时亦提出："惟六朝人常恐事实挂漏，凡可叙入者纤细不遗，与东汉人着眼不同。如此篇凡迁一官，作一事，在宋，在齐，以及死后，各作一段，文之增繁，势使然也。"② 这种叙事之法于细密处皆见之，但造语用词则略显繁复，而且无法彰显碑主的特异之处。后世学者不仅指出该文的长处，而且毫不讳言其缺陷。清人李兆洛称："逐节敷叙，中郎遗矩，羌无镕裁，但苦词费。仲宝、休文，尚疏隽可观。"③ 谭献则曰："尚有生气。逐事铺叙中，仅堪摘句，文章至是，不能无待于起衰。"④ 李、谭二人所评较客观。也有的批评家过于偏颇，如孙月峰认为此文除"藻绘字句，间可节取"以外，余则为"套语"，"千篇一律"，"论文全未佳"⑤。俞犀月更为极端，认为该篇毫无可取之处："人既不可颂扬，文尤浅率无味，读之增秽，昭明何以入选？"⑥ 邵子湘亦有类似之语："渊人品本自中下，强欲称美。"⑦ 其言寓有褚渊人品并不值得过于褒扬，王俭此作实属强为之美。

王俭的策文包含哀策与策命两类。齐高帝萧道成薨逝后，俭作《高帝哀策文并序》，序中有"降阶执礼，泣血缠心。感容台之罢御，

① 《〈文心雕龙〉讲录二种》，《刘师培中古文学论集》，第 174 页。
② 同上书，第 173 页。
③ 《骈体文钞》卷二十四，第 483 页。
④ 同上书，第 482 页。
⑤ 《重订文选集评》卷十五引。
⑥ 同上。
⑦ 同上。

哀恭馆之不临。仰神仪而邈绝，视区物而凄阴"① 之语，于齐整对句中寄寓了对高帝去世的悱恻凄怆之情。清人王鸣盛称王俭"专以学术为佞谀之资"，"殆不知人间有羞耻事者"②，此语未免责之过重。王俭位高名重，且富文才，因主上辞世而作哀策文以托情颂圣，自亦在情理之中，故不必妄为断语。

王俭与褚渊并称齐高帝两大股肱之臣，深受高帝赏识。"太祖为太尉，引（俭）为右长史，恩礼隆密，专见任用。""时大典将行，俭为佐命，礼仪诏策，皆出于俭，褚渊唯为禅诏文，使俭参治之。"③ 齐台既建，俭迁右仆射，后转左仆射，朝中诏策多出其手。明人张溥云："齐台佐命，褚王并推，彦回风则，同朝钦赏。若援论古今，宣明朝典，必仲宝居前。"④ 此见王俭深明朝中典制仪则。其《策齐公九锡文》是为歌颂齐太祖高皇帝萧道成之功德而作，文章以齐整对句胪列齐公自刘宋以来诸功绩，详尽而具体。如述宋明帝时期太祖征讨徐州刺史薛安都从子索儿起兵反叛一事云：

> 安都背叛，窃据徐方，敢率犬羊，陵虐淮浒。索儿愚悖，同恶相济，天祚无象，背顺归逆。北鄙黔黎，奄坠涂炭，均人废职，边师告警。公受命宗祊，精贯朝日，拥节和门，气逾霄汉。……保境全民，江阳即序，此又公之功也。⑤

据《南齐书·高帝本纪上》所载，宋明帝刘彧泰始年间，时任徐州刺史的薛安都在彭城造反，并派其从子索儿侵犯淮阴，叛军势头甚猛，屡退朝廷将帅，当时山阳太守程天祚亦举城反叛，明帝征召太祖讨伐。太祖时任辅国将军，抗敌应当义不容辞，遂临危受命，虽历尽艰辛，终于击破顽敌。作者所述基本属实，并非溢美之词，萧道成于宋确有除奸护国之功。只是王俭在叙述之时大肆铺张渲染，读之感觉颇为费词。此文语势流畅，气魄恢弘，虽以骈体行文，但气脉通达，毫无滞塞

① 《全齐文》卷十一，《全上古三代秦汉三国六朝文》，第 3 册，第 2851 页。
② 《十七史商榷》卷六十，下册，"王俭首倡逆谋"条。
③ 《南齐书·王俭传》，卷二十三，第 2 册，第 434 页。
④ 《汉魏六朝百三家集·王文宪集题辞》，《汉魏六朝百三家集题辞注》，第 190 页。
⑤ 《全齐文》卷九，《全上古三代秦汉三国六朝文》第 3 册，第 2840 页。

南朝散文研究

之弊。

齐武帝永明时期，王俭当权，武帝欲以张绪为尚书仆射，遭到王俭的反对。绪子张充（449—514）致书王俭，嘲讽之中流露出隐居之念。其《与王俭书》云："充所以长群鱼鸟，毕影松阿。半顷之田，足以输税；五亩之宅，树以桑麻。啸歌于川泽之间，讽味于涠池之上，泛滥于渔父之游，偃息于卜居之下。如此而已，充何谢焉。……若乃飞竿钓渚，濯足沧洲；独浪烟霞，高卧风月。悠悠琴酒，岫远谁来；灼灼文谈，空罢方寸。不觉郁然千里，路阻江川。"① 此文乃针对王俭有感而发，作者提出人的才情不同，故有穷达隐显之异，既然自己②，高步瀛赞其"自饶风致"③，可谓深中其的。此书以骈体行文，对句颇工，用事亦多，《孟子》、《诗经》、《楚辞》之典络绎而至，皆准确恰当。

（五）精于佛义，藻采清丽的王巾之文

王巾（？—505），字简栖，琅琊临沂人，南朝齐、梁间文人。起家鄂州从事，征南记室，卒于天监四年。其《头陀寺碑文》作于鄂州，属于佛寺碑文，《文选》李善注引《姓氏英贤录》称其"文词巧丽，为世所重"④。刘申叔对此文评价亦甚高，将其归于"六朝上乘文字"⑤之列。如前所述，南朝时期禁立私碑，墓碑相应减少，而佛教盛行，寺庙碑文则逐渐增多，此文正是在这一时代背景下出现的。该碑文以骈体撰成，说理与叙事相结合，出语简净清洁，妥当雅致，颇具文采。今人钱锺书先生曾称赏说："按余所见六朝及初唐人为释氏所撰文字，驱遣佛典禅藻，无如此碑之妥适莹洁者。"⑥ 文章起始言及佛义之精微深奥云：

> 盖闻挹朝夕之池者，无以测其浅深；仰苍苍之色者，不足知其远近。况视听之外，若存若亡；心行之表，不生不灭者哉！是以掩室摩竭，用启息言之津；杜口毗邪，以通得意之路。然语彝伦者，

---

① 《梁书·张充传》，卷二十一，第 2 册，第 329 页。
② 《骈体文钞》卷十九，第 310 页。
③ 《南北朝文举要》上册，第 503 页。
④ 《文选》卷五十九，第 6 册，第 2527 页。
⑤ 《〈文心雕龙〉讲录二种》，《刘师培中古文学论集》，第 175 页。
⑥ 《管锥编》第 4 册，第 1442 页。

必求宗于九畴；谈阴阳者，亦研几于六位。是故三才既辨，识妙物之功；万象已陈，悟太极之致。言之不可以已，其在兹乎![1]

作者为渲染佛经教义的无限精深，先以舀池水难知其浅深、观天色难知其远近作比展开，气局阔大，造境新颖而空灵，而后转向叙写佛法意蕴的深远缥缈，幽微无际，必须以心去研悟，仅靠文字言语表达实难得其真谛。方伯海云："释所谓法，即儒所谓道。儒言心言性，释亦言心言性。儒言不显之德，至于无声无臭，释亦言冥悟之妙，至于无有言语文字。"[2] 行文隽妙，说理明晰，裁对精工，用事亦繁，造语雅洁，有文采但不华艳。其叙佛理之精微数语，非精于此道者难为，邵子湘曰："精熟内典，方能下笔。"[3] 大凡佛典说理之文易流入板滞，叙事亦难做到细密，而此文则能力避众短，非但无滞塞之相，反倒有隽妙之美，叙事亦细致贴切。一味空洞的佛教说理终究难免显得枯燥寡味，而作者却能借助形象生动的比喻以穿插其间，这样一来，既有助于使所说事理更为明晰，又可使文章波澜陡起，还能避免平淡乏味之弊。孙月峰评简栖此作曰："排偶之文，作到工细。尔时佛教盛行，简栖想亦厌饫禅籍，故饶彼家言，于寺碑可谓当行。第文气终弱，且论亦未畅。"[4] 王巾精通释家之学，以骈体阐发佛法，说理深刻透辟，所论佛理之精奥为普通习佛者所不及。此文文气稍弱固属实情，但这显然与讲论佛义密切相关。

碑文叙头陀寺的地理形势及始建而后废之事，极清新可读，其词曰：

> 头陀寺者，沙门释慧宗之所立也。南则大川浩汗，云霞之所沃荡。北则层峰削成，日月之所回薄。西眺城邑，百雉纡余。东望平皋，千里超忽。信楚都之胜地也。宗法师行絜珪璧，拥锡来游。以为宅生者缘，业空则缘废；存躯者惑，理胜则惑亡。……宋大明五

---

① 《文选》卷五十九，第 6 册，第 2527—2528 页。
② 《重订文选集评》卷十五引。
③ 同上。
④ 同上。

年，始立方丈茅茨，以庇经像。①

慧宗法师心怀弘扬佛法之圣愿，意欲普渡苍生皈依佛门，结缘释教，遂立寺以行之。文中对头陀寺周围空间外物的描绘比较细腻，笔法规模汉代辞赋，分别从南、北、西、东四个方位着手叙写，但用语造句却极简洁，毫无繁冗之嫌。立寺之后，江夏内史孔顗、郢州刺史江安伯、济阳蔡兴宗等人曾稍加修缮，后因时久渐趋荒废，此后又有人心系此事，意欲修复，惜未果而终。文云：

> 后有僧勤法师，贞节苦心，求仁养志，篆修堂宇，未就而没。高轨难追，藏舟易远。僧徒阒其无人，榱椽毁而莫构。可为长太息矣！②

勤法师有心于此，实属难得，作者对其高风亮节颇为赞赏，但终无结果，则又使人心生感喟。此文语言精练自然，融情于事，事明情显。

萧齐明帝之时，头陀寺终得精修，文章为彰显明帝之子江夏王萧宝玄修寺之功，先重笔叙写南齐创业的历程及江夏王的政绩，而后转向江夏王内史行事刘谊着手修寺一事。有曰：

> 宁远将军长史江夏内史行事彭城刘府君讳谊，智刃所游，日新月故；道胜之韵，虚往实归。以此寺业废于已安，功坠于几立，慨深覆篑，悲同弃井。因百姓之有余，间天下之无事，庀徒揆日，各有司存。于是民以悦来，工以心竞。亘丘被陵，因高就远。层轩延袤，上出云霓。飞阁逶迤，下临无地。夕露为珠网，朝霞为丹臒。九衢之草千计，四照之花万品。崖谷共清，风泉相涣。金资宝相，永藉闲安；息心了义，终焉游集。③

因感于寺庙已建起，佛缘已结，中途废弃，实为可惜，江夏内史刘

① 《文选》卷五十九，第 6 册，第 2534—2535 页。
② 同上书，第 2536 页。
③ 同上书，第 2537—2538 页。

誼遂代江夏王助成此事，于是乘百姓丰衣足食、农事闲暇之际，开工修葺。百姓皆乐于此事，各司其职，齐心协力，终使头陀寺面貌焕然一新。作者叙写修寺的过程，真实具体，详尽妥当，即此一长，便见此碑胜于后代诸作。刘师培说："叙修寺之事纤细不遗，密而妥帖，繁而不冗。后人遇头绪繁多之事实，往往以事就文任意割弃，顾此失彼，罣漏时虞，齐梁之文，绝无此弊。"① 此碑以精练隽妙之语叙事说理，阐发佛义，言事细致周到，论理明晰深湛，足为后世同类文章所取法。清人谭献评云："辞不泛滥，汉魏义法未沦。名理之言，出以回薄，纪叙之体，贯以玄远。此为南朝有数名篇，沾溉唐初，何能青胜？"② "文士但能作百姓有余，天下无事语，已为鸡群之鹤。"③ 蒋士铨亦对该文的造语称赏不绝："有雕刻极工致处，有朴直不可学处，读者当分别观之。六朝骈体大率如是，不独此碑也。"④

（六）朴质浑厚，倡言禁奢的萧赜之文

齐武帝萧赜（440—493），为齐高帝萧道成之子，治世崇尚节俭，"颇不喜游宴、雕绮之事，言常恨之"⑤，爱民如子，反对奢侈浮华、铺张浪费，曾多次下诏禁奢，故深得士民敬仰。读其《敕条制禁奢靡诏》一文，则可见史家之言非为虚美。此诏作于永明七年（489）冬十月，词曰：

> 三季浇浮，旧章陵替，吉凶奢靡，动违矩则。或裂锦绣以竞车服之饰，涂金镂石以穷茔域之丽。至斑白不婚，露棺累叶，苟相夸衒，罔顾大典。可明为条制，严勒所在，悉使画一。如复违犯，依事纠奏。⑥

文章由上古三代末世之主（夏桀、商纣、周幽王）废弃前代典章礼仪、蔑视圣王所立法度，穷奢极侈，终致亡国入手，提出警示之言。

① 《〈文心雕龙〉讲录二种》，《刘师培中古文学论集》，第176页。
② 《骈体文钞》卷二十三，第458页。
③ 同上书，第460页。
④ 《评选四六法海》卷七。
⑤ 《南齐书·武帝本纪》，卷三，第1册，第62页。
⑥ 同上书，第57页。

继之又以周幽王王后好闻裂缯之声、霍光之妻为光营造豪华坟茔为例，从反面说明奢侈之举绝不可取，这种行为于国于己实无裨益。清人许槤评云："风俗之敝，古今一辙，读此为之慨然。"① 其实，武帝的朝臣中也有诸多贪图享乐、生活极为侈靡者，此言正是有感而发，以引起警诫。诏词虽然只有短短七十余字，但内容非常充实，并且寓有深刻的鉴诫意义。该文语言朴质浑厚，颇有汉代诏书之遗风。

（七）情理俱兼，融以写景的丘迟之文

齐梁时期，凭借一两篇骈体名作声震文坛且誉播后世者为数不少，除上述孔稚珪等人外，丘迟、吴均、陶弘景等也位列其中。

丘迟（464—508）在骈文创作方面也有较高名声，其文名广延在很大程度上有赖于《与陈伯之书》一文。此文重在阐明事理，叙述、议论与抒情交相融合，颇富思致。陈伯之原为南齐大将，天监元年（502）逃奔北魏，四年（505），临川王萧宏率军北伐，宏命记室丘迟作书与陈伯之，劝其归降梁朝。据李善注引何之元《梁典》所载，天监五年（506），陈伯之率众降梁。张溥赞丘文曰："其最有声者，与陈将军伯之一书耳！隗嚣反背，安丰责让，杨广附逆，伏波晓劝，咸出腹心之言，示泣血之意，不能发其顺心，使之回首。独希范片纸，强将投戈。"② 针对前人认为陈氏归降主要有赖于丘迟此文，后世学者多有所议。张云璈《选学胶言》卷十七据《梁书·陈伯之传》所述陈氏本不识字得出结论，认为陈氏得书即降属史家之粉饰，而且丘文不可能有如此威力。高步瀛则云："此说亦不尽然。伯之虽不识字，岂无左右与之详为解释者？其拥众来降，固不得专归功此书，然利害命晰，辞意动人，亦不得谓竟无助力也。"③

文章先对陈伯之进行宽慰，认为其投魏是因为"不能内审诸己，外受流言，沈迷猖獗"所致，属于一时糊涂。然后述及梁武帝不计前嫌，唯才是用，而且陈氏深明大理，并非执迷不悟之人。作者在文中从正反两面陈之利害，条理清晰，析论剀切。何焯云："先宽其罪，而后陈弃瑕录用之意，步骤自佳。"④ 文中叙写江南春景，以此引发陈伯之

---

① 《六朝文絜笺注》卷二，第 51 页。
② 《汉魏六朝百三家集·丘中郎集题辞》，《汉魏六朝百三家集题辞注》，第 227 页。
③ 《南北朝文举要》上册，第 479 页。
④ 《重订文选集评》卷十引。

对故土的思念一节，久为后世传诵。词曰：

> 暮春三月，江南草长，杂花生树，群莺乱飞。见故国之旗鼓，感平生于畴昔，抚弦登陴，岂不怆恨！所以廉公之思赵将，吴子之泣西河，人之情也，将军独无情哉？想早励良规，自求多福。①

该文文笔优美，"以激壮出婉媚"②，写景细腻，喻之以理，动之以情，超过此前的同类书作。后世学者颇有称美之词，如江山渊评云："明之以顺逆之理，严之以华夷之辨，动之以故国之情，莫不推勘入微，娓娓动听，而妙态环生。清词犇赴，抑扬合节，跌宕生姿，是之谓舌本有莲花，腕下生冰雪。"③

除上文外，丘迟还有一篇《永嘉郡教》，亦属骈体应用文，文虽短小，却很精彩。据《梁书》载，"天监三年（504），（迟）出为永嘉太守，在郡不称职，为有司所纠，高祖爱其才，寝其奏。"④武帝很赏识丘迟的才学，故虽被奏劾，却不被追究查办。此文即作于丘迟任永嘉太守期间。文曰：

> 贵郡控带山海，利兼水陆，实东南之沃壤，一都之巨会。而曝背拘牛，屡空于畎亩；绩麻治丝，无闻于窒巷。其有耕灌不修，桑榆靡树，遨游鄽里，酣酺卒岁，越伍乖邻，流宕忘返。才异相如，而四壁独立；高惭仲蔚，而三径没人。虽谢文翁之正俗，庶几龚遂之移风。⑤

永嘉郡依山傍海，水陆交通发达，由此带来经济的繁荣与士民的殷富，并且一度成为东南富庶之地和经济交流的中心，作者寥寥数语点出了永嘉的有利地理位置及其繁华之状。天然的优越条件为永嘉民众提供了经营商业的便利，如此一来，尽管传统的农桑事业不再占据主导地

---

① 《全梁文》卷五十六，《全上古三代秦汉三国六朝文》第 4 册，第 3284 页。
② 钱基博：《中国文学史》上册，第 208 页。
③ 《南北朝文评注读本》第 2 册，第 4 页。
④ 《梁书·文学上·丘迟传》，卷四十九，第 3 册，第 687 页。
⑤ 《全梁文》卷五十六，《全上古三代秦汉三国六朝文》第 4 册，第 3283 页。

310

位，但当地士民生活依然非常富足。文章中间部分述及农事生活及民众宴饮游乐一节，运笔自然，不重雕饰，对句工整，语词简练，于轻描淡写之中寓以无尽的意蕴。清人许梿对此赞赏有加："钟嵘评其诗点缀映媚，似落花依草，观此益信。"① 钟氏之评本就丘诗写山水工丽之景而言，移评此文虽未尽当，却也稍见丘文笔意。作者于文末运用司马相如穷而有志、张仲蔚志于归隐的典事以寄心曲，并声称自己虽无汉代文翁的治理大功，却也有微薄之绩。结合丘迟的经历来看，不但治绩不被认可，反遭有司弹奏，内心自然怀有抑郁不平之气。此文典丽质实，不事艳采，与作者的诗风有所区别。

（八）清澹出尘，状景秀丽的吴均、陶弘景之文

随着骈文创作技巧的日益精湛化，作品中的写景状物变得越来越细腻、越真实，这在部分书信文中表现得非常突出。自鲍照的《登大雷岸与妹书》以来，南朝书信中大幅度写山水景观者屡屡出现，其中成就最著者当数吴均、陶弘景两家。

吴均（469—520）的山水书信文今存三篇，篇幅较短小，写景清新明丽。《与宋元思书》② 篇幅稍长，"巧构形似，助以山川"③，状景最优。郑振铎认为此文"能以蒨巧之语，状清隽之景"，故赞其为"绝妙好辞"④。文云：

> 风烟俱净，天山共色，从流飘荡，任意东西。自富阳至桐庐，一百许里，奇山异水，天下独绝。水皆缥碧，千丈见底，游鱼细石，直视无碍。急湍甚箭，猛浪若奔。夹岸高山，皆生寒树，负势竞上，互相轩邈，争高直指，千百成峰。泉水激石，泠泠作响；好鸟相鸣，嘤嘤成韵。蝉则千转不穷，猿则百叫无绝。鸢飞戾天者，望峰息心；经纶世务者，窥谷忘返。横柯上蔽，在昼犹昏；疏条交映，有时见日。⑤

---

① 《六朝文絜笺注》卷三，第64页。
② 《艺文类聚》卷七、张溥的《汉魏六朝百三家集·吴朝请集》、严可均的《全梁文》卷六十俱作《与朱元思书》，黎经诰的《六朝文絜笺注》卷七则作《与宋元思书》，并题注曰："宋一作朱，非。案宋元思，字玉山。刘峻有《与宋玉山元思书》。"此从黎说。
③ 谭献评语（《骈体文钞》卷三十，第624页）。
④ 《插图本中国文学史》，第2册，第244页。
⑤ 《全梁文》卷六十，《全上古三代秦汉三国六朝文》第4册，3305—3306页。

　　作者以轻倩灵动之笔描绘出山水绝佳之景，令人心旷神怡。高山寒树、激湍猛浪、泉水岩石、鸟蝉猿鸢均被人格化，一切都具有了动态感，于景物描写中融以感叹赞美之意。文章主要以四字句构成，节奏明快，"笔底有闲韵"①，音节圆转流畅，风格清新爽朗，明丽秀美，实为不可多得的山水佳品。许梿称此文"扫除浮艳，澹然无尘"②，可谓准确精当。该文虽属骈文，但出语简洁自然，不同于刻意雕饰之篇。就文中描写的山水规模而言，也不具备鲍照文中的宏阔磅礴之势。江山渊赞此文说："移江山入画图，缩沧海于尺幅，寥寥百余言，有缥碧千丈、沧波万顷之状。可以作宗氏之卧游图，可以作柳子之山水记。"③

　　吴均另外两篇书信文也多有清丽自然的描写山水之句，如《与顾章书》曰：

　　　　森壁争霞，孤峰限日，幽岫含云，深溪蓄翠。蝉吟鹤唳，水响猿啼，英英相杂，绵绵成韵。④

《与施从事书》曰：

　　　　绝壁干天，孤峰入汉，绿嶂百重，青川万转。归飞之鸟，千翼竞来；企水之猨，百臂相接。秋露为霜，春萝被迳，风雨如晦，鸡鸣不已。⑤

　　这些山水书信小文均清澹出尘，秀美超逸，简洁明快，音韵调谐，读后明显感觉到神清气爽，耳目一新。前人评其为"简澹高素，绝去恒饤艰涩之习"⑥，实为中肯之论。钱锺书曾把吴均的三篇山水书信文与北魏郦道元的《水经注》加以对比，并提出："吴之三书与郦道元

①　《评选四六法海》卷四。
②　《六朝文絜笺注》卷七，第114页。
③　《南北朝文评注读本》，第2册，第6页。
④　《全梁文》卷六十，《全上古三代秦汉三国六朝文》第4册，第3306页。
⑤　同上书，第3305页。
⑥　《六朝文絜笺注》卷七，第116页。

《水经注》中写景各节，轻情之笔为刻画之词，实柳宗元以下游记之具体而微。吴少许足比郦多许，才思匹对，尝鼎一脔，无须买菜求益也。"① "吴、郦命意铸词，不特抗手，亦每如出一手焉。然郦《注》规模弘远，千山万水，包举一编，吴《书》相形，不过如马远之画一角残山剩水耳。幅广地多，疲于应接，著语不免自相蹈袭，遂使读者每兴数见不鲜之叹，反输只写一丘一壑，匹似阿阁国之一见不再，瞥过耐人思量。"② 此语将吴均三书与郦氏《水经注》加以对比，比较准确。钱氏提到吴、郦二人命意铸词时曾言及"如出一手"，但没有对其原因加以阐释。谭家健据此发挥，提出二人作品中写景用语相同，或许是因为他们都参考了晋宋地记的缘故。③

另外，吴均还有《檄江神责周穆王璧》、《饼说》两篇诙谐文，较有特色，兹附论于此。张溥曰："今叔庠集文鲜绝奇者，独《饼说》、《责璧》二文，颇诡博不经，似得之枚叔《七发》，行以排调。"④ 既然"诡博不经"，"行以排调"，因此可以推断其文当属奇异特出者，并且含有谐谑之意。叔庠好学有俊才，曾受沈约称赏，梁初累迁官至奉朝请，后因私撰《齐春秋》触怒梁武帝而遭免职。吴均撰写诙谐文，目的或许是发泄内心的牢骚不平之气。《檄江神责周穆王璧》采用檄之一体向江神讨还周穆王的玉璧，比较新颖可观，相传西周穆王南巡过江，江神向其索取玉璧，穆王无奈遂沉璧于江，方得通行。此事虽已过去千年，但想起仍觉气愤，作者有感于此，故作檄责还玉璧。文章提出，如果江神顺从地返还玉璧，那么仍然可以完全拥有江汉之域，世世代代做一方之长；如果贪恋玉璧，执迷不悟，那必将遭受惩罚。檄文叙兴兵讨伐江神的计划曰：

> 使公孙蹑波而长呼，子羽济川而怒目。伏飞舞剑而东临，蓄丘跃马而南逐。打素蛤而为粉，碎紫贝其如粥。又有川人勇俊，处平闽濮，水居百里，泥行万宿，右睨而河倾，左咤而海覆。乃把昆吾之铜，纯钩之铁，被鱼鳞之衣，赴螺蚌之穴，引澍东隅，移燋北

---

① 《管锥编》第 4 册，第 1456 页。
② 同上书，1457 页。
③ 可参看《六朝文章新论》，第 248 页。
④ 《汉魏六朝百三家集·吴朝请集题辞》，《汉魏六朝百三家集题辞注》，第 257 页。

岛。……按骊龙取其颔下之珠，搦鲸鱼拔其眼中之宝。①

此节描写极其生动，气势充沛，对句工整，用典纷繁。作者援引《晏子春秋》中的公孙接（本应为古冶子）②、《列子》中的子羽、《淮南子》中的佽非、《论衡》中的蔺丘訢诸人之事，彰显古代著名勇士的壮举，以此威慑江神，若不交还玉璧，必令众勇士前来讨伐。该文属游戏调侃性质，但其中似乎隐含谴责贪婪之意。由于本文出语奇特，构思新颖，异于普通文章，故后人称其为"痴人说梦"③。

《饼说》采用说之体式释理述意，杂以调笑之语，幽默而又风趣。文章虚设宋公（刘裕）与程季之间的对话，引出制饼所需的材料，叙写不无夸饰之词，然亦至为详尽。文曰：

> 安定噎鸠之麦，洛阳董德之磨，河东长若之葱，陇西舐背之犊，枹罕赤髓之羊，张掖北门之豉。然以银屑，煎以金铫，洞庭负霜之橘，仇池连蒂之椒，调以济北之盐，剉以新丰之鸡。细如华山之玉屑，白如梁甫之银泥，既闻香而口闷，亦见色而心迷。④

作者运用赋体笔法铺陈罗列制饼所需的诸种原材料及加工器具，非但不嫌词费，反而津津乐道。张溥所言此文似得于《七发》，当指其铺叙夸饰笔法近于枚乘之作。从所叙内容来看，制饼所取诸材料来自四面八方，可谓想象奇异，戏谑之意于此尽显。清人彭兆荪誉此文"俶诡可喜"、"脍炙人口"⑤，所言得当。就文章形式观之，该文排比句、对偶句并作，气势充沛，遣词造语亦精工绝妙。

与吴均同时的陶弘景（456—536）有《答谢中书书》一文，写景清丽，文词简练，亦属山水书信名篇。文云：

① 《全梁文》卷六十，《全上古三代秦汉三国六朝文》第 4 册，第 3306 页。
② 据林家骊考证，文中所述之事本为古冶子所为，此疑属吴均之误，其说可信，兹从之（《吴均集校注》，浙江古籍出版社 2005 年版，第 20 页）。
③ 《春觉斋论文》，第 64 页。
④ 《全梁文》卷六十，《全上古三代秦汉三国六朝文》，第 4 册，第 3306 页。
⑤ 《南北朝文钞》卷下，第 83 页。

山川之美，古来共谈。高峰入云，清流见底。两岸石壁，五色交晖。青林翠竹，四时俱备。晓雾将歇，猿鸟乱鸣。夕日欲颓，沈鳞竞跃。实是欲界之仙都。自康乐以来，未复有能与其奇者。①

孙德谦曾说："昔人谓王摩诘诗中有画，以吾观之，六朝骈文能得画理者极多。"该文应为得画理者之一，"观其状写山水，非绝妙一幅图画乎？"② 陶弘景是隐士兼文人，"遍历名山，寻访仙药。每经涧谷，必坐卧其间，吟咏盘桓，不能已已"③，"托志仙灵，遗世独妙"④。陶氏笔下的山水景观，往往充溢着一股超世脱俗、清纯明净之气：山高水清，林青竹翠，日映石壁，五色交织，猿鸟游鱼，朝鸣夕跃，实为隐居之佳境，养生之良所。所谓"演迤滁沱，萧然尘埃之外"⑤，"笔底自具仙气"⑥，都是比较恰当的评价。该文基本采用俪体，缀景明秀自然，清通简要，毫无雕饰芜累之弊。江山渊评此文说："清气迎人，余辉照座。山川奇景，写来如绘。词笔高欲入云，文思清可见底。"⑦

综合此前所述三家山水书信文可以发现，鲍照之文与吴均、陶弘景之文在写法上有着明显的区别。首先，篇幅长短不同。鲍照的《登大雷岸与妹书》篇制最长，约650字；吴均的《与宋元思书》、《与顾章书》、《与施从事书》分别有144、84、69字；陶弘景的《答谢中书书》有68字。鲍作稍长，吴、陶之作皆短小精悍。其次，写作手法不同。鲍照采用了赋的铺陈排比手法，按照空间的顺序对山水景观加以全面叙写；而吴均、陶弘景则选取山水的一个角度进行叙写，因此直接描写所取部位的景致，无须展开铺写。再次，语言运用不同。鲍文中的语言带有雕琢刻镂的痕迹，呈现出古奥奇崛之风；而吴、陶之文造语简洁明快，呈现出清新流丽的特点。最后，文章的规模气势不同。鲍文规模宏大，气势磅礴；吴、陶之文规模较小，文气较平稳。谭家健曾分析吴均、陶弘景山水书信文的特点说："这几篇短文，不同于以往和同时之

① 《全梁文》卷四十六，《全上古三代秦汉三国六朝文》第 4 册，第 3215—3216 页。
② 《六朝丽指》。
③ 《梁书·处士·陶弘景传》，卷五十一，第 3 册，第 742—743 页。
④ 《汉魏六朝百三家集·陶隐居集题辞》，《汉魏六朝百三家集题辞注》，第 224 页。
⑤ 《六朝文絜笺注》卷七，第 111 页。
⑥ 《评选四六法海》卷四。
⑦ 《南北朝文评注读本》第 2 册，第 5 页。

山水文，写法不依空间顺序，不作全面介绍，而是把视线集中地投向山水的某个最佳处，以类似电影特写镜头般的笔触，刻画其最独具的部位，并且往往把视觉和心灵感受糅合在一起，有效地实现了情景交融。"① 这一表述非常准确，基本把上述短篇山水书信的创作特点说了出来。

史称吴均"文体清拔有古气，好事者或效之，谓为'吴均体'"②，其意是说吴均诗文清峻脱俗，较少沾染当时的绮丽华靡之风。今以其文衡之，虽以骈体撰成，却不重雕饰藻采，更未入华丽之域。与吴均专力于骈体不同，陶弘景则两体兼作，以书而言，除上述骈体书信《答谢中书书》外，《与从兄书》、《与亲友书》、《与武帝启》皆以单行散句成文。

与吴均好古但不反骈的倾向相一致的还有裴子野（469—530），兹附论于此。在骈风大盛的齐梁文坛，标榜法古，崇尚古体，然创作又带有骈俪气息的裴子野，算是这一时期的一个特殊人物。《梁书·裴子野传》曰："子野为文典而速，不尚丽靡之词，其制作多法古，与今文体异，当时或有诋诃者，及其末皆翕然重之。"③ 萧纲《与湘东王论文书》称裴氏为"良史之才"，其作"了无篇什之美"，故"质不宜慕"④。子野诗文质朴而不尚华采，或许与他作为史家有关。其曾祖裴松之，为《三国志》作注，祖父裴骃，撰《史记集解》，均为著名史学家。子野本人也长于史学，曾据沈约《宋书》加以更删，撰成《宋略》二十卷，其中的序事评论还得到沈约的赞赏。然而，他似乎也不反对藻采，其《宋略总论》就曾赞美过刘宋颜延之、谢灵运"有藻丽之钜才"⑤。裴氏的《雕虫论》一文，常常被当作反对骈文的标志，其实未免失之偏颇。文云：

> 爰及江左，称彼颜、谢，箴绣鞶帨，无取庙堂。宋初迄于元嘉，多为经史。大明之代，实好斯文。高才逸韵，颇谢前哲。波流相尚，滋有笃焉。自是闾阎年少，贵游总角，罔不摈落六艺，吟咏

① 《六朝文章新论》，第 442 页。
② 《梁书·文学上·吴均传》，卷四十九，第 3 册，第 698 页。
③ 《梁书》卷三十，第 2 册，第 443 页。
④ 《梁书·文学上·庾于陵传附弟肩吾传》，卷四十九，第 3 册，第 691 页。
⑤ 《全梁文》卷五十三，《全上古三代秦汉三国六朝文》第 4 册，第 3263 页。

情性。学者以博依为急务，谓章句为专鲁，淫文破典，斐尔为功，无被于管弦，非止乎礼义。深心主卉木，远致极风云。其兴浮，其志弱，巧而不要，隐而不深。讨其宗途，亦有宋之风也。[①]

若据全文来看，文中所谓"斯文"，当含诗、赋、文在内。此段评论主要是从内容上、从文学的社会功能角度指责诗、赋、文（主要是诗）创作脱离政治教化，而不是从艺术形式上加以批评。如果说涉及骈文的话，那也只是从内容的政教功用方面，而不是从形式因素上加以指责。子野此论过于强调文学的政教作用，而忽略了审美愉悦作用。无论如何，裴子野没有反对骈体文学这一形式应是事实，因为这段话的骈俪倾向也很明显，而且《宋略总论》一文中也多有对仗和用典的现象。由此可见，把《雕虫论》看成反对骈文的依据未免有失妥当。

（九）崇文论文，文质相副的萧统之文

萧统（501—531），即昭明太子，梁武帝长子，梁代文学家。统酷爱文学，常常招揽才学之士，当时著名文士刘孝绰、王筠、陆倕等皆为东宫僚属，彼此之间谈文论义，切磋研习，形成一时之盛况。昭明一生著述繁多，除主持编定《文选》外，又撰古今典诰为《正序》十卷，选五言诗为《文章英华》二十卷，皆亡佚。其文集生前由刘孝绰编定为十卷，身后又由萧纲上疏重行编定为二十卷，今存六卷。以骈体作品而言，萧统之文名声较重者有《文选序》、《陶渊明集序》及《答湘东王求文集及〈诗苑英华〉书》三篇。

《文选序》重点论述了《文选》的选录标准及选文范围，同时体现出作者的一些文学观。萧统主张文学是在不断发展变化的，序文开头即表达出此观点。文曰：

> 若夫椎轮为大辂之始，大辂宁有椎轮之质；增冰为积水所成，积水曾微增冰之凛。何哉？盖踵其事而增华，变其本而加厉。物既有之，文亦宜然。随时变改，难可详悉。[②]

---

① 《全梁文》卷五十三，《全上古三代秦汉三国六朝文》第 4 册，第 3262 页。
② 《文选》第 1 册，第 1 页。

此说承认文学的发展演变规律，这一见解的提出是通过两个形象的比喻类推出来的。吕向说："玉辂因椎轮生，增冰由积水成，然玉辂无质，积水无寒。"① 由椎轮到大辂，由积水到增冰，外物发生了显著变化。文章也在不断发展，踵事增华，变本加厉，由质朴逐渐趋于华丽，这就是"随时变改"的结果。时至南朝，诗歌重视藻采，文章骈化，也注重雕饰，盖亦一时风尚所致。"由质趋文在当时确已成为一般人的普遍观念。""萧统所言，正是此种普遍观念的反映。他持此以论文，表明他是肯定文章的变化发展，肯定骈文讲究词藻、声律、对偶的华美之风的。"② 应该说，文学发展演变观是萧统文学思想的基础，下文所论各种文体也是建立在此基础之上的。如论演变，首提《诗经》，此后则荀子、屈原、宋玉、贾谊、司马相如等人之骚、赋，"自兹以降，源流实繁"③，体貌写物、发愤抒情之作风起云涌。论及诗歌则云：

> 自炎汉中叶，厥途渐异。退傅有"在邹"之作，降将著"河梁"之篇；四言五言，区以别矣。又少则三字，多则九言，各体互兴，分镳并驱。④

作者认为四言诗起源于韦孟的《讽谏诗》，五言诗则始于李陵的《与苏武诗》，所言比较准确。除四言、五言以外，还提及三言、六言以至九言诗，对各种体式诗歌的把握非常细致。关于九言诗，任昉《文章缘起》列魏代高贵乡公曹髦所作为其始，而黄侃则说："九言诗全篇今所见者，宋谢庄《宋明堂乐歌白帝》一首为最先，高贵乡公九言则无考矣。"⑤ 由此可知，曹氏九言诗应该存在，但早已散佚。诗、赋之外，尚论及颂、箴、戒、论、铭、诔、赞、诏、诰、教、令、表、奏、笺、记、书、誓、符、檄、吊、祭、悲、哀等，所列诸体，并非《文选》选文所全备。如"悲"类，亦属伤悼之文，《选》中即无，任昉以蔡邕的《悲温舒文》为其例，则见萧统所言不虚。此序中所言文

---

① 《六臣注文选》上册，第 2 页。
② 《魏晋南北朝文学批评史》，第 273 页。
③ 《文选》第 1 册，第 1 页。
④ 《文选》第 1 册，第 2 页。
⑤ 《文选平点》，第 3 页。

体数量众多，实为后世文体学研究者所宗。

关于《文选》的选录范围，作者在此文中有详细的阐述。大体而言，经、子、史类著作不在入选之列，但史书中的赞论序述因为讲究构思布局，且颇具华丽辞藻，故与同类单独篇章一起入选。历来学者如阮元、朱自清等都把文中所讲"事出于沈思，义归于翰藻"①作为《文选》的选录标准，实有失偏颇。其实，这一标准是针对史著中的赞论序述而言的，《文选序》一文中并没有专门论述总体标准，但从入选作品来看，在文质关系上似乎更偏于文的一面，同时又注意到典雅的风格。骆鸿凯说："盖自江左文辞，稍崇华赡，下逮齐、梁，骈丽之习成，声病之学盛，取青媲白，镂叶雕花，日趋于纤艳，而古初浑朴之意尽矣。昭明芟次七代，荟萃群言，择其文之尤典雅者，勒成一书，用以切劘时趋，标指先正。迹其所录，高文典册十之七，清辞秀句十之五，纤靡之音百不得一。"②该说从时代风气与当时的正统文学观两方面加以分析，论证较为充分。萧统此文的价值在于将文学与非文学的界限划清，这与当时文学独立地位的确立有密切的关系。

萧统的思想兼容儒、佛、道三家，对隐士陶渊明的钦慕体现出其受道家思想影响的一面。他不仅编选陶集并作序，而且还为陶立传，显示出对渊明真诚的钦佩之情。张溥评曰："浔阳陶潜，宋之逸民，昭明既为立传，又特序之。以万乘元良，恣论山泽，唐尧汾阳，子晋洛滨，若有同心。"③萧统对陶氏的德行、文章的称赏实发自内心，这在《陶渊明集序》中都有充分的展现。文章有曰：

> 含德之至，莫逾于道，亲己之切，无重于身，故道存而身安，道亡而身害。处百龄之内，居一世之中，倏忽比之白驹，寄寓谓之逆旅，宜乎与大块而盈虚，随中和而任放，岂能戚戚劳于忧畏，汲汲役于人间？④

作者向往出世，故对隐者极其羡慕，正因隐居之士心中有道，所以

第四章 南朝骈文发展分期探析

---

① 《文选》第1册，第3页。
② 《文选学》，第32页。
③ 《汉魏六朝百三家集·梁昭明集题辞》，《汉魏六朝百三家集题辞注》，第209页。
④ 《全梁文》卷二十，《全上古三代秦汉三国六朝文》第3册，第3067页。

能够保德而安身。萧统认为，人生一世，生命短促，世事纷纭，与其劳身役心，不如洒脱出尘，在对陶渊明的行迹颂赞之中寓有希企归隐之志。"唐尧四海之主，而有汾阳之心；子晋天下之储，而有洛滨之志。轻之若脱屣，视之若鸿毛，而况于他人乎！"① 尧为上古贤帝，王子晋为周灵王太子，皆不看重荣华富贵，萧统以他们自比，表达意欲潜心向道的志趣。

陶渊明作为一介隐士，其作品并不太受时人重视，沈约、萧子显、刘勰论文均未涉及，唯钟嵘列其诗为中品。然而，萧统对其诗文则钟爱有加，不仅选录其诗，而且还为其纂集。昭明赏服渊明人品，进而延及文章，这一倾向还影响到其弟萧纲。② 萧统称渊明 "文章不群，辞彩精拔。跌宕昭彰，独超众类，抑扬爽朗，莫之于京。横素波而傍流，干青云而直上。语时事则指而可想，论怀抱则旷而且真"③。此语指出陶文辞采精美，风骨超俗，抑扬顿挫，起伏跌宕，可谓真知灼见。该序语势流畅，骈散相间，说理透辟，见解精深，故谭献评其 "识度非常"、"深至"④。

《答湘东王求文集及〈诗苑英华〉书》为萧统致于其弟萧绎之作，作者主张文章创作要注重翰藻，但反对过度。其文曰：

> 夫文典则累野，丽亦伤浮。能丽而不浮，典而不野，文质彬彬，有君子之致。吾尝欲为之，但恨未逮耳。观汝诸文，殊与意会，至于此书，弥见其美。远兼邃古，傍暨典坟，学以聚益，居焉可赏。⑤

由于南朝文风由质趋文是文章发展的自然趋势，所以萧统提倡藻饰，但过于注重华丽辞藻，往往使文章陷于轻浮。若忽视文采，过于典重，则又易使文章变得朴野，因此他主张文质相副，不偏不倚。此文风格有效地实践了这一文学主张，虽有 "晁华可采"⑥，但 "正复安

---

① 《全梁文》卷二十，《全上古三代秦汉三国六朝文》第 3 册，第 3067 页。

② 颜之推有 "简文爱陶渊明文" 之语（《颜氏家训集解》卷四，第 298 页）。

③ 《全梁文》卷二十，《全上古三代秦汉三国六朝文》第 3 册，第 3067 页。

④ 《骈体文钞》卷二十一，第 386 页。

⑤ 《全梁文》卷二十，《全上古三代秦汉三国六朝文》第 3 册，第 3064 页。

⑥ 谭献评语（《骈体文钞》卷三十，第 619 页）。

南朝散文研究

雅"①。江山渊评云："游思绵眇，兴会飙发，清新卓尔，力健且遒。殆所谓丽而不浮、典而不野，足以当之。"②

萧统素来重视刘孝绰、王筠的文才，常以之为左膀右臂，可见对二人的倚重。刘、王之骈文也较有特色，兹附论于此。

刘孝绰（481—539）的《昭明太子集序》所体现的文学观与萧统相近，大概也是受其影响所致。据《梁书》本传载："太子文章繁富，群才咸欲撰录，太子独使孝绰集而序之。"③ 孝绰文章颇为世人所重，"每作一篇，朝成暮遍，好事者咸讽诵传写，流闻绝域。"④ 此序作于梁武帝普通三年（522），作者通过对萧统文章的赞誉，表达出自己的文学观点。其文曰：

> 若夫天文以烂然为美，人文以焕乎为贵，是以隆儒雅之大成，游雕虫之小道。握牍持笔，思若有神，曾不斯须，风飞雷起。至于宴游西园，祖道清洛，三百载赋，该极连篇。七言致拟，见诸文学，博逸兴咏，并命从游。书令视草，铭非润色。七穷炜烨之说，表极远大之才。皆喻不备体，词不掩义，因宜适变，曲尽文情。窃以属文之体，鲜能周备。长卿徒善，既累为迟；少孺虽疾，俳优而已。子渊淫靡，若女工之蠹；子云侈靡，异诗人之则。孔璋词赋，曹祖劝其修令；伯喈笑赠，挚虞知其颇古。孟坚之颂，尚有似赞之讥；士衡之碑，犹闻类赋之贬。深乎文者，兼而善之。能使典而不野，远而不放，丽而不淫，约而不俭。独善众美，斯文在斯。⑤

应该说，作者在该文中表达出的文学观点和萧统的文学观基本上是一致的。虽然称文章为"小道"，实际上却很看重它。序中对创作过程的描述极其形象生动，先是握笔入神地进行构思，须臾之间，创作灵感以"风飞雷起"之势突发而至，可谓"来不可遏，去不可止。藏若影

---

① 《评选四六法海》卷四。

② 《南北朝文评注读本》第 1 册，第 71 页。

③ 《梁书·刘孝绰传》，卷三十三，第 2 册，第 480 页。

④ 同上书，第 483 页。

⑤ 《全梁文》卷六十，《全上古三代秦汉三国六朝文》第 4 册，第 3312 页。

灭，行犹响起。"① 这种描述明显受到陆机的影响。刘孝绰认为，各种文体的创作没有固定的程式，所以要"因宜适变，曲尽文情"即可。文中所述作家很难兼擅众体的说法也来自于曹丕，但作者又提出萧统能够"深乎文"且"兼而善之"、"独善众美"，似乎是出于一种颂扬的目的而为之。在文章的文质关系上，作者与萧统的看法不谋而合，既讲究辞藻，又强调"词不掩义"、"典而不野"、"丽而不淫"②，追求一种文质相副的最佳状态。另外，文中对前代作家的评价不免贬抑过甚。清人谭献评此文为"平凰之篇，可留可去"③，可见对其不甚看重。

王筠（481—549）的《昭明太子哀册文》是为昭明太子萧统辞世而作，据《梁书·王筠传》载："昭明太子薨，敕制哀策文，复见嗟赏"④。梁武帝中大通三年（531）四月，昭明太子萧统病逝，王筠奉敕作哀册文，颇受时人称赏。正文前有序，渊雅浑朴，词丽情隐，序文云：

> 皇帝哀继明之寝耀，痛嗣德之殂芳；御武帐而凄恸，临甲观而增伤。式稽令典，载扬鸿烈；诏撰德于旌旒，永传徽于舞缀。⑤

王筠以文辞妍美著称，此序运四字句和六字句于骈俪形式之中，藻采纷呈，雅赡丽密，显示出奉敕而作的迹象。由于作者过于追求词采，致使伤悼之情变得隐晦，从而影响到文章的感染力量。张溥曰："昭明哀策，中朝嗟赏，然辞丽寡哀，风人致短。东汉以来，文尚声华，渐爽情实，诔死之篇，应诏公庭，尤矜组练。即颜延年哀宋元后，谢玄晖哀齐敬后，一代名作，皆文过其质。何怪后生学步者哉？"⑥

此哀册文极重藻饰，词采华赡，于萧统事迹的叙述中寄予哀悼之情，如称赏萧统勤于读书及其高超的文学才华曰：

---

① 《文赋》，《文选》卷十七，第 2 册，第 772 页。
② 《全梁文》卷六十，《全上古三代秦汉三国六朝文》第 4 册，第 3312 页。
③ 《骈体文钞》卷二十一，第 389 页。
④ 《梁书》卷三十三，第 2 册，第 486 页。
⑤ 《全梁文》卷六十五，《全上古三代秦汉三国六朝文》第 4 册，第 3338 页。
⑥ 《汉魏六朝百三家集·王詹事集题辞》，《汉魏六朝百三家集题辞注》，第 243 页。

括囊流略，包举艺文，遍该缃素，殚极丘坟。胜帙充积，儒墨区分，瞻河阐训，望鲁扬芬。吟咏性灵，岂惟薄伎，属词婉约，缘情绮靡。字无点窜，笔不停纸，壮思泉流，清章云委。①

昭明太子才华横溢，酷爱文学，不仅精于撰作，而且乐于与文士相交往。此节四言韵语行文，骈对齐整，表意明晰，颇富思致。与夸饰之作不同，该篇对昭明太子才学的描写几近于实录。此前刘孝绰、王筠、陆倕等均为东宫文学僚属，整日与昭明讲习文义，② 相交甚洽，故文中所叙当属实情，并非虚美之言。萧统辞世后，朝野上下悲怆之情郁结于心，难以排遣。词云：

皇情悼愍，切心缠痛。胤嗣长号，跗萼增恸。慕结亲游，悲动氓众。忧若殄邦，惧同析栋。呜呼哀哉！首夏司开，麦秋纪节。容卫徒警，菁华委绝。书幌空张，谈筵罢设。虚馈馑馑，孤灯翳翳。呜呼哀哉！……昔游漳滏，宾从无声。今归郊郭，徒御相惊。……混哀音于箫籁，变愁容于天日。虽夏木之森阴，返寒林之萧瑟。既将反而复疑，如有求而遂失。③

储君薨逝，举国痛惜，"忧若殄邦，惧同析栋"，极其生动形象地描摹出臣民哀伤、忧惧的心理。昭明太子卒于武帝中大通三年（531）四月，故文谓"首夏司开，麦秋纪节"。作者借助景事渲染悲哀氛围，愈令悲情弥漫：随从侍卫仍在守御，书房的帷幔也依旧拉开；平日与众文士谈论文义的筵席已不复存在；食物虽盛满器皿，但已无人享用；案前孤灯昏暗不明。哀音与天籁相融，愁绪与天日交会，阴森夏木，萧瑟寒林，一切都沾染上了悲凉的情致。王筠之文重词藻妍美，但此文既为哀策，述德叙哀当是重心所在，若文词过丽，情必隐晦。今观该篇，藻采华美，虽有借物渲染，情思却未尽显。《文心雕龙·哀弔》曰："原夫哀辞大体，情主于痛伤，而辞穷乎爱惜。……隐心而结文则事怩，观

---

① 《全梁文》卷六十五，《全上古三代秦汉三国六朝文》第 4 册，第 3338 页。

② 《梁书》曰："于时东宫有书几三万卷，名才并集，文学之盛，晋、宋以来未之有也。"（《梁书·昭明太子传》，卷八，第 1 册，第 167 页。）

③ 《全梁文》卷六十五，《全上古三代秦汉三国六朝文》第 4 册，第 3338 页。

文而属心则体奢。奢体为辞，则虽丽不哀。必使情往会悲，文来引泣，乃其贵耳。"① 所谓"观文而属心"，则是情为文使，以文驭情，词丽情掩，故"虽丽不哀"，王筠该文当属此类。情词相副，情显词美，当是刘勰之本意。

（十）抒情言志，谈文论义的萧纲之文

萧纲（503—551），即梁简文帝，梁武帝萧衍第三子，其骈体之佳者涵盖令、诔、哀辞、序、书诸体。《与刘孝仪令》是为悼念刘遵而作，悲情凄怆，感人至深。刘遵字孝陵，有学行，工属文。初为太子舍人，后迁记室，又转南徐州治中。中大通二年（530），晋安王（萧纲）为太子，除中庶子。"遵自随藩及在东宫，以旧恩，偏蒙宠遇，同时莫及。"② 大同元年（535），刘遵辞世，"皇太子深悼惜之"③，遂与遵从兄孝仪令，以寄哀思。孝仪名潜，秘书监孝绰弟，工于笔，时为阳羡令。此文不仅谈及孝陵之品行、修养，而且还述及其才学、为人：

> 其孝友淳深，立身贞固，内含玉润，外表澜清。美誉嘉声，流于士友，言行相符，终始如一。文史该富，琬琰为心，辞章博赡，玄黄成采。既以鸣谦表性，又以难进自居，未尝造请公卿，缔交荣利。④

刘遵为人淳厚笃孝，谦虚正直，言行一致，涵养极深，不喜张扬，因此美名远播，佳声久传。不仅如此，他还博涉文史，辞采华赡，具有深厚的文学素养。尽管怀有高才，但他不攀富贵，不趋荣利，心地坦然，足为士流所效慕。自始至终，刘遵一直追随萧纲，为其竭尽忠诚、鞠躬尽瘁。

作者回忆与孝陵一起度过的快乐时光一节，文词表面写宴饮赋诗之乐，实则寄寓了深刻的伤悼之情，属典型的以乐衬哀之法。其文有云：

> 吾昔在汉南，连翩书记，及忝朱方，从容坐首。良辰美景，清

---

① 《文心雕龙注》卷三，上册，第 240 页。
② 《梁书·刘孺传附弟刘遵传》，卷四十一，第 3 册，第 593 页。
③ 同上。
④ 同上。

风月夜，鹢舟乍动，朱鹭徐鸣，未尝一日而不追随，一时而不会遇。酒阑耳热，言志赋诗，校履忠贤，推扬文史，益者三友，此实其人。……而此子溘然，实可嗟痛。"惟与善人"，此为虚说；天之报施，岂若此乎！想卿痛悼之诚，亦当何已。往矣奈何，投笔恻怆。①

文中所抒痛悼之情确实发自内心，堪称肺腑之言，语浅而意深，故很容易使读者产生共鸣。谭献曰："称心而言，文致自胜。"② 该令以骈体撰成，但又不同于一般骈文：首先，文章不尚华词丽藻，出言平易，但意蕴甚丰，故文美非在词而在意；其次，极少用事，即使偶尔有之，亦属直引古语，故浅显自然；最后，就句式言，全文主要运用四字句，其他句式最多十之一二，这在骈文盛行时期实属罕见的现象。该文在铸词造语上似乎有模拟曹丕《与吴质书》的迹象，二作在表情达意上存在相通之处，曹氏哀悼建安诸子，而萧氏则哀悼刘遵，言事相似而又同抒悲情，故难免有借鉴之举。孙德谦说："六朝文士引前人成语必易一二字，不欲有同抄袭。……梁简文《与刘孝仪令》'酒阑耳热，言志赋诗'，此用魏文帝《与吴质书》'酒酣耳热，仰而赋诗'，酣易为阑，仰而则易言志矣。……凡若此者，悉数难终，盖引成语而加以翦裁，以见文之不苟作，斯亦六朝所长耳，彼宋人则异是。"③ 总体来看，此文篇制不长，言辞简练，语意丰赡，富有美感。清人彭兆荪点评云："骈体至梁而极盛，简文诸制，尤美不胜收。"④

《与湘东王论王规令》是萧纲的另一制作，大旨与前篇略同。湘东王，即萧纲之弟萧绎，时任湘东王。王规字威明，著名文学家王褒之父，简文为晋安王，规为长史。及立为太子，规为太子中庶子。大同二年（536）卒，"皇太子出临哭，与湘东王绎令"⑤、以示伤悼之情。由于王规与刘遵的身份与经历非常相似，后世诸选本多有错讹之处：或混淆二人卒年，或混淆彼此事迹，更有甚者，有的选本竟将此文归于萧统

① 《梁书·刘孺传附弟刘遵传》，卷四十一，第 3 册，第 593 页。
② 《骈体文钞》卷九，第 135 页。
③ 《六朝丽指》。
④ 《南北朝文钞》卷上，第 4 页。
⑤ 《梁书·王规传》，卷四十一，第 3 册，第 582 页。

名下，并把文中刘子误当作刘孝绰。今考史籍可知，刘遵与王规虽同为皇太子萧纲中庶子，但遵先规一年卒。该文情词绵邈，颇感人心，词曰：

> 威明昨宵奄复徂化，甚可痛伤。其风韵遒正，神峰标映，千里绝迹，百尺无枝。文辩纵横，才学优赡，跌宕之情弥远，濠梁之气特多，斯实俊民也。一尔过隙，永归长夜，金刀掩芒，长淮绝涧。去岁冬中，已伤刘子，今兹寒孟，复悼王生，俱往之伤，信非虚说。①

此令篇幅短小（全文仅94字），却极富情致，故谭献称其"情至，简贵胜刘孝仪篇"②。文初即表达对王规逝去的极度哀伤之情，继之转入对王生风神、文才及情性的赞扬。规风致遒劲，神韵高标，无与伦比，文才博富，巧辩纵横。其人超逸澹然，有高士之姿，故可称"俊民"。规人品绝佳，一朝化去，实令人伤痛难抑。作者以金刀掩芒、长淮绝涧比喻王规辞世，才华俱隐，颇具新意，却也从侧面表现出对其才学的器重。文末述及短短一年中痛失刘遵、王规二才，使得内心的悲思郁结，无以排遣，伤悼之情得以强化。该文语词简净，稍事藻采，四言行文，气脉畅达，用典极少，意蕴渊深。后人对其多有赏誉之词，蒋士铨曰："寥寥短幅，气韵自佳。若徒掇其警语，则失之矣。"③ 此说专注于文章气韵，其实语言亦佳。江山渊则云："文辞纵横，风韵跌宕，渊渊如寸管有神，矫矫若百尺无枝，而哀怨之情，亦复凄其无尽。"④ 此语不仅高度评价了文章的语言及神韵，而且还强调了作者所抒之情至悲至切。

萧纲的《司徒始兴忠武王诔》为称述诔主德勋并寄以哀悼之情而作，亦写得哀感动人。词曰："于穆忠武，光国之基。爰自弱龄，英明播越。玉润冰鲜，山静云发。"⑤ 忠武王英才俊发，堪为辅国之良器，

---

① 《梁书·王规传》，卷四十一，第3册，第582—583页。
② 《骈体文钞》卷九，第135页。
③ 《评选四六法海》卷一。
④ 《南北朝文评注读本》第2册，第23页。
⑤ 《全梁文》卷十三，《全上古三代秦汉三国六朝文》第3册，第3026页。

方待大展宏图之时，却弃绝人世，殒命而终。文云："方变正衮，永范时规。天弗报善，哲人其萎。响哀挽于北邙，去承明而不入。望参差之流影，听潺湲之雨泣。"① 融悲情于凄凉之景，可谓景凄情悲，这种融情于景的写法在梁代诔文乃至祭文、哀策文中都有体现。

梁代盛行宫体诗风，多绮艳丽靡之气，萧纲也擅长这种"伤于轻艳"、"以轻华为累"② 的宫体诗。在这种为"君子所不取"③ 的文风弥漫下也产生过不少发抒哀思甚浓的作品，颇显别具一格，萧纲的《大同哀辞序》亦为其中一例。其词曰：

> 潜恸结于心，愁眉惨于外。夕坐于是申旦，当食以之不甘。客有谓予曰："死生常也，天寿命也。陈蕃所憩之家，久传纪录之岁；华歆所闻之语，已定北陵之期。上圣所以忘情，贤者所以达节，将何戚焉？"予对之曰："观其明眸丰下，玉色和声，岂不登髫岁而拟触藩，及纨袴而知折李？灵心摧于毫末，慧识挫于趾步。庶方悟于来途，遂穷魂于短日，岂不伤哉！"④

萧大同是萧纲的第十九子，仲秋出生，冬末夭逝，作者身为人父，对爱子的去世极为悲伤，愁眉难舒，寝食无安。此序虚设主客，通过问答体的形式展开，客人试图劝慰作者节哀，态度极为开通旷达，而作者很难从悲伤中解脱出来。萧纲虽受到佛教的较深影响，但尚未达到痴迷的程度，虽然他认为死生终有定数，却仍然难以排遣丧子之痛。此文对仗工整，用典贴切自然，不失为一篇好骈文。

此外，萧纲还有《幽絷题壁自序》一文，武帝太清二年（548），侯景乱起，入据建康，囚禁武帝，三年（549），武帝辞世，侯景改立萧纲，纲举动皆受挟制。简文帝大宝二年（551），萧纲被囚禁，在狱中书壁板为义曰：

> 有梁正士兰陵萧世缵，立身行道，终始如一，风雨如晦，鸡鸣

---

① 《全梁文》卷十三，《全上古三代秦汉三国六朝文》第 3 册，第 3026 页。
② 《梁书·简文帝本纪论》，卷四，第 1 册，第 109 页。
③ 同上。
④ 《全梁文》卷十三，《全上古三代秦汉三国六朝文》第 3 册，第 3026 页。

不已。弗欺暗室，岂况三光，数至于此，命也如何！①

此文无异于作者对自己一生的立身行事进行了总结概括，文风简洁，语势自然流畅，情思凄怆动人。后世诗论家多以宫体轻艳之风概括其文风，未免失之偏颇。萧纲一生不仅勤于政事，而且著述甚富，张溥曾云："史言梁简文帝文集一百卷，杂著六百余卷，自古皇家撰论，未有若是其多者。"②

《昭明太子集序》是萧纲为其兄萧统的文集所作的序文，文中历数萧统的十四种德行，文风典雅庄重，表意明确具体。序文为强调文学的重要性，先引出天文，而后以人文相比附，以此显示文学的崇高地位。其词云：

> 窃以文之为义，大哉远矣！故孔称性道，尧曰钦明，武有来商之功，虞有格苗之德。故《易》曰："观乎天文，以察时变；观乎人文，以化成天下。"是以含精吐景，六卫九光之度；方珠喻龙，南枢北陵之采。此之谓天文。文籍生，书契作，咏歌起，赋颂兴。成孝敬于人伦，移风俗于王政。道绵乎八极，理浃乎九垓。赞动神明，雍熙钟石。此之谓人文。③

作者认为，文的内涵范围很广，而且也没有时间上的限定，因此可以远到上古，近到眼前。古代帝王顺应天命，拥有天下，无论称性称道，还是称圣称明，都符合天文之旨意，天文主宰时事变迁，由此可见其地位之重要。与天文相比，人文的重要性同样不可忽视，萧纲提出，举凡吟咏性灵的文学作品、阐发政教功用的儒学经典都属人文的范畴。如此一来，他便有意提高了抒情写物的文学的地位，可以说，这是作者重视文学功能的充分体现。

下文写昭明太子因爱才而招揽文士一节，尤为精彩：

---

① 《梁书·简文帝本纪》，卷四，第 1 册，第 108 页。
② 《汉魏六朝百三家集·梁简文集题辞》，《汉魏六朝百三家集题辞注》，第 212 页。
③ 《全梁文》卷十二，《全上古三代秦汉三国六朝文》第 3 册，第 3016 页。

好贤爱善，甄德与能，曲阁命宾，双阙延士。剖美玉于荆山，求明珠于枯岸。赏无缪实，举不失才，岩穴知归，屠钓弃业。左右正人，巨僚端士。丹毂交景，长在鹤关之内；花绶成行，恒陪画堂之里。雍容河曲，并当今之领袖；侍从北场，信一时之俊杰。岂假问谢鲲于温峤，谋黄绮于张良？①

萧统颇好文学，故常常引纳文学之士，共同研赏文义。当时著名文人皆纷纷慕名而归，如刘孝绰、王筠、陆倕、殷芸、到洽、刘勰等均为东宫僚属，其中，刘孝绰、王筠最受赏识。"（太子）性宽和容众，喜愠不形于色。引纳才学之士，赏爱无倦。恒自讨论篇籍，或与学士商榷古今；间则继以文章著述，率以为常。于时东宫有书几三万卷，名才并集，文学之盛，晋、宋以来未之有也。"② 作者不仅肯定了萧统喜爱文学的风尚，而且还对其各体文学作品予以称赏：

至于登高体物，展诗言志，金铣玉徽，霞章雾密，致深黄竹，文冠绿槐，控引解骚，包罗比兴。铭及盘盂，赞通图象，七高愈疾之旨，表有殊健之则。碑穷典正，每由则车马盈衢；议无失体，才成则列藩击缶。近逐情深，言随手变，丽而不淫。③

诗歌作为南朝时期的主要文学体裁，受到赞赏是很自然的，因为当时人在各种文体中最看重的就是诗，萧统的诗也不例外。至于其他文体，如"七"，萧纲同样加以称赏，称萧统的"七"文有"愈疾之旨"。翻检《萧统集》，"七"体只有《七契》一文，乃追摹枚乘《七发》、曹植《七启》、张协《七命》之作，"规仿太切，了无新意"④，实无特色可言。至于"表"，萧纲称"有殊健之则"，今存《萧统集》中已无此体文章，故很难推知其特点。综观序作全文，四字句和六字句占很大比例，可见在齐、梁骈体文中，这两种句式已得到时人的普遍认可。《文心雕龙·章句》云："若夫笔句无常，而字有条数，四字密而

① 《全梁文》卷十二，《全上古三代秦汉三国六朝文》第 3 册，第 3016 页。
② 《梁书·昭明太子传》，卷八，第 1 册，第 167 页。
③ 《全梁文》卷十二，《全上古三代秦汉三国六朝文》第 3 册，第 3017 页。
④ 《容斋随笔》卷七，上册，第 88 页 "七发" 条。

不促，六字格而非缓，或变之以三五，盖应机之权节也。"① 无论从声律协谐的角度来说，还是从意义对偶、表情达意的角度来说，四、六字句都最为合宜，因此它在骈文中的运用非常普遍。

萧纲论文崇尚真实地描绘客观外物，抒发内心情志，反对模拟儒家经书的典雅古质作风，此与南朝文学重视真实与形似、强调内心主观情性的倾向相一致。其《与湘东王论文书》对当时文人之作闲雅少情、不事比兴、缺乏真实形象性加以指责曰：

> 比见京师文体，懦钝殊常，竞学浮疏，争为阐缓。……既殊比兴，正背《风》、《骚》。……未闻吟咏性情，反拟《内则》之篇；操笔写志，更摹《酒诰》之作；……而观其遣辞用心，了不相似。②

作者认为当时文人正是因为规模儒家著述，从而忽视了自《国风》、《离骚》以来的比兴言志的传统，他们往往置诗歌的抒情述志功能于不顾，终致文风平庸散漫，毫无生趣。萧纲对当时学谢灵运、裴子野者也有所批评，他说："谢客吐言天拔，出于自然，时有不拘，是其糟粕；裴氏乃是良史之才，了无篇什之美。是为学谢则不届其精华，但得其冗长；师裴则蔑绝其所长，惟得其所短。"③ 齐、梁时期学谢诗者尚不占少数，像萧道成之子萧晔、伏挺、王籍等都追慕灵运诗体。作者并不反对学谢诗，只是反对许多人虽学却难得其长，唯得其短，只有谢朓能够扬长避短，颇得其佳处。裴子野则长于史学，曾撰《宋略》二十卷，受到沈约的称赏。时人不学其史才，却效慕其古朴之风气，因此也遭到萧纲的指责。作者在此书中对谢朓、沈约的诗，任昉、陆倕的笔类文章，张率的辞赋，周捨的论辩文都有很高的评价。该文由于对当时文坛风气的指摘准确恰当，故受到后人的赞扬。谭献评曰："当日文章流弊，言之深切。称心而出，不事依傍。"④

（十一）丽典新声，词采秀逸的庾肩吾之文

庾肩吾（487—551），字子慎，庾信父。肩吾风神俊逸，气度不

---

① 《文心雕龙注》卷七，下册，第571页。
② 《梁书·文学上·庾于陵传附弟肩吾传》，卷四十九，第3册，第690页。
③ 同上书，第691页。
④ 《骈体文钞》卷十九，第313页。

凡，才博识广，为文善制新声丽句。梁元帝萧绎《中书令庾肩吾墓志》称其"气识淹通，风神闲逸，钟鼓辞林，笙簧文苑"①，明人张溥亦赞其"文采尤高"，但"遗文鲜少"②。肩吾诗文多应制、应教、侍宴之作，但不乏佳篇佳句，《团扇铭》是今存庾氏骈文中为数不多的佳篇之一，为咏物寄意之作。此文颇事藻采，声韵谐畅，对语精致，用典妥帖，可谓丽典新声，络绎奔会，堪称庾氏骈体名作。词曰：

> 武王玄览，造扇于前。班生赡博，白绮仍传。裁筠比雾，裂素轻蝉。片月内掩，重规外圆。炎隆火正，石铄沙煎。清逾蘋末，莹等寒泉。恩深难侍，爱极则迁。秋风飒至，箧笥长捐。勒铭华扇，敢荐夏筵。③

全文篇制短少，共有十八句七十二字，言语简洁，意蕴丰赡。主体部分赞咏团扇，文末由扇及人，寄慨遥深。铭文化用前人文章中的词句，加以琢磨研炼，避陈取新，以求新意。钟涛指出庾肩吾此文"改造性地用了许多前人写团扇之语，他对前人词句的增损改造，显示出了六朝骈文有意避开质朴自然的日常语言，刻意锤炼奇特新色之文学语言的特点"④。求新求异、重视炼字炼句是南朝骈文的一贯倾向，更何况作者又是新变文风的积极倡导者。除致力于宫体诗风新变外，庾氏在骈文中也努力实施新变主张，而融铸损益旧文词语则是贯彻这一主张的具体表现。

为引出本文的歌咏对象——团扇，铭文起始两句即化用陆机《羽扇赋》中的"昔者武王玄览，造扇于前"⑤，几乎是随手拈来，却又新颖贴切。继之则以班固的《白绮扇赋》（此赋藻采富赡，惜已亡佚）相比附，与前涉典事并列，语势对称。至如叙及扇面质地与厚薄时，铭文则出以"筠"（指竹子的青皮）、"素"（指素绢）二词，且以薄雾、蝉翼作比，皆雅致生动，形象具体。溯其本源，此二句实应取自于班婕妤

---

① 《全梁文》卷十八，《全上古三代秦汉三国六朝文》第 3 册，第 3055 页。
② 《汉魏六朝百三家集·庾度支集题辞》，《汉魏六朝百三家集题辞注》，第 251 页。
③ 《全梁文》卷六十六，《全上古三代秦汉三国六朝文》第 4 册，第 3343 页。
④ 《六朝骈文形式及其文化意蕴》，第 130 页。
⑤ 《全晋文》卷九十七，《全上古三代秦汉三国六朝文》第 2 册，第 2014 页。

《怨歌行》中的"新裂齐纨素,皎洁似霜雪"①。文叙团扇之形状时以月由缺至圆为喻,亦属巧妙之比,该句则由徐幹《团扇赋》中的"仰明月以取象,规圆体之仪度"②融铸化用而来。前人作品中的语句多属陈述性的,而此文则以意象罗列的形式出现,句法构制又不相同。炎炎酷暑来临之时,团扇携清凉之风可以使人心神怡悦,然而夏去秋来,天气凉爽,团扇便被束之高阁了。所谓"恩深难待,爱极则迁",寓意颇深,文虽言扇,实隐含人,一旦失宠,则与弃物无异。综观此篇,韵语行文,一韵到底,读之音节圆润,尽显声韵之美。文风清新素雅,词采秀逸,在香艳绮靡之气弥漫文坛之时,实为特出。清人许梿赞曰:"值物赋象,姿致极佳。""庶几清吹徐来,秀采繁会。"③ 江山渊则云:"刻画入微,寄托深远,读之顿觉清风徐来,微凉欲生。"④

(十二)文胜于质,情理并茂的萧绎之文

萧绎(508—554),即梁元帝,梁武帝萧衍第七子,博学多识,所著繁多。王世贞《艺苑卮言》卷八曰:"自三代而后,人主文章之美,无过于汉武帝、魏文帝者,其次则汉文、宣、光武……梁武、简文、元帝……而著作之盛,则无如萧梁父子。"⑤ 据《金楼子·著书》所载,萧绎撰述总达六百余卷,包括《孝德传》、《忠臣传》、《丹阳尹传》、《内典博要》、《金楼子》、《连山》、《洞林》等。《隋书·经籍志四》著录《梁元帝集》五十二卷,《梁元帝小集》十卷,已佚,当属其文集。明人张溥辑有《梁元帝集》,并入《汉魏六朝百三名家集》。

《金楼子》一书内容驳杂,有采自他人著作者,有自己撰写者。四库馆臣认为:"其书于古今闻见事迹,治忽贞邪,咸为苞载,附以议论,劝戒兼资,盖亦杂家之流。""《聚书》、《著书》诸篇,自表其撰述之勤,所纪典籍源流,亦可补诸书所未备。"⑥ 该书原有十卷,后散佚,今存六卷,其中《立言》篇虽非专论文章,但从文学性质上对文笔之分加以阐发的观点,则为历来学者所重视。关于《金楼子》的来

---

① 《文选》卷二十七,第 3 册,第 1280 页。
② 《全后汉文》卷九十三,《全上古三代秦汉三国六朝文》第 1 册,第 975 页。
③ 《六朝文絜笺注》卷十,第 158 页。
④ 《南北朝文评注读本》第 2 册,第 32 页。
⑤ 《历代诗话续编》中册,第 1072 页。
⑥ 《四库全书总目》卷一一七,上册,第 1010 页。

源，李慈铭尝曰："此书于《永乐大典》中掇拾而成，不免奇零断续，其脱误处亦甚多。"① 今存《金楼子》即清人据明代《永乐大典》辑得，多残章讹句，后经辗转翻刻流传下来。

《金楼子》的成书时间不确考，盖非一时一地所作，很可能撰成于江陵亡陷前夕②，书前有序文，即《金楼子序》。其词云：

> 先生曰：余于天下为不贱焉。窃念臧文仲既殁，其言立于世。曹子桓云："立德著书，可以不朽。"杜元凯言："德者非所企及，立言或可庶几。"故户牖悬刀笔，而有述作之志矣。常笑淮南之假手，每嗤不韦之托人。由是年在志学，躬自搜纂，以为一家之言。
>
> 窃重管夷吾之雅谈，诸葛孔明之宏论，足以言人世，足以陈政术，窃有慕焉。老生有言："知我者希，则我者贵矣。"有是哉！有是哉！裴几原、刘嗣芳、萧光侯、张简宪，余之知己也。伯牙之琴，嗟《绿绮》之长废；巨卿之骥，驱《白马》其安归？昔为俎豆之人，今成介胄之士，智小谋大，功名其安在哉！盖以金楼子为文也，气不遂文，文常使气；材不值运，必欲师心。霞间得语，莫非抚臆；松石能言，必解其趣；风云元感，傥获见知。今纂开辟以来，至乎耳目所接。③

作者继承前人托立言以不朽的观念，早立著述之志向，希企通过文章以垂名后世。这反映出当时文人的普遍态度，立德既不可确定，只有立言或可显名。萧绎鄙视吕不韦、刘安等人借门客之手以成卷帙，从而使自己扬名的做法，因此他凡所撰述，皆亲自搜罗材料，独立撰写，以成一家之言。作者在文中提出，因仰慕管仲、诸葛亮的治世之言论，所以撰作此书，这实际上从侧面表露出自己著《金楼子》的目的是有为于世，此举无疑与立德、立言以扬名的思想又密切联系到一起。据序文推断，萧绎撰写此书应受到其"知己"——裴子野、刘显、萧子云、

---

① 《越缦堂读书记》，第 650 页。

② 此从钟仕伦之说（参见《〈金楼子〉研究》，中华书局 2004 年版，第 5、7 页）。曹道衡、沈玉成则提出该书成于江陵失陷前一年，即梁元帝承圣二年（553）（《中国文学家大辞典·先秦汉魏晋南北朝卷》，中华书局 1996 年版，第 389 页）。

③ 《全梁文》卷十七，《全上古三代秦汉三国六朝文》第 3 册，第 3051 页。

张缵的鼓励，因此下文中又援引伯牙、巨卿之事以示与诸人之友善。书成名显，足称有功于世，作者却认为创作时"气不遂文，文常使气；材不值运，必欲师心"，实无功名可言。序中所述作者撰写此书尽管是"霞（暇）间得语"，但也含有益世之诚心。萧绎一方面指出自己对《金楼子》并不十分满意，另一方面也提出已经尽心尽力了。作者论文主张文质相副，但此书"竞采浮艳之词"、"饰雕虫之小技"①，所以他说气为文使。关于《金楼子》一书内容所涉及的范围，钟仕伦说："上自三皇五帝，下迄太清年间，大至邦国治乱，小至家庭琐事，无所不记。"②

《内典碑铭集林序》也是萧绎的一篇较出色的骈文，其中所体现出的文学观点，历来广为学者所重视。其文曰：

> 夫世代亟改，论文之理非一；时事推移，属词之体或异。但繁则伤弱，率则恨省；存华则失体，从实则无味。或引事虽博，其意犹同；或新意虽奇，无所倚约；或首尾伦帖，事似牵课；或翻复博涉，体制不工。能使艳而不华，质而不野，博而不繁，省而不率，文而有质，约而能润，事随意转，理逐言深，所谓菁华，无以间也。予幼好雕虫，长而弥笃，游心释典，寓目词林，顷常搜聚，有怀著述。③

《内典碑铭集林》是一部汇集佛寺僧人碑铭之文的集子，全书共三十卷。根据序文后半部分所述推断，作者编纂此集的意图似乎并不全是为了宣扬佛理，应该还包含有赏玩词章的目的。钱锺书说："观'幼好雕虫'、'寓目词林'等语，集碑之旨，出于爱玩词章，不同后世金石学之意在考订文献或玩赏书法也。"④ 此文虽针对碑铭类文章而论，却具有普遍性，对其他文体同样适用。萧绎认为，文学批评标准同文学创作一样，并非固定不变，而是与世推移的，时代改变，创作及批评标准也在发生变化。就作品而言，其意、理要通过文词来表达，但文词往往涉及典事，这样，对典事的驾驭就必须做到适度，既贴切恰当，又不能

① 魏徵：《群书治要序》，《全唐文》卷一四一，第2册，第1431页。
② 《〈金楼子〉研究》，第2页。
③ 《全梁文》卷十七，《全上古三代秦汉三国六朝文》第3册，第3053页。
④ 《管锥编》第4册，第1398页。

多，不能少。无论如何，作品的意、理应居主要地位，言、事则居从属地位，后者要服从前者，即所谓"事随意转"、言为理使。由此可以看出，萧绎所追求的是一种最佳状态，即文章内容与形式达到完美的统一。在文章的华丽与质朴方面，针对"存华则失体，从实则无味"的弊端，作者反对偏于任何一方，追求"艳而不华，质而不野"、"文而有质，约而能润"，这与其兄萧统"丽而不浮，典而不野，文质彬彬"①的观点可谓一脉相承。综上可见，萧绎论文崇尚中和之美，但他自己的作品似乎没有做到这一点，往往表现出文过于质的特点。姜书阁说："萧绎论文，亦有颇为中理者，但他自己所作，或未能如其所论之切当，岂亦言之匪难，而行之惟艰欤？抑亦当世文风如此，握管疾书，遂莫能违其故常耳。"② 萧绎此文以典型的骈体写成，尤重声韵音律，故后人赞其"音节可诵"③。

《郑众论》借追忆往事以凭吊前贤，抒怀古之悲思，在众作之中别具特色。明人张溥曾称萧绎之文"婉丽多情"④，今以此文观之，虽不十分"婉丽"，却也极富情致。郑众字仲师，东汉明帝时人，永平初年，北匈奴向汉朝请求和亲，明帝遣郑众持符节出使北庭。至匈奴所居地，其人欲使郑众跪拜，众不肯屈从，首领单于大怒，遂幽禁郑众并绝其水火，以逼迫其屈服。郑众拔刀自誓，终不为屈，单于惊恐，于是作罢。作者以富含深情之笔写出对汉使节操的赞颂。词曰：

> 汉世衔命匈奴，困而不辱者，二人而已。子卿手持汉节，卧伏冰霜；仲师固无下拜，隔绝水火。况复风生稽落，日隐龙堆，翰海飞沙，皋兰走雪。岂不酸鼻痛心，忆雒阳之宫陛；屑泣横悲，想长安之城阙。直以为臣之道，义不为生；事君之节，生为义尽。岂望拔幽泉，出重仞，经长乐，抵未央。及还望塞亭，来依候火，旁观上郡，侧眺云中。虽在己之愿自隆，而于时之报未尽。⑤

---

① 《答湘东王求文集及〈诗苑英华〉书》，《全梁文》卷二十，《全上古三代秦汉三国六朝文》第 3 册，第 3064 页。

② 《骈文史论》，第 401 页。

③ 谭献评语，（《骈体文钞》卷二十一，第 387 页）。

④ 《汉魏六朝百三家集·梁元帝集题辞》，《汉魏六朝百三家集题辞注》，第 215 页。

⑤ 《全梁文》卷十七，《全上古三代秦汉三国六朝文》第 3 册，第 3049 页。

第四章　南朝骈文发展分期探析

此文虽以骈体撰成却不尚华丽之词，并且情理并茂，刘熙载曰："论不可使辞胜于理，辞胜理则以反人为实，以胜人为名，弊且不可胜言也。"① 文章对汉代苏武、郑众出使匈奴遭受磨难却始终不屈的精神予以高度称赏，其中对萧瑟荒凉环境的描写，则从侧面衬托出作者由郑众的悲壮之举所引发的凄怆悲恻之情。许梿评云："'风生'四语，写得浓致有态，睹此光景，焉能不酸鼻痛心？"② 匈奴人对汉朝边郡虎视眈眈，妄图据为己有，忠臣为节义可以不惜生命，其高尚情操足令闻者景仰，但朝廷却不能对他们论功行赏，作者内心的不平之气溢于言表。综观萧绎的作品，此类文章可谓绝无仅有，因此读来给人以耳目一新之感。江山渊对该文有较为中肯的评价："凭弔往哲，哀艳绝伦，思古幽情，萦于寸楮。殆有风生腕下、日隐幅中、雪走毫端、沙飞纸背之概。一结尤有弦外之音，嫋嫋不绝。"③

（十三）语淡情深，遣词精当的刘令娴之文

刘令娴，生卒年不详，彭城人，刘孝绰第三妹，徐悱妻，文尤清丽。孝绰有妹三人，一适琅邪王萧叔英，一适吴郡张嵊，一适东海徐悱，并有才学。徐悱为仆射徐勉之子，为晋安内史，卒，丧还京师，妻为祭文以寄哀悼，辞甚凄怆。徐勉亦一时文士，本欲造哀文，既见此文，于是搁笔。刘令娴的《祭夫文》质朴自然，语淡而情深，文叙徐悱之德才学识曰：

> 惟君德咸礼智，才兼文雅。学比山成，辩同河泻。明经擢秀，光朝振野。调逸许中，声高洛下。含潘度陆，超终迈贾。④

徐悱文才博富，创作极丰，令娴所言实不为虚，徐勉《答客喻》曾称悱"文章之美，得之天然。好学不倦，居无尘杂。多所著述，盈帙满笥。淡然得失之际，不见喜愠之容"⑤。勤奋好学，识见渊博，处世澹泊，性情平和，当是徐悱真实品性的体现。作者以汉之贾谊、终军与晋之潘岳、陆机作比，极言徐悱学识之高，虽未尽当，却体现出对丈

---

① 《文概》，《艺概》卷一，第43页。
② 《六朝文絜笺注》卷九，第151页。
③ 《南北朝文评注读本》第1册，第4页。
④ 《全梁文》卷六十八，《全上古三代秦汉三国六朝文》第4册，第3361页。
⑤ 《全梁文》卷五十，《全上古三代秦汉三国六朝文》第4册，第3239页。

夫的赏慕之情。许梿称刘令娴"深情无限"①，盖由此而发。下文叙及夫妇二人从欢娱结合到相悦相依，笔势自然，语气平稳。文曰："二仪既肇，判合始分。简贤依德，乃隶夫君。……式传琴瑟，相酬典坟。"②令娴与徐悱均长于文学，二人酬唱于坟籍之间，生活颇具情致。祭文最感人处是徐悱去世后，作者抒发痛悼之情一节，其词云：

> 雹碎春红，霜凋夏绿。躬奉正衾，亲观启足。一见无期，百身何赎。呜呼哀哉！生死虽殊，情亲犹一。敢遵先好，手调薑橘。素俎空前，莫馐徒溢。昔奉齐眉，异于今日。……如当永诀，永痛无穷。百年何几，泉穴方同。③

"雹碎春红，霜凋夏绿"二句色彩极艳，对句极工，抒情却极深沉。徐悱逝去，夫妻永诀，作者以比喻之法抒写出内心的无限悲痛，追忆先前的恩爱生活，无疑更增哀思。此文篇幅短小，不事雕琢，语虽冲淡却极工，述哀情深刻而真挚，昔人所称"长于哀怨"④，实为知者之言。谭献亦评道："恻怆中无意琢削而语语工，亦当文事最胜之日也。"⑤ 明人王志坚则赞曰："无限才情，出之以简淡，当是幽闲贞静之妇。是编上下千余年，妇人与此者，一人而已。"⑥ 自晋代左思之妹左棻以来，南朝擅文之名媛唯有鲍照之妹鲍令晖、孝武帝时宫人韩兰英、刘孝绰妹令娴等寥寥数人。鲍、韩二人以诗赋闻名，而刘令娴则长于哀祭文，以哀文而论，自魏晋至明清之际，仅令娴一人声名显著。

第三节　缛采郁于云霞，逸响振于金石
——骈文臻于成熟的梁陈时期

骈文发展到徐陵、庾信时，"词事并繁"⑦，臻于成熟。虽然庾信后

---

① 《六朝文絜笺注》卷十二，第185页。
② 《全梁文》卷六十八，《全上古三代秦汉三国六朝文》第4册，第3361页。
③ 同上。
④ 《四六丛话·叙祭诔》，《四六丛话》卷二十五，第416页。
⑤ 《骈体文钞》卷二十六，第539页。
⑥ 《评选四六法海》卷八。
⑦ 李兆洛评语（《骈体文钞》卷三，第57页）。

期主要生活于北周，但就骈文而言，他与徐陵的创作代表了此种文体的最高成就，故后世多将二子骈体归为一派，称为"徐庾体"。徐庾并称源于二人在骈文形式技巧方面的造诣，这已为后世所公认，如程杲在《四六丛话序》中说："四六盛于六朝，庾徐推为首出。"① 许梿评徐陵的《玉台新咏序》道："骈语至徐庾，五色相宣，八音迭奏，可谓六朝之渤澥，唐代之津梁。"② 徐庾骈文在对仗方面益趋精工，最明显的变化就是四六隔句对数量大增。虽然陆机、傅亮等人的文章中已有四六对句，但不过是零星出现，而徐庾之作中，则比比皆是。如徐陵的《玉台新咏序》云："至如东邻巧笑，来侍寝于更衣；西子微矉，得横陈于甲帐。陪游馺娑，骋纤腰于结风；长乐鸳鸯，奏新声于度曲。"③ 庾信的《哀江南赋序》云："荆璧睨柱，受连城而见欺；载书横阶，捧珠盘而不定。钟仪君子，入就南冠之囚；季孙行人，留守西河之馆。"④ 四六隔句对的长处非常明显，所谓"四字密而不促，六字格而非缓"⑤，而且这种句式有利于音节和声律的谐和，也便于意义上的对偶。徐庾骈文中的对句往往不拘一格，灵活多样，除四六对句外，还有四四对、六六对、六四对等。

当然，徐庾骈文并非全由对偶构成，而是适当融以虚字和散句，使得文气畅通而不滞塞。孙德谦说："作骈文而全用排偶，文气易致窒塞，即对句之中亦当少加虚字，使之动宕。""骈体之中使无散行，则其气不能疏逸，而叙事亦不清晰。故庾子山碑志文，述及行履，出之以散；每叙一事，多用单行先将事略说明，然后援引故实，以接其下。推之别种体裁，亦应骈中有散也。"⑥ 徐庾骈文虽多用四六对句，但能常有变化，所以不致形成一种僵化的模式，非如后世四六体全取排偶的状况。另外，徐庾骈文在用典上能做到自然灵活，巧妙融化，没有晦涩板滞之嫌，在声律和藻饰方面也都发挥到了极致。一般认为，庾信的骈文

---

① 《四六丛话》，第 1 页。
② 《六朝文絜笺注》卷八，第 142 页。
③ 《全陈文》卷十，《全上古三代秦汉三国六朝文》第 4 册，第 3457 页。
④ 《全后周文》卷八，《全上古三代秦汉三国六朝文》第 4 册，第 3922 页。
⑤ 《文心雕龙·章句》，《文心雕龙注》卷七，下册，第 571 页。
⑥ 《六朝丽指》。

成就高于徐陵①，原因就在于庾信能把骈文各种形式技巧发挥到最大限度的同时，融入国破家亡之痛和乡关之思，从而做到情文俱兼。无论如何，我们不能否认徐陵和庾信在骈文创作中的成功。

大约自梁中后期至陈代，骈文臻于成熟。徐陵、庾信本为成熟骈文的代表作家，然鉴于子山之文基本作于北周，而本文所论仅限于南朝，故于庾作无涉。以南朝骈文成熟时期的代表作家而言，除徐陵外，成就较高者尚有沈炯等人。

一 骈俪之极致——徐陵之文

徐陵（507—583），字孝穆，为有陈"一代文宗"，颇长属笔，"世祖、高宗之世，国家有大手笔，皆陵草之"，"其文颇变旧体，缉裁巧密，多有新意。每一文出手，好事者已传写成诵，遂被之华夷，家藏其本"②。孝穆为南朝骈文巨匠，今存其文多为骈体应用文，细观诸作，写兴亡丧乱、乡关之思的书、表之文情深意挚，尤为感人。张溥对此类文章曾予以高度称赏："余读其《劝进元帝表》，与代贞阳侯数书，感慨兴亡，声泪并发，至羁旅篇牍，亲朋报章，苏李悲歌？犹见遗则，代马越鸟，能不凄然。"③ 除此以外，张氏还特别赞扬了徐陵的序文与策文："《玉台》一序，与《九锡》并美，天上石麟，青睛慧相，亦何所不可哉。"④ 综观徐文，其骈体成就主要体现在序、书、表、策、碑、移诸体文中。

如果说颜延之的骈文因处在骈体的早期阶段，对形式技巧的追求还不严格的话，那么任昉的骈文无疑向前迈进了一大步，时至徐陵，则可以说骈文已完全成熟，对形式技巧的追求也到了无以复加的程度。就语言风格而言，颜延之骈文繁缛典重，任昉骈文则清丽疏通，而徐陵骈文

---

① 如《四库全书总目·庾开府集笺注提要》说："至信北迁以后，阅历既久，学问弥深，所作皆华实相扶，情文兼至。抽黄对白之中，灏气舒卷，变化自如，则非陵之所能及矣！"（卷一四八，下册，第1276页。）又沈德潜《古诗源·例言》说："庾子山才华富有，悲感之篇，常见风骨，所长不专在造句也。徐庾并名，恐孝穆华词，瞠乎其后。"（《古诗源》，第3页。）蒋士铨《评选四六法海》也说："徐孝穆逸而不遒，庾子山遒逸兼之，所以独有千古。"（《评选四六法海·凡例》）"孝穆惟过巧过密，过求新意，便觉气格大减子山。"（《评选四六法海》卷四评徐陵《答周处士弘让书》语。）

② 《陈书·徐陵传》，卷二十六，第2册，第335页。

③ 《汉魏六朝百三家集·徐仆射集题辞》，《汉魏六朝百三家集题辞注》，第264页。

④ 同上。

则明显趋于平易流畅。其《玉台新咏序》一文可谓集骈文之大成，无论对偶、藻采、用典、声律还是句式，都已达到成熟期骈文的最佳状态。与他序相比，该序新颖独特，有论者说："此序别出心裁，不同于一般序文。它既不如实叙述撰集缘起，也不直接阐发其文学观点，而是以虚构手法，将《玉台新咏》的撰集，说成是出于'倾国倾城，无双无对'的后宫佳丽之手。"① 序文"丽藻星铺，雕文锦缛"②，"吐音高亮"、"大变六朝之体势"③，如叙佳丽所居宫室、出身、体形及才华曰：

> 夫凌云概日，由余之所未窥；千门万户，张衡之所曾赋。周王璧台之上，汉帝金屋之中。玉树以珊瑚作枝，珠簾以瑇瑁为柙，其中有丽人焉。其人五陵豪族，充选掖庭；四姓良家，驰名永巷。亦有颍川新市，河间观津，本号娇娥，曾名巧笑。楚王宫里，无不推其细腰；卫国佳人，俱言讶其纤手。阅诗敦礼，岂东临之自媒？婉约风流，异西施之被教。弟兄协律，生小学歌；少长河阳，由来能舞。琵琶新曲，无待石崇；箜篌杂引，非关曹植。传鼓瑟于杨家，得吹箫于秦女。④

上引一段，即可见其藻绘绮丽，音调铿锵，极善用典，技法纯熟，可谓深得骈体靡丽精工之旨，实可称南朝骈文中的杰作。清人许梿评云："骈语至徐庾，五色相宣，八音迭奏，可谓六朝之渤澥，唐代之津梁。而是篇尤为声偶兼到之作，炼格炼词，绮绡绣错，几于赤城千里霞矣。"⑤ 此说不仅指出该文的声律、对偶特点，而且还形象地描绘出其雕琢藻饰之功。孙梅则曰："美意泉流，佳言玉屑。其烂熳也，若蛟蜃之嘘云；其鲜新也，如兰苕之集翠。洵足仰苞前哲，俯范来兹矣。"⑥

该文用事甚繁，但无饾饤堆积之感，盖因徐陵能够运以巧思，活用典故，融化无间，所以读来语势自然流畅却又内蕴丰饶。如"琵琶新

---

① 《魏晋南北朝文学批评史》，第 306 页。
② 李昶：《答徐陵书》，《全后周文》卷六，《全上古三代秦汉三国六朝文》第 4 册，第 3913 页。
③ 谭献评语（《骈体文钞》卷十九，第 317 页）。
④ 《全陈文》卷十，《全上古三代秦汉三国六朝文》第 4 册，第 3456 页。
⑤ 《六朝文絜笺注》卷八，第 142 页。
⑥ 《四六丛话》卷二十，353—354 页。

曲，无待石崇；箜篌杂引，非关曹植"一联，用石崇的《琵琶序》文和曹植的《箜篌引》诗作对，表现佳丽的音乐才能，可谓出语平浅，但富含深意。此序中用典灵活多样，数量众多，所涉时间跨度长，包罗典籍品种多。据钟涛统计："《玉台新咏序》共用典故约九十余处，出自经史子集的典故约五十多处，出自笔记杂著中的典故三十多处。其中仅有少数几个典故出处不详，比较偏僻。而这些典故的分布，大约是先秦十多个，汉代四十多个，魏晋共约二十多个。"① 关于序文的对仗及句式，谭献称其"无字不工，四六之上驷"②，比较准确地指出四六对句的妙用。与宋、齐骈文相比，徐陵此文裁对繁密而精工，几乎达到无句不偶的程度，尤其是四六隔句对数量大增，以致对后代造成极深的影响。孙德谦说："至徐庾两家，固多四六语，已开唐人之先。"③《玉台新咏序》因其在骈文上所取得的突出成就而备受后人推重，如齐召南曰："云中彩凤，天上石麟。即此一序，惊才绝艳，妙绝人寰。序言'倾国倾城，无双无对'，可谓自评其文。"④ 江山渊评道："孝穆兹序，亦为精心结撰之作。虽藻采纷披，辉煌夺目，而华不离实，腴不伤雅。丽词风动，妙语珠圆。乾坤清气，欲沁于心脾；脂墨余香，常存于齿颊。斯亦骈文之雄军、艳体之杰构也。"⑤

今存徐陵书信文三十余篇，其中抒情最深挚者当数滞留北齐时所作诸篇。与早期骈文的"意浅而繁"⑥、"文艳质寡"⑦ 相比，此时的书信文往往"文质相宜"、"当于事理"⑧，且情思充沛，这方面的佳作应首推《与齐尚书仆射杨遵彦书》。孝穆骈文风格的这一变化与其经历密切相关。梁武帝太清二年（548），徐陵出使东魏，三年（549），侯景乱起，陵遂被迫滞留北方。此后，北齐代东魏，梁元帝在江陵继承帝位，又与北齐通使，"陵累求复命"，但北齐方面以各种借口加以阻挠，"终

① 《六朝骈文形式及其文化意蕴》，第 149 页。

② 《骈体文钞》卷二十一，第 394 页。

③ 《六朝丽指》。

④ 吴兆宜引（《徐孝穆集笺注》卷四）。

⑤ 《南北朝文评注读本》第 1 册，第 28 页。

⑥ 《隋书·文学传序》，卷七十六，第 6 册，第 1730 页。

⑦ 徐陵：《答李颙之书》，《全陈文》卷十，《全上古三代秦汉三国六朝文》第 4 册，第 3453 页。

⑧ 李兆洛评语（《骈体文钞》卷十九，第 322 页）。

拘留不遣，陵乃致书于仆射杨遵彦"①，是有《与齐尚书仆射杨遵彦书》一文。国家残破、妻离子散、羁留异国不得南归诸因素叠加到一起，终于促使其文风发生了明显的转变，作品内容也转向家国之思的抒写。

作者针对齐人不遣其南归的托词，在文中逐一加以反驳，表达出对故国的深刻思念之情。文章说理深切透辟，情绪慷慨激越，气势跌宕有致，"涛翻浪涌，自具潆洄盘礴之势，故非无气者所能，亦非直下者可比"，"顿宕风流后来无比"②。如齐人许诺待侯景乱平后即可遣其返归，徐陵反驳云：

> 若云逆竖歼夷，当听反命，高轩继路，飞盖相随，未解其言，何能善谑？夫屯亨治乱，岂有意于前期。谢常侍今年五十有一，吾今年四十有四，介已知命，宾又杖乡，计彼侯生，肩随而已。岂银台之要，彼未从师，金灶之方，吾知其决，政恐南阳菊水，竟不延龄，东海桑田，无由可望。③

作者认为，韶华易逝，而治乱相续，况且侯景之乱何时能平尚未可知，如果等到混乱平定后才允许自己返回故国，恐怕寿命也到不了那个时候。至于高轩飞盖相护送，更非自己意之所在。末段叙写乡关之思，声泪并发，尤为凄怆感人。文曰：

> 岁月如流，平生何几，晨看旅雁，心赴江、淮，昏望牵牛，情驰扬、越，朝千悲而掩泣，夜万绪而回肠，不自知其为生，不自知其为死也。……若一理存焉，犹希矜眷，何必期令我等必死齐都，足赵、魏之黄尘，加幽、并之片骨，遂使东平拱树，长怀向汉之悲，西洛孤坟，恒表思乡之梦。干祈以屡，哽恸增深。④

徐陵骈文造诣之深于此可略见：语言平易流畅，对句精工，用典能活能化，贴切自然而不使人觉。该文反复推阐，议论精辟入微，文气跌

---

① 《陈书·徐陵传》，卷二十六，第2册，第326页。
② 《评选四六法海》卷四。
③ 《陈书·徐陵传》，卷二十六，第2册，第330页。
④ 同上书，第331—332页。

宕，情感充沛，理思尽至。张溥赞曰："历观骈体，前有江任，后有庾徐，皆以生气见高，遂称俊物。"① 孙梅评云："议论曲折，情词相赴，气盛而物之浮者，大小毕浮，不意骈俪有此奇观。至末段声情激越，顿挫低徊，尤神来之笔。"② 李兆洛曰："摇笔波涌，生气远出，有不烦绳削而自合之意。"③ 谭献云："沾溉千载，有如创获。古人之格，自我而变；后人之法，自我而开。文章气力至此，正不必以皮相论矣。"④ 蒋士铨曰："祈请之书至数千言，可谓呕出心肝矣，然无一语失体。"⑤ 前之论者多以为骈体不宜发议论，今以徐陵骈体书信观之，此说未当。该文不但能以骈体作论，而且析论精切，说理透彻，丝毫不亚于散体文。

从语言形式上来看，任昉之表的对句类型虽不拘一格，但多数对仗往往不求甚工。到了徐陵笔下，不仅对句形式灵活多样，而且裁对也极为精工，究其原因，应当与骈文的发展密切相关。彦昇之表多作于齐代或梁前期，其时骈文尚未成熟，非但裁对不求精工，而且文中散句数量也不算少。时至徐陵，骈文臻于成熟，表文中的散句则明显减少。孝穆的《劝进梁元帝表》可以表明骈文对句的演变之轨迹。关于此文的创作背景，史籍有所记载。简文帝大宝二年（550）冬十月，太宗崩殂，征东将军王僧辩奉表以劝萧绎即位，绎作《答群下劝进令》，言不由衷，矫饰谢绝。南平王萧恪又率宗室五十余人、领军将军胡僧祐率群僚二百余人、江州别驾张佚率吏民三百余人，并奉笺劝进，结果萧绎固辞不受。十一月，王僧辩再次上表，仍然无果而终。大宝三年（551）三月，僧辩等平侯景，传其首于江陵，第三次奉表劝进萧绎即位。五月，萧恪、王僧辩等拜表上尊号，萧绎仍固让不受。八月，徐陵于邺城奉表劝进。十月，四方征镇王公卿士复劝即尊号，表三上，乃从。

《劝进梁元帝表》以成熟的骈体写成，条理有序，眉目清晰，情韵双兼。表文先叙自有史以来，历代均有艰难之时，但无论如何总会有中兴之主出现以继复王业。次叙元帝德量宽宏，且值侯景乱平，国家不可无主，因此应该乘时登祚。作者驾驭语言轻松自如，叙事则言尽意出，

① 《汉魏六朝百三家集·徐仆射集题辞》，《汉魏六朝百三家集题辞注》，第264页。
② 《四六丛话》卷十七，第317页。
③ 《骈体文钞》卷十九，第317页。
④ 同上书，第319页。
⑤ 《评选四六法海》卷四。

析理则头头是道。如自述虽身居北地却极其牵挂故国，诚心劝谏萧绎不宜谦让时云：

> 伏愿陛下因百姓之心，拯万邦之命。岂可逡巡固让，方求石户之农；高谢君临，徒引箕山之客！未知上德之不德，惟见圣人之不仁。率土翘翘，苍生何望！昔苏秦、张仪，违乡负俗，尚复招三方以事赵，请六国以尊秦。况臣等显奉皇华，亲承朝命，珪璋特达，通聘河阳，貂珥雍容，寻盟漳水，加牢贬馆，随势汙隆，瞻望乡关，诚均休戚。但轻生不造，命与时乖。忝一介之行人，同三危之远摈。承间内殿，事绝耿弇之恩；封奏边城，私等刘琨之哭。①

由上可见，作者身处异国却心系乡关，战乱频仍，故国遭难，简文被害，时无国主，尤令人痛心。张溥云："余读其《劝进元帝表》，与代贞阳侯数书，感慨兴亡，声泪并发。"② 表文援引舜欲让位于友人石户之农而不成、尧欲让位于许由亦不成的典故，委婉劝谏萧绎不应执意辞让，而应乘时随势即刻践祚。只有这样才能救国家于濒危，梁代民众才能有生之希望。徐陵在文中又通过苏秦、张仪、耿弇、刘琨的事迹以自勉，说明自己愿效诸贤，为梁王室竭尽忠诚。徐陵为南朝骈文宗师，又是"陈代文萃的宝鼎"③，此表"言必贞明，义则弘伟"，且"辞令有斐"④，所取得的成就很高。通观全篇，该文对句的种类已明显突破了此前任昉之表中的门类。除常见的四四对、六六对外，文中尚有四六隔句对、四五对、五五对、七七对，尤其是四六隔句对较常见。尽管此前骈文中已有四六隔句对，但总体数量较少，这一对句类型在徐陵骈文中迅速增多，无疑显示出骈文对句的发展趋势。虽多用四六隔句对，却与后世四六文"全取排偶"⑤ 不同，或许这正是南朝骈文臻于成熟但并未僵化的原因所在。考索徐陵骈文可以发现，对句极多，同时也很注意运用虚字或散句以疏宕文气。前人论及徐、庾骈文风格时，往往认为徐

---

① 《梁书·元帝本纪》，卷五，第 1 册，第 130 页。
② 《汉魏六朝百三家集·徐仆射集题辞》，《汉魏六朝百三家集题辞注》，第 264 页。
③ 《插图本中国文学史》，第 2 册，第 248 页。
④ 《文心雕龙·章表》，《文心雕龙注》卷五，下册，第 408 页。
⑤ 《六朝丽指》。

陵"逸而不遒",而庾信则"遒逸兼之"①,今以此表观之,实亦颇具遒劲之气。谭献所评极是:"不事恢奇,修短合度。结响既遒,顾际不俗。"②

徐陵为陈代骈体名家,其政治、文学地位有同沈约之于梁。"自有陈创业,文檄军书及禅授诏策,皆陵所制,而九锡尤美。为一代文宗,亦不以此矜物,未尝诋诃作者。其于后进之徒,接引无倦。"③ 九锡,指《册陈公九锡文》,属策命类文章,其文藻采纷呈,颇具生气。梁、陈之交,陈霸先凭借气魄和武力基本控制了当时的政局,其功绩之显赫自不待言。此文篇幅长达四千余字,既要歌颂功德,又要写成优美的骈文,这无疑显示出徐陵极高的驾驭语言文字的才力。就格式而言,虽与前代如傅亮、任昉的九锡文几无二致,但徐氏此作在艺术技巧上则更趋精致化,不仅裁对精工,而且用典繁密贴切。如写陈霸先平定任约叛乱一节,笔势顿宕,生气远出,文曰:

> 任约叛换,枭声不悛,戎羯贪婪,狼心无改。穹庐氊幕,抵北阙而为营;乌孙天马,指东都而成阵。公左甄右落,箕张翼舒,……长狄之种埋于国门,椎髻之酋烹于军市,投秦坑而尽沸,噎滩水而不流。此又公之功也。④

作者铺采摛文,随笔挥洒,却意无不至。尽管稍有夸饰,但夸而有节,所述诸事多依史实而成。谭献评曰:"遂为台阁文字滥觞,尚有生气,后人不能。霸先崛起,功绩炳如,胪陈事实,尚非出于夸饰,文于元茂,便似晋帖唐临。"⑤ 此说指出该文与潘勗之文有异曲同工之妙,但此作在骈体技法上的成就则超过潘作。与书信文相比,此文亦"生气不减"⑥。

北周文人李昶与陵友善,曾有书信往复,其《答徐陵书》称徐文

---

① 《评选四六法海·凡例》。
② 《南北朝文举要》引,下册,第549页。
③ 《陈书·徐陵传》,卷二十六,第2册,第335页。
④ 《陈书·高祖本纪上》,卷一,第1册,第18页。
⑤ 《骈体文钞》卷七,第118页。
⑥ 同上书,第122页。

"丽藻星铺，雕文锦缛。风云景物，义尽缘情。经纶宪章，辞殚表奏。久以京师纸贵，天下家藏。调移齐右之音，韵改河西之俗"①。今观孝穆之文，此语不虚。如实言之，徐陵骈体佳作纷出，内容充实，抒情深挚，对仗精工，用事贴切，丽藻缛绘，声韵调谐，备受称扬。《陈文皇帝哀册文》是为哀悼文帝而作，属骈体佳制之一。陈文帝，即世祖陈蒨，卒于天康元年（566）四月，其遗诏中流露出牵挂百姓疾苦、担忧社稷多艰的愧恨之情。对于这样一位爱民如子、以社稷为重的天子，作者以精湛的骈体技巧抒写出深沉真挚的哀悼之情。如序文写出殡及丧葬仪式曰：

> 辩蜃辂于丹陛，攀龙帷于紫庭，趋过穷于屏阙，拜恸感于明灵。东京飞其瑞露，北陆贾其祥星。乃诏云台之史，稽采咸池之曲，叶大雅于鸣金，同藏书于群玉。②

此节纯以裁对整齐的六字句组成，上下两句之间无论词性、结构还是意象都能做到逐一对应。另外，对于声律的讲究也很严格，每联的出句与对句之间基本符合平仄相对的规则，极具声韵谐协之美。张溥云："三代以前，文无声偶，八音自谐，司马子长所谓铿锵鼓舞也。浸淫六季，制句切响，千英万杰，莫能跳脱，所可自异者，死生气别耳。"③

又如正文叙及文帝功德政绩云：

> 递行天讨，无遗神算。郁扫江淮，长驱巳汉。九夷百越，雷随风涣。北俘昆邪，西戡伊轩。荷负皇极，劬劳庶几。勤民听政，昃食宵衣。……礼兼三代，乐备九成。天资武德，地照文明。……兽舞时豫，禽歌颂平。④

陈文帝以英武之才，扫平天下，四方蛮夷尽皆臣服，政局大定，遂又制礼作乐，王化大成，民乐其业，国势昌盛。文章以常见的四言韵语

---

① 《全后周文》卷六，《全上古三代秦汉三国六朝文》第 4 册，第 3913 页。
② 《全陈文》卷十，《全上古三代秦汉三国六朝文》第 4 册，第 3458 页。
③ 《汉魏六朝百三家集·徐仆射集题辞》，《汉魏六朝百三家集题辞注》，第 264 页。
④ 《全陈文》卷十，《全上古三代秦汉三国六朝文》第 4 册，第 3459 页。

行文，八句一换韵，音节谐畅，韵律铿锵。谭献评道："吐音高亮。徐庾出而大变六朝之体势，比于诗家之沈宋。"① 颂德之后的借景抒情一节，点出此文述哀的主题。文曰：

> 三占已吉，四海星奔。列赠天宇，崩号帝阍。千门启于闾阖，万乘警于灵辒。槐风悲于辇道，松雨思于郊原。銮旆动而虚跸，宿卫静而空尊。呜呼哀哉！②

作者融悲情于景物，景因人事而亦悲，格调凄婉苍凉：闾阖门、万乘拥戴的丧车、风吹槐树、雨打松枝、銮舆上的旗子等都已被人格化，无不带有浓郁的伤感气息。

与哀辞、哀文类似，哀策文亦为诔文之变体，属于伤悼性文类，若细分之，尚稍有区别。徐师曾云："按哀辞者，哀死之文也，故或称文。夫哀之为言依也，悲依于心，故曰哀；以辞遣哀，故谓之哀辞也。"③ 大略言之，哀辞多用于幼童，而哀文多用于成人，到唐时二者几无区别，至于哀策文，则主要用于皇室成员。无论哀辞、哀文还是哀策文，在叙述哀情上几无大异。徐陵此文在内容上虽无新意，在创作技巧上却超越了同类作品，在驾驭语言方面可谓匠心独运，并且极其重视精对、声韵等骈文技巧。

近人刘师培论碑文时提出，南朝之碑不同于两汉者，正在于"辞采增华，篇幅增长"④，不仅强调实用性，而且也非常讲究文采，注重审美性，因此制碑者多着意为文。徐陵为骈文巨匠，也是撰碑名家之一，严可均《全陈文》卷十一辑录其碑九篇，《司空徐州刺史侯安都德政碑》最能代表其成就。侯安都为陈代大将，亦擅文，梁末侯景之乱时，曾招集兵甲从武帝陈霸先援京邑，屡立战功。陈武帝代梁前，安都曾与周文育讨伐王琳，事败被俘，后得脱还都，复本官。文帝时官至司空、征南大将军、徐州刺史，以居功自傲被杀。碑文开篇以宏大笔力铺叙上古帝王之兴伟业，必有贤臣辅佐，粗笔点出贤臣之功绩。世易时

---

① 《骈体文钞》评徐陵《与王僧辩书》语（卷十九，第317页）。
② 《全陈文》卷十，《全上古三代秦汉三国六朝文》第4册，第3459页。
③ 《文体明辨序说》，第153页。
④ 《〈文心雕龙〉讲录二种》，《刘师培中古文学论集》，第172页。

移，年代久远，古之名臣可考者寥寥无几，而司空徐州刺史侯安都的德行仕绩足以使其名垂青史、流芳百世。作者叙碑主先世之后，又谈及侯安都引兵追随陈武帝靖难平乱、与周文育在郢州征讨王琳、拥立文帝即位、精心治理南徐州并勤于民事等政绩，所述诸事，皆细致得体，表意明晰。如述安都任司空、南徐州刺史时的政绩曰：

> 乃授司空公、南徐州刺史。于是镇之以清静，安之以惠和，望杏敦耕，瞻蒲劝穑。室歌千耦，家喜万钟，陌上成阴，桑中可咏。春鹠始啭，必具笼筐；秋蛬载吟，竞鸣机杼。或啸拜灵祝，躬瞻舞雩，去驾拥于风尘，还旌阻于飘沐。……若夫听采民讼，昏晓必通，召引轩櫺，躬亲辩决……①

作者通过列举碑主安民、劝农、祭祀、听讼诸事，表达出由衷的赞赏之情。在侯安都的治理下，民乐其业，家给人足，吏治清明，社会稳定，整个治所呈现出安定祥和、欣欣向荣的景象。此文裁对精工，用语妥帖，虽事雕琢却无痕迹，典事纷繁，行文畅达连贯，词为意使，一气呵成。徐陵运笔自然，驾轻就熟，于娓娓铺叙中显示出侯安都的治理政绩。后人认为此碑有虚美的成分，所言不谬，这是碑文撰写过程中常见的倾向。撰碑与作史不同，作史一般遵循实录的原则，而撰碑则可以有适当的虚饰。上引叙安都治绩一节，应有溢美之词。徐陵在叙述侯安都的德政时，还有一节专门提到安都讨伐王琳，结果是事败被俘，后又逃脱，依照常理，此节或不当有。明人王志坚云："按安都武夫，未必有善政，此文殆曲笔耳。颂德政而及其被获，后人决无此事矣。"②碑文历叙侯安都自梁末至陈的武功仕绩时，言词中流露出浓厚的侍奉应制气息，此当与作者在朝中的政治地位密切相关。徐陵为朝中重臣，又富文才，且掌管朝廷文书制作，在禁立私碑的南朝时期，此类碑文皆是在朝廷允许之下才得撰制的。正因如此，谭献称该文"袍带气渐重，而后来燕、许方以此名家"③。张说和苏颋俱为盛唐朝廷名相，其制作无疑

① 《全陈文》卷十一，《全上古三代秦汉三国六朝文》第4册，第3461页。
② 《评选四六法海》卷七。
③ 《骈体文钞》卷二十三，第465页。

也带有此种气息。徐陵碑文风格与庾信有别，谭献曾云：“碑志之文，以徐为正，庾为变，孝穆骨胜，子山情胜。”① 徐陵之碑雅正而有骨力，侧重于述德；而庾信之碑侧重于抒发哀情。

如前文所述，正体移文可以涉及文、武两方面的内容，徐陵的《移齐文》即沿用正体移文之式，属武移一类，其文气局阔大，文势豪迈。据《陈书》所载，废帝光大元年（567）五月，湘州刺史华皎谋反，朝廷遣中抚大将军淳于量总率舟师进行讨伐。九月，周将拓跋定率步骑两万人入郢州，与华皎形成水陆并进之势。后淳于量、吴明彻率军迎击，遂大破之。华皎单舸奔赴江陵，擒拓跋定，俘获万余人，马四千余匹，送还京师。当时北齐政权来檄庆贺大捷，陈朝亦以移文答之。徐陵为陈代文宗，自世祖至高宗时，朝中制诏之文皆出其手，此文也不例外。文章以骈语写战争场面，遣词造句精雕细琢，极见工力。周兵辅助逆贼华皎，声势浩大，但陈军齐心协力，勇敢作战，终于将其一举歼灭。文云：

> 我之元戎上将，协心同力……为风为火，殪彼蒙冲；如霆如雷，击其舟舰。羌兵楚贼，赴水沈沙，弃甲则两岸同奔，横尸则千里相枕。江川尽满，譬睢水之无流；原隰穷胡，等阴山之长哭。于是黑山叛邑，诸城洞开，白虏连群，投戈请命。②

写陈军击溃敌军的场面，生动而具体：周师叛军，或丢盔弃甲，四散逃生；或横尸千里，彼此枕藉；或见大势已去，倒戈投降。凡此种种，皆栩栩如生。徐陵此文对句精工，雕饰有度，气势充沛，刚健苍劲，境界宏阔，“事昭而理辨，气盛而辞断”③，显示出骈体大家的风范。张溥评徐陵骈义时与江淹、任昉、庾信并论，誉其“皆以生气见高，遂称俊物”④，足见徐陵等人的骈文重气势之好尚。蒋士铨则曰：“风神态度迥出寻常，至唐则雕琢有余，气质大减。”⑤ 按唐代骈文专以

---

① 《骈体文钞》卷二十三，第 466 页。
② 《全陈文》卷十，《全上古三代秦汉三国六朝文》第 4 册，第 3456 页。
③ 《文心雕龙注》卷四，上册，第 379 页。
④ 《汉魏六朝百三家集·徐仆射集题辞》，《汉魏六朝百三家集题辞注》，第 264 页。
⑤ 《评选四六法海》卷五。

雕文篆组为工，且囿于骈四俪六之固定程式，如王勃骈文尚奢淫，李义山骈文则趋于纤薄，诸如此格，自不可与徐陵之作同日而语。

二　骈体之佳者——沈炯、陈叔宝之文

梁陈时期，除徐陵外，骈文成就较突出者还有沈炯、陈叔宝。

（一）词格高迥，旨意遥深的沈炯之文

大约与徐陵同时，身仕梁、陈两朝然文名稍逊的沈炯（502—560），字初明，"少有隽才，为当时所重"，侯景之乱时，其妻、子被杀，自己被迫归于景将宋子仙。王僧辩击败子仙后，用钱将沈炯赎出，"自是羽檄军书皆出于炯"①。荆州陷落，炯又为西魏所虏，后终获还。张溥曰："文人颠沛，若沈初明者，其真穷乎！"② 一语道出沈炯的坎坷经历。高祖陈霸先驾崩，初明作《武帝哀策文并序》以悼之，序文曰：

> 望三灵而摽目，踏九地而崩心。哭仍几之将撤，恸祖罍之虚斝。黄屋裖而白日掩，紫极涵而浮云阴。③

此文采用直抒胸臆和侧面衬托之法抒发内心的哀思，作者通过叙写祭台将撤、祭酒虚斝、室内充满不祥之气、白日为浮云所遮掩等事，表达出对武帝逝去的痛惜之情。从骈体技巧上来看，对句精工，音韵谐协，用事妥帖，表现出成熟骈文的特征。徐陵与沈炯的骈文代表了陈代文坛的最高成就，故后人往往将二子并提，且予以很高评价。如张溥云："江南文体，入陈更衰，非徐仆射沈侍中，代无作者。"④ 此说虽未尽当，却也指出了徐、沈二人在陈代文坛中的重要地位。刘师培之说则比较公允："然斯时文士，首推徐陵、沈炯。"⑤

沈炯的章表亦属成熟的骈文，《经通天台奏汉武帝表》一文最有名，久为后世传诵。此表言辞恳切，陈事明晰，情文俱佳。梁元帝承圣三年（554），西魏攻陷江陵，虏走沈炯，授以仪同三司之职。炯以母

---

①《陈书·沈炯传》，卷十九，第 2 册，第 253 页。

②《汉魏六朝百三家集·沈侍中集题辞》，《汉魏六朝百三家集题辞注》，第 267 页。

③《全陈文》卷十四，《全上古三代秦汉三国六朝文》第 4 册，第 3481 页。

④《汉魏六朝百三家集·沈侍中集题辞》，《汉魏六朝百三家集题辞注》，第 267 页。

⑤《中国中古文学史讲义》，《刘师培中古文学论集》，第 85 页。

老在东，恒思南归："尝独行经汉武通天台，为表奏之，陈已思归之意。……奏讫，其夜炯梦见有宫禁之所，兵卫甚严，炯便以情事陈诉，闻有人言：'甚不惜放卿还，几时可至。'少日，便与王克等并获东归。"① 通天台，汉武帝元封二年（前111）铸，去地百余丈，以候天神。昭帝元凤年间自毁，后复修。文章意在表达思归之情，却从铺叙汉武帝的生平行止入手，许梿评云："汉武阐疆开宇，宏拓郡县，厥功甚伟，而后世以神仙征伐之事概没其绩，独此文可称知己。"② 表文不仅谈及汉武帝刻石勒功、泛舟水上、廷台诗酒唱和，而且还写到他企慕神仙，建通天台以求长生。文曰：

> 汉道既登，神仙可望。射之罘于海浦，礼日观而称功，横中流于汾河，指柏梁而高宴，何其甚乐，岂不然软！既而运属上仙，道穷晏驾，翠幕珠簾，一朝零落。③

此节寥寥数语概括出汉武帝一生的主要事迹，武帝虽笃信神灵，修仙长生，但最终仍不免于一死，忆事思人，则使自称"羁旅缧臣"的作者倍增凄怆之感。表文最令人动情处集中于倾诉归心之迫切几句。文云：

> 昔者承明见厌，严助东归；驷马可乘，长卿西返。恭闻故实，窃有愚衷。黍稷非馨，敢望徼福？爵台之荐，空怆魏君；雍丘之祠，未光夏后。瞻仰徽猷，伏增凄惧。④

作者以严助、司马相如心怀故土而返归衬托自己的思归之情，末尾表达出内心的极度悲伤之感。谭献称此表"文外独绝"⑤，不仅指其抒情真挚深刻，应该还包含其特殊的表情达意的方式，即通过向占人倾诉以寄心曲之法。姜书阁说："以梁人而表奏六七百年前之汉帝，自是托

---

① 《陈书·沈炯传》，卷十九，第2册，第254页。
② 《六朝文絜笺注》卷五，第78页。
③ 《全陈文》卷十四，《全上古三代秦汉三国六朝文》第4册，第3480页。
④ 同上。
⑤ 《骈体文钞》卷三十一，第659页。

意寄情之文，非现实应用之章，此亦前所未有而炯独创者。"① 沈炯极富才华，初入西魏时即获较高的官位，但因担心魏人惜其才而不放归，故不与人交往，若有文章则立即弃毁，不使流布。蒋士铨赞此表曰："词格高迥，六朝体制固自高于唐贤。"② 江山渊评云："词旨哀艳，幽情若揭。虽鬼神本茫昧之事，祷告为无聊之思，然借题撼臆，因事抒悲，感三月之莺花，望江南之旗鼓。故国之思，怆然纸上，亦足令人哀其遇而悲其志。"③

（二）言简意赅，情辞并善的陈叔宝之文

陈叔宝（553—604）为南朝陈代末世之君，因骄奢淫逸、游宴无度而亡国，后世学者多以此对其口诛笔伐。今翻检其文集，亦可发现有少数思想进步，内容充实，甚至颇重抒情的篇章。综览陈叔宝骈文，成就较高者当数诏策和书信类。

陈叔宝在位期间曾颁发过一些治世良诏，虽尚偶俪，"以藻缋胜"④，却也不乏词意兼善之作，如《课农诏》、《求贤诏》、《求言诏》等。其中《课农诏》一文作于宣帝太建十四年（582），属于劝农类诏书，较有代表性。文曰：

> 躬推为劝，义显前经，力农见赏，事昭往诰。斯乃国储是资，民命攸属，丰俭隆替，靡不由之。……今阳和在节，膏泽润下，宜展春耨，以望秋坻。其有新闢塍畎，进垦蒿莱，广袤勿得度量，征租悉皆停免。……傥良守教耕，淳民载酒，有兹督课，议以赏擢。⑤

此文较有文采，裁对亦较工整，有突出的现实意义。农事为治国之本，前代帝王多劝民致力于此，陈后主也不例外。国家储备粮食可满足护国军队之需，还可以作应急之用，农民生活更是不可或缺，这是历代朝廷重视农业的根本所在。朝廷政策清明，新开辟的土地以及土质差劣

---

① 《骈文史论》，第 407 页。
② 《评选四六法海》卷二。
③ 《南北朝文评注读本》第 1 册，第 43 页。
④ 《春觉斋论文》，第 62 页。
⑤ 《陈书·后主本纪》，卷六，第 1 册，第 106—107 页。

者，皆可免交租税，这无疑给国民勤心事农增加了动力。作者认为，借此良机，有司应该大力劝导，以保证田无荒废，民乐其业。谭献评云："可谓知本务矣，虽空言，亦可垂后。"① 明人张溥曰："史称后主标德储宫，继业允望，遵故典，弘六艺……辞虽夸诩，审其平日，固与郁林东昏殊趋矣。"② 此说据史而言，虽指出其中难免有溢美的成分，但同时又认为陈叔宝与齐之郁林王萧昭业、东昏侯萧宝卷实有很大不同，即从侧面承认后主亦有诸多政绩。针对陈叔宝的此类诏书，郭预衡曾说："这样的诏令，似与世间所传后主言行颇不一致。古来的统治者，坏事作尽，好话说尽者，是大有其人的。但后主为人，尚非此类。诏书所言，虽不可尽信，也未可尽废。"③

诏书以外，陈叔宝的《与江总书悼陆瑜》因具有较强的抒情性而颇受重视。此文句式骈、散相间，以骈为主，情致深笃。陆瑜辞世后，"太子（陈叔宝）为之流涕，手令举哀，官给丧事，并亲制祭文，遣使者吊祭。"④ 文章以"管记陆瑜，奄然殂化，悲伤悼惜，此情何已"⑤ 诸语开篇，揭开伤逝之文的序幕，继之富含深情地写到逝者的卓特之才及与其文义赏会的往事，忆事怀人，悲不自胜。文云：

> 梁室乱离，天下糜沸，书史残缺，礼乐崩沦，晚生后学，匪无墙面，卓尔出群，斯人而已。……论其博综子史，谙究儒墨，经耳无遗，触目成诵，一褒一贬，一激一扬，语玄析理，披文摘句，未尝不闻者心伏，听者解颐，会意相得，自以为布衣之赏。……未尝不促膝举觞，连情发藻，且代琢磨……自谓百年为速，朝露可伤，岂谓玉折兰摧，遽从短运，为悲为恨，当复何言。遗迹余文，触目增泫，绝弦投笔，恒有酸恨。⑥

陆瑜身为管记，颇富文才，曾为陈叔宝抄撰子、集群书，事未竟而

---

① 《骈体文钞》卷六，第108页。
② 《汉魏六朝百三家集·陈后主集题辞》，《汉魏六朝百三家集题辞注》，第260页。
③ 《中国散文史》上册，第528页。
④ 《陈书·文学·陆琰传附陆瑜传》，卷三十四，第2册，第464页。
⑤ 同上。
⑥ 同上。

身先卒，因此作者极其悲伤。此文借二人欢乐相处、共研文学的往事反衬对陆氏逝去的哀思，最后几句则直抒胸臆，情理兼至，读之更令人悲恻凄怆。许梿评曰："情哀理感，能令铁石人动心。"① 作者身为亡国之君，向来深受后世鄙薄，而该书却写得如此哀感动人，实难置信竟有此等佳制，可见为人与为文不能相提并论。许梿又曰："不图亡主竟获如此佳文，我斥其人，我不能不怜其才也。"② 该文言词简质，不事雕琢，却毫无生涩之感，可称"文中之有天趣者"③。

综上所述，在南朝骈文发展的不同时期，创作往往表现出不同的特点。骈文发展最明显的外在表现就是作家对创作技巧的追求逐步走向严格，具体来说，也就是在对仗、用典、藻绘、声律、句式等方面愈趋讲究，精益求精。随着骈文的进一步发展并臻于成熟，其数量也逐渐增多，最终统治了整个文坛。

① 《六朝文絜笺注》卷七，第118页。
② 同上。
③ 江山渊评语（《南北朝文评注读本》，第2册，第7页）。

第五章　南朝散体文演进及创作概论

南朝散文卷帙浩繁，文体众多，上一章主要对骈文的发展及创作加以论述，本章以时代为线索，对散体文的演进与创作情况进行论述。与骈文发展进程相一致，散体文也在发展，随着骈文数量逐渐增多，散体文数量则日趋减少。然而，即使在骈文完全成熟并居于文坛主流地位时，散体文也没有消亡，只是因为数量较少而退居次席。

第一节　骈文正式形成时代之散体文（刘宋）

如前所述，刘宋时骈文刚刚正式形成，故文坛中散体文明显多于骈文，然以散体篇什显名的作家却不多。这一时期的散体文创作成就较突出者主要有谢灵运、范晔、谢庄、何承天、袁淑、王微等人。

一　工于论文，畅谈佛理的谢灵运之文

今存谢灵运的散体文成就较高者主要包括诗序、赋序、史论、山水地记及佛理文。

谢灵运素以诗名世，其诗在当时就很受欢迎，"每有一诗至都邑，贵贱莫不竞写，宿昔之间，士庶皆遍，远近钦慕，名动京师。"[①] 他不仅擅长作诗，而且还能够非常准确地对前人的诗歌进行评价，《拟魏太子邺中集诗序》一文体现出灵运较高的分析鉴赏水平。此文前有总序，后有短序，除魏太子曹丕以外，作者对建安诗人王粲、陈琳、徐干、刘桢、应玚、阮瑀、平原侯曹植七人的诗歌内容特点都有准确的评论。如

---

① 《宋书·谢灵运传》，卷六十七，第6册，第1754页。

评王粲云："家本秦川，贵公子孙，遭乱流寓，自伤情多。"① 此语将时代环境与创作特点相结合，指出出身高贵的王粲因经历乱世而致诗歌多有伤感之情。又评陈琳曰："袁本初书记之士，故述丧乱事多。"② 袁本初即袁绍，陈琳投奔曹操前曾在袁绍处掌书记之职，因追随袁氏辗转争战，亲眼目睹了乱世诸相，故其诗多写丧乱之事。谢氏此处将诗歌特点与个人经历结合起来，故所评比较准确。又如评徐幹则云："少无宦情，有箕、颍之心事，故仕世多素辞。"③ 箕，指箕山，颍，指颍水，尧时许由、巢父曾在此隐居。盖言徐幹无意于仕宦，存有隐居之念，故其诗多淡泊名利、清心寡欲之语。又评刘桢曰："卓荦偏人，而文最有气，所得颇经奇。"④ 作者认为，刘桢才华超绝，诗歌最重俊逸之气，风格颇奇。此评与钟嵘所谓"仗气爱奇，动多振绝"，"气过其文"⑤，可谓异曲而同工。

该序文在分别评价每位诗人之前，还有一个总序，其文曰：

> 建安末，余时在邺宫，朝游夕讌，究欢愉之极。天下良辰美景，赏心乐事，四者难并。今昆弟友朋，二三诸彦，共尽之矣。古来此娱，书籍未见，何者？楚襄王时有宋玉、唐、景，梁孝王时有邹、枚、严、马，游者美矣，而其主不文；汉武帝、徐乐之才，备应对之能，而雄猜多忌，岂获晤言之适？不诬方将，庶必贤于今日尔。岁月如流，零落将尽，撰文怀人，感往增怆。⑥

因序文下的组诗属模拟之作，故作者以曹丕的口吻追叙了与众文友在一起游宴欢娱、赋诗论文的美好时刻。《初学记》引《魏文帝集》曰："（丕）为太子时，北园及东阁讲堂，并赋诗，命王粲、刘桢、阮瑀、应瑒等同作。"⑦ 此后，因遭瘟疫，建安诸子多罹其难，一时俱逝，曹丕忆事怀人，深感痛心，遂撰其遗文，结为一集。谢灵运作此序文，

---

① 《文选》卷三十，第 3 册，第 1433 页。
② 同上书，第 1434 页。
③ 同上书，第 1435 页。
④ 同上书，第 1436 页。
⑤ 《诗品注》，第 21 页。
⑥ 《文选》卷三十，第 3 册，第 1432 页。
⑦ 徐坚：《初学记》卷十，第 1 册，中华书局 1962 年版，第 230 页。

实际上亦有所指。宋武帝刘裕永初年间，灵运与庐陵王刘义真、颜延之、慧琳道人交相友善，常在一起谈论文义，极尽欢娱之事。后义真无辜被害，灵运甚为伤感，该文即隐有此意。顾绍柏说："（谢灵运）回忆起永初年间与庐陵王刘义真以及颜延之等朝夕相处的一段美好生活，自不免感慨良多，遂拟诗八首以寄其意。"① 文中所述与友人游宴时的"四者"并存，真实地体现出作者内心的喜悦之情，钱锺书认为这一表述影响到后世的王勃、白居易、李商隐、汤显祖等人。灵运援引楚襄王、梁孝王、汉武帝时的君臣交游之况，以说明昔人之游均难与建安时相比，唯彼时之文义游赏最称尽兴，也许后代会有胜于那时者。钱锺书说："邺宫此集，主与臣志相得而才相称，远胜楚襄、汉武曩事；然胜况空前，未保绝后，他年行乐之人当有远逾今日同会者。"② 齐代随郡王萧子隆《山居序》中亦有同类宴游的描述，可见此风气较为普遍。

谢灵运在一系列赋序中表达出自己的许多文学观点，其《山居赋序》云：

> 抱疾就闲，顺从性情，敢率所乐，而以作赋。扬子云云："诗人之赋丽以则。"文体宜兼，以成其美。今所赋既非京都宫观游猎声色之盛，而叙山野草木水石穀稼之事，才乏昔人，心放俗外，咏于文则可勉而就之，求丽，邈以远矣。览者废张、左之艳辞，寻台、皓之深意，去饰取素，傥值其心耳。意实言表，而书不尽，遗迹索意，托之有赏。③

赋序起始明确指出作赋的缘起，含有对文章怡悦性情、寄托志趣功能的阐发。谢灵运主张作赋要讲究文质兼美，而不能偏于华辞丽藻，其赋即意欲突破前人铺写都邑、畋猎、声色、车马、游乐的传统内容和极尽雕琢、铺张扬厉之能事的创作方法，而以质素之语词叙写山水草木之事，体现自己的志向。若观赋作正文，其描写庄园内外山水景物时仍然沿用铺陈之法，所谓"须当有者尽有，更须难有者能有也"，"前后左

---

① 《谢灵运集校注》，中州古籍出版社 1987 年版，第 137 页。
② 《管锥编》第 4 册，第 1294 页。
③ 《宋书·谢灵运传》，卷六十七，第 6 册，第 1754 页。

右广言之"①，与张衡、左思的辞赋并无太大区别。论者评曰："从文学技巧的角度来说，《山居赋》不是一篇成功的作品，但其中关于始宁别墅的详尽描写，却为今天的历史学家研究当时的庄园制度留下了一份重要的资料。"② 此赋是灵运离永嘉太守任后隐居会稽始宁时所作，他在序文中强调素心清质，似乎隐含有对归隐生活的自得之情。张溥谓："《山居赋》云：'废张左，寻台皓，致在去饰取素。'宅心若此，何异《秋水》、《齐物》？诗冠江左，世推富艳，以予观之，吐言天拔，政由素心独绝耳！"③ 张氏将谢诗出语自然亦归于其素心所致。该序末句表达出创作中言不尽意的文学观点，即主张通过作品表面的有限文字去体会其内在的深层意蕴。此赋正文以及自注中多有描绘山水草木鸟兽之景的文字，这应该是作者山水诗写作风格的延续。关于散文中的写景现象，可谓由来已久。东汉以前，文章中偶见一些写景片断，篇幅较小而不够系统，况且多附属于其他性质的文类中。"东汉以后，才有作家比较认真地在作品中描绘自然风物。可以说，对自然美的感受能力和表现技巧，到东晋时代才有了相当丰富的积累。同时，人们的美学趣味从汉代的典重华丽而转变到魏晋的萧散隽逸，江南地区的自然风貌正好和这种美学趣味相合拍。"④ 在这种形势下，散文中出现大量写景之作就不足为怪了。

昔人称文章为不朽之盛事，大凡文士，往往都有凭借文章以垂名后世的愿望，谢灵运亦不例外。灵运出身名门，极富文才而又"为性褊激"，"自谓才能宜参权要，既不见知，常怀愤愤⑤。立德、立功不成，唯寄托于立言以不朽，其《撰征赋序》较明显地体现出这种心理。此赋为奉使到彭城慰劳率军北伐的刘裕所作，序文曰："采访故老，寻履往迹，而远感深慨，痛心殒涕。遂写集闻见，作赋《撰征》，俾事运迁谢，托此不朽。"⑥ 作者根据沿途所见丘坟古迹，追怀往昔，发抒感慨，最终记下所闻所见，撰成该赋。序文末句正是灵运托文章以不朽之心迹

---

① 《赋概》，《艺概》卷三，第99页。
② 沈玉成：《谢灵运评传》，《中国历代著名文学家评传》第一卷，第441页。
③ 《汉魏六朝百三家集·谢康乐集题辞》，《汉魏六朝百三家集题辞注》，第169页。
④ 《南北朝文学史》，第33页。
⑤ 《宋书·谢灵运传》，卷六十七，第6册，第1753页。
⑥ 《全宋文》卷三十，《全上古三代秦汉三国六朝文》第3册，第2600页。

的充分展现。

《归途赋并序》作于少帝景平元年（423）秋，当时灵运离开永嘉太守职，欲返回故乡始宁隐居。其序曰：

> 昔文章之士，多作行旅赋，或欣在观国，或怵在斥徙，或述职邦邑，或羁役戎阵。事由于外，兴不自已，虽高才可推，求怀未惬。今量分告退，反身草泽，经途履运，用感其心。[①]

作者首先对此前文人的行旅赋题材加以概括，而后转向对自己离职返乡缘由的陈述。当时朝中徐羡之、傅亮掌控大权，灵运在任永嘉太守的一年中，思想上一直处于进退两难的境地。虽有高才，却不得施展，备受压抑之下，只好称病离职，言辞中流露出诸多无奈与愤懑。一旦脱离羁绊，返归故乡，一种无比轻松的心情立刻溢于言表，这在该赋正文中都有所体现。谢灵运因受到权臣的排挤而被外放永嘉，当时朝中权臣也是各怀异心，彼此之间颇多明争暗斗，这从傅亮之作可以看出他们的忧惧惶恐之心。傅氏《感物赋序》云："余以暮秋之月，述职内禁，夜清务隙，游目艺苑。于时风霜初戒，蛰类尚繁，飞蛾翔羽，翩翩满室。赴轩幌集明烛者，必以燋灭为度。虽则微物，矜怀者久之。退感庄生异鹊之事，与彼同迷，而忘反鉴之道。此先师所以鄙智，及齐客所以难目论也。怅然有怀，感物兴思，遂赋之云尔。"[②] 关于此文的写作缘起，张溥称傅亮"感物作赋，起于夜蛾"[③]。序文既交代出写该赋时的季节、地点与环境氛围，同时又隐含有由飞蛾赴烛、烛灭身殒所引发的忧惧之思。傅亮身陷刘宋皇族之间政治斗争的泥潭而不能自拔，因此多有忧生之嗟，体会到这一点，便可明白傅亮的担忧并非多余。

前贤论作史须有史才、史学、史识，史家学识自当高出文士之上，故擅作史者往往擅长于文，而擅长于文者却不一定能作出好史。谢灵运作为一代文豪，诗文并擅，曾有心著史，惜无果而终。[④] 就史学成就而

---

① 《全宋文》卷三十，《全上古三代秦汉三国六朝文》第 3 册，第 2599 页。
② 《全宋文》卷二十六，《全上古三代秦汉三国六朝文》第 3 册，第 2574 页。
③ 《汉魏六朝百三家集·傅光禄集题辞》，《汉魏六朝百三家集题辞注》，第 166 页。
④ 据《宋书·谢灵运传》载，文帝"以晋氏一代，自始至终，竟无一家之史，令灵运撰《晋书》，粗立条流。书竟不就。"（《宋书》卷六十七，第 6 册，第 1772 页。）

言，灵运虽不能与范晔等史家相提并论，但亦较具史识，其《晋书武帝纪论》一文便体现出较高的史识。此文作于宋文帝元嘉三年（426），作者对西晋开国皇帝晋武帝司马炎的功过加以评析，多有独得之见。如述晋武帝之功曰："世祖受命，祯祥屡臻，奇瑞不作，万国欣戴，远至近安，足以彰天启其运，民乐其功矣。"① 晋世初立，国家统一，灾难消失，远归近附，万民拥戴，举国上下呈现出一片安定祥和的景象。国家平安，士民乐业，自然离不开帝王的治理，灵运认为此功无疑应归于晋武帝。不可否认，武帝也有诸多过错，作者以一句"反古之道，当以美事为先"② 结束对功绩的评述，从而转向阐述其过失，文云：

> 今五等罔刑，勿由王制，反诸礼律，未能是正，而采择嫔媛，不循华门者。昔武王伐纣，归倾宫之女，不可助纣为虐。而世祖平皓，纳吴妓五千，是同皓之弊。妇人之封，六国乱政，如追赠外曾祖母，违古之道。凡此非事，并见前书，诚有玷于徽猷，史氏所不敢蔽也。③

　　谢灵运以史家特有的眼光历数武帝的过失，显示出较高的史识。晋武帝不能严格遵循封建礼律治理国家，导致朝制混乱，此其一过，作者心系朝政的思想于此可见一斑；选择妃嫔不分门第高下，忽略士族制度的存在，此其二过，这一观点则体现出作者拘执于门阀等级制的思想局限；灭吴后纳受吴妓，沉溺于女色，此其三过，由此亦见灵运严于修身的精神；不吸取前代乱亡教训，违反古道追封外戚，此其四过。刘熙载尝曰："文以识为主。认题立意，非识之高卓精审，无以中要。才、学、识三长，识为尤重，岂独作史然耶？"④ 此说足见作史论文尤其离不开高卓史识。正是因为灵运具有较高的史才与史识，所以才能够对晋武帝的功过作出公允的评判。

　　南朝地志类著述繁多，其内容往往涉及山水景物，应该说，此类著作集中了大量描写山水的散文小品。除地志外，南朝文人笔下还有诸多

---

① 《全宋文》卷三十二，《全上古三代秦汉三国六朝文》第 3 册，第 2611 页。
② 同上书，第 2611 页。
③ 同上书，第 2611—2612 页。
④ 《文概》，《艺概》卷一，第 38 页。

山水散文。诗文中大幅度写及山水景致，当自东晋。钱锺书曾说："诗文之及山水者，始则陈其形势产品，如京都之赋；或喻诸心性德行，如山川之颂，未尝玩物审美。继乃依傍田园，若茑萝之施松柏，其趣明而未融。……终则附庸蔚成大国，殆在东晋乎?"①

谢灵运性好山水，其诗文以此作为素材者颇多，《游名山志》一文或许即属"喻诸心性德行"之作。作者希企通过欣赏山水自然之美以达到会心通神、怡情悦性的目的，因此便把游山赏水看作生活中必不可少的一部分。其序文曰：

> 夫衣食，人生之所资；山水，性分之所适。今滞所资之累，拥其所适之性耳。俗议多云，欢足本在华堂，枕岩漱流者，乏于大志，故保其枯槁。余谓不然。君子有爱物之情，有救物之能，横流之弊，非才不治，故时有屈己以济彼。岂以名利之场，贤于清旷之域邪？语万乘则鼎湖有纵辔，论储贰则嵩山有绝控。又陶朱高揖越相，留侯愿辞汉傅。推此而言，可以明矣。②

作者认为，衣食与山水是人生中不可缺少的二物，一为物质所需，用于维持日常生活；一为精神所需，用于怡神养性，二者缺一不可，而且流连欣赏山水之美在他心目中所占的分量很大，地位甚至要远高于官场名利。灵运本性乐于山水，诚如史传所载："寻山陟岭，必造幽峻，岩嶂千重，莫不备尽。"③当仕途不得意时，于是更沉溺于山水游赏中。他对于自然美景的体悟实发自内心的审美意趣，故不遗余力地推崇山水之乐。文中以陶朱公范蠡、留侯张良辞官返归山林为据，以说明贤士多有游赏之趣。作者适情山水的心理追求既与当时审美意识的发展有关，也与佛、道思想的影响不无关系。"晋宋时期，士大夫的山水审美意识已颇有发展。其中最深刻的特点乃是由实入虚，观赏山水时感受到幽远空灵的意趣。这种审美观照又常常与对自由超脱的精神境界的追求、对宇宙本体的领悟、对玄学哲理的玩味结合交融在一起。"④谢灵运长于

① 《管锥编》第 3 册，第 1037 页。
② 《全宋文》卷三十三，《全上古三代秦汉三国六朝文》第 3 册，第 2616 页。
③ 《宋书·谢灵运传》，卷六十七，第 6 册，第 1775 页。
④ 《魏晋南北朝文学批评史》，第 210—211 页。

佛理，又深通道学，他通过山水文学传达出的正是那种由山水美景而感悟出的超然世外的空灵玄妙之境。

《游名山志》正文残缺不全，今存数条皆采自类书，多写山水的地理位置、相关物产及逸事，真正触及美景处倒不多。文中所写主要有破石溪、石帆山、赤石山、石门涧、神子溪、七里山、华子冈、桂林顶、横山、地肺山、新溪、吹台等。兹录五条以见大概：

> 破石溪南二百余里，又有石帆，修广与破石等度，质色亦同。传云："古有人以破石之半为石帆。"故名彼为石帆，此名破石。
>
> 石门涧六处，石门溯水，上入两山口，两边石壁，右边石岩，下临涧水。
>
> 华子冈，麻山第三谷。故老相传，华子期者，禄里先生弟子，翔集此顶，故华子为称也。
>
> 新溪蛎味偏甘，有过紫溪者。
>
> 吹台有高桐，皆百围，峄阳孤桐，方此为劣。①

作者所叙诸山水的具体位置、山石的形状及质色、涧水流向、山之得名由来、溪水物产等，皆出以质朴自然、通俗易懂之口语。此文不事修饰，不假雕琢，简洁清秀，生动形象，文风迥异于其"富艳难踪"②的山水诗。

南朝佛教盛行，士人往往援佛入文，其书牍文及论体文中常见言及佛理者。汤用彤曾说："南朝佛法之隆盛，约有三时。一在元嘉之世，以谢康乐为其中巨子，谢固文士而兼擅玄趣。一在南齐竟陵王当国之时，而萧子良亦并奖励三玄之学。一在梁武帝之世，而梁武亦名士笃于事佛者。"③ 其实，自东晋以后，佛义与玄学已合流，因此文士善谈玄者往往也兼及佛理。汤氏又说："宋代佛法，元嘉时极有可观。其时文人如谢、颜，辩明佛理，所论为神灭，为顿渐，盖均玄谈也。而文帝一朝，亦为清谈家复起之世。……雷次宗乃慧远弟子，何尚之则赞扬佛法

① 《全宋文》卷三十三，《全上古三代秦汉三国六朝文》第3册，第2616页。
② 《诗品序》，《诗品注》，第2页。
③ 《汉魏两晋南北朝佛教史》下册，第297页。

者也。当时宰辅，如王弘、彭城王义康、范泰、何尚之，均称信佛，皆一时名士也。"① 刘师培所称"士崇讲论，而语悉成章"，"大抵辨析名理，既极精微，而属词有序，质而有文，为魏、晋以来所未有"②，即说当时文章不仅涉及玄理，而且也兼及佛义。

如上述汤用彤所言，范泰是刘宋时有名的佛教徒，"暮年事佛甚精，于宅西立祇洹精舍"③，曾作《与谢侍中书》一文谈及佛趣。文章对谢灵运向慧远、昙隆等僧人问佛深表赞赏，称其为"美事"，并对自己筑舍专研佛理甚为自得。如云："祇洹中转有奇趣，福业深缘，森兮满目，见形者所不能传，闻言而悟，亦难其人。"④ 作者认为不仅能从佛理中悟出福缘，而且还能以精理问难别人，可谓深得佛学之趣。谢灵运的《答范光禄书》是为回复范泰而作，文中除致以寻常问候外，主要言及自己对佛理的浓厚兴趣。书曰：

> 企咏之结，实成饥渴，山涧幽阻，音尘阔绝。忽见诸赞，叹慰良多，可谓俗外之咏，寻览三复。味完增怀，辄奉和如别。虽辞不足观，然意寄尽此。⑤

范泰初立祇洹精舍时，曾作《佛赞》致灵运，并请其为自己的佛像作赞。作者对范氏的赞文大加赞赏，称其无异于给饥渴的心灵带来了无限慰藉。谢、范二人在佛教信仰上的志趣颇相投合，范造祇洹精舍，谢亦立招提精舍，灵运在文中提及此事云："承祇洹法业日茂，随喜何极。六梁徽缘，窃望不绝，即时经始招提，在所住山南。南檐临涧，北户背岩，以此息心，当无所忝邪。"⑥ 谢氏对佛教事业兴旺发达倍感欣慰，认为自己的招提精舍位置绝佳，以它来弘扬佛法，必定能使事佛者更好地修身养性。另外，谢灵运的《答纲琳二法师书》对竺法纲、释慧琳关于《辨宗论》的问难加以评判，指出"双难"虽然"藻丰论博，

---

① 《汉魏两晋南北朝佛教史》下册，第 298 页。
② 《中国中古文学史讲义》，《刘师培中古文学论集》，第 91 页。
③ 《宋书·范泰传》，卷六十，第 6 册，第 1623 页。
④ 《全宋文》卷十五，《全上古三代秦汉三国六朝文》第 3 册，第 2517 页。
⑤ 《全宋文》卷三十二，《全上古三代秦汉三国六朝文》第 3 册，第 2611 页。
⑥ 同上书，第 2611 页。

蔚然满目，可谓胜人之口"，但"未厌于心"①。灵运痴迷于佛教，其
《答王卫军问辨宗论书》中也有所述，文曰："幽僻无事，聊与同行道
人共求其衷，猥辱高难，词征理析，莫不精究。"② 善于辨析名理，再
加以热衷于玄、佛，当是谢氏创作佛理文的主要动因。

　　沈约以类叙之法述佛教在南朝的发展概况，曾深得清人李慈铭的称
赏："（约）因西南夷诸国皆事佛，遂及晋以后佛教之盛衰，朝制之崇
仰，并传宋世名僧道生、慧琳、慧严、慧议、摩诃衍等，此史家因事附
见，其法最善。"③ 据《宋书·夷蛮传》载："佛道自后汉明帝，法始
东流，自此以来，其教稍广，自帝王至于民庶，莫不归心，经诰充绩，
训义深远，别为一家之学焉。"④ 刘宋有名僧道生："幼而聪悟，年十
五，便能讲经。及长有异解，立顿悟义，时人推服之。"⑤ 顿悟之义创
始于道生，发扬光大于谢灵运。究顿悟之义，应包含大顿悟与小顿悟
（即渐悟）两解：大顿悟即道生所持之真顿说，其意指深探实相之本
源，至理不可再分，所谓悟者即极照，极照则言冥冥中与至理相符，至
理不可分，那么悟亦不可有阶段；小顿悟即僧肇等人所持之渐悟说，它
主张悟应分成诸阶段，不可能一朝即达至理。刘宋初年，顿悟、渐悟两
派曾展开过激烈的争论。

　　除书牍文谈及佛理外，谢灵运还有佛论文名篇《辨宗论》，其文秉
承道生的顿悟说，并加以推阐发扬，极富哲理思致。文曰：

　　　　释氏之论，圣道虽远，积学能至，累尽鉴生，不应渐悟。孔氏
　　之论，圣道既妙，虽颜殆庶，体无鉴周，理归一极。有新论道士
　　（指道生），以为"寂鉴微妙，不容阶级，积学无限，何为自绝。"
　　今去释氏之渐悟，而取其能至；去孔氏之殆庶，而取其一极。一极
　　异渐悟，能至非殆庶。故理之所去，虽合各取，然其离孔、释远
　　矣。余谓二谈救物之言，道家之唱，得意之说，敢以折中自许。窃

---

① 《全宋文》卷三十二，《全上古三代秦汉三国六朝文》第 3 册，第 2611 页。
② 同上。
③ 《越缦堂读书记》，第 275 页。
④ 《宋书》卷九十七，第 8 册，第 2386 页。
⑤ 同上书，第 2388 页。

谓新论为然。①

从文中可以看出，作者的顿悟之义实折中儒、释二家，意在缓和佛教和儒学的对立，从而达到弘扬佛法的目的。他在《答僧维问》中也曾提出累尽之后，才可得无，达到无的程度，才能言悟，而悟在有表，若得顿悟，则须从象外求之，但象外无相，故又须一悟万滞同尽。灵运此说实承道生至理不可分且无差异而来。南朝文士因循魏晋崇尚清谈名理之习，汤用彤曾说："故常见三教调和之说。内外之争，常只在理之长短。辩论虽激烈，然未尝如北人信教极笃，因教争而相毁灭也。"②当时儒、佛之争，甚至佛教内部派系之争都很激烈，但时人重在阐发理趣，炫耀学识，故无北人"毁灭"之事。灵运此文虽对弘扬佛学做出一定的贡献，但终因限于自身佛理修养不足，所以很难有更深的造诣。汤用彤又说："夫康乐著《辨宗论》申顿悟，而江南各地皆有论列。亦可见其于佛法之光大固有力也。"然而，"其于佛教亦只得其皮毛，以之为谈名理之资料，虽言得道应需慧业，而未能有深厚之修养，其结果身败而学未成。"③

二　撰史明志，叙事精严的范晔之文

范晔的散体文创作成就主要体现在《后汉书》的人物传记中。

范晔曾言常耻作文士，故删订众家《后汉书》为一家之作，后来果然凭此史名垂千古。其《后汉书》出炉之前，世间已多有记述东汉史事之书，如东汉刘珍的《东观汉记》、吴国谢承的《后汉书》、晋袁山松的《后汉书》、张莹的《后汉南记》、薛莹的《后汉记》、谢沈的《后汉书》、司马彪的《续汉书》、华峤的《汉后书》（亦称《后汉书》），诸书今多不存，盖当时皆为范氏所本。《文心雕龙·史传》曾对各家史著加以评析曰："至于后汉纪传，发源东观。袁、张所制，偏驳不伦。薛、谢之作，疏谬少信。若司马彪之翔实，华峤之准当，则其冠也。"④ 刘勰极推崇司马彪、华峤之书，并非虚美，唐人刘知几《史

---

① 《全宋文》卷三十二，《全上古三代秦汉三国六朝文》第 3 册，第 2612 页。
② 《汉魏两晋南北朝佛教史》下册，第 300 页。
③ 同上书，第 316 页。
④ 《文心雕龙注》卷四，上册，第 285 页。

通·正史》于《东观汉记》之下，也只论司马彪、华峤二书，足见其确实有不俗之处。范晔著《后汉书》，得力于司马氏、华氏者尤多，清人王鸣盛已指出范书之志即取自司马彪书。① 范文澜说："愚按蔚宗撰史，实本华峤，故亦易外戚为后纪，而《肃宗纪论》、《二十八将论》、《桓谭冯衍传论》、《袁安传论》、《刘赵淳于江刘周赵传序》、《班彪传论》，章怀（李贤）注为华峤之辞。"② 综上可见，范晔《后汉》一书实得前人诸多便利，然他在此基础之上，复进行精密琢磨加工，终显"简而且周，疏而不漏，盖云备矣"③ 之貌。即此而言，若完全抹杀范氏之功，则又不妥。④ 正如李慈铭所说，范晔之书毕竟经过"删繁举要"，才"多得其宜"，以致久传后世，因此堪称"良史"⑤。

蔚宗之史撷取众家之长，而自为一家之说，叙述精谨，文贵变化，矜尚藻采，"理切而多功"⑥，终致彪炳史苑文坛，名声甚显。范晔曾在《狱中与诸甥姪书》中称，其史与《汉书》相较，"博赡不可及之，整理未必愧也"⑦。从内容及笔法来看，《后汉书》以简约精练为胜，可见其整理剪裁之功不在班固《汉书》之下。谈及对其书的评价时，范氏又说："此书行，故应有赏音者。纪、传例为举其大略耳，诸细意甚多。自古体大而思精，未有此也。"⑧ 范晔的《后汉书》，虽属"删烦补略"⑨ 而成，但颇具"精意深旨"⑩，实为其精心结撰之作。它不仅体现出作者高度的史才、史学与史识，而且还体现出非同寻常的史责。《文心雕龙·史传》云："然史之为任，乃弥纶一代，负海内之责，而赢是非之尤，秉笔荷担，莫此之劳。"⑪ 范氏撰后汉之史本着对历史、

---

① 范晔《后汉书》仅成纪、传，未完而卒，今传书中八志为司马彪所作，由梁代刘昭合入范书。王鸣盛认为，范氏"非不作志"，只是"未成而诛"（可参看《十七史商榷》卷二十九，上册，"范氏后汉书用司马彪志补"条）。

② 《文心雕龙注》卷四，上册，第 298 页。

③ 《史通·补注》，《史通通释》卷五，上册，第 132—133 页。

④ 容肇祖曾说："范晔于史学无毫末的贡献，于文词乃一往的剽窃。"容氏指责范晔《后汉书》乃剽袭前人之作，显然非常偏颇（《中国文学史大纲》，第 153 页）。

⑤ 《越缦堂读书记》，第 234 页。

⑥ 《史通·序例》，《史通通释》卷四，上册，第 88 页。

⑦ 《宋书·范晔传》，卷六十九，第 6 册，第 1830 页。

⑧ 同上书，第 1831 页。

⑨ 《史通·古今正史》，《史通通释》卷十二，下册，第 343 页。

⑩ 《狱中与诸甥姪书》，《宋书·范晔传》，卷六十九，第 6 册，第 1830 页。

⑪ 《文心雕龙注》卷四，上册，第 287 页。

对社会、对后世高度负责的态度，按照实录的原则秉笔直书，斥恶扬善，义正词严。《后汉书》体例基本承延《史记》、《汉书》，却又新增《文苑》、《列女》、《独行》、《逸民》等列传，每类皆有传序，作为传前述意之用。其中，《文苑列传》的立目尤有意义，这是史书中首次为文学家设立专传，它表明文学发展到南朝时，正式脱离了附庸于学术的地位，开始走向独立发展之路。在前四史中，《史》、《汉》早出，《后汉书》虽晚出，但其所记史实要早于《三国志》。

《后汉书》成书于社会大动乱初步平定之时，虽然当时总体局势稍趋稳定，但刘宋皇族内部的争斗却没有消歇，而且北方少数民族仍在虎视眈眈，等待时机以图再起。与外患相比，内忧同样不可小视，刘宋皇室成员之间的杀伐诛戮已达到了骇人听闻的程度。赵翼曾说："宋武九子，四十余孙，六七十曾孙，死于非命者十之七八，且无一有后于世者。"① 据罗振玉《补宋书宗室世系表》载，刘宋皇族一百五十八人，子杀父者一人，臣杀君者四人，骨肉相残杀者一百零三人，被他人所杀者六人，未得善终者达百分之七十二，其屠戮之惨烈足耸视听。《后汉书》成书的时代背景大致如此。东汉中期以后，朝政黑暗，宦官专权，残害忠良，主上昏聩无能，外藩入朝，政局岌岌可危，有志之士挺身而出，不惜献出生命，奋力支撑摇摇欲坠的东汉王朝。《后汉书·党锢列传序》描述此时社会风气说："逮桓、灵之间，主荒政缪，国命委于阉寺，士子羞与为伍，故匹夫抗愤，处士横议，遂乃激扬名声，互相题拂，品覈公卿，裁量执政，婞直之风，于斯行矣。"② 范晔崇尚儒学，主张以儒家思想及其人格标准来评价历史人物，因此他在《后汉书》中对于仁人志士的忠义节操和杀身成仁的精神予以高度称颂。东汉士人不满当时污浊的社会现实，极力与世俗相抗争，这一方面与他们的社稷之心密切相关，另一方面也得力于他们重视气节名誉的独特品质，可以说，此类人格气质与范晔的价值评判标准不谋而合。赵翼论东汉士人尚名节云："自战国豫让、聂政、荆轲、侯嬴之徒，以意气相尚，一意孤行，能为人所不敢为，世竞慕之。其后贯高、田叔、朱家、郭解辈，徇人刻己，然诺不欺，以立名节。驯至东汉，其风益盛。盖当时荐举征

① 《廿二史劄记校证》卷十一，上册，第241页。
② 《后汉书》卷六十七，第8册，第2185页。

辟，必采名誉，故凡可以得名者，必全力赴之，好为苟难，遂成风俗。其大概有数端：是时郡吏之于太守，本有君臣名分，为掾吏者，往往周旋于死生患难之间。如李固被戮，弟子郭亮负斧锧上书，请收固尸。杜乔被戮，故掾杨匡守护其尸不去。由是皆显名。……"① 蔚宗最为称赏此种置生命于度外的气节，故笔下多有栩栩如生的描写。《后汉书》诸传记与传序、传论颇讲究文采，传记多以散体行文，语言精练雅致，内容充实，人物形象生动传神；而传序、传论则杂以偶句，且有声韵谐协的美感。与后世骈文的刻意追求骈体技巧相比，范氏则属顺其自然，并不求工。今人骆鸿凯曾引其师黄侃《书后汉书论赞》曰："刘宋已往，昭质未亏，故偶语虽多，而未尝拘牵于对仗，声调虽协，而未尝胶执于宫商。盖偶语出于自然，而对仗多由刻饰，声调由乎天至，而宫商或赖安排。知文理者亦惟去甚去奢，以求合于本度而止。……寻绎范氏之文，虽多偶语，而不尽拘牵。虽谐声律，而绝无胶执。"② 不但范晔本人对其传序、传论颇为自矜，而且后代许多学者也多有称誉之语。《后汉书》中对东汉历史人物与事件所作出的准确定位及评价，无疑昭示了后代史家与学者，具有很高的史学价值与文学价值。

《党锢列传》、《李固传》、《陈蕃传》等篇章都体现出范晔表彰节行仁义、推崇儒家杀身成仁的思想。对于东汉清流之士的耿直磊落、桀骜不驯的品格行迹，作者丝毫不吝惜笔墨，常常语带深情地予以抒写。《党锢列传》中的《范滂传》所刻画的范滂的形象，读之令人深感敬佩与同情。范滂位居"能以德行引人"的"八顾"之行列，初仕为清诏使时便有澄清天下之志，至任三府掾属，因不满于刺史、权豪结党营私，为害乡民，遂一举弹劾二十余人，可谓正直以尽忠。汝南太守宗资仰慕其名而任之为功曹政事，滂受职，"严整嫉恶。其有行违孝悌，不轨仁义者，皆埽迹斥逐，不与共朝。显荐异节，抽拔幽陋"③。应该说，范滂的崇尚儒家仁义孝悌之举恰恰体现出史家的思想观念，因此从中能够觉察出范晔的思想倾向。昔人云："叙事有寓理，有寓情，有寓气，有寓识。无寓，则如偶人矣。"④ 于此篇可见范晔理、情、气、识之所

① 《廿二史劄记校证》卷五，上册，第 102 页。
② 《文选学》，第 290 页。
③ 《后汉书·党锢列传》，卷六十七，第 8 册，第 2205 页。
④ 《文概》，《艺概》卷一，第 42 页。

寓。范滂为汉之一介清流，其耿直刚烈性格难为朝中党人所容，遂屡遭诟谤，竟至系狱，本传写其以身践义、临死不惧及与母、子诀别一节，尤为感人。文曰：

> 建宁二年，遂大诛党人，诏下急捕滂等。督邮吴导至县，抱诏书，闭传舍，伏床而泣。滂闻之，曰："必为我也。"即自诣狱。县令郭揖大惊，出解印绶，引与俱亡。曰："天下大矣，子何为在此？"滂曰："滂死则祸塞，何敢以罪累君，又令老母流离乎！"其母就与之诀。滂白母曰："仲博孝敬，足以供养，滂从龙舒君归黄泉，存亡各得其所。惟大人割不可忍之恩，勿增感戚。"母曰："汝今得与李、杜齐名，死亦何恨！既有令名，复求寿考，可兼得乎？"滂跪受教，再拜而辞。顾谓其子曰："吾欲使汝为恶，则恶不可为；使汝为善，则我不为恶。"行路闻之，莫不流涕。时年三十三。①

面对死亡毫不躲避，大义凛然，范滂的耿介贞烈之举动无疑体现出汉代清流之士的尚名节、慕仁义、特立独行的品质。作者在刻画这一人物形象时，选取传主被害前与县令郭揖、母亲、儿子对话的细节展现其性格：郭揖劝其远逃，而范滂以连累朋友、无法使母亲生活安定为借口委婉拒绝；虽心系年迈的母亲，但气节名声亦不可泯灭，终致毅然决然，慷慨赴义；母亲深明大义，儿子也以己之义行为荣。诸如此类典型细节的选取在《后汉书》中比比皆是。范晔通过传主立言，传达出对儒家节行忠义的激赏，读至此处令人顿生激昂悲壮之感、赞叹崇敬之情。文中通过言语对话彰显传主性情的写法，在该传中得到了淋漓尽致的表现。它一方面增强了所写人物的立休感与真实感，可谓形神毕现，另一方面也使传主的人格魅力得以清晰的展示。刘熙载尝云："文以炼神炼气为上半截事，以炼字炼句为下半截事。"② 就此传来看，神气充溢，形象真实，字句精练，可证其说不虚。范滂的品格特质正是作者所欣赏的，因此从中完全能够体现出范晔的价值取向。

---

① 《后汉书·党锢列传》，卷六十七，第 8 册，第 2207 页。
② 《文概》，《艺概》卷一，第 24 页。

《后汉书》虽是经作者加工而成，但所叙人物与事件基本符合事实，能够塑造出如此成功的人物形象，无疑应归功于范晔掌握材料和使用材料的能力。比如选取典型细节以凸显人物性格的技巧，虽不鲜见，却难得其佳。刘氏又云："言此事必深知此事，到得事理曲尽，则其文确凿不可磨灭。"[1] 史传刻画人物形象也是如此。范晔在刻画范滂的形象时，不但选取其与当朝权豪的正面冲突等一系列大事件来展现其刚正忠直的性格，而且也选取其被害前与家人的对话等小细节以显示其节行孝义。范晔撰史特别注意细微材料的运用，他在人物形象刻画方面所取得的成就，显然与此有着密切的关系。所谓"史莫要于表微，无论纪事纂言，其中皆须有表微意在"[2]，即含此意。这种从细微之处落笔来塑造人物的方法，的确是史家不可缺少的技巧。

除表彰有志士人耿直刚烈的品行及忠义节操外，一些传记还体现出对杀身成仁气节的高度赞赏和对贪慕高位、阿谀权贵者的批判斥责。对于仁人志士的杀身取义之举，范晔总是不嫌词费，详细抒写，极力歌颂，如李固、陈蕃等人为保持朝政清明而不顾死亡，与邪恶势力作英勇斗争，他们在作者笔下都是重点颂扬的对象。据《李固传》记载，固性格直爽，对外戚、宦官把持朝政深为痛恨。针对"淳厚之风不宣，彫薄之俗未革"[3] 的社会现状，他不顾生命危险对朝廷宠臣加以弹劾，力斥其人贪婪无度、"专总权柄"、"不知自损"的劣行。奏策呈上后，"顺帝览其对，多所纳用，即时出阿母还弟舍，诸常侍悉叩头谢罪，朝廷肃然。以固为议郎。而阿母宦者疾固言直，因诈飞章以陷其罪，事从中下"[4]。婞直忠荩之士心系朝政，不惜与权贵展开正面斗争，虽一度被陷但毫无动摇之意，李固的志向节行于此可见一斑。汉冲帝崩殂，固议立清河王刘蒜，大将军梁冀不从，乃立乐安王之子刘缵，是为质帝。后来梁冀又多次诬陷李固，均未得逞。冀忌质帝聪明，恐有后患，遂进鸩杀之。欲立桓帝，李固、杜乔不从，冀深愤恨，乃说太后先策免李固，后又构陷以诛之。范晔于传中详述李固之言行举止，尤重对其名德与杀身取义之节的彰显，如叙其临终前劝谏朝臣一节，足令人感佩。

---

① 《文概》，《艺概》卷一，第 37 页。
② 同上书，第 42 页。
③ 《后汉书·李固传》，卷六十三，第 8 册，第 2074 页。
④ 同上书，第 2078 页。

文曰：

> 临命，与胡广、赵戒书曰："固受国厚恩，是以竭其股肱，不顾死亡，志欲扶持王室，比隆文、宣。何图一朝梁氏迷谬，公等曲从，以吉为凶，成事为败乎？汉家衰微，从此始矣。公等受主厚禄，颠而不扶，倾覆大事，后之良史，岂有所私？固身已矣，于义得矣，夫复何言！"广、戒得书悲惭，皆长叹流涕。①

胡广、赵戒迫于梁冀的威势，曲从其改立桓帝的政见，而李固之行为恰恰与胡、赵形成鲜明对比：以社稷为重，为了汉室兴隆而不惜牺牲生命，虽殒命但取义成仁，死而无憾。作者的由衷赞叹之意不言自明。何焯赏誉曰："李（固）之气识，在杨震以上，使清河得立，可以致主文、宣，天不祚汉尔。"②

范晔所强调的仁义之士的杀身成仁之美在诸多传论中也有明确的论述。晚清李慈铭曾赞及《后汉书》中的著名传论，称《郑康成传论》、《左雄周举黄琼传论》、《陈蕃传论》、《李膺传论》（附《党锢列传·范滂传》后）、《宦者传序》（按，序与论实质无异）、《儒林传论》，为"最佳者"，并誉其"兴高采烈，辞深理精，以云奇文，实超前古"③。另有《曹褒传论》、《丁鸿传论》、《邓彪张禹胡广诸人传论》、《蔡邕传论》、《李固传论》、《张奂传论》、《孔融传论》、《樊英传论》、《张俭传论》、《卢植传论》、《窦武何进传论》，"皆抑扬反覆，激烈悲壮，令人百读不厌"。至如《李通传论》、《桓荣传论》、《臧洪传论》、《郭林宗传论》，也多有卓识。李氏总评《后汉书》传论曰："大抵蔚宗所著论，在崇经学，扶名教，进处士，振清议，闻之者兴起，读之者感慕，以视马、班，文章高古则胜之，其风励雅俗，哀感顽艳，故不及也。"④ 如《李固传论》对东汉仁人言出必践、笃尚气节、舍生慕义、心念社稷的人格特质加以评价云：

---

① 《后汉书·李固传》，卷六十三，第 8 册，第 2087 页。
② 《义门读书记》卷二十三，上册，第 390 页。
③ 《越缦堂读书记》，第 236 页。
④ 《越缦堂读书记》，第 237 页。

夫称仁人者，其道弘矣！立言践行，岂徒徇名安己而已哉，将以定去就之概，正天下之风，使生以理全，死与义合也。夫专为义则伤生，专为生则骞义，专为物则害智，专为己则损仁。若义重于生，舍生可也；生重于义，全生可也。上以残暗失君道，下以笃固尽臣节。臣节尽而死之，则为杀身以成仁，去之不为求生以害仁也。……李固据位持重，以争大义，确乎而不可夺。岂不知守节之触祸，耻夫覆折之伤任也。观其发正辞，及所遗梁冀书，虽机失谋乖，犹恋恋而不能已。至矣哉，社稷之心乎！其顾视胡广、赵戒，犹粪土也。①

以李固为代表的仁人志士以社稷为重，尚名节，慕仁义，在生与死、利与义之间作出了正确选择。他们没有追求个人的名位，而是笃信忠义，尽臣节以为国家效力，其杀身成仁的举动既端正了世风，又为当时的士人作出了表率，他们为守节而罹难，却在所不惜。或许正是因为有了这样一批忠勇刚烈之人，东汉政权才能得以延续。与李固的贵义而贱生相比，胡广、赵戒等人为求生而弃义的行为无疑显得卑劣至极。文章尽管没有过多论析贪生害义者的行径，但读至此处却一目了然。刘熙载评曰："论不贵强下断语，盖有置此举彼，从容叙述，而本事之理已曲到无遗者。"② 两相比照，范晔的好恶倾向昭然若揭。

范晔在《班固传论》中曾指责班固《汉书》漠视儒家仁义志节与杀身成仁之美，因此他一反班氏作风，极力推崇忠义节行和舍生取义之举。王鸣盛尝云："班彪、固父子传论云：'彪、固讥迁以为是非颇谬于圣人，然其论议常排死节，否正直，而不叙杀身成仁之为美，则轻仁义贱守节愈矣。'此虽华峤之辞，而蔚宗取之，故蔚宗遂力矫班氏之失。如《党锢》、《独行》、《逸民》等传正所以表死节，褒正直，而叙杀身成仁之为美也，而诸列传中亦往往见重仁义，贵守节之意。善读书者当自知之，并可以想见蔚宗之为人。"③ 又如陈蕃，性高峻，有清世之志，因不满朝中宠臣飞扬跋扈，曾多次进谏圣上选贤任能，黜退奸

---

① 《后汉书·李固传》，卷六十三，第 8 册，第 2094—2095 页。
② 《文概》，《艺概》卷一，第 43 页。
③ 《十七史商榷》卷三十六，上册，"范矫班失"条。

佞，其正义之行为令宦官痛恨至极。在皇帝面前，陈蕃毫不隐晦，仗义执言，有善必褒，有恶必斥。李膺、杜密、范滂等忠介之臣遭诬下狱时，他曾指责桓帝听信佞臣谄谀之言，陷害忠良之士。《后汉书》本传载陈蕃上疏曰：

> 昔武王克殷，表闾封墓，今陛下临政，先诛忠贤。遇善何薄？待恶何优？夫谗人似实，巧言如簧，使听之者惑，视之者昏。夫吉凶之效，存乎识善；成败之机，在于察言。人君者，摄天地之政，秉四海之维，举动不可以违圣法，进退不可以离道规。谬言出口，则乱及八方，何况髡无罪于狱，杀无辜于市乎！①

奏疏中指出，纣之暴虐，罄竹难书，商容、比干，悉皆殒命，至周武王灭商，尚表封忠贞之墓。与武王相比，桓帝非但未重用贤臣，反而受奸佞所惑，笃信谗言，误恶为善，乖违圣道。如此一来，定致忠臣衔怨，民愤难平，朝政混乱，局势危急。此节叙中有议，言词颇为激切，析理也极其精深。陈蕃之言无疑代表了范晔的观点，明辨是非善恶，褒忠贬奸，其意尽显。刘熙载云："论是非，所以定从违也。从违不可苟，是非可少紊乎？"②

陈蕃义薄云天，心系邦国，曾与大将军窦武"同心尽力，征用名贤，共参政事"，"天下之士，莫不延颈想望太平"③，但中常侍曹节、王甫等人心怀怨愤，遂进谗言于太后，并多行"贪虐"之事。蕃上疏请诛朝中奸佞以正世风，太后不纳。后与窦武相谋欲举事，事泄，武为曹节等人矫诏诛杀，蕃亦难逃此厄运，终被王甫等人陷害。传中所写陈蕃与宦官刀兵相见的斗争情节，真实具体，惊心动魄，非常符合传主的性格。范晔对传中人物形象的刻画，总是通过典型事件来凸显典型性格。以陈蕃而论，生性刚正不阿，深明大义，目睹宦官擅权营私、迫害忠良、危及社稷的行径自然无法忍气吞声，故有拔剑呵斥之壮举。作者一意叙来，顺理成章，毫无突兀艰涩之感，诚如前人所评："传中叙

---

① 《后汉书·陈蕃传》，卷六十六，第 8 册，第 2166 页。
② 《文概》，《艺概》卷一，第 43 页。
③ 《后汉书·陈蕃传》，卷六十六，第 8 册，第 2169 页。

事，或叙其有致此之由而果若此，或叙其无致此之由而竟若此，大要合其人之志行与时位，而称量以出之。"① 范晔塑造陈蕃这一人物形象，即属于"叙其有致此之由而果若此"一类。至陈蕃遇害后，作者难掩心中的感慨敬佩之情，又著论以赞之，其论云：

> 桓、灵之世，若陈蕃之徒，咸能树立风声，抗论惛俗。而驱驰岭厄之中，与刑人腐夫同朝争衡，终取灭亡之祸者，彼非不能洁情志，违埃雾也。愍夫世士以离俗为高，而人伦莫相恤也。以避世为非义，故屡退而不去；以仁心为己任，虽道远而弥厉。及遭际会，协策窦武，自谓万世一遇也。懔懔乎伊、望之业矣！功虽不终，然其信义足以携持民心。汉世乱而不亡，百余年间，数公之力也。②

面对污浊的朝政氛围，陈蕃不甘隐遁，以社稷为重，携同窦武勇于同宦官作斗争乃至献身，实堪称抗俗之举。尽管陈蕃未能从根本上改变东汉社会的现状，但其杀身成仁的气节足令后人景慕，其功业亦可与伊尹、吕望相媲美。清人何义门曾评曰："天下一君，四海一国，虽异姓之臣，既当鼎铉，固当祸福共之。竭力致死，无所辞避，事之不济，则天也。"③ 可以说，陈蕃这一形象寄托了作者崇奉儒学、心存治世的思想，因此发论立意高远，见解精深。范晔褒扬节义、推崇儒术教化的观点在多篇传论中都有体现。东吴王鸣盛云："前史《陈蕃传论》以汉乱而不亡百余年，为蕃等之力。《孔融传论》以曹操之不敢及身篡汉，为融之功。至《儒林传论》则又以汉经学世笃，故桓、灵以后，国势崩离而群雄不敢遽篡者，皆为儒学之效。蔚宗之表扬节义，推奖儒术如此。沈约《宋书·郑鲜之传》云：'后汉乱而不亡，前史犹谓数公之力。'前史即范史。"④

范晔写人叙事，选材立意，虽以儒学为主导思想，但在阐发对某个问题的看法时，却又多有独得之见。如《宦者列传》备言宦官制度发展过程之后，又历叙郑众、蔡伦、孙程、曹腾、单超、侯览、曹节、吕

① 《文概》，《艺概》卷一，第 42 页。
② 《后汉书·陈蕃传》，卷六十六，第 8 册，第 2171 页。
③ 《义门读书记》卷二十三，上册，第 391 页。
④ 《十七史商榷》卷三十八，上册，"孔融传论"条。

强、张让、赵忠诸人为宦之事，至为详尽。传末纵论"衅起宦夫"之因，可谓发人之所未发，新颖而精辟，其文曰：

> 刑余之丑，理谢全生，声荣无晖于门阀，肌肤莫传于来体，推情未鉴其散，即事易以取信，加渐染朝事，颇识典物，故少主凭谨旧之庸，女君资出内之命，顾访无猜惮之心，恩狎有可悦之色。亦有忠厚平端，怀术纠邪；或敏才给封，饰巧乱实；或借誉贞良，先时荐誉。非直苟恣凶德，止于暴横而已。然真邪并行，情貌相越，故能回惑昏幼，迷瞀视听，盖亦有其理焉。①

东汉朝政腐败，几至倾覆，确实与宦者有着密切的关系。何焯云："董贤负乘，莽得窃柄，故西京佞倖，关系存亡；东都则黄巾蚁聚，群雄龙战，皆由宦者流毒。"② 作者从宦官生理上及心理上的缺陷入手分析，认为这些正是他们蒙蔽并骗取统治者信任的关键所在。他们熟悉朝中政事与典制，因此多有与上层接近的机会，而一旦得逞，就巧言令色，谲诈多变，颠倒事实，惑乱君主。此类人看似忠厚，实藏阴险之心。所论一针见血，分析深湛而精到，范晔的渊博学识与敏锐的洞察力于此可见一斑。此节言简意赅，韵味隽永，骆鸿凯论文章风格，将该文归入"断义务明，练辞务简"的"精约"③ 一类，非常恰当。

又如张衡为东汉著名文学家、科学家，精于天文、阴阳与历算，曾作浑天仪、候风地动仪，前者备极阴阳术数之理，后者则用于预测地震，众人皆服其妙。范晔著《张衡传并论》以述其功云："推其围范两仪，天地无所蕴其灵；运情机物，有生不能参其智。故智思引渊微，人之上术。记曰：'德成而上，艺成而下。'量斯思也，岂夫艺而已哉？何德之损乎！"④ 作者从德艺双馨的角度高度评价了张衡，并提出艺不损德的道理。再如《杨震传》叙出身于"东京名族"，且累世"德业相继"⑤ 的杨震为官清廉，荆州秀才王密夜怀重金以谒震，意欲攀附，结

---

① 《后汉书·宦者列传》，卷七十八，第 9 册，第 2537—2538 页。
② 《义门读书记》卷二十四，上册，第 399 页。
③ 《文选学》，第 305 页。
④ 《后汉书·张衡传》，卷五十九，第 7 册，第 1940—1941 页。
⑤ 《后汉书·杨震传》，卷五十四，第 7 册，第 1790 页。

果遭斥而退。《刘陶传》则言及人与天地、君与臣相辅相成、相并共存的事理："人非天地无以为生，天地非人无以为灵，是故帝非人不立，人非帝不宁。夫天之与帝，帝之与人，犹头之与足，相须而行也。"① 将君与天、与臣之间的关系比作头足关系，形象而又深刻。凡此种种，无不体现出范晔的进步性思想。

除表彰有识之士的忠义节行、杀身成仁的壮举外，《后汉书》中还有许多传记对为谋取私利而不惜丧失人格者、违背儒家礼义任意而行者进行了无情的揭露与讽刺。他们或贪慕高位，或迫于威势而向邪恶势力低头，虽然有时得以保全身位，但名声却落入低俗不堪的境地。如上文所述《李固传论》中所提及的胡广、赵戒等人即是。范晔对胡、广之行径极为不齿，但在传记中却寓讥刺于褒扬，这也是《后汉书》笔法的不同寻常处。王鸣盛尝曰："西京张禹、孔光，东都胡广，皆以文学著，皆小人之至、无耻而享大福者。孟坚于张、孔，直笔诋斥，尽丑描摹，洵不愧良史矣。而蔚宗于胡广，乃别换一种笔墨，冷讥毒刺寓于褒颂，夸誉中其党恶误国反为藏过，读之辄为击节叹赏，亦不觉捧腹绝倒。"② 另据《陈蕃传》载，赵宣葬亲后而不闭墓道，并居其中行服二十余年，乡人称其至孝，州郡亦多次延请。就是这样一个看似谨守儒家礼义之人，行服期间竟生五子，范晔借陈蕃之口对赵宣的劣迹加以猛烈抨击，将虚伪之人的丑行揭露无遗。又如朱并，曾因向朝廷告发张俭而得以晋升，亦属小人之流（事见《党锢列传·张俭传》）。南阳樊陵因仰慕李膺名声而求为门徒，膺辞不受，陵遂阿附宦官以邀取荣利，虽致位太尉，却为节义者所不齿（事见《党锢列传·李膺传》）。张显、郭防、曹陵、冯方亦入此列（事见《党锢列传·羊陟传》）。马融"才高博洽，为世通儒"，但也无法摆脱物质利益的诱惑，"遂为梁冀草奏李固，又作大将军《西第颂》，以此颇为正直所羞"③，诚如范晔所言："终以奢乐恣性，党附成讥，固知识能匡欲者鲜矣。"④ 针对马融的行径，范晔没有隐晦，而是直书其事，严格履行着一位优秀史家的职责。

《后汉书》推崇节行，张扬正义的思想还体现在一些列传中，如

① 《后汉书·刘陶传》，卷五十七，第 7 册，第 1843 页。
② 《十七史商榷》卷三十六，上册，"刺广寓于褒颂"条。
③ 《后汉书·马融传》，卷六十上，第 7 册，第 1972 页。
④ 同上书，第 1973 页。

南朝散文研究

《左周黄列传》所叙左雄、周举、黄琼皆为忠诚正直之士，均曾多次上疏朝廷以陈当世得失，言辞诚恳深切，颇受时人称赏。范晔著论激赏此时仁人君子之盛状云：

> 至乃英能承风，俊乂咸事，若李固、周举之渊谟弘深，左雄、黄琼之政事贞固，桓焉、杨厚以儒学进……张衡机术特妙：东京之士，于兹盛焉。向使庙堂纳其高谋，疆场宣其智力，帷幄容其謇辞，举厝禀其程式，则武、宣之轨，岂其远而？……及孝桓之时，硕德继兴，陈蕃、杨秉处称贤宰，皇甫、张、段出号名将，王畅、李膺弥缝衮阙……其余宏儒远智，高心洁行，激扬风流者，不可胜言。而斯道莫振，文武陵队，在朝者以正议婴戮，谢事者以党锢致灾。往车虽折，而来轸方遒。所以倾而未颠，决而未溃，岂非仁人君子心力之为乎？①

由上可见，东汉中后期英才纷出，文韬武略，颇不乏人，有识之士怀德奋起，激浊扬清，对当时已趋沦丧的世风起到了很大的冲击作用。然而，从总体趋势上来看，儒学正逐步走向衰微。朝中忠良之士屡遭陷害，后起者接踵而至，前赴后继，知难而上，与黑暗势力展开殊死的拼争。或许正是因为有了这些正义之士，日益腐朽的东汉政权才没有彻底崩溃。上述诸人，范晔逐一为之列传，以颂其高节德行。李祥年认为，蔚宗所处的刘宋时期士人多务清谈放诞，鄙薄仁义节行，世风衰敝不堪，因此范晔张扬儒学实有诫世之意。②

《独行列传》、《逸民列传》也是《后汉书》中的名篇。《独行列传》所记皆为操行卓特不群之士，有极重节义、冒死救主或代主受戮者（如刘茂、卫福、周嘉、所辅、索庐放）；有深明大义、守节不移者（如李业）；有不受胁迫、伏剑自刎者（如温序）；有直言进谏、殒命疆

---

① 《后汉书·左周黄列传》，卷六十一，第 7 册，第 2042—2043 页。
② 李祥年在概括此类传记的特点时说："范晔在记述这些传记主人公言行事迹的时候，并不注重他们是否恪守封建社会传统的礼仪规范，而是着重刻画他们重名节，崇正义的一面。""在范晔看来，这些'仁人君子'重名节，崇正义的行为可以形成一股强大的社会力量，正是这股力量，激励了世道民心，维持了一个面临崩溃的王朝的延绵不绝。"（《汉魏六朝传记文学史稿》，复旦大学出版社 1995 年版，第 106 页。）

场者（如彭脩）；有珍视友情、笃于信义者（如范式、张劭）；有忠于先主并为其抚养孤儿成人者（如李善）；有重义轻利、扶危救困者（如王忳）；有因父母过世而悲痛绝命者（如张武）等。作者刻画这些人物时总能贯注深挚的感情，因此写来栩栩如生，足令人感荡心怀，有曰："盖失于周全之道，而取诸偏至之端者也。然则有所不为，亦将有所必为者矣；既云进取，亦将有所不取者矣。"① 作者认为，这些人都属于狂狷之士，胸怀坦荡，心地无私，光明磊落，志节高峻，足可激励后世，彪炳千古。范晔崇奉儒学，张扬仁义节行，主张积极用世，其根本目的还是借此以谕世，即所谓矫时弊、正风俗，这种思想贯穿于《后汉书》全书。

《逸民列传》是为另一人群所作的传记。《文选》李善注引何晏《论语注》曰："逸民，言节行超逸。"② 他们虽避世隐居，但皆属有识之士，其志节行止迥异于流俗：不事朝廷，与世无争，韬光养晦，志存高远，超凡脱俗，保持真性。作者叙写他们的事迹，实亦寄托了发自内心的赞赏之情。在东汉朝政腐败、社会动乱的大背景下，此类人群的特立超迈之举足令人感佩，尽管传主的生平行止各不相同，但其孤特不群的心地却无二致。有讽喻光武帝世事凶险，应保持高度警惕者（如野王二老）；有蔑视富贵，甘心贫贱者（如向子平）；有痛恨朝纲废弛、鄙视权贵、愤而隐居不出者（如逢萌）；有身怀高才而守志不移者（如周党、王霸）；有弃绝世事，乐于归隐者（如严光、梁鸿、高凤、台佟、韩康）等。范晔在《逸民列传》中除了塑造有名隐士以外，还写到一些不知名的隐者，如野王二老、汉阴老父、陈留老父等，无论有名者还是无名者，他们都代表了东汉时期远离朝政、"不事王侯，高尚其事"③ 的一类人。其人虽消极避世，却皆怀高迈志节，其行为可表彰，其志节可颂扬。

《后汉书》作为一代名史，其史学成就自不待言，然其文学价值也很突出。孙梅评曰："范史博综典籍，成一家言，体大思精，标置不妄。然如《后妃传论》、《独行传论》诸篇，奋其文笔，将与班、蔡共

---

① 《后汉书·独行列传序》，卷八十一，第9册，第2665页。
② 《文选》卷五十，第5册，第2212页。
③ 《后汉书·逸民列传序》，卷八十三，第10册，第2755页。

翔，而敷兹藻采，亦与潘、陆方驾者焉。"① 《后汉书》出现于重视文学特质的南朝时期，因此自然体现出此时文学的一些特征。南朝文学的主要特点是重抒情，求审美，这两方面的特征不仅体现在单篇散文中，而且也体现于《后汉书》的史传之文中。范晔为不同人物立传，或褒或贬，无疑都寄寓了自己的真情实感，如对李固、范滂、陈蕃等忠勇正直之士，总是不吝美词；提及他们的悲惨遭遇，往往出以同情、敬佩之语。又如对待马融，言其经学、文学造诣时，语词中流露出赞赏之意；而述其结交并攀附梁冀的举动，则又表现出贬抑的倾向。至于写到贪慕名位、趋炎附势、阿附权贵的胡广等人时，作者的遣责、愤激之情无不溢于言表。

　　范晔《狱中与诸甥侄书》尝曰："常谓情志所托，故当以意为主，以文传意。以意为主，则其旨必见；以文传意，则其词不流。然后抽其芬芳，振其金石耳。"② 其意是说，思想内容的表达是文章写作的主要目的，形式是为内容服务的，若能做到内容、形式并重，那将会达到最佳状态。谈及南朝文章的审美特质，自然无法避开形式方面的讲究。《后汉书》的史传散文，传记正文部分基本以散体写成，而传序、传论却颇多偶句，虽与后世骈文还有一定距离，却体现出了对骈体形式技巧的追求。刘师培论文强调文章最忌浮泛，但对《后汉书》中的传序、传论却大加赞赏："凡学为文章，无论有韵无韵，皆宜力避浮泛。浮泛者，文溢于意，词不切题之谓也。自汉、魏以迄晋、宋，文章虽有优劣，而绝少夸浮。及齐、梁竞尚藻采，浮词因以日滋，下逮李唐，益为加厉。试观《史记》及前、后《汉书》，纪传既不浮泛，论赞尤少盈辞。如《后汉书》中党锢、逸民、江革、左雄、王衍、仲长统诸序论，句各有意，绝无溢词。"③ 可以说，序论是《后汉书》中的精华部分，它不仅充分展示出范晔的史才与史识，而且还向时人及后世展现出高超的文学才华。在表达方式上，往往是以叙为主，叙议结合，叙事生动，语词精练，议论透辟，切中肯綮。序在传前，铺叙某种制度或某种现象的发展演变历程（如《宦者列传序》、《党锢列传序》等），常常前后

---

① 《四六丛话》卷三十，第 532 页。
② 《宋书·范晔传》，卷六十九，第 6 册，第 1830 页。
③ 《汉魏六朝专家文研究》，《刘师培中古文学论集》，第 116 页。

相续数百年，在从容叙述中表现出自己对该问题的观点。传记本体则对与此密切关联的人物生平行事加以详细陈述。传后之论是作者的总评价，其中也包含一些叙述性语句。由于传中对相关史事所述已详，因此序论中多是点到即止，而对体现传主性格的某个重要事件，则又出以概括性极强的语句，作为发论的依据。关于《后汉书》传序中的具体议论方式，熊礼汇曾概括为两种："一是引用儒家经典以作论，二是以议论笔调叙事。前者主要引用经文以作立论主脑，或引用典籍中的记载作为论据。后者实是以议论为骨架铺叙其事。"① 今观《宦者列传序》、《逸民列传序》，发端即以《周易》之语作论据，中间又融以《诗经》等典籍中的语句作为论之辅助；《党锢列传序》、《独行列传序》、《方术列传序》则以孔子之言引出所论之题；《列女传序》亦以《诗经》、《尚书》所重之女德为题作为发论之据。研读诸传序可以发现，论点确立后，作者往往围绕其展开议论和叙述，所叙之事皆有所依，而且又通过议论之语表达观点。

当然，《后汉书》也有一些缺陷。清代史学家王鸣盛指出该书在叙次上有颠倒的现象，如《胡广传》、《马融传》，而《班超传论》、《卢植传》则有脱漏的现象。此外，《后汉书》的思想倾向也有局限性，如《窦何列传》指出窦武、何进谋诛宦官不成，一方面是由于权有余而智不足，另一方面却又归之于天命。又如《独行列传·范式传》叙及范式与张劭笃于友情，张辞世后给范托梦，乃至下葬时因范未至而灵柩不入墓穴。《独行列传·王忳传》则言及王忳夜宿亭中遭遇女鬼之事。诸如此类，皆可说明《后汉书》中仍有封建迷信思想的成分。综观全书，范晔之史瑕瑜互见，但终究瑕不掩瑜，足称良史。

三　感生伤逝，凄婉悲凉的谢庄、鲍照、刘骏之文

如前文所述，强烈的抒情性一直是南朝文学的突出特点，这在书笺文、序文中也多有体现。就内容来说，有感慨生命短促之悲者，有抒发伤逝之情者等，不一而足。

谢庄的《与江夏王义恭笺》写因体弱多病而感慨生命短促，所以打算辞去政务繁多的吏部尚书一职。文章以情运辞，从容安雅，颇有深

① 《先唐散文艺术论》下册，第856页。

致，词云：

> 下官凡人，非有达概异识，俗外之志，实因羸疾，常恐奄忽，故少来无意于人间，岂当有心于崇达邪。……禀生多病，天下所悉，两胁癖疾，殆与生俱，一月发动，不减两三，每至一恶，痛来逼心……眼患五月来便不复得夜坐，恒闭帏避风日……家世无年，亡高祖四十，曾祖三十二，亡祖四十七，下官新岁便三十五，加以疾患如此，当复几时见圣世，就其中煎悚若此，实在可矜。①

作者在文中由身体多病而引发生命短促之慨，可谓颇多危苦之词，"常恐奄忽"一语体现出当时的真实心态。文章所述病情极为详细，而后提出自己的长辈们都无长寿，故而担心自己恐怕也不会活得太久。据《晋书》所载，谢庄的高祖谢万卒年四十二，此言四十，微有出入；其曾祖谢韶、祖谢恩寿命均不过五十。按史书考察，谢氏一门享年五十以上者非常罕见。② 可见，并非谢庄一支"家世无年"，这一现象在整个谢氏家族中表现得很普遍。此作以散体行文，采用口语化的语言，平易流畅，表情达意深挚恳切。其中言及多病一节，与西晋李密的《陈情表》中所述颇为相似。据史传所载，此后大约过了一年的时间，宋孝武帝便准许谢庄辞官归家。

与谢庄之笺内容相近，鲍照的《松柏篇诗序》也是不堪病痛的折磨而发出的感伤生命之词。其文曰：

> 余患脚上气四十余日。知旧先借《傅玄集》，以余病剧，遂见还。开袠，适见乐府诗《龟鹤篇》。于危病中见长逝词，恻然酸怀抱。如此病重，弥时不差，呼吸乏喘，举目悲矣！火药间缺而拟之。③

---

① 《宋书·谢庄传》，卷八十五，第 8 册，第 2171—2172 页。
② 据程章灿考证，谢鲲卒年 43 岁，谢玄 46 岁，谢瞻 35 岁，谢惠连 27 岁，谢弘微 42 岁，谢庄 46 岁，谢蔺 38 岁，谢览 37 岁，谢微 37 岁。这些都属正常死亡，非正常死亡者更没有超出此限度，如谢晦被杀时 37 岁，谢朓被杀时 36 岁。另外，史称早卒但卒年不详者也不少，如谢灵运之子谢凤等（《世族与六朝文学》，第 87 页）。
③ 《鲍参军集注》，第 178 页。

此文纯属散体，而且近于口语，这在鲍照的作品中较为罕见。作者在文中写到自己苦于病痛之时又见到伤悼生命的诗歌，这无疑更增加了悲伤之情。鲍照"家世贫贱"，虽"有文思"①但仕途坎坷，生活困顿不堪，故笔下多有感叹人生多艰、世事无常、生命短促之词。王钟陵先生认为，鲍照所抒发的这种悲情，仍然是建安以来的"迁逝之悲"，但他的迁逝之悲"缺乏建安、正始时期那突出的理性主义内容，也没有太康时期那迫切的危患感和世纪末式的音响，充满着的是寒士处在不公平待遇中的特定的悲凉"，"迁逝之悲不过是他穷愁失意之叹的一抹生死迁化的哲理远色"②。可见，在门阀士族制度风气甚盛之时，对于"才秀人微"③、怀才不遇的鲍照来说，身体上的病痛远没有心理上的创伤给他带来的感慨更深。

宋孝武帝刘骏（430—464）大明六年（462），宣贵妃殷淑仪薨，"上痛爱不已"④，遂作《伤宣贵妃拟汉武帝李夫人赋并序》，其序云：

> 朕以亡事弃日，阅览前王词苑，见《李夫人赋》，凄其有怀，亦以嗟咏久之，因感而会焉。⑤

汉武帝李夫人为李延年之妹，延年为武帝作歌致其妹被招纳入宫，并深受武帝宠幸。后辞世，武帝感伤而作《悼李夫人赋》，其文哀艳动人，为世所传诵。刘骏喜好文章，颇富文才，况且拟作时"嗟咏久之"，故所抒哀思亦极深刻。当时丘灵鞠也曾向孝武帝献过三首《挽歌诗》，表达对宣贵妃的哀悼之情，帝阅其"云横广阶暗，霜深高殿寒"句时，不禁"摘句嗟赏"⑥。

四　刚健朴质，析理剀切的何承天之文

何承天（370—447），生活于晋、宋之际，曾与傅亮共事于宋武帝

---

① 虞炎：《鲍照集序》，《全齐文》卷二十五，《全上古三代秦汉三国六朝文》第3册，第2929页。

② 《中国中古诗歌史》，第411页。

③ 《诗品注》，第47页。

④ 《宋书·始平孝敬王子鸾传》，卷八十，第7册，第2063页。

⑤ 同上。

⑥ 《南齐书·文学·丘灵鞠传》，卷五十二，第3册，第889页。

朝。其时散体文正逐步趋于骈化，何氏之文虽偶有对句，然终以单句为多。承天博览儒史百家，于文亦多留意，其《尹嘉罪议》一文针对法吏葛滕欲判尹嘉死刑一事，陈述己见，义正词严，析理剀切。议作为一种上行文体，主要用于驳斥不同的政见，《文心雕龙·章表》有"议以执异"① 之语，即为此意。李善则云："推覆平论，有异事进之曰驳"②，应与刘勰语同义。驳议文始于汉代，后世沿之。宋武帝永初末年，何承天为南台治书侍御史，"时有尹嘉者，家贫，母熊自以身贴钱，为嘉偿责。坐不孝当死"③。按当时法令条文，"母告子不孝，欲杀者许之"④，尹嘉卖母偿还债务，犯有不孝之罪，依律当处死。作者上奏阐述己见曰：

> 法云，谓违犯教令，敬恭有亏，父母欲杀，皆许之。其所告惟取信于所求而许之。谨寻事原心，嘉母辞自求质钱，为子还责。嘉虽亏犯教义，而熊无请杀之辞。熊求所以生之而今杀之，非随所求之谓。始以不孝为劾，终于和卖结刑，倚旁两端，母子俱罪，滕签法文，为非其条。……愚以谓降嘉之死，以普春泽之恩；赦熊之愆，以明子隐之宜。⑤

尹嘉之母起初自愿卖身为子抵债，而后又以嘉不孝为名提出诉讼，法吏葛滕据法欲处嘉死罪。作者认为，嘉母虽告其子不孝但未有请杀之言，意即并不希望判处尹嘉死刑。"其所告惟取信于所求而许之"，就此而言，所判不合情理。何承天在文中还提出明德慎罚之理，颇有鉴戒意义，最终朝议"事未判，值赦并免"⑥。此文言辞劲健有力，论事中规中矩，文风清峻朴质，李兆洛称其"具有炉锤，不阡不陌，自成蹊径"，堪称"议礼家科律"⑦。

《安边论》为何承天的另一名篇，其文备言国家长治久安之计，为

---

① 《文心雕龙注》卷五，下册，第 406 页。
② 《文选》卷三十七，第 4 册，第 1667 页。
③ 《宋书·何承天传》，卷六十四，第 6 册，第 1702 页。
④ 同上书，第 1702 页。
⑤ 同上书，第 1702—1703 页。
⑥ 同上书，第 1703 页。
⑦ 《骈体文钞》卷十二，第 210 页。

刘宋统治者提供了一系列切实可行的巩固边防的措施。张溥曰："晋世郭钦、江统疏论徙戎，显名方策，此亦其支流也。"① 据实而论，何氏此文足可"显名方策"。文帝元嘉十九年（442）："魏军南伐，文帝访群臣捍御之略。承天上《安边论》。"② 此文先从汉代抵御匈奴的策略入手谈起："汉世言备匈奴之策，不过二科，武夫尽征伐之谋，儒生讲和亲之约，课其所言，互有远志。"③ 汉人文武并行，恩威兼用，治世颇见成效。如今时过境迁，北魏劳师远征，未必能"摧锋引日"，轻易得逞。朝廷不如集结原居北土之民，"外示余力，内坚伪众"④，坚壁清野，稳定军心，"虽未可羁致北阙，犹足镇静边境"⑤。作者斟酌利害，权衡轻重，提出了自己的安边主张。文曰：

> 安边固守，于计为长。臣以安边之计，备在史策，李牧言其端，严尤申其要，大略举矣。……斥候之郊，非畜牧之所；转战之地，非耕桑之邑。故坚壁清野，以俟其来，整甲缮兵，以乘其敝。虽时有古今，势有强弱，保民全境，不出此途。⑥

何承天将安边措施归纳为四条：其一，移远就近，以实内地；其二，浚复城隍，以增阻防；其三，纂偶车牛，以饰戎械；其四，计丁课仗，勿使有阙。所述四条，条条精当，具有较强的可行性，足见是经过深思熟虑而得。史臣称此文"博而笃"⑦，可谓恰切之评。文章构思细微周到，语言简练流畅，行文挥洒自如，风格质朴自然，颇有汉魏文章的流风余绪。李兆洛云："平实周尽，文气近东京。"⑧ 谭献则曰："指画精凿，文事安翔。由于所见既深，故无虚矫之气。"⑨

① 《汉魏六朝百三家集·何衡阳集题辞》，《汉魏六朝百三家集题辞注》，第163页。
② 《南史·何承天传》，卷三十三，第3册，第870页。
③ 《宋书·何承天传》，卷六十四，第6册，第1706页。
④ 同上。
⑤ 同上。
⑥ 同上书，第1707页。
⑦ 同上书，第1712页。
⑧ 《骈体文钞》卷二十，第356页。
⑨ 同上书，第355页。

五　诙谐成趣，意兼讽喻的袁淑之文

除上述诸家外，袁淑（408—453）之文也颇具特色。与何承天之文相比，袁文中的对句数量增多，但仍属散体文。今存袁淑文总数不多，其中以诙谐文最有特色。

诙谐文因其内容有戏谑、讽喻的性质而得名，它往往借用普通散文的文体名称或形式，传达出幽默的意趣并蕴蓄讽喻之旨，令读者愉悦而又发人深思。《文心雕龙·谐隐》曰："谐之言皆也。辞浅会俗，皆悦笑也。昔齐威酣乐，而淳于说甘酒；楚襄讌集，而宋玉赋好色。意在微讽，有足观者。及优旃之讽漆城，优孟之谏葬马，并谲辞饰说，抑止昏暴。是以子长编史，列传滑稽，以其辞虽倾回，意归义正也。"① 清人李兆洛论此类文体云："战国诙谐辨谲者流，实肇厥端。其言小，其旨浅，其趣博。往往托思于言表，潜神于旨里，引情于趣外，是故小而能微，浅而能永，博而能检。就其褊者，亦润理内苞，秀采外溢，不徒以镂绘为工，遹峭取致而已。后之作者，乃以为游戏，佻侧洸荡，忘其所归，遂成俳优，病尤甚焉。"② 考察诙谐文的渊源，应始自战国，淳于髡讽谏齐威王罢长夜饮宴之乐、宋玉讽楚襄王、优旃谏秦二世、优孟劝楚庄王等，都属此类。与传统散文相比，诙谐文虽有讽喻之旨，但运之以幽默诙谐之词，表意过于委屈婉转，故劝谏之意不够直接明确。今人谭家健称其"实用性弱而趣味性强，艺术审美追求超过直接的功利目的"③，所言准确。

刘师培曾说："谐隐之文，亦起源古昔。宋代袁淑，所作益繁。惟宋、齐以降，作者益为轻薄，其风盖昌于刘宋之初。……所作诗文，并多讥刺。"④ 刘宋时期，最早创作诙谐文的并非袁淑。稍早于袁淑的范晔曾撰有《和香方序》，其文借分析中药材的习性来影射当时的名士，钱锺书将此篇与稍后袁淑诸作皆看成"诙诡而别成体裁"⑤ 者，可见它应属一篇诙谐文。另据《宋书·谢灵运传》载，东海何长瑜曾致书宗

---

① 《文心雕龙注》卷三，上册，第 270 页。
② 《骈体文钞》，第 33 页。
③ 《六朝文章新论》，第 402 页。
④ 《中国中古文学史讲义》，《刘师培中古文学论集》，第 92 页。
⑤ 《管锥编》第 4 册，第 1311 页。

人何勖，以韵语叙同僚陆展染发之事，词含戏谑意味。

《隋书·经籍志》著录有袁淑《诽谐文》十卷，惜已亡佚，这大概是最早的诙谐文集。张溥曰："阳源《诽谐集》，文皆调笑，其于艺苑，亦博簺之类也。"① 此语指出袁淑诙谐文的游戏性质。严可均《全上古三代秦汉三国六朝文》辑录袁淑文章共十五篇，其中包括据《初学记》、《艺文类聚》、《太平御览》等类书辑得的五篇诙谐文：《鸡九锡文》、《劝进笺》、《驴山公九锡文》、《大兰王九锡文》、《常山王九命文》。

虽然诙谐文往往借助普通散文的各种体裁来叙事述意，但它特有的戏谑调笑性质使其迥异于传统散文。上述袁淑五文运用九锡文的形式，对鸡、驴、猪、蛇等动物进行封赏赐爵，极荒唐可笑。九锡文本用于以帝王的名义称颂朝中重臣功绩，为其加封进爵，赐以殊遇，因此加九锡之礼就常常成为改朝换代的前奏曲，篡逆者正是凭借这一禅让形式冠冕堂皇地荣登宝座的。此类文章多出于著名文士之手，他们驰骋才华，极尽称功颂德之能事。赵翼曰："篡乱相仍，动用殊礼，僭越冒滥，莫此为甚。"② 就此而言，袁淑诸文当含有于嬉笑中寄以辛辣讽刺之意。《鸡九锡文》拟鸡及其同类为人，重点叙写雄鸡不辞辛苦，任劳任怨，恪尽职守，勤于打鸣，所以理应受重封厚赏。文云：

> 维神雀元年，岁在辛酉，八月己酉朔，十三日丁酉，帝颛顼遣征西大将军下雉公王凤、西中郎将白门侯扁鹊，咨尔浚鸡山子。维君天姿英茂，乘机晨鸣，虽风雨之如晦，抗不已之奇声。今以君为使持节、金西蛮校尉、西河太守，以扬州之会稽封君为会稽公，以前浚鸡山为汤沐邑。君其祗承予命，使西海之水如带，浚鸡之山如砺，国以永存，爰及苗裔。③

此文以比物连类、谐音双关之法写出为鸡策加九锡之礼的闹剧，读之令人忍俊不禁。一系列表示时间的"酉"字，实取居十二地支中第

① 《汉魏六朝百三家集·袁忠宪集题辞》，《汉魏六朝百三家集题辞注》，第 179 页。
② 《廿二史劄记校证》卷七，上册，第 149 页。
③ 《全宋文》卷四十四，《全上古三代秦汉三国六朝文》第 3 册，第 2681 页。

南朝散文研究

十位的与鸡相对应的"酉"之意，而"神雀"之"雀"、"下雊公"之"雊"、"王凤"之"凤"、"扁鹊"之"鹊"，皆与鸡同属或相类。"会稽公"之"稽"则与鸡谐音，可谓时时影射，处处相关，文章之旨显露无遗。雄鸡清晨打鸣本属正常生理本能，而这竟然也成为它受封的原因，作者的讽刺之意不言自明。九锡殊礼的庄重尊贵至此也丧失殆尽了。

《劝进笺》运用书信文形式叙写作为臣僚的鸿雁、天鹅等劝鸡接受九锡之厚封，铸词命意与前篇相类。《驴山公九锡文》是五文中篇幅最长者，它生动地写出为驴加封进爵的原因及结果。当行军所携物资过重之时，"谋臣停算，武夫吟叹"，驴善于负重的特点便使它发挥出巨大的作用。词曰：

> 尔乃长鸣上党，慷慨应邢，崎岖千里，荷囊致餐，用捷大勋，历世不刊，斯实尔之功也。音随时兴，晨夜不默……应更长鸣，豪分不忒。虽挈壶著称，未足比德，斯复尔之智也。若乃六合昏晦……用不废声，斯又尔之明也。青脊隆身，长颊广额……斯又尔之形也。嘉麦既熟……负磨回衡，斯又尔之能也。①

作者从善负重、喜长鸣、好推磨三个方面称颂了驴的与众不同之处，并且对其功用、智慧、明事、形体、能力分别加以阐释。正是因为驴具有许多优点，况且还作出过非凡的贡献，所以被赐予大鸿胪之衔，以庐江、庐陵、桐庐、珠庐封其为中庐公，谐音双关而成趣。沈约称袁淑"喜为夸诞，每为时人所嘲"②，于此可见大略。钱锺书称此文"似纯供解颐抚掌之资，未寓褒贬"③，其实不然，作者将朝廷九锡之礼加到动物身上，本来就带有深刻的讽刺意味。王运熙曾说："袁淑把这种庄严的公文滑稽化，施之于鸡、驴等动物，确是别开生面，其中可能包含了作者对这类丑剧的讽刺意味。"④ 由于文寓讥讽之意，故对驴的生理本能也加以赞赏。如果说负重、推磨尚有可取之处的话，那么长鸣则

---

① 《全宋文》卷四十四，《全上古三代秦汉三国六朝文》第 3 册，第 2681 页。
② 《宋书·袁淑传》，卷七十，第 6 册，第 1839 页。
③ 《管锥编》第 4 册，第 1311 页。
④ 《汉魏六朝四言通俗韵文》，《古典文学论丛》1985 年第 4 辑。

似乎有悖于人之所好，而智慧也难与实情相符。袁淑一反常理，尽皆加以颂扬，足见该文的戏谑嘲讽之旨。

从笔法上看，《大兰王九锡文》可以说是融合了《鸡九锡文》与《驴山公九锡文》两篇之长。大兰王，即指猪，此篇是写为猪加封九锡殊礼。文章起首即云："大亥十年，九月乙亥朔，十三日丁亥……"①所用"亥"字当有双关之义：既可表时间，又可指十二地支中居末位的与猪相对应的"亥"。下文分别从纯、美、德、勇四个方面对猪进行称颂，如言其勇猛善斗曰：

> 俯歕沫则成雾，仰奋鬣则生风，猛毒必噬，有敌必攻，长驱直突，阵无全锋。②

作者对野猪好斗成性的特点描绘得非常细致生动，读来栩栩如生。袁淑还有一篇《常山王九命文》，似残缺不全，但据所存片言只语推断当属颂蛇之文。

综观袁淑五作，内容自成一体，皆以谐谑之笔抒写为动物加封赐爵之事。按《文心雕龙·谐隐》之说，诸作俱为"莠言"、"有亏德音"③者，但实际上是于调侃、嬉笑中寓有嘲讽之意。钱锺书说："袁文之封鸡、驴为上公，赉豕、蛇以锡命，虽戏语乎，亦何妨视嘻笑为怒骂也！"④无论讥讽还是怒骂，无疑都体现出作者撰写此类文章的本意。袁淑将所撰诙谐文立为一集，足见他对该类文的重视。此举对后世也产生了深刻的影响，据《隋书·经籍志》载，梁代无名氏著有《续诙谐文》十卷，沈宗之著有《诙谐文》一卷，皆为袁淑之遗响。

据史书所载，袁淑尝录古来隐士有迹无名者，编为《真隐传》一书，共十卷。严可均辑有袁淑《真隐传》一文，叙及深明世故、洞察万方、隐世避俗的鬼谷先生，亦含讽喻鉴戒之意。文曰：

> 鬼谷先生，不知何许人也。隐居韬智，居鬼谷山，因以为称。

---

① 《全宋文》卷四十四，《全上古三代秦汉三国六朝文》第 3 册，第 2681 页。
② 同上。
③ 《文心雕龙注》卷三，上册，第 271 页。
④ 《管锥编》第 4 册，第 1311 页。

苏秦、张仪师之，遂立功名。先生遗书责之曰："若二君，岂不见河边之树乎？仆御折其枝，波浪荡其根，上无径尺之阴，身被数尺之痕。此木岂与天地有仇怨？所居然也。子不见嵩、岱之松柏，华、霍之檀桐乎？上枝干于青云，下根通于三泉，千秋万岁，不受斧斤之患。此木岂与天地有骨月哉？盖所居然也。"[1]

　　作者通过鬼谷先生责备苏、张之语传达出对志士处世的观点。文章以河边之树与高峰之松、柏、檀、桐为例，说明所处地理位置不同而有不同的结局，言词中似乎流露出远离祸患、隐退以保持节行之意。此文寓抽象之理于形象生动的叙写中，颇有特色，篇幅虽短，语言亦极简练平易，却寄寓了深刻的道理。作者推重隐士之高行与其所处的政治环境不无关系，袁淑一门多代皆禀性刚烈，为人正直忠诚，不事权贵，其风霜之节为时人所赏慕。元凶刘劭欲行弑帝篡逆之事，袁淑不从，竟被陷害。李延寿尝赞云："观夫宋、齐以还，袁门世蹈忠义，固知风霜之概，松筠其性乎！若无阳源之节，丹青夫何取贵？"[2] 刘宋皇室内部纷争不断，甚至屡有杀伐，朝臣多被牵涉于内，袁淑有感于此，遂生避世远祸之心亦在情理之中。

　　袁淑之侄袁粲（421—478），自矜出身华贵门第，闲居高卧，素不与寻常之士交往。每杖策独行，悠然忘返，有正始名士遗风。王僧孺《临海伏府君集序》曰："袁粲领袖一时，仪形物右，声逾裴、乐，誉出王、刘。士有怀道蕴义，望尘而趋者，或三年而未识，乍四旬而一见。"[3] 按袁粲博学有清才，又好汲引后进才学之士，故声名远播，足称一方之首。粲曾作《妙德先生传》，以步嵇康《高士传》之后尘，其实亦属借此以自况，带有明显的寓言体性质。其文所叙之妙德先生无论风神气度，还是性格好尚，都近于作者本人。词云：

　　有妙德先生，陈国人也。气志渊虚，姿神清映，性孝履顺，栖冲业简，有舜之遗风。先生幼凤多疾，性疏懒，无所营尚。然九流

① 《全宋文》卷四十四，《全上古三代秦汉三国六朝文》第 3 册，第 2680 页。
② 《南史·袁淑传论》，卷二十六，第 3 册，第 722 页。
③ 《全梁文》卷五十一，《全上古三代秦汉三国六朝文》第 4 册，第 3248 页。

百氏之言，雕龙谈天之艺，皆泛识其大归，而不以成名。家贫尝仕，非其好也。混其声迹，晦其心用，故深交或近，俗察罔识，所处席门常掩，三迳裁通。虽扬子寂漠，严叟沈冥，不是过也。修道遂志，终无得而称焉。①

作者随意挥洒，一介高隐之士的形象便栩栩如生地呈现在眼前：妙德先生气度非凡，风神俊逸，温顺至孝，淡泊明志，与虞舜同风。袁粲仰慕正始名士，故笔下主人公亦有名士之仙风道骨，非但风气特出，志尚也无异，而且习文论艺，性格孤傲不群。文章以汉之扬雄、严光作比，衬托妙德先生自甘隐遁之志，可谓贴切妥当。文中又借妙德先生之口叙及"狂泉"之事，寓意颇深：一国之人饮狂泉水而皆变狂，唯国君未饮而未狂。众人反以国君之不狂为狂，于是为其疗治狂疾，"火艾针药，莫不必具"，国君难忍其苦，遂饮水而变狂。妙德先生身处狂人之国而自己不狂，显然难以独立于世，竟亦欲饮狂泉之水而取狂。作者借此指出清正之士难于浊世立足，实寄寓愤世嫉俗之意。此文以虚写人物自况，思致与笔法皆类于陶渊明的《五柳先生传》。

六　气格尚古，抑扬有致的王微之文

与谢灵运、谢庄等人撰文兼擅骈、散两体不同，王微（415—453）好为散体单行之古文，不尚骈俪，撰文追慕汉魏古风，与当时骈风相悖。史称王微"为文古甚，颇抑扬，袁淑见之，谓为诉屈"②，关于自己的文风特点，王微《与从弟僧绰书》尝云："吾少学作文，又晚节如小进……且文词不怨思抑扬，则流澹无味。文好古，贵能连类可悲，一往视之，如似多意。当见居非求志，清论所排，便是通辞诉屈邪？尔者真可谓真素寡矣。"③ 细忖之，大概其文有汉魏古气，强调情感起伏相间，激昂顿挫，跌宕有致，且富于感染力。观其《报何偃书》、《与江湛书》，皆朴素平实，可谓当时文坛别一流派。李慈铭称此三书"皆历落有古致，于六朝别一蹊径"④，盖亦此意。钱锺书则认为王微三作

---

① 《全宋文》卷四十四，《全上古三代秦汉三国六朝文》第 3 册，第 2682 页。
② 《宋书·王微传》，卷六十二，第 6 册，第 1666 页。
③ 同上书，第 1667 页。
④ 《越缦堂读书记》，第 281 页。

"均步趋嵇康《与山巨源绝交书》，意态口吻有虎贲中郎之致"①。

王微善解医方，其弟僧谦有才名，元嘉三十年（453）遇疾，"微躬自处治，而僧谦服药失度，遂卒。微深自咎恨，发病不复自治，哀痛僧谦不能已"②，遂作《以书告弟僧谦灵》以寄哀思。该文通过回忆平日与其弟的共同生活细节，抒发内心的深挚哀悼之情。文曰：

> 寻念平生，裁十年中耳，然非公事，无不相对，一字之书，必共咏读，一句之文，无不研赏，浊酒忘愁，图籍相慰，吾所以穷而不忧，实赖此耳。奈何罪酷，茕然独坐。忆往年散发，极目流涕，吾不舍日夜，又恒虑吾羸病，岂图奄忽，先归冥冥。反覆万虑，无复一期，音颜仿佛，触事历然，弟今安在，令吾悲穷。……（弟）常云："兄文骨气，可推英丽以自许。又兄为人矫介欲过，宜每中和。"道此犹在耳，万世不复一见，奈何！唯十纸手迹，封拆俨然，至于思恋不可怀。及闻吾病，肝心寸绝……吾穷极之人，平生意志，弟实知之，端坐向窗，有何慰适，正赖弟耳。……③

此文虽名为书，实似祭文，其弟已殂逝，但往日的劝导之语仍萦绕耳旁，读之如在眼前，忆事怀人，感慨颇深，令人凄怆。李慈铭评曰："沈折曲至，无意于文而文尤佳，令人不忍卒读也。"④ 该文纯粹以散体形式写成，与时文风气相乖违，其遣词立意对后世韩愈的《祭十二郎文》产生了一定的影响。

第二节 骈文发展并臻于成熟时代之散体文（齐梁陈）

随着骈文的加速发展并逐步趋于成熟，散体文的发展空间变得更狭小，数量也越来越少。这一时期的骈文作家如任昉、沈约、江淹等人往往兼擅散体，此外，张融、虞炎、范缜、萧统等人也偶有散体名作传世。

---

① 《管锥编》第 4 册，第 1280 页。
② 《宋书·王微传》，卷六十二，第 6 册，第 1670 页。
③ 同上书，第 1670—1671 页。
④ 《越缦堂读书记》，第 281 页。

一 骈文家任昉、沈约、江淹之散体文

任昉、沈约、江淹素以骈文名世，其骈体创作成就已见前文，然诸家笔下亦有浅显通俗、不事琢削的散体文，这在骈俪气息浓郁的文苑中颇显别具一格。

任昉以骈笔驰名，其《奏弹刘整》一文却独具特色，颇可注意。文章针对刘整为争夺奴婢和财产而欺凌寡嫂范氏一事，对其进行弹劾。此文首尾皆骈，中间主体部分大概是根据范氏极具当时口语化色彩的诉状加以改写而成，故用散体。萧统编纂《文选》时，即因此段直白无文而删去，幸亏李善作注增补得以保存并流传至今。郭预衡说："当时的文人凡写官场应酬之文，骈四俪六，不妨任情挥洒；可是一旦接触生活实际，则只能照录口语。这些口语尽管似乎不文，但在那个时代，却是别有生气的文字。"[①] 弹文叙刘整携奴仆与其寡嫂一家诟骂打斗一节写得极为详细生动，词云：

> 整就兄妻范求米六斗哺食，范未得还，整怒，仍自进范所住，屏风上取车帷为质。范送米六斗，整即纳受。范今年二月九日夜，失车栏子夹杖龙牵等，范及息逡道是采音所偷。整闻声，仍打逡。范唤问："何意打我儿？"整母子尔时便同出中庭，隔箔与范相骂。婢采音及奴教子、楚玉、法志等四人，于时在整母子左右。整语采音："其道汝偷车校具，汝何不进里骂之？"既进争口，举手误查范臂。[②]

作者以细腻之笔描摹刻画，写来绘声绘色，栩栩如生，"以雅语叙俚事，亦自有态"[③]。在骈文盛行之时能有如此直白如话的散体文，读来自有另一种意味。此节不假修饰，平易通俗，故刘师培称其"质直序事，悉无浮藻"，为"当时世俗之文"[④]。钱锺书则称它"琐屑覼缕，全除典雅对仗时习"，"颇具小说笔意，粗足上配《汉书·外戚传》上

① 《中国散文史》上册，第506页。
② 《文选》卷四十，第4册，第1808页。
③ 《重订文选集评》卷九引孙月峰语。
④ 《中国中古文学史讲义》，《刘师培中古文学论集》，第101页。

司隶解光奏、《晋书·愍怀太子传》太子遗妃书"①。

与任昉相比，沈约的散体文数量稍多一点，而且多集中于书信文与佛学论文中。沈约的《与徐勉书》以细腻的笔触稍加夸张，写出自己年老体衰的凄怆悲凉之状，文曰：

> 而开年以来，病增虑切，当由生灵有限，劳役过差，总此凋竭，归之暮年，牵策行止，努力祇事。外观傍览，尚似全人，而行骸力用，不相综摄。常须过自束持，方可俛偻。解衣一卧，支体不复相关。上热下冷，月增日笃，取暖则烦，加寒必利，后差不及前差，后剧必甚前剧。百日数旬，革带常应移孔；以手握臂，率计月小半分。以此推算，岂能支久？若此不休，日复一日，将贻圣主不追之恨。②

作者描写风烛残年之老状，令人似睹其形，栩栩如生。此文语词质朴平实，通俗畅达，不尚修饰，虽有夸张，但亦大体不离实际，可谓把握入微，真切细致。钱锺书说："古人形容老态，鲜如约之亲切者。"③对于暮年老态的叙写，谭献称"酸咽如蛰"④，高步瀛称"凄婉动人"⑤，足见其感人程度之深。骈文大家写出这种朴实自然、不自雕砺，但又有一种浑厚之气的散体文，别有一番风致。江山渊评曰："质朴典雅，辞无枝蔓，不事雕饰，而气自浑厚。"⑥

沈约在《宋书·谢灵运传论》中详细阐述了声律理论，并声称前人不曾发现这一秘密。陆厥（472—499）的《与沈约书》即针对此说加以驳难，意在说明古人对声韵之美早有所感。陆氏称赞沈约之论"辞既美矣，理又善焉"，可见他并不反对声律论，进而又说："但观历代众贤，似不都闇此处，而云'此秘未睹'，近于诬乎？"此语提出，前贤并非全都没有意识到音韵问题，沈氏之言是错误的。又云："美咏

---

① 《管锥编》第4册，第1420页。
② 《梁书·沈约传》，卷十三，第1册，第235—236页。
③ 《管锥编》第4册，第1405页。
④ 《骈体文钞》卷三十，第622页。
⑤ 《南北朝文举要》上册，第330页。
⑥ 《南北朝文评注读本》第1册，第73页。

清讴，有辞章调韵者，虽有差谬，亦有会合，推此以往，可得而言。"①
陆厥提出此前有的文章已讲调韵，虽然不是非常严格，但也有合于理
者。随后，他又举范晔、曹丕、刘桢、陆机的有关论述，认为"前英
已早识宫徵"，只是不如沈约所论更细致。文曰："意者亦质文时异，
古今好殊，将急在情物，而缓于章句。情物，文之所急，美恶犹且相
半；章句，意之所缓，故合少而谬多。义兼于斯，必非不知明矣。"作
者认为，文章的内容尚且有好有坏，章句中对于声律的运用也就有的严
格，有的不严格。无论如何，前人文章中已经注意到声律问题，这一点
是毫无疑问的。此文又曰："一人之思，迟速天悬；一家之文，工拙壤
隔。何独宫商律吕，必责其如一邪？论者乃可言未穷其致，不得言曾无
先觉也。"② 陆厥提出，前人实已知宫商之别，其所以有不合者，是由
于其不够精工。不可否认，陆厥的批评把沈约之前不自觉的声律谐和与
沈氏首创的有意追求声律混为一谈了。谭献评曰："休文之论，本有可
议，第此书亦非探源。"③ 沈约撰《答陆厥书》承认前人对声调有所了
解，但他们没有总结出运用声韵配合的规律。

另外，沈约的一些围绕儒、佛问题展开争论的文章，如《神不灭
论》、《难范缜神灭论》等，皆属质朴平实的散体文。

与沈约同时的江淹的散体文数量较多，大致来说，其赋序、颂序、
诗序及传记文基本沿袭传统散体文路数，不尚偶俪之习。

翻检江淹文集可见，文学价值较高者多为情思充沛之作。从抒情角
度看，对逝者的哀悼及对自身坎坷经历的悲悯在江文中极其常见，如
《伤友人赋序》、《草木颂十五首序》等皆属此类，前者是为哀悼挚友袁
炳而作，序云：

> 仆之神交者，尝有陈郡之袁炳焉。有逸才，有妙赏，博学多
> 闻，明敏而识奇异，仆以为天下绝伦。黯与秋草同折，今不复见
> 矣。既而陈书有念，横瑟无从。虽乏张、范通灵之感，庶同嵇、向
> 笃徒之哀。④

---

① 《南齐书·文学·陆厥传》，卷五十二，第 3 册，第 898 页。
② 同上书，第 899 页。
③ 《骈体文钞》卷十九，第 316 页。
④ 《全梁文》卷三十三，《全上古三代秦汉三国六朝文》第 3 册，第 3144 页。

文通在《袁友人传》中称袁炳"幼有异才，学无不览，文章俶傥清澹出一时"，"与余有青云之交，非直衔杯酒而已"①，因志趣相投，故江氏认为袁炳与自己有"神交"。江淹在《自序传》中也称"所与神游者，唯陈留袁叔明而已"②，从中可见二人的交往已超越了世俗之交的程度，彼此浑融无间，可称心神相交。钱锺书说："淹意谓与袁虽接殷勤，而度越形迹，相交以心，曰'神游'者，知心忘形之交也。""后世所谓'神交'、'神游'，适与此反，必其不得接杯酒、披襟抱者，心向而身未逢，名闻而面未见。"③袁炳约卒于宋后废帝元徽年间（473—477），时年二十八，江淹痛悼至交之早逝，援引张劭、范式、嵇康、向秀之故事，以抒发内心深切的哀思。范式与张劭友善，劭去世后曾托梦至范。初葬时，劭灵柩不进，及范至，方入。其后，范式为张劭修冢，以此怀念故友。嵇康与向秀情笃，康被司马昭所杀，后来向秀经过山阳嵇氏旧庐，偶听邻人嘹亮笛声，因感慨昔日与嵇康游赏的情景，遂作《怀旧赋》以抒哀悼之情。该序语短情长，不失为一篇抒情佳品。又有《知己赋序》一文，乃为悼念"才多深见，气有远度"，"名动京师"④的吏部侍郎殷孚而作，哀情亦颇深挚。张溥称江淹"长短篇章，能写胸臆"⑤，于此可见。

江淹文中的悲情与其个人经历息息相关，文通早年仕途蹭蹬，屡遇挫折，先是被诬下狱，后又因劝谏建平王刘景素不成，反被贬为建安吴兴令。宋后废帝元徽二年（474）春，其妻刘氏去世，同年秋，其子江艽夭折，宋顺帝昇明元年（477）七月，内弟刘常侍亡故。坎坷的仕途和一连串的不幸遭遇使江淹的情绪极其低落，表现在创作中，便多见忧伤之感。《伤爱子赋并序》即是这一心境下的作品，序文中有"生而神俊，必为美器。惜哉遘闵，涉岁而卒，悲至踯躅"⑥之语，显见江淹对其子江艽寄予了厚望，幼子的夭亡对他打击甚大，以致悲痛万分，心绪烦乱。另外，江淹还有一些作品，如《青苔赋并序》等，往往通过景

① 《全梁文》卷三十三，《全上古三代秦汉三国六朝文》第 3 册，第 3174 页。
② 同上书，第 3177 页。
③ 《管锥编》第 4 册，第 1419 页。
④ 《全梁文》卷三十三，《全上古三代秦汉三国六朝文》第 3 册，第 3144 页。
⑤ 《汉魏六朝百三家集·江醴陵集题辞》，《汉魏六朝百三家集题辞注》，第 218 页。
⑥ 《全梁文》卷三十三，《全上古三代秦汉三国六朝文》，第 3 册，第 3144 页。

物描写来渲染悲愁情调，因此多属借景、借物抒情之类。明人张文光称江作"布景淋漓，写情透切。道惨怆则壮夫霣涕，美荣盛虽朗曜避芒"①，即指出江文长于借景写情的特点。胡之骥对江文善于运用间接抒情的方式加以说明："缘景抒情，兰荪托言君子；哀时抽绪，蛇虺寄兴宵人。"②

《草木颂十五首并序》承袭屈原《橘颂》的笔法，属托物寄意之作。此文作于宋后废帝元徽四年（476），当时文通因劝谏而触怒建平王刘景素，被贬建安吴兴（今属福建），产生于这一时期的江淹诗文多抒写忠心事主却遭贬黜的愤懑与愁怨，意在向世人展现清白之心。作品所用手法不尽相同，有的直抒胸臆，有的托物言志，就此篇而言，则属后者。细观该文，即可悟见文通怨愤而又无奈的愁思，作者怀才不遇，有志难伸，姑且寄情于平生所至爱的碧水丹山与珍木灵草，序曰：

> 仆一命之微，遭万代之幸，不能镂心砺骨，以报所事，擢翼骧首，自至丹梯。爰乃恭承嘉惠，守职闽中。且仆生人之乐，久已尽矣。所爱，两株树、十茎草之间耳。今所凿处，前峻山以蔽日，后幽晦以多阻。饥猨搜索，石濑戈戈。庭中有故，池水常决，虽无鱼梁钓台，处处可坐，而叶饶冬荣，花有夏色，兹赤县之东南乎？何其奇异也！结茎吐秀，数千余类。心所怜者，十有五族焉。各为一颂，以写劳魂。③

据史传载，建平王有谋反意，江淹加以委婉讽谏，反遭贬黜，此事无疑给其仕宦前途蒙上了一层阴影，然事已至此，亦无可挽回，唯一感到遗憾的是不能再修身养性，砥砺节行以报效主人。作者内心虽有怨愤，却未明言，遂借山中佳木仙草寄寓忠贞高洁之志，文中所写闽地山间冬日叶茂花艳之胜景，别有一番风致。

此颂正文选取十五种草木进行叙写并予以称颂，具体来说，包括六种乔木（金荆、相思、豫章、栟榈、杉、柽）、四种果木（杨梅、山

① 《江文通集序》，胡之骥：《江文通集汇注》，中华书局1984年版，第1页。
② 《汇注江文通集叙》，《江文通集汇注》，第3页。
③ 《全梁文》卷三十八，《全上古三代秦汉三国六朝文》第3册，第3171页。

桃、山中石榴、木莲）、五种草药（石上菖蒲、黄连、薯蓣、杜若、藿香）。综观诸首，或赞美好品质（如金荆），或叹不被知遇（如相思），或表高尚情操（如山中石榴、杜若）等，无疑都寄托有作者的某种志向。江淹在叙写、颂扬草木时常常运用对比手法以显示其与众不同之处，如写杉，先言桐、梓、松、栝四珍木，而后引出独秀众品的称赏对象，杉木一出，群木杂草遂皆相形见绌。又如写藿香，则以具有浓烈香气的桂、麝作比，以显藿香芬芳之气恰到好处。江淹此文亦属变体颂文，表面称美植物，实则寓有心志。诚如刘师培所说："虽非述德告神，而与'美'之旨弗悖焉。"① 按江淹与屈原在生平遭际上有相似之处，所以其作品的思想情调、表现手法、遣词造语等皆受楚辞的影响，如《山中楚辞五首》的笔法即绝似楚辞。此颂在叙写时亦沿用了屈原《橘颂》的借物寓意之法，谭献曾称该文"拓《橘颂》而大之"②，实含此意。就语言形式来说，文通此篇以四言韵语成文，字字洗炼，与部分造语尖新奇崛的诗歌相比，似乎平缓了许多。

江淹诗歌素以拟古闻名，钟嵘即称其"诗体总杂，善于摹拟"③，此后的诗评家如陈绎曾、陈祚明等都指出了这一特点。江氏拟古诗的代表作是《杂体诗三十首》，组诗前有序文，即《杂体诗序》，它在南朝诗歌批评领域中占有比较重要的地位。五言诗发展到南朝，创作和批评鉴赏之风都趋于兴盛，但由于诗评家所持标准不同，所以评论界异常混乱。"世之诸贤，各滞所迷，莫不论甘而忌辛，好丹而非素"，"贵远贱近"，"重耳轻目"皆属当时的常见倾向。江淹创作这三十首诗，目的就是纠正评论界的偏见，"虽不足品藻渊流，庶亦无乖商榷云尔"④。他没有采取抽象的理论，而是通过形象的拟作来表明自己的观点。作者通过此序意在说明以下三个问题：其一，要尊重不同地域、不同时代的作家作品和创作风格。虽然"楚谣汉风，既非一骨；魏制晋造，固亦二体"，"关西、邺下，既已罕同；河外、江南，颇为异法"，但"蓝朱成彩，杂错之变无穷；宫商为音，靡曼之态不极"，"蛾眉讵同貌，而俱动于魄；芳草宁共气，而皆悦于魂"，所以主张兼收并蓄，提倡风格的

① 《〈文心雕龙〉讲录二种》，《刘师培中古文学论集》，第 151 页。
② 《骈体文钞》卷二十二，第 426 页。
③ 《诗品注》，第 49 页。
④ 《全梁文》卷三十八，《全上古三代秦汉三国六朝文》第 3 册，第 3171 页。

多样化，即所谓"合其美并善"①。其二，反对贵远贱近的倾向。其三，批判重耳轻目的倾向。江淹认为，不能仅靠名声，而要根据作品的实际来区分优劣高下，这样才能做到实事求是。此序的价值在于创造了一种借拟作以表达观点的批评方式，在文学批评领域颇为别具一格。

江淹长于骈体，其传记文却一反此道，皆以散体撰成。以散体形式作传记，有利于随意驱笔，自由表达，而且可以提高叙述的真实准确性。谭家健先生曾说："散体文能够更准确更具体记述事件经过和细节，更深入更逼真地再现人物的思想活动和精神风貌；不像骈文那样因为过于夸饰铺张而模糊化、想像化，以致影响精确性和真实感。"② 今存江氏散体文传记有二：一是《自序传》，叙自己的生平经历及志趣理想，属自传类；一是《袁友人传》，为已逝的挚友袁炳而作，属哀悼类。

据俞绍初、张亚新《江淹集校注》考证，《自序传》一文应作于齐高帝建元四年（482）四月至齐武帝永明元年（483），江淹以中书侍郎迁骁骑将军掌国史期间。此文结构比较完整，内容相对充实，虽未记编集缘起、内容及旨意，但若看作是为其手定文集十卷（即《梁书》本传所称"自撰前集"）所作的序言，亦无不可。江淹博览群书，不但记诵文章达二十万言，而且极善属文。传文叙述自己的前期仕宦经历，无所缺漏，自弱冠（463）教授刘宋孝武帝之子始安王子真五经始，其后追随始安王、新安王、建平王、桂阳王、巴陵王，一直到齐代位居中书侍郎（482），升降沉浮，坎坷周折，靡不毕见。

作者在文中重点叙述了任建平王刘景素幕僚时遭受贬黜、追随高帝时深得重用二事，这也是影响文通仕途的两件大事。宋明帝刘彧之子后废帝刘昱即位，狂凶失德，朝政大乱，景素与亲近密谋欲行篡逆，江淹委婉讽谏，非但建议未被采纳，反遭贬黜，后景素反叛，兵败被杀。从文学创作的角度来看，贬谪异地也未必尽是坏事，按《自序传》所述："（吴兴）地在东南峤外，闽越之旧境也。爰有碧水丹山，珍木灵草，皆淹平生所至爱，不觉行路之远矣。山中无事，专与道书为偶，乃悠然

———————————

① 《全梁文》卷三十八，《全上古三代秦汉三国六朝文》第 3 册，第 3171 页。

② 《六朝文章新论》，第 430 页。

独往，或日夕忘归。放浪之际，颇著文章自娱。"① 今传江淹诗文中的相当一部分都产生于这一时期，尤其是写闽地山水风光及佳木秀草的作品（如《迁阳亭》、《游黄蘖山》、《采石上菖蒲》、《草木颂十五首》等），更是开拓了文学创作的题材领域。在江淹之前，实写闽地景观的诗文极少。宋顺帝时期，荆州刺史沈攸之起兵叛乱，萧道成带兵抗击，江淹陈述萧有五胜、沈有五败之说，所言在理，极合萧氏之意。后来果然如其所言，淹以此深得宠信，自此宦途变得平坦。齐台建后，江淹仕途一帆风顺，步步高升，随着官位的不断升高，其心态也发生了明显的变化。传云：

> 人生当适性为乐，安能精意苦力，求身后之名哉！……仕所望不过诸卿二千石，有耕织伏腊之资，则隐矣。常愿幽居筑宇，绝弃人事，苑以丹林，池以绿水，左倚郊甸，右带瀍泽，青春爱谢，则接武平皋；素秋澄景，则独酌虚室。侍姬三四，赵女数人，不则逍遥经纪，弹琴咏诗，朝露几间，忽忘老之将至云尔。②

官运亨通，志得意满，遂生归隐之思，与真正隐者不同，江淹的慕隐实际上是追求一种安静闲雅的贵族生活，其悠闲之趣建立在富足的物质基础之上。江氏过于追求物质生活，晚年不肯"精意苦力"，文思减退，以致世人有"江郎才尽"之讥。作为南朝时期的著名文学家，江淹的文才之高无须置疑，张溥曾赞曰："若使生逢汉代，奋其才果，上可为枚叔、谷云，次亦不失冯敬通、孔北海，而晚际江左，驰逐华采，卓尔不群，诚有未尽。"③ 在江左文坛"驰逐华采"之风盛行之时，江淹能"卓尔不群"，诚为难得。今观其文集中作品，多数作于永明以前，即才尽之前，而永明以后之作则大多亡佚，这或许与后期缺乏佳作也不无关系。综观此传，以散为主，偶见骈句，句式长短不一，语势灵活，属词有体，层次清晰，结构严谨，详略得当，叙事错落有致，为传记之佳构。钱锺书称赞此文为"当时记事之'笔'"中三品之"上

---

① 《全梁文》卷三十九，《全上古三代秦汉三国六朝文》第 3 册，第 3177 页。
② 同上书，第 3178 页。
③ 《汉魏六朝百三家集·江醴陵集题辞》，《汉魏六朝百三家集题辞注》，第 218 页。

者"①。

与《自序传》相比,《袁友人传》篇制短小,以简约凝练见长。江淹深沉有远识,性慕高隐之士,不喜交游,唯与陈郡袁炳友善。宋明帝泰豫元年(472),袁炳辞世,江淹为哀悼挚友,撰《袁友人传》,传文寓悲悼于颂扬,侧面烘托与直抒胸臆相结合,深沉真挚地抒发出内心的痛悼之情。传文通过叙述袁炳的治学好尚、文章风格、高迈气概、散粟赡亲诸事表达出作者对传主的赞赏,文曰:

> 其人天下之士,幼有异才,学无不览,文章傲侻清澹出一时。任心观书,不为章句之学。其笃行则信义惠和,意馨如也。常念荫松柏,咏《诗》、《书》,志气跌荡,不与俗人交。俯眉暂仕,历国常侍员外郎、府功曹、临湘令。粟之入者,悉散以赡亲。其为节也如此,数百年未有此人焉。至乃好妙赏文,独绝于世也。又撰《晋史》,奇功未遂,不幸卒官,春秋二十有八。……嗟乎!斯才也,斯命也,天之报施善人,何如哉!何如哉!②

袁炳博览群书,不事章句之学,唯喜好文章,其文风格卓异豪迈,清新淡雅,超出当世。其人品行忠厚谦和,常慕山林之隐,志存高远,气度非凡,于文史皆多有建树(据《南齐书·王智深传》略载袁炳事知,炳尝著《晋书》,惜未成而卒),而文才尤高。作者所述袁氏之品行才学均带有自己的身影,若考江淹《自序传》全篇即可发现,二人实有诸多相似之处,或许这正是江淹把袁炳看作"神交"、"神游"对象的原因所在。昔人论文云:"为人作传,必人己之间,同弗是,异弗非,方能持理之平,而施之不枉其实。"③ 以此文衡之,作者与友人虽多有相同点,但终究属于两者,故不能排除个性因素,只有将异同相互结合,才能得出公允的结论。江氏爱奇尚异,故笔下的人物(如袁炳)无论品行还是文学才华,往往都绝异流俗。文末直抒胸臆,悲怆欲绝,哀感并发,情绪激愤,气势充溢,足令人心弦为之震撼。此传虽短,但

---

① 《管锥编》第 4 册,第 1420 页。
② 《全梁文》卷三十九,《全上古三代秦汉三国六朝文》第 3 册,第 3174 页。
③ 《文概》,《艺概》卷一,第 42 页。

意蕴丰厚，转折亦极自然有致。民国江山渊评云："寥寥短篇，包涵富有，一笔一转，一句一折，短兵相接，破壁摩垒。若龙蛇夭矫，松柏参差，无唐宋矫强之风，有秦汉自然之致。"①

二　警戒后辈，自述其志的王僧虔、徐勉等人之文

王僧虔（426—485）的《诫子书》针对当时世俗喜好玄谈的倾向，告诫其子对此要极其慎重。齐、梁人承晋、宋流风余绪，有志于玄谈，谈士往往具有深厚的学识素养，因此能够从玄意中寻得乐趣。僧虔提出非广博阅读不能涉玄，所以尽管他已甚擅玄理，但仍然多述玄意难精、谈玄尤难。文章言及自己"见诸玄，志为之逸，肠为之抽，专一书，转诵数十家注，自少至老，手不释卷，尚未敢轻言"②，虽酷爱玄学，但限于自身修养不够，故不敢轻易涉玄。其言治学之术，不仅适用于玄学，而且也适用于其他学问。作者从魏晋以来的玄学家谈起，告诫儿子绝对不可无知妄谈，文曰：

> 汝开《老子》卷头五尺许，未知辅嗣何所道，平叔何所说，马、郑何所异，《指例》何所明，而便盛于麈尾，自呼谈士，此最险事。设令袁令命汝言《易》，谢中书挑汝言《庄》，张吴兴叩汝言《老》，端可复言未尝看邪？……况吾不能为汝荫，政应各自努力耳。……体尽读数百卷书耳。③

据《颜氏家训·勉学》载，齐、梁时期的玄学，仍主要指有"三玄"④之称的《周易》、《老子》、《庄子》之学。赵翼云："当时父兄师友之所讲求，专推究《老》、《庄》，以为口舌之助，五经中惟崇《易》理，其他尽阁束也。"⑤作者列举山王弼、何晏、袁甫、谢安、张融等善清谈者，教导其子必须先研读上述三书，否则万万不可涉玄。关于持麈尾谈玄之习，自西晋至梁陈一直盛行，如王衍、孙盛、卢广、张孝秀

---

① 《南北朝文评注读本》第 2 册，第 28 页。
② 《南齐书·王僧虔传》，卷三十三，第 2 册，第 598 页。
③ 同上书，第 598—599 页。
④ 《颜氏家训集解》卷三，第 187 页。
⑤ 《廿二史劄记校证》卷八，上册，第 168—169 页。

等人都有此好尚。按僧虔鉴戒其子之言，若无基本玄学素养，绝对不能自称为持麈尾而言玄的谈士。此书诫子甚严，由言玄到治学读书，设身处地，谆谆教诲，可谓用心诚苦，其激励儿子勤奋读书的言语值得后人深思。

萧纲的《诫当阳公大心书》是为告诫其子萧大心勤于治学而作。文章起始即直截了当地说："汝年时尚幼，所阙者学。可久可大，其唯学欤？"① 身为一代帝王，又崇尚学识的萧纲自然希望后代能不负其厚望，故谆谆教导其子要努力治学。在立身与为文问题上，他主张走两条道路："立身之道与文章异，立身先须谨重，文章且须放荡。"② 作者从儒家政治教化角度出发，认为立身行事应遵循传统礼义观念，故告诫儿子为人必须谨重，但为文却不必如此，可以"放荡"。所谓"放荡"，当指不受束缚，亦不必拘于礼法，可以自由通脱，随意表达。萧纲之意并非专指宫体诗创作，对其他文章来说也是如此。张亚新则将"放荡"分为两个方面：思想内容放荡和艺术形式放荡。就前者来说，即指可以写任何内容，亦可以抒发任何感情，不必瞻前顾后，多所拘忌；就后者而言，即指不必局限于传统的形式和法则，可以大胆突破和创新。③ 萧纲是南朝新变派的代表，其宫体诗创作便是求新求变观念的体现，既然主张新变，那么内容和形式两方面都应该有所表现。其实，作者虽提出立身与文章可以走完全相反的两条路子，但二者很难彻底分开。朱光潜曾说："在中国文学中，道德的严肃和艺术的严肃并不截分为二事。"④ 萧纲此处将二者分开，或许包含承认文学从经学中独立出来的意思。

徐勉（466—535），历仕齐、梁二代，"清风嘉誉，震灼朝野"，"位随德显，任与事隆"⑤，颇受时人称赏。当时官吏纷纷营置田园产业，开设邸店，牟取私利，有人劝徐勉也应照做，但被他婉言拒绝。勉为官清正廉明，好扶贫恤弱。"虽居显位，不营产业，家无蓄积，俸禄分赡亲族之穷乏者。门人故旧或从容致言，勉乃答曰：'人遗子孙以

---

① 《全梁文》卷十一，《全上古三代秦汉三国六朝文》第3册，第3010页。
② 同上。
③ 《论六朝诗美观念的确立》，载《文艺研究》1999年第2期。
④ 《朱光潜美学文集》第一卷，第99页。
⑤ 王僧孺：《詹事徐府君集序》，《全梁文》卷五十一，《全上古三代秦汉三国六朝文》第4册，第3248页。

财，我遗之以清白。子孙才也，则自致辎軿；如其不才，终为他有。'"
其《诫子崧书》一文主要述及自己的这一志向好尚，语气平和直率，
毫无矫饰做作之意。其文云：

> 吾家世清廉，故常居贫素，至于产业之事，所未尝言，非直不
> 经营而已。薄躬遭逢，遂至今日，尊官厚禄，可谓备之。每念叨窃
> 若斯，岂由才致，仰藉先代风范及以福庆，故臻此耳。古人所谓
> "以清白遗子孙，不亦厚乎。"又云："遗子黄金满籯，不如一经。"
> 详求此言，信非徒语。吾虽不敏，实有本志，庶得遵奉斯义，不敢
> 坠失。所以显贵以来，将三十载，门人故旧，亟荐便宜，或使创闢
> 田园，或劝兴立邸店，又欲舳舻运致，亦令货殖聚敛。若此众事，
> 皆距而不纳。非谓拔葵去织，且欲省息纷纭。①

由上文可见，徐勉勤于吏治，清廉奉公当非虚言，尽管为高官三十
年，但自家生活仍贫困不堪。同僚多次劝其置备园舍产业，或经营商
业、运输业以谋"便宜"，但他"皆距而不纳"，其清正之风于此可见
一斑。在作者看来，自己的才学疏浅，不足以取得高官厚禄，也不可能
留给后人财富，因此子孙后代必须凭借各自的努力治学以取之。文章属
于诫子书，故语言自然简洁，平易流畅，娓娓道来，却极富深意，它所
体现出的作者的高节德行在当时是非常罕见的。

萧衍（464—549）的《净业赋序》是向世人表白其生平志向的序
文。作者先称自己喜好山水，但因羁拘于世俗，故志向不得实现，只是
后来"事不获已，遂膺大宝"，似言无奈之下做了皇帝。序文叙述自己
登基之后"如临深渊，如履薄冰，犹欲避位，以俟贤者"，看似坦诚之
诰，实则虚伪之词，如文中假别人之口抬高自己的地位曰：

> 世论者以朕方之汤、武，然朕不得以比汤、武，汤、武亦不得
> 以比朕。汤、武是圣人，朕是凡人，此不得以比汤、武。但汤、武
> 君臣义未绝，而有南巢白旗之事；朕君臣义已绝，然后扫定独夫，

---

① 《梁书·徐勉传》，卷二十五，第2册，第383—384页。

为天下除患。以是二途，故不得相比。①

萧衍将自己比作商汤、周武王，无疑有标榜的成分，不过也从侧面反映出其雄心壮志。虽然作者表面故作谦虚，内心却有另一种想法，一方面说要让位于贤者，另一方面却又说："若其逊让，必复鱼溃。非直身死名辱，亦负累幽显。"显然是说非他不能治理天下，其实，即使自己满腹经纶，胸怀文韬武略，亦不必如此狂放。作者又声称"亮其本心，谁知我不贪天下，唯当行人所不能行者，令天下有以知我心。复断房室，不与嫔侍同屋而处，四十年矣。"② 郭预衡说："这篇序言所述生平志向，并非全是假话。身为帝王，而能在生活上如此自制，在学术上如此自厉，并不容易。""他的为人，也未可厚非。"③ 此文表己志向，无论语气还是观点，都极似曹操的《让县自明本志令》。张溥云："梁武帝《净业赋序》，即曹孟德之《述志令》也。孟德奸雄善文，自许西伯；梁帝亦谬比汤、武，大言不怍。""据帝自序，绝鱼肉，断房室，欲天下知其不贪。"④ 张氏对萧衍的评语中虽含有讥讽的意味，却没有因此而否认其文学成就，如提出其文章间有"魏晋风烈"⑤，便极具深意，或许正是因为此文写得朴实自然所致。

梁武帝萧衍以帝王之尊倡导佛教，致使梁代佛学臻于鼎盛，郭朋将武帝事佛的活动概括为舍道归佛、受戒、建寺、布施、举行法会、舍身、立无尽藏、禁断肉食、讲经、注经、宣扬佛教思想十一个方面，可见其宗佛之诚心。⑥《与何胤书》即表达出萧衍对何胤不受世俗拘羁，"清襟素托"、"殆同隐沦"、"超然独善"的生活方式的羡慕，这与佛教中的出世脱俗、超然物外的思想是合拍的。文曰：

想恒清豫，纵情林壑，致足欢也。既内绝心战，外劳物役，以道养和……若邪擅美东区，山川相属，前世嘉赏，是为乐土。仆推

---

① 《全梁文》卷一，《全上古三代秦汉三国六朝文》第3册，第2950页。
② 同上。
③ 《中国散文史》上册，第484页。
④ 《汉魏六朝百三家集·梁武帝集题辞》，《汉魏六朝百三家集题辞注》，第206页。
⑤ 同上。
⑥ 郭朋：《汉魏两晋南北朝佛教》，齐鲁书社1986年版，第554—591页。

迁簿官……畴昔欢遇……实欲卧游千载，畋渔百氏，一行为吏，此事遂乖。……寓情古昔，夫岂不怀，事与愿谢。①

何胤先仕后隐，复又短仕，终以隐闻名。作者对其逍遥若邪山的洒脱放达之举极为羡慕，可惜自己忙于吏治，纵有心于此，但无力做到，言辞中颇有无奈与遗憾之意。张溥称武帝"舍道归佛，躬为教宗"②，然就萧衍来说，其心已至，其行却乖。确实，武帝即位以后，虽倡佛学，但其行为中却有许多不合于佛经教义的举动。

萧子显（487—535），以史学名世，曾据檀超、江淹国史撰成《南齐书》五十九卷流传于今。子显恃才傲物，深为士大夫所疾，然工于迎合，故颇得梁武帝父子的赏识。天监十六年（517）九月九日朝宴赋诗，被武帝誉为"才子"，简文帝在东宫，常同与饮宴，称其为"异人"。其《自序》一文述己心理，志得意满之态溢于言表，其文曰：

> 余为邵陵王友，忝还京师，远思前比，即楚之唐、宋，梁之严、邹。追寻平生，颇好辞藻，虽在名无成，求心已足。若乃登高目极，临水送归……早雁初莺，开花落叶，有来斯应，每不能已也。前世贾、傅、崔、马、邯郸、缪、路之徒，并以文章显，所以屡上歌颂，自比古人。……余退谓人曰："一顾之恩，非望而至。遂方贾谊何如哉？未易当也。"每有制作，特寡思功，须其自来，不以力构。③

作者对自己的文才颇为自负，自比为唐勒、宋玉、严忌、邹阳、贾谊、傅毅等人，因此很受朝中士人的憎恶。此文也体现出他的因感外物而创作的文学观，即认为创作冲动由外界事物引起，以致"有来斯应，每不能已"。子显同时也强调主观因素对创作的决定作用，即所谓"俱五声之音响，而出言异句；等万物之情状，而下笔殊形"④，同一客观事物在不同作家笔下，会出现不同形态，产生不同文章。由此可见，他

---

① 《梁书·处士·何点传附何胤传》，卷五十一，第 3 册，第 736 页。
② 《汉魏六朝百三家集·梁武帝集题辞》，《汉魏六朝百三家集题辞注》，第 206 页。
③ 《梁书·萧子恪传附萧子显传》，卷三十五，第 2 册，第 512 页。
④ 《南齐书·文学传论》，卷五十二，第 3 册，第 907 页。

所主张的是创作中的内外互感的观点。该序所充分体现的萧子显极尽矜夸、喜好炫耀的性格特征，实由其自负文才所引起。此文呈散体，笔随意至，似有一股充沛的气势贯注其间。

与萧子显之作相比，王筠（481—549）的《自序》语气要诚恳平和许多。此文属随笔性质，简略叙述了自己平生喜欢读书、抄书的体会，平平叙来，句散词质，不假修饰。词云：

> 余少好书，老而弥笃，虽偶见瞥观，皆即疏记，后重省览，观兴弥深，习与性成，不觉笔倦。自年十三四，齐建武二年乙亥至梁大同六年，四十六载矣。幼年读《五经》，皆七八十遍。爱《左氏春秋》，吟讽常为口实，广略去取，凡三过五抄。……子史诸集皆一遍。未尝倩人假手，并躬自抄录，大小百余卷。不足传之好事，盖以备遗志而已。①

作者自叙读书、抄书四十六年如一日，可见其勤奋刻苦、坚持不懈的韧性，就治学精神而言，对后人确实有深刻的教诲意义。抄书之习在古代比较常见，可能是古人读书的一种方式，明代宋濂《送东阳马生序》也曾提及类似事情。与作者为诗为赋，词求妍美的风格相比，此文篇幅短小，内蕴丰富，似乎随意道出，不着藻饰，不求新奇，语势平稳，更像与后代子孙交谈的语录。

琅邪王氏是南朝文名极显的门阀世族，由于该家族固有的深厚文化积淀和悠久的家学渊源，所以其成员中颇不乏有文集传世者。王筠的《与诸儿书论家世集》曾叙及王氏家族文才代代相继的盛况，文曰：

> 史传称安平崔氏及汝南应氏，并累世有文才，所以范蔚宗云崔氏"世擅雕龙"。然不过父子两三世耳；非有七叶之中，名德重光，爵位相继，人人有集，如吾门世者也。沈少傅约语人云："吾少好百家之言，身为四代之史。自开辟已来，未有爵位蝉联，文才相继，如王氏之盛者也。"汝等仰观堂构，思各努力。②

---

① 《梁书·王筠传》，卷三十三，第 2 册，第 486 页。

② 同上书，第 486—487 页。

与东晋时相比，南朝时王氏家族的政治地位已有所下降，但仍常有身居高职者。李延寿称"观夫晋氏以来，诸王冠冕不替"①，确实能够说明王氏"爵位蝉联"的事实。作者对其子述及家族"人人有集"、"文才相继"的盛况时，一方面内心充满了自得自豪感，另一方面则对后代提出了希望。作为家诫类散文，作者对诸子的期望无疑能敦促激励他们奋发上进，全身心地投入到读书治学中去，这是当时长辈对晚辈的最好的勉励方法。该文语词简洁，文风朴实平稳。

刘峻的《自序》与其论文路数一致，亦属抒发感慨之作，虽以散体行文，却成为后世骈文家追逐效仿的对象。文章以东汉冯衍自比，声称自己与冯衍有三同四异之处，以此倾吐内心的郁勃不平之气，其文曰：

> 余自比冯敬通，而有同之者三，异之者四。何则？敬通雄才冠世，志刚金石；余虽不及之，而节亮慷慨，此一同也。敬通值中兴明君，而终不试用；余逢命世英主，亦摈斥当年，此二同也。敬通有忌妻，至于身操井臼；余有悍室，亦令家道轗轲，此三同也。敬通当更始之世，手握兵符，跃马食肉；余自少迄长，戚戚无欢，此一异也。敬通有一子仲文，官成名立；余祸同伯道，永无血胤，此二异也。敬通膂力方刚，老而益壮；余有犬马之疾，溘死无时，此三异也。敬通虽芝残蕙焚，终填沟壑，而为名贤所慕，其风流郁烈芬芳，久而弥盛；余声尘寂漠，世不吾知，魂魄一去，将同秋草，此四异也。②

作者列举自己的志节、遭遇、妻室、生活及心理、后代、身体状况、身后名声，全与冯衍相比，同者自同，异者自异，于同、异中表达出自己的牢骚与怨愤之情。此序语言浅显平易，通俗好懂，所抒不平之情则真切深沉，颇为感人。其同、异之说对后代产生了深远的影响，《史通·自序》云："昔梁征士刘孝标作《叙传》，其自比于冯敬通者有

---

① 《南史·王准之等传论》，卷二十四，第 3 册，第 667 页。
② 《梁书·文学下·刘峻传》，卷五十，第 3 册，第 707 页。

三。而予辄不自揆，亦窃比于扬子云者有四焉。"① 此后明人韩敬《合刻刘孝标沈休文集序》将刘峻、沈约二人作比，提出三异七同之说。清代骈文家汪中作《自序》，以刘峻自比，又推出四同五异之说。清末骈体大家李慈铭亦有《自序》一文，述五悲、五穷之观点。从诸例可见，刘峻此序在后代确实引起了较普遍的共鸣。

江总（519—594），字总持，其《自叙》一文因所述自己的生平行迹不合实情，故颇受后世学者的讥议。总持诗歌伤于浮艳，为后主所宠幸。当时，江氏身居宰辅之位，却整日与陈叔宝宴饮后园，史称其为"狎客"。"由是国政日颓，纲纪不立，有言之者，辄以罪斥之，君臣昏乱，以至于灭。"② 然而，江总在《自叙》中却将自己描绘成另一番模样，文曰：

> 历升清显，备位朝列，不邀世利，不涉权幸。……官陈以来，未尝逢迎一物，干预一事。悠悠风尘，流俗之士，颇致怨憎，荣枯宠辱，不以介意。……嗣位之日，时寄谬隆，仪形天府……八法六典，无所不统。……弱岁归心释教……运善于心，行慈于物，颇知自励，而不能蔬菲，尚染尘劳，以此负愧平生耳。③

应该说，陈代亡国，江总亦负有不可推卸的责任，但他"国亡主辱，竟逃明刑，开府隋朝，眉寿无恙"④。若结合江总实际情况来看，此文所述确实相去甚远，故李延寿早有"识者讥其言迹之乖"⑤ 之语。钱锺书评道："江总权臣狎客，一人两任，而此篇志明淡泊，义契苦空，遁词绮语，更为有忝面目。"⑥ 其《自叙》所云，"俨然物外高人，富贵逼身，不得已为朝里热官，粪土一切职守世事而勿屑萦怀挂齿；所荧荧在疚者，惟未能披缁断肉而已。将谁欺乎！"⑦ 客观公正地说，江总文中所述也不见得全属虚构，而《陈书》认为尽属实录也未当，按

---

① 《史通通释》卷十，上册，第292页。
② 《陈书·江总传》，卷二十七，第2册，第347页。
③ 同上书，第347、346页。
④ 《汉魏六朝百三家集·江令君集题辞》，《汉魏六朝百三家集题辞注》，第270页。
⑤ 《南史·江总传》，卷三十六，第3册，第946页。
⑥ 《管锥编》第4册，第1545页。
⑦ 同上书，第1546页。

姚察与江总为两朝僚友，故《陈书》之言难免有粉饰的成分在内。郭预衡之说比较公允："文人无行，言行不一，自古而有；江总自叙，自然也未必全是实录。《陈书》本传之言，亦自不能尽信。但是，如果认为他所言皆非，却也没有根据。"①

三　追求奇变，造语尖新的张融之文

刘宋以来，文苑中兴起好奇尚异之风，时至齐梁，此风有增无减。齐武帝永明年间，张融（444—497）作《门律自序》，谈及自己的文章，文曰：

> 吾文章之体，多为世人所惊，汝可师耳以心，不可使耳为心师也。夫文岂有常体，但以有体为常，政当使常有其体。丈夫当删《诗》《书》，制礼乐，何至因循寄人篱下。且中代之文，道体阙变，尺寸相资，弥缝旧物。吾之文章，体亦何异，何尝颠温凉而错寒暑，综哀乐而横歌哭哉？政以属辞多出，比事不羁，不阡不陌，非途非路耳。然其传音振逸，鸣节竦韵，或当未极，亦以极其所矣。汝若复别得体者，吾不拘也。吾义亦如文，造次乘我，颠沛非物。吾无师无友，不文不句，颇有孤神独逸耳。②

张融指出，文章的体式风格并非一成不变，不同的作家往往有不同的风格特色。每个作家通常都有自己的独特风格，应该尽力使文章自成一体，不能因循别人的文风。作者认为，自己的文风之奇特，不过是因为遣词灵活多变，属事不受拘束，用韵适得其所，不因袭常径而已，并非颠倒节序、错乱常情。张融对自己的奇特文风颇为自负，同时也鼓励后辈创造新体。张溥曰："（张融）自序文章云：'不阡不陌，非途非路。'后有状者，不如其善自状也。"③ 谭献评曰："狂狷之言，傲然不屑。"④ 后人对《门律自序》褒贬不一，郭预衡说："南朝作者以文自负者，前有范晔，后有张融，张融之言，尤为放诞。文章如果真能做到

---

① 《中国散文史》上册，第527页。
② 《南齐书·张融传》，卷四十一，第3册，第729页。
③ 《汉魏六朝百三家集·张长史集题辞》，《汉魏六朝百三家集题辞注》，第200页。
④ 《骈体文钞》卷二十一，第380页。

'不阡不陌、非途非路'、'无师无友、不文不句'，自然是一种神奇之作，但在实践中，他也并未作到。"① 熊礼汇则说："此序不但妙于形容，还贵在立论有新意。""由于立论超卓，称心而言，故行文洒脱。说一理、道一事，皆求尽意，而句意多转折、语气多变化，故文势不弱。"②

张融之文"务为诡激"，"以新奇为贵"③，论文追求新变，其临终时有《戒子》一书，曾述其文章风格云：

> 吾文体英绝，变而屡奇，既不能远至汉魏，故无取嗟晋宋。岂无天挺，盖不隤家声。汝若不看，父祖之意欲汝见也。④

作者认为，作文不能寄人篱下，而要自创其体，文章本无固定程式，所以应该有所变化，只有常变，才能出新。所谓新变的中心内容即在于灵活运词造句，自由用事，不因袭前人陈规。张融提出其文虽不及汉魏文章，但不逊色于晋宋之文。正是因为自己具有这种新变意识，所以才不至于辱没家风。

张融求奇求变，标新立异的风格在他的一些作品中都有体现。钟嵘评张融诗称"纤缓诞放"，"有乖文体"⑤，据此可推知其诗与文应属同一路数。其《白日歌序》曰："悬象著明，莫大乎日月，而彼日月不能不谢，固知无准。衰为盛之终，盛为衰之始。"⑥ 寥寥数句，寓哲理于文中，气魄宏阔，构思不可谓不新异。被誉为"六朝奇作"⑦的《海赋并序》更是一篇杰作，其文造语尖新，想象奇妙，气势非凡，序云：

> 盖言之用也，情矣形乎。使天形寅内敷，情敷外寅者，言之业也。吾远职荒官，将海得地，行关入浪，宿渚经波，傅怀树观，长满朝夕，东西无里，南北如天，反覆悬乌，表里菟色。壮哉水之奇

① 《中国散文史》上册，第474—475页。
② 《先唐散文艺术论》下册，第891页。
③ 《中国中古文学史讲义》，《刘师培中古文学论集》，第92页。
④ 《南齐书·张融传》，卷四十一，第3册，第729—730页。
⑤ 《诗品注》，第71页。
⑥ 《全齐文》卷十五，《全上古三代秦汉三国六朝文》第3册，第2875页。
⑦ 《越缦堂读书记》，第276页。

也，奇哉水之壮也。故古人以之颂其所见，吾问翰而赋之焉。当其济兴绝感，岂觉人在我外，木生之作，君自君矣。①

此赋是作者出任交州封溪令时于海中所作，从对晋代木华《海赋》的评语中可以看出他对己作极为自负。序文提出，文学语言的功能在于抒发内心性情与描绘外物形貌，所以作品就应该使外形体现内情，做到抒情与状物的完美结合，这一观点反映出时人对文学功用的普遍看法。作者描写海天合一、风高浪猛所用笔法，尤给人以新奇之感，如言水之奇壮态势即互换用词以增新意。尽管有论者赞此文超过木华之作，但读后总觉语汇无比艰涩。张溥评曰："（此赋）文词诡激，欲前无木华，虽体制未谐，藩篱已判。"② 钱锺书说："按融雅善自负，序曰：'木生之作，君自君矣'，示我用我法，不人云亦云，顾刻意揣称，实无以过木华赋也。唯两处戛戛独造，取情理以譬物象。"③ 钱锺书所提两处，即赋作正文中所涉拟云于梦、拟海于心之例，此确属张氏独创之处。

张融追求新奇的观念不仅体现在文学中，而且还贯彻于他的生活中。其风度仪容，独与众异，"见者惊异，聚观成市，而融了无惭色。"④ 齐高帝曾指出其书法虽有骨力，却无王羲之、王献之之风神，张融则说："非恨臣无二王法，亦恨二王无臣法。"他非但不因袭二王之法，反而力图超越之："不恨我不见古人，所恨古人又不见我。"⑤ 宋孝武帝时，张融在赴交州的途中曾遇劫贼，"獠贼执融，将杀食之，融神色不动，方作洛生咏，贼异之而不害也。"⑥ 史籍中还记载一则有趣的故事，其词曰："融与吏部尚书何戢善，往诣戢，误通尚书刘澄。融下车入门，乃曰：'非是。'至户外，望澄，又曰：'非是。'既造席，视澄曰：'都自非是。'乃去。其为异如此。"⑦ 此皆见其爱奇尚异、与众不同之处。

① 《南齐书·张融传》，卷四十一，第 3 册，第 721—722 页。
② 《汉魏六朝百三家集·张长史集题辞》，《汉魏六朝百三家集题辞注》，第 200 页。
③ 《管锥编》第 4 册，第 1342 页。
④ 《南史·张邵传附张融传》，卷三十二，第 3 册，第 834 页。
⑤ 同上书，第 835 页。
⑥ 《南齐书·张融传》，卷四十一，第 3 册，第 721 页。
⑦ 同上书，第 727 页。

四 声名不显，颇富价值的虞炎之文

虞炎（？—499?），南朝齐文人，会稽（今浙江绍兴一带）人，齐高帝时任散骑常侍，齐武帝永明中，以文学与沈约俱为文惠太子萧长懋所赏遇，官至骁骑将军。虞炎曾与谢朓以诗唱和，交往友善，钟嵘评齐梁诗人曰："学谢朓，劣得'黄鸟度青枝'。"[1]"黄鸟"句，即出自虞炎的《玉阶怨》一诗。史家未为虞氏立专传，其事迹略见于《南齐书·文学·陆厥传》及《南史·陆慧晓传附陆厥传》。据《隋书·经籍志四》所载，梁时有《虞炎集》七卷，至隋已佚。清人严可均据宋本《鲍照集》辑有虞炎的《鲍照集序》一文，为今存虞氏唯一散文，文云：

> 鲍照字明远，本上党人。家世贫贱，少有文思。宋临川王爱其才，以为国侍郎。王薨，始兴王濬又引为侍郎。孝武初，除海虞令，迁太学博士，兼中书舍人。出为秣陵令，又转永嘉令。大明五年，除前军行参军，侍临海王镇荆州，掌知内命，寻迁前军行狱参军事。宋明帝初，江外拒命。及义嘉败，荆土震扰，江陵人宋景因乱掠城，为景所杀，时年五十余。身既遇难，篇章无遗。流迁人间者，往往见在。储皇博采群言，游好文艺，片辞只韵，罔不收集。照所赋述，虽乏精典，而有超丽。爰命陪趋，备加研访。年代稍远，流落者多，今所存者，傥能半焉。[2]

鲍照为刘宋元嘉时期著名诗人、辞赋家、骈文家，其诗与谢灵运、颜延之并称为"元嘉三大家"；其《芜城赋》借广陵城昔盛今衰演变之迹发抒盛衰无常之慨，哀感动人，广为传诵；其骈文名作频出。明远出身寒微，后凭才学致仕，宋明帝泰始二年（466）死于诸藩王争斗的乱军之中。鲍照死后，所著诗文大都散佚，齐武帝永明时期，虞炎奉文惠太子萧长懋之命，研访搜求，编成《鲍照集》，并为之作序。此序作于永明十一年（493），文章首先对鲍照的生平经历予以概括叙述，而后

---

① 《诗品序》，《诗品注》，第3页。
② 《全齐文》卷二十五，《全上古三代秦汉三国六朝文》第3册，第2929页。

提及编纂文集的经过。序中所云"储皇"，即文惠太子。尽管"片辞只韵，罔不收集"，可是年代较远，散落太多，搜罗到的也不过半数。另外，作者评价鲍照诗文有"超丽"之特点，似乎应含有萧子显评鲍照文风所说的"发唱惊挺，操调险急，雕藻淫艳，倾炫心魂"①之意。该文比较详细地记述了鲍照的生平经历，具有较高的文献价值。

五　勤心事佛，精于书法的萧子良之文

萧子良（460—494），对佛教"敬信尤笃，数于邸园营斋戒，大集朝臣众僧，至于赋食行水，或躬亲其事，世颇以为失宰相体。劝人为善，未尝厌倦，依次中指声，以此终致盛名"②，可称南齐最致力于佛学者。他对当时名僧多所礼遇，据《高僧传》、《比丘尼传》载，玄畅、慧次、法安、道禅、僧旻、智藏等都与子良有过交往。"齐、梁二代之名师，罕有与其无关系者。"③他不止一次在书信中表达过自己对名僧、佛义的推崇，如《致沙门法献书》云：

> 远法师一代名德，志节清高，潜山树美，四海餐风。弟子暗昧，谬蒙师范，方欲仰禀仁化，用洗烦虑，不谓此疾，奄然异世。悲痛之心，特不可忍。远上即既业行圆通，旷劫希有。弟子意不欲遗形影迹，杂处众僧墓中，得别卜居地，是所愿也。方应树刹表奇，刻石铭德矣。④

慧远生活于晋、宋时期，早年曾师事名僧道安，后往庐山聚徒讲学长达三十余年，培养出刘遗民、周续之、雷次宗等名弟子一百余人。慧远精于佛法，名声远播，为当时高僧，作者早就仰慕其高风，并有心皈依其门下，研习佛教义理，但无奈法师仙逝，悲痛之余，决定筑刹刻石铭德以寄哀思。

作为"大法之功臣"⑤，萧子良不遗余力地宣扬佛教，其《与孔中

---

① 《南齐书·文学传论》，卷五十二，第3册，第908页。

② 《南齐书·竟陵文宣王子良传》，卷四十，第3册，第700页。

③ 《汉魏两晋南北朝佛教史》下册，第329页。

④ 《全齐文》卷七，《全上古三代秦汉三国六朝文》第3册，第2829页。

⑤ 《汉魏两晋南北朝佛教史》下册，第328页。

承稚珪书》曰：

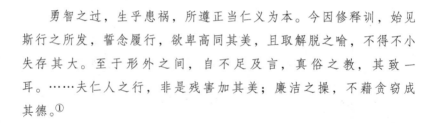

> 勇智之过，生乎患祸，所遵正当仁义为本。今因修释训，始见斯行之所发，誓念履行，欲卑高同其美，且取解脱之喻，不得不小失存其大。至于形外之间，自不足及言，真俗之教，其致一耳。……夫仁人之行，非是残害加其美；廉洁之操，不藉贪窃成其德。①

萧子良兼宗儒、佛，除提倡仁义德行外，还对"十善八正"、"三归五戒"② 等佛经教义加以阐发。他将儒、释两家义理合为一体，取其善者为处世标准，贯彻到生活实践中。

南朝时期擅长书法者大有人在，据史书所载，宋有文帝刘义隆、孝武帝刘骏、谢灵运等；齐则有高帝萧道成、王僧虔等；梁则有武帝萧衍、陶弘景等；陈则有徐伯阳、蔡凝等。王僧虔书名甚高，尤精隶体，宋孝武帝欲擅书名，僧虔作书用掘笔书，以此见容，齐高帝亦尝与其比书之高下。僧虔曾作《论书》评骘汉晋以来书法家，又尝献吴大帝孙权及张芝、索靖、王导等人书迹十二卷于齐高帝，可见其对书法兴趣之大。萧子良的《答王僧虔书》一文对僧虔书法大加称赏，其文云：

> 举体精隽灵奥，执玩反覆，不能释手。虽太傅之婉媚玩好，领军之静逊答绪，方之蔑如也。昔杜度杀字甚安，而笔体微瘦，崔瑗笔势甚快，而结字小疏。君处二者之间，亦犹仲尼方于季孟也。③

王僧虔书法"雄发齐代"④，洋溢着一股清秀灵动之气，并且有丰厚的韵味凝聚于其中。谢安、王珉的书法虽很有名，但作者认为，他们仍然比不上王僧虔。杜度、崔瑗的书法优点非常鲜明，但杜书体稍瘦，崔书结笔稍疏，僧虔书法的运笔体式应居二子之间，总体看来，应属上

---

① 《全齐文》卷七，《全上古三代秦汉三国六朝文》第 3 册，第 2828 页。
② 同上书，第 2828 页。
③ 同上书，第 2827—2828 页。
④ 庾肩吾：《书品》，《全梁文》卷六十六，《全上古三代秦汉三国六朝文》第 4 册，第 3344 页。

乘。子良此文语言自然平易，不尚藻采，文风稍显朴质，史称其文笔"无文采"①，于此可见。

六　倾慕高贤，不尚藻采的萧统之文

萧统的《陶渊明传》是为隐士兼诗人的陶渊明所作的传记文，它以现实中的真人实事为素材，表达对传主的敬佩之情。自陶渊明殁后，其诗文罕为世人所重，至萧梁，昭明太子不因人废文，极钟情于其人其文，不仅为陶集作序，而且还亲笔为渊明立传。明末张溥曰："浔阳陶潜，宋之逸民，昭明既为立传，又特序之。以万乘元良，恣论山泽，唐尧汾阳，子晋洛滨，若有同心。"② 萧统以储君之贵而为隐者立传，盖因有相同志趣，或亦不能排除崇文之好尚。昭明《陶渊明集序》曾讥刺陶氏《闲情赋》重于叙情而无讽谏之意，③ 此举已遭到后世学者的指责。张氏又曰："摘讥《闲情》，示戒丽淫，用申绳墨，游于方内，不得不然。然《洛神》放荡，未尝删之，而偏訾此赋，于孔子存郑、卫，岂有当焉。"④ 按《文选·赋》收录有宋玉的《登徒子好色赋》、曹植的《洛神赋》，皆为情赋，而渊明的《闲情赋》本亦属此类，萧统却予以讥讽，实令人不解。苏轼《题文选》云："渊明《闲情赋》，正所谓《国风》好色而不淫，正使不及《周南》，与屈、宋所陈何异，而统乃讥之，此乃小儿强作解事者！"⑤ 此语虽尖刻，却指出了昭明在评价文章方面的矛盾心理。兹考《闲情赋》可以发现，陶渊明在文中大肆渲染对所爱慕女子的眷恋之情，出语较为直露逼真，若从传统政教礼义的角度来看，此行显然不合时宜，在萧统的心目中，此举无疑有悖于渊明的高节品行。今人王运熙、杨明之说可为此作一注解："其实萧统或许是不赞成过分渲染男女之情，不赞成写得太直露；对于陶渊明这样一位衷心仰慕的高洁之士，更感到《闲情》之作置于集中太不调和，正如

---

① 《南齐书·竟陵文宣王子良传》，卷四十，第 3 册，第 701 页。
② 《汉魏六朝百三家集·梁昭明集题辞》，《汉魏六朝百三家集题辞注》，第 209 页。
③ 《陶渊明集序》曰："余素爱其文，不能释手，尚想其德，恨不同时。故加搜校，粗为区目。白璧微瑕，惟在《闲情》一赋。扬雄所谓'劝百而讽一'者，卒无讽谏，何足摇其笔端？惜哉，亡是可也。"（《全梁文》卷二十，《全上古三代秦汉三国六朝文》第 3 册，第 3067 页。）
④ 《汉魏六朝百三家集·梁昭明集题辞》，《汉魏六朝百三家集题辞注》，第 209 页。
⑤ 《苏轼文集》卷六十七，第 5 册，第 2093 页。

明人郭子章《豫章诗话》所说：'昭明责备之意，望陶以圣贤。'但他也未必一概排斥写男女之情的作品。"[1] 此语认为萧统责备陶渊明作《闲情赋》，很可能就是由于崇尚雅正、维护风教的观点所致。

萧统仰慕陶渊明的为人，遂为之立传加以颂扬，《陶渊明传》一文可以说是研治陶氏的最原始的珍贵资料。其文不尚藻采，自然平易，语淡情深，诚如钱基博所评："俊逸自然，特出以散朗，不必以辞采精拔胜也。"[2] 与多数传记散文的路数相近，文章先对传主的姓名籍贯、家族世系及志趣好尚加以概括介绍，而后援引传主本人的《五柳先生传》以示其性格特征及处世态度。渊明禀性耿直，鄙视权贵，躬耕自食，甘贫贱而蔑富贵，为人卓特不群。文叙檀道济馈赠粱肉、劝其出仕而遭拒绝一节，运笔轻灵，刻画形象生动传神，其词云：

> 江州刺史檀道济往候之，偃卧瘠馁有日矣。道济谓曰："贤者处世，天下无道则隐，有道则至。今子生文明之世，奈何自苦如此？"对曰："潜也何敢望贤，志不及也。"道济馈以粱肉，麾而去之。后为镇军建威参军，谓亲朋曰："聊欲弦歌，以为三径之资可乎？"执事者闻之，以为彭泽令。……岁终，会郡遣督邮至，县吏请曰："应束带见之。"渊明叹曰："我岂能为五斗米，折腰向乡里小儿！"即日解绶去职，赋《归去来》。[3]

渊明志行高峻，独异流俗，宁可忍饥挨饿，也不向豪右屈服，正因如此，故虽富高才却总不得施展。檀道济欲劝其出仕为朝廷效力，结果遭到委婉谢绝，檀赠予粱肉以解决其生活之需，也遭到拒绝。陶氏性格刚正不阿，高自标置，即使出仕，也不过是为了养家糊口，身居县令期间，役吏欲请其束带拜见督邮，渊明竟然严词拒绝，并且愤而辞官。对于污浊的官场，陶渊明已厌倦至极，最终归隐田园，显然与其卓异之性格密切相关。另外，文中还言及渊明与颜延之的交往、作书诫子等事迹，皆真实有据。此传以散体行文，语言简洁凝练，不事藻采，质朴无

---

① 《魏晋南北朝文学批评史》，第288页。
② 《中国文学史》上册，第212页。
③ 《全梁文》卷二十，《全上古三代秦汉三国六朝文》第3册，第3068页。

华，与史传散文相比，所写人物无疑更富生气和真实感。或许正是因为作者笔端渗透了感情的缘故，以情运词，随心所欲，所以读来总有一种如闻其声、如见其人之感。刘熙载曰："文章之道，翰旋驱遣，全仗乎笔。笔为性情，墨为形质。使墨之从笔，如云涛之从风，斯无施不可矣。"①

七 笃于无神，标举散体的范缜之文

在齐梁文坛中，极力标举散体，特异流俗的作家当数范缜（450？—510？），其反佛论文语言犀利，论辩精微，在骈风盛行之时颇显与众不同。

南朝佛教兴盛，文士围绕佛法所展开的辩论很多，他们往往通过主客问答的形式，进行论难说理。这一时期的论题主要有两个，即白黑论和形神因果论，慧琳著《均善论》（亦名《白黑论》），假设白学先生、黑学先生之间的问答，讨论儒、释之异同。自慧远提出形尽神不灭理论以后，拥护者、反对者大有人在，晋代孙盛、戴逵即持反对态度，著论驳斥其神不灭和因果报应论。时至南朝，宗炳有《明佛论》（又名《神不灭论》），大肆宣扬精神不灭，人可成佛。郑鲜之亦有《神不灭论》，所论甚详，力主形尽而神存。针对此类观点，何承天撰《报应问》批评佛教的报应说，又撰《达性论》斥责轮回转世说，其有生必有死、形毙则神散等观点直接影响到后代范缜的反佛理论。

关于儒、佛之间围绕神灭与神不灭的问题所展开的辩论，当以齐梁为最盛。范缜博通经术，尤精《三礼》，性质直，好危言高论，无所避忌。齐武帝永明年间，范缜曾与竟陵王萧子良辩论过因果报应问题，竟陵王笃信释教，而范缜盛称无佛，于是子良问曰："君不信因果，世间何得有富贵，何得有贱贫？"② 缜答曰："人之生譬如一树花，同发一枝，俱开一蒂，随风而堕，自有拂篱幌坠于茵席之上，自有关篱墙落于粪溷之侧。坠茵席者，殿下是也；落粪溷者，下官是也。贵贱虽复殊途，因果竟在何处？"③ 子良不能屈，深怪之。范缜遂"退论其理，著

---

① 《文概》，《艺概》卷一，第40—41页。
② 《梁书·儒林·范缜传》，卷四十八，第3册，第665页。
③ 同上。

《神灭论》"①，此论一出，朝野轰动。子良聚集众僧与之辩驳，并以官爵诱其屈从，然缜终不为动。梁武帝佞佛，自然不同意神灭论，除了亲自撰述以驳斥范缜外，还命僧正法云组织朝臣、僧侣等六十二人与范缜展开辩论。其间如萧琛（范缜外弟）、曹思文、沈约等人共撰写了七十五篇文章以论难，但结局不过如同曹思文《又上武帝启难范缜神灭论》所说的"无以折其锋锐"②。

《神灭论》一文言辞犀利，锋芒毕现，足令崇尚神存者无言以对，词曰：

> 或问予云："神灭，何以知其灭也？"答曰："神即形也，形即神也，是以形存则神存，形谢则神灭也。"
>
> 问曰："形者无知之称，神者有知之名，知与无知，即事有异，神之与形，理不容一，形神相即，非所闻也。"答曰："形者神之质，神者形之用，是则形称其质，神言其用，形之与神，不得相异也。"
>
> 问曰："神故非质，形故非用，不得为异，其义安在？"答曰："名殊而体一也。"
>
> 问曰："名既已殊，体何得一？"答曰："神之于质，犹利之于刀，形之于用，犹刀之于利，利之名非刀也，刀之名非利也。然而舍利无刀，舍刀无利，未闻刀没而利存，岂容形亡而神在。"③

此文语言简洁，论证严密，说理剀切透辟，有效地从理论上否定了佛学中的因果报应说。正如钱锺书所说："此论盖以破释氏之说轮回。夫主张神灭无鬼，则必不信转世投生。"④ 范缜虽言形质神用，但主张形神一体，形尽则神灭。萧衍则将神分为性和用两方面，性即神的本体，用指神的作用，二者之间存有区别。萧氏提倡有神论，属于唯心主义的观点。方立天说："范缜形质神用的命题是和梁武帝萧衍的神分性用说根本对立的，体现了唯物主义和唯心主义两条思想路线的根本分

---

① 《梁书·儒林·范缜传》，卷四十八，第 3 册，第 665 页。
② 《全梁文》卷五十四，《全上古三代秦汉三国六朝文》第 4 册，第 3273 页。
③ 《梁书·儒林·范缜传》，卷四十八，第 3 册，第 665—666 页。
④ 《管锥编》第 4 册，第 1423 页。

歧。虽然范缜没有也不可能完全驳倒佛教神不灭论，但是他在当时毕竟比较正确地解决了形神的根本关系问题。"① 关于此文的论证方式及语言特点，后人也曾大加赞赏，如钱锺书说："精思明辨，解难如斧破竹，析义如锯攻木，王充、嵇康以后，始见斯人。范氏词无枝叶，王逊其简净，嵇逊其晓畅，故当出一头地耳。"② 无论从思想内容，还是从作品形式来看，范缜的《神灭论》都是异于时俗的。就内容而言，南朝盛行佛学，崇尚神不灭，而此文则反佛，坚持神灭论；就形式而言，当时流行骈体，而范氏则以散体行文。或许这就是论者所谓范缜虽"生于南朝而思想文章一反南朝"③ 的原因所在。

八 倾心归隐，畅论书法的陶弘景之文

陶弘景以骈体山水小品文《答谢中书书》驰名文坛，然其笔下尚有一些散体文。如《与从兄书》曰："仕宦期四十左右作尚书郎，即抽簪高迈。今三十六，方作奉朝请，头颅可知，不如早去。"④ 言浅意明，归隐之心尽显。又有《与亲友书》曰："畴昔之意，不愿处人间。年登四十，毕志山薮，今已三十六矣。时不我借，知几其神乎，毋为自苦也。"⑤ 以散句成文，述归隐之思，简洁明了。

陶弘景"幼有异操，年四五岁，恒以荻为笔，画灰中学书"⑥，及长，"工草隶"⑦。其书被庾肩吾《书品》列于"中之下"，评为"仙才翰彩，拔于山谷"⑧。他不但精于书法，而且对书法颇有深见，《与梁武帝启》是一篇论述书法的书牍文，如论王右军父子书法云：

> 逸少自吴兴以前诸书犹未称。凡厥好迹，皆是向会稽时永和十许年中者。从失郡告灵不仕以后，略不复自书，皆使此一人，世中不能别，见其缓异，呼为末年书。逸少亡后，子敬年十七八，全放

---

① 方立天：《魏晋南北朝佛教论丛》，中华书局 1995 年版，第 210 页。
② 《管锥编》第 4 册，第 1421—1422 页。
③ 郭预衡：《中国散文史》上册，第 516 页。
④ 《全梁文》卷四十六，《全上古三代秦汉三国六朝文》第 4 册，第 3215 页。
⑤ 同上。
⑥ 《南史·隐逸下·陶弘景传》，卷七十六，第 6 册，第 1897 页。
⑦ 《梁书·处士·陶弘景传》，卷五十一，第 3 册，第 742 页。
⑧ 《全梁文》卷六十六，《全上古三代秦汉三国六朝文》第 4 册，第 3345 页。

此人书，故遂成与之相似。①

　　作者提出，王羲之赴吴兴之前的书法不值得称道，其名书多作于晋
穆帝永和年间任右军将军、会稽内史之时，而永和十一年（355）辞官
以后，则几乎无好书作出现。世人皆叹其晚年书法远逊于早期，故以末
年书称之，其子王献之基本沿袭其书法风格，后世遂有"二王"之称。
陶氏此文出以散体，语随意至，简练流畅，论书法极准确生动。张溥赞
曰："论书五启，钟王若生。"② 萧衍亦有《答陶弘景书》一文论及右
军书法，文曰："有两三行许，似摹微得钟体，逸少学钟的可知近有二
十许首。此外字细画短，多是钟法。今欲令人帖装，未便得付。来月有
竟者，当遣送也。"③ 此书主要指出王羲之的书法有模拟钟繇书法的倾
向。钟氏是曹魏时著名书法家，庾肩吾《书品》列其书于"上之上"，
称其为"天然第一，工夫次之，妙尽许昌之碑，穷极邺下之牍"。羲之
书法虽"天然不及钟"，但"工夫过之"④，王氏书学钟繇，尽管不尽
得其天然，但亦有巧夺天工之致。

九　穷形尽相，风趣见意的陈暄之文

　　陈暄（生卒年不详），文才俊逸，性格狂放不羁，曾因受到徐陵的
贬黜而作书谤陵。后主即位后，与江总共为狎客，暄以俳优自居，后主
屡轻侮之，终被残害致死。陈暄嗜酒如命，其兄子陈秀曾致书友人何
胥，意欲讽谏劝导，暄复书拒绝，放诞无比。其《与兄子秀书》以散
体行文，意在驳斥后人，文云：

　　　　吾既寂漠当世，朽病残年，产不异于颜原，名未动于卿相，若
　　不日饮醇酒，复欲安归？汝以饮酒为非，吾不以饮酒为过。……吾
　　常譬酒之犹水，亦可以济舟，亦可以覆舟。故江谘议有言：酒犹兵
　　也。兵可千日而不用，不可一日而不备。酒可千日而不饮，不可一
　　饮而不醉。美哉江公，可与共论酒矣。……吾生平所愿，身没之

　　① 《全梁文》卷六十六，《全上古三代秦汉三国六朝文》第 4 册，第 3215 页。
　　② 《汉魏六朝百三家集·陶隐居集题辞》，《汉魏六朝百三家集题辞注》，第 224 页。
　　③ 《全梁文》卷六，《全上古三代秦汉三国六朝文》第 3 册，第 2980 页。
　　④ 《全梁文》卷六十六，《全上古三代秦汉三国六朝文》第 4 册，第 3344 页。

后，题吾墓云："陈故酒徒陈君之神道"。……尔无多言，非尔所及。①

文章以幽默诙谐之语刻画出一个栩栩如生的酒鬼形象。江山渊曾评道："文过饰非，其舌可畏，妙语解颐，层出不穷。读之如见其醉态朦胧，使酒骂座之时，舍人论文，于今犹有酒气。"② 作者自述其嗜酒之习似乎隐含身世经历之悲慨，谭家健说："这封信表面上看是戏谑之言，与六朝诙谐杂文风格有些相似；其实他是借酗酒以自我麻醉，借家书以自我调侃。曲折地流露他穷困潦倒，屈居下僚，位同俳优，痛苦无处排泄的牢骚，乃至自甘沉沦的变态心理，极可怜又可悲。"③

南朝散体文的发展是与骈文发展同步的，尽管骈文日趋华丽绮靡，散体文却始终保持着平易质朴、通俗流畅的风格。与骈文相比，散体文的发展空间更局促。如果以实用性与审美性来评价散体文与骈文，那么散体文更注重实用，而骈文则更偏重审美。

结 语

通过对南朝散文的研究可以发现，它的发展基本上是沿着两条线索展开的：其一是骈文从形成到逐步走向成熟的演进历程；其二是散体文的演变过程。两种不同文体的发展是同步进行的。随着骈文的日益成熟，数量也不断增多，最终占据了文坛的主流地位。与此同时，散体文发展势头变缓，数量逐渐变少，最终退居文坛的次席。

自上古至汉初，文章奇偶合一，不分骈散。时至汉代，骈散开始出现分歧，汉赋与传统散体文代表了骈、散两种体式风格。东汉曹魏时期，散体文骈化幅度增大，如蔡邕之碑铭与曹植之章表中即多有对句和较华美的辞藻，但未形成骈文。西晋文家承袭魏代雕饰刻镂之风，讲究辞采、对仗与用事，导致散文中"偶语益增"④。晋代散文之不同于前代者，就在于它的骈化速度加快，并初步形成骈文。胡适谈及六朝文学

---

① 《全陈文》卷十六，《全上古三代秦汉三国六朝文》第 4 册，第 3491 页。
② 《南北朝文评注读本》第 2 册，第 8 页。
③ 《六朝文章新论》，第 392 页。
④ 《中国中古文学史讲义》，《刘师培中古文学论集》，第 56 页。

时曾说："'辞赋化'与'骈俪化'的倾向到了魏晋以下更明显了，更急进了。六朝的文学可说是一切文体都受了辞赋的笼罩，都'骈俪化'了。"① 此说指出自魏晋开始的散体文加剧骈化的倾向到南朝时更突出的事实。陆机、潘岳等人之文体现了晋代散文骈化的趋向，尤其是陆机文，"工而缛"②，"句必用典"③。考察《文选》所收陆机的表、序、颂、论、连珠、弔诸体文可见，多篇文章中的对句已超过半数，因此可以说，陆机文中已有一些骈文了。综观陆机与西晋其他作家的全部散文作品，可以发现仍以散体文居多。

以颜延之、鲍照等人为代表的刘宋文家继承西晋文的流风余绪，重视对偶、藻采及典事，在推动骈文走向正式形成的过程中作出了较大的贡献。他们的创作虽然注重骈对、藻绘与用典，但还不像后来齐梁文那样刻意追求，而是仍然带有汉魏文的朴质典重之风。以裁对言，由于声律说尚未提出，故仅注重字对和义对，忽略声对，可见对仗不甚求工。言及辞藻，则稍事雕琢，不尚华艳。就用事论，数量较少，且多为直用。这一时期，散体文加速骈化，骈文正式形成，相对于西晋，刘宋骈文的数量要多一些，但由于骈文形成的时间还不长，从总体上看，数量还是很少的，大多数文章如傅亮、谢灵运等人之作往往介于骈、散之间。此时撰作散体文成就较突出者也不乏其人，如何承天、袁淑、王微等。综上可见，刘宋文苑中仍然呈现出散多骈少的状态。永明声律论提出后，齐梁文家对骈体形式特征的讲究趋于严格，以任昉、沈约、江淹等为代表的骈体大家在创作中追求工整精致的对偶、繁密贴切的用典、谨严谐畅的声律、浓丽华美的辞藻，文风也相应地由朴质趋向华丽。他们的创作在一定程度上推动骈文逐步走向成熟。此时的文坛中骈、散数量对比发生了转化，由刘宋时的散多骈少变为齐梁时的骈多散少。这一时期的骈文家如江淹、沈约等不仅长于骈体，而且还撰作散体文。另外，张融、虞炎、萧统、范缜等人也偶有散体名作传世。梁中期以后，骈文基本达到成熟阶段，徐陵等文家集骈体之大成，对各种形式技巧的追求精益求精，臻于顶峰，文风趋于华艳靡丽。随着骈文走向成熟并居

---

① 胡适：《白话文学史》上卷，新月书店1929年版，第121页。
② 《文选学》，第329页。
③ 同上书，第330页。

于文苑主流地位，散体文的发展空间变得更小，数量也变得更少。

南朝以前，散文创作注重实用性，时至南朝，散文创作则倾向于追求美学价值，对散文美学价值的重视当与骈俪文风的盛行有较大的关系。南朝文风的兴盛，一方面是文学发展的自然规律的体现，另一方面也与文学独立地位的确立、统治者的提倡、文人审美意识的增强有密切的关系。

相较于诗、赋，南朝散文的研究还是一个薄弱环节，但愿以后的研究力度会逐步加大。

参考文献

一 古代文献

（清）阮元校刻：《十三经注疏附校勘记》，中华书局 1980 年版。

（清）顾炎武：《音学五书》，中华书局 1982 年版。

（清）段玉裁：《说文解字注》，上海古籍出版社 1981 年版。

（清）王念孙：《广雅疏证》，江苏古籍出版社 1984 年版。

（清）王先谦：《释名疏证补》，上海古籍出版社 1984 年版。

（春秋）无名氏著，上海师范大学古籍整理组校点：《国语》，上海古籍出版社 1978 年版。

（汉）刘向集录：《战国策》，上海古籍出版社 1978 年版。

（汉）班固：《汉书》，中华书局 1962 年版。

（晋）陈寿：《三国志》，中华书局 1982 年版。

（刘宋）范晔：《后汉书》，中华书局 1965 年版。

（梁）沈约：《宋书》，中华书局 1974 年版。

（梁）萧子显：《南齐书》，中华书局 1972 年版。

（北齐）魏收：《魏书》，中华书局 1974 年版。

（唐）房玄龄：《晋书》，中华书局 1974 年版。

（唐）姚思廉：《梁书》，中华书局 1973 年版。

（唐）姚思廉：《陈书》，中华书局 1972 年版。

（唐）李延寿：《南史》，中华书局 1975 年版。

（唐）李延寿：《北史》，中华书局 1974 年版。

（唐）令狐德棻：《周书》，中华书局 1971 年版。

（唐）魏徵：《隋书》，中华书局 1973 年版。

（唐）许嵩：《建康实录》，上海古籍出版社 1987 年版。

（唐）刘知几著，浦起龙释：《史通通释》，上海古籍出版社 1978

年版。

（五代）后晋·刘昫：《旧唐书》，中华书局 1975 年版。

（宋）欧阳修、宋祁：《新唐书》，中华书局 1975 年版。

（元）脱脱：《宋史》，中华书局 1977 年版。

（清）张廷玉：《明史》，中华书局 1974 年版。

（清）赵尔巽：《清史稿》，中华书局 1976 年版。

（清）赵翼著，王树民校证：《廿二史劄记校证》，中华书局 1984 年版。

（清）章学诚著，叶瑛校注：《文史通义校注》，中华书局 1985 年版。

（清）王鸣盛：《十七史商榷》，中国书店 1987 年版。

（战国）荀况著，王先谦集解：《荀子集解》，中华书局 1988 年版。

（战国）庄周著，郭庆藩集释，王孝鱼点校：《庄子集释》，中华书局 1961 年版。

（汉）扬雄著，汪荣宝义疏：《法言义疏》，中华书局 1987 年版。

（东汉）王充：《论衡》，上海人民出版社 1974 年版。

（晋）葛洪：《西京杂记》，中华书局 1985 年版。

（晋）葛洪著，杨明照校笺：《抱朴子外篇校笺》，中华书局 1997 年版。

（刘宋）刘义庆撰，徐震堮校笺：《世说新语校笺》，中华书局 1984 年版。

（梁）释慧皎撰，汤用彤校注：《高僧传》，中华书局 1992 年版。

（北齐）颜之推著，王利器集解：《颜氏家训集解》，中华书局 1993 年版。

（隋）王通：《文中子》，《四部丛刊》本，上海书店出版社 1989 年版。

（唐）赵璘：《因话录》，长沙商务印书馆 1939 年版。

（晋）陆云撰，黄葵点校：《陆云集》，中华书局 1988 年版。

（刘宋）谢灵运著，顾绍柏校注：《谢灵运集校注》，中州古籍出版社 1987 年版。

（刘宋）鲍照著，钱仲联增补集说校：《鲍参军集注》，上海古籍出版社 1980 年版。

（梁）江淹著，胡之骥汇注：《江文通集汇注》，中华书局1984年版。

（梁）刘勰著，范文澜注：《文心雕龙注》，人民文学出版社1958年版。

（梁）萧统编，李善注：《文选》，上海古籍出版社1986年版。

（梁）萧统编，李善等注：《六臣注文选》，中华书局1987年版。

（梁）钟嵘著，陈延杰注：《诗品注》，人民文学出版社1961年版。

（梁）吴均著，林家骊校注：《吴均集校注》，浙江古籍出版社2005年版。

（陈）徐陵著，吴兆宜笺注：《徐孝穆集笺注》，清吴江吴氏原本，善化经济书堂刻本。

（唐）陈子昂著，徐鹏点校：《陈子昂集》，中华书局1960年版。

（唐）徐坚等撰：《初学记》，中华书局1962年版。

（唐）杜甫著，仇兆鳌注：《杜诗详注》，中华书局1979年版。

（唐）韩愈著，钱仲联集释：《韩昌黎诗系年集释》，上海古籍出版社1984年版。

（唐）韩愈著，马其昶校注：《韩昌黎文集校注》，上海古籍出版社1986年版。

（唐）柳宗元著，曹明纲标点：《柳宗元全集》，上海古籍出版社1997年版。

（宋）欧阳修著，李逸安点校：《欧阳修全集》，中华书局2001年版。

（宋）苏轼著，孔凡礼点校：《苏轼文集》，中华书局1986年版。

（宋）李昉等编：《太平御览》，中华书局1960年版。

（宋）李涂著，王利器校点：《文章精义》，人民文学出版社1960年版。

（宋）陈骙著，王利器校点：《文则》，人民文学出版社1960年版。

（宋）陈振孙：《直斋书录解题》，上海古籍出版社1987年版。

（宋）陈善：《扪虱新话》，长沙商务印书馆1939年版。

（宋）罗大经：《鹤林玉露》，中华书局1983年版。

（宋）陆游：《老学庵笔记》，中华书局1979年版。

（宋）洪迈：《容斋随笔》，上海古籍出版社1978年版。

（金）王若虚：《滹南遗老集》，上海商务印书馆1935年版。

（金）元好问著，施国祁笺注：《元遗山诗集笺注》，人民文学出版社1958年版。

（元）祝尧编：《古赋辨体》，明成化刻本。

（元）元人著，李修生主编：《全元文》，江苏古籍出版社1998年版。

（明）吴讷著，于北山校点：《文章辨体序说》，人民文学出版社1962年版。

（明）徐师曾著，罗根泽校点：《文体明辨序说》，人民文学出版社1962年版。

（明）张溥著，殷孟伦注：《汉魏六朝百三家集题辞注》，人民文学出版社1960年版。

（明）许学夷著，杜维沫校点：《诗源辩体》，人民文学出版社1987年版。

（明）胡应麟撰：《诗薮》，上海古籍出版社1979年版。

（明）李梦阳：《空同集》，《四库全书》本，上海古籍出版社1987年版。

（明）何景明：《大复集》，《四库全书》本，上海古籍出版社1987年版。

（明）屠隆：《由拳集》，明刻本。

（明）唐顺之：《荆川先生文集》，《四部丛刊》本，上海书店出版社1989年版。

（明）吴应箕：《楼山堂集》，《粤雅堂丛书》本。

（清）顾炎武著，黄汝成集释：《日知录集释》，上海古籍出版社1985年版。

（清）王夫之：《古诗评选》，文化艺术出版社1997年版。

（清）沈德潜：《古诗源》，中华书局1963年版。

（清）陈澧：《东塾读书记》，上海商务印书馆1936年版。

（清）何文焕辑：《历代诗话》，中华书局1981年版。

（清）孙梅：《四六丛话》，上海商务印书馆1937年版。

（清）姚鼐选纂：《古文辞类纂》，中国书店1986年版。

（清）林云铭评注：《古文析义》，乾隆三十二年（1767）重刻本，三乐堂藏版。

（清）于光华辑：《重订文选集评》，乾隆四十三年（1778）锡山启秀堂刻本。

（清）何焯著，崔高维点校：《义门读书记》，中华书局1987年版。

（清）蒋士铨：《评选四六法海》，光绪乙亥年（1875）重刊寄螺斋藏版本。

（清）严可均校辑：《全上古三代秦汉三国六朝文》，中华书局1958年版。

（清）许梿评选，黎经诰笺注：《六朝文絜笺注》，中华书局1962年版。

（清）包世臣：《艺舟双楫》，上海大陆图书公司1925年版。

（清）袁枚著，周本淳标校：《小仓山房诗文集》，上海古籍出版社1988年版。

（清）李兆洛编：《骈体文钞》，上海商务印书馆1937年版。

（清）阮元：《揅经室三集》，上海商务印书馆1936年版。

（清）阮元：《揅经室续集》，上海商务印书馆1935年版。

（清）彭兆荪辑：《南北朝文钞》，上海商务印书馆1936年版。

（清）刘熙载：《艺概》，上海古籍出版社1978年版。

（清）冯班：《钝吟杂录》，上海商务印书馆1937年版。

（清）李慈铭著，由云龙辑：《越缦堂读书记》，上海书店出版社2000年版。

（清）永瑢等：《四库全书总目》，中华书局1965年版。

（清）永瑢等：《四库全书简明目录》，古典文学出版社1957年版。

（清）刘开：《刘孟涂文集》，慈谿大鄘山馆童氏光绪十一年（1885）刻本。

（清）董浩等编：《全唐文》，中华书局1983年版。

（清）程廷祚：《青溪集》，黄山书社2004年版。

（清）方苞著，刘季高校点：《方苞集》，上海古籍出版社1983年版。

（清）刘大櫆著，舒芜校点：《论文偶记》，人民文学出版社1959年版。

（清）梁启超：《清代学术概论》，上海古籍出版社1998年版。

二　近、现代著作

王文濡编：《南北朝文评注读本》，上海文明书局 1920 年排印本。

孙德谦：《六朝丽指》，《孙隘堪所著书》本第 5 册，四益宦刊 1923 年版。

张相编选：《古今文综》，上海中华书局 1924 年排印本。

胡适：《白话文学史》上卷，新月书店 1929 年版。

金秬香：《骈文概论》，商务印书馆 1933 年版。

陈衍：《石遗室论文》，无锡国学专修学校 1936 年版。

杨荫深：《中国文学史大纲》，长沙商务印书馆 1938 年版。

施慎之：《中国文学史讲话》，世界书局 1941 年版。

容肇祖：《中国文学史大纲》，开明书店 1948 年版。

范文澜：《中国通史简编·修订本第二编》，人民出版社 1949 年版。

林纾著，舒芜校点：《春觉斋论文》，人民文学出版社 1959 年版。

刘师培：《中国中古文学史·论文杂记》，人民文学出版社 1959 年版。

郑振铎：《插图本中国文学史》，人民文学出版社 1959 年版。

简夷之等编选：《中国近代文论选》，人民文学出版社 1959 年版。

黄侃：《文心雕龙札记》，中华书局 1962 年版。

朱谦之：《老子校释》，中华书局 1963 年版。

华仲麐：《中国文学史论》，台湾开明书店 1965 年版。

沈云龙主编：《近代中国史料丛刊续集·第一辑》，台北文海出版社 1966 年版。

刘麟生：《中国义学史》，台北：台北中新书局 1977 年版。

王伊同：《五朝门第》上册，香港中文大学出版社 1978 年版。

钱锺书：《管锥编》，中华书局 1979 年版。

郭绍虞主编：《中国历代文论选》，上海古籍出版社 1979 年版。

杨伯峻：《论语译注》，中华书局 1980 年版。

高亨：《诗经今注》，上海古籍出版社 1980 年版。

王国维著，滕咸惠注：《人间词话新注》，齐鲁书社 1981 年版。

鲁迅：《鲁迅全集》，人民文学出版社 1981 年版。

宗白华：《美学散步》，上海人民出版社 1981 年版。

周振甫：《文心雕龙注释》，人民文学出版社 1981 年版。

朱光潜：《朱光潜美学文集》，上海文艺出版社 1982 年版。

刘大杰：《中国文学发展史》，上海古籍出版社 1982 年版。

王瑶：《中古文学史论集》，上海古籍出版社 1982 年版。

丁福保辑：《历代诗话续编》，中华书局 1983 年版。

郭绍虞：《照隅室古典文学论集》，上海古籍出版社 1983 年版。

汤用彤：《汉魏两晋南北朝佛教史》，中华书局 1983 年版。

吕慧鹃等编：《中国历代著名文学家评传》第一卷，山东教育出版社 1983 年版。

刘永济：《十四朝文学要略》，黑龙江人民出版社 1984 年版。

吴小林：《唐宋八大家》，安徽人民出版社 1984 年版。

黄侃平点，黄焯编次：《文选平点》，上海古籍出版社 1985 年版。

刘麟生主编：《中国文学八论》，中国书店 1985 年版。

郭预衡：《中国散文史》上册，上海古籍出版社 1986 年版。

姜书阁：《骈文史论》，人民文学出版社 1986 年版。

郭朋：《汉魏两晋南北朝佛教》，齐鲁书社 1986 年版。

苏绍兴：《两晋南朝的士族》，台北联经出版事业公司 1987 年版。

骆鸿凯：《文选学》，中华书局 1989 年版。

杨伯峻：《春秋左传注》，中华书局 1990 年版。

褚斌杰：《中国古代文体概论》，北京大学出版社 1990 年版。

曹道衡、沈玉成：《南北朝文学史》，人民文学出版社 1991 年版。

王钟陵：《中国前期文化心理研究》，重庆出版社 1991 年版。

方北辰：《魏晋南朝江东世家大族述论》，台北文津出版社 1991 年版。

傅东华主编：《文学百题》，中州古籍出版社 1992 年版。

程章灿：《魏晋南北朝赋史》，江苏古籍出版社 1992 年版。

钱基博：《中国文学史》上册，中华书局 1993 年版。

王钟陵：《文学史新方法论》，苏州大学出版社 1993 年版。

刘麟生：《骈文学》，海南出版社 1994 年版。

瞿兑之：《骈文概论》，海南出版社 1994 年版。

莫道才：《骈文通论》，广西教育出版社 1994 年版。

章太炎：《国学讲演录》，华东师范大学出版社 1995 年版。

方立天：《魏晋南北朝佛教论丛》，中华书局 1995 年版。

李祥年：《汉魏六朝传记文学史稿》，复旦大学出版社 1995 年版。

刘麟生：《中国骈文史》，东方出版社 1996 年版。

陈柱：《中国散文史》，东方出版社 1996 年版。

曹道衡、沈玉成编撰：《中国文学家大辞典·先秦汉魏晋南北朝卷》，中华书局 1996 年版。

罗宗强：《魏晋南北朝文学思想史》，中华书局 1996 年版。

王运熙、杨明：《魏晋南北朝文学批评史》，上海古籍出版社 1996 年版。

刘梦溪主编：《中国现代学术经典·章太炎卷》，河北教育出版社 1996 年版。

郁沅、张明高编选：《魏晋南北朝文论选》，人民文学出版社 1996 年版。

蒋伯潜、蒋祖怡：《骈文与散文》，上海书店出版社 1997 年版。

陈引驰编校：《刘师培中古文学论集》，中国社会科学出版社 1997 年版。

钟涛：《六朝骈文形式及其文化意蕴》，东方出版社 1997 年版。

高步瀛选注，孙通海点校：《南北朝文举要》，中华书局 1998 年版。

曹道衡：《南朝文学与北朝文学研究》，江苏古籍出版社 1998 年版。

程章灿：《世族与六朝文学》，黑龙江教育出版社 1998 年版。

丁福保辑：《清诗话》，上海古籍出版社 1999 年版。

熊礼汇：《先唐散文艺术论》，学苑出版社 1999 年版。

赵树功：《中国尺牍文学史》，河北人民出版社 1999 年版。

傅刚：《〈昭明文选〉研究》，中国社会科学出版社 2000 年版。

曹道衡：《中古文学史论文集》，中华书局 2002 年版。

谭家健：《六朝文章新论》，北京燕山出版社 2002 年版。

毛汉光：《中国中古社会史论》，上海书店出版社 2002 年版。

钱基博：《现代中国文学史》，上海书店出版社 2004 年版。

钟仕伦：《〈金楼子〉研究》，中华书局 2004 年版。

王钟陵：《中国中古诗歌史》，人民出版社 2005 年版。

王琳主编：《山东分体文学史（散文卷）》，齐鲁书社 2005 年版。

黄金明：《汉魏晋南北朝诔碑文研究》，人民文学出版社 2005 年版。

三　外国文献

《马克思恩格斯选集》第一卷，人民出版社 1972 年版。

［美］斯宾葛恩撰，李濂、李振东合译：《散文与韵文》，《北新》半月刊第二卷第十二号，上海北新书局 1928 年 5 月 1 日发行。

［日］铃木虎雄著，殷石臞译：《赋史大要》，上海正中书局 1947 年版。

［俄］普列汉诺夫著，曹葆华译：《没有地址的信》，人民文学出版社 1962 年版。

［日］弘法大师著，王利器校注：《文镜秘府论校注》，中国社会科学出版社 1983 年版。

［日］兴膳宏著，彭恩华译：《六朝文学论稿》，岳麓书社 1986 年版。

［日］清水凯夫著，韩基国译：《六朝文学论文集》，重庆出版社 1989 年版。

［加拿大］诺思洛普·弗莱：《批评之路》，北京大学出版社 1998 年版。

［美］勒内·韦勒克、奥斯汀·沃伦著，刘象愚等译：《文学理论》，江苏教育出版社 2005 年版。

［美］刘若愚著，杜国清译：《中国文学理论》，江苏教育出版社 2006 年版。

四　报刊论文

罗根泽：《文笔式甄微》，《中山大学文史学研究所月刊》1935 年第 3 期。

启功：《散文与骈文的区别》，《文艺学习》1957 年第 4 期。

王运熙：《重视我国古代散文的研究工作》，《文汇报》1961 年 3 月 26 日。

王运熙：《孔稚珪的〈北山移文〉》，《文汇报》1961 年 7 月 29 日。

王运熙：《范晔〈后汉书〉的序论》，《文学遗产增刊》1962 年第
10 辑。

徐迟：《散文与骈文》，《光明日报》1978 年 5 月 21 日。

王运熙：《刘勰对汉魏六朝骈体文学的评价》，《文学遗产》1980
年第 1 期。

谭家健：《关于古典散文研究的若干问题》，《文学评论丛刊》1980
年第 3 辑。

胡国瑞：《魏晋南北朝骈文的发展及成就》，《武汉大学学报》1980
年第 5 期。

曹道衡：《关于魏晋南北朝的骈文和散文》，《文学评论丛刊》1980
年第 7 辑。

曹道衡：《关于裴子野诗文的几个问题》，《文学遗产》1984 年第
2 期。

王运熙：《汉魏六朝四言通俗韵文》，《古典文学论丛》1985 年第
4 辑。

周建渝：《徐陵骈文初探》，《文学遗产》1988 年第 4 期。

思鲁整理：《关于中国古代散文研究问题》（座谈纪要），《文学遗
产》1988 年第 4 期。

王立群：《晋宋地记与山水散文》，《文学遗产》1990 年第 1 期。

曹道衡：《从文学角度看〈文选〉所收齐梁应用文》，《文学遗产》
1993 年第 3 期。

莫道才：《论骈文的形态特征与文化内蕴》，《江海学刊》1994 年
第 2 期。

莫道才：《论〈四六丛话〉的学术价值与骈文思想》，《广西师范大
学学报》1994 年第 4 期。

莫砺锋：《南朝山水文初探》，《中国文学研究》1996 年第 1 期。

穆克宏：《〈文选〉文体分类再议》，《江海学刊》1996 年第 1 期。

穆克宏：《略论〈文选〉与〈文心雕龙〉之关系》，《临沂师专学
报》1996 年第 2 期。

阿忠荣：《宫体作家的骈文创作》，《青海师范大学学报》1996 年
第 2 期。

谭家健：《关于骈文研究的若干问题》，《文学评论》1996 年第 3 期。

莫山洪：《论骈文的审美形态》，《柳州师专学报》1996 年第 3 期。

穆克宏：《〈文选〉对后世的影响》，《福建论坛》1996 年第 3 期。

于景祥：《骈文的形成与鼎盛》，《文学评论》1996 年第 6 期。

周悦：《齐梁骈文的新变》，《中国文学研究》1997 年第 1 期。

钟涛：《骈文与汉语言文字的特殊性》，《汉字文化》1997 年第 2 期。

于景祥：《骈散三论》，《广西师范大学学报》1997 年第 2 期。

穆克宏：《〈文选〉与文学理论批评》，《文学遗产》1998 年第 4 期。

谭家健：《南朝山水游记初探》，《辽宁师专学报》1999 年第 1 期。

冷成金：《试论骈文的美质美态》，《中国人民大学学报》1999 年第 1 期。

张亚新：《论六朝诗美观念的确立》，《文艺研究》1999 年第 2 期。

钟涛：《试论徐陵骈文与其政治生活的关系》，《柳州师专学报》1999 年第 2 期。

谭家健：《试论刘峻的骈文》，《广西师范大学学报》1999 年第 4 期。

钟涛：《论六朝骈体书牍文》，《广西师范大学学报》1999 年第 4 期。

谭家健：《六朝诙谐文述略》，《中国文学研究》2001 年第 3 期。

谭家健：《〈北山移文〉新议》，《齐鲁学刊》2001 年第 6 期。

阮忠：《南朝文化、文学观与散文风格》，《华中师范大学学报》2002 年第 4 期。

王钟陵：《论晚清"文界革命"的孳生过程及其走向》，《社会科学辑刊》2003 年第 4 期。

王琳：《略论晋宋齐梁文写景功能的强化》，《山东师范大学学报》2003 年第 5 期。

后　记

　　关于中国古代散文研究的书目虽然屡见不鲜，但专以南朝散文作为研究对象，并且加以较系统全面的论述的著作尚未出现。南朝散文体类繁杂，数量众多，驾驭起来极费心思，应该说是一个颇为棘手的研究课题。如何在纷纭复杂的文海中理清头绪，并对宋、齐、梁、陈四代散文的创作成就及特点予以恰如其分的分析与论述，成为研究这一课题的重要任务。笔者不揣孤陋，知难而上，在前人研究的基础上再进一步，力争有所开拓与创新。本书明确提出两条线索，将南朝散文分为骈文、散体文并分别加以较详尽的论述，不仅脉络清晰，而且避免了此前散文通史中只讲骈文而摈弃散体文的现象，视野相对比较开阔。鉴于本人学识有限，文中或多或少尚存欠妥之处，真诚期待方家不吝指教。

　　2004年9月，我有幸来到苏州大学攻读博士学位，苏州这座名城给我带来深刻印象的不只是古色古香的建筑和江南特有的小桥流水，还有深厚的文化积淀和浓郁的学术氛围。正是在这种得天独厚的有利条件下，我又一次开始了新的学术征程，经历了大约两年半时间的不懈努力，撰写出学位论文并顺利通过答辩。

　　在毕业论文答辩会上，以复旦大学黄霖先生、徐志啸先生为代表的诸位专家以及评委都高度评价了此文，同时也指出了其中的不足，这些中肯的意见对进一步修订、完善论文提供了充分的保障。

　　本书是在我的博士学位论文的基础上经过较大幅度修订补充而成的。在论文撰写的整个过程中，导师王钟陵先生曾予以细致精当的指导，在此致以诚挚的谢忱！

　　在本书正式出版之时，谨向韩山师范学院科研处、中文系的领导以

及在此书撰写、修改、出版方面提供帮助的专家、朋友表示深挚的
谢意!

刘　涛

2011 年 12 月于潮州东丽湖畔公寓